国家社会科学基金西部项目（11XZW019）
商洛学院商洛文化暨贾平凹研究中心开放项目

当代新乡土文学叙事比较论稿

韩鲁华 著

陕西师范大学出版总社

图书代号：ZZ19N0037

图书在版编目（CIP）数据

当代新乡土文学叙事比较论稿/韩鲁华著. —西安：陕西师范大学出版总社有限公司，2019.3
ISBN 978-7-5695-0407-1

Ⅰ.①当… Ⅱ.①韩… Ⅲ.①乡土文学—叙事文学—文学研究—中国—当代 Ⅳ.①I206.7

中国版本图书馆CIP数据核字（2018）第266550号

DANGDAI XINXIANGTU WENXUE XUSHI BIJIAO LUNGAO
当代新乡土文学叙事比较论稿

韩鲁华 著

选题策划	刘东风 郭永新
责任编辑	梁 菲
责任校对	王 翰
封面设计	张潇伊
出版发行	陕西师范大学出版总社
	（西安市长安南路199号 邮编710062）
网 址	http://www.snupg.com
印 刷	西安市建明工贸有限责任公司
开 本	787mm×1092mm 1/16
印 张	26
插 页	2
字 数	410千
版 次	2019年3月第1版
印 次	2019年3月第1次印刷
书 号	ISBN 978-7-5695-0407-1
定 价	88.00元

读者购书、书店添货或发现印装质量问题，请与本公司营销部联系、调换。
电话：（029）85307864 85303629 传真：（029）85303879

目 录

绪 论 乡土与新乡土叙事
  一、乡土 …………………………………………… 001
  二、乡土叙事 ……………………………………… 011
  三、地域文化与新乡土叙事 ……………………… 029

上篇 新乡土文学叙事总论

第一章 乡土叙事的发展演变………………………… 050
  一、创构 …………………………………………… 050
  二、变异 …………………………………………… 056
  三、回归 …………………………………………… 063
  四、新乡土叙事的发展 …………………………… 068

第二章 新乡土文学叙事的视域……………………… 074
  一、思想视域 ……………………………………… 074

二、审美视域 ········· 081
  三、世界视域 ········· 089

第三章 新乡土现实状态叙事 ········· 093
  一、现实生活叙事 ········· 094
  二、生存状态叙事 ········· 100
  三、乡土社会现实命运的忧思叙事 ········· 106

第四章 历史-家族演变叙事 ········· 113
  一、新乡土历史叙事 ········· 114
  二、乡土历史重构中的家族叙事 ········· 117
  三、历史-家族叙事中的三种视野 ········· 123

第五章 新乡土文学中的生态家园叙事 ········· 135
  一、生态：作为一个中国文学叙事的对象 ········· 135
  二、生态视域下的新乡土叙事 ········· 145
  三、新乡土叙事中的生态家园的精神守望 ········· 153

下篇　新乡土叙事比较论

第六章 地域文化视域中的乡土叙事版图 ········· 162
  一、新乡土叙事与地域文化 ········· 163
  二、南方与北方 ········· 171
  三、东部与西部 ········· 178
  四、黄河流域与长江流域 ········· 180
  五、关东与岭南 ········· 184

第七章　陕西地域生态及其文化与文学创作 …………… 190
　一、陕西三大板块地理生态概说 ………………………… 190
　二、陕西地理生态与生存生活方式 ……………………… 192
　三、陕西地域生态与社会历史建构 ……………………… 205

第八章　地域生态文化与作家人生建构 ………………… 214
　一、路遥的人生道路与陕北地域生态文化 ……………… 215
　二、陈忠实的人生建构与地域生态文化 ………………… 220
　三、贾平凹的文学创作人生道路与地域文化 …………… 223

第九章　地域生态文化与作家审美意识建构 …………… 227
　一、地域生态文化与作家审美意识概说 ………………… 227
　二、地域文化与作家审美思想意识建构 ………………… 234
　三、作家地域文化与审美时空意识 ……………………… 255

第十章　地域生态文化与作家审美个性及风格 ………… 269
　一、作家审美个性与地域环境 …………………………… 270
　二、审美个性与地域艺术 ………………………………… 274
　三、地域生态文化与文学叙事模态 ……………………… 283

第十一章　地域生态文化与作家文学创作的文化心态建构 …… 287
　一、对现实主义的态度 …………………………………… 287
　二、文化心态比较 ………………………………………… 291
　三、创作文化心态成因 …………………………………… 297

第十二章　地域生态文化与创作思想之比较 …………… 302
　一、创作题材对象的选择 ………………………………… 302

二、作品内涵建构 ·· 308
　　三、文学艺术创构的审视视角 ································· 311

第十三章　作家审美价值比较 ·· 315
　　一、真的审美价值建构 ·· 318
　　二、善的审美价值建构 ·· 326
　　三、美的审美价值建构 ·· 337

第十四章　三位作家给予我们的思考 ······························ 352

附　录

贾平凹、莫言乡土叙事比较 ·· 370
　　一、作家生存的地域生态环境 ································· 370
　　二、基于故乡的文学叙事地理建构 ··························· 380
　　三、乡土叙事比较 ·· 386

后　记 ·· 398

参考资料 ·· 401

绪 论

乡土与新乡土叙事

新时期以来,乡土及其新乡土叙事方面,不仅在创作上取得了足以体现当代文学叙事水准的成就,而且在学术研究上也是硕果累累。尤其是在这世纪之交、中国社会进行历史转型的语境下,乡土文学叙事发生了新的变化,新乡土文学的概念也应运而生。新乡土文学这一概念的提出,引起了学术界极大的兴趣,有关新乡土文学的研究也颇为丰硕。虽然学术界的观点存在着差异,甚至各种观点也莫衷一是,但对于新乡土文学的研究探讨之学术热情,则是有增无减。有关新乡土文学的学术研究,几乎成为一种显学。即使有些论者非常敏感地发现城市文学的崛起,似乎在形成与乡土文学平分秋色之势,也依然不能否认乡土文学在中国文学创作中不可替代的重要地位,而且有愈加强劲之势。

一、乡土

乡土文学叙事,自然与乡土之间有着不解之缘。如果乡土文学离开乡土,也就不能称其为乡土文学了。这不仅涉及"乡土文学叙什么?"的问题,其实,也潜在地规约着乡土文学怎么叙事以及何以如此叙事的问题。

那么,首先遇到的问题是:什么是乡土?

于此,笔者首先试着从汉语语词词义角度做一解读。

1. 乡土词义

乡,繁体为鄉,在甲骨文中,乡与飨本是一个字:🖻 本义为主宾相向而坐，共同用餐。就字形整体来看，它表示一种行为状态，亦即用餐的行为状态。既然是一种行为，必然要有行为的行使者即用餐者——人和用餐的对象物——食物及餐具。从行为的状态来看，则是两个人相向而坐，中间是餐桌及食物。于此显示的是主宾共同用餐的状态。但乡与飨又是有区别的。在此，我们看看《说文解字》对其字义的解释。从《说文解字》的解释来看，乡字的意思后来发生了变化，假借为行政区域名："乡，国离邑，民所封乡也。啬夫别治"，"封圻之内六乡、六卿治之"。①《周礼·大司徒》中也说："五州为乡。"②这中间是否透露出一种信息：乡作为行政区域指称词，是与国之城邑相对而言的，亦即城邑之外区域之称谓？从后来乡字与其他字构成的词语来看，如乡村、乡音、乡关、乡里、乡井、乡野、乡邻、乡曲、乡情、乡亲、乡风、乡约、乡俗、乡土，以及故乡、同乡、外乡、本乡、他乡等等，总是与田野乡村、民间故里等内涵相关联的。

总括起来说，乡字在演变发展中，或者后来的运用上，主要包含着如下含义：一是指城市之外的广大山野之地；二是指家乡故里，亦即人的出生或祖居之地；三是从文化角度来看，指的是与官方文化相对的民间文化存活样态，尤其是与城市文化相对的乡间文化样态；四是就生命情感而言，特指的是人们生命情感得以寄予的原发之地。

土，甲骨文字形为🜨，本义是耸立在地面上的泥墩。由此可见，土显然是与泥土密切相关，但后来则演变成孕育万物的土地。《说文解字》的解释为："地之吐生物者也。二象地之下、地之中，｜，物出形也。凡土之属皆从土。"③这一方面，在其他古籍中也可得到印证。如《易·离第三十》中说："百谷草木丽乎土。"④此处之土指的是土地，也就是说草木庄禾的茂盛皆生长于土地，或者说土地孕育生长出万物来。当然，因土地质地构成不同，从颜色上可分为不同的类型来。《尚书·禹贡》就言：冀州"厥土惟白壤"，兖州"厥土黑坟"，青州"厥土白坟"，徐州"厥土赤埴坟"，扬州、荆州"厥土惟涂泥"，豫州"厥土惟壤，下土坟垆"，梁州"厥土青

---

① 段玉裁：《说文解字注》，中华书局2013年版，第303页。
② 徐正英、常佩雨译注：《周礼》，中华书局2014年版，第227页。
③ 段玉裁：《说文解字注》，中华书局2013年版，第688页。
④ 徐子宏：《周易全译》，贵州人民出版社1991年版，第162页。

黎",雍州"厥土惟黄壤"。①红、黄、黑、白各色之土,其实不仅显示了不同地域的土质形色,而且包含了不同地域于此土地上生长的庄稼、植物有异,更为深层所蕴含的则是生存于不同土质之地的人,所具有的生产方式与生活方式的差异,形成的民风习俗也是千差万别的,进而凝聚出其文化来。以土为核心也可构成许多词:泥土、故土、国土、黄土、领土、乡土、本土、土地、土壤、土产、土话、土风、土法、土气等等。就此归结来看,土的含义主要有:一是指植物得以生长的泥土;二是泛指大地;三是指领土疆域,如国土、家乡等;四是指某一地域,尤其是乡间所特有的物产,如土布;五是指与外域相对的本地的、本国的、地方性的文化思想等等,这是与外来的洋东西相对而言的,如土思想、土话、土法、土建筑等。如果就文化思想情感方面来说,土往往是与故乡联结在一起,蕴含的是一种乡愿情愫。②由此可见,乡与土的内涵是极为丰富的。这两个字合在一起构成一个新词:乡土,既蕴含着这两个字的原本词义,同时,也有了新的内涵。就其基本含义来说,我们以为它主要指称的是故乡、家乡。这一用法,在古代便已出现。如《列子·天瑞》篇中有言:"有人去乡土、离六亲、废家业、游于四方而不归者,何人哉?世必谓之为狂荡之人矣。"③这里所说的"去乡土"应当是离开家乡故土之意。又如唐封演《封氏闻见记·铨曹》载:"贞观中,天下丰饶,士子皆乐乡土,不窥仕进。"④这里的乡土,含有与城邑相对的意思,指的是与城邑相对的乡村、乡野。当然,它还有指称地域、地方、区域等之意,如曹操在其《步出夏门行·土不同》开句为:"乡土不同,河朔隆寒。"⑤《明史·海瑞传》:"欲开道置县,以靖乡土。"⑥但不论它是指称故乡,或者地方区域,总是与故乡、地域性生命存在及其由此而产生的文化情愫紧密地联结在一起的。或者说,提起乡土,人们更多的是从生命情感与文化的归宿角度而言的。这一方面,也可从大量的对于故乡的思

---

① 周秉钧注译:《尚书》,岳麓书社2001年版,第34—42页。
② 于此解释,参阅了学界的研究成果,因阅读比较杂泛,记不清具体材料及其出处,特此说明,对于所有有所帮助的学人及其成果,在此一并感谢!
③ 陈志坚主编:《诸子集成》(第二册),北京燕山出版社2008年版,第799页。
④ 封演撰,张耕注评:《封氏闻见记》,学苑出版社2001年版。
⑤ 曹操、曹丕著,黄节注:《魏武帝魏文帝诗注》,人民文学出版社1958年版。
⑥ 《明史》,中华书局1974年版。

念叙写中得到印证。

承续上一点来看，乡土作为一种地域、区域的指代词，它实际上蕴含着与城市相对的意义。也就是说，乡土特指的是城市之外的乡间广大的地域或者区域。既然是特指乡间、乡下的广阔地域，一方面，它自然是与客观的自然地理密切相关，即它包括的是与土地自然密切相关的丰富内涵，亦即包括了广袤的自然山川土地。另一方面，它又是与人的生存、生活及其文化密切相关的，也就是说，在这广袤的土地上所生成的文化，也就称为乡土文化。所以可以说，我们所居住之本乡本地的一切人文与自然环境，都可称为乡土。它是人们出生或长时间居住生活之地，包括人文社会与自然环境的一种内涵极为丰富的称谓。当然，它也包含着社会结构的行政区划。

更为复杂的是，乡土与人的生命情感融汇在一起，因而，乡土便成为人的精神文化与生命情感的最终栖居之地，成为人的精神文化与生命情感的向往归宿。正是由于乡土总是与故乡、地域性生命存在及其由此而产生的精神文化与生命情感紧密地联结在一起，对于乡土之阐释，可以从不同的层面、角度，进行深入探析。费孝通先生将中国社会以乡土社会而概括之，他所撰著的《乡土中国》，第一篇文章名为《乡土本色》，开篇第一句话是："从基层上看去，中国社会是乡土性的。"[1]应当说，这种概括是极为切合中国社会结构体制实际的。费孝通先生所做出的判断，是基于中国20世纪40年代及其之前的中国社会现实。现在已经到了21世纪，中国的现代化进程已经发生了很大变化，尤其是城市化进程的加速，似乎中国已经进入到了现代社会。那么，中国社会的乡土性质，是否已经发生了根本性的改变呢？问题并非如此简单。诚如丁帆先生所说，中国社会现实是前现代、现代与后现代并置。[2]可以说是多种文化思想因素错综复杂地交织融合扭结在一起，构成一种复合性的现实社会结构形态。以农业文明为其基本标志所建构起来的乡土社会，其间依然沉积着具有强大而顽强生命力的乡土心理情结，由此构成的文化心理结构形态，渗透于乡土社会的生产方式、生活方式、思维方式、行为方式，尤其是人们的日常生活风俗习惯等等之中。

---

[1] 费孝通：《乡土中国》，上海人民出版社2007年版，第6页。
[2] 丁帆、李兴阳：《中国乡土小说：世纪之交的转型》，载《学术月刊》2010年第1期，第110页。

就当代的乡土及其整体社会生活来看，在半个多世纪的历史进程中，的确发生了极大的变化。就生产方式来说，一方面是从家庭个体生产到合作化集体生产，又到以家庭为单位的大承包的个体家庭生产。这犹如浪子周游了一圈又回到了出发地，但又与原来的出发地不一样：地是原来的地，但却改变了模样。另一方面，由过去比较单一的以粮棉为基本的生产对象，到多种经营，以至从农业生产中脱离出来，进行工业生产。尤其具有革命性变化的是，农民离开乡土进入城市寻求新的生存空间，造成乡村落败，乡土文化的消解乃至消失。这就使得乡土叙事空间不得不加以拓展，打破过去城—乡二元对立的叙事空间格局，形成乡—城二元空间相融合的新乡土叙事空间格局。不仅如此，基本的生产方式的变化，与之相关联的是生活方式、思维方式、文化观念等的变化。城市生活方式、文化观念等犹如洪流一般涌入乡村，在将古老的乡土冲刷得伤痕累累的同时，生发着新的乡土生活、乡土观念等。这既给作家的文学叙事提供了新的生活对象，而更引发了作家诸多思考，以及思考中的困惑，乃至困顿。比如贾平凹在接受访谈时就说："农村的变化我比较熟悉，但是这几年回去发现，变化太大了"，"我记忆中的那个故乡的形状在现实中没有了，消失了"。"解放以来，农村的那种基本形态也已经没有了。解放以来所形成的农村题材的写法，也不适合了。是现实生活改变了我的心态和思维。"[①]从这个意义上说，是中国社会历史转型期的乡土生活的巨大变化，促使作家进行新的艺术思考，催生着新的乡土文学叙事。

这里，学者们更强调的是乡土所蕴含的文化意义。

2.乡土的文化含义

乡土，在中国具有极为重要的生命情感价值意义，在几千年的发展历史中，它已积淀为极为深切的故土、恋土文化心理情结，形成了一种文化集体无意识，不仅构成了特异的乡土文化形态，甚至形成了中国社会的特殊性质。

对于中国的社会性质，费孝通先生在其《乡土中国》中，给出了经典

---

① 贾平凹、郜元宝：《关于〈秦腔〉和乡土文学的对谈》，见西安建筑科技大学现当代文学研究中心编：《〈秦腔〉大评》，作家出版社2006年版，第584页。

型的结论:"从基层上看去,中国社会是乡土性的。"① 这一结论得到了学界的普遍认同。依此逻辑来说,中国的乡村社会,自然是一种乡土社会。那么,中国这种乡土社会又是怎样一种社会建构呢?费孝通先生给出的说明是一种特有的"差序格局"式的社会结构。在这个"差序格局"式的社会结构中,中国的许多村庄就是以家族姓氏命名的,乡土中国实际上是一个家族式社会。② 有关乡村家族式社会结构,诸多学者似乎有着较为相同或者相近的看法。卢作孚先生从伦理道德与政治法律角度做出如下结论:"家庭生活是中国人第一重的社会生活;亲戚邻里朋友等关系是中国人第二重的社会生活。这两重社会生活,集中了中国人的要求,范围了中国人的活动,规定了其社会的道德条件和政治上的法律制度。"③ 梁漱溟先生进而分析了家族制度在中国文化中的重要地位,认为"中国的家族制度在其全部文化中所处地位之重要,及其根深蒂固,亦是世界闻名的。中国老话有'国之本在家'及'积家而成国'之说;在法制上,明认家为组织单位。中国所以至今被人目之为宗法社会者,亦即在此"④。而家族是以"血缘"与"地缘"为基础建构起来的,进而形成了一种熟人社会。这是因为生活上被土地所围住的乡民,他们平素所接触的是生而与俱的人物,正像我们的父母兄弟一般,并不是由于我们选择得来的关系,而是无须选择,甚至先我而在的一个生活环境。⑤ 这样,乡土社会以至整个中国社会,其文化表现出特有的特征:"融国家于社会人伦之中,纳政治于礼俗教化之中,而以道德统括文化,或至少是在全部文化中道德气氛特重。"⑥ 由此可见,家族血缘性、道德习俗性等,也就成为乡村社会伦理极为重要的因质。因而,乡村的这种伦理便成为构成与维系乡村结构关系的不可或缺的重要因素。

从上述学者对中国乡土社会及其文化的含义分析,我们是否可以引申出如下含义呢?

---

① 费孝通:《乡土中国》,上海人民出版社2007年版,第6页。
② 费孝通:《乡土中国》,上海人民出版社2007年版。
③ 卢作孚:《中国的建设问题与人的训练》,转引自梁漱溟:《中国文化要义》,上海人民出版社2005年版,第16页。
④ 梁漱溟:《中国文化要义》,上海人民出版社2005年版,第15页。
⑤ 费孝通:《乡土中国》,上海人民出版社2007年版。
⑥ 梁漱溟:《中国文化要义》,上海人民出版社2005年版,第20页。

首先，还必须说乡土文化是基于土地及其在土地上生存而形成的一种文化形态。这里主要是说它应当包含：第一，它是农耕生产方式所产生的文化形态，而农耕生产的前提基础条件是土地。离开农耕这一基本的生产活动，乡土文化也就无从谈起。因此，乡土文化中也就势必要包含与农耕生产相关联的内容，比如人们常说的日出而作、日落而息，春耕、夏耘、秋收、冬藏等，都是对农耕生产以及由此而形成的中国乡村古老生存状态的描述。第二，它还是以村落为居住环境的群居生活方式所形成的文化形态。村落群居生活自然离不开土地，但同时也是基于农耕生产的，因为农耕这种生产就要求人必须固定地居住下来。人虽然可以移动，但土地却是不可能移动的。正因为这种固定的村落居住方式，才有了以血缘为基本的宗族文化，才形成了所谓的熟人社会。

其次，承上所述，乡土文化是一种以血缘为纽带的宗法家族文化。就村落而言，往往是一宗一族地居住生活在一起。相比较而言，中国人特别是乡村的人，具有非常浓郁的宗族、家族观念。直至今天，中国人春节千里归家，其实深层隐含的就是家族观念，其维系着人们的生存形态。甚至将国家也视为一种家天下的存在方式，比如唐朝姓李、明朝姓朱等。也正因为如此，在中国的乡土文学创作中，家族叙事便成为一个极为重要的形态。新乡土文学叙事，一方面从新的历史观念在反顾家族及其建构历史，另一方面也在解构着家族建构及其历史，可以说，家族的衰落甚至消亡，也构成了新乡土文学叙事的重要内容，也是乡土文化在现代文化的冲击下解构与消失的命运存在状态。

再次，乡土文化是一种习俗文化。习俗，指的是一国度、一民族，以及一地域的人们在长期的生存中所形成的生活风俗习性。即人们在生存的过程中，在某一地域所形成的生产生活方式、风尚习惯方式，以及思维与行为方式习性等。一国一民族或一地域之民众所创造的、世代相袭的社会生活中的一切文化事象的总和。而在习俗文化中，从文学创作角度来说，人们更为重视其民间性，也可称之为民俗文化。民俗文化，在笔者看来，也是人们在长期的生产与生活中所创造或者形成的风尚礼仪、风俗习惯等文化事象的总和。民俗具有民间性、社会性、地域性、约定俗成性、传承性、行为制约性、神秘性等特征。民俗作为一种文化形态、文化现象，与官方文化具有一定的相对性，与所谓的高雅文化，也有一定的相对性，其强调的是民间性、原生性、习惯性。民俗文化有以下关节点：第一，它是民间的文化，因此，它主要存活于民间；第二，民俗文化是与人们的生活紧密相连的，因此，它渗透于各方面，特别是民间的日常生活之中；第三，它具有约定俗成性，是人们在长期的生活实践中形成的，大家按照其习惯去做；第四，它对人们的思维与行为，具有潜在的制约作用，亦影响着人们的情感方式，对人的心理建构具有潜在的制约作用。从民俗文化的保留存活延续而言，乡土社会是其最为主要的土壤，民俗文化与乡土生活之间形成了一种水乳交融的状态。甚至可以说，民俗文化就是乡土文化的一种特殊的表现形态。也许正因为如此，对于乡土生活的文学叙事而言，民间的习俗生活及其文化事象，便成为其不可或缺的重要内容。

又次，乡土文化还是一种地缘文化。将乡土文化从某种意义上视为地缘文化，是基于这样的考虑：不同的地理形态形成了不同的地理生态——这包括地形地貌、气候水文等自然条件，进而形成不同的可供人类生存的地理生态环境，正是基于不同的自然生态环境，人们选择了不同的生存方式或者生存形态，比如游牧生存方式与农耕生存方式等。不仅如此，处于同一地域环境中的人们，长期共享一个地缘整体之内所具有的生存要素，于是他们先天地、历史地、不可选择地联系扭结在一起，在群体毗邻而居的合作互动中，创造出一种共同的文化形态，享受着共同的历史文化记忆。从另外一种角度来说，也就是人与人之间建构起一种地缘结构，形成此一地域与彼一地域文化的相对独立性、封闭性，同时又在历史的交融中建立起它们之间的关联性、互动性、交融性。正因为如此，乡土文学叙事也就势必具有鲜明的地域文化特征。

乡土文化具有鲜明的地缘性特征。或者说，乡土文化从某种意义上说，就是一种地缘文化，这是因为乡土具有突出的地域性。甚至可以说，乡土文化都是建立在具体的乡土时空之中的。就中国而言，形成了不同的地域文化。就地缘文化所包含的文化层次内涵来看，笔者如果将其分为地域文化景观、地域文化风俗和地域文化性格三个层次的话，那么每一个地域文化层次的建构与乡土文化的层次建构之间，都具有内在的关联性。也正因为如此，在这不同的肥沃的地域文化土壤中，生长出具有鲜明地域文化色彩的文学叙事。

末次，从文学叙事角度来看，乡土文化是一种眷恋故土、怀念故乡的生命情感文化。中国文化中包含一种非常重要的文化心理情结，那就是眷恋故土、怀念故乡的文化生命情感郁结。也许正因为如此，中国的文学史中才有如此浩瀚的抒写故土、故乡的作品。可以说，从古到今，故乡便是文人墨客生命情感的寄寓地，是其文化精神的寄寓归宿，更是他们文化精神人格塑造的原型。

从某种角度来说，文化就是一种生命情感的记忆。而人的生命情感记忆的原点就根植于故乡的厚土之中。因此，不管离开故乡的人生历程有多远，是曲折坎坷还是一帆风顺，在人们的人生经验与生命情感体验中，故乡所给予的记忆是无法彻底抹去的。这正如作家莫言所言："虽然我身在异乡，但我的精神已回到故乡；我的肉体生活在北京，我的灵魂生活在对于故乡的记忆里。"[1]

不论将其视为一种文化心理情结还是文化原型，乡土文化都伴随着人终生的文化性格与人格塑造历程。莫言说："故乡对我来说是一个久远的梦境，是一种伤感的情绪，是一种精神的寄托，也是一个逃避现实生活的巢穴。"[2]

3.乡土的文学意义

乡土文学作为一种文学的类型或者文学的流派明确提出，自然是现代文学史上的事情，或者说，乡土文学是与现代文学同步创构的。但是乡土作为一种作家叙写的情怀，或者作为文学叙事以及描述的对象，可以说是与中国文学的开创同步的。《诗经》作为中国文学的重要源头，其中的风就是各国风土人情、现实生存状态的描摹。这些诗作的来源，则是采风官们从民间收集来的。这可以说是中国最早的反映民间自然也包括乡村在内的文学创作。比如，其中就有许多描写农耕生产、生活的诗作，像《诗经·国风·豳风》"七月流火，九月授衣。一之日觱发，二之日栗烈；无衣无褐，何以卒岁"的艰难的生存状态。如果从怀乡角度来说，虽然屈原的《离骚》等诗作中主要表达的是忧国忧民之情思，但其间依然透着作家在流放地对故土的思

---

[1] 莫言：《我的故乡与我的小说》，孔范今、施战军主编，路晓冰编选：《莫言研究资料》，山东文艺出版社2006年版，第25页。

[2] 莫言：《我的故乡与我的小说》，孔范今、施战军主编，路晓冰编选：《莫言研究资料》，山东文艺出版社2006年版，第27页。

念与眷恋之情。例如《楚辞·九章》之《哀郢》中"冀一反之何时？鸟飞反故乡兮，狐死必首丘。信非吾罪而弃逐兮，何日夜而忘之？"之后出现的田园诗、山水诗、边塞诗等，应当说其间蕴含着更为浓郁的乡土情感精神。也许，将乡土作为文人的思想情感与精神情怀寄寓之地，大概就是始于此时吧。陶渊明的诗作可以说是文人笔下极为典型的乡土文学。陶渊明《归园田居》中"种豆南山下，草盛豆苗稀。晨兴理荒秽，带月荷锄归。道狭草木长，夕露沾我衣。衣沾不足惜，但使愿无违。"《饮酒》中所描绘的"结庐在人境，而无车马喧。问君何能尔？心远地自偏。采菊东篱下，悠然见南山。山气日夕佳，飞鸟相与还。此中有真意，欲辨已忘言"成为此后文人寄寓精神品格于乡村田园的典范。就是民歌也洋溢着殷殷的乡土之情，如《古诗十九首·涉江采芙蓉》："涉江采芙蓉，兰泽多芳草。采之欲遗谁？所思在远道。还顾望旧乡，长路漫浩浩。同心而离居，忧伤以终老！"当然，中国文学史上留下更多的是离乡后"举头望明月，低头思故乡"的怀乡之作，这实际上已经形成了一种乡愁文化，积淀成为一种怀乡的乡土情结，一种集体无意识，甚至也可以说是一种文学叙写的母题。

也许正因为中国文学叙事具有这种思土怀乡的艺术传统，或者称之为一种文学艺术精神的血脉，才使得中国文学在现代性历史转型中，乡土文学叙事首先成为新文学创建关注与致力的对象。中国的乡土文学叙事从五四时期算起，已经经历了近百年的发展演变，可以毫不夸张地说，已经构成了中国现代文学历史性转换与建构的最为重要、最为丰富的内容。当然，今天的乡土文学叙事与五四时代、20世纪50—70年代的乡土文学叙事相比，已经发生了很大的变化。但是，作为一种文学叙事，乡土与文学叙事艺术之内在关联性，却是始终存在的。或者说，乡土作为文学创作的叙事对象，在现代性历史转型的语境下，不仅具有极为重要的文学艺术审美意义，而且还有着极为重要的文学史意义。

但是，从文学叙事角度来看，立足于乡土，从乡土民间的立场，将乡土生活、乡土人生、乡土生存状态、乡土风土人情、乡土风俗习性等，撕裂开来叙写得如此丰富多彩、深刻蕴厚，应当说这是乡土及其乡土叙事，对于中国文学的特有贡献。比如就题材的开拓与人物形象的塑造来说，乡土文学都有着重要的艺术创造。从鲁迅文学到今天的乡土文学，对于乡村社会生活的艺术叙写，取得了前所未有的突破与成就。而且把这些乡土文学生活叙事联结起来，可以说就是一部中国乡村社会历史及其文化的现代性历史转换的百年发展演变史。从乡土社会的风云变幻到日常生活细节的描绘，都在这百年来的乡土文学叙事中得到体现。就艺术形象的创造来说，从闰土、阿Q直至今天众多新乡土文学叙事中所塑造的群像性的乡土人物形象，构成了一个庞大的乡土人物谱系图，为中国文学特别是现代文学艺术形象增添了绚丽的风采。

乡土存在的本身，就是文学艺术创造发展的巨大生命原动力。尤其是在城市与乡村、传统与现代、本土与世界等二元并立交汇的社会历史文化交织交融的语境下，那更是为文学艺术的发展与创造，提供了广阔的创造想象的空间。乡土，不论是作为一种社会学的概念，还是作为文学艺术叙事的对象，引起人们足够重视的，应当说是在进入现代性的历史转型时期所出现的。也许，在前现代社会历史中，虽然社会生活也在不断地发展变化，但是，由于基本的社会结构体制，尤其是文化思想及其观念，则是一贯的。所以，对于乡土，或者确切地说是乡村，并未能引起、激发文学艺术创造的生命活力，自然也就无法创作出基于乡土的文学作品来。也可以说，作为文学创作的文人或者知识分子，也就不可能从乡土、乡村、乡民的立场去进行文学艺术的叙写。只有在呼唤现代文化思想的城市出现之后，乡土所蕴含的前现代文化思想的价值与意义才在对抗与对立中，具有了更为充分的历史文化意义。正是现代文化思想的强行介入，现代城市的强权发展，使得沉睡的乡土及其乡土生活等焕发出轰毁与重生的生命律动。

二、乡土叙事

1.乡土经验与乡土叙事

在此，我们是从文学叙事角度来理解乡土的，因而我们更为关注的是：乡土何以成为文学叙事的对象？有些作家为何将自己的故乡作为叙事的对象？他又是怎样叙述他的乡土生活？等等。这中间涉及的问题极为复杂。但是，其中有一个非常重要的原因，那就是，我们在考察从鲁迅到今天"70后"乃至"80后"乡土作家的乡土叙事时，发现他们几乎都有过乡土生活的经验的。不论是实述还是想象，都是基于其最为基本的乡土生活经验，或者说是生命情感的乡土体验。所以说，乡土文学叙事，是离不开作家的乡土生活经验。甚至可以说，乡土文学叙事，实际就是作家乡土经验记忆的艺术表现。

经验，从字面来看，经是经历、经过、经见，验是考察、检验、体验。二者组合在一起，作为动词，含有经历并对其经历进行了验证的含义。作为名词，就是由人的亲身经历实践所得到的知识或技能总结。如果上升到更为理性抽象的层面来说，经验就是感性的认识，是人们在实践中，通过感觉器官对于客观事物的认识。由经验之字义来理解乡土经验，主要包含两层含义：一是经历过的乡土生活经验；二是对于乡土生活经历，进行归纳总结出的认识。但事实上情况要比这复杂得多。从乡土文学叙事的情况来看，乡土经验，不仅包含着乡土生活经历与对于乡土生活的认识感受，还蕴含着生命情感的体验等内涵。如果就更为广阔的视域看问题，就是对于乡土的经历、认识等，即存在个体化的经历，及其个人所特有的经历所形成的特殊感受与认识。也有着不同地域、时代、国度、民族等的乡土经历与感受、体验、认识。所以，时间与空间不同，国族与个人各异，所得到的经验认知自然不同。比如莫言的乡土经验就不同于韩少功的乡土经验，中国的乡土经验就有别于美国的乡土经验，今天的乡土经验，不仅不同于古代，就是与20世纪后期相比，也发生了极大的变化。这正如许多作家所谈到的，过去的乡土经验已无法解释今天的乡土经验。

乡土经验，首先是一种乡土生活的经验，这是乡土叙事的基础。不论作家以何种思想观念审视乡土，采取什么样的叙事方式叙写乡土，都需要有深厚的乡土生活经验做底垫，只有这样，所叙述的乡土生活才接地气。比如鲁迅，他的乡土叙事是深刻而典型的启蒙叙事，但是，他对于乡村生活的叙述，特别是细节的叙写，可谓入木三分，生动形象。当代的贾平凹、莫言、刘震云等等，他们对于乡土的理解把握是各不相同的，但是，他们对于乡土生活细节的描写，都是非常准确的，深深地根植于大地之中。由于时代、地域、国度、民族，以及作家个人的人生经历、思想观念、心理气质、审美情趣、个性等诸多方面的差异，乡土经验也就必然呈现出社会时代性、民族性、地域差异性和个人的独特性。

乡土经验，更为重要的是一种生命情感体验。就作家来说，各人的生命情感体验不同，所形成的乡土经验感受也就不同。鲁迅先生经历了由盛而衰的家庭变故，经历了中国社会从清末到民国这一最初的现代性历史转型的社会历史文化境遇，又经历了域外与国内、西方与东方不同文化思想的冲撞，故此，他对"世态炎凉"有着深刻的生命情感体验，对社会历史有着极为深刻的认知，对于传统文化，特别是民族的文化性格等有更切骨的深邃认识。加之他并非真正的乡下人，这就铸就了他对于农民冷静而客观的"哀其不幸，怒其不争"的叙事心态。贾平凹经历了一个家族由合而分，特别是"文革"中父亲被打成"历史反革命"的变故，加之体弱等方面的原因，他对于乡土的生命情感体验，就多了几分孤独。莫言对于童年的饥饿具有深刻的生活经历和切骨的生命体验，因此，他的乡土叙事中总是贯穿着一种对于饥饿的恐惧。余华虽然也是从小生活在乡村，但毕竟不是地地道道的农民出身，他从小生活在医院环境中，加之牙科医生的经历等等，所以，他有关乡土经验的生命情感之中，就多了几分冷酷。韩少功等知青作家，有着下乡的经历，迫使他们由反思自身的革命行为，进而反思中国的社会历史文化，所以他们的乡土经验凝聚于生命情感体验中，有意无意之间，就隐含了城市他者的文化眼光，现代性启蒙成为其基本的思想视域。

这实际上就涉及乡土经验中的理性思考认知问题。可以说，在每位作家所叙写的乡土经验之中，都熔铸了基于乡土生活经验与生命情感体验的思考。从整体上来看，中国的乡土文学经验的观照，总体上走了一条从启蒙到革命，又回归启蒙，再到多元并存的路径。这中间既蕴含着中国现代性思想的艰难建构历程，也体现着对于中国经验历史建构的诉求，以及对于在建构起中国式的乡土文学叙事的探寻中，建构起本民族的现代文学叙事愿景。也就是，如何建构起中国式的文学写作，以期为世界奉献出中国的文学叙事经验。由此可见，中国的乡土经验是与中国一个多世纪的社会历史、文化思想经验的探寻与建构同步前行的。

但是于此我们还要强调的是：经验不是经历。毫无疑问，经验与经历有着密切的关联性。经验主要是以经历为基础，是对经历的一种体验、感受与认知。所以说，有时经验自然离不开经历，或者说经验与经历具有某种重合，但是，经验经常会溢出经历，它是一种心理想象体验的东西。比如有些事情人并未亲身经历过，但是可以在心理上进行体验，比如死亡。于此，我们特别强调人的认识在经验中的作用。也就是说，经验中蕴含了丰富的、独特的、深刻的对于世界的体验与认识。故此,乡土叙事所叙述的经验,更为深刻的内涵,源自作家对于乡土的体悟与认知。

这里顺便说明一点,有关中国乡土叙事中的现代性问题,学界的研究与论说已经非常充分,尤其是丁帆先生在其系列论著《中国乡土小说史》《中国大陆与台湾乡土小说比较史论》《中国乡土小说的世纪转型研究》等中,贯穿的一个思想主线,就是思想启蒙下的中国乡土文学叙事的现代性思考。[①]

谈到中国经验的问题,应当承认,这是一个论域比较复杂也比较宽阔的命题。中国经验的提法,其中一种观点认为,最初源于社会经济领域的"中国模式",进而引发出中国经验的学术研讨。由此,"近10年来,围绕上述学术转换,已经有诸多学者一再论及'中国经验'及其意义"[②]。在文学研究上,究竟何人何时最初论及中国经验问题,笔者未做详细考证,于此自然不敢贸然遐想地做出判断。但是,以中国经验为论题探讨文学创作的文章,可以说成为近年来文学评说的一个热点话题。像李云雷《如何阐释中国与中国文学》、牛学智《"中国经验":越来越含混的批评路线》、卓今《本土经验与中国现当代文学的世界性》、南帆《经验、理论谱系与新型的可能》、金理《面对"思想"与"中国经验"的呼唤——讨论开给新世纪文学的两种"药方"》、张清华《"中国经验"的道德悲剧与文学宿命》等等[③],还有报纸上的一些短论,如莫言获得诺贝尔文学奖之后,就有人以《莫言与"中国经验"的讲述》为题,探讨莫言及其中国文学创作,并引用中国作协的贺词道:"莫言的获奖,表明国际文坛对中国当代文学及作家的深切关注,表明中国文学所具有的世界意义。希望中国作家继续勤奋笔耕,奉献更多精品力作,为人类的文化发展作出新的贡献!"[④]而对于当代中国

---

① 丁帆:《中国乡土小说史》,北京大学出版社2007年版;《中国大陆与台湾乡土小说比较史论》,南京大学出版社2013年版;《中国乡土小说的世纪转型研究》,人民文学出版社2013年版。

② 周晓虹:《中国经验与中国体验:理解社会变迁的双重视角》,载《天津社会科学》2011年第6期。

③ 有关此方面的研究,笔者收集并阅读了50余篇论文,除文中提到的还有阎连科:《当代中国文学的样貌及其独特性》,载《中国人民大学学报》2009年第5期;孟繁华:《文学革命终结之后——近年中篇小说的"中国经验"与讲述方式》,载《文艺研究》2011年第8期等。

④ 蔡清辉:《莫言与"中国经验"的讲述》,载《光明日报》2012年11月4日第6版。

文学创作中国经验的探讨，这似乎还是一个正在进行，需要更为深入地探讨下去的话题。

什么是中国经验？从文学创作而言，它起码包含两方面的内涵。一个是文学创作所要叙写的中国经验，另一个是中国经验如何去叙写。就中国当代文学所要叙写的中国经验而言，从时间维度来说，就有历史经验和现实经验。前者如陈忠实的《白鹿原》、莫言的《檀香刑》等等，就现实经验而言，像贾平凹的《秦腔》、刘震云的《一句顶一万句》等等。换一种视角，有叙写城市经验的，如王安忆的《长恨歌》等，而更多的是叙写乡村经验的，如张炜从20世纪80年代就开始的《古船》等一系列作品。当然，如果从思想精神层面上来分析有关文学所要叙写的中国经验，可能可以细分出更多意义层面上的中国经验来。如果就中国经验如何叙写来看，最为普遍的叙写视域是以西方文化思想价值观念为基本参照系，对于中国正在进行的历史转型时期的社会、人生、人性、情感，以及历史、文化、经济、政治等经验的叙写。这应当说是中国近现代以来的一个最为普遍、最为基本的叙写视域。我们自然可以说，在世界不断交流的历史趋势下，中国的文学叙写无法超出世界文学历史建构之外；我们也可以说，西方的文学叙写确实为中国的现当代文学叙写提供了许多值得学习借鉴的经验；我们更可以说，中国作为人类的一个有机组成部分，中国人的经验自然就是世界经验的有机组成，我们的文学叙写也就自然是世界文学叙写的有机构成。现在的问题是，在世界文学叙写的历史建构境遇中，我们究竟处于怎样的地位？

不可否认，这里其实还隐含着一个无法回避的问题，那就是对于世界文学的理解与认识。在人们的意识中，所谓世界文学并非是全世界所有民族国家的文学，而是以欧美文学为主导的世界文学。比如，且不论近年来所说的中国文学走向世界命题的逻辑性如何，就其实际所指的意义而言，那就是中国文学向西方文学看齐，或者融入、得到西方文学的认同接纳。也许正因为如此，中国的现当代文学叙事才徘徊或者深陷于我是谁的困顿之中。

实际上这里就涉及一个中国文学如何叙写中国经验的问题。那么，中国当代文学叙写了一种怎样的中国经验呢？如果从当代文学的历史来看，最具特异性的，恐怕还是以文学叙事的方式建构起一个社会政治意识形态化的社会历史、现实人生的中国经验。当然，这是具有发展性的，即从社会政治意识形态化的中国经验，到现实人生生活化的中国经验；从社会政治意识形态一元化的人的经验到世俗生活的多元化的、个体生活、精神生活、文化历史生活的人的历史建构经验；从外部社会世界建构到人的内心世界历史建构的经验。这里始终贯穿着历史—现实、传统—现代、本土—世界等矛盾冲突，以及这种矛盾冲突的现代中国、现代社会经济、现代文化、现代人的历史建构。不过当代文学所叙述的这些，则是通过对于人性、人情的煎熬的痛苦描述而呈现出来的。当然其间也有着对于人生尴尬的境遇、人性的血与火的融化，以及社会生存境遇、人之存在的荒谬等等内涵的揭示。

乡土叙事与中国当代文学叙事一路同步走来，成为当代文学叙事的一个标本。在对当代乡土叙事的作品所叙写的现实生活内容进行排列时，受到一个过去并未意识到的震撼。那就是乡土叙事实际上记录了中国这几十年的历史生活经验，包括被研究者特别称谓的20世纪50—70年代中国的农村叙事。不仅如此，在我们看来，当代的乡土叙事，始终在关注中国社会现实的历史经验建构，始终与中国的社会现实相律动，甚至一些作家非常敏感地带有一定超前性地，用自己的笔触动了我们这个社会不同时期的或敏感或麻木或脆弱或刚强的神经。他们不仅是社会历史生活的记录者，更是民族文化精神心理历程的剖析者。所以，从某种意义上说，要了解中国改革开放所形成的中国经验，也许阅读当代乡土叙事的文学作品，不失为一种具有典型意义的路径。

2.乡土意识与乡土叙事

乡土意识，从本质上来说，它是乡土世界中包括客观的自然环境、人文环境及其人与事等客观物象与社会生活事象在人们头脑中的主观反映，是人们对于乡土世界直接经验的个人的主观印象。由此而言，乡土意识既是人们对乡土世界的知识性与理性的认知，也是对乡土世界的情感感受和评价，还是在追求乡土世界理想建构的想象中所呈现出的一种精神状态。

从文学创作角度来说，乡土意识，实际上就是作家乡土经验在其生命中所形成的一种情感记忆，以及由这种生命情感记忆所郁结而成的精神心理情结。也许正是在这一意义上，人们说乡土是一种乡愁，一种情感的记忆，或者一种精神的寄寓，等等。就作家个体而言，其乡土意识的形成，则是源于童年的生活肇启。人的文化心理及其心理性格的形成，也是从童年的生命情感记忆开始的。而童年的生活与情感记忆,则与故乡的记忆水乳交融。正如作家王西彦在晚年所言:"有谁能够忘记自己的乡土,不对乡土抱有深切的感情呢?在我的观念里,乡土是和母亲相联系的,对乡土的感情也就类似对母亲的感情,或竟是同一的东西。直到现在,已经是一个白发如麻的老人了,我还依恋着自己的童年,记忆里还保留着过去那个充满叹息和眼泪的乡土的悲凉景象。"[1]从乡土文学叙事来看,不论是叙述过去的乡土,还是书写现在的乡土,我们都能深切感受到作家童年记忆的痕迹。就新乡土叙事来说,莫言、贾平凹、张炜、阎连科、刘震云等作家,几乎无一例外在自己的乡土叙事中,熔铸着他们的童年生活经验与生命体验。

当然,作为人生命记忆中的乡土意识,一方面联结着物质化的故土家园,另一方面则是人对于故土家园的一种生命情感的认同与精神归宿的追寻。意识从心理学角度来说,是人所具有的一种心理活动,是人对于自身与外在的客观世界的感知,亦即人在生存的过程中,所感知到的自身的存在、客观世界的存在,以及自身与客观世界之关系的存在。于此我们认为,人的生存过程,实际上也是一个不断地对于自身与世界及其二者关系感知的过程,在这个感知的过程中,将所感知到的现象进行积存,或者进行归纳,进而形成了一些根植于人的生命情感之中的思想情感,也就形成了一些心理意识积淀。由此也可以说,意识是人的心理记忆垒叠而成的一种生命情感意念。从人类发展的历史来看,最初的生存总是与土地紧密地扭结在一起,每个人都有自己的故乡,从这个意义上说,乡土意识也是人类普遍存在的一种精神情感现象。比较而言,中国人的乡土意识尤为突出,这自然是与中国几千年的农耕生产方式与村落群居生活的生存状态密切相关。也就是说,长期以来,对于土地以及固守于土地之上家园的生存方式,形成了深深根植于中国人生命血脉之中的乡土意识。

如果从文化及其文化心理意识角度来看问题,正因为中国的文化及其文化心理意识的产生,与土地具有密切的内在关系。甚至可以说,中国的文化思想意识,就是从土地及其耕作于土地之上的生存过程中积淀形成的。就此可以说,乡土意识最初就是在土地之上的农耕文化中孕育出来的。或者说,

---

[1] 王西彦:《〈悲凉的乡土〉自序》,见王光东、许斌主编:《中国现当代乡土文学研究》(下),东方出版中心2011年版,第179页。

由于在土地上日复一日、年复一年地进行生产劳作，自然就在情感心理与认知心理上，郁结出一种生命情感来，久而久之就成为一种文化心理情结，一种文化意识。不论是作为一种心理情结，还是一种文化意识，乡土意识与人的社会生存历史与现实相融合，幻化出极为丰富多彩的风姿形态。正是从这个意义上，乡土在中国文学现代性历史转换的过程中，首先成为文学叙事的对象并贯穿于现代文学历史转换与建构的整个过程。被认为是现代文化标志的城市文学的兴起，也并非是将乡土叙事排斥在外，而是实现了一种新的交融。因为在中国的现代城市叙事中，依然留有乡土的文化思想因质。

毫无疑问，乡土叙事中凝聚着非常浓厚而深切的乡土意识。换一种角度看问题，乡土叙事中呈现出丰富多样的乡土意识。如果从乡土文学是在中国社会、文化思想、文学艺术等的历史转型中所出现的一种文学样态这一角度来说，乡土意识在乡土文学叙事中的表现，自然具有其特殊的表现形态。

正如许多研究者所说的那样，乡土文学的出现，是与中国知识分子生命情感的寄寓放逐与回归等密切相关的，也是社会时代在其精神心理上所引发的一种精神追寻。从鲁迅、沈从文到贾平凹、莫言等乡土作家，他们的乡土叙事都是他们离开乡土生存于城市的一种文化精神的返乡，这可以说是一种文化的乡愁。这种文化的乡愁，首先表现为一种浓重的对于故土的眷恋。他们的乡土叙事中，凝聚着浓郁的故土意识。这种故土意识自然是与作家的故乡密切相关的，从某种意义上说，故土意识就是一种故乡意识。作家对于故乡的思想情感，从新乡土叙事来看，已经不再那么地清晰淳朴，而变得复杂、矛盾。但是，不论对于故乡及其乡土是眷恋，抑或是逃离乃至憎恨，其实在他们的生命情感与精神寄寓上，故乡都是他们观察世界的一个情感中心。从人的生命情感与思想意识的形成来说，童年所经历的生活，便成为其情感意识的原始家园。故乡成为构成作家思想意识的基本底色，此后不论离故乡多远，在故乡所形成的情感意识都是陪伴终生的，也构成了作家创作的精神原型。贾平凹在家乡为他召开的一次研讨会上讲的话，具有代表性："无论在什么时候什么地方，说起商洛，我都是两眼放光。这不仅出自于生命的本能，更是我文学立身的全部。""商洛虽然是山区，站在这里，北京很偏远,上海很偏远。"①这种融化在生命之中的故乡或者故土意识,促使作家在进入文学叙事时,自然而然地将自己的故乡作为叙事原型。

作为文学叙事的一种文化思想与生命情感资源,乡土意识总是与所谓的传统意识联结在一起。不论是五四时期鲁迅以国民劣根性加以概括,还是后来以前现代的落后性进行表述,在现代启蒙话语之下,对于传统文化均予以否定性的批判。在进入新的世纪之交的历史语境下,人们对于传统文化则有了新的认同,即将现代性的历史转型与中国的传统文化历史语境相融合,重新发现了传统文化的优质特性,也就是说,更自觉地将现代性历史转型置于中国本土文化语境之中。文化寻根的文学叙事几乎都是将笔触伸向了传统文化,而所伸向的传统文化路径也基本上指向了乡村,或者乡土文化。从中可以看出,中国的传统文化及其思想观念,恰恰更多的是存活于乡土生存状态与文化意识之中。随着中国城市化历史进程的加速发展,存活于乡土之中的传统文化意识,则被无情地解构着,甚至是毁灭着。因此,乡土意识在这新一轮的历史转型中,也被解构着,同时在进行着新的历史建构。于此,乡土意识也就再也不是田园牧歌或者淳朴善良等的代名词,而呈现出一种复杂的、矛盾的,甚至是非常尴尬的、困顿的状态。

乡土意识又常常与家园情怀实现着某种同构,故乡、家乡所依托的则是村落家园。四周由墙围拢起来的农家四合院子,是中国典型的家园所在。而家园又是与居住其中的以血缘关系组合在一起的家族血肉相连的。因而,家园也就自然而然地成为中国人的一种文化精神与生命情感的栖息居所。甚至可以说,家园中寄寓着家族意识。家族观念、家族意识,是乡土意识整体建构中不可或缺的极为重要的要素。但是,在中国人的思想意识中,家族意识又是与国家意识紧密相连的,甚至追求着一种文化意识上的同构。家与国成为不可分割的生命情感与文化思想意识的连体。也正因为如此,乡土文学叙事在进入家园叙事的时候,最终将家园的精神意义指向国家。换句话说,以家园为其载体的家族叙事与国家叙事在文化精神上实现了合二为一。而这又是与中国文化的根性相对应的。中国的文化心理性格特质,不是以个体价

---

① 贾平凹:《我的故乡是商洛》,载《商洛之窗》网站,2014年11月11日。

值追求为指向，而是以群体价值追求为指向的。"西方'自我'是原子化个体的自我；中国文化中是人格，人格理想，这个东西带有群体性和积累性。在西方现当代艺术发展过程中，纯粹个体的心理发泄是主要的创作动力，这是现代主义绘画包括后现代主义的观念艺术和装置艺术的主要源泉。而在中国，动力是另一个，就是对人格理想的建构，而且是对积累性的、群体性的人格理想的建构。但它不是只完善自我，是在这个群体性、积累性的理想过程中建构个体的自我。"[①]家族文化性格一个极为重要的核心因素就是家族整体意识，而家族整体意识实质上也就是一种国族意识。所以，家与国紧密联结在一起，家园、家族与国族亦是紧密联结在一起的。由此而论，家园意识、家族意识与国族意识也自然而然联结在一起了。因此，家园意识、家族意识与国族意识也就构成了乡土意识的重要内容。这也就是，不论是传统的乡土叙事，还是新乡土叙事，总是将乡土的历史建构与命运和国家的历史建构联结在一起的原因。

3. 乡土叙事的态度与立场

不论是何种类型的文学叙事，必然会遇到这样的问题：如何来把握和处理作家与叙述对象、叙述者、读者等之间的关系？这就涉及作家叙事的态度和立场问题。作家以什么样的态度、站在什么样的立场上，进行观察、审视、叙说，其叙事的结果是大相径庭的。因此，我们将叙事态度与立场，作为新乡土叙事的一组重要概念来加以探讨。

什么是叙事态度？态度，简而言之，就是人们在对事物进行评价时所具有的行为倾向。一般来说，态度中包含着内在价值、情感体验和意志倾向等基本要素。对于事物的评价态度，又是以评价者自身的道德观和价值观、人生观与世界观为基本价值尺度的。叙事态度，实际上就是作家在叙事的过程中，基于自己的道德观与价值观、人生观与世界观等，对叙事对象等进行的审美判断中，其内在价值、生命情感体验以及意志倾向等的综合性体现。

从生存或者存在的意义上来说，作家的文学叙事实际上也是作家生命存在建构的过程，体现着作家生命存在的欲望与意志需求。而这种生命存在的需求，在其文学叙事价值意义的建构过程中，既与社会时代、历史文化等

---

① 贾平凹：《极花〈后记〉》，载《人民文学》2016年第1期，第93页。

密切相关，也与其内在价值建构与追求建构有内在的关联性。正因为如此，作家的文学叙事，总是带有社会时代、地域国族、历史文化等方面的特征。这正如新世纪之交与五四时代的乡土叙事，表现出极大的差异性来。与此同时，我们更要尊重不同作家个体生命存在建构内在价值追求上的差异性，正是作家生命存在内在价值建构的差异性，方才建构了不同的文学叙事。在此，对人的内在价值稍做分析。何为人的内在价值？质言之，它就是人内在生命存在的价值建构。人的生存或者存在，首先必须满足延续其生命的需求。不论学术界做怎样的阐发，人的生命存在要得以延续，首先需要满足人最基本的物质条件，也就是说，人首先要使自己的肉体得以存活，亦即是人的物质意义上的生命存在得以延续。在此基础上，人们还须延续精神文化生存，也就是说，人在满足了基本的内在生命存在的物质需求之后，势必要提出更高的精神需求，以期达到一种超越性自我完善与价值实现。这样，人在追求与实现其生命内在精神存在的过程中，也就自然而然地创构起自我的内在价值。正是人的内在价值的创构与追求，促使人们不断地走向自我实现、自我超越、自我完善的路途。这正如马斯洛所说，人在不断地自我追求与实现中，便"更真正地成了他自己，更完善地实现了他的潜能，更接近他的存在核心，成了更完善的人"[1]。

那人的内在价值又是如何规约人的态度的呢？这里有一个人的内在生命的感受问题。所谓内在感受，是指人们对于事物所具有的价值和事物存在的必要性与合理性的认识，于此，人的道德观与价值观对于人的内在感受的形成，起到了决定性的作用。道德作为人们共同生活及其行为的准则和规约，对人们的思想、行为等具有重要的约束、规范功能。道德观正是人们以这种准则、尺度，对自己与他人、个人与社会，以及对于世界所建构的关系等等，所形成的整体认识和系统看法。价值观则是人们在认知价值、评判价值和创造价值等的过程中所持有的根本观点和看法。价值观体现为人们判断事物价值的尺度与标准，以此来判断事物价值的有无、大小，正向性与负向性，等等。从某种角度来说，它实际上凝结为一定的价值目标，即人们进行价值认知与判断时，所表现出的价值取向和价值追求。[2] 正是内化为人的一

---

[1] 马斯洛：《存在心理学探索》，李文湉翻译，云南人民出版社1987年版，第88页。
[2] 朱贻庭主编：《伦理学大辞典》，上海辞书出版社2011年版。

种内在生命建构尺度的道德与价值，积极介入人的生命情感的建构之中，由此在对自身与客观事物进行判断的过程中，就必然表现出生命情感倾向性与价值倾向性来。由此，人对于事物判断的情感态度与价值态度，也就自然而然地显现出来了。

学术界虽然对于新乡土叙事及其特征等存在着不同的观点，但是有一点则是共同的，那就是新乡土叙事与过去的乡土叙事相比确实发生了很大的变化。就乡土文学的叙事态度而言，不仅新乡土叙事态度与过去的乡土叙事态度不同，不同年代出生的乡土作家的乡土叙事态度之间也存在着差异，就是同一个作家，其前后的叙事态度会发生极大的变化。这种叙事态度的变化，当然与新的乡土现实生存状态密切相关，甚至可以说是中国社会历史转型提供的新的乡土经验，已经不同于过去的乡土经验，这就使得作家在进入这种新的乡土经验文学叙事时，必然要以新的乡土生命情感体验进行自己的乡土叙事艺术建构。于此，自然也就必须转变其乡土叙事态度。从文学创作来说，一切都是作家内在生命的一种对象化审美艺术的显现。当作家的内在生命发生了变化，或者说，作家的内在生命有了新的需求，亦即有了内在生命价值建构追求时，也就自然而然地促使其乡土经验的生命情感态度与生存的价值尺度发生了变化，也相应地产生了新的乡土文学叙事形态。

作家文学叙事态度的构成及其变化，不仅与其内在价值密切相关，它与作家的生命情感及其体验，亦是密切相关的。情感是人类主体对于客观事物的价值关系的一种主观反映，也就是人之生命本体需求与社会需求满足程度的态度体验，而且，既然是态度体验，其间自然蕴含着一种评价。情感作为一种复杂的心理现象，它不仅与人的伦理道德密切相关，而且与人的价值观相联结，这就是在人的情感中，形成了人的道德感与价值感。情感作为态度的一个基本要素，往往表现为一种感性，或者说它是以感性形态存在的。更为重要的是，情感的多样性、变化性，构成及引发因素的复杂性，就使得人在对于事物所持有的态度上，亦形成极为复杂的情态。由此观之，文学叙事态度之中，自然包含着作家的情感因素。正因为作家的生命本体与社会需求满足程度不同，其生命情感体验也各不相同。这些毫无疑问影响着作家对叙事对象的选择、审美价值判断与艺术表现等，使其文学叙事也形成千差万别的样态。

首先要说的一种现象是：为何有的作家将自己的叙事对象确定为城市叙事，而有些人则致力于乡土叙事。当然，这其间的原因是复杂的。但是，笔者发现，作家在文学叙事上，都有自己的专长之处。比如，黄河流域及其更为广阔的北方地域，乡土作家比较多，而长江流域及南方地域，相对而言城市叙事作家较多。这自然有地域文化等诸多方面的影响。不能不说，中国真正具有现代文化品格的城市，主要在南方。上海是中国现代最具代表性的大都市，因而上海就成为当代中国城市叙事的重镇。由此引发的需要进一步探讨的一个问题是：从整体上来说，在文学叙事上，表现出一个明显的分野，就是城裔作家更致力于城市叙事并能够在叙事中使其生命情感得到酣畅淋漓的表现，而农裔作家的乡土叙事，其情感与乡土达到了内在生命的融汇。而且非常有趣的是，城裔作家如韩少功、王安忆、李锐等，虽然也有很好的乡土叙事创作，但是，总是无法隐去他者的文化态度和立场，其生命情感也极易被理性遮蔽。农裔作家虽然已取得城籍身份，但是，在城市中仍无法遮蔽他者的文化身份，于内在生命情感上，也总是与城市难以血脉融合。这种现象，不正说明作家之生命情感，对于其叙事态度的潜在作用吗？

更为重要的是，在不同的作家那里，其乡土叙事的审美艺术情态亦是千差万别的。造成作家间乡土叙事差异的原因自然是多方面的，也是复杂的。但是，作家个体特殊的生命情感体验，不能不说是其中一个极为重要的原因。如果对当代乡土叙事作家的特异的生命情感历程加以解析，就会发现，他们各自构成了独有的结构情态。莫言、贾平凹、刘震云、韩少功、余华、毕飞宇等等，正是他们各自独有的生命情感结构情态，使得他们在乡土叙事上，创造出独特的审美艺术世界来。

作家的叙事态度，还与作家的意志倾向有着密切的关系。简单地说，意志就是人的意识志向。作为一种心理现象，它是人的意识能动性的集中体现。人们在现实行为的确定与实施的过程中，总是要确定行为的目标，并根据行为目标来控制、调节自己的心理状态与行为方式、矢向，以期达到预先确定的目标。倾向实际上是指，人在对事物进行价值判断或者行为实施过程中，表达其意志的态度趋向与行为价值的偏好。意志倾向，于此我们将其称为意向。意向，简单来说，就是指人在审视、把握、处理对象世界的过程中，所表现出的人的欲望、愿望、希望、意图等行为的意志倾向。由此可见，意向不是处于抽象层面的东西，而是与人的具体认识活动密切相联的。现象学家胡塞尔认为，人的意识活动具有意向性。因为人的意识总是要指向某一对象，并以所指向的对象作为目的，人们意识活动的这种指向性和目的性，就被胡塞尔称为意向性。在胡塞尔看来，意识的本质和根本特征就是这种意向性。关于人的意向活动，胡塞尔归结出四个方面的要素：意向活动的主体、内容、对象，以及意向活动得以实施的方式或者手段。[①]也许正是人的意识活动具有明确的意向性，才使得人的意识不是简单的对外界的被动记录和复制，而正是人的意识的意向性投射，才使得混沌无序、没有意义的外部世界，有了秩序和意义。由此可见，人是在主动地通过意向性而接受外界事物的性质，并将这些性质组织成统一的意识对象，以此来认识和构造世界的。

作家的文学创作，作为一种特殊的意识活动——审美创造意识活动，也必然表现出明显的审美意志倾向性。这种审美意志倾向性，在叙事对象的选择、审视、把握，以及进行表现——叙述的过程中，具有潜在的或明确的重要规约作用。也正是在这个叙事的过程中，从叙事对象选择，到艺术表达，由于作家审美意志倾向性的规约，显现出作家的叙事态度来。比如张炜，在文学叙事上，表现出坚决抵触世俗化的叙事态度，固守自己的叙事价值取向。莫言则明确表态，自己的文学叙事，不是为老百姓的写作，而是作为老百姓的写作。他说："我不大赞同'作家要为老百姓去写作'这样的口号。因为这口号虽然听起来平易近人，好像是平等对人说话一样，但实际上它是一种居高临下的姿态，好像作家肩负了为人们指明方向的责任似的。我觉得这个口号应该改为'作家要作为老百姓去写作'，因为我本身就是老百姓，我感受的生活，我灵魂的痛苦是跟老百姓感受到的是一样的。"[②]正是这种叙事态度与立场，使得莫言的文学叙事更加民间化。所以，他的乡土文学叙事，可谓是浩浩荡荡的原生态生活，泥沙俱下。

当然，从文学创作的实际情况来说，作家的叙事态度是千差万别的。从叙事学的角度来说，作家的叙事态度，说穿了就是作家在艺术创造的过

---

① ［德］胡塞尔：《逻辑研究》，倪梁康译，上海译文出版社2006年版。
② 莫言：《莫言对话新录》，文化艺术出版社2010年版，第500页。

程中，"是以什么样的观点、立场、态度，去进入叙事的。也就是说，作家是如何处理作者与叙述对象、叙述者、读者等几者的关系"①。在这里重要的是，作家以何种态度介入文学叙事，若从作家是否介入叙事过程及叙事对象的角度，可以用主观叙事和客观叙事来概括作家的叙事态度。这就是W.C.布斯所说的有无作家的声音。所谓的主观叙事，"作者并不掩饰自己，也就是说，作者并没有让自己身处故事之外，他明确表达自己对事件和参与事件的人物的看法和感情"。"可以毫无约束地去评论人物的行动"。②作家甚至走向叙事的前台直接干预左右叙述与故事的发展，将自己的观点介入叙事直至对事件人物加以评说。而客观叙事，"作者可以在一定程度上选择他的伪装，但是他永远不能选择消失不见"③。作家将自己的观点及情感态度等，深深地隐藏起来，"以冷淡、漠然、客观的态度"进行叙述，"作品中处处都应窥见作者的影子，但处处又看不到他的出现"。④在此，我们并非要论说这两种叙事态度的优劣，而是阐明其不同的特质，不论采取主观还是客观的叙事态度，均可创作出优秀乃至伟大的作品来。这就如并不能以现实主义或者浪漫主义来判断作品的优劣高低。当代中国文学叙事，曾经以现实主义为正宗，而有意无意之间贬损浪漫主义，几乎杜绝了现代主义文学叙事，结果使得文学叙事走向了单一化。

作家的叙事态度是与其叙事的立场紧密联结在一起的，其间包含的是文学叙事的观念。现代叙事学非常注重作家在文学叙事中的声音问题，而作家在叙事中发出怎样的声音，是与作家站在什么样的叙事立场密切相关的。作家是发出一种个人的声音，还是一种社会时代的集体声音，亦即作家是以一种个人化声音进行文学叙事，还是以一种社会集体化声音进行叙事。或者说，作家是以个人的姿态进行文学叙事，还是以社会时代代言人的姿态进行

---

① 韩鲁华：《平平常常生活事，自自然然叙述心》，载《小说评论》1995年第6期，第22页。
② ［美］利昂·塞米利安：《现代小说美学》，宋协立译，陕西人民出版社1987年版，第31—32页。
③ ［美］W.C.布斯：《小说修辞学》，华明、胡苏晓、周宪译，北京大学出版社1987年版，第23页。
④ ［美］利昂·塞米利安：《现代小说美学》，宋协立译，陕西人民出版社1987年版，第38页。

文学叙事。就此来说，当代中国文学叙事，是在从以社会代言人的姿态转化为个人化的姿态中走向自由、自主言说的。这中间实际上体现着作家的叙事立场，亦即作家是以个人的立场还是社会代言者立场进行叙事，而他所发出的声音自然是与之相匹配的。

就当代乡土叙事及新乡土叙事来看，可以用历史文化反思立场、民间立场、现实批判立场和个人化体验立场等做一整体性概括。

就文学叙事的文化立场而言，新乡土叙事正是在历史文化批判性反思立场重新追寻中扬起自己启航的风帆，而在对于历史文化传统进行再认识中，摈弃了单一批判反思而走向批判与认同交织融汇在一起，前现代、现代与后现代熔于一炉的历史文化叙事立场的新构中，使得乡土文学叙事具有了一种新姿态。新世纪之交，对于历史文化传统的批判，在新乡土叙事这里显然没有此前那么强烈，甚至有的乡土叙事还有意无意之间在回避从现代文化启蒙角度，来对中国历史文化进行批判性的反思。但是，不论怎样，当面对乡土世界的时候，也不论它正在或者已经发生了多大历史文化裂痕，仍然无法摆脱历史文化魂魄的统摄，所不同的是，新乡土文学叙事试图建构起一种新的历史文化反思立场。这一点，与新历史主义的写作建构不无关系。

20世纪80年代中期出现的寻根文学的乡土叙事，所秉持的文化立场，实质上是一种历史文化批判的立场。之所以这么说，是基于以韩少功等为代表的作家，将叙写的笔触伸向传统文化时，虽然似乎对中国历史文化有着某种意义上的重新发现与认同，但是，从作品的实际叙写情况来看，更多地表现出对乡土生活的落后、愚昧，以及国民文化性格劣根性的揭示，这在文化精神上实现的是与五四时期乡土叙事启蒙文化立场的呼应。或者可以这么说，韩少功们是站在乡土及其文化的他者的立场上，对乡土生活及蕴含于其间的历史文化进行剖析。20世纪90年代之后，乡土文学叙事的文化立场则发生了变化，对乡土生活及其文化已不再是单纯的启蒙者的姿态，而是立足于中国本土历史文化立场，从现代性社会历史文化转型角度来审视乡土生活本体，故而，对中国历史传统文化不再是一味地否定，而是给予了充分的肯定，既有批判反思，也有肯定。更为重要的是，从一种新的历史文化立场，来重新阐释与叙述乡土生活及其历史文化。实际上体现了一种新的历史文化的解构与建构的共振状态。尤其是到了2000年之后，对乡土历史文化倾注了更多眷顾怀恋的情愫。

现实批判是从鲁迅开始创建乡土文学时所创构并坚持的一种基本的文化与美学的叙事立场，并已经成为现代乡土叙事的一种传统立场。这一现代乡土叙事传统立场，在20世纪50—70年代的农村题材叙事中被歌颂立场替代，到了80年代，这一叙事立场在对"文革"批判及其与五四文学乡土文学叙事传统的对接中逐渐得以恢复。关注现实、立足现实是当代作家一种最为基本的叙事立场，但是，坚持现实批判立场者则未必尽然。这里应纠正一种观念：对于现实的批判，或者持现实批判文学叙事态度与立场，就是对现实的否定，或者被视为与社会时代唱对台戏。现实批判作为一种文学叙事立场，则是在对于现实中不合理因素的揭示与批判，隐含的是对更为合理的现实建构的期待。而任何粉饰性的叙事，都是对现实良知与精神的一种亵渎。

现实批判立场的叙事，自然是基于乡土社会生活的现实经验与生命体验。不论是从近现代百余年来现代性历史建构，还是就新的世纪之交正在进行的社会历史转型而言，乡土社会持续性地经历着生活与文化的痛苦裂变。存在了几千年的乡土生活秩序稀里哗啦地被打碎，支撑乡土精神的道德观念、风俗习性等也在稀里哗啦地坍塌着，处于这种解构与建构并存的乡土世界里，自然是既有耶稣，也有魔鬼。或者说，耶稣与魔鬼共存，就是如今乡土社会的现实生存状态。乡土世界里既演绎着正剧或者英雄史剧，也演绎着悲剧甚至荒诞剧。对于文学叙事来说，也就自然既要叙写耶稣，又要叙写魔鬼。正如有的作家所言："作家是受苦与抨击的先知，作家职业的性质决定了他与现实社会可能要发生摩擦，却绝没企图和罪恶。"[1]正是在与现实摩擦乃至强烈的碰撞中，才能使得文学叙事迸发出思想与艺术的火花与力量来。作为先知，作家在文学叙事中更致力的多为对罪恶的揭示与批判。

新乡土叙事中所坚守的现实批判立场，与过去还有一个变化，那就是单一地追求宏大历史叙事建构被碎片化的现实乡土叙事替代。也就是说，现在的乡土生活已不再是一种宏大的社会历史建构，而是一种日常生活碎片化的呈现。或者说，现代工业文明无情地侵蚀着乡土生活与文化，这不仅带来了如《秦腔》等许多作品所揭示并描绘的乡村颓败荒芜景象，也

---

[1] 贾平凹：《秦腔》，作家出版社2005年版，第566页。

使根植于传统乡土之中的伦理道德、风俗习性急速瓦解，人的欲望极度膨胀。人性、人情也迅速消解，人性之恶、人情之冷漠，渗透在人们的日常生活之中，这几乎成为一种新的状态。面对如此这般的现实乡土生活状态，作家既表现出对于传统的眷恋惋叹，自然也对现代化所带来的种种现实恶果，进行着反思与批判。对于现代化恶果的反思与批判，应当说也是一种世界性的文学叙事文化立场，就中国而言，只是在新乡土社会历史建构中，表现得更为突出，也就引起乡土作家更为强烈的生命触动，给予了真切的现实批判。

在新乡土叙事立场的创构中，一个是民间文化的重新发现，一个是个人体验的登场，可以说这是最为重要的、充满艺术创造活力的因素。

乡土文学走向新的叙事艺术建构，与民间文化的重新发现与建构，有着密切的关联性。甚至可以说，民间文化的重新发现并以一种强有力的姿态介入乡土文学叙事，极大地激发了乡土文学叙事的生命活力，带来了一种有别于既往乡土文学的叙事风貌。过去乡土文学叙事是基于启蒙话语与国家主流意识形态话语的，而启蒙话语与国家主流意识形态话语，在新乡土叙事中失去了其在以往乡土叙事中那种霸权话语地位，民间话语以其特有的原始生命活力，解构、消解乃至遮蔽着国家主流意识形态霸权话语，也迫使所谓的启蒙话语低下高贵的头，从民间文化中汲取现代性转型的文化思想营养。这样，从民间的视角来审视乡土生活，或者说站在民间的乡土之上来审视乡土生活，其建构的是民间视域下的乡土叙事形态。民间是精华与糟粕共存之地，但是也充满了自由创造的原始生命活力，正像莫言用家乡话所昭示的乡土民间那样：最英雄和最王八蛋。民间作为客观存在空间，存活着基于自然的自在的生活状态与村落文化方式，作家介入乡土民间文学叙事，便意味着认同根植于乡土的生活状态与文化精神，亦即从民间文化认知与描述乡土生活世界。于此特别需要强调的是，基于民间立场的乡土文学叙事，不是凌驾于乡土民间之上，也不是一味地跳出民间之外，而是融会于其间，或者说叙事者不是以凌驾其上、身处其外的他者身份代乡土而言，而是以我者的身份融入其中的叙说。这种基于民间文化精神的叙事，便具有了挣脱主流意识形态或者国家权力统摄的自由自在的审美风貌。当然，不论源于乡土的作家，还是城裔作家，在进入民间乡土叙事时，自然不可能等同于乡土的民间，因为在现代性历史转型的社会与文化语境下，他们的文学叙事势必同时置于全球化与现代化的背景下，对乡土民间加以考量。也就是在对人类生存过程及其历史建构与文化精神建构的观照下，充分张扬独立思考个性，以期达到更具普遍意义的精神高度。或者说，正是在回归自由、广阔的乡土民间境遇中，创造了一个富有生命活力的文学叙事新愿景。[①]

与宏大社会历史乡土叙事立场解构相对应的是，个人体验的乡土叙事的应运而生。个人化的乡土叙事，自然与开始或者已经破碎了的乡土密切相关，但是，这也是中国社会历史转型过程中，文化思想走向多元化的必然。20世纪90年代，特别是进入新世纪以来，整个中国的文化价值观念，在全球化、市场化、信息化、传媒化等多种因素合力下，呈现出多元化历史建构状态，在各种因素的交织、混合中，文学叙事也包括乡土文学叙事，致力于追求生活经验与生命体验艺术叙写的独特性，以及个人化的叙事视角、叙事立场。个体化的乡土叙事立场，一方面，作家的乡土叙事更加关注个体生命、个人的生存状态的叙写；另一方面，则是叙写作家个体化的生活经验与生命体验的乡土生活。对于个体生命与个人生存状态的叙事来说，强调、突出个体生命在乡土社会历史建构中的重要性，或者是叙写个体的乡土生活与生存状态。这实际是叙事视角的重大转化，过去是以群体化、社会化的乡土社会历史建构，消解并遮蔽着个体的价值意义；如今是透过对个体的乡土生存状态的叙写，来呈现整体乡土现实生存状态。

三、地域文化与新乡土叙事

文学叙事与地域文化之间具有内在的关系建构，以及由此形成的地域性差异，这是一个不争的事实。有关文学创作的地域差别，就中国文学史而言，中国文学的重要源头《诗经》与《楚辞》的地域特征就十分的明显。有关文学地域性质差别及其论说，多见于古代文献。"但是系统的文学地域性研究，大概始于清代。普遍的看法是始于1905年刘师培发表的《南北文学不同论》。他从多个方面论述了南北文学的差异，并揭示了地域因素对文学的

[①] 王光东：《陈思和学术思想的意义》，载《文艺争鸣》1997年第3期。

影响。后来梁启超率先提出了'文学地理'这一概念，与今天的'文学地域性'有通约关系。"①从乡土文学创作及其发展历史来看，它始终与地域及其生态文化建构有一种密切的关系。或者说，乡土文学叙事的美学品格与艺术个性的创造，其中一个非常重要的不可脱离的因素，就是地域及其地域生态文化。我们在阅读当代乡土文学作品时，都能够深切地感觉到以黄河流域为主的乡土文学叙事，与以长江流域为主的南方乡土叙事之间的巨大差异。就是同处黄河流域，西部、中原与东部之间的差异也是显而易见的。可以这么说，地域及其生态文化已经成为当代乡土叙事，特别是新乡土文学叙事的一个基本的文化思想与审美艺术建构的视域。甚至可以说，要研究新乡土文学叙事的文化与美学特征，就必须将目光投向其所处的地域及其生态文化。新乡土叙事与地域生态文化的联动建构，也是本研究的一个基本理论基础。

1.地域生态文化的相关概念

本研究首先对地域生态文化的相关概念做一简略探讨。地域生态文化涉及的最为基本的理论概念有地域、生态、文化，地域生态、生态文化、地域生态文化等，以下根据笔者的理解，加以阐述。

地域。它主要是一个空间概念，但亦有时间的内涵。就空间而言，它可分为自然地理空间与社会历史文化区域空间。从地理学角度而言，地域是指一定的自然界具有相似性、连续性，特征鲜明的地理空间。比如黄土高原、黄河中下游平原、四川盆地等，就是一个个地理特征突出的地域空间。从人文社科角度来说，它则是指建构起具有相对封闭性的社会、历史、文化等形态的空间区域。而且地理空间与人文社会空间在实现着重合性建构，形成了特定的地域内涵。这种特指的地域，都有一个形成发展演变的过程，因此，时间始终熔铸于其中。

一般来说，地域作为一种空间概念，包含着以下方面的内涵，第一，它是一个界面空间，有着一定的界限限定。这种空间限定，就决定了它是一种特指，具有特定的建构形态和性质，是一种相对自封闭的地域空间。第二，正因为如此，某一地域空间以其明显的特性，与其他地域区分开来，而其内

---

① 孟繁华：《当代文学地理学与本土经验》，载《光明日报》2013年7月9日。

部具有鲜明的相似性和连续性,具有自己一定的优势、特色以及建构功能,具有共性特征,甚至可以说形成了一种特定空间的共生状态。第三,既然地域都是一种相对性的空间,它亦必然与其他地域之间存在着关联性。地域之间是相互影响的,一个地域的变化会影响到周边地区。比如说四川盆地虽然与关中平原隔着一道秦岭,但它的气候变化,或多或少或轻或重,都会对关中的气候状况有影响。

特定地域的自然条件和生态,形成并制约着这一区域的生存方式与生活方式,并形成自己的风俗习惯,甚至可以说形成了特有的心理情感结构形态。

生态,这原本是一个生物学概念,现在被诸多学科借鉴运用。一般认为,生物之间以及生物与环境因素的相互关系及其生成状态就是生态。据说"生态学"一词最早由德国动物学家海克尔于1866年提出,他认为动物有机体与其周围环境相互关系的科学就叫作生态学。现代生态理论,产生于20世纪30年代,由英国生态学家坦斯利1935年提出,标志是生态系统概念。植物、动物、微生物等构成了生物系统,有机环境与无机环境构成了环境系统。生物系统总是以其环境系统为生存的基础,这二者之间建立起密不可分的关系结构形态。人们便将生物系统与环境系统构成的结构与功能建构,称作生态系统。从生物种群及其与环境的关系建构角度来说,可分为诸多的生态系统,大方面分为植物生态系统、动物生态系统和微生物生态系统。[①]作为一种人文学科研究,我们更为关注的是,自然环境生态与人类生态及二者之间的建构关系。环境要素之间的相互关系及其建构形态就是环境生态,人类与环境之间的相互关系及其建构形态,就是人类生态。因此,我们不仅重视人文生态及其环境对人的生存及其文学艺术创造的影响作用,而且极为看重自然环境生态对人类生存及其文学艺术创造的影响和决定作用。特定的地域生态与生存于此的人们,所构成的关系及其功能形态,应当说是我们审视人类活动一个极为重要的视角,亦是审视文学创作叙事的一个理论视野。

地域生态,则是指地域区域内生物之间以及生物与区域环境之间的关系及其生成状态。

---

① 参阅林育真、付荣恕主编的《生态学》(科学出版社2011年版)等相关著述。

地域文化。它是文化的一种特殊类型。有关文化的概念，学界的解释很多。我们认为，文化即人类生存过程中的创造物。有广义与狭义之分，广义文化是指人类生存过程中的一切创造物，为物质文明、社会文明与精神文明之总和。狭义文化是指人们精神领域的文明建构。文化作为人类文明的创造，有显性与隐性之别，建构起了不同的存在形态。当然，文化可以从不同的学科领域或者层面，分为不同的文化种类，如艺术文化、社会制度文化、民俗文化、建筑文化等等。但不管何种文化，其间必然包含着人类的价值观念、生命情感体验与建构、思维方式、行为方式等诸多方面的内涵。

由此来看，地域文化是特定地域的人们在生存的过程中，所创造的物质、制度与精神文明之总和。地域文化也可视为在一定的地域范围内长期形成的历史遗存、文化形态、社会习俗、生产生活方式等。不同的地域形成了不同的地域文化及其传统。文化在特定的地域环境中生成，与它所处的地域环境相融合，势必要打上地域的烙印，显现其独特性。中国的地域文化，是中华大地这一特定区域的中华儿女在漫长的生存历史过程中，创造的具有鲜明特征的华夏文化。它是中华大地不同区域物质财富和精神财富的总和。中华民族的地域文化形成了特有的源远流长、特色独具，至今仍被传承，并发挥作用的历史文化传统。更为重要的是，地域之间存在着差异性，正是这种差异性，使得不同的地域形成了不同的独具文化建构及其传统的特色，如三秦文化、三晋文化、中原文化、荆楚文化、江南文化、岭南文化等。可以说，这是在华夏文化母系统下，所生成的子文化圈。它们既相互关联，又各具风姿；既相互交融，又相互独立。

生态文化。这里首先需要说明的是，生态文化与文化生态是两个相互联系而不同的概念。生态文化以笔者的理解，是指基于自然生态与人文生态而生成的文化及其传统。于此强调生态对于文化生成及其发展制约的作用。文化生态则是指文化生成及其所形成的有机结构状态，它与自然、人文环境有着密不可分的关系，但它似乎更注重文化的生存状态。我们并不否认，现在学者在研究文化生态时，以生态学的观点看待人与环境之间的关系，对文化进行生态学的阐释，既强调地理生态在文化发展中的作用，也突出文化对地理生态的反作用。对人文学者的研究来讲，突出地理生态对于作家及其文学创作的生成与影响作用，但却不可能以纯粹的生态学的观念来审视作家的文学创作。我们同样强调人文生态对于作家文学创作的生成与影响作用。

在对上述概念做出解释之后,也就自然可以从中综合归纳出一个外延更大的概念:地域生态文化。

地域生态文化,可做多重含义的理解。从词的组构上就可以看出,这是一个合成词组。地域、生态、文化是基本词,核心词是文化。对这一词组我们做如下理解:

第一,从词组结构上看,它应当是偏正结构,核心词"文化"前有两个限定词:地域、生态。以与核心词"文化"的亲近关系来说,显然"生态"与"文化"更为亲近密切,生态直接限定文化的外延范畴。而"地域"则是既限定"文化"又限定"生态",它还具有将"生态文化"作为一个词组加以限定的功用。也就是说,我们的研究是以"文化"作为基本的理论视野,而"生态""地域"则是研究的具体理论视角。正是基于此,我们的研究,在文化学的基本理论视野下,既强调其"生态性",又强调其"地域性"。

第二,地域生态文化,就其内涵意义而言,以"文化"为核心词,可以将其拆解开来进行重构,组构成两个词组:"生态文化"和"地域文化"。对于这两个词概念内涵的理解前面已做了阐述,在此不再赘述。从研究理论视野建构来说,"生态文化"和"地域文化"构成了两个主要的研究理论视角和层面。不仅如此,其间还隐含着另外一个词组,那就是"地域生态"。也就是说,我们的研究是从"地域生态"这一既有着具体的限定,又具有综合性意义的视角与层面展开的。

第三,"地域生态文化"实际上是一个关联性词组,其间包含着其他的相关概念与内涵。"地域"具有特定性,同时还有着关联性,比如我们所设定的某一特定地域,除了其自身的建构形态之外,与其他地域的关联性,亦应当是我们思考的问题。同时,它也隐含着比较性。当然,正如前面的有关阐述,"地域"既是个地理概念,也是个人文社会区域概念,既有着自身建构的意义,又蕴含着环境的内涵。"生态"包括"自然生态"和"人文生态","自然生态"是"人文生态"存在的基础,它甚至规定着"人文生态"的建构与发展。而"人文生态"的建构与发展,则又对"自然生态"产生了影响。故此，我们在思考"生态"问题时，必然要将自然与人文结合起来，尤其是二者之间的关系及其建构，更是值得关注。

以上是对几个基本理论概念的说明，为了将问题思考引向深入，拓展思路，下面对地域生态文化生成问题再做进一步的阐述。

2.地域文化生成

在此，先对地理生态环境问题做一些必要的说明。

现代地理生态学和人类文化学研究表明，地理环境以及生态建构，对人类生存形态结构及其文化生成，具有极为重要的影响作用，如果从人类起源的角度看问题，甚至可以说是具有决定性的作用。因为地理环境是人类赖以生存和发展的物质基础，也是人类的意识或精神存在的基础。而文化作为人类意识及其行为的产物，必然会受到地理环境的影响。文学及其生成，毫无疑问是与其所存在的地域环境，以及地域环境所生成的独到的地域文化生态，有着密切的内在关系。甚至可以说，这种特殊的地域环境及其文化生态，生成以及规约着文学创作的特异个性。因此，对作家文学创作及其个性特征进行探索，自然不能忽视地域环境的重要作用。也正是基于这样的思考，在探讨文学创作地域性文化特征时，首先对地域及其环境做出必要的论述，就成为理所当然的事情。

对于地域环境的理解，研究者普遍认为，它有两个方面的主要内容：自然地理环境和人文地理环境。由此可见，在对地域环境的认知上，是将自然与人联结在一起进行综合统一思考的。也就是说，单纯的自然地理决定论，或者单纯的人文社会决定论，甚或绝对的二者关系决定论，都具有片面性。

自然地域环境，一般而言，是指某一地域的气候、地形、地貌、水文、植被、海陆分布等综合形态，这是非人力所为的，是地球在形成及运动的过程中自然而然地生成的地理地貌结构形态。正是大自然的力量，神奇地形成了不同的地域生态环境。我们并不否认，地球在生成的过程中，在地质结构上有其共性的东西。但是，由于地球的内在结构及其运动变化，于不同的部位即地域，不同的地理纪元时代，又有其特殊性。正是这种特殊性的结构运动变化，形成了特殊的地域生态环境。当然，地球的这种结构性的运动变化，其速度是非常缓慢的，是难以被人觉察的。当人们觉察到的时候，已经过去了相当长的时间，而这种时间往往是以地质纪年而论的。比如喜马拉雅山的形成，比如黄土高原，等等。但是，在这种极为缓慢的地理结构运动中，并不排除局部的也就是某一地域的剧烈运动变化。比如说突然发生的地震，剧烈的气候现象，等等。这些局部地区自然地理环境的变化，会造成巨大的影响，甚至会形成新的地理建构形态。自然，这种地球结构运动变化，不论是缓慢运动的渐变，还是剧烈运动的突变，都会对人类的生存及其发展产生巨大的影响。

在自然地域环境的基础上，形成了另一种地域环境，即人文地理环境。人文环境说穿了就是人类所创造的、人自身赖以生存的第二自然环境，也可以被认为是人类社会及其建构形态所赖以生成的综合因素，比如疆域、政区、民族、人口、文化、城市、交通、农业、牧业等。人文生态环境既是自然的客观存在，像农业、交通、疆域等，就有赖于客观的自然环境；又是人类的主体存在及其劳动创造的结果，比如社会结构方式及其建构形态等。人文环境的发展变化速度，一般而言，要比自然地理因素发展变化的速度快得多。人文环境依然具有地域性特征。不同的地域，形成了不同的人们生存的特有人文环境。比如不同的民族、文化等诸多方面之间，就存在着巨大的差异性。也正因为如此，才形成了不同的地域人文环境。

自然环境与人文环境是相互联系、相互作用的。自然环境构成了人文环境赖以建构的物质基础。从人文环境生成本源而言，自然是先有自然环境的存在，方有人类的人文环境的建构存在。也就是说，自然环境是第一性的存在，人文环境之中虽然也包含着客观性，但它是人类创造的第二性存在。它们并不是割裂的，而是相互联系的。一方面，自然环境对于人文环境具有某种意义上的决定作用；另一方面，人类在生存的过程中，所创造的人文环境，又在一定程度上，改变着自然环境。正是这种相互联系、相互作用，才使得它们之间形成了交叉性建构形态，于某种层面上具有同构性。同样的道理，地域性的自然环境与人文环境，自然也存在这种内在的相互联系、相互作用，亦有着交叉性和某种层面上的同构性。正是这种联系与作用，以及它们之间的关系建构，形成了特有的地域环境综合特征。

紧随而来的问题是：地域环境，包括自然环境与人文环境，它对于人类的生存及其历史发展，又有着怎样的作用呢？它对于文化的产生，以及它们之间的关系建构又是如何呢？

从本课题研究的理论视野要求而言，我们自然是要将探讨问题的视点确定在地域生态与人类文化的生成及其关系上。

地理环境与人类文化的关联性，可以从人类文化的历史起点进行理解。在人类文化活动的源头，创造原始文化的先民们，其生存、发展及一切活动，都必然在对自然的绝对依附中进行。活动的空间是特定有限的进入活动范围的自然环境；活动的对象也只能由自己所面对的自然的内容和特点所规定。地域环境对于存在于此的人的生存方式、生存状态，具有决定性的作用。进而可以说，不同的地域环境，生成不同的地域文化。这是因为人要生存，首先必须适应其生存的环境。尤其是从人的源头角度讲，环境规约了人类初始的生产方式和生活方式的选择，进而规约了其思维方式和行为方式的最初形成。所以说，人类从成为人的那一瞬间起，就在他所生存的环境中，形成了不同的生产方式与生活方式，比如衣食住行，各地历来就存在很大的差别，久而久之就形成了各种不同的思想观念与风俗习惯，也就创造了各自不同的文化。

于此，我们还可以从人类最为基本的存在维度上来思考问题。这就是时间与空间。时间与空间，是人类存在的基本方式，也是人类文化存在的基本方式。甚至可以说，任何文化，都是在特定的时间与空间中创造出来的。

就其空间而言，不同的地域地理环境与物质条件，构成了不同的地域生态形态，而各异的地域生态形态，便规约了他们的生存活动范围、活动方式、活动对象、活动内容、活动特点等等。因为生态环境，作为人类生存的活动空间，是人类必须面对的。人类必须在对自然的依存中，进行自己的生存活动。就中国来说，地域空间极为广阔，地域之间的差异性也十分分明，因而其生产方式与生活方式也就各不相同。就大的方面来说，南北方的地理差异，就形成了南方与北方在生产生活上的差异性。南方河流多、气候温暖，水文资源极为丰富，这就使得南方适宜耕种水稻，故此，米饭就成为南方人的主食。而北方河流相对要少，气候寒冷，水文资源远不如南方丰富，适宜耐寒耐旱的农作物耕种，因而小麦便成为北方主要的粮食，面食也就自然成为北方人的主食。而西北高原地带，更为干旱少雨，而且更为寒冷，水文资源更少，因而畜牧业就成为那里的传统的生产方式，游牧的生产方式形成了他们马背上的生活方式，马牛羊也就成为他们的主要食物。之所以如此，这显然是自然为人所做的规约。也正因为南北地域差异及由此而决定的生产上的差异，久而久之自然而然地形成了文化上的地域差异性。就此而言，地域生态的内容和特点，也就制约乃至决定着人类的存在方式，也自然地规约着地域文化的生成结构及其发展趋向。

空间总是伴随着时间而存在。时间对于人类来讲，是一个存在的过程，是一种历史的发展演化过程。前文我们说到，地域文化是在特定的地域环境即特定的空间生成的，但是，于此空间中，文化又是随着人的生存发展变化而发展变化的。如果说空间构成了人生存的一种面，那么，时间实际上就构成了人生存的一种线性建构。正因为如此，也就没有一成不变的文化，地域文化亦是如此。某一地域的人的生活方式、思维方式等等，并不是一瞬间形成的，而是在长时间的生存过程中逐渐形成的。就中华民族文化而言，也是在几千年乃至数万年形成的。而且，地域文化随着时间的推移而发生着变化，总有一些与人的现实生存不相适应的因质，被自觉不自觉地丢弃掉，而另外一些新的因质，则被吸纳融汇到文化建构之中。"因为就一切直接需求和实践利益而言，人都是依赖于他的自然环境的。如果不能不断地使自己适应于周围世界的环境，人就不可能生存下去。"[①]也就是说不同的历史时期，有着不同的时代文化特征。地域文化的发展变化，一方面源自自身的自变，这种自变是文化自身生存与发展的诉求，是适应生存自生能力所产生的必然结果；另一方面，则是不同地域文化间进行交往或交流，相互影响的结果，因为文化都有一定的吸纳性、兼容性。

谈到地域文化的吸纳性、兼容性，这里势必涉及一个问题，那就是地域之间的关联性、互动性问题。通俗地说，虽然土地不会流动，但是，生存于其上的人则是动态的。也就是说，由于战争、通商、通婚等诸多因素所致，人口的流动成为人类生存的一种情态。正是在人口的迁徙流动中，造成了不同地域之间文化的交流与交融。就中国来说，历史上曾有过几次大的人口迁徙，比如古代北方向南方的人口迁徙，近现代山东向东北的人口迁徙等。一方面，移民所带去的从生活习惯到文化思想观念，必然会影

---

① [德]恩斯特·卡西尔：《人论》，甘阳译，上海译文出版社1985年版，第5页。

响到迁徙地的生活习惯与文化思想观念。另一方面，移民则要适应迁徙地的自然环境与人文环境才能得以生存。比如南迁的北方人就须适应南方的地理环境及其生产，改小麦耕作为水稻耕作，相应地也就改面食为主为大米为主。还有其住、行、衣着等也须适应当地地理环境与人文环境之要求。在与当地人的相处过程中，也必然受到他们的生活习惯与文化思想观念的影响，在移民文化与原居民文化的交流中，自然会出现新的地域文化因质，促进原居地文化的变化。

我们现在换一种方式来思考问题。任何事情都有其两面性，地域文化及其生成，在具体的空间与时间内，又表现出一定的自封闭性。也就是说，地域文化在其生成过程中，自然而然地形成了一种自我保护的自封闭系统，形成与其他地域文化相隔离的机制。正因为如此，某一地域文化传统，在这种隔离保护机制下，得到了自我延续，而未被其他地域文化兼容。地域文化的隔离机制，具有极强的自我保护和自我生成能力，这就使得地域文化既保有自己的独立品格、独特个性，进而生成了有别于其他地域的文化类型；与此同时，这种自我隔离保护机制，也就确保了地域文化的传统得以形成，并能够使之延续下去。我们还应当看到，地域文化的生成是在具体的地域环境下进行的，而文化一旦形成，也就又成为其自身存在与发展演变的环境。所以，地域文化虽然始终处于不断的发展演变之中，但是，它所形成的文化结构、文化传统，则是不会轻易改变的，它具有超常性和稳固性。这就是为什么社会时代已发生了变化，但是文化依然保持着自己的结构状态的原因所在。由此可见，地域文化的自我保护的隔离机制，在地域文化的建构与发展中，具有特殊效用。

因而，某种地域文化及其生成，之所以保有自己区别于其他地域文化的特质，是因为生成于特定地域环境中的地域文化，有着稳固性建构因质。这些因质具有极强的惰性结构，从某种意义上讲，就是人的文化心理结构。就像荣格所言，文化在长时间的生成与存在过程中，形成了一种集体无意识，积淀在人的心理结构之中。它一方面作为一种生命的基因世代相传，另一方面，在具体的生存过程中，在与同族人学习与交往中，具体的生活风土人情习俗习惯，也就自然而然地传承下来。所以，正如美国著名人类文化学家鲁思·本尼迪克特所说："每一个人，从他诞生的那刻起，他所面临的那些风俗便塑造了他的经验和行为。"[①]因此，地域生态及其所生成的地域文化，正是处于这种稳定性与发展变化性的对立统一的历史建构之中。

文化一旦形成，就如同空气一样渗透在人们的生活之中，融汇于人们的生命情感之内。之所以如此，是因为人类也如同一切在大自然中孕育出来的生命物种一样，并没有显示出与其他物种的巨大差别，它只不过是大自然创造出来的数以亿万计的生命物种之一，而在数以万亿年的自然生态系统演化中，大自然已经创造出了许许多多的和它一样的生命物种，包括植物、动物、微生物等等，可以说，真正是一方水土养育了属于一方的生命物种。以此观点，我们不妨反观自然生态中的人，以及人所创造的文化，来审视文学创作，审视乡土文学叙事及其发展，我们会发现，在长期的生存过程中，由于地域自然生态环境的差异性，便形成了中国不同地域的生存方式、生活习惯等方面的区别，形成了特异的地域生态文化，形成了风貌各异的文学创作。

3.地域生态文化与文学创作

文学与文化有着不解之缘，与地域文化更是一种血肉相连的关系。有句话叫"打断骨头连着筋"，以此来形容文学与文化的关系，那是再恰当不过了。可以说，文学艺术都是根植于地域文化的肥沃土壤之中的。地域文化就像肥沃的土地，用自己丰厚的营养，滋养了文学艺术这棵常青树。不论何种文学艺术，也不管任何时代的文学艺术，虽然它们的艺术风格、具体的艺术表现以及所描述的内容等千差万别，但是，其内在的文学艺术思维及其建构，却深深地烙上了地域文化的印记。比如说，出现于20世纪五六十年代的农村题材文学创作，在社会政治观念上，在文学观念上，不论何地的作家，都是一种同一性建构。但是，任谁都能将赵树理、柳青、周立波区别开来，其中一个至关重要的原因，就是他们创作中体现着不同地域的文化及其生活。20世纪80年代之后，作家文学创作的地域文化特色更为突出和浓郁，形成了不同的地域文学创作群，甚至把彰显地域文化特色与形态，作为创作的一种最为基本的艺术追求。比如陕西、山东、河南、湖南、山西等，便形成了各具地域文化特色的创作群体。尤其是今天，不论持何种文学思想观念的人，都不会忽视地域文化环境对文学创作的制约作用。另一方面，文学创作

[①] ［美］鲁思·本尼迪克特：《文化模式》，张燕、傅铿译，浙江人民出版社1987年版，第2页。

又丰富着地域文化，使地域文化有了特定的艺术化的摹本与载体，并使其得以更为广泛地传播。文学文本，都或多或少，或浓或淡地含纳着地域文化的内容，甚至成为后代人研究前代社会风俗、生活风土人情的标本。鲁迅的小说、散文，是人们研究20世纪初浙东地域社会生活、风俗习惯等的典型摹本，沈从文的作品，可以说就是湘西地域文化的风俗画卷。作家用自己手中的笔，将所叙写的地域文化，以艺术化的方式，使之更为丰富，更富有情感色彩，更为色彩斑斓。地域文化乘载文学艺术的帆船，播扬得更为遥远，更为持久。简言之，笔者认为，地域文化与文学艺术，既是相互含纳，又是相辅相成的。不过从概念内涵而言，文化的内涵自然要大于文学艺术，文学艺术包含于文化的范畴之中。

对于地域文化与文学创作的关系，人们很早就意识到了，并有着不少的阐发。就中国而言，正如前文曾经提到的，从先秦时代就有着这方面的探究。从创作实践来看，不论是《诗经》，抑或是楚辞，都表现出极为鲜明的地域文化特色。《诗经》由三大部分构成：风、雅、颂，而开篇就是风。一方面我们可以认为这是源于不同地域的文学创作，但另一方面，我们必须看到，这不同地域的诗作，正是不同的地域文化所孕育的结果。俗语讲十里乡俗不同，其实文学创作亦是如此。以屈原为代表的楚辞，显然就是在楚荆地域文化中所浸染出来的。就中国大的地域而言，很显然至今仍以长江为界，江南与江北的地理生态，以及由此所孕育出来的地域文化是各不相同的，因而其文学创作自古就是风格各异。这正如唐初李延寿在《北史·文苑传序》中说的："江左宫商发越，贵于清绮；河朔词义贞刚，重乎气质。气质则理胜其词，清绮则文过其意。理深者便于时用，文华者宜于咏歌。此其南北词人得失之大较也。"[①]这实际上从一个方面说明了地域文化之不同，其文学艺术风格风貌、精神气质也各不相同，甚至在艺术表现方式上，亦是存在很大的差异。

我国近现代著名学者对于地域文化与文学艺术之关系，也有着自己的见解阐述，其中梁启超先生的论说，颇具有代表性。梁启超先生曾著有《中国地理大势论》，文中对地域文化与地域文学之关系，就有着精彩的表述：

---

① 李延寿：《北史》，中华书局，1974年版，第2781—2782页。

"燕赵多慷慨悲歌之士，吴越多放诞纤丽之文，自古然矣。……长城饮马，河梁携手，北人之风概也；江南草长，洞庭始波，南人之情怀也。散文之长江大河一泻千里者，北人为优；骈文之镂云刻月善移我情者，南人为优。"[①]梁先生于此从南北两大区域来论述文学创作风格个性的差异及其原因，其强调的是南北地域文化的差异性对文学创作风格个性形成的重要作用，其间亦涉及了地域生态文化对于文学创作的影响作用。

地域文化的差异性，不仅在文学艺术上得以充分体现，正如前文所说，《诗经》和楚辞是中国文学的两大源头，它们之间的巨大差异就说明了这一点；从中国的哲学文化思想传统上，也可以得到印证。中国的儒、道文化思想，是建立在农耕生产方式之上的，是中国农耕文化时代的思想结晶。但是，在其共性中，却存在着差异性。其中的原因固然是多方面的，但是，不能不说与这两家学说思想的创始人所在的地域生态文化环境也有着密切的关系。儒家的创始人孔子出生于长江以北的黄河区域，承续的是北方周文化传统。很显然，周文化产生于北方而非南方。道家创始人老子，生活于山清水秀的南方。后来，他虽然在北方讲学并传播自己的思想，但是，他的活动区域，仍然多在山地。也许，这位中国文化思想的先哲，在与大自然的对话中，启悟了人生的智慧，在大自然中悟出了道。如果说儒家思想体现的是平原文化精神，是否可以说道家思想体现的是一种山水文化精神呢？

何以如此呢？这是我们必须解答的问题，也是我们立论的一个基本理论支点。正如前文所述，地理生态环境是人类生存的基本物质基础。这种物质基础决定了人们对生产对象、生产方式，以及与之相联系的生活方式等的选择。中国的农耕生产方式，自然是中国的地理生态环境所决定的。因为中国这片土地，更适合进行农耕生产。也正是在这种农耕生产方式下，形成了中华民族的农耕文化。但是，同为农耕文化，不同地区之间仍然存在着差异。之所以如此，自然是不同的地域生态环境所致，正如梁启超在《中国地理大势论》中所说："孔墨之在北，老庄之在南，商韩之在西，管邹之在东，或重实行，或毗理想，或主峻刻，或崇虚无，其现象与地理一一相应。"[②]

---

① 梁启超：《中国地理大势论》，见《饮冰室文集》（十），中华书局1989年版。
② 梁启超：《中国地理大势论》，见《饮冰室文集》（十），中华书局1989年版，第84—85页。

此论说虽不无绝对化之嫌，但也确实揭示出地域生态及其环境，与文化思想生成及其建构之间的内在关系，其间深层隐含着地域性的人生态度、价值观念、行为习性、思维方式等问题。文学艺术及其文化思想上的"南北峙立，其受地理环境之影响"，近代学者刘师培在《南北文学不同论》中，亦有所论述。刘师培先生从我国南北两地地理环境与人文环境的不同，来解读文学的差异："大抵北方之地土厚水深，民生其间，多尚实际。南方之地，水势浩洋，民生其间，多尚虚无。民崇实际，故所著之文，不外记事、析理二端；民尚虚无，故所作之文，或为言志、抒情之体。"[①]刘师培先生更为突出地揭示了地域生态环境对人们的生存观念的作用，进而说明地域生态环境与生存观念，对文学艺术特征之形成的作用。

地域生态环境及其文化对于文学艺术的影响作用，主要表现在如下方面。

首先，地理环境生态风貌，构成了作家文学艺术创作极为重要的内容。不论何种文体或者文学样式，恐怕都难以完全将自然生态及其环境彻底根绝于文本之外，相反，山川河流、动物植物、天象地貌等等，均成为文本的重要描述对象和内容。对于自然生态环境构成作品内容，最为通常的一种说法，就是自然环境描写。即作为社会生活展示演进与人物活动的一种自然空间。其实问题并非如此简单。作家还可以通过自然生态环境及其变化，来创造艺术的氛围，创造一种文学艺术的景象，创造出一种意境来。本质上应当是文学艺术创作中，自然人化与人化自然的交融建构。也就是说，作家在自然生态及其环境艺术化的叙写中，通向人的自然的艺术的本质力量。

不同的地域环境与生态形态建构，既影响着文学创作的特色，亦是构成文学创作审美艺术特征的重要因素。就中国的古代文学来说，其具有鲜明的地域文化特征。而这种地域性特征，自然是源于特有的地域生态环境的孕育。唐诗是中国古代文学处于鼎盛时期的一种象征，其中山水诗和边塞诗甚为发达。描述边塞风光的诗歌写得如此豪迈悲壮，而摹写水乡的山水诗又是如此细腻动人，这恐怕都与诗人创作时所处的地域生态环境有着密切关系。对当代新乡土作家而言，贾平凹笔下的商洛山水，莫言笔下的山东平原，阎连科笔下的中州山地，以及苏童、余华等人笔下的南方，等等，可以说是风

---

① 刘师培：《南北文学不同论》，见舒芜、陈迩冬、周绍良等编选：《近代文论选》（下），人民文学出版社1959年版，第571页。

采各异。这些地域环境的山水，构成了作家文学创作不可或缺的艺术要素，也成为他们作品内涵建构的重要内容。甚至可以说，这些地域生态环境的描述，对于他们艺术风格的形成，起到了不可忽视的作用。

其次，地域文化为文学艺术创作，提供了极为丰富的文化生活与智慧，乃至思想营养。文学创作离不开生活，更离不开地域生活。因为地域生活具有最为鲜活的生命活力。不同的地域，有着不同的生产生活方式，有着不同的生活风俗习惯，形成了特有的思维方式和行为方式。正是这不同的乡俗生活，才使得作家的创作，变得更加丰富多彩。我们并不否认社会时代以及意识形态等对于作家创作的影响乃至制约作用，比如20世纪50—70年代的中国当代农村题材的文学创作，于主题及其思想的反映上，具有同一性。即使如此，《山乡巨变》和《创业史》在具体的生活描述上依然存在着差异性，这种差异性更为主要的是源于秦、湘两地不同的地域生活，尤其是风俗习惯上的差异。从某种意义上说，地域文化生活决定着作家文学创作在生活内容上表现的特异个性。如果说某一时代的整体社会生活，为文学创作奠定了一种生活基本基调，构成了作品生活的基本内容及其思想倾向，体现的是一种共性原则。地域文化生活则为文学创作提供了特异的生活内容，或者说是社会时代生活在这一地域的特殊表现，因此，它所体现的是特殊性的生活原则。

如果说生活中蕴涵着人类的智慧，那么，地域文化生活中蕴含的就是以其特异的方式加以表现的特殊智慧。这里使人想起民间文学，比如民间传说、故事。在我们看来，某一地域流传下来的民间传说、故事，就是该地域民间生活思想智慧的艺术化表现和凝练。民间生活中充满了人生的机智，洋溢着人生的智慧。民间生活中也蕴含着野性的生命活力。不仅如此，地域文化中也蕴涵着地域性极为明显的民间视角、民间立场。大到影响社会历史进程的事件，小到个人生活琐事，地域文化生活中均可加以叙述，这种叙述，是从民间的视角进行把握的，体现的是民间的态度，民间的立场，民间的价值判断。这些蕴涵于地域文化生活之中的态度、立场、价值判断等等，都为作家的文学创作，提供了丰富的思想营养，提供了独特的生活与艺术智慧。

再次，不同的地域也形成了不同的文化艺术所特有的形态与传统。就是同一大的文化区域，其文化艺术形式及其传统，也存在着差异性。比如西北地区，秦腔比较盛行，在陕西、甘肃、宁夏、青海、新疆等地，秦腔是一种标志性文艺形式。但是，就是陕西、陕北、关中、陕南，秦腔在这三个地区人们生活中所占的地位，重视的程度，以及人们对于秦腔的艺术理解与创构等，都存在着相当大的差异性。更何况不同地域都有着自己标志性的文艺形式，像陕北的信天游、关中的民歌、陕南的花鼓戏等。某一地域盛行或者流行某种文化艺术形式，是历史的选择，并非有意为之的结果。之所以如此，我们只能说那是因为某种文化艺术形式与地域文化生活之间，存在着某种内在的契合关系，也就是这种艺术形式与其所生存的地域文化生活之间，有着对应建构。换一种说法就是，某种文化艺术形式之中，熔铸着这一地域人们的生命情感，或者说这一地域人们的生命情感，就融汇于该地域的文化艺术形式建构之中。就此而言，这二者应当是一种同构关系。正是作家出生地的文艺，为作家的文学创作，奠定了第一块基石。他们所接受的原始文艺教育，就是自己出生地的文艺。他们从小受本地文艺的熏染，虽然后来离开了那块土地，但那里的文化思想和文学艺术，却在他们的内心深深地扎下了根，其创作自然而然地就表现出生地文化思想与文学艺术的特性来。

最后，地域文化对作家的思维方式、艺术创造思维习惯，以及作家的创作行为方式，都有着潜在的制约作用。甚至可以说，地域文化所形成的特殊思维方式、行为方式、思维习惯等，不仅仅对作家的生活方式、生活习惯等形成终生的影响，而且对作家的文学创作亦有着终生的影响，可以说，这已成为他们艺术创造思维模态的基础乃至基本的思维方式。一个地域的文化创造，自然凝聚着该地域的审美理想和审美意识，凝聚着该地域的艺术创造思维建构内质，也就必然表现出该地区艺术创造上的文化特性。美国现代心理学家西尔瓦诺·阿瑞提在分析人的创造性思维时说："人在处理任何情况时，无论采取在刺激之后直接反应的办法，还是遵照一种复杂的符号与选择的办法，他都倾向于用正常的心理功能或者是采取由他的文化所形成的通常方式去行动。"[1]这也从一个方面说明了地域文化对文学艺术创作思维活动

---

[1] ［美］S.阿瑞提：《创造的秘密》，钱岗南译，辽宁人民出版社1987年版，第4页。

的影响。对于陕西当代作家，全国文坛有一种说法，就是比较土。像许多乡土文学作家，虽然在城市已经生活了三十多年，但他们仍然保有家乡的生活习性，具有非常强的顽固性。

尤为重要的是，生存于某一地域的人们，形成了特有的文化性格。比如从整体上来看，南方人性格优柔细腻，北方人粗犷豪放。在上海坐出租车，一分钱也算得清清楚楚，而在陕西等许多北方之地，一般不会计算到几分钱，都是按元整数算的。新乡土文学叙事中所描述的城乡之间的差异，不仅仅是生活上的差异，更为深层的是城乡间的文化及其文化性格之间的差异。因此，城乡之间的冲突，更为深层的是一种文化及其文化性格之间的冲突。在此，我们相信人在成长的过程中，青少年特别是童年所形成的文化思想记忆，会影响其终生的生活习性与文化心理性格。比如莫言与贾平凹这两位当代优秀的乡土文学作家，他们的乡土叙事基本都是对于家乡童年的记忆，在他们的身上，表现出极为突出的家乡文化性格特质。同为陕西作家的路遥、陈忠实、贾平凹之间，同为山东的莫言与张炜之间，河南的阎连科、刘震云之间，其文化性格的差异性也是显而易见的。作家之间地域文化性格之间的差异性，在相当大的程度上，造成了他们乡土文学叙事审美文化的个性差异。

地域文化与文学创作所建构的自然是极为复杂的关系，不仅与作家生活空间的移位和发展有着密切关系，而且与作家的生命本体结构等也有着内在的联系。可以说，不论是哪一方面的些微变化，都会影响到这二者关系的建构形态、程度与强度。地域文化对于作家有着先天性的生命基因的遗传性，但是这种遗传性的文化基因影响，也是会发生变化的。对于具体的作家而言，其影响程度也是各不相同的。有些人这一方面的地域文化基因影响重一些，有些人则另一方面的地域文化基因影响大一些。甚至这种文化基因在人的生命发展运动中还会发生某种变化，形成其特有的文化生命结构。就空间性而言，同为某一地域文化环境中出生的人，一直固守于该地域，和后来离开本土进入另外一种生存空间的人，其受本源地域文化的影响情形则是不相同的。一般而言，固守者要比离去者所受的本土文化影响浓重得多。当然，对于异域文化接受的程度、多少等，也影响着作家的文化心理建构，因而，本土地域文化对他们的影响也就存在着差异性。

前文说到地域文化具有隔离性，它建立起自己的隔离机制。其实在人的文化心理结构中，也会生成一种心理隔离机制。正是这种心理隔离机制，保证了人的文化心理建构的稳定性。

不仅如此，我们还应当看到，地域文化的生成过程，实际上也是一个文化融合的过程。不同地域文化之间，进行着交流与融汇，相互之间的冲突与吸纳，也是一种必然的现象。比如战争，比如民族之间的矛盾冲突等，都会对地域文化产生影响。中华民族及其文化的生成过程，实际上也是一个文化冲突与融合的过程。中国历史上发生的几次大的民族融合，一方面是使中华民族文化具有了多质性，另一方面也改变着不同地域的文化。比如唐服原本就不是汉民族的服装，而是从胡服中吸纳移植了诸多元素；旗袍本是满族服装，后来成为中华民族的一种女式礼装。陕北的生活习俗就融汇着山西和内蒙古两地的文化因质，陕南兼有关中文化和楚荆文化的特性。不同地域的文化在建构中所呈现的不同文化的因质融汇及其程度，也具有为鲜明的特性，这对作家的文学创作所产生的影响亦是不相同的。比如路遥文学创作风格上所表现出的粗犷豪迈，贾平凹的空灵诡异与蕴厚，都是不同地域文化交织融汇的结果。

在此我们也不能忽视生产力水平的发展，科学技术的进步，对地域文化及其文学创作的影响作用。唐代以后，北方地域生态环境的优势越来越衰微，而东部及南部的沿海地区，却因为面向大海而显现出更强大的优越性。东南地区利用出海之便，向外拓展，经济文化逐步繁荣起来。随着中国政治经济文化中心的东移南迁，北方的社会经济、历史文化的发展，步入滞缓时期，各方面均逐渐落后于东南地域。原因就是，中国是世界上最为典型的农业国，农耕是基本的生产方式，中国历史上形成了重农轻商的文化思想观念。生产力的发展水平，主要体现在农耕生产上。就农耕生产条件来说，江南的长江中下游平原以及珠江地域等，毫无疑问，比关中平原乃至中原地区，更适宜于农业生产。唐之后，中国的经济中心转移到江南，中原与江南成为主要的经济来源地也就成为必然的历史选择。因此，掌控了中原地域，就有了北上南下的自由度和更大的活动空间。在冷兵器时代，马匹车辆是基本的生产、交通运输工具，体现着基本的生产力水平。就此来说，中原以及江南，显然要比关中更适宜于马匹车辆发挥作用，产生更大的社会经济收益。随着社会经济、科技的发展进步，特别是近代以来，西部作为内陆高原地带，不适宜更好地促进现代社会生产力的发展，不能提供更丰足的物资资源，于是便逐渐地被冷落。这种土地的生态环境条件制约乃至滞后了西部地域的社会经济以及现代文化的发展。比如陕西，周秦汉唐丰富深厚的社会历史及其文化，逐渐成为一种历史的记忆，深深地埋藏在陕西这块深厚的黄土地里。也许正因为如此，陕西的乡土文学创作极为发达，而城市文学叙事则比较微弱，不能形成与现代性历史转换相适应的文学叙事文化形态。

上篇 新乡土文学叙事总论

第一章

乡土叙事的发展演变

中国的乡土文学叙事,是与中国现当代文学历史发展演变相契合的,肇始于20世纪初的五四新文学的开创,经由20世纪二三十年代的承续发扬,到了40年代,又发生了新的变化,于50至70年代被弱化,80年代后在与五四乡土文学叙事传统的重新对话呼应中,得以延续发展与丰富深化。从20世纪90年代始到21世纪初,乡土文学再次发生裂变,进入到新乡土文学叙事的历史建构阶段。

虽然关于中国乡土叙事历史发展的研究已经非常丰富而深入,也形成了一些基本的共识。比如丁帆先生的《中国乡土小说史》,陈晓明的《中国当代文学主潮》等文学史著,对这一方面都有极为精确而深入的阐述。但是,为了使本研究有一个比较清楚而完整的历史脉络,作为新乡土叙事研究的历史背景,在此对中国乡土叙事的历史发展演变做一概略的论述。

一、创构

从文学史意义上来看,将乡土及其乡土经验、乡土人物与文学叙事联在一起,并作为文学叙事的主体对象,是中国文学现代性历史转变的一种重要标志。为何如此说呢?翻开中国文学史,叙写故乡故土以及生存于土地之上的乡民生活与生存状态的文学作品,虽然在《诗经》之后的文学创作中多有出现,但是,如果从文学叙事的基本态度与立场及思想情感等方面来看,所要表达的基本思想情感并非立足于乡土及乡民本身,而是立足于文人墨客自己。只有到了现代之后,从鲁迅、沈从文到今天的莫言、贾平凹等,方以乡土及乡民作为文学创作的叙事主体对象,构成了中国现当代文学叙事发展历史最为重要的主体内容,这使得中国文学在20世纪出现了新的景象。可以说,中国的乡土文学及其叙事,实现着与中国文学的现代性历史转换与深入发展同步的同构关系。

中国的乡土叙事是在中国文学叙事历史转换大的文学与文化历史语景下发生与发展的。中国文学叙事的现代性历史转换,如果从梁启超先生的《论小说与群治之关系》提出"小说界革命"算起,至今已有一百一十多年的历史了;如果将胡适先生《文学改良刍议》作为现代文学叙事的肇始,也已满百年了;如果从充分显示中国文学叙事现代历史转换创作实绩的角度来考察,把鲁迅先生的《狂人日记》作为中国文学现代叙事的新纪元,也不过与胡适先生的文章发表仅相差一年,亦可说也有百年了。[①]若按学界对此问题的新见解,认为早在1887年黄遵宪撰著的《日本国志·卷三十三·学术志二》便提出"更变一文体为适用于今,通行于俗者",以企达到"言文合一",让"农工商妇贾女幼稚皆能通文字之用",已经具有了白话新文学叙事的思想;而陈季同1890年出版的《黄衫客传奇》是"由中国作家写的第一部现代意义上的小说作品",开启了现代文学叙事。[②]如此说来,中国文学叙事之转换已有一百二十多年的历史了。

关于中国文学现代性历史转换及其建构,学术界有着深入而广泛的研究,此处就不再做详细论说了。于此,仅将学界通常所说的现代文学时期,笼统视为乡土文学叙事的创构与历史转换期,并就如下几个问题做一简略探讨。

首先,还是需要谈谈中国乡土文学叙事的现代性历史转换与创构的文化思想背景问题。

中国文学的现代性转换,历史地来看,我们认为在中国社会进入近代时就已经开始萌发了。在近代的六七十年间,中国知识分子对西方文化思想从

[①] 梁启超:《论小说与群治之关系》,作于光绪二十八年(1902年),《饮冰室合集》(二),中华书局1989年版;胡适:《文学改良刍议》,载《新青年》1917年第2卷第5号;鲁迅:《狂人日记》,载《新青年》1918年第4卷第5号。

[②] 严家炎主编:《二十世纪中国文学史》(上册),高等教育出版社2010年版,第7—8页、10页。

抵御到学习接受，并承担起新文化思想传播的历史使命，就犹如细流积蓄，到了五四时期发生了爆发。从近代风云变幻历史来看，其文化思想有着一条比较清晰的发展脉络，这就是在本土与外来、传统与现代文化思想的矛盾碰撞冲突中，逐渐形成以西方现代文化思想为参照系而建构中国的现代文化思想。其中，文化思想启蒙逐渐成为近现代文化思想建构的一条主线。也就是说，近代以来直至五四时期，现代文化思想启蒙便成为主潮，也构成了中国文学叙事现代性历史转换的文化思想背景。

就如同中国现代文学叙事的现代性历史转换与创构一样，中国的乡土文学叙事，依然是以知识分子的文化启蒙思想为其基本思想基调的。亦即从接受了西方现代文化思想的知识分子的文化思想立场来审视中国的乡土现实社会。对此，学界应当说达成了基本的共识。在此需要进行探讨的是，中国文化思想的启蒙，并非源于中国的传统文化思想，而是源于西方的现代文化思想，因而必然形成一系列的二元对立式的命题：传统与现代、进步与落后、改造与被改造，以及现代的理想愿景与现实的愚昧情景的矛盾等等。这里实际上潜在地暗含着一个先在的文化思想前提：西方的、现代的、优于中国的、传统的。在这种文化思想前提下，所建构起来的乡土文学叙事，也就必然是一种以西方文化思想为标本烛照下的文化思想启蒙叙事。而中国的社会现实则是一个以农耕为基本生产方式的农耕社会，或者说乡土社会，在世界进入以工业为其基本生产方式的现代社会情境下，不论是用大炮侵入，还是本身发展的历史诉求，都迫使中国别无选择地从农耕社会向现代工业社会进行历史性转换。也正是在这种文化思想启蒙语境下，中国的乡土叙事自然而然地与中国的现代性社会历史转化相融合。

其次，中国乡土文学叙事的现代创构及其转换的大体脉络。

正如许多学者所阐明的那样，中国的乡土文学叙事的创构以及后来几十年的发展，形成了两大叙事形态：写实性与写意性。这两大叙事形态，其间虽然也因具体的社会现实情境的变化出现过变异现象，当然还因为具体作家创作的特异个性以及当时的生命精神情感所致，具体作品的叙事也表现出具体而特异的形态，但是，从乡土叙事历史整体建构来看，这两大形态是贯穿于整个20世纪乡土文学叙事的。

写实性乡土文学叙事，是由鲁迅开创并以其为标志的。鲁迅在文化思想启蒙的立场下，进行中国社会特别是乡土世界的现实观照叙事时，不仅具有极为强烈而深刻的现实关怀与文化批判意识，而且具有鲜明而独特的地域色彩。正是在"国民性"批判与地域生活的融汇中，创作出既是现代乡土文学也是整个现代文学史上的经典之作。之后，一批继承、学习鲁迅的乡土作家，像许杰、许钦文、蹇先艾、王鲁彦、彭家煌、黎锦明、叶紫等，虽然在思想的深刻性与丰厚性、叙事艺术创构的经典性上，并没有超越鲁迅，但是，他们以各自的创作实践，构成了一种具有时代特征的乡土叙事文学潮流，进一步丰富并发展了现代乡土叙事写实艺术，形成了乡土叙事的一个主要流派。写实派不仅是乡土文学创作的主要流派，而且在整个现代文学叙事中也是处于主导地位的。他们以启蒙与批判作为基本的文化思想方式，在关注乡村社会现实与乡下人的生存状态时，依然致力于揭示社会病痛与民族根性，并且在其中倾注了知识分子的人文情怀与乡愿情感。也正是在这里，实现了与中国文学叙事的现代性建构的契合，成为中国文学现代性历史转换与建构的有机构成部分。

乡土文学叙事，随着左翼文学的兴起，文化思想启蒙立场也在发生着变化，像茅盾、沙汀、艾芜、张天翼等的乡土叙事，表现出极为突出的左翼文化思想的特质，社会阶级分析性、政治意识形态性等因质愈加浓重，而地域性的特色则受到相当程度的消解。正是在这种阶级性、政治意识形态性的不断强化中，文化思想启蒙性也就被不断地弱化，终于在民族矛盾突显的历史文化语境下，社会革命与民族救亡的叙事立场，取代了文化思想启蒙的叙事立场。像萧军、端木蕻良、骆宾基等，是典型的救亡乡土叙事，而像赵树理、周立波等一批解放区的作家，则是典型的社会革命乡土叙事。尤其是以赵树理、周立波等为代表的解放区乡土文学叙事，成为当代文学叙事的基本模态，其乡土叙事的审美特质更加弱化。

坦率地讲，写意性乡土文学叙事，虽然今天学界对其文学史意义和审美艺术价值给予了高度评价和充分的意义阐释，但是，就创作的阵容来看，显然没有写实性作家阵营庞大。尤其是20世纪40年代之后，他们基本处于被边缘化的境地。为何会如此呢？这应当是我们进一步深入思考的问题。如果就其文化思想与创作思想而言，写意性乡土叙事，承续的是周作人"人的文学"与"乡土艺术"的美学思想。20世纪20年代废名的乡土叙事，就与周作人存在着一种师承关系，而沈从文则从废名那里汲取了乡土叙事相当的思想艺术营养，并将其做了光大拓展，创作出中国现代文学史上写意性乡土叙事的经典文本。沈从文作为中国现代写意性乡土叙事的扛鼎作家，以对于乡土生活与文化情感精神极为浓厚的情感立场，创造出了具有中国文化精神与审美精神特质的艺术世界。

非常有意思的是，写意性乡土文学叙事，在后来的萧红、师陀等人身上得到了延续。但是，就其师承或者创作思想倾向等方面来说，他们似乎与左翼文学有着更为密切的关联性。比如萧红的文学创作，就得到了鲁迅的支持、提携与指导。她的创作明显是受到左翼文艺的影响，在对于人的愚昧与国民灵魂的深刻揭示中，呼唤着民主与自由、个性与觉醒，蕴含着对人与社会的深切理解，充满人情与人性的真挚朴实的情愫，为中国现代文学描摹出一幅极为珍贵的乡村写意图画。师陀的创作与京派有着密切关系，也与左翼文学相关联，有形无意间，对沈从文等的创作有着吸收借鉴，从乡土叙事的神韵上，承续着抒情诗意的脉络。汪曾祺可以说在20世纪40年代走向文坛时，就比较自觉地承续了沈从文这一写意性乡土文学叙事的血脉，使之在当代文学时期得到某种延续。同时，孙犁的文学叙事，从艺术审美风格特性角度看，虽然人们习惯将其归之于革命文学范畴，但实际上亦在相当程度上，表现出写意性的审美因质。

再次，中国现代乡土文学叙事的基本审美特征及其流变问题。

关于中国现代乡土文学的概念内涵及其叙事的审美特征，从20世纪20年代起，就开始了探讨，对此做出经典性论说的有周作人、鲁迅、茅盾等。周作人是从"人的文学"这一基本立场来阐述乡土文学及其叙事特征的："我们所希望的，便是摆脱了一切的束缚，任情地歌唱"，"只要是遗传、环境所融合而成的我的真的心搏，只要不是成见的执着主张、派别等意见而有意造成的，也便都有发表的权利与价值。这样的作品，自然的具有他应有的特性，便是国民性、地方性与个性，也即是他的生命"。"现在的人太喜欢凌空的生活，生活在美丽而空虚的理论里，正如以前在道学古文里一样，这是极可惜的，须得跳到地面上来，把土气息、泥滋味透过了他的脉搏，表现在文字上，这才是真实的思想与文艺。这不限于描写地方生活的'乡土艺术',一切的文艺都是如此"。①鲁迅既是有感于自己乡土文学创作的深切体验感悟,又是从一些乡土作家的创作实际出发,做了如下经典性的论说:"蹇先艾叙述过贵州,裴文中关心着榆关,凡在北京用笔写出他的胸臆来的人们,无论他自称为用主观或客观,其实往往是乡土文学,从北京这方面说,则是侨寓文学的作者。但这又非如勃兰兑斯所说的'侨民文学',侨寓的只是作者自己,却不是这作者所写的文章,因此也只见隐现着乡愁,很难有异域情调来开拓读者的心胸,或者炫耀他的眼界。许钦文自名他的第一本短篇小说集为《故乡》,……不过在还未开手来写乡土文学之前,他却已被故乡所放逐,生活驱逐他到异地去了。"②茅盾的分析阐述,则是基于社会人生命运的角度:"我以为单有了特殊的风土人情的描写,只不过像看一幅异域的图画,虽能引起我们的惊异,然而给我们的,只是好奇心的餍足。因此在特殊的风土人情而外,应当还有普遍的与我们共同的对于命运的挣扎。一个只具有游历家的眼光的作者,往往只能给我们以前者;必须是一个具有一定世界观与人生观的作者方能把后者作为主要的一点而给予了我们。"③诸位先贤的论说,归结起来有这么几点:一是地方性,二是乡土性,三是乡土情怀,四是真实性与世界性。有人还认为地方色彩与风俗画面,是乡土叙事的根本特征。从叙事角度看问题,可否这样来认知乡土文学:就叙事对象而言,自然是以乡村的人、事、情、景作为叙述的基本对象;就叙事的艺术表现而言,重在叙写于人、事、情、景中所蕴含的独到的地域风土人情;就作家的叙事情怀而言,应当在叙事中熔铸一种乡土情怀,这种乡土情怀,是作家的生命情感命脉与乡土的生命情感命脉相融汇的;就其叙事所表现出的审美特征而言,应当突出的是地域色彩和风俗画境;就其叙事的内涵追求而言,是于地域之中蕴含着具有超越地域性而实现与人类历史发展趋向精神价值的同构。至于说艺术表现的方式方法,笔者以为可以是不拘一格的,正如鲁迅所言,可以是主观或者客观,也可以是侧重于社会人生,或

---

① 周作人:《谈龙集》,河北教育出版社2002年版,第10—13页。
② 鲁迅编选:《中国新文学大系·小说二集》(影印本),上海文艺出版社2003年版,导言第9页。
③ 茅盾:《关于乡土文学》,见《茅盾文艺杂论集》,上海文艺出版社1981年版,第576页。

者生命情感。

最后，现代乡土文学叙事的历史贡献及其影响。

以鲁迅、沈从文等为代表的现代乡土文学叙事，对确立中国现代文学叙事的基本模态范式，具有奠基作用和不可替代的历史贡献。

二、变异

我们之所以对20世纪50—70年代的乡土文学叙事，使用了"变异"一词，实在是从乡土叙事到农村叙事最终演化成农业题材叙事这一历史史实来看的。乡土文学叙事在社会政治因质不断强化中，其叙事本体特征逐渐丧失，最终演变成为一种社会政治模态的农村叙事，标志性的人物是赵树理、柳青、周立波、康濯、孙犁、王汶石等，直至浩然发展到绝对化的极端境地。

这种乡土叙事的变化，起源于20世纪40年代的延安革命文学叙事，甚至20世纪30年代的左翼文学叙事。以赵树理为代表的延安革命文学的乡土叙事，奠定了当代文学叙事的基本格调。正如孟繁华先生所言："自延安时代起，特别是反映或表达土改运动的长篇小说《太阳照在桑干河上》《暴风骤雨》等的发表，中国乡村生活的整体性叙事与社会历史发展进程的紧密缝合，被完整地创造出来。乡村中国的文学叙事在这个时代终结了"[①]。也就是说，从20世纪40年代始，阶级压迫与反抗，农民的觉悟与革命等，便成为农村社会生活叙事的基本核心内容，追求的是文学叙事的艺术结构与社会现实生活特别是政治生活之建构与发展这二者之间的结合性。

从文学叙事思维方式以及叙事模态建构来说，中国20世纪50—70年代的农村题材文学叙事，是一种社会政治叙事模式，这种文学叙事模式，以社会政治及在此种观念下所建构的社会结构与生活模式来规约文学创作，追求的是，文学叙事艺术建构与社会政治生活建构的同一性和同步性。因而，乡土文学叙事艺术在社会政治主流意识形态强烈的先定性规约下，便失去了自己的主体自主性和独立审美品格，而成为农村社会政治及其生活的一种理念演化与阐释。而且这种变化在一步步摈弃乡土的日常生活中，走向了政治观念化叙事。从赵树理的《登记》《三里湾》到周立波的《山乡巨变》、柳青的

[①] 孟繁华：《百年中国的主流文学——乡土文学/农村题材/新乡土文学的历史演变》，载《天津社会科学》2009年第2期，第94页。

《创业史》，最终演变成了浩然的《艳阳天》《金光大道》等完全政治理念化的文学叙事。如果从文学叙事与社会意识形态紧密切合的角度来说，李准的《不能走那条路》，可以说是具有典型的肇始意义的。

这里需要说明的是，虽然学界曾经有过"荷花淀""山药蛋""茶子花"等文学创作流派的归纳，但是，显然与现代文学时期文学流派之归结不能相提并论，基本不能构成一种文学创作流派。但是如果就文学叙事的写实性与抒情性来看，以孙犁为代表的农村题材叙事，则表现出明显的抒情性，而赵树理、柳青等写实性特质更为强烈。这二者的农村社会生活叙事，都表现出浓厚的社会政治理想化的色彩。也就是说，作家通过文学叙事的方式，描绘着一幅理想化的社会主义新农村图景，而且这种理想图景的实现，就是农民只有走合作化、集体化的道路，才能实现社会主义现代化。这成为此时农村题材文学叙事所不允许有任何质疑的铁律。

这一时期农村题材文学叙事，如同整体20世纪50—70年代叙事一样，涉及许多规约文学叙事的问题，比如文学与政治的关系、文学的方向与方针等问题。其中，笔者认为其间蕴含的文学与生活、文学叙事伦理与叙事立场等问题，依然是值得思考的。

文学创作与生活的关系，对于今天的许多作家来说，已算不得什么大不了的问题，或者说，作家在处理创作与生活的关系上，具有了更多的自主性与独立性。但是，对于20世纪五六十年代的作家及其文学创作来说，那可是一个大问题，是被纳入社会政治的角度来认识的。亦即从作家的政治态度与立场来认识文学与生活关系问题。如果说哪位作家的哪部作品被视为脱离或者歪曲了社会主义现实生活，那就意味着必然要被打入另册，成为批评乃至批判的对象，严重者甚至可能成为极端政治的牺牲品。所以，文学创作与生活的关系问题，对于柳青、赵树理以及李准、浩然等那一时代的作家而言，这是首先必须严肃对待和认真处理的问题。他们作为在毛泽东《在延安文艺座谈会上的讲话》精神指引下成长起来的作家，将生活是文学创作的唯一源泉作为经典理论思想，几乎是毫无疑问地加以尊奉的。因为文学创作源于生活，生活是文学创作的唯一源泉，正是毛泽东《在延安文艺座谈会上的讲话》中关于中国无产阶级革命文学艺术理论的经典观点之一。他们的农村题材文学叙事，自然是要按照毛泽东这一经典性文学观念进行自己的文学叙事的。

于此，我们暂且不论生活是文学创作的唯一源泉的科学性如何，就作家对于生活的理解而言，其间必然存在着许多差异性。生活或者社会生活，都是丰富多彩的，也是极为复杂的。就文学叙事而言，自然是无法脱离生活的，但问题的关键是作家如何理解生活、把握生活与表现生活。农村题材的文学叙事并非没有生活，而恰恰是紧贴着社会时代生活进行写作的。问题是，这里所贴近的社会时代生活主要是社会政治生活，而忽视或者遮蔽了其他更为丰富、更为复杂、更为内在的生活内涵，这就使得其文学叙事之生活内容显得比较单调。因为社会政治生活仅仅是人的生活的一个方面，或者一个层面，而不是全部。

如果将当代中国20世纪50—60年代农村合作化运动以及后来的人民公社化体制的文学书写，纳入整个中国近代以来特别是现代以来的从传统社会向现代社会的历史转换之中来审视，应当说，这是一次乡村社会结构的历史变革，也可以将其视为中国社会现代性历史转型与建构的一次乌托邦式的想象性探索。这次探索给乡村与农民生活与生存所带来的影响是巨大而深远的：不论是狂欢式的欣喜，还是断臂割肉式的疼痛，可以说直至今日似乎还存留着余韵。社会生活的变革，物质与社会制度方面的革命，是可以借用外在的力量以暴风骤雨的方式强制实现的。比如土地改革，可以采取打土豪斗地主分田地的方式，一夜之间改变物质所有权的归属——土地、农具、牲畜等从地主、富农名下强行划归在贫下中农名下。在合作化运动中，将土地与其他生产资料，又从农民个人名下划归至集体所有制的名下。可是人的生活与生存的思想意识，特别是千百年来所形成的风俗习惯与伦理道德观念，以及由此而构成的文化心理结构，则是很难以强制的方式在短时期内加以改变的。笔者以为，人们在几千年历史发展中所积淀下来的文化思想观念，以及所形成的人们的思维方式与行为方式等，用荣格的话来说，就是一种民族的集体无意识，是极其深刻地渗透融汇于人们的具体的生活与生存行为细节之中的，不论外在条件发生怎样的变化，人们的文化心理结构及其思维方式与行为方式，于本质上是不会在瞬间彻底改变的，而只能是一种层积递进式的嬗变过程，于新的文化思想观念中依然沉积着传统思想观念的核心要素。所以，理想化、主观性地，甚至是狂想性地试图在一夜之间，完成乡村从传统到现代的文化思想观念的历史转换与建构，那是根本不可能的，只能是一种虚妄性的想象。这一方面，20世纪80年代之后的社会现实与文学叙事，已经做出了回答。

作为一种乡村社会全面性的现代性的历史转换与建构，从社会政治与经济体制层面所建构起来的以农业合作社，特别是后来所建构起来的人民公社，在当时的社会时代背景之下，几乎没有作家提出与之相反或者不同的文学叙事诉求。从已有的文学叙事文本来看，基本上都是在肯定从合作化到人民公社化，认为这是中国农村进行现代性历史转换与建构的必由之路，甚至是作为中国农村现代性唯一正确的道路选择而加以文学叙事上的文本建构的。这一点，从李准的《不能走那条路》到浩然的《艳阳天》《金光大道》所建构起来的文学叙事，就是一种与社会政治体制结构同构化的文学叙事模态，即以文学艺术的方式，去证明这种社会历史建构的合理性与必然性。但是，问题似乎并不是如此简单。因为在乡村由合作化到人民公社化的社会历史生活转换建构的过程中，传统与现代的文化思想观念之间的矛盾冲突，依然非常明显地存在着。乌托邦式的社会体制想象性的建构，与现实的乡村固有的生活与思想观念之间，发生着剧烈的对抗性的冲突。就当时的社会意识形态思想文化语境而言，是将合作化与人民公社化视为乡村现代化的唯一正确的历史选择而加以不容置疑的充分肯定的。但是，20世纪80年代之后，随着人民公社的解体，有关这一方面的文学叙事，又发生了一百八十度的转变，学界对此有着比较充分的重新评价与叙说。于此，我们更为关注的是，为何文学叙事中所体现出来的传统与现代的矛盾冲突的艺术叙事，显示出更为深刻而久远的思想艺术的审美价值？其中重要原因之一，就是因为有关这一方面的文学叙事，是根植于中国社会现实生活与历史文化思想土壤之中的。具体来说，就是有关农业合作化的文学叙事，将笔触深入乡村生活的细节之处，深入乡村生活的习俗以及农民的内在思想观念与文化心理深处，其叙事便会自然而然地焕发出艺术的光芒。乡村社会首先是一种建立在家族血缘基础之上的亲情社会。人们祖祖辈辈生活在同一个乡村，世代相沿，便形成了宗族式的关系结构，长此以往自然而然形成了宗族伦理道德观念，并以此来维系乡村的生活关系。从文化思想观念上来说，这种宗族思想伦理道德观念，是深深地根植于人们的生活与精神心理之中的。与此同时，我们还应当认识到，乡村年复一年的生活，形成了共同的生活习俗、生活习惯，以及蕴含于其中的思想观念。我们说所谓的传统生活、传统的思想观念，实际上就渗透于乡村生活之中，规约着人们的生活方式。这些要改变起来，是非常难的。而有关这一方面的文学叙述，才真正地表现出了乡村生活的丰富性、复杂性与深刻性。

但是，乡村社会现代性的历史转换与建构，则是要打破这种血缘家族性、道德习俗性等社会生活伦理规范，而建构起一种新的政治意识形态的乡村社会生活伦理规范。怎样建构呢？就乡村合作化的文学叙事来看，是以社会公有体制下的公共道德规范替代私有制下的私人的与个人的道德习俗规范，用社会群体阶级斗争性生活替代血缘家族亲情性生活。如果说基于家族血缘性、道德习俗性等乡土生活的伦理道德规范，是源于农民文化精神与心理结构的内在生命驱动力，那么，所要建构的公有体制下的公共道德规范与社会群体阶级斗争性社会政治意识形态的伦理规范，则是一种社会政治权力的外在体制强迫力。因此，源于农民文化精神与心理结构的内在生命驱力，与源于建构的公有体制下的公共道德规范与社会群体阶级斗争性的外在体制强迫力之间，势必要发生激烈的矛盾冲突。而这种矛盾冲突，也就构成了农业合作化运动文学叙事模态建构的一个内核。当然，在具体的文学叙事建构中，对农业合作化生活的理解与表现，不同的作家作品之间，其侧重点还是存在差异的。

在研究此时农村题材文学叙事时，势必还要遇到一个老问题："中间人物"与"新型人物"的塑造及其塑造得如何。在这里，我们首先不赞成"中间人物"的说法，而倾向于用老式农民或旧式农民与新式农民的表述。在这两种表述之间，隐含着一种论题的思想视角与方法的问题。"中间人物"论暗含的是社会政治-阶级分析的思想方法，是按照家庭拥有资产而确定的阶级地位，并以阶级地位认定其社会政治态度，进而以此为准把人分为左、中、右，或者先进、落后与反动等不同的群类。而新、旧之说，则是从人们的现实生活态度与文化心理精神的角度来观察问题，于此首先摒弃了把人从阶级或政治上进行规定性的观察、认知的思路，而是基于乡村的历史文化与现实生活实际。因为人的阶级立场与政治倾向或者态度，并不能必然地确定其道德品性的完善或者优秀。若从文化思想角度来看，不能说仅仅是地主、富农固守落后的历史文化立场与生活态度,就是贫农、下中农以及中农等各个阶层也是如此。也就是说,贫下中农中存在着社会历史前进的先进性因素,地主富农中也蕴含着顺应社会历史前行的因素。因此,在笔者看来,以老式与新式农民形象进行表述,具有更为普遍与深刻的历史文化思想意义。

虽然都是以社会政治的叙事模式来进行农村题材文学叙事的,但我们能够非常强烈地感觉到,在叙事文化立场上依然存在着差异性。大致说来,存在着知识分子文化立场与民间文化叙事立场。比如,此时具有代表性的作家柳青与赵树理,他们所走的叙事艺术路径就是完全不一样的。概而言之,柳青从整体上承续的是五四文学叙事与外国文学叙事的传统,走的依然是知识分子的文学叙事路径;赵树理虽然也受到五四知识分子文学叙事的影响,但最终承续的是中国文学叙事艺术与民间艺术的叙事传统,走的是一条地地道道的中国化的民间叙事艺术路径。在研究中笔者发现,依然走知识分子的文学叙事路径的作家,基本上都在致力于自己思想立场的转变,努力将自己转变或者改造成为与劳动大众统一的革命者,从一位革命知识分子的文化立场,进入到农村题材文学叙事的。但是,不论他们怎样与农民群众同吃共住,都无法改变其文学叙事的知识分子文化立场。也许正因为如此,这类农村题材文学叙事,总是处于"他者"的地位。我们从这类叙事文本中,看到的情形是,作家的叙事是凌驾于乡村生活与农民思想情感之上的。换句话说,这类农村题材文学叙事,不是像完全根植于乡村之中的作家那样在为农民写作,而是在为社会时代写作,是一种为社会时代代言式的写作。这样,这种文学叙事,可能更易于在为社会时代写作的过程中,使叙事者的知识分子思想情感与社会意识形态相融合,走上一种革命知识分子作家的意识形态文学叙事的道路。这种状况,正如有学者在分析柳青时所言:"深受五四和左翼文学的影响,在艺术手段上是充分西方化的:不重故事而重描写,尤其重视对人物的心理描写;重视对特定历史时期大规模的、史诗性的表现;叙述人语言和人物语言泾渭分明。"[1]于此我们之所以对柳青与赵树理做出如此的分析评说,也是因为这两位作家的文学叙事所取得的成就,构成了那一时代农村文学叙事的最具典型意义的文本。

---

[1] 吴进:《柳青的文学史意义》,载《文学评论》2013年第2期,第211页。

在此时的农村题材文学叙事中,更为难能可贵的是坚守农民立场的文学叙事,最具有代表性的是赵树理。他的文学叙事的确是一种为农民而写作的文学叙事。几乎所有的研究者都认同,赵树理是一位非常出色的大众化文学叙事的高手。可以说,为农民写作的思想是贯穿于赵树理整个文学创作历史的。他为了实现为农民而写作的目的,采用大众化的文学叙事方式,正如有研究者所言,适应了延安时期革命的大众文学建构的历史需求,因而从民间一下子走向了现代文学历史的前台。"赵树理是一个极为独特的作家,他因为'工农兵文艺'的话语偶然浮出水面,但却不是一个追逐潮流的弄潮儿,他固执地站在农民的立场上,体现出农民的利益、愿望、价值、道德和审美观念。"[1]也正因为如此,在1949年之后,他的文学叙事便与社会时代的文学叙事要求发生了严重的历史错位。如果说《小二黑结婚》《李有才板话》等作品所建构起来的这种为农民写作的文学叙事,适合于民主革命时期,那么,在社会主义历史时期,这种农民的或者乡村民间的文学叙事、文化立场,显然已经不能适应社会主义意识形态对于文学叙事的要求。如果说在《小二黑结婚》等文学叙事中,赵树理的文学叙事艺术已经达到了成熟境地,那么,1949年之后,包括《登记》《三里湾》以及《锻炼锻炼》,在文学叙事艺术上并无大的突破,甚至是一种叙事艺术上的重复。尤其是他所坚守的乡村化的文化思想伦理道德观念与生活观念,更是与当时的社会时代极不适应。正是这种农民化或者民间化的文化思想与艺术上的固守,使他即使他保持了对疯狂的社会现实生活的冷静思考与客观真实叙写,也不能跟上社会政治时代生活的节奏,因而受到了更多的批评。就此而言,赵树理的《锻炼锻炼》等文学叙事,其社会现实的警示价值是不可否认的,但是其文学叙事艺术价值与文学史价值,则是不能给予完全肯定的。

柳青的情况则有所不同,他走的是另外一条文学叙事路径。首先必须承认:在《创业史》之前,柳青虽然也创作了长篇小说《种谷记》与《铜墙铁壁》,还有一些中短篇小说,如《狠透铁》,但都不是他文学叙事艺术成熟的表现,而是他处于文学叙事艺术探索路上的创作积累。柳青文学叙事的文学史意义与价值,不在20世纪40年代,而在50—70年代。用有的研究者的

---

[1] 旷新年:《赵树理的文学史意义》,载《文艺理论与批评》2004年第3期,第16—17页。

话说，柳青的价值在于对社会主义文学新秩序与叙事艺术模态的建构探寻。正如有论者所言："就《创业史》的写作来说，它在总体上是完成了意识形态对新中国文学长久的期盼，这里的总体不但是指'主题'的提炼，'英雄人物'的塑造，更是指形式的寻找，一种并不只属于某个作家的个别形式，而是属于某一时期文学的带有普遍性形式的寻找。"[①]柳青的文学叙事更能够代表那一时代社会政治意识形态所企求的文化立场，体现了那一时代文学叙事的愿望诉求。因此，柳青以其《创业史》为标本所创造的柳青式的农村文学叙事模式，也就自然而然地成为那一时代文学叙事的典型文本，甚至是典型的范本。也许正因为如此，柳青因其《创业史》农村文学叙事文本的创造，在那时得到了充分的肯定，而在20世纪80年代之后，又受到了比赵树理更多的诟病。当然这种极大的历史反差，也不是仅仅以柳青所持有的知识分子文学叙事立场与赵树理所坚守的农民文学叙事立场所能够涵盖得了的。

从文学史的角度来看，不论是柳青还是赵树理，他们与其他作家一起共同建构起20世纪50—70年代农村文学叙事的基本范式与传统，这种文学叙事思维及其叙事模式，作为一种历史惯性，于70年代末至80年代初，一直在向前滑行着。"伤痕文学""反思文学""改革文学"等，虽然在相当大的程度上，挣脱着社会政治叙事思维及其模态，但仍留有其痕迹。

三、回归

1978年，对于当代中国来说，是一个具有划时代意义的年份。首先是关于"实践是检验真理的唯一标准"的讨论，为中国改革开放的实施做着思想的准备。随后中共中央召开的十一届三中全会，标志着中国社会历史开始进入一个真正和平的建设时代。就文学创作而言，这一年出现的因小说《伤痕》而命名的"伤痕文学"，标志着当代中国文学创作开始了新的历史时期。1979年10月第四次文代会召开，邓小平代表中共中央所做的《在第四次全国文学艺术工作者代表大会上的致辞》，确定了文学艺术于新的历史时期发展的基本方针。至此，当代中国文学沿着一条新的发展路向前行，并取得了令人瞩目的成就。

---

① 萨支山：《试论五十至七十年代"农村题材"长篇小说——以三里湾〈山乡巨变〉〈创业史〉为中心》，载《文学评论》2001年第3期，第123页。

正是在这样的社会历史与文化思想背景之下,中国的乡土文学创作开始再次觉醒,乡土叙事逐步得以回归,从社会政治创作的窠臼中逐渐蜕变出来,从社会生活到历史文化,走向了多元化的乡土叙事。像刘绍棠、古华、高晓声、周克芹等,以自己的创作实践,探寻着在新的社会历史文化语境下,乡土文学叙事新的可能性。当然,这种可能性的探索还是很有限的。最早重提乡土文学的是刘绍棠,他于1979年年底公开打出乡土文学的大旗。[1]作为新时期最早、最积极的乡土文学的倡导者与实践者,刘绍棠在与雷达的通信中,明确提出他对于乡土文学的基本看法:一、坚持文学创作的党性原则和社会主义性质;二、坚持现实主义传统;三、继承和发扬中国文学的民族风格;四、继承和发扬强烈的中国气派和浓郁的地方特色;五、描写农村的风土人情和农民的历史和时代命运。[2]也许是由于"文革"的余韵,应和者还是慎而又慎的。虽然经历过二十多年人生磨难的古华、高晓声等乡土叙事作家,以及当时更为年轻的作家贾平凹、韩少功等,在具体的文学叙事中,都自觉不自觉地显现出乡土文学叙事的某些审美艺术因质,但是,并未将自己的叙事明确为乡土叙事。

就乡土文学叙事的实际创作而言,朦胧于20世纪70年代末,萌发于80年代初期。此时出现了一大批散发着乡土气息的文学作品,像贾平凹的《满月儿》及商州系列作品、张承志《骑手为什么歌唱母亲》(《人民文学》1978年第10期)、张弦《被爱情遗忘的角落》(《上海文学》1980年第1期)、张贤亮《邢老汉和狗的故事》(《宁夏文艺》1980年第2期)、高晓生《陈奂生上城》(《人民文学》1980年第2期)、何士光《乡场上》(《人民文学》1980年第8期)、古华《爬满青藤的木屋》(《十月》1981年第2期)、汪曾祺《大淖记事》(《北京文艺》1981年第7期)、古华《芙蓉镇》(人民文学出版社1981年版)、路遥《人生》(《收获》1982年第3期)、张承志《黑骏马》(《十月》1982年第6期)、李杭育《沙灶遗风》(《北京文学》1983年第5期)、张承志《北方的河》(《十月》1984年第1期)、张贤亮《绿化树》(《十月》1984年第2期)、何立伟《白色鸟》(《人民文学》1984年第10期)、阿城《棋王》(《上海文学》1984年第7期)等等,

---

[1] 夏子:《论乡土文学的总体特征》,载《武陵学刊》1995年第2期,第58页。
[2] 雷达、刘绍棠:《关于乡土文学的通信》,载《鸭绿江》1982年第1期。

都充分显示了乡土文学叙事重新回归最初的实绩。在文学叙事理论上，他们虽然极少明确言及乡土叙事，而且还未完全脱离社会政治意识形态文学叙事的窠臼，但是，其间所蕴含的思想，可以说与乡土叙事有着某种契合。乡土文学叙事似乎是在不言中自然而然地走向了新时期文学叙事的前台。虽然1985年才明确提出文化寻根，亦即向中国传统文化与文学艺术中寻求文学叙事资源，但实际的文学叙事与创作，于20世纪80年代初始就已经开始了。比如，贾平凹1982年评介川端康成的一段话是意味深长的。他说："没有民族特色的文学是站不起的文学，没有相通于世界的思想意识的文学同样是站不起的文学。用民族传统的美表现现代人的意识、心境、认识世界的见解，所以，川端康成成功了。"[①]同年，他在为《当代文艺思潮》写的一篇文章中又说了这样的话："以中国传统的美的表现方法，真实地表达现代中国人的生活和情绪，这是我创作追求的东西。"[②]此后，他多次说过类似的话。在此，贾平凹从中国传统中吸取营养，寻求中国与西方、传统与现代的一种契合，期待走出一条现代的民族文学发展的道路。这也应当说是乡土文学叙事再次回归所走的路子。

于此，我们应当清楚当时整个文学创作的社会历史文化语境。20世纪80年代的中国乡土文学，实际上处于复苏的历史阶段。中国文学在十年"文革"中，几乎被毁坏成一片荒芜之地。所以，此时首要的问题是恢复文学元气，恢复"十七年"所建构起来的文学叙事传统。在恢复当代文学传统的过程中，由于"文革"思维的历史惯性所致，甚至可以说是十七年文学传统本身所形成的文学叙事思维的潜在逻辑规约，"伤痕文学"以及后来的"反思文学""改革文学"等，并未脱离二元对立式的文学叙事艺术思维模态。高晓声《陈奂生上城》、张弦《被爱情遗忘的角落》、古华《爬满青藤的木屋》、李杭育《沙灶遗风》等，可以这样说，这些乡土文学叙事依然没有完全脱离社会意识形态文学叙事的窠臼，只能是在社会意识形态文学叙事窠臼规约下，最大限度地实现靠近乡土文学叙事艺术本体特征。也正因为如此，像汪曾祺的《大淖记事》、贾平凹的《商州三录》、阿城的《棋王》等文学叙事，显得尤为难能可贵，彰显着当代乡土文学叙事恢复

---

① 贾平凹：《静虚村散叶》，陕西人民教育出版社1990年版，第118页。
② 贾平凹：《平凹文论集》，青海人民出版社1985年版，第71页。

的实绩。

我们还应当看到，此时的文学叙事并非整齐划一，除了汪曾祺、贾平凹等从中国文化与文学传统中汲取营养，还有些作家将文学叙事的目光投向了西方，从西方寻求激活文学叙事的思想与艺术动力。在西方现代主义乃至后现代主义文学思潮的影响下，正如有学者所说的那样，"中国文学孕育着新的开放，一些作家开始从介绍外国的文学观念、文学作品、创作方式，到学习模仿，形成了一股强劲的文学观念变革与创作实践的冲击波。一时间西方近百年的各种各样文学流派，成为一些作家创作的艺术范本。先锋派文学，给中国文学创作带来了一种全新的天地。似乎形成了这样一种观念：中国文学的现代化，就是创作西方式的文学作品"。最典型的是王蒙的"意识流"小说。还有像余华、刘震云、莫言等被学界称为具有先锋意识的文学叙事的作家，以西方的文化思想观念与文学艺术观念去审视乡村世界，创作出模仿痕迹十分明显的现代主义的乡村文学叙事。也正是如此，在一方面试图回归传统，另一方面又将目光投向西方现代主义这种交织融合的文化思想与文学艺术语境下，中国乡土文学叙事，具有了走向更为广阔的发展天地的可能性。

1985年后，中国的文学叙事艺术，发生了巨大变化，出现了有别于此前的文学叙事艺术新质，新历史叙事就是其中之一种表现。坦诚地讲，20世纪80年代出现的西方文化思想、文学艺术思潮等再次涌入国门，形成了20世纪中国历史上第二次文化思想解放，给当代中国的包括乡土文学在内的文学创作，产生了巨大的冲击力，也带来了巨大的艺术活力。其中拉丁美洲的魔幻现实主义对中国文学创作的巨大影响，就是一例。1986年张炜的《古船》，就明显地受到马尔克斯《百年孤独》的影响，学习模仿的痕迹是显而易见的。陈忠实的《白鹿原》，从叙事方式到叙事语言，亦留有《百年孤独》的痕迹。新历史叙事将中国当代文学叙事推向一种新的艺术境地。这就是从一种新的文化与历史视野来解构和重构乡土社会历史，以期对已有历史做出新的艺术阐释。其中民间文化立场和民间文学艺术精神，是其乡土现实与历史叙事的一种基本的立场和情怀。可以说，这种叙事立场和精神，在20世纪80年代之前的文学叙事中，是不可能出现的，就是一有萌发的念头，也必将被泯灭。也只有经历了十多年的思想解放和社会的改革开放之后，中国当代的乡土文学叙事，方能出现如此叙述历史的情境。即便如此，仍有相当一些人不能接受。《白鹿原》出版后的坎坷命运，特别是20世纪90年代初对于这部作品的批判，以及获得茅盾文学奖的艰难历程，就说明了问题。

正如诸多论者所论说的那样，到了"寻根文学""新写实文学"的出现，方将中国当代的乡土叙事推向了合法地位，形成了当代乡土文学叙事的新境遇。1985年到1994年这十年间，出现了一批具有真正乡土文学艺术本体审美特质的作品。比如，王安忆《小鲍庄》（《中国作家》1985年第2期），贾平凹《天狗》（《十月》1985年第2期），郑义《老井》（《当代》1985年第2期），阿城《孩子王》（《人民文学》1985年第2期），朱晓平《桑树坪纪事》（《钟山》1985年第3期），韩少功《爸爸爸》（《人民文学》1985年第6期），莫言《红高粱》（《人民文学》1986年第3期），李贯通《洞天》（《山东文学》1986年第4期），刘恒《狗日的粮食》（《中国》1986年第9期），周大新《汉家女》（《解放军文艺》1986年第8期），李锐《厚土·古老峪》（《人民文学》1986年第11期）、《眼石》（《山西文学》1986年第11期）、《看山》（《山西文学》1986，年第11期）、《合坟》（《上海文学》1986年第11期），柏原《喊会》（《青年文学》1988年第12期），阿成《年关六赋》（《北京文学》1988年第12期），张宇《乡村情感》（《人民文学》1990年第5期），何申《村长》（《芒种》1991年第1期），余华《活着》（《收获》1992年第6期），陈忠实《白鹿原》（人民文学出版社1993年版），阎连科《耙耧山脉》（《萌芽》1994年第6期），等等，开辟了乡土文学叙事艺术形态多元化的基本态势。我们甚至可以将其视为新时期以来乡土文学叙事的第一个丰硕收获季节，它将当代中国文学的乡土叙事，推向一个新的高度，而且为新时期文学以来的叙事艺术建构，开启了一个新的历史境地。从整体上来看，这一时期的乡土文学叙事，在自身的发展演变历史进程中，与中国的社会历史转换，于内在精神上实现着同构性。也可以说，中国的文化思想开放到什么程度，乡土文学叙事的艺术建构也就达到什么地步。或者说，有怎样的文学生态环境，就有怎样的乡土文学叙事艺术建构形态。不论从什么视角来谈论问题，这一点都是无法回避的事实。20世纪80年代与90年代之交，中国社会发生了又一次深刻的变化，此时的乡土文学叙事亦随之发生了变化。20世纪90年代初，具有中国特色的社会主义市场经济的提出并逐步建立，标志着中国社会历史转型进入与世界进行对话的历史阶段，新的乡土社会生活经验，自然给中国的乡土文学叙事带来新的历史期待与创作愿景，从而使中国当代的乡土叙事进入到一个新的历史阶段。

任何事物的发展都有一个逐渐演变的过程，而非一夜之间就会发生断裂式的新变，正是20世纪80—90年代乡土文学叙事的不断发展演变，才出现了后面我们所要论说的新乡土文学叙事。当代乡土文学叙事的这种变化的逐渐性，也使得人们对新乡土文学叙事的起始时间认知存在着不同的看法。

四、新乡土叙事的发展

20世纪最后十年到21世纪最初的十年，是中国当代乡土文学叙事发生裂变的二十年。新乡土叙事顺应历史潮流自然而然地呈现于当代中国文学历史建构的情境之中。或者说，新乡土文学叙事，是伴随着中国文学叙事的现代性历史转换，及其历史总结与新构自然地出现的。这就是前文所提到的，中国文学叙事的现代性历史转换，在这百余年间，经过西向吸纳、本土承继的奔突之后，经历了从自卑到自信的确认，现在到了应当进行历史性归纳总结的历史时刻。也就是说，中国现代文学叙事发展中"我是谁"的问题，经过一个世纪的不断追问，在世纪交替的这一历史区段（1990—2010），终于将目标明确地指向了"我就是我"。实际上，从乡土文学创作的现实情形来看，中国式文学叙事，起码从20世纪80年代起，就有许多作家自觉不自觉地用自己的创作实践，在努力做出现实的回答。比如，贾平凹于20世纪80年代初，不仅创作了《商州三录》等中国味道十足的作品，而且明确宣示："没有民族特色的文学是站不起的文学，没有相通于世界的思想意识的文学同样是站不起的文学"[①]。在创作实践上，致力于"以中国传统的美的表现方法，真实地表达当代中国人的生活和情绪"，以期使作品蕴含、传达出"一种'旨远'的味道"。[②]贾平凹这种中国文学叙事意识的自觉，使其被有些论者称为最为中国化文学叙事的代表性的作家。莫言走向文坛，很显然得益于对福克纳、马尔克斯等西方作家文学叙事的学习与借鉴，但是，他很快就意识到，应当走出自己的文学叙事的路子，所以，后来他对此做了反复强调说明，表现出极为强烈的文学叙事的自信

[①] 贾平凹：《静虚村散叶》，陕西人民教育出版社1990年版，第118页。
[②] 贾平凹：《平凹文论集》，青海人民出版社1985年版，第30页。

与自觉。这种文学叙事的自信与自觉，莫言也有着明确的表示："我1980年代的几个作品带着很浓重的模仿外国文学的痕迹，譬如《金发婴儿》和《球状闪电》。到了《红高粱》这个阶段，我就明确地意识到了必须逃离西方文学的影响，1987年我写了一篇文章《远离马尔克斯和福克纳这两座灼热的高炉》，在《世界文学》杂志上发表，我意识到不能跟在人家后面亦步亦趋，一定要写自己的东西，自己熟悉的东西，发自自己内心的东西，跟自己生命息息相关的东西"①。也许正是这种坚定的中国文学叙事的自信与自觉，使得莫言一步一步走向了诺贝尔文学奖的领奖台。由此笔者认为，从中国文学叙事的历史转换上来看，如果说鲁迅及此后的现代作家是在现代文学叙事创建上，以拿来主义的态度与立场，不仅明确提出了将中国文学叙事从古代转向现代的愿望诉求，并将叙事的边界确定在以西方文化思想启蒙与文学艺术叙事模态上，进而将这种诉求的可能性变成了现实，那么，新时期以来以"50后""60后"为主力的几个年代的作家，则突破并发展了现代文学叙事，特别是在重新确认当代文学叙事的边界上，最大限度地创造着中国文学当代叙事的可能性与极限性。也正是在这种文学叙事的可能性与极限性的开拓与创构中，将中国文学的叙事，牢牢地根植于中华民族这块土地上，并以积极主动的姿态，实现着与世界文学叙事的对话。也可以这么说，从梁启超、胡适、鲁迅等开启了中国文学现代叙事，到了贾平凹、莫言等这一代的中国文学当代叙事，虽然可能还存在着一些未能完全尽如人意的地方，但终归从整体文学叙事的艺术创造上，走上了世界文学的舞台。

中国的乡土叙事，如果说20世纪80年代做了必要的生活经验、艺术经验和文化思想的积蓄与沉淀，那么，自20世纪90年代后，尤其是进入21世纪之后，则进入一个新的爆发期。一方面在进行着传统乡土叙事的终结，另一方面又探寻着新的乡土叙事艺术建构，开启乡土社会生活与乡土文化的解构与新的建构的新乡土文学叙事时代。所谓新乡土叙事，亦即用立足于新的社会现实与历史文化语境，从新的文化思想观念与艺术视域，审视与叙写正在发生着历史裂变的当下乡土世界，在对人与人、人与社会、人与自然、人与生产资本的关系新建构中，创造出来的新的文学叙事样态。

---

① 张英：《莫言：我是被饿怕了的人》，载《南方周末》2006年4月20日。

现实叙事与历史叙事，依然是新乡土文学创作的两个基本叙事维度。但是，新乡土叙事对历史的反顾与对现实的关注，则为我们提供了新的历史建构与现实经验。新的乡土历史叙事，如陈忠实的《白鹿原》、张炜的《九月寓言》《家族》、莫言的《丰乳肥臀》《檀香刑》、阿来的《尘埃落定》、王旭烽《茶人三部曲》、红柯《西去的骑手》、铁凝《笨花》、迟子建《额尔古纳河右岸》、刘醒龙《圣天门口》、赵德发《缱绻与决绝》、叶广芩《青木川》、刘震云《一句顶一万句》等等，正如前文对20世纪80年代乡土叙事的阐述，的确是受到马尔克斯、福克纳等人的影响或者启发，在走向乡村历史还原，走向民间乡土文化的过程中，以完全不同于此前的历史叙事观念，重构起新的乡土历史审美形态。这包括贾平凹2014年的《老生》在内，大部分都是在建构中国百年或者半个世纪的乡村历史的民间形态。

关注社会现实，可以说已经成为中国当代文学叙事的一个传统。新乡土叙事在承续这一传统的同时，更凸显出新的因质来。从大量的新乡土叙事作品，如张宇《乡村情感》、何申《村长》、陈源斌《万家诉讼》、余华《活着》、关仁山《九月还乡》《麦河》、阎连科《年月日》《受活》、孙惠芬《歇马山庄》、毕飞宇《玉米》、范稳的《水乳大地》、林白的《万物花开》、李洱《石榴树上结樱桃》、贾平凹《秦腔》《带灯》、周大新《湖光山色》、范小青《赤脚医生万泉和》、蒋子龙《农民帝国》、赵本夫《无土时代》、莫言《天堂蒜薹之歌》《蛙》等等可以看出，在中国社会历史转型中，人们对于乡村现代化历史进程中所带来的从现实生活境遇、生存状态到文化思想观念、生命情感精神，以及人性困境的思考与观照，显得尤为忧思而沉重。虽然具体的作家作品所关注的侧重点有所不同，但是中国乡土社会的现代性历史转换，以及这种转化的深刻性、艰难性、复杂性，甚至悖论性、尴尬性与无奈性，等等，土地的蜕变与人的情感精神的蜕变的双重建构，都有着较为充分的表现。

现实叙事中，最能体现新的乡土经验与乡土生命情感裂变的是"乡下人进城"叙事。城乡交汇中出现的"乡下人进城"及其文学叙事，带有亚乡土生活与文化的特质。实际上这是乡土文化解构过程中形成的后乡土文化现象。交通与通信等在乡村的迅速发展，缩短着城乡之间的时间与心理空间距离。因此，城乡二元对立的社会结构与文化语境，正在被消解。于此情境之下，以"乡下人进城"及其文学叙事为标志，实际上也在消解着乡土叙事与城市叙事对峙的界限。而像王安忆《上种红菱下种藕》①的叙事，则是一种"乡村生活与城市生活已无本质差别"的叙事，"反映了乡土和城市关系的结构性变化"。②当然，也有作品表现的是城乡的紧张关系，甚至是一种二元对立的叙事思维方式。但是，作为一种文学叙事的发展趋向，这种亚乡土文化叙事，则体现出更为强劲的城乡文化交融中的新建构。

对于乡下人进城叙事，我们并不赞成有人所说的，意味着乡土文学的没落，或者认为这就是新乡土叙事的根本性的标志。在笔者看来，就是中国的城市化程度达到西方发达国家的程度，只要我们的食品还离不开土地，即我们还得在土地上种植庄稼，就必然要和土地打交道，也就必然会产生人与土地的生命情感关系，也就必然会有乡土经验与乡土情感，因而也就会有乡土文学叙事。更何况，现代化并非就是城市化，现代性的社会历史转换，也并非就是从乡村到城市的绝对转换。我们认为，随着城市化进程的发展，城市文化对乡土文化的侵蚀是不可避免的，这是不可否认的事实。但是，乡土文化与乡土社会机制，会做出相应的自我调节，可能会生成新的乡土文化与乡土社会机制。因为从社会整体结构来说，不可能只是一种城市结构，而彻底消灭乡村结构的存在。故此，有乡村存在，就会有乡土文学存在，只是它在不断地更新，今天的新乡土叙事是其当下历史阶段的表现，之后，还会出现更新的乡土文学叙事吧。

从文学发展的历史视域来看，新乡土叙事，实际上是进行着中国20世纪乡土叙事的解构与重新建构。也就是说，作家在进行新的世纪之交的乡土叙事时，显然不能以20世纪70年代乃至80年代之前的乡土经验与艺术思维方式进行乡土文学叙事建构。同时，它必然是在解构此前的乡土叙事传统的同时，去建构新的乡土叙事艺术形态。新乡土文学叙事，自然是叙写了中国正在进行着的历史转换的新的乡土经验，更为关键的问题是，新乡土文学的作家们，是以怎样的文化思想与艺术感知体验，来叙写这新的乡土经验。于此，最为主要的则是将中国的社会历史转化之乡土世界的审视，置于全球化

---

① 载《十月》2002年第1期。

② 曾一果：《论八十年代后文学中的"城乡关系"》，载《文学评论》2007年第6期，第64页。

视野与中国现代性历史进程中的文化与历史语境。相比较而言，20世纪初乡土文学叙事创立之时，虽然是以西方文化启蒙思想作为审视中国乡土现实的基本视域，但是，也仅仅是借助西方文化思想解剖中国的乡土社会现实，并未与整个世界的历史进程得以切合。20世纪50—70年代的农村生活叙事，则更是隔绝了与世界的关系，根本不可能与世界文学进行对话，而只是在封闭性的社会政治文化思想视域下，来建构带有一厢情愿式的乌托邦理想农村的叙事世界。20世纪80年代之后，中国进行改革开放，使我们得以重新审视世界，也对于此前所建构起来的乌托邦理想式文学叙事进行反思，并且真正开始正视世界，逐步地与世界相融汇。这就是从人类社会发展的历史进程，从整个人类社会世界整体建构中，来审视与把握中国的乡土社会及乡土经验。新乡土叙事，便真实地记述了在全球化语境下的中国历史转换中，中国乡土社会生活与文化的解构与重构的历史过程。

这里尤其需要加以说明的是，1992年之后，中国实行社会主义市场经济，这不仅对现实社会生活产生了巨大影响，对文学创作亦产生了巨大影响。中国文学创作走向了大众化、世俗化、平面化、欲望化、媒介化。特别是网络文学的出现，将文学推向了真正的大众写作，作家专事文学创作的历史局面被彻底打破。精英化的文学创作与大众化的文学创作平分秋色。但显而易见的是，大众化文学写作的艺术品位，自然是与精英化的文学创作难以同日而语的。但是，以网络文学创作为标志的大众化文学创作却有着更为广大的接受群体。这也是中国当代文学发展到20世纪90年代后，所出现的一种不可忽视的现象。在这种文学创作语境下来审视新乡土叙事，更显出执着于纯正文学创作的新乡土文学叙事的难能可贵性。

就新乡土文学叙事来看，我们还必须关注生态意识的觉醒，以及这种生态意识觉醒对于乡土文学叙事的深刻影响。

新乡土文学的生态叙事，自然是与中国社会现代性历史转型的进程密切相关的。一方面是受西方生态学及其文化思想的影响，一方面是中国在改革开放中，过度或者单向地强调发展经济，破坏生态环境的恶果已经威胁到了人自身生存。这就迫使人们不得不对过分的工业化、商业化等，对自然生态环境的严重破坏进行反思。这种现代文明被过度开发，城市化进程过度欲望化，乡村的自然生态被残酷侵蚀的现状，必然会引起乡土作家的关注、忧心与思考，或者说，对现代化进程中所造成的乡村负面效应，进行揭示、批判与反思。也可以说，生态主义文化思想，就是在对现代性的反思批判中觉醒的，它既勾连了现代文明又超越了现代文明，是一种蕴含后现代主义批判意味与内涵的新的文明形态。其关节点就在于以"一切事物的价值都将得到尊重，一切事物的相互关系都将受到重视"[①]为价值观，从世界生态整体上来审视世界——自然与人类，反省人类独尊、破坏征服自然的负面价值及其影响，倡导尊重大自然，敬畏大自然，与大自然建立友好和谐的关系；尊重生命：一切生命都有生存与发展的权利。就此而言，也许乡土与生态具有一种天然的内在联系，乡土文学叙事也就自然将乡土生态作为一种基本的审视与叙写的对象。

新乡土文学的生态叙事，表现出对于诗意精神家园被毁坏的忧虑与坚守。从人与大地及其人文之关系来说，乡土应当是人类精神情感的栖息地。尤其是在人们厌倦了城市工业文明的喧嚣，在城市寻找不到文化精神与生命情感的寄寓时，目光自然而然地便将投向了乡野，以期在乡土之中寻求生命情感与文化精神的安妥。但问题的严重性在于，在人类进入现代工业文明之后，现代科技成为农业文明的掘土机，基于农耕生产方式及其所建构起来的乡土生活方式与文化，也在被一点一点地挖掘着，与之相应的现代消费观念进入人们的日常生活与精神文化。就中国急速的现代性历史转换所带来的现实境遇而言，乡村充满诗性的田园变成了一片荒芜之地。这就一方面出现了就犹如《秦腔》等作品所叙述的乡村的挽歌，另一方面出现了如张炜《能不忆蜀葵》等对于乡土及其文化精神的坚守的忧患之歌，当然还有如迟子建《额尔古纳河右岸》等所建构起来的寄寓精神追求的充满神话寓言色彩的诗意家园。

---

① ［美］大卫·雷·格里芬：《后现代精神》，王成兵译，中央编译出版社1998年版，第227页。

第二章

新乡土文学叙事的视域

文学叙事，自然是要建立在坚实的社会现实生活的基础之上，任何时候、任何文学叙事，都不可能脱离历史与现实的生存境遇。与此同时，文学叙事，也必然要确定自己的文化思想视域，形成自己的艺术创造的审美视域。新乡土文学叙事，正如前文所述，是在全球化与现代性历史转换文化语境下出现的。之所以如此，是因为中国的社会历史在20世纪最后二十年，进入了一个新的历史转型期，各个方面都发生了深刻而复杂的历史裂变。就中国的乡土社会而言，在这世纪之交新的历史转型中，由传统的乡村文明向现代乡村文明的历史转换，成为一种不可避免的历史宿命。这种新的社会历史现实，自然而然地给乡土叙事，提出了面对新的乡土经验如何建构新的文学叙事的历史命题。这一命题的完成，其中一个重要的因素，是要求叙述者以一种新的思想文化视域，来审视这新的乡土世界。

文学叙事的视域，自然是复杂多样的。在此，我们主要从思想视域、艺术审美的视域和世界文学叙事的视域，对中国的乡土叙事视域问题进行阐述。

一、思想视域

中国社会的历史转型，首先触发于现实生活。也许是一种社会发展的物极必反的历史诉求所致，面对再也无法忍受的集体大锅饭的贫穷现状，

1979年，几户农民冒天下之大不韪，提出土地承包制，拉开了中国乡村现实生存具有实质性的历史变革的序幕。这虽然还是固守土地式的传统文化思想思维方式，但之后乡村所发生的变化，犹如开启了闸门的洪流流向了广袤的土地，生长出丰硕的果实。再之后，乡村被迫纳入城市化历史进程，致使乡村承受着由此带来的乡土社会体制结构的裂变与乡土文化的消解乃至消失的苦难，陷入深深的困顿之中。这种历史转型，其间蕴含着深刻的具有现代性文化思想的裂变，在解构与重构的矛盾冲突中，进行着一种新的历史建构。尤其"20世纪90年代初中期至21世纪的十年来，既是世纪的自然更迭交替时期，同时也是中国社会现代转型不断加速的历史时期，全球化与市场化以不同的速率进击中国的城市和乡村，前现代、现代和后现代文化奇异地并置在大致相同的历史时段中，相互冲突、缠绕和交融！"[1]正是在这多种文化思想复杂而交汇的背景下，中国的乡土文学叙事发生了变化，被学界称为有别于传统乡土文学的新乡土文学便应运而生。或者说，作家是以复杂的多种文化思想交融视域，来审视当下乡土生活之历史转换的，也就自然而然地以一种新的文化思想姿态建构起新的乡土文学叙事。也就是说，现实的乡土社会的历史转化，触动了作家艺术创造冲动的神经，而新的文化思想，又促使作家对新的乡土经验进行新的审视思考。

从文化思想视域审视，促成新乡土文学叙事的产生、发展、深化，应当说是多种文化思想资源与社会现实境遇碰撞的结果。不过，在我们看来，在新乡土叙事的艺术建构中，其中有两个方面的文化思想是极为重要的：一个是现代文化思想，一个是民间文化思想。

正如诸多研究者一样，在阐述中国现代文化思想的建构及其发展时，势必要对现代、现代性等概念做出解释。与之相关的还有前现代性与后现代性等概念的混合。正像有论者所言，"'现代性'是近年来学术界热门的一个概念，但它复杂的内在含义、它所折射的张力关系并未得到恰当的清理"[2]。或者说，正是由于"现代性"一词本身的复杂性、多义性、动态性建构，人们根本无法做出一个统一的概念界定。特别是在中国特色文化思想

---

[1] 丁帆、李兴阳：《中国乡土小说：世纪之交的转型》，载《学术月刊》2010年第1期，第110页。

[2] 陈晓明：《中国当代文学主潮》，北京大学出版社2013年第2版，第17页。

语境下,"现代性"的内涵建构及其阐释,就显得更为复杂多样。加之自20世纪90年代之后,后现代文化对中国文化思想领域的介入,将前现代性、现代性与后现代性三种历史形态的文化思想交织融汇在一起,形成了更加繁复难辨的状态。在我们看来,前现代性、现代性与后现代性,应当是对人类文明历史进程中不同文明历史阶段的一种文化思想表述,它们之间既内在地存在着一种承续关系,又是一种后者对前者进行历史性超越的关系建构。当然,也不排除由于社会历史文明建构的复杂性与融汇性所致,在特定的社会历史时空下,不可避免地出现前现代、现代与后现代交汇共存的复杂胶着状态。前现代文明是以土地为基本生产资料基础,以农耕为基本生产方式,以乡村村社为基本社会结构形态,以宗法血缘为纽结的文化思想观念,其建立起来的文明形态,经过几千年的发展沉积,已经形成根深蒂固的传统。现代性是伴随着资本主义,即大机器生产方式、商品经济结构等的呼唤、发展而出现的文化思想。构成其内核的是对人的启蒙呼唤与确认发展,故此,在人道主义、科学理性主义,市场经济、民主社会等文化思想建构中,表达着对于前现代文明超越的最为基本的历史诉求。现代文明在追求人道、科学、民主、自由、平等的历史建构中,自身的矛盾性与局限性越来越暴露无遗,使之陷入自身设置的泥潭之中。特别是随着现代化全球化历史进程的深入发展,政治、经济、文化、国族、民族、地域,以及人自身、人与自然、人与社会诸多方面的问题,牢牢捆缚住了现代化历史进程的手脚。正是在现代文明陷入困窘而不能自拔时,后现代文明试图将其超越。所以,正是由于"全球资本主义经济发展所导致的贫富差距扩大、生活的商品化问题;科学技术广泛应用所引发的生态风险问题等等。这些消极现象的不断扩展,使得对'现代性的承诺'的质疑、批判、反思,逐渐构成了所谓后现代主义思潮的主旋律"[①]。可以说,后现代主义是在对现代主义的质疑与反思中走向人类历史文明建构前台的。对后现代性的阐释,正如后现代性本身的复杂性、不确定性等特性一样,也是复杂的、不确定的。从后现代性的思想基点来看,它是以反思、批判资本主义现代性为出发点的。也正因为如此,它似乎对现代性的所有问题,都是以"反"的态度和立场进行解构式的阐发。可以说,

---

① 崔伟奇:《论现代性与后现代性》,载《光明日报》2007年7月10日。

它对现代性的生产方式、生存方式、思维方式,以及现代性的本质主义、理性主义、基础主义、中心主义、道德理想主义等,都予以反思、批判与否定。因此,后现代性形成的便是一种不确定性、开放性、复杂性、多元性的文化思想形态。

无论进行怎样的探讨,对前现代、现代、后现代文化思想的阐发,都须建立于人类文明历史发展的平台之上。我们于此探讨新乡土叙事的文化思想,自然是要把前现代、现代、后现代等,放在中国社会现代化历史转型的背景之下,对其进行历史与现实的考量。如果放大历史视野来看,中国自近代以来,就开始了艰难而坎坷的从传统社会向现代社会的一波三折的、反反复复的历史转换过程。现代的政治、经济、军事、科技以及文化思想,与前现代的传统展开了搏杀。可以说,建构一个富强的现代中国,是近代、现代与当代几代中国人的梦想。而构成中国社会历史转型的一个极为重要的文化思想,就是现代文化思想。其中,真正全面而深刻的现代性文化思想的历史建构,则是五四时期的新文化运动,而将现代性文化思想推向纵深发展的,应当说是20世纪与21世纪之交的这一历史时期。如果说反传统的现代启蒙,传统与现代的对抗,构成了五四现代性文化思想建构的主调,那么,20世纪80年代之后的现代性文化思想的历史建构,则要复杂得多,它不仅仅是简单的传统与现代的矛盾,而是前现代、现代、后现代文化思想交织在一起,形成了碎片化组合的文化思想状态。

就中国的乡土叙事而言,现代性焦虑、反思、批判,是新乡土叙事艺术创造的极为重要的文化思想资源。这不仅是一条贯穿于中国现当代乡土文学的文化思想线索,也是整个现代文学叙事历史建构中无法回避的问题焦虑。可以这么说,中国现代乡土文学叙事自其诞生之日起,就表现出以强烈的现代文化思想审视、批判乃至否定传统文化思想意识的特征。甚至可以说,就是在现代文化思想的昭示启悟之下,产生了现代乡土文学叙事。在中国乡土叙事近百年的发展历史中,从五四时期鲁迅一代的现代启蒙,到新世纪历史性反思、现实性焦虑与未来性的乡愿憧憬,现代性的文化焦虑一直是作家审视乡土生活的一种文化思想视域与资源。

正如前文所言,"现代性"一词是与现代社会历史进程密切相关的,或者可以说,它就是中国社会现代转型历史建构的一个核心问题。"面对中国乡村社会的现代转型,农耕文明与工业文明的激烈冲突",表现得异常尖锐而复杂,但是,"在现代化亦即工业化、城市化和全球化的历史大趋势中,中国乡村及其所代表的农耕文明已无可避免地走向'夕阳无限好,只是近黄昏'的衰落状态,被迫从农业的、封闭的、半封闭的传统型社会向工业的、城镇的、开放的现代型转变"[①]。新乡土叙事正是以这种艰难而复杂、充满忧思与希冀的乡村社会现实为基础,叙写出新的乡土生活经验。不论是陈忠实的《白鹿原》、张炜的《九月寓言》《家族》、莫言的《丰乳肥臀》《檀香刑》、阿来的《尘埃落定》等历史叙事,还是余华《活着》、阎连科《受活》、孙惠芬《歇马山庄》、贾平凹《秦腔》《带灯》、莫言《生死疲劳》《蛙》等现实叙事,反思与批判意识、历史忧患意识、现实生存的焦虑意识等,以及尴尬、落寞、眷恋、荒诞等,这些现代、后现代焦虑,都得到了充分的艺术表现。不仅如此,我们还可以明显感觉到,新乡土文学叙事在反思与批判中,对乡土文明进行着解构与重构。在此,我们不赞成用单一的文化思想思维逻辑进行阐述,因为现实的乡村生活或者乡土文明生态,不是单一的,而是一种复杂的融合建构状态,解构中蕴含着建构,建构中也势必要先进行解构。于此,我们从新乡土叙事中可以看到,一方面是在对传统乡土生活与文化的情感眷顾中,真实地叙写了乡村社会结构与文化思想观念的解构乃至消亡;另一方面,又似乎在寻求着新的乡土社会结构与文化思想建构的愿景。包括从国家层面所倡导实施的新农村建设在内,应当说都体现着对于新的乡土文明建构的愿景诉求。与此前的乡土叙事不同的是,新乡土叙事已不再是简单地对现代化社会历史愿景给予充分的肯定,也不是对前现代化的传统进行武断的简单否定,或者以现代文明否定传统文明,以传统文明之思想愿景拯救现代文明之堕落,而是如同打破了的五味罐子,多种滋味混合在一起,搅拌着,涌动着。于此也可以说,五四时期以鲁迅为代表的具有单向性的文化启蒙式的对前现代文化思想给予彻底否定的乡土叙事,或者充满对前现代文明憧憬的乡愿的以期用前现代文明中所存留的人性温情来成就堕落的城市文明的乡土叙事,以及以意识形态化的乌托邦社会理想规约乡土世界的文学叙事,对于今天的乡土叙事似乎都有着可资借鉴的文化思想资源,同

[①] 丁帆等:《中国乡土小说的世纪转型研究》,人民文学出版社2013年版,第15页。

时，又可能都无法破解今天乡土世界的新的现实。新乡土文学叙事，在这种混合的思想情感状态下，也许表现出更多的乡愿式的眷顾，不能为乡土世界的未来愿景提出明确的方案，或者切实医治综合征的药方。但是不管怎么说，它都为中国这一历史转型的乡土社会现实境况留下了一份真实的历史文本。

20世纪80年代中期之后，对于民间及其民间文化的重新发现，不论是就文化思想建构，还是文学叙事包括乡土文学叙事建构来说，都是具有极为重要的意义的。甚至可以说，民间及其民间文化思想的重新发掘，构成了新乡土叙事极为重要的文化思想审视的视域资源。民间及其民间文化意识的重新发现或者说再次觉醒，强有力地介入乡土文学叙事，是促成乡土叙事发生新的变化的一个极为重要的文化思想资源与艺术审美创造动力。如果就文学叙事而言，民间及其民间性在20世纪80年代中期就已经引起作家的高度关注，这自然与福克纳、马尔克斯等的影响有着密不可分的关系。但是，从文化思想方面来说，对民间及其民间文化给予明确阐述，并形成一种文化思潮与审美思潮，则是在20世纪90年代。文学界首先提出并产生主导性影响的是陈思和于1994年第1期《上海文学》上所撰写的《民间的沉浮——从抗战到文革文学史的一个尝试性解释》。于此，我们首先关注的是，民间及其文化重新提出的时间，正是处于20世纪80—90年代之交的社会历史文化背景之下。特别是中国提出社会主义市场经济，标示着中国社会历史转型走向了更为纵深的发展期。

20世纪90年代初，在文学艺术界的众多现象中，有两件事情是耐人寻味的，一个是电视剧《渴望》的热播，一个是所谓的"陕军东征"。电视剧《渴望》可能标志着城市市民乃至城市知识精英们，于20世纪80年代所致力建构的乌托邦式的理想愿景于一旦破灭之后，压抑、苦闷、绝望的精神情感诉求以及幻境寄寓。所谓的"陕军东征"的五位作家的五部作品，四部是以乡土生活为叙事对象的。《废都》虽然叙写的是以西安为原型的古都西京城里文化人的事情，真实地描绘出一幅现代社会浮世图，深刻揭示了知识分子的"精神颓废、空虚、和放纵"[①]，或者说知识界尴尬、绝望乃至堕落的精

[①] 陈晓明：《本土、文化与阉割美学——评从〈废都〉到〈秦腔〉的贾平凹》，见西安建筑科技大学中国现当代文学研究中心编：《〈秦腔〉大评》，作家出版社2006年版，第67—90页。

神状态。但是，于文化精神上，其骨子里依然充溢着乡土生命情感与文化精神的愿景。电视剧《渴望》与长篇小说《废都》不是典型的民间叙事文本，但是，它们却从某种意义上，体现着文学艺术叙事，精英文化溃败之后转向民间叙事，从民间文化中汲取精神营养的有益尝试和积极探索，将民间文化思想作为拯救知识分子精神堕落的一种文化精神资源。或者是否可以这样理解：精英知识分子所建构的理想愿景，顷刻之间就被残酷的现实摧毁，于懵懂、迷茫中，暂且于此栖息下来。但是，在对《废都》《白鹿原》的批评中，似乎依然强挺着那种理想化的梦境，但此后不久，都做了重新调适。而此后的人文精神讨论，也只能是一种回光返照的顾恋，随之而起的世俗化、大众化文化思潮蜂拥而起，精英的文化思潮被其淹没。

其实，对于民间及其文化思想资源的开掘，并非始于20世纪80—90年代，而几乎是与现代启蒙文化思想同时出现的。胡适、周作人、顾颉刚、刘半农等新文化思想的倡导者与践行者，虽然在西方／东方、传统／现代、官方／民间、贵族／平民等二元对立文化思想思维方式的支配下，以对民间歌谣、神话的收集与研究为平台，但是却表现出对于民间文化与文学的极度热情。甚至可以说，在反对传统文化与建设新文化的过程中，民间文化与文学则在有意无意、自觉不自觉之间，作为一种文化思想资源介入了现代文化的建构之中。在之后的几十年间，民间文化精神资源，始终被各种文化与意识形态的倡导者，当作一种重要的抗拒与批判的文化思想资源而吸纳利用。比如在文学领域，20世纪30年代关于大众化的争论，40年代延安文学时期，毛泽东提出的为工农兵创作方向等，其间都蕴含着从民间及其文化中汲取思想与艺术营养的因质。民间文化与民间文学艺术，实际上成为革命的文化思想与文学艺术建构的重要文化与艺术资源，并对其做了强有力的改造与变形。当然不可否认，20世纪50—70年代，社会政治意识形态不断强化，直至"文革"时期走向绝对化。在社会政治意识形态空间无限膨胀扩张中，真正意义上的民间文化思想的空间被压缩到了极点。虽然如此，但在一些文学叙事中，依然可以窥视到民间文化与文学的痕迹，比如赵树理、柳青、周立波等的农村合作化文学叙事，依然可以隐约地窥探出民间文化与艺术的影子。赵树理的农村题材文学叙事，其中一个重要的文化思想视域就是乡土民间伦理思想。

20世纪70年代末,人们在呼唤中国社会变革时,依然是以一种二元对立的文化思想思维方式,进行的是批判与否定。这时的文化思想,实际上依然建立在庙堂与广场之上,与真正的民间文化与文学,存在着相当的间距。但是,随着西方文化思想的再次引进与中国社会改革的深入,尤其是市场经济的提出与实施,庙堂与广场的文化思想已经无法涵盖并阐释新的社会现实。特别是所谓的精英知识分子在乌托邦式的理想轰毁之后,陷入深深的绝望之境。因为他们从广场上,面对庙堂意识形态的强势,再也寻求不到文化思想资源的支撑。即所谓的世界一体化、全球化等等,也无法把他们从绝境中解救出来,反而将其推向了新的尴尬与绝望之境地。也许正是世界经济一体化、全球化的语境,促使人们思考本民族文化思想的身份与处境问题,也在相当大的程度上,促使一些人将目光转向本土,转向民间。对民间及其文化思想的重新发现与转向,使得知识精英从失语乃至乱语中,得到了部分的安慰与救赎,恢复了一定的话语能力,开始建立新的话语文化自信。也许正因为如此,在这场深刻而艰难的中国社会历史转型中,面对众声喧哗复杂多变的文化思想境遇,民间文化虽然也受到了一些质疑乃至诘难,但依然保持着旺盛的生命活力,积极地介入这场历史转型的现代性文化思想建构之中。

当然,我们这里所说的民间文化,是中国历史文化的组成部分。亦即是将民间文化置于整个民族文化的历史建构的框架之内,而非游离于其外。随着中国社会历史转型中中华民族的崛起,民族及其民族文化的自信与新构,已引发中外学者的高度关注。比如中国经验的提出,以及所进行的讨论,就是证明。中国经验,不仅仅是社会经济现实层面的问题,更为重要的还包含着历史文化层面的内涵。因为中国经验的实践,离不开中国历史文化沃土的滋养。民间及民间文化,虽然难免藏污纳垢,但是,在中国经验创构中,它为现代性文化思想的建构提供了充满生命活力的支撑。尤其是在文学叙事以及新乡土叙事中,民间生活、民间文化、民间艺术,为其提供了丰富而深厚的文化精神资源与文学艺术营养。

二、审美视域

有关新乡土叙事的起始点,恐怕学界难有一个确切的统一的时间界定。比如,究竟哪一年哪一部作品,是大家公认的新乡土叙事的发端之作呢?但是，20世纪90年代，特别是进入21世纪的这十多年间，大家不仅明确地感觉到新乡土文学叙事的存在，而且对其倾注了极大的热情，进行了种种研讨阐释。其中一点，就是新乡土叙事以其不同于传统乡土叙事的艺术审美姿态，给人们提供了可资言说的多种话题与可能性。也就是说，新乡土叙事之新，不仅仅表现在对于新的乡土经验的叙写，而且是以新的审美艺术姿态提供了新的乡土文学叙事审美艺术经验。

论及新乡土文学叙事的审美视域的新变，人们往往从叙写对象亦即乡土生活现实的新变切入。这种新变最为突出的就是"乡下人进城"叙事，突破了局限于乡村的叙事空间界限，成为一种特异的新乡土叙事样态。如果仅就城里的乡下人或城市里的异域者的文学叙事来看，早在近现代文学叙事中就已经出现，如孙玉声《海上繁华梦》、韩邦庆《海上花列传》、张恨水《春明外史》等。甚至有论者将其称为"都市乡土小说"。① 如此说来，茅盾的《子夜》、老舍的《骆驼祥子》等，还有鲁迅在《阿Q正传》《风波》等作品中，也都涉及乡下人进城的叙事内容。而在20世纪80年代，路遥则明确提出他的叙事空间对象确定在"城乡交叉地带"，这种"城乡交叉地带"实际上是一种城乡联动的乡土文学叙事，其间亦暗含着一种"乡下人进城"的叙事视野。高晓声的《陈奂生上城》应当说也是一种农民进城式的叙事。当然，陈奂生所进之城，还不具有今天所说的农民所进之城的意义。陈奂生所进之城，不过是乡村中的城镇而已，那里建构起来的文明形态，与乡土文明具有更为内在的血缘上的关联性。因此，这些"乡下人进城"式的乡土叙事，依然未能脱离传统或者现代文学史上的乡土叙事传统，而未建构起一种新的乡土叙事世界。

那么，20世纪90年代以来的"乡下人进城"新乡土叙事，又新在何处呢？对此，有论者做过如下阐释："90年代以来，乡村城市化和都市文明的全面发展，城乡关系在市场经济体制下的进一步松动，使得大批农裔走进城市，纯乡土在今天已无法成为有效的叙事资源。打破'乡土文学'在描写对象上的自我限制，关注农裔进城的当代生存境遇，而且一改以前总是逃避城市与现代化的关系，把'进城'作为一个反题的叙事模式，而把'向城求

---

① 范伯群：《论"都市乡土小说"》，载《文学评论》2002年第3期，第112—119页。

生'作为现代化的诉求方式,从而促进传统的'乡土文学'发生某种内在转变,我把这称为新乡土叙事。因为虽然写到的是他们城市里的生活,但从根本上仍是乡村命运的表现者,城市只不过是用来阐释他们在当代农村现代化过程中的命运。在90年代以来的社会和文学背景下,'向城求生'的新乡土叙事是一个中国现代化与最广泛的个体生命联系的命题,并呈现出诸多未曾显露的意义。"[1]于此,更为重要的不仅在于叙事空间领域的拓展,还在于其间所蕴含的叙事上新的社会生活、人生命运、文化精神与艺术因素的拓展。对此,一般认为:一是叙事艺术审美空间的拓展,即从乡下转为城—乡的联动审美空间;二是叙事艺术审美视点的变化,即变单一的乡村视点为城—乡交叉融合的视点;三是叙事艺术思维方式的变化,即城乡二元对立思维方式的消解乃至消除,建构起城乡一体的叙事艺术思维方式。至于乡下人进城的生活艰辛、命运多舛的悲剧,以及城乡文化精神心理的差异及由此而造成的情感精神的失落乃至堕落,大致都是相似的。

问题的讨论,自然不能脱离社会时代与文化思潮的背景。最为重要的,在我们看来,还是叙事者将"乡下人进城"叙事置于全球化与现代性历史转化的社会历史背景与文化思想语境下所进行的新思考。在中国社会历史转型中,其中最为突出的标志之一,就是在全球化的强烈刺激之下,城市化进程的超常快速发展。这就必然要带来一系列的社会现实生活与文化思想上的问题,构成一种新的社会生活现象。"中国大陆乡下人进城与全球化共生,中国大陆的城市化扩展中的人口补充必然大部分地依赖乡下人进入正在成型的自由劳动力市场,乡下人在当下语境中作为最广大而又处于底层的人力资源,与国际国内资本共同完成着大陆现代化进程。"[2]正是在这种乡下人进城与国际国内资本共同完成现代化的进程中,出现了新的文化思想与文学艺术审美艺术维度。这样,乡下人进城就不仅仅是一种文学叙事生存空间的拓展,而且也形成了乡土叙事新的艺术审美空间。

对新乡土叙事而言,"乡下人进城"的文学叙事也只能说是一种形态。更多、更为主要的新乡土叙事,恐怕还是那些以乡村历史文化与现实生活为

---

[1] 轩红芹:《"向城求生"的现代化诉求——90年代以来新乡土叙事的一种考察》,载《文学评论》2006年第2期,第160页。

[2] 徐德明:《"乡下人进城"的文学叙述》,载《文学评论》2005年第1期,第107页。

对象的创作，也就是说，将叙事空间依然确定在乡村空间的乡土叙事。因此，在我们看来，要阐述清楚新乡土叙事之新，还必须对以乡村现实与历史生活为对象的乡土叙事创作，做出回答。

如果就叙事的乡村现实而言，显然与20世纪80年代之前发生了很大变化。这种变化，很难用好与坏或者繁荣与颓败来形容，而是各种因素交织在一起的扭结状态。这一方面，被誉为河北文坛"三驾马车"的何申、谈歌、关仁山在20世纪90年代初期，对于现实的倾心叙写，以《年前年后》《信访办主任》《大厂》《大厂续篇》《大雪无乡》《九月还乡》等为代表，因其"贴近老百姓、关注新时代、揭示新矛盾、展现新生活"，形成"现实主义冲击波"，而被充分肯定。对于新生活、新现实的叙写，既有干群矛盾，也有农民生存困窘，主要的恐怕还是"特别关注'城乡一体化'的情况下失地农民有怎样感受，他们当下和长远利益是否受到伤害，尤其是在自己生活的北方山区这样经济条件比较落后的乡村实际情况是什么"。[①] 但是，终因对现实合理性的过度认同，对现实的平面化叙写，使得作品终不能走向生活与精神的更深处。而余华的《活着》、张炜的《九月寓言》、莫言的《丰乳肥臀》《檀香刑》、阎连科的《耙耧山脉》、贾平凹的《高老庄》等作品，风采各异地将叙事艺术的触角，伸向了乡土现实痛苦裂变的纵深之地。这些乡土叙事，不仅是将叙事定为乡村的现实生存状态的深刻叙写，而且是以一种新的文化精神与艺术审美视野进行新的乡土世界的艺术建构。进入新世纪，对乡土现实境遇的揭示，愈加凝重，形成了新乡土文学叙事的丰厚收获。《受活》《秦腔》《古炉》《一句顶一万句》《生死疲劳》《玉米》等等作品，对乡土历史与现实的掘进，乡土的生机似乎被凝重的现实压抑着，但于这荒芜颓败的苍茫之中，却似乎又孕育着新生的契机。因大量农村精壮劳动力进城而带来的土地荒芜，现代科技、城市生活对乡土固有生活的冲击等，使乡土世界显得既空旷又狭小。说它空旷，是因为由于大量乡民涌进城市寻求新的生机，而使得大量土地被闲置荒芜，许多乡村呈现出荒凉的景象。说它狭小，是因为超常的城市化进程犹如一头狂奔的野牛，东奔西突，使得城市极度膨胀，使其获得了更大的活动空间。正是城市的无限度膨胀，挤兑着乡村

---

① 胡军：《河北文坛"三驾马车"不懈的文学追求——坚守现实品格 提升思想境界》，载《文艺报》2010年1月8日。

的生存空间与文化空间，尤其是乡村文化空间已经极为狭小。因此，在社会主流新农村建设的同时，依然存在着"萧条与虚空""贫富分化与社会阶层分化""传统与现代杂糅"的现实生存景象。①正是在这多重现实镜像交汇的叙事中，使得那些固守乡土的文学叙事显现出生活叙写更为凝重深厚，思想内涵揭示更为深刻，艺术表达更加富有生命活力的状况，新乡土文学叙事被推向更为广阔与纵深的天地。

新乡土叙事相对于以往的乡土叙事所发生的新变，除了全球化的文化语境与社会现实掘进之外，民间叙事立场与日常生活碎片化叙述，是其极为突出的两大审美特征。

民间化的叙事立场与叙事态度，构成了新乡土文学叙事非常重要的艺术审美视域。20世纪90年代以后，不论从文化思想层面来说，还是就社会现实层面来看，都迫使作家对此前的乡土生活叙事进行新的反思与审视。20世纪80与90年代之交，意识形态带有逆转性的撞击，实际上在相当意义上击毁了以启蒙为文化思想标志的乡土叙事，并使其陷入极为尴尬的境地。面对市场经济的冲击所进行的人文精神讨论，亦无法挽救精英文化的颓败。新世纪广场与庙堂的联动，精英与市场、媒介等的合谋之外，走向民间倒显现出更为旺盛的生命活力来。正如陈思和先生所言："民间的传统意味着人类原始的生命力紧紧拥抱生活本身的过程，由此迸发出对生活的爱和憎，对人生欲望的追求，这是任何道德说教都无法规范，任何政治条律都无法约束，甚至连文明、进步、美这样一些抽象概念也无法涵盖的自由自在。在一个生命力普遍受到压抑的文明社会里，这种境界的最高表现形态，只能是审美的。所以民间往往是文学艺术产生的源泉。"②

面向民间的乡土文学叙事，正如前文所言，其实在20世纪80年代的"寻根文学"的创作中，已经显露了端倪。当然，韩少功们是在回归与重新探寻民族文化传统的导引下走向民间的，表现出突出的启蒙文学思想特征。20世纪80年代后期，特别是90年代之后，走向民间就成为一种叙事的自觉回归

---

① 丁帆等：《中国乡土小说的世纪转型研究》，人民文学出版社2013年版，第84—115页。

② 陈思和：《民间的沉浮——对抗战到文革文学史的一个尝试性解释》，载《上海文学》1994年第1期，第68—80页。

与探寻。贾平凹、莫言、陈忠实、张炜、阎连科、李锐,以及韩少功、刘震云、余华等等,可以说,他们从不同的角度,在民间寻求到了自己乡土文学叙事的审美境遇。直至今天,尤其在中国式文学叙事的审美建构追求中,民间文化与生活更是成为构建中国式文学叙事的极为重要的不可或缺的文化思想与文学艺术资源。甚至我们几乎可以在所有成功的新乡土文学叙事文本中,看到民间生活、民间文化与民间艺术的滋养与恩惠。比如贾平凹新世纪连续出版的《秦腔》《高兴》《古炉》《带灯》,以及《老生》《极花》,无不浸透着民间的文化精神与文学艺术的精魂。莫言的《生死疲劳》《蛙》,更是从民间文化与艺术中撷取灵感,立足于民间的立场,建构起乡土生活新的审美世界。在这里,与以往文学叙事中的民间审美视域最大的不同,就在于作家的叙事不是站在民间文化之外,而是站在民间的立场上,融入民间文化之内进行文学叙事。这一方面,莫言表现得尤为强烈与坚定。

日常生活碎片化叙事,是新乡土叙事的又一重要艺术审美视域。当代乡土文学叙事,自20世纪90年代之后,俯视鸟瞰社会整体建构与发展的宏大社会历史叙事不再是主导趋向,碎片化的日常生活叙事则大有取代之势,成为新乡土叙事带有普遍性的艺术审美趋向。何以如此呢?究其原因,首先恐怕还是与乡土世界的现实境况密切相关。或者说,是作家所感受体验到的乡土经验使然。贾平凹谈创作《秦腔》时的切身体验的一段话,令人深思。"体制对治理发生了松弛,旧的东西稀里哗啦地没了,像泼去的水,新的东西迟迟没再来,来了也抓不住,四面八方的风方向不定地吹,农民是一群鸡,羽毛翻皱,脚步趔趄,无所适从"[①]。现实地来看问题,当代社会从合作化起所建构起来的整体化的乡村生活,被现在的市场经济碎片化。换一种视角来看,日常生活碎片化的乡土叙事,实际上已经打破了此前几十年间所形成建构起来的宏大社会历史乡土叙事,其间隐含的是一种现代乃至后现代的艺术精神。

对此,我们再稍做些阐述。

20世纪50—70年代有关乡村文学叙事,建构的是一种整体性的社会历史宏大叙事,在这种宏大乡村社会历史叙事中,是以由国家主流意识形态所

[①] 贾平凹:《秦腔》,作家出版社2005年版,第561页。

主导的社会历史发展构架为文学叙事的基本艺术建构模态的,并且追求二者之间的高度同一性。进入这种叙事机制,人的一切生活都被纳入社会政治生活的框架之中,或者,将复杂而众多的生活简化为单向的社会政治生活。集体所有制下的集体生产便成为村民生活的基本叙事内容,个人的私人化的生活空间被压缩到了极致。这样,宏阔的社会生活就将人的日常生活、个人的情感生活等等遮蔽消解掉了。农民及其农村便被归并于建构现代民族国家的历史进程之中,在《三里湾》《山乡巨变》《创业史》,特别是《艳阳天》《金光大道》等所谓的农村题材文学叙事中,地域性、日常性的生活叙写也就必然是意识形态化的和社会化的宏大社会历史建构。进入20世纪80年代,"中国本土乡村叙述的传统和世界文学对乡土文化的描摹,改变了作为中国主流文学的'农村题材'的整体面貌"[①]。整体性、社会化的宏大乡村生活叙事被打破之后,出现的是整齐划一的乡村被琐碎的日常化生活替代的碎片化生活体验。过去大片连接的土地,被一家一户切割,乡人散落在一块一块被切割的土地上。此前那种统一劳作的模式,被个体化的劳作模式替代,乡村生活也就自然而然地被切割成生活的碎片。如果再从乡村当代社会发展历史角度来看,过去所预设并强行付诸实践的目的性极为明确的乌托邦式现代性目标,并未收到理想的效果,这种乌托邦式现代性历史建构与真实的乡村现实,或者说与乡民的现实需求,发生了历史性的错位,乡村生活整体性也就自然地被解构掉了,出现了无法弥合的裂痕。随着这种整体性乡村生活梦幻破灭裂痕的增大增多,碎片化也就成为乡村不可避免的历史宿命。面对碎片化的乡村生活,作家所得到的生活经验与生命情感体验自然也是碎片化的。这种碎片化的生活经验与生命体验,出现在作家的乡土叙事中也就自然构成了碎片化的审美特征。

这种碎片化审美叙事的出现,还与乡村生活的无序性、失范性、盲目性、不确定性等密切相关。作家陈应松在谈自己深入神农架所见到的乡村情景时说道:"乡村在某些方面是有序的,比如税收、三提五统,比如计划生育的一票否决制。可乡村更多是无序的,充满了悲苦和混乱。毛泽东时代的

[①] 孟繁华:《百年中国的主流文学——乡土文学/农村题材/新乡土文学的历史演变》,载《天津社会科学》2009年第2期,第96页。

秩序井然已经不存在了,而另一些权威还没有树起来。"[①]表达了与贾平凹相类似的体验感受。正是这无序的、失范的、盲目的、不确定的乡村现实生存状态,才引发了作家乡土叙事上的困顿困惑、矛盾交织的心理,使得他们无法获得整体性的乡村生活经验与生命体验,从这"一堆鸡零狗碎的泼烦日子"中,也就只能得到"鸡零狗碎"的碎片化的体验感受,进而去叙述"一堆鸡零狗碎的泼烦日子"。[②]

如果从乡土叙事的创作主体作家的角度来看,其实这里还蕴含着一个问题:那就是作家此前所形成的对乡土社会整体性审美经验有效性的丧失。不仅如此,作家的历史意识、文化意识,以及文学艺术审美观念等,也都失去了整体性,取而代之的是整体历史意识的破裂,文化意识的分化,文学艺术观念的多样化。正是这多种因素的综合作用,形成了碎片化审美视域的乡土叙事。

当然,在新乡土叙事中,还存在着其他审美视域的开掘。比如熔铸了极为强烈的个人化生命情感体验的乡土叙事,诗意精神还乡融入大地式的乡土叙事,以及在走向历史文化中,开掘民族文化精神的乡土叙事等等。但是不管是何种乡土叙事,又都表现出极具个性的地域色彩。如果就新乡土叙事的地理版图来说,从东北的白山黑土,到东南的红土绿水,从东方的平原大海濒临之地,到西北的高原黄土,以及西南的高原山地,中原的黄河平原,南方的丘陵山地,等等,形成了地域性特色鲜明的乡土叙事。如果从大的地域来看,中国的新乡土文学创作形成了以黄河、长江为主干的两大地域,黄河流域从西向东的乡土文学作家有:董立勃、刘亮程、张贤亮、柏原、雪漠、石舒清、陈继民、金瓯、漠月、贾平凹、陈忠实、路遥、杨争光、高建群、叶广芩、红柯、冯积岐、刘震云、李佩甫、阎连科、周大新、田中禾、张宇、李洱、乔典运、柳建伟、李锐、蒋韵、成一、柯云路、郑义、韩石山、张石山、葛水平、莫言、张炜、尤凤伟、刘玉堂、王润滋、赵德发等;长江流域的创作群体从西向东有周克芹、阿来、傅恒、李一清、何士光、古华、韩少功、叶蔚林、何立伟、孙健忠、

[①] 陈应松:《作家的立场塑造作家》,载《文艺理论与批评》2007年第5期,第42页。

[②] 贾平凹:《秦腔》,作家出版社2005年版,第565页。

彭见明、刘醒龙、陈应松、邓一光、余华、叶文玲、李杭育、陈源斌、王旭烽、汪浙成、温小钰、陆文夫、高晓声、赵本夫、苏童、叶兆言、范小青、周梅森、毕飞宇、荆歌、韩东等。这两大河流区域之外，还有迟子建、孙惠芬、马秋芬、阿成、刁斗等东北创作群体，铁凝、关仁山、何申、谈歌等形成的京冀乡土文学叙事作家群体等。

不仅新乡土文学创作，而且从整个当代文学创作来看，地域性及其地域文化，构成了极为重要的文学叙事审美视域。

三、世界视域

中国的现代文学叙事在其历史建构的过程中，还有一个文化思想审视视域，始终纠结缠绕其中，这就是世界化与本土化。其实，这一问题本身，就蕴含着一种以西方世界文化思想为基本参照的现代性文化思想的诉求。这一文化思想诉求，在新乡土文学叙事上，依然成为挥之不去的心理扭结与文化魔影，但却发生着看待问题视域基点的变化。中国现代化的历史转换，不再是以世界、中国对立式的思维方式审视，而是把中国这一社会历史转型纳入整个世界历史进程中进行审视。中国不再游离于世界人类历史进程之外，而是在世界历史建构之中。

就中国文学叙事百余年来现代性历史建构与发展来看，虽然中国的现代文学叙事是在西方现代文化思想与文学艺术的启迪下创构并逐步发展起来，但是，不论是西方人还是中国人，总有着一种西方的月亮比中国的月亮圆的心态。在这种心态的支配下，不论从世界视野还是本土视野来审视中国文学叙事，尤其是当代文学叙事，常常是把中国文学叙事编入另册，将其游离于世界文学叙事历史建构之外。在世界文学这个大家族中，中国文学不能被正视。随着中国社会历史性转换的纵深发展，中国历史性的崛起，中国文学与世界文学之间的距离不断缩小，隔膜在不断地消除，尤其在新旧世纪之交，中国文学叙事似乎可以以独立的姿态与世界文学进行对话，积极融入世界文学的历史进程之中了。2012年莫言获得诺贝尔文学奖，具有极为重要的多重象征意味。这说明，从世界文学创作角度看，世界接受了中国文学；就中国文学叙事而言，也终于名正言顺地走向了世界文学叙事的舞台，中国的文学叙事，再也不是世界文学中的另类或者怪物了。也正是基于此，我们完全有理由在对新乡土叙事进行考察的时候，将其放在世界历史进程、世界文化与世界文学的语境下加以考察。

这里首先涉及一个问题，就是我们探讨中国文学叙事的社会时代的文化语境问题。谈到文化语境，学界最普遍的一种表述就是全球化的文化语境。随着冷战时代的结束，特别是高科技的迅猛发展，网络信息时代的到来等等，从建构经济一体化到整个人类文化的一体化或者全球化的建构，似乎成为许多人的一种文化理想的诉求。中国当代文学创作及其研究，也自然地融入这种文化语境，并且担当了一种不可推脱的历史使命。这里自然有着将中国文学从过去几十年与西方的对立引向趋同的意愿。比如中国文学走向世界就成为诸多作家与理论家的诉求。当许多人将中国文学走向世界视为以西方文学来建构中国的当代文学时，自然是将主要精力放在了向西方学习借鉴甚至模仿上，即以西方的文化思想和文学艺术为准则来建构中国当代文学。这几乎可以视为中国文学近百年发展历史的一种主导趋向。对西方学习借鉴乃至模仿的文学创作实践热情，远远高于对本民族文化思想、文学艺术传统的传承。

纵观中国文学百年发展的历史，特别是近三十年的历史，可以说，西方从古到今，特别是近代以来的文化思想与文学艺术，从某种意义上来说，成为当代文学创作思想与艺术极为重要的、不可或缺的资源，甚至是一种兴奋剂，或者是中国文学创作发展的驱动力。以西方的文化思想和文学艺术方式，来叙写中国的历史与现实生活，而中国的文化思想与文学艺术传统，几乎成为愚昧、落后、保守的代名词。我们这样说，并非排斥对西方的学习借鉴，而想说明的是，这种学习借鉴不是以西方为体的照搬，而是以中国为体的吸收容纳。于此，我们甚为赞成学衡派吴宓等先生的观点："论究学术，阐求真理，昌明国粹，融化新知。以中正之眼光，行批评之职事，无偏无党，不激不随。"[①]这实际上是中学为体、西学为用思想的衍化。我们翻这些老账，并非要做翻案文章，而是想说明一种非常有意思的现象：今天有文化思想至文学艺术，转向从民族传统中寻找出路，似乎是中国文学从五四时期起发展到今天，绕了一圈又回到了原点。

---

① 吴宓等：《学衡杂志简章》，载《学衡》（创刊号）1922年第1期。

由此而想，在全球化语境下，回归民族本体的文化思想与文学叙事艺术建构，应当说是成为当代文学确认自我的一种途径。就近三十年来当代文学叙事的发展演变历程来看，"寻根文学"及其所带来的文学叙事上的影响，无疑是一次具有深刻文学史意义的事件。"寻根文学"可以说是在回归传统的名义下，从西方的文化思想视域对中国传统的文化思想所进行的一次反思与批判，从文化思想上实现着与五四启蒙文学的呼应与对接。虽然依然是用西方的文化思想手术刀来解剖中国的文化心理及现实社会状态，但不管怎么说，"寻根文学"在当代文学叙事之文化思想、艺术思维方式上，进行了一次历史性转换——从社会意识形态视域转向文化思想视域，从倾心于对西方文学艺术的模仿到对中国文学艺术的吸纳传承，必须给予充分的肯定。如果从叙事对象上来看，"寻根文学"叙事主要聚焦乡村的历史与现实生活。

更为重要的是，在全球化语境下，于中西比照中来确立中国文学艺术的身份，建构独立的中国文学艺术。不论是受到马尔克斯、福克纳等的影响或者启发，还是真正醒悟到中国传统文学艺术的独立形态建构的魅力，总之，从中国古典文化思想与文学艺术传统中寻思想与艺术营养，成为20世纪80年代以后当代文学叙事的一种基本历史发展趋向。就此，我们可以列出一个长长的当代作家名单，比如贾平凹、莫言、张炜、陈忠实、王安忆、刘震云等等，他们在探寻建构当代文学中国式文学叙事方面，就以各自的创作实践做出了积极有效的探索。

这里面还包含着思维逻辑基点的转换问题。20世纪90年代以来，特别是进入21世纪之后，随着社会历史转型，中国以大国的形象出现在世界舞台上。在全球化语境下，建构中国本土化、民族化的文学叙事，便成为诸多新乡土作家的致力所在。而这种本土化、民族化的新乡土文学叙事，不再是以二元对立的艺术思维方式，而是以世界历史进程中的中国乡土新的历史建构视野，完成对乡土世界的文学叙事。所以，中国本土的乡土也就不是简单的愚昧、落后、传统等语义所能涵盖的，它与世界上多种社会形态、文化形态、民族种族、地区等，以及人类所遇到的所有生存问题密不可分地扭结在一起。因此，虽然"文学中的'乡土中国'往往是一个强大的象征物"。但"当作家在想象乡土中国的生活、观念与行为，甚至塑造一个桃花源的乌托邦时，他是否真的就认为这一'乡土中国'是最完美的，人类应该重回那样的时代？或许还不应该如此简单理解。今天，作为全球化时代的文学，站在全部事物商品化和经济化的时代，再返回来重新思考乡土，思考农业文明，并非只是二元对立的好与不好，而是涉及人类生活的本源问题：人与自然、人与自我、人与人、民族与世界、科学与自然、技术与人性等等本质性问题。在此视角上，我们再重新理解乡土文明的衰落、乡土中国的沦陷，它并非只是本土性失落的问题，它是整个人类生活该何去何从的问题"。[1]

包括新乡土文学叙事在内的20世纪90年代以来的中国文学叙事正是在寻求与世界历史进程的同构性、与世界文化与文学的对话中，改变着世界过去对中国文学叙事所形成的固有印象。这是因为，中国的新乡土叙事的历史建构，并非是孤立的，恰恰相反，它是在世界社会历史与文化思想的语境下，得以实现的。也许，正是在世界文学叙事的语境之下，方显出中国新乡土叙事的独特价值。

---

[1] 梁鸿：《"乡土中国"：起源、生成与形态——以"世界史"的视野》，载《上海文学》2012年第4期，第99—104页。

第三章

新乡土现实状态叙事

笔者将本课题研究命名为新乡土叙事比较研究，其实已经隐含了文学叙事模态类型的意义。乡土文学叙事本身就意味着对一种文学叙事类型的认同。比如，与之相对而言的文学叙事类型就是城市文学叙事。不论新乡土文学叙事命名情景如何，以及这一命名的学理性究竟阐发到怎样的程度，它能够引起学术研究界如此高度的关注，并从不同的理论视野与层面对其进行种种研究探讨，就说明它作为一种文学叙事的类型，得到了学术研究界的认同。

面对浩繁而复杂多变的中国当代新乡土叙事文本与现象，要对其基本叙事模态类型，进行梳理归纳，看起来简单，其实并非是一件轻而易举的事情。首先遇到的问题是：新乡土文学叙事模态的构成应当包含哪些要素？它们之间的构成机制是什么？其次，划分叙事模态的依据是什么？再次，即可以划分出不同的叙事模态类型，它们之间的关联性、差异性等又是什么？等等，这些学理性极强的问题，就会接踵而来，但是，作为学术研究，总是要做出自己的回答。

关于新乡土叙事，笔者主要是从其叙事内涵角度，或者更为确切地说，以叙事对象题材视域将其加以区分，大致以现实生存状态叙事、家族历史叙事、生态家园叙事和城乡交叉叙事等四种类型进行探讨。从所能接触到的研究资料来看，这四种新乡土叙事类型，也是大部分研究者基本认同的。

关注现实，或者说将自己的笔触深入当下正在进行的社会现实生活，始终是当代乡土文学的一个主导性叙事模态，甚至可以说，这已成为当代乡土文学乃至整个当代文学的一个主导性基本叙事模态或叙事传统。正是在对当下现实生活裂变的叙事中，建构起中国新乡土经验的现实生存的文学艺术世界。当然，对现实的关注与叙写，其侧重点还是有所不同的。新乡土文学叙事，对现实生活的多个领域都有着深入而广阔的介入，在此，笔者从现实生活整体叙事、新乡土生存状态、人生命运以及文化冲突等方面做评述。

一、现实生活叙事

历史转型，已经成为学界对中国新的世纪之交这些年社会历史发展阶段的一种概括性表述。转型，就意味着整个社会处于裂变之中。这个裂变最基本的特征就是从传统型社会向现代型社会的转换，既然是转换也就意味着新旧交替，是一种解构与建构共时并存的现实生活状态。它不是断裂，而是一种历史的嬗变。可是，当嬗变一点一点累积叠加到一定程度的时候，再回过头去看，就会发现又有了层递式的发展变化纹路。当然，这种嬗变过程充满了痛苦与欢乐、希冀与失望、前行与踌躇、尴尬与狂欢、迷茫与无奈等等意味。于此，需要说明的是，我们不赞成使用断裂来概括世纪之交的乡村现实生活状态。今天的历史转型，是作为中国百年来现代性历史转换的一个特殊阶段而存在的。从中国百年来社会历史现代性转换与建构的现实来看，虽然中国社会历史包括乡村的社会生活发生了巨大的变化，但是，就其文化思想及其思维方式和行为方式以及现实的生活文化心理结构状态来说，不论是五四还是"文革"，虽然试图对传统文化进行断裂性的摧毁，但是实际情况是，直至今天，中华民族几千年所形成的文化思想观念以及文化心理意识，依然蕴含于人们的日常生活的思维方式与行为方式之中。也就是说，中华民族的文化心理中所积淀的集体无意识，依然规约着人们日常生活的思维方式与行为方式。所以说，可以采用暴力方式改变人们的外部社会结构形态与生活状态，却无法在短期内改变人的内部生活之文化精神与心理结构状态。现实的情境是，在我们的文化心理结构建构中，表现出一种新旧交替交织的复合状态。

中国的乡村在20世纪80年代实行土地承包制之后，特别是人民公社体制的解体，全面实施一家一户的承包生产机制（承包土地到户与分田到户其性质是有巨大差别的。承包制并未改变土地的所有制性质，而合作化的土地入社，则改变了土地性质：由个人所有的私有制变为村民共有的集体所有制。土地承包则是农民只有土地使用权，而土地的所有权依然归集体所有），乡村生产力得到了新的解放，爆发出极大的生产热情与生命创造活力，乡村发生了翻天覆地的变化。这正像高晓声从《漏斗户主》《李顺大造屋》到《陈奂生上城》《陈奂生转业》等系列作品中所叙写的那样，陈奂生们在土地集体所有制与集体生产方式下，从苦苦地挣扎于吃饭、穿衣、住房等基本生活的磨难，到解决了吃饭穿衣住房基本生活问题之后，还做起了小生意——卖油绳，以至出现了乡镇企业的兴盛与迅猛发展。这里其实已经隐含了乡村集体经济解体的先声，亦即乡村对于商品经济的诉求，乡村似乎再也不是贫穷的代名词了。可以说，这时的乡村文学叙事中，对中国社会的历史变革充满了希冀与温馨。这种希冀与温馨的乡村叙事基调，构成了20世纪80年代乡土文学叙事的主导潮流。但是，社会发展的裂痕实际上在那时已经预埋下了。乡土社会整体性变革的历史诉求，呼唤着乡土社会整体性文学叙事。那时的确出现了一批这样的作品，如柯云路的《新星》《夜与昼》、贾平凹的《浮躁》、路遥的《平凡的世界》等，对中国20世纪80年代乡土世界的历史变革给予了整体性叙述。在这一方面的文学叙事中，路遥的《平凡的世界》具有代表性。《平凡的世界》对乡村社会变革进行了富有广度和深度的思考。作家以全景式的叙事方式，描述了1975—1985年这十年间的陕北乡村，也可视其为中国乡村的历史变革图景，再现了乡村平凡而又壮阔、艰难而又充满希冀的历史进程，充分肯定了蕴含于乡村的那种历经种种磨难而百折不挠地在坎坷中奋进的、与命运抗争的乡土精神。包括贾平凹的《浮躁》、柯云路的《新星》等作品，也都叙写了社会变革的复杂性、艰难性、曲折性，现代思想与传统观念、新生力量与地方性势力等等之间错综复杂的矛盾冲突，以及地域风景民情。特别是关于地方性的带有家族性质的乡村政权与乡村血缘关系所构成的错综复杂的生存状态的叙写，让人们看到了乡村社会生活转型的艰难性与复杂性，反复性与困顿性。这些乡土叙事表现出直面社会现实的勇气，虽然有着种种矛盾与悲苦，甚至无奈的尴尬与荒诞，但却充满了希冀与激情。或者说，这种乡土叙事总是要设置一种希冀的曙光，导引着乡村社会生活发展的未来。比如，《浮躁》的结尾，金狗离开州城重新回到生养自己的州河岸的土地上，不过这次他并未像父辈那样趴在土地上，而是加入水陆运输公司，开启了新的生命航程。同时，其间又深含着传统文化与现代文化的剧烈碰撞与冲突，特别是乡村在现代性历史转换过程中，其文化心理结构痛苦的甚至是滴血的历史裂变过程。

其实，中国乡土社会的现代性历史变革，要比人们想象的复杂艰难得多。敏锐的作家很快就意识到了这一点。

到了20世纪90年代，特别是1992年从国家层面提出中国社会主义市场经济建设之后，这种充满激情与期待的乡土社会现实叙事，让位于更为复杂、更为本真的具有新的审美品性的乡土叙事。20世纪90年代中期以后，中国的城市化进程开始提速，这种快速的城市化进程，如同泛滥的洪水，不仅翻腾了城市，而且冲击、侵蚀甚至是翻卷着乡村。而乡土社会现实生活自身，在20世纪80年代所隐含的各种矛盾也于此时凸显出来，陷入了发展的现实困境。这时的乡村，犹如一头壮牛掉进了深井，怎么折腾那种蛮劲也使不出来，只能在井底打转转。在自身发展困境与城市侵蚀的双重挤压下，乡土世界便出现了前所未有的新情况、新问题、新矛盾。20世纪80年代所激发出来的创造美丽乡村的愿景，被三农即农村、农业、农民问题等等更为错综复杂的现实覆盖。尤其是市场经济的冲击，迫使乡村从自然经济生产方式与自在的生活方式，转向市场经济的生产方式与自为的生活方式。而城市化进程的加速，一方面对乡村带来生存空间的挤压，加之乡村劳动力的剩余，这就造成乡村生活空间的缩小；另一方面，由于大量青壮年劳动力涌向城市去寻求新的生活空间，而造成乡村土地的荒芜，又使得乡村显得如此空旷。乡村不可避免地遭遇到前所未有的发展困境。正如有论者所言，20世纪90年代，随着当代政治和经济"现代化"的强力推进，整个乡村被摧枯拉朽般地摧毁，这一摧毁不只是乡土中国经济方式、生活方式和政治方式的改变，而是一举摧毁了整个民族原有的心理结构和道德基础。即使经历了将近一百年的"批判"和"质疑"，乡土内部道德结构和文化原型仍然保持着一种均衡性和神圣化的意味，儒家道德主义仍然对每个人有基本的约束力，家庭关系、人际关系、社会结构都仍在这一底线之内。当经济的驱动力成为社会发展的唯一动力和发展方向时，一切曾经神圣的事物都被变为世俗的，工作、生活很难再为人们提供终极意义和终极信念。①这样的现实境遇，必然要引发作家的思考，也为新的乡土文学叙事提供了广阔的想象空间。

可以说，乡村生活中所出现的种种新情况、新现象、新矛盾、新问题等，在20世纪90年代的乡土文学叙事中，都有着艺术的表现。像何申《村长》、陈源斌《万家诉讼》（《中国作家》1991年第3期）、余华《活着》、阎连科《耙耧山脉》、贾平凹的《土门》《高老庄》、莫言的《天堂蒜薹之歌》、关仁山《九月还乡》（《十月》1996年第3期）、阎连科《年月日》（《收获》1997年第1期）、韩少功《马桥词典》、鲁雁《最后的庄稼》（《莽原》1999年第4期）等等，对于当代或者当下乡村现实生活进行了令人深思的叙述描写，引发了当代乡土叙事的新的转换，进入被学界称为新乡土文学的叙事时代。尤其是余华的《活着》《许三观卖血记》等，从所谓的先锋文学叙事转向了现实叙事。余华文学叙事的转换，具有象征的意义，或者说，它意味着中国当代乡土乃至整个当代文学叙事的一种历史宿命般的转换。余华的乡土叙事，不仅真实地记述了乡土世界的现实境况，尤其是艰难而困苦的乡土人生，更为重要的是，从乡土现实生活中开掘出所蕴含的人生存的哲学思想精神内涵，将乡土叙事引向了纵深，超越了对乡土现实进行乡情、乡愿式的叙事。

进入新世纪，乡土文学叙事对于现实生活的关注，更加趋向于日常生活化。孙惠芬《歇马山庄》（人民文学出版社2000年版）、雪漠《大漠祭》（上海文化出版社2000年版）、尤凤伟《泥鳅》（《当代》2002年第3期）、王安忆《上种红菱下种藕》、鬼子《瓦城上空的麦田》（《人民文学》2002年第10期）、孙惠芬《上塘书》（《当代》2004年第3期）、贾平凹的《秦腔》（《收获》2005年第1—2期）、迟子建《额尔古纳河右岸》（北京十月文艺出版社2006年版）、周大新《湖光山色》（作家出版社2006年版）、刘震云《一句顶一万句》（长江文艺出版社，2009年3月版）、贾平凹《带灯》（人民文学出版社2013年版）等等，对于处于历史转型中的乡土生活的叙述，让人看到了传统乡土生活方式在不断式微，面对新的乡土生活境遇，所产生的新的困惑、无奈与尴尬。贾平凹的《秦腔》具有更为沉

---

① 梁鸿：《"乡土中国"：起源、生成与形态——以"世界史"的视野》，载《上海文学》2012年第4期，第99—104页。

重、混沌而悲悯的艺术表现。这部小说写了一个名叫清风街的村镇的生活。这生活围绕着几个层面展开：首先是清风街社会层面的生活，着笔重点有两个，一是建农贸市场，与之相对的是一条山沟里淤地，前者是现任村支书夏君亭为应对新的乡土现实所做的寻求乡村发展出路的探索，后者是原村支书夏天义面对土地荒芜、青年人离土的现实，坚守土地的自我救赎；前者代表了青年一代乡土人的诉求，后者体现了老年一代农民的愿景。二是收缴各种农业费税，以及由此或者围绕于此的种种生活矛盾。其次是家族生活。有两个大家族，一是夏家，一是白家，着力点在夏家。再次是家庭生活，主要是夏天智家。最后还有一个情感生活，主要是夏风、白雪和傻子引生。这些都是表层生活。深层是乡村在城市化进程中，给人们带来的生命情感的无归宿和精神漂游，以及由此带来的困惑、眷恋与挽留、叹息。在生活现象、生活整体、生命情感、文化精神的苍茫而悲凉的呈现式还原叙事中，建构起一种新的乡土文学叙事文本，创造了一种新的乡土叙事模态。

  从新乡土文学叙事的创作现实情况来看，不能不说它是一直紧密地与社会现实胶着在一起的，紧紧追踪着社会前行的步伐，对于乡土世界所发生的变化或者所出现的新问题，它都给予了艺术化的表现。像何申、关仁山等一直关注乡村各个层面的生活，包括权力的恶行等；周大新的《湖光山色》则是叙写乡村日常生活中的人性嬗变和权力运作等；贾平凹的《秦腔》对于家乡在城市化进程中，乡村的价值观念、人际关系，特别是乡村文化的消失等，进行了深刻的思考；林白的《万物花开》等，也是在开掘社会转型中的矛盾与冲突，以及由此而造成的古老乡村文化、传统道德伦理秩序解构的历程。当然，还有离乡进城、乡下人进城后艰难的生存状态以及乡土文化与城乡文化的冲突与撕裂，甚至由城归乡以及归乡后所产生的与乡村生活现实难以融合的尴尬境况，一直固守乡土与带有一定现代文化思想的离乡又归乡者，所发生的剧烈冲突等等。这一切都非常真切地书写着中国乡村现代化艰难进程的历史律动。更为重要的是，这些乡土叙事，虽然以日常生活琐事为叙述的基本对象，甚至那么世俗，但是，有相当多的作品，并未将笔触局限于生活的表面，而是深入生活的深层，透示出生活的内在肌理，在深度介入社会现实的同时，开掘出更为复杂多样的内涵。比如《大漠祭》，这部充满西北地域大漠风情的小说，既写出了西北乡村生活的广涵性，也写出了西北乡村与乡民的物质生活、精神状态、文化存在，透示出强烈的生存忧患意识和直面现实人生的勇气。在对现实进行极为强烈的批判与揭示的乡土叙事中，莫言的《天堂蒜薹之歌》可谓紧扣社会现实问题，读之令人彻骨透心。

除了当下现实生活叙事外，还有许多作品是从历史纵向发展的角度，将当下的现实生活融入当代半个多世纪的历史进程中加以考量，既显示出当代乡村生活发展的历史进程脉络，又透视出一种历史的纵深内涵。其间折射着中国社会现代性的艰难历史进程，以及对于现代性历史进程的反思。莫言于新世纪创作的《生死疲劳》《蛙》，可以说是对农民与土地和计划生育的深刻思考。对于乡土世界而言，支撑其最为重要的物质基础是土地，农民与土地早已建立起血肉相融的关系，甚至可以说已经形成了一种土命，因此，失去土地就意味着失去生存的根基。从合作化到土地承包，实际上是农民生命情感的剥离与复归。支撑乡土世界的文化精神是宗族，而生育是宗族得以延续的最为重要的方式。失去生育的权利实际上就等于失去了生存的权力。在现代性历史进程中，现实社会对生育限制的历史要求，与农民对于浸透着宗法思想观念的生命延续诉求，发生着极为激烈的矛盾冲突，这实际上也从一个方面，透露出中国历史转型中现代性与传统性的对抗冲突，以及这种矛盾对抗在历史进程中的消解。当然，其内里还蕴含着乡土文化心理与乡土生命情感，以及对于乡土现实生活背景下所浸透的人性思考。

新乡土叙事对于世纪之交的乡村社会的现实叙事，如果做一纵向的连缀，就是一部乡土社会现实生活变迁的历史。但是，我们同时感觉到，新乡土叙事已经不是自封闭式的建构，而是将中国的乡土世界，置于全球化、市场化、城市化，亦即中国现代性整体历史进程之中加以考量的。在这种现代性整体历史进程的考量中，描绘出乡土社会的历史嬗变的轨迹。所以说，"乡土社会也拥有一个复杂的本体嬗变的过程，特别是上世纪90年代以来，乡土中国正日益成为全球化、市场化规则指导下的在建工程，其所遭遇的一系列问题，诸如是否应该复制西方所走过的现代化道路、乡土社会结构的演变、城乡二元对立格局中的资源占有和分配的进一步边缘化、乡土社会的城市化和新农村建设、阶层分化和地域不平衡、传统农耕文化的当下命运、民间信仰缺失与价值混乱等等，它们几乎代表着整个中国现代化过程中最本质因而也最无法回避的部分"[①]。正因为如此,新的乡土叙事的审美艺术建构,表现出错综复杂的状态,常常是一条细微的叙事线索之中,牵扯着一条巨大的生活网络,真可谓是牵一发而动全身。

于此可以说,处于历史转型期的新乡土叙事,更为真切地记述了中国经验。中国经验作为人类社会与历史文明的有机构成部分,自然会给人类提供特殊的社会历史意义和独到的精神价值。这种特殊意义与精神价值,更为突出地体现在乡土文学叙事之中。这是因为,中国现代化历史进程,在越来越强烈地融入世界历史进程之中;在这现代化的历史进程中,乡土世界不论是其历史的阵痛,还是现实的冲击,它都是最为强烈而深重的。城市在快速的城市化进程中,欲望得到了前所未有的释放,而城市在欲望得以充分释放与满足中,所产生的诸多痛苦与困境,绝大部分却转嫁给了乡土世界。所以说,世纪之交中国为人类社会所提供的经验,实际上凝聚着乡土社会沉重的甚至是滴着血泪的生命情感。也可以说,乡土社会以自己沉重而悲痛的甚至是绝望的生命情感,参与了中国现代化历史经验的建构。也恰恰正是在这里,新乡土叙事在建构着一种新的国家族类体验与历史文化想象,述说着一种新的乡土生活体验。这种新的乡土生活体验,由于全球化、市场化、城市化叙事视野的介入,已经超越了纯粹的乡土意味,而具有了与整体中国社会历史发展,乃至世界历史进程相交会的意义。

二、生存状态叙事

关注乡土社会现实人生的生存状态,是新乡土文学现实叙事的另外一个特征。何以如此说呢?因为随着中国乡土社会的历史转型,乡村的现实生活境遇与情态也随之发生了变化,乡村人的现实生存问题凸显了出来。因此,对于乡土社会现实人生生存状态的关注与艺术反映,也就自然而然地成为新乡土叙事叙写的一个重要内容,这也是其区别于当代传统的农村叙事的一个重要表征。

当然,人们的生存状态包含诸多方面的内涵,比如人们的生活状态、情感生命状态、文化心理状态等等。在此,主要从新乡土文学叙事整体性审美

[①] 姚晓雷、周景雷、何言宏:《乡土中国的再度书写——"新世纪文学反思录"之八》,载《上海文学》2011年第10期,第106—112页。

内涵上的变化与转换视角，进行梳理表述。

1.从社会整体生存状态到日常生活碎片化生存状态的转换

当我们打开20世纪80年代的乡村文学叙事作品时，可以清晰地看到这样一种乡村现实生存状态的发展变化脉络：从集体的生存状态到个体的生存状态的发展演变。这种生存状态文学叙事的变化，自然首先是源于乡村现实生活的变化。如果说以《三里湾》《创业史》《山乡巨变》等为代表的20世纪50—70年代的农村题材文学叙事，建构起与社会现实实现同构性的叙事建构：农民如何从个体的一家一户的生存状态，在国家意志导引或者强制下，走向在那时被认为是唯一正确的集体生产下的生存状态。这是农民关于生存状态的唯一选择。那么，《芙蓉镇》《许茂和他的女儿们》等，虽然还不可能脱离乡村这种集体生存状态，但是，他们已经开始对这种集体生产方式下的生存状态提出了怀疑：这种集体化的生存状态，给社员带来的不是生存的富裕，而是贫穷，不是自由、自在的生存状态，而是一种被动的乃至强制性的生存状态。作家们可能开始意识到，在以生产队为基本生产单位的集体所有制下，社员们从生活到精神都无法进入自由与自在的生存状态。因为他们的生存是一种被动式情态。所谓的被动状态，就是社员失去了自由、自主生产与生活的权利，一切都被生产队组织规范，而农民的天性可能就是自足式的自在的生存状态，因此，村民自在自足的创造天性，被极大地压抑而不能得到充分发挥。随着土地承包制的实行，《乡场上》《爬满青藤的木屋》《满票》《厚土》《人生》《腊月·正月》《透明的红萝卜》《爸爸爸》等乡村叙事文学作品接连不断问世，从中可以看出，作家笔下的乡村生存状态也在发生着变化。土地承包与个体企业（当时叫个体户）在乡村的实施与兴盛，虽然仅仅打开了那么一条缝隙，但却迸发出极大的创造能量，尤其改变着人的社会关系，特别是社会地位关系。更为重要的是，像冯幺爸（《乡场上》）等农民在村干部及其家属面前直起了腰，这标志着农民自主意识的觉醒，蕴涵的是人的觉醒。而如王才（《腊月·正月》），虽然在韩玄子眼里还未完全获得与之平起平坐的平等社会地位，但因个人的努力而开始进入另一种生存状态，越来越受到人们的认同乃至尊重，同时也就获得了相当的社会地位，这其间亦是蕴涵着强调个人生存的价值意义。至于高加林（《人生》）试图通过个人奋斗而去获得更好的人生生存状态，虽然最后以回归乡村的悲剧命运结局，但是，他却以其更具普遍社会意义的人生奋斗历程，昭示了乡村青年一种新的人生状态。

到了20世纪90年代，乡土文学叙事中的乡村生存状态则又发生了巨大的变化。如果说20世纪80年代的乡土文学叙事，还依然留有集体所有制下的个体生存被涵盖于集体生存之中，亦即从集体意识视域来审视个体生存的价值与意义，那么，90年代的乡土文学叙事不仅破除了集体生存的窠臼，而且极力叙写了个体生命生存的合理性与必然性。在这变化中，日常的乡土生活叙事悄然引起诸多乡土作家在叙事艺术上的共同关注。将宏阔的社会时代生活，特别是意识形态化的乡村社会现实或者历史生活推向了叙事的背景，其前台演绎的是日常的极为琐碎的乡村生活。人们开始更加关注个体的生命价值，更为关注个体的生存状态的叙写。这自然与新写实主义的兴起密切相关。更为重要的是，自20世纪90年代中后期开始，中国的乡村生活出现了"整体性的破碎"现象，正如有论者所言，这是因为"历史发展与'合目的性'假想的疏离，或者说，当设定的历史发展路线出现问题之后，真实的乡村中国并没有完全沿着历史发展的'路线图'前行，因为，在这条'路线'上，并没有找到乡村中国所需要的东西。这种变化反映在文学作品中，就出现了难以整合的历史。整体性的瓦解或碎裂，是当前表现乡村中国长篇小说最重要的特征之一"[①]。特别是进入新世纪，新乡土文学叙事，日常生活化、碎片化已经成为一种非常重要的审美特征。贾平凹在《〈秦腔〉后记》中明确表述，它叙述的"是那些生老病离死，吃喝拉撒睡，这种密实的流年式"的乡村生活，是乡村"一堆鸡零狗碎的泼烦日子"。[②]在这样的乡土生活情境下所体现的乡土生存状态，自然是一种鸡零狗碎的日常生活生存状态。

这种日常的、破碎的乡村生活状态，其实反映了乡村村民更为本真的生活相。

2.从他者的生存状态到我者的生存状态的转换

现代性文化启蒙，首先或者最为重要的是人的觉醒。这个人的觉醒又是以个人的觉醒为重要标志的。子君（鲁迅《伤逝》）一句"我是我自己

---

① 孟繁华：《百年中国的主流文学——乡土文学／农村题材／新乡土文学的历史演变》，载《天津社会科学》2009年第2期，第99页。
② 贾平凹：《秦腔》，作家出版社2005年版，第565页。

的",可以说喊出了五四时代青年人自主意识觉醒的心声。20世纪末有句歌词:"再也不能这样活!"怎样活?为自己而活着。为自己而活着看起来是一句非常通俗的甚至是被视为没有高远人生境界的话,但是,它也许恰恰是一个现代人不断追求的自主生存状态。然而历经百余年,不要说乡村的村民,就是城里人乃至所谓的知识分子,依然未能真正做到自己为自己而活着。现代性的历史转换,从某种意义上来看,可说是一种从被动的生存状态向自主的生存状态的转换,这也可以说是一种从他者的生存状态到自我的生存状态的转换。

从五四乡土文学叙事来看,作为被叙述的对象乡村村民,都是处于被动状态,被动地生存于社会,被动地被文学叙述,完全处在一种他者的地位。就乡村村民的现实生存状态而言,比如闰土、阿Q等,无一例外都处于社会的被动地位,是一种自然适应式的安于现状的生存状态,根本谈不上自主性选择生存的问题。他们是这个社会的他者而并非我者,社会时代对于他们来说,只是如鲁迅所说的做稳了奴隶或做不稳奴隶而已。也正因为如此,在鲁迅等五四一代作家的笔下,闰土们作为"哀其不幸,怒其不争"的被启蒙对象,自然也就是麻木的、愚钝的、不觉悟的。再后来的革命乡土文学叙事,极力叙写闰土们的觉醒以及如何走向觉醒的情态或者自己主宰自己的人生命运。如果把视野放在一个世纪的历史进程中加以考察,就会发现,就是到了20世纪80年代,陈奂生们依然没有获得完全自主的生存意识与权利。即使到了21世纪,这个问题依然还是存在的。或者可以说,20世纪50—80年代,陈奂生们被一种集体生产机制裹挟,已然失去了自主选择生存权利的意识,依然是一种非自主的生存状态。到了新乡土文学叙事,这种情况似乎在发生着变化,乡民以及乡村在极力挣扎着走向自主的生存状态。

但是,这又是何其艰难。

这里面当然隐含着一个问题,就是人的觉醒问题。对于人的关注,尤其是对于人本体存在与个体生存价值意义的叩问,应当说是新乡土文学叙事一个极为重要的内涵层面。这也是将乡土之人从简单的社会存在拉回到人的本体存在,进而认定活生生的个体生命存在的价值意义。在当代,正如前文所言,20世纪50—70年代的农村叙事中,甚至80年代的许多乡村叙事中,农民并非作为一个独立的、自我的人而存在,他们作为农村社会建构——合作化到人民公社化——集体化的整体存在,这种集体化的存在,消解了自我生命存在的价值与意义。因此，农民也就成了农村社会的人，作为自我的人的价值意义几乎完全消融在了农村社会乃至整个社会建构的价值意义建构之中，因此，它是一种"我们"的生命生存状态，而不是"我"的生命生存状态。最终造成了在"我们"的社会存在中，对于作为个体"我"的存在的消解、消失乃至否定。20世纪50—70年代的农村叙事，从最初的《不能走那条路》中的宋东山到《创业史》中的梁生宝、《艳阳天》中的萧长春，自不必说是一种农民群体存在的社会乃至政治符号，就是陈奂生、金狗等，也都不是作为完全的个体而存在的，因此，他们不是个体的农民存在，而是群体的农民们的存在。

就乡土叙事而言，对于人的确认，其实在20世纪80年代的文学创作中已经有所反映。张弦《被爱情遗忘的角落》中的荒妹、古华《爬满青藤的木屋》中的盘青青、何士光《乡场上》中的冯幺爸、路遥《人生》中的高加林等等，虽然在叙事中依然不能脱离社会整体生存视角的规约，但却从不同的角度，对人存在的本体价值与个体价值给予了比较充分的肯定。或者说，对人本体与个体生命存在的价值意义，发出了呼唤。

在此，我们并不是否认社会及其历史对人的规约性，而强调的是，人首先是作为本体的人而存在，其次是个体的人的存在，然后才是作为社会的人而存在的。亦即人首先是人，并且是具体的人，然后才是社会的人。人是因此本体生存而与社会建构起一种关联性，而并非是因为建构了社会关联性方成为人。就乡村的现实发展来看，进入20世纪80年代，特别是90年代之后，农民逐渐地从社会之人回归到个体的人、独立的人，从过去的社会要我如何耕种土地，到我自己去自主耕作土地，从社会强制我为社会而活着，到我为自己活着而去面对社会，寻求与社会的某种契合，以实现与社会的历史建构。这是新乡土文学现实叙事的一个基本的思想艺术视野。

3.从追求物质需求生存状态到满足生命情感生存状态的转换

人的生存脱离不开人的基本属性：自然状态的人与社会状态的人。换一种角度来看问题，人又是物质状态与精神状态的融合体。也就是说，人在生存的过程中，首先必须要有物质条件的保障，或者说人首先需为满足物质生存而去劳作。就此而言，人是一种追求满足物质需求的生存状态。与此同时，人又是有情感、有思想的存在物，因此，他又必然要追求精神情感上的满足，建构一种精神情感的生存状态。

人首先是一种自然的生存状态。所谓的自然生存状态，说的是以满足人的最为基本的生理需求亦即物质需求的生存状态，这种生存状态不是以人的理性为其生存的原则，而是以顺应人作为动物的基本生理规律之要求。在这种生存状态下，人既要为满足衣食住行而去劳作，也需为了种的繁衍或者性的生理需求而去创造条件。就现代文学叙事来看，处于启蒙主义视域的乡土及其乡土人，基本都是处于自然的生存状态，所谓的日出而作，日落而息，可以视为一种最为基本的描述。在当代乡村文学叙事中，不论是陈奂生或者李铜钟（张一弓《犯人李铜钟的故事》），就是包括《创业史》等农村题材叙事作品，也都是在叙写如何满足村民的物质需求问题，亦即追求物质生活需求的生存状态。梁生宝按照国家意识走集体合作化的道路，首要解决的问题，或者说，他得以产生农民必须走集体发家致富道路的淳朴思想，也是从土改之后，依然有未能解决的吃饭穿衣问题，亦即最为基本的自然生存问题。

在新乡土文学叙事里，看起来自然的生存状态似乎不存在，因为经过几十年的改革开放，村民的生活条件应当说整体上有了很大的改善，在许多地方，温饱问题已经基本解决。但是随着物质生活条件的改善，人们对于物质生活条件的追求则越来越高。这是因为，人的欲望是无止境的。在叙述当下的乡村生活时，比如贾平凹《秦腔》《带灯》、迟子建《额尔古纳河右岸》、周大新《湖光山色》、孙惠芬《歇马山庄的两个女人》、葛水平《喊山》、阎真《活着之上》、刘亮程《凿空》、郭文斌《农历》、莫言《生死疲劳》《蛙》、关仁山《麦河》、阿来《空山》、刘震云《一句顶一万句》等等，更为关注的乡村生存生态的变化，虽然还有极少数日子光景过得还比较恓惶，但大部分是表现出物质条件追求欲望的膨胀。乡村几千年那种自然的生存状态改变了，或者说乡村在快速城市化历史进程中消失了。尤其是大片土地的荒芜，许多家庭的空巢，使得乡村呈现出一种凋敝的景象。如果说过去许多乡土文学叙事将村民的生存紧紧地扣在土地上，写出了乡民物质生活与土地的一种血肉关系，而此时的物质生存的追求，则在相当程度上逐渐地脱离土地。离开土地似乎会生存得更好，会获得更为充足的物质条件。然而，如《极花》提出的问题，乡村由于快速的衰落依然存在着另外一个长期被忽略掉了的问题：基本的种的繁衍，以及性生理的需求。这就造成了拔根现象：稍微有能力的乡下人都涌向城市，而留在乡村的人则面临着极为严重的断代问题。甚至有些作品中所叙写的村干部与许多留守妇女的不正当关系等等，也是应当引起人们高度重视的一个生存状态问题。

　　人作为群居动物，自然要构成一种群居的关系，这就形成了社会。人作为社会中的人，又必然会追求种种的能够存在于这个社会的条件需求。社会的生存状态，既要求人为社会承担某种责任，履行某种职责，乃至某种历史使命，并在其实施过程中达成某种目标，并实现自我在社会生存状态下的价值。当然，从理论上讲，个人应当以对社会所承担的责任及其贡献来获得相应的生存的条件。如果说现代乡土叙事中，农民是被忽视或被无视的生存状态，那么，20世纪50—70年代的农村题材叙事，社员则是被集体主义绑架或者被动的生存状态。于此凸显的并非他们作为人的价值意义，而是社会的价值意义。梁生宝、萧长春们不是一种个体生存的完全的自觉或觉醒，而是一种在近于宗教性的意识形态下的乌托邦梦幻追求状态。需要说明的是，于此并非要否定梁生宝们作为社会存在的价值意义，而是说，不论是在私有制还是公有制体制下，关键看人是否获得自主、自觉生存的意识，是否是一种自主、自觉的生存状态。更为重要的是，作为社会的人又是具有文化精神、生命情感的，因此在满足物质、社会之条件的同时，依然需要满足人的文化精神、生命情感的需求。换句话讲，人还是一种文化精神与生命情感的存在状态。而文化精神等又是与社会生活、物质生活等密切联系的。贾平凹的《秦腔》在叙写以秦腔为标志的乡村文化及其精神的消亡过程，实际上也蕴含着乡村人文化精神危机的现实状态。刘震云的《一句顶一万句》《我不是潘金莲》等作品，以所谓的拧巴的叙事方式，与其说是叙写了一种乡村拧巴人的生存状态，不如说是叙写了一个人为一种生存的精神意志所支撑而进行的锲而不舍的追求，叙写了一种特异情态下的乡下人的精神情感生存状态。

三、乡土社会现实命运的忧思叙事

　　笔者在阅读有关新乡土叙事文本时，包括文学作品文本与理论研究评论文本，有一个非常强烈的感觉，那就是作家与研究者都对乡土社会的现实境遇与命运表现出深深的忧思。其实，即使是在日常生活聊天时，人们谈论起乡村现实境遇与命运来，似乎也是忧虑多于乐观，甚至表现出一种无奈的惆怅。由此引发笔者的思考，那就是对于乡村及其乡村现实命运的文学叙写问题。进而发现，其实从现代乡土叙事到新乡土叙事，一直存在着一条乡村及其村民现实生存命运的文学叙事线索。可以这么说，对乡村与乡下人现实人生命运之关注，已经构成了百余年乡土文学叙事的极为重要的命题。

当代乡土叙事的乡村与村民的现实境遇人生命运问题，从一开始便是乡土文学叙事的一个重要维度。从赵树理20世纪40年代的《小二黑结婚》《李有才板话》直到50年代的《三里湾》，柳青的《创业史》、周立波的《山乡巨变》，乃至浩然的《艳阳天》，等等，其实无不于社会政治历史的建构中，蕴含着对于乡村与村民历史命运的探寻叙写。20世纪70年代末至80年代，周克芹的《许茂和他的女儿们》、古华的《芙蓉镇》、高晓声的"陈奂生"系列作品，以及路遥的《人生》、贾平凹的《浮躁》等，又何尝不是在紧扣社会变革时代的生活叙事中，探寻着乡民与乡村的发展前途命运问题呢？这一方面，也许柳青所谈《创业史》的创作意图与所要表现的主题的话，具有代表性："《创业史》这部小说要向读者回答的是：中国农村为什么会发生社会主义革命和这次革命是怎样进行的。回答要通过一个村庄的各阶级人物在合作化运动中的行动、思想和心理的变化过程表现出来。"[1]其实，这就是在回答或者探索中国乡村与农民应当走什么道路，亦即他们的历史命运问题。不过，那时的乡土叙事对于乡村历史命运的文学叙写是充满期望的。用一句世俗的话来说，就是乡村的现实境遇及其发展命运虽是充满矛盾与困难的，发展的道路是曲折艰难的，但是前途则是光明一片的。如果说20世纪80年代的乡土文学叙事，依然是将乡村所出现的种种现实矛盾归结为此前的极左政治，或者说还可以将问题推向历史，那么，到了20世纪90年代后期，乡村所出现的种种现实境遇问题，就难以再从过去的社会政治中寻找借口了。尤其是"三农"问题的提出，成为整个社会必须面对的现实乡村境况。更令人深思的是，进入新世纪之后，乡村的现实境遇状况似乎并未光明一片，反而在城市化进程的疯狂冲击与挤压下，变得更加让人忧心忡忡。在新乡土叙事中，引发人深重思考的，是那些演绎了乡村的悲剧乃至荒诞剧，

---

[1] 柳青：《提出几个问题来讨论》，见《中国当代文学研究资料》编辑委员会编：中国当代文学研究资料 《柳青专集》，福建人民出版社1982年版，第283页。

叙写了悲歌与挽歌的作品。

对于乡村整体社会发展历史命运的忧思。正如前文叙述的那样,中国的改革开放首先是从农村开始的,20世纪80年代可以说是乡村社会经济迅猛发展并取得辉煌成就的年代。正如有作家所言:"一九七九年到一九八九年的十年里,故乡的消息总是让我振奋,土地承包了,风调雨顺了,粮食够吃了,来人总是给我带新碾出的米,各种煮锅的豆子,甚至是半扇子猪肉,他们要评价公园里的花木比他们院子里的花木好看,要进戏园子,要我给他们写中堂对联,我还笑着说:棣花街人到底还高贵!那些年是乡亲们最快活的岁月,他们在重新分来的土地上精心务弄,冬天的月夜下,常常还有人在地里忙活,田堰上放着旱烟匣子和收音机,收音机里声嘶力竭地吼秦腔。我一回去,不是这一家开始盖新房,就是另一家为儿子结婚做家具,或者老年人又在晒他们做好的那些将来要穿的寿衣寿鞋了。农民一生三大事就是给孩子结婚,为老人送终,再造一座房子,这些他们都体体面面地进行着,他们很舒心。"①但是,到了20世纪90年代,农村所积累的隐形矛盾则逐渐地显现出来。到了新世纪,乡村凸显出来的问题,已经到了极为严重的地步。这正如2000年3月8日一位基层干部怀着深沉的忧虑之情,给国家总理的一封信《一个乡党委书记的心里话》中概括的那样:"农村真穷,农民真苦,农业真危险。"贾平凹、张炜、莫言、李锐、迟子建、孙惠芬、陈应松、刘庆邦等一批乡土文学作家,更是通过自己的笔,表现出了对乡村现实命运的忧思。《秦腔》《歇马山庄》《上塘书》《石榴树上结樱桃》《湖光山色》《妇女闲聊录》《大漠祭》《受活》等长篇小说,从不同的层面与侧面,叙写了乡村社会发展的历史困境。贾平凹的《秦腔》,可以说是一部对新世纪乡村社会现实生存状态与历史命运充满忧思与困惑的杰作。作家忧思的是:"体制对治理发生了松弛,旧的东西稀里哗啦地没了,像泼去的水,新的东西迟迟没再来,来了也抓不住,四面八方的风方向不定地吹,农民是一群鸡,羽毛翻皱,脚步趔趄,无所适从,他们无法再守住土地,他们一步一步从土地上出走,虽然他们是土命,把树和草拔起来又抖净了根须上的土栽在哪儿都是难活。""我站在街巷的石碾子碾盘前,想,难道棣花街上我的亲

---

① 贾平凹:《秦腔》,作家出版社2005年版,第560—561页。

人、熟人就这么很快地要消失吗？这条老街很快就要消失吗？土地也从此要消失吗？真的是在城市化，而农村能真正地消失吗？如果消失不了，那又该怎么办呢？"①《歇马山庄》《上塘书》等，虽然对乡村现实境遇给予了相当的认同，但是，对乡村的现实命运已然流露出惆怅。《湖光山色》则是试图探寻乡村如何适应城市化历史转型，如何自己在适应中把握住历史的机遇，建造一个新的乡村。这似乎体现了中国快速现代化的历史愿望。"在全球化的背景下，中国正处在现代化焦虑之中，中国攒着劲要把与西方世界的差距拉近。但是中国又是一个传统农业社会，因此在一定意义上说，现代化的历史就是改变农民的历史，我曾将现代化比喻为一条建造在乡村与城市之间的高速公路，它诱使农民舍弃土地，沿着这条道路朝城市奔跑，跑进了城市，也就是跑进了现代化。"②乡村的现代化焦虑是无疑的，但是，跑进了城市却并不意味着就跑进了现代化。《湖光山色》所表现的恰恰是，城市并不是乡村走向现代化的所在。乡村的命运还得乡村自行掌握。也许正因为如此，作家才于作品中试图建构起新的乡村乌托邦理想世界。但乡村的现实境遇与人们所幻想的田园牧歌似的理想境界，是充满了矛盾的。作家虽然给作品一个孕育希望的结尾，但是，对乡村的现实命运，恐怕更多的还是充满狐疑的惆怅。

对于乡村历史文化命运的忧思。现代化历史转换，不仅改变着乡村现实社会的历史命运，更为重要的是，乡村的历史文化也受到了极大的冲击。以城市与科学知识为标志的现代文化，犹如气势凶猛的洪流，冲击着乡村传统文化。可以说，维系乡村社会伦理与秩序的乡土文化，在城市文化的冲击下，几乎到了全线崩溃的地步。贾平凹的《秦腔》对乡村传统文化的沦落，或者说所面临的被消解乃至消失的现实状态，做了极为深入的叙写。以秦腔为标志的乡村传统文化，或者说是传统的文学艺术，有着辉煌的历史，是传播与承载传统文化的一种极为重要的民间艺术样式。可是，在城市现代流行音乐的冲击下，辉煌不再，沦落到在乡间为人婚丧走穴的悲悯地步。秦腔的沦落乃至面临消失的象征意义是十分明确的：传统文化的衰落溃败。更为重

---

① 贾平凹：《秦腔·后记》，作家出版社2005年版，第561、562、563页。
② 贺绍俊：《接续起乡村写作的乌托邦精神——评周大新的〈湖光山色〉》，载《南方文坛》2008年第3期。

要的是，渗透于人们日常生活之中的乡村伦理道德价值观念，以及风俗习惯，等等，也都面临着不可避免的溃败。可以说，原来维系乡村秩序的宗族文化观念，已经被商品经济或者市场经济的价值观念替代。老辈的仁义礼智信，作品一开始便告诉人们，仁与信早已死亡，剩下的义、礼、智，也逐步地死亡了。传统的文化观念被消亡，而新的文化观念虽然如洪流般冲刷着乡村，但是却无法形成足以维系乡村社会秩序的约束力，这就必然造成乡村文化秩序的混乱。或者用丁帆先生的观点来说，就是前现代、现代与后现代文化交织并存的多元混杂状态。

当然，也有作家试图消解城乡之间的隔阂，寻求一种城乡沟通的管道，建构一种城乡相融共存的新型关系。比如范小青的《城乡简史》，农民王才，是生活在西部贫困乡村的农民，一个偶然的机会促使他对城市生活充满渴求与羡慕，便带领全家进城务工。王才进城务工与其他农民工一样，期望以此来改变自己的命运，待挣到许多钱以后，好荣归乡里。也许正因为有如此想法，王才进城后得到某种满足感，试图与城里人沟通，以进入城市生活之内里，而城里人似乎也在某种程度上对王才给予了接纳。这当然是一种新的城乡建构的乌托邦理想境地。但是，我们从更多的新乡土文学叙事中看到的是，城市对于农民的拒斥。城乡文化之间的差异，城乡人之间的距离，犹如磁场的两极。处于城与乡之间的农民工，怎么也无法成为真正的城里人，而又在一定程度上脱离了乡村，他们成为行走于城乡之间的游离者。

对于乡下人现实人生命运的忧思。对于当下乡村人的命运叙事，有一种身份的变化，那就是从过去农村题材叙事中的"主人"转变成了当今社会中的"底层人物"。这一概括性的表述，就确定了乡下人命运的现实定位：势必是与苦难与悲剧联结在一起的。这种身份上出现的焦虑，集中体现在守土与离土而造成的乡民与农民工（城市里的漂游者）的尴尬与困窘。长期人为形成的城乡差别，现在更加严重。20世纪50—70年代被视为社会主人公的农民，至少可以说是乡村的主人，现在却成为社会最底层的人。固守土地几乎只能与贫穷为伍，进城打工则被城市所拒斥，处于城市的最底层。正如有的人所言，他们在物质、权利与精神上，都处于劣势，或者是一种匮乏的状态。新乡土文学叙事，对不论是固守乡土的还是漂流到城市的农民的命运，给予了极为深切的关注。像刘醒龙的《分享艰难》、谭文峰的《走过乡村》、何申的《年前年后》与关仁山的《九月还乡》等极具现实主义冲击力的乡土文学叙事,就非常真实地揭示了各式各样的农民在市场经济浪潮冲击下的困惑与痛苦,煎熬于生存挣扎的悲苦命运。进入新世纪,新乡土文学叙事,更加关注农民在市场经济中所遭遇的生存境遇。从作品中可以看出,农民也想掌握自己的命运,但是,正如贾平凹所言:"四面八方的风方向不定地吹,农民是一群鸡,羽毛翻皱,脚步趔趄,无所适从,他们无法再守住土地,他们一步一步从土地上出走,虽然他们是土命,把树和草拔起来又抖净了根须上的土栽在哪儿都是难活。"

新乡土文学叙事对于农民命运的深切关注,体现出一种强烈的人文情怀。对于人性之丑恶给予了批判,尤其是对金钱驱使所造成的人性黑洞予以了无情地揭露,比如阎连科的《丁庄梦》。作品叙写的是买卖人血与艾滋病之间的现实关联性。由于金钱的驱使,丁辉这一典型的血头,利欲熏心,不顾基本的人伦准则,违规采血,造成艾滋病泛滥。不仅如此,他又借机发死人的财。可以说,他已经变成了一个金钱驱使下的恶魔,人性丧失殆尽。从中可以看出,为了发家致富,或者说为了金钱,乡村的伦理道德被瓦解,乃至毁坏。在金钱的侵蚀下,乡村的人情、人性、人伦关系以及人格都被扭曲变形。作家对于这种人伦丧尽的行径,显然是从人道主义角度给予了解释与批判。这从丁辉的最终结局就可以看到。与此同时,也叙写了乡村依然存留的温馨人性与人情。丁辉之父丁水阳可以说就是以极致的方式,存留乡村的温馨人情与人性,存留乡村的伦理。陈应松新世纪一系列新乡土文学叙事作品,表现了城乡之间的巨大反差,对于乡村以及乡民的生存境遇与心理状况,贫苦无助的苦难,充满了悲悯情怀,对于不公平的社会现象与城乡不同的人生命运,给予了近乎控诉般的严厉批判与揭露。在社会历史转型过程中,有些社会现实的不公平依然是在所难免的,这是一种社会历史发展的必然趋势等。你可以更为理智地从某些角度,对陈应松过于激愤的叙事态度,将城乡二元对立进行叙写的价值立场等,给予评说。但是,你不能否认,他这种充满人道精神的知识分子的人文情怀,更无法否认乡民不公的现实命运。

在新乡土文学叙事中,也有适应新的社会时代要求,走出一条新的生活命运的农民。我们是否可以将其称为新式的农民艺术形象?当然,这种体现出新的社会时代意味的农民,自然与梁生宝不同。新乡土文学叙事中的新式农民究竟应当是怎样的一种命运,并非是一种历史的规约性。但是,他们似乎应当具有一定的现代意识。比如孙惠芬《歇马山庄》里的乡下姑娘林小青。坦率地讲,林小青还不具有完全自觉的现代意识。她的人生命运的书写,似乎是从如何逃离乡村而变为城里人开始的。她所具有的走出山庄、走进城市这种强烈的欲望,或者说一种人生理想,促使她在择偶上要求对方具有城市户口。也就是说,她把改变自己人生命运的第一希冀,寄托在城里人身上。为此,她可以不顾一切,采取非常的手段。比如她在读卫校时就有意接近校长,并以身相许以期达到目的。当她被校长愚弄后,不得不回到了山庄的卫生所。只有在进城无望的情境下,才屈尊嫁给了村长程买子。最终,程买子的百般疼爱也无法抚慰她那颗走出山庄的心,她毅然决然地离开山庄走进城市。她从最苦累的、毫无尊严地位的工作做起,强忍着巨大的身体与精神的痛苦,忍受着孤独与寂寞,以期闯出一条新的人生道路,彻底改变自己的人生命运。这里凸显出新一代农民追求新的人生命运的奋斗历史,也体现出新一代农民所具有的追求自由、自立与自主的现代意识。但是,这种所谓的现代意识中,却包含了那么多的无奈与悲怆。我们甚至可以认为,这并非是一种完全的现代新式女性农民应当具有的现实命运。

第四章

历史-家族演变叙事

　　历史-家族叙事是新乡土文学叙事另外一个极为重要的叙事模态。之所以将历史叙事与家族叙事合二为一，当作一种叙事模态进行论述，这完全是出于对作品的阅读。在阅读新乡土叙事文学作品时，笔者深切地感觉到，极少有将历史叙事与家族叙事完全分离开来的现象，往往是将历史与家族融为一体而展开叙事的，或在历史演变中蕴含着家族命运变迁，或将家族命运的演化置于大的社会历史变迁，几乎形成了一种同构的关系。

　　如果从当代文学史的角度来看，20世纪50—70年代的历史叙事，基本是从社会层面切入的，构成的是一种社会-革命历史叙事模态，家族生活乃至家庭生活，也就被社会-革命历史生活所消解，或者说被疏离掉了。在这种文学叙事中，阶级政治伦理性替代了家族亲情伦理性，并进而用家庭出身阶级性来规约限定人们的社会政治地位的差异区别，构成了一种阶级-家庭的历史叙事结构形态。比如《红旗谱》《三家巷》《苦菜花》《三里湾》《创业史》《艳阳天》等等，整体上都是在消解家族在社会历史与现实生活中的作用，强化的是集体性、社会性、阶级性等在生活中的建构作用。当然，还有更为纯粹的革命史文学叙事作品，比如《保卫延安》《红岩》《红日》《青春之歌》《野火春风斗古城》《小城春秋》，以及《林海雪原》《铁道游击队》《平原游击队》《烈火金钢》等革命战争传奇小说，从整体上来看，均与乡土或者乡村生活叙事有相当的疏离，或者说其意旨在于革命-战争叙事，与家族叙事相去甚远。"文革"结束以后,历史叙事是在"反思文学"时期出现的一种创作现象。20世纪80年代兴起的对当代乃至现代社会历史反思的创作思潮,很快就被寻根文学思潮替代,或者说寻根文学将历史的现当代的社会历史反思引向纵深,从历史文化视域看,不仅对中国社会历史,而且对中华民族的文化,进行重新审视,进而促进了历史叙事与家族叙事的融合发展深化。如果说在20世纪80年代之前的有关农村的文学叙事中强调的是社会政治规约下的历史叙述,遮蔽掉了家族,用以替代的是阶级家庭。即使对于家庭的叙事,也是将家庭消解于社会政治的现实建构之中。那么,20世纪80年代之后,特别是20世纪90年代之后的新乡土叙事,则从中国现代性历史建构的语境出发,对过去社会政治化的历史与被社会政治现实所消解的家族,进行了重新审视与思考,重新建构起熔铸着家族生活与文化的新的历史叙事形态。

一、新乡土历史叙事

新乡土叙事,在关注现实的同时,也以新的叙事态度与立场将笔触伸向了历史,构建起与此前历史叙事完全不同的新的乡土历史叙事形态。这种新乡土历史叙事的历史转折,应当说是与新写实主义创作密切相关,更是与《百年孤独》等的影响与启迪密不可分的。更为重要的是,中国社会生活的整体转型,向文学叙事包括乡土叙事提出了新的文学发展历史诉求。1986年,莫言《红高粱》与张炜《古船》的发表,标志着中国当代新乡土历史叙事的诞生。而从创作上形成一种强劲的态势,则是在20世纪90年代后,出现了刘震云的《故乡天下黄花》、苏童的《米》、陈忠实的《白鹿原》、张炜的《柏慧》《家族》、莫言的《丰乳肥臀》《檀香刑》、贾平凹的《老生》等等。

就新乡土历史叙事的题材来看,与20世纪50—70年代的历史题材文学叙事相比较,最显著的差异在于,作家将笔触深入"非党史题材"[①]领域,在题材的处理上,有意识拒绝主流意识形态观念对于历史生活的图解或者规约,尽可能地重构一种个人化的回归民间历史场域的原生状态的历史生活景

---

① 陈思和:《关于"新历史小说"》,见《鸡鸣风雨》,学林出版社1994年版,第80页。

象。按照习惯的说法，中国历史分为古代、近代、现代与当代，就新乡土历史叙事而言，大多集中在近现代以来百余年的乡土世界历史演绎的叙事上。陈忠实的《白鹿原》叙述了从"反正"到中华人民共和国建立半个多世纪的民间乡土历史，莫言的《檀香刑》《丰乳肥臀》《生死疲劳》三部作品，历时性地叙述了一百余年中国乡土社会的历史变迁。王旭烽的《茶人三部曲》，写了西南边地一百多年的历史，起笔于太平天国，收笔于"文化大革命"，但重心集中在辛亥革命和北伐战争、抗日战争和"文化大革命"。贾平凹的新作《老生》，通过四个各自独立而又相互关联的空间——四个村镇，建构起商州的百年乡土社会的民间历史。不管是百余年或者五十年，其间都或明或暗地蕴含着当代历史所触发的忧思。或者说，在对历史叙事重构的过程中，总是饱含着当代情怀。实际上这些新乡土历史叙事已经打破了近代、现代与当代的历史阻隔，打通了历史与现实的通道，建构起历史-现实的新乡土历史叙事模态。

新乡土历史叙事另一个明显的特征是，新乡土作家几乎不约而同地将目光投向了民间，叙写的是民间视域下的乡土历史生活。从叙事态度与立场来看，他们"既不是社会历史的代言人，也不是民间的代言者，而只是吸取了民间对于历史的看法，以民间的立场、民间的视角进行叙述，使作品带上了民间的色彩"[1]。从当代视角重新讲述乡土民间的历史故事，构建起一种新历史观念下的与正史完全不同的乡土民间历史生活形态。在这里，正史所叙述的重大历史事件退位到历史背景的地位，历史上叱咤风云的社会英雄人物让位于名不见经传的小人物，展现的是民间社会以及民间人物的生命过程和生存状态。正是在对那些处于乡土社会底层的、历史原生状态的人物的历史叙述中，从另一种历史意义上，回归到历史的真实，完成了对历史的解构中的重构，进而对历史做出深刻的历史反思与批判。

新乡土历史叙事的第三个特点，就是在对乡土历史生活进行重新审视与构建的过程中，表现出强烈的主体意识和个人化色彩。新乡土历史叙事，有意识地回避或者摈弃了过去文学叙事所形成的、带有共性的历史观念：社会意识形态整体历史观之下所建构起来的一种弘扬群体意识、消解乃至摈弃

---

[1] 陈思和、李平主编：《中国当代文学》，中央广播电视大学出版社2001年版，第506页。

个体存在的宏大历史叙事，而是从个人的社会人生感悟与生命情感体验出发，建构个人化的乡土历史，将自己的主体意识介入历史叙事之中。因此，新乡土叙事所要建构的是个体化的乡土历史叙事。在这种个体化的历史叙事中，则又表现出极为强烈的人文精神情怀，对乡土历史生活进行多角度的审视与反思。比如对人的精神文化、人的价值的历史反思，对人的生存状态、精神状态、生命意义等内涵的开掘，对重新建构起现代精神、文化、心灵的历史的不懈努力，等等，彻底改变了以往政治或革命的历史叙事立场，努力追求一种个人化的叙事立场。在这个意义上，新乡土历史叙事的视野则更为开阔。作为创作主体的作家，对历史素材进行艺术想象的空间，进行了更为充分的拓展，并进而将乡土历史融入整个中国现代性历史建构过程之中。这样，乡土历史的建构，也就自然而然地成为中国现代性历史转换的有机构成部分，并将其引入纵深的人文历史境界。

也许正因为新乡土历史叙事的个体化叙事立场的确定，使得新乡土历史叙事不再囿于历史事件的客观再现，而采取的是一种超然的、自由出入于历史事件的叙事态度，可以自由地进入历史展开叙述。历史在他们笔下，已不再是神圣不可冒犯的庙堂，而是可以让人随意出入自由翻腾的旷野。因为他们不是在复原历史，而是在重构历史。作家在进入乡土历史时，根据自己的理解，既可以解构历史，切割历史，又可以对历史进行讽刺、改写，甚至进行魔幻化、荒诞化的叙写。莫言笔下的高密东北乡的历史叙述，阎连科对于耧耙山地历史，特别是当代历史的叙述，以及贾平凹、刘震云、阿来等等乡土作家笔下的乡土历史，无不浸透着魔幻化、荒诞化与神秘性的意味。

构成新乡土历史叙事的基调是悲剧性、荒诞性与反讽性的融合。沉重而惨痛的悲剧色彩和轻松而调侃的反讽意味，使得新乡土历史叙事中的历史不再是一首雄壮豪迈的颂歌，而是一幕充满艰难的人生悲剧，甚或荒诞剧。这中间其实显现出新乡土历史叙事在方式上对传统历史叙事模式的反叛。当代传统的历史叙事建构起来的是一种二元对立的叙事模式：正义与非正义、革命与反革命、进步与落后、人民与敌人等。同时，也是一种规约性前提下的历史必然的叙事模态。不可否认，在传统历史叙事中，也有悲剧性的历史叙述。但是，这种悲剧性叙述，总是框架于这种二元对立的模式之中，并且总是预设了先决前提与充满理想化的结局,这在相当大的程度上消解了悲剧的深广度,遮蔽了悲剧的精神内涵与审美特质,并且显得单薄与简单。在新乡土历史叙事中,并不存在单一或者统一的历史叙事方式,因而其悲剧也就具有更为复杂的价值意义。历史与现实、历史与民族文化、历史与家园梦想,以及社会与人生、个体与全体、生活与情感精神等等,交织融合在一起,浸透着沉痛而深刻的人类思想情感,其间融汇的是对乡土历史的反思、叩问与追寻。

最后,我们不得不说,新乡土历史叙事具有极为鲜明的地域性色彩。几乎所有的新乡土历史叙事中,历史的空间规定性是十分明显的,地域性的生活、文化性格,以及民风民俗等各不相同,充分体现出不同地域历史文化的特质,构成了不同地域历史的独特风貌。莫言的高密东北乡、贾平凹的商州山地、阎连科的耙耧山脉等等已经成为当代文学叙事的一个地域性审美特征标志。正如前文所述,20世纪80年代之前的文学叙事以其共性的社会政治意识形态消解乃至遮蔽了地域性的生活文化特质,在强调历史纵向之变化中,也消解、压缩了历史的空间特色与意义。新乡土历史叙事,则完全打破了时间线性逻辑,拓展出风姿各异的空间场域,不仅演化着乡土世界的历史在时间上的纠结交错,更为突出的是着力开掘出乡土世界历史的地域空间所特有的多重思想内涵与审美价值。在新乡土叙事中,不仅社会人文景观成为地域历史的某种社会时代、历史文化以及民风民俗与情感精神的象征符号,自然景物也成为地域历史记忆的一种象征符号标记,地域空间的历史文化内涵,在自然与人文的交融中得到了充分的呈现。在这里,日常事相、乡土本相、民间俗相、地域情相与社会史、民间史、家族史与命运史等相合相契,构成了乡土世界的地域历史镜像。

二、乡土历史重构中的家族叙事

如果说土地是乡土社会得以存在的自然的物质基础,那么,家族就是根植于土地的乡土社会得以存活的血肉,而维系家族得以延续的血脉则是宗法文化。由此而言,家族,也就成为中国社会历史,特别是乡土社会历史建构最为重要的基本要素。因此,进行现代性社会历史转型,对传统乡土世界的破除或者解构,也就成为必不可免的带有宿命性的命题。乡土社会的历史转型，又必然要对以宗法观念贯通的家族以及家族的权利维系者族长，进行批判并给予彻底的否定。从现代文学叙事的创构与发展来看，家族叙事作为一个不可忽视的类型，以觉醒与反叛的姿态积极介入了现代性思想文化的历史叙事建构之中，此时期所出现的如巴金的《家》、老舍的《四世同堂》、路翎的《财主的儿女们》、萧红的《呼兰河传》、端木蕻良的《科尔沁旗草原》以及张爱玲的《金锁记》等便是这一文学叙事的经典之作。其中，真正致力于乡土家族历史叙事的是路翎的《财主的儿女们》、萧红的《呼兰河传》、端木蕻良的《科尔沁旗草原》等。虽然如此，巴金的《家》、老舍的《四世同堂》、张爱玲的《金锁记》等，在其城市大家族叙事中，依然渗透着乡土的意味。就是鲁迅、茅盾等作家，在其不论是启蒙或者社会分析的文学叙事中依然隐含着家族文化思想的血脉，与乡土依然存在着某种内在精神上的联系，如鲁迅的《阿Q正传》、茅盾的《子夜》等。

这种家族叙事虽然在20世纪50—70年代被规约于社会政治叙事模态之下的农村题材叙事替代，但是，到了20世纪80年代，新的历史时期的文学叙事现代时期家族叙事实现了接续，并且建构起一种新的家族历史叙事模态。在对当代乡土历史叙事特别是新乡土历史叙事的阅读中，读者自然能够感应到对于近现代社会史特别是革命史的解构与重构。但是，一个极为普遍的现象是：几乎所有的历史叙事都与家族叙事交织在一起，通过家族的历史变迁叙写乡土社会的历史变迁。如果就当代文学的家族历史叙事而言，自然是很难确定肇始于哪部作品，但1986年出现的李佩甫的《李氏家族的第十七代玄孙》、莫言的《红高粱家族》与张炜的《古船》等几部作品，则是极为引人注目的。特别是莫言的《红高粱家族》与张炜的《古船》，具有新乡土家族历史叙事的变革意义。

真正将乡土家族历史叙事推向高潮的则是20世纪90年代出现的一大批作品，如陈忠实的《白鹿原》、张炜的《家族》《九月寓言》、莫言的《丰乳肥臀》、阿来的《尘埃落定》等。这些作品从不同的视角或者层面，对于乡土家族历史叙事进行了重新建构。进入新世纪，乡土家族历史叙事持续了家族历史叙事的基本特征，但也有新的变化，"一是将家族史与个人史、民族史乃至人类史联系起来，在家国互喻中重新思考家族的历史与命运，寻绎家族兴衰沉浮的历史因缘，试图理性把握历史嬗变的轨迹，却常常陷入非理性的历史迷思中;二是以现代意识观照和审视家族文化,有的侧重于对其消极面进行批判,有的着重发掘其积极性内涵,有的则暧昧含混自相矛盾,家族历史小说的思想追求与价值取向由此变得颇为复杂;三是在对'家族记忆'与'革命记忆'的双重叙述中,重新审视现代中国革命的风云变幻与传统血缘家族兴衰沉浮的相互关系,从中折射出作者对中国近现代史和当代史的全面思考"[1]。如莫言的《檀香刑》《生死疲劳》、贾平凹的《古炉》、阎连科的《受活》、李佩甫的《李氏家族的第十七代玄孙》、铁凝的《笨花》、刘醒龙的《圣天门口》、衣向东的《牟氏庄园》等,可以说在近现代以及当代乡土社会历史的叙事中,表现出极为鲜明的家族历史叙事的特征,或者说,他们是将乡土家族历史的沉浮变迁,置于中国现代性历史背景与文化语境下加以考察审视的,是一种家族、社会、国家、民族,以及现实生活与历史文化、生命存在本相与自然生态等综合叙事建构。

关于新乡土家族历史叙事,有人将其归结为社会历史的家族演绎、个体生存的家族文本、女性命运的家族书写等叙事类型。[2]在笔者看来,新乡土家族历史叙事可能远不是几个类型所能完全规约得了的。但是,不管将其归纳为几种叙事类型,个人体验的家族及其历史在向各个语义层面拓展,体现出中华民族所特有的极其深厚与源远流长的家族历史文化,深深地根植于乡土土壤之中,以及乡土文化所具有的历史深度和普遍性价值取向。从叙事立场角度来看,新乡土家族历史叙事具有现代性意味的是,叙事者从"我们"的叙事立场转向了"我"的叙事立场。可以说,社会时代等因素在新乡土家族历史叙事中依然存在,但是此时,作家已经不是作为社会时代的代言者,而是从个体生命体验角度,来叙述家族历史。也正因为如此,新乡土家族历史叙事所建构起来的实际上是一种基于个体生命体验的个性化与个体化的家族历史。莫言从《红高粱家族》到《生死疲劳》,其家族叙事走向了生命意志力的呼唤与民间历史野性的呈现,家族中充溢着民间的原始生命冲击的野性力量。陈忠实的《白鹿原》则是将笔触深入中国历史文化,主要是实践儒

---

[1] 李兴阳、丁帆:《新世纪乡土小说的"历史叙事"与现实诉求》,载《福建论坛》(人文社会科学版)2013年第6期,第116页。
[2] 罗新星:《难以割舍的家族情结———新时期家族小说论》,载《中国文学研究》2009年第2期,第101—102页。

家文化人格的历史建构。在陈忠实的笔下，虽然也有黑娃、田小娥，甚至白孝文这样离经叛道的人物，但是，他们终归还是回归了家族正统的轨道，而白嘉轩犹如一座难以撼动的山耸立在那里。张炜的《古船》《九月寓言》《家族》《柏慧》等系列作品，则建构的是家族文化精神的寓言，这个家族寓言的根基是土地，家族的生命情感精神深深地融入大地之中。韩少功是以他者的身份对家族及其历史进行审视，着力于国民性的开掘。从《爸爸爸》到《马桥词典》，始终存在着一个从城市到乡村的游历者观察视角，站在现代文化思想启蒙的立场，解剖乡土家族历史文化的纹理。阎连科《受活》等则更多地关注社会权利支配下的家族历史演化与乌托邦式家族的解构。这一方面，在其他中原乡土家族历史叙事中，亦有着明显的表现。

对于新乡土家族历史叙事来说，必须面对中国近现代历史，特别是现当代的革命史。这是无法回避的历史现实。从新乡土家族历史叙事的现实情况来看，每位作家、每部作品，在对家族历史的叙事中，还没有将家族历史完全独立于社会特别是革命历史之外的叙事，而是将家族的历史建构与近代、现代与当代的社会历史，特别是革命历史建构融合交织在一起，最多是将社会革命史推向背景。这一方面不能不说是由于新乡土家族历史叙事的作家，大多是20世纪50—60年代生人。他们的思想观念中，根深蒂固地埋下了无法根除的革命历史记忆。另一方面，近代以来的家族历史命运建构，不论是家族以主动的姿态感应甚至介入社会、革命的历史建构，或者社会、革命的历史浪潮像洪水一般冲击着家族历史的现代建构，家族的历史命运与中国的近现代历史命运，尤其是当代的社会历史命运，难以或者无法疏离地交织在一起，与中国现代性历史建构与转换的历史命运实现着共构性。家族与社会革命的对抗与结合、家族内部的分离与外部社会的强行介入，便成为新乡土家族历史叙事的一种重要叙事视角与结构因素。不过，在题材的处理上，叙事的艺术视角发生了变化，这就是不是以社会革命历史建构去框套家族历史，而是以家族历史建构为基点，将社会革命史融汇到家族历史的叙事之中。即家族历史的叙事建构中，涵纳着社会革命历史内涵。

在新乡土家族历史叙事中，笔者还发现，不论是家族的文化精神，还是家族中的人物，尤其是处于主宰家族地位的家长或者族长，已不再是一无是处，而是尽力发现其美好的品质与品行。以《家》为代表的现代家族叙事，是以批判、否定的态度立场，对于所谓的封建大家庭予以了彻底的否定。20世纪50—70年代的家庭几乎成为阻碍实现社会公有化的消极因素，反映的是对建立在小农经济生产方式与家族宗法思想观念下的家庭理想的破除。比如《创业史》中，不论曾经是土改中的积极推动者的郭振山，还是普通农民梁三老汉，他们在发家致富建造一个温馨的充满传统的人伦之乐的家庭上，则是一致的。这显然与建构一个带有乌托邦性质的社会主义大家庭的历史目标与信念，是背道而驰的，必然是要给予否定和杜绝。而对于那些已经发家致富过的家庭，主要是阶级观念下的地主、富农家庭，还有地主富农家庭的主人，像姚士杰这样的人物，则是极力表现他们具有先天性的与集体对抗的反动性。他们个人品行恶劣，成为一种人性恶的观念符号。20世纪80年代之后，对于曾经发家致富过的传统家庭、人物，已不再进行简单的否定式批判，而是把他们也当作社会、乡土世界的一员，甚至开掘出他们的美好品行，人性之善之美得到了充分的表现。比如《古船》中的隋恒德、《白鹿原》中的白嘉轩等，他们不是惨无人性的恶棍，而是极富人情人性的善的化身。他们与家族中人的关系，也不再是一种阶级对立的关系，而是血情相融的兄弟关系。隋恒德对于乡亲与仆人的仁爱之举，白嘉轩与鹿三的兄弟关系，充溢的是一种温馨家族的亲情与仁爱，他们身上洋溢着一股被族人认同的仁义道德之正气。令人玩味的是，倒是那些在土改之后登上新的乡土社会掌权地位的人，实际上成了新的族长或者家长，还有那些在土改中获得利益的维护新的乡村社会秩序的人们。这些人实际成为乡土社会的新权贵，他们融社会政治与家族力量于一身，专制与丑恶在他们身上恣意膨胀到了几乎毫无节制的地步。他们也不再是社会正义与道德的代言人，而成为邪恶的化身，他们自私、狭隘、暴力，甚至丧失了做人最起码的准则，无情无义，任意践踏人性与人情的纯正。《古船》中赵氏家族的家长赵炳，还有带有赵炳的打手性质的赵多多；《故乡天下黄花》中的赵刺猬、赖和尚；《旧址》中农民赤卫队首领陈狗儿；《家族》中的殷弓等，在阶级对立中并未彰显出无产者或者贫苦人的乡土亲情与道德情怀，作为农民的质朴善良与勤劳厚道，而是借阶级对立进行带有邪恶性的欲望宣泄。对于这类人物的叙事艺术处理，应当说还是带有一定程度的漫画式叙写。其实在乡土社会中，还存在着一直坚守乡土社会与家族伦理的人，不论社会如何变化，他们固守着维系乡土社会与家族的伦理道德规范。比如在"十七年"文学中就出现过像《创业史》的王二直杠子这样的人物。在《生死疲劳》中，像蓝脸这样的人物，虽然也接受了土改的成果，但是始终坚守作为土人土命庄户人的基本伦理准则，既不行邪恶之事，亦不随潮流而动，始终保持着勤劳、质朴、善良的品性。包括像《古炉》中的村支书朱大柜，身上依然保持着作为农民所具有的善良、包容之心，依然存活着乡土社会与家族伦理所延续的道德品行。

新乡土家族历史叙事，还着力开掘家族内部或者家族之间的矛盾冲突，以及这种家族力量间的较量。在社会时代的历史转变中，家族结构与情感精神的承续与变异，家族与家族之间的矛盾冲突，是乡土社会历史建构中的重要内容，这一方面，其实现代文学叙事中就有叙写，比如沙汀的"三记"（《淘金记》《困兽记》《还乡记》）在对"飘荡着一个属于中国大地的诚实而痛苦的灵魂"[①]的揭示解剖中，对四川乡土社会中的家族之间的较量的叙写，实际上已经构成了乡土社会历史建构不容忽视的内涵。赵树理的《李有才板话》等作品，在社会革命叙事中，交织着家族的矛盾斗争。新时期的《古船》中，叙写了洼狸镇的三个家族：隋家、赵家和李家，主要叙述的是隋家与赵家两大家族在土改后的地位翻转，以及到了20世纪80年代隋家试图进行再次地位翻转，及其对于家族地位翻转的超越。陈忠实的《白鹿原》对乡土社会家族的历史叙写，更具有中国历史文化的深厚蕴含。白、鹿两姓本为一个宗族，建的是一个祠堂，选的是一个族长。白嘉轩与鹿子霖之间的矛盾，虽然事相万千，但是骨子里围绕着族长的争夺较量，体现的是两姓家族的对抗。因此，家族及其家族文化记忆，也就成为乡土社会历史变革过程中，深入人们骨髓的文化基因。这种文化基因作为一种文化心理积淀，自然而然地融汇于人们的行为方式与思维方式之中。也正因为如此，不论是以何种名义所进行的社会革命或者变革的历史，也就必然浸透着家族的因质。贾平凹的《古炉》叙写"文革"分成两派，而两派的构成则恰恰是朱、夜两姓即两个家族。极为有意味的

---

① 杨义：《中国现代小说史》（第2卷），人民文学出版社1988年版，第475页。

恰恰在于，表面看是古炉村两个造反派团体的矛盾斗争，实质是两个家族的较量，所谓的政治斗争潜在地置换为宗族之间的矛盾冲突，这是极具中国历史文化特质的乡土社会历史建构。铁凝的《笨花》叙写的主要是两个家族：向家与西贝家，其间又交叉了佟家。社会风云变幻，最终演绎成笨花村的家族历史建构。

三、历史-家族叙事中的三种视野

如何重构历史-家族的文学叙事，可以说是每一位新乡土作家都在认真思考的问题。显然，20世纪50—70年代形成的农村社会历史叙事方式，已经不能适应新的乡土社会历史建构之现实，人们自然而然对乡土文学社会历史叙事提出了新的愿望诉求，这就必然要进行新的历史叙事转换与变革。这种乡土历史叙事的转换，正如前文所言，源于20世纪80年代的历史反思，继而在文化寻根中得以深化，从此，历史文化便成了历史-家族文学叙事中极为重要的内涵视野。几乎是与此同时，人们在乡土叙事中，合乎逻辑地将叙事的文化思想资源投向了五四思想启蒙，从文化思想启蒙角度来重新审视乡土社会历史。在这两种乡土叙事文化思想视域之外，民间文化叙事犹如一匹从乡村原野上奔驰而来的野马，给新乡土文学叙事带来了勃勃生机。这样，包括乡土历史-家族在内的新乡土文学叙事，便形成了三种基本的文化思想视野，即历史-文化、知识启蒙与民间立场历史家族叙事视野。出于理论分析的需要或者思维惯性，研究者也总是从具体丰富的文学创作中析厘出不同的叙事模型，其实，从具体的创作现实来看，新乡土叙事往往是多种文化思想交织融合在一起，是一种复合性的叙事艺术建构。

1.历史文化反思视域

不论是叙写历史还是叙写家族，这都是与历史文化反思密切相关的。中国的文学叙事，在新世纪之交的几十年里，历史文化反思已经成为一个极为重要的文化思想视域，这应当是不争的事实。以历史文化反思的思想维度与价值立场，来解构或重构历史-家族的文学叙事，构成了新乡土文学一个极为重要的叙事模态。新乡土历史-家族叙事的变化，既是处于历史转型期乡土社会现实所提供的新的乡土生活经验使然，也与文化思想界对于历史文化的重新发现与阐发密切相关，在历史的重新建构与重新叙述之间建立一种互文关系。正是这种互文关系的建构过程，促动了作家历史文化反思意识的觉醒与自觉。人们对中国历史文化的重新发掘与不断深入的反思，促进了文学叙事上对于历史叙述的纵深发展，而大量的多层次、多形态的历史叙事，又为对历史文化的更为深入而全面的探析提供了新的文本支撑。

坦率地讲，历史文化反思思想视域的重新发现，并非始于新乡土叙事，而在所谓的"反思文学"中，在对"文革"给人与社会所造成的重大历史创伤进行深入思考时，也就自然而然地要进行追问："文革"又是怎样产生的呢？这就必然要将思考的视域投向此前的社会历史，从反思的角度将叙事的视野从当下现实伸向当代以往及现代的历史。这既是社会现实进行历史转型过程中所提出的必然要求，也是文学叙事历史转换的自然诉求。而寻根文学的出现，则是将反思从社会历史引申到历史文化，这是文学叙事上一次极富开拓性的历史转换。可以说，在对历史文化思想资源的吸纳与重新审视乃至反思批判中，将中国文学叙事推向了一个新的境界。在对民族历史文化根性所进行的审视、剖析、批判叙事中，激起了人们对于历史文化的热情，将历史文化拓展到整个文学叙事，成为新时期文学叙事的一种基本思想视域。作为一种历史的承续，在新乡土文学叙事中，历史文化可以说已经成为一种具有普遍性与自觉意识的现实存在。不仅如此，历史文化思想也成为现实乡土文学叙事中一种极为重要的思想资源和叙事视野，许多新乡土现实叙事间也融入了历史文化的思想内质，蕴含着或者说涌动着历史文化的思想血脉。

当代文学叙事，尤其是乡土文学叙事中新的历史文化反思意识的觉醒，还有一个极为重要的因素，那就是与西方《百年孤独》等文学创作和新历史主义思想的影响密切相关。《百年孤独》等为新乡土历史-家族文学叙事提供了直接的文本参照，新历史主义则为新乡土叙事提供了思想参照资源。所谓的新历史主义思想，虽然在不同的人的理论阐述中存在着差异性，但是，总括起来看，是对传统历史观进行解构与否定，亦即历史并非是一种纯客观的事实，而是历史书写者主观意识下所呈现出来的历史表述。正因为如此，历史便是一种对以往事件的书写，也就成为一种话语言说或者文本。对此，海登·怀特有着明确的阐述："不论历史事件还可能是别的什么，它们都是实际上发生过的事件，或者被认为实际上已经发生的事件，但都不再是可以直接观察到的事件。作为这样的事件，为了构成反映的客体，它们必须被描述出来，并且以某种自然或专门的语言描述出来。后来对这些事件提供的分析或解释，不论是自然逻辑推理的还是叙事主义的，永远都是对先前描述出来的事件的分析或解释。描述是语言的凝聚、置换、象征和对这些作两度修改并宣告文本产生的一些过程的产物。单凭这一点，人们就有理由说历史是一个文本。"①于此，给历史的书写留下了巨大的叙事空间。

在对历史-家族的重新书写中，新乡土文学作家自然而然地将目光投向了中国的历史文化。正如前文所言，历史文化反思已经成为新乡土文学叙事的一种自觉意识。这不仅在历史-家族叙事中具有充分的表现，就是现实-家族的文学叙事中，亦将历史文化及其反思作为一种潜在的内涵，一种思想观照的坐标，或者情感精神情怀与文化立场，融汇于文学叙事的艺术建构之中。一方面是从历史文化反思的角度来审视历史-家族的历史建构及其发展的历史命运与现实境遇，另一方面，则又极力开掘历史-家族中所蕴含的历史文化内涵，析理着贯通于历史-家族中的历史文化血脉。这两个方面可以说是互为支撑，在相互拥抱的过程中，完成了对于乡土历史-家族的重构的文学叙事。因为对于中国历史文化的准确把握和深刻的审美体验，而使得新乡土文学叙事跃上一个崭新的艺术境界，这可以从贾平凹、莫言、张炜、阎连科、刘震云等作家那里得到印证。甚至可以说，许多作家在与历史文化相遇合的时候，方创作出具有文学史意义的作品，找到了艺术自我。于此，陈忠实及其《白鹿原》的创作，更具有说服力，显现出特殊的意义。陈忠实文学叙事的历史转向，或者说将陈忠实的文学叙事推向具有文学史意义历史地位的作品，自然是其代表作《白鹿原》。从陈忠实的创作历程来看，《白鹿原》之前，或者再向前推，在中篇小说《蓝袍先生》《康家小院》之前，他的文学叙事还没有摆脱农村社会现实文学叙事的窠臼，甚至是追赶社会现实生活的脚步，基本是从农村政策的解读阐释视角来进行乡村的文学叙事，带有明显的诠释现实的痕迹。在《蓝袍先生》的创作中，陈忠实方触摸到了历史文化，触摸

---

① 海登·怀特：《新历史主义：一则评论》，见王逢振、盛宁、李自修编：《最新西方文论选》，漓江出版社1991年版，第499—500页。

到了自己艺术生命的趋向。而在《白鹿原》的创作中,他完成了一次从农村题材向乡土文学叙事的文化与艺术生命的裂变,用他自己的话讲,就是一次艺术生命的剥离。也正是他在《白鹿原》中对于中国历史文化,主要是浸透于家族历史建构中的儒家历史文化人格的深刻揭示与反思的过程中,将他的文学叙事真正推向了中国乡土文学历史-家族叙事的制高点,成为当代中国乡土历史-家族文学叙事中一部无法绕过的经典之作。

对乡土世界的历史家族进行反思,自然就要涉及以什么作为反思的文化思想参照坐标的问题。新乡土历史-家族文学叙事的文化思想资源,应当说是丰富多样的。但总括起来看,最为主要的是现代文化思想。可以说从五四时期的现代文化思想启蒙开始,一直到21世纪,现代文化思想,依然是人们审视中国历史与现实的基本文化思想。这也正如许多论者所说的那样,是一种现代性的文化焦虑,或者说是一种现代性历史建构的文化焦虑。因为建设一个强大的现代性中国,是近现代以来几代中国仁人志士的奋斗目标。而现代性社会的历史建构,则又是以西方现代文化思想为其参照系的。也正是用现代文化思想来审视中国的历史与文化,发掘其劣根性与落后性。鲁迅一代如此,新乡土文学作家们也是如此。当然,在新乡土叙事中,对于现代文化思想,已不是一味地迷信依赖,鲁迅所言的"拿来主义"已不再是亦步亦趋的照搬,而是进行了更为清醒的审视。不仅如此,后现代文化思想,也成为历史文化反思的重要文化思想资源。

对于历史文化的反思,另外一个有力的文化思想武器,就是人文主义思想。按理说,人文主义思想也应当是现代文化思想的有机组成内容,但是,从文学叙事角度来看,不论对于社会现实,还是历史文化的审视,新乡土文学叙事都表现出极为强烈而浓郁的人文精神情怀。我们从大量的新乡土历史-家族叙事作品中看到,人文思想与精神情怀浸透在叙述的字里行间。如果就文学创作的根本审美追求来看,作家对于人的关注是首要的。在对作品进行阐释上,经常出现有些研究者将焦点定在比如社会,现实问题等方面,而作家在自白时却说自己写的是人,关注的焦点在人性、人情等方面。从张炜的《古船》、莫言的《红高粱》等开始,包括陈忠实的《白鹿原》、莫言的《丰乳肥臀》、阿来的《尘埃落定》、张炜的《家族》、刘醒龙的《圣天门口》、铁凝的《笨花》、贾平凹的《古炉》《老生》等等，在对于社会历史包括革命史的叙事中，又有哪一部作品没有对于其间所蕴含的人性、人情，予以了深刻的思考与揭示呢？可以说，几乎所有作品的叙事中，都或明或隐地熔铸着对于人的呼唤。这正如刘醒龙在总结《圣天门口》之前的创作时所说："总体上有一种以一贯之的东西，那就是对人的关怀，对生命的关怀。具体一点就是对人活在世上的意义的关怀。人活在世上的真正意义也许找不到，也不是小说所能解决的。"①所以说，对于人的探寻，对于人的价值意义的叩问，方使得新乡土历史家族叙事，具备了浓郁的人的思想情感，才使得对于历史文化的反思，更具有了人文思想情怀。

在此，还必须认识到，那就是新乡土文学叙事，已经不再是一种自封闭的状态，而是具有了开放性的文化思想视野。不论你怎样辩解，我们都无法回避一种文化思想现实，那就是中国的社会历史建构，它是在整个人类社会的历史进程中得以实现的。中国乡土历史-家族的文学叙事，也是在全球化、世界性的文化语境与历史情境下进行的。在我们看来，强调全球化、世界性，并非就是完全按照西方的价值体系去做，而是必须从世界人类发展的基本历史趋向与人类所共同认同的基本价值取向，来观照中国的乡土社会及其历史建构。"我们的文学虽然还在关注着叙写着现实和历史，又怎样才具有现代意识，人类意识呢？我们的眼睛就得朝着人类最先进的方面注目，当然不是说我们同样去写地球面临的毁灭，人类寻找新家园的作品，这恐怕我们也写不好，却能做到的是清醒，正视和解决哪些问题是我们通往人类最先进方面的障碍？比如在民族的性情上，文化上，体制上，政治生态和自然生态环境上，行为习惯上，怎样不再卑怯和暴戾，怎样不再虚妄和阴暗，怎样才真正的公平和富裕，怎样能活得尊严和自在。只有这样做了，这就是我们提供的中国经验，我们的生存和文学也将是远景大光明，对人类和世界文学的贡献也将是特殊的声响和色彩。"②

2.文化启蒙立场

新文化思想启蒙，是中国现代乡土文学叙事最为基本的思想内涵和价值

---

① 周新民、刘醒龙：《和谐：当代文学的精神再造——刘醒龙访谈录》，载《小说评论》2007年第1期。

② 贾平凹：《带灯·后记》，人民文学出版社2013年版，第360页。

立场，其中最具代表性的是鲁迅先生的文学叙事。鲁迅先生的《狂人日记》作为新文学叙事最有影响的开山之作，将中国的历史归结为"吃人"，他的杂文《灯下漫笔》可以说是对"吃人"历史的理性注释。《祝福》则是将"吃人"更加具体化为几种权力。由鲁迅开创的历史解剖与国民性批判文化思想启蒙叙事，其后不断拓展延伸，成为现代乡土文学叙事的思想传统。这一文化启蒙话语叙事，对于后世的影响是极为深远的，构成了当代乡土文学叙事的重要思想资源。即使过了将近一个世纪，在新的历史转型背景之下，新乡土叙事依然继承了这一文化思想启蒙叙事传统，不论是以现代化或者现代性作为中国社会历史转换诉求的核心词，其间都蕴含着文化思想启蒙的血脉。不过，毕竟20世纪末，特别是21世纪初的社会历史情境与文化思想语境，与现代文学时期，还有当代文学20世纪80年代之前，存在着巨大的差异。特别是后现代文化思想的介入，使得文化思想启蒙的价值取向，自然而然地蒙上了后现代文化的色彩。就此也可以说，在新的世纪之交的新乡土文学叙事中，体现出一定程度的后现代启蒙的文化思想特质。由此可以说，这是一种新的文化思想启蒙，也许可以并不是十分恰当地将其叙事称为一种后启蒙文化思想乡土文学叙事，亦即带有现代启蒙之后的再启蒙意味的乡土叙事。

20世纪80年代初始乡土文学叙事的重现，最为重要的就是对于现代乡土文学叙事文化思想传统的对接与承续。其最为主要的文化思想立场，就是以现代文化思想为解剖刀，对于传统文化思想的解剖与批判。"寻根文学"式的乡土叙事，也是以对于传统文化思想的解剖与批判来观照审视民族文化的。当然这中间有着对于历史文化的反思，但是，对于民族文化思想传统的剖析与批判，远远超过了对于传统文化的吸纳与致敬。就此而言，新乡土文学之前的叙事，从骨子里承续的是现代文化思想启蒙中的国民性批判传统，并无更多的新的文化思想因质。

如果就文化思想资源而言，新乡土历史-家族文学叙事中的文化启蒙思想，一方面源于中国历史文化传统，另一方面则是对于西方文化思想的吸纳。

不可否认，新乡土文学叙事，依然表现出明显的对传统文化思想的解析、反思与批判的现代文化思想启蒙特征。但是，与此前相比较来看，新乡土文学叙事对于传统历史文化思想的态度发生了重要的变化，于此不再是一味地对于传统历史文化思想进行彻底的否定与批判，而是在重新审视传统历史文化思想中，重新发现了传统历史文化的优良或者优秀因质，并给予充分的肯定。这既不同于鲁迅五四乡土文学叙事中带有决绝性的彻底批判与否定，也不同于沈从文对于传统文化的倾情礼赞，而有意遮蔽了其劣根性，以此对抗城市文明或曰现代文明中的邪恶。在新乡土历史-家族文学中所进行的具有后启蒙文化思想的叙事，表现出极为复杂的现象。这中间既有现代文化启蒙的因质，我们认为它自始至终都强烈地涌动着对于人性的呼唤与确认，对于历史文化中有悖于人性等劣质给予了揭示与批判。与此同时，又带有明显的后现代文化思想的特征，不仅将审视反思与批判的目光投向传统历史文化，也对准了现代文明建构中所生发出来的新的有违于人的新邪恶。甚至在对于现代文明的反思批判中，将文化思想资源投向了传统的历史文化，以历史文化中所存活的富有人性人情的温馨，审视与反思现代文明所形成的对于人性的戕害。

对于中国传统历史文化的吸纳，新乡土文学历史-家族叙事首先是对于儒家济世的直面社会人生的入世精神与忧患意识，其核心是仁爱至善思想的重新认识与确认。与此同时，特别是在个人精神自我完善方面，又表现出对于返璞归真、融入大地自然、摈弃烦嚣尘世的道家思想，以及佛家普度众生仁爱思想的融汇灌注。这里以张炜与陈忠实为例，做一简略的比较分析。张炜是当代文学中最为坚守人文精神立场的作家之一，他的文化精神主要源于儒家的仁爱至善的伦理道德思想，同时又融汇着道家的个人自我完善的精神追求。张炜的《柏慧》《家族》《九月寓言》等家族历史乡土叙事，把儒家仁爱至善与道家追求理想的精神表现得淋漓尽致。陈忠实的《白鹿原》虽然其间也有着道家追求精神自由的理想诉求，但构成其乡土历史-家族文化精神的核心，则是儒家以仁爱至善为内核的、熔铸于乡村日常生活实践中的文化人格。不仅如此，如果说张炜的家族历史叙事，更为强调人的自由、自在生命情感精神境界的抒写，而陈忠实则更强调礼制秩序下的乡村人生状态的建构。白嘉轩不论是修祠堂还是定乡约，以及将黑娃、白孝文赶出祠堂等，无不是为了建构一个在儒家伦理道德思想规约下的乡村秩序。张炜的家族历史叙事，张扬的主要是仁爱精神，而陈忠实的家族历史叙事，首要追寻的是至善精神的叙写。张炜是在追寻仁爱中达到至善，陈忠实是在坚守至善中施之仁爱。所以，张炜是一种放逐中的精神坚守，陈忠实是一种坚守中的精神回归。由此可见，他们是从两种乡土叙事的价值取向上，来完成对于乡土历史-家族的重构与民族文化精神的重塑。

仁爱与暴力、善与恶，是两种完全不同的价值取向。扬善除恶、施爱除暴，是中国文学叙事的一个基本的价值取向，也是进行文化思想启蒙应有的精神情怀。新乡土文学历史-家族叙事，坚守了这一基本的人文价值立场。这一方面，在张炜、陈忠实等作家的家族历史叙事中体现得十分充分，也得到了学界普遍的认同。在莫言甚至刘醒龙等新乡土文学作家那里，所表现出来的在乡土历史与家族历史叙事建构中，对于革命与暴力的叙写，学界则有着不同的评论。莫言20世纪90年代的《丰乳肥臀》与新世纪的《檀香刑》，对革命与暴力给予了充满残酷性、欲望化的叙写，受到评论界一些人的批评，甚至是极为严厉的指责。批评者认为，这是缺乏仁爱之心，极力欲望化地炫耀残酷的暴力行为，失去了作家应有的人文情怀与价值立场。在笔者看来，这里从表面看似乎缺乏仁爱之心与人文情怀，但是，如果透过这些充满暴力、欲望的事相，去窥探隐含于其中的文化精神，不能不说隐含着作家滴着血的仁爱之心。正是这种充满仁爱之心的人文精神情怀，才使得作家将暴力的邪恶几乎是不留余地地呈现出来。但呈现的目的绝对不是为了满足欲望的快感，而是为了让人们更为警醒暴力及其邪恶在人性中泛起。在这里，与其说莫言是在毫无节制地叙写邪恶与暴力，不如说是作家以下地狱的精神，在与邪恶暴力的搏杀叙事中，实现着一种人文精神的自我炼狱，以及求得精神情感上的救赎。刘醒龙作为坚守乡土文学创作的作家，他的乡土叙事在进入历史-家族时，非常真实地还原着家族、革命及其二者相融合中的暴力历史建构状态。但是，作家在对家族历史解析时，依然充满了人性人情的温暖。《圣天门口》的叙事是将暴力革命与蕴含于普通人身上的仁爱至善交织在一起，甚至以这种品质化身的梅外婆、雪柠的毁灭，来警醒人世。在贾平凹的《古炉》中，对于"文革"历史以及其间所融汇的朱、夜两个家族恩恩怨怨的叙述，思考的锋芒直指人的根性解析。不仅如此，作家设置的蚕婆、善人，更是体现了仁爱至善的人文价值趋向。尤其是善人不断地给人说病，特别是在两派争斗的时刻依然坚持说病，如果从文学叙事的融合圆润上看，似乎有些不协调。但是，从另外一种角度看问题，这恰恰犹如"文革"时期邪恶现实人生社会的上空所闪烁出的一缕仁爱至善的光芒，既将人性的邪恶呈现于光天化日之下，也张扬了人性善爱的温暖。这正是作家在家族历史叙事中所坚守的人文价值立场，以及以此来启迪唤醒历史建构中人们沉睡的仁爱至善之心。

对于历史与家族的审视，新乡土叙事在坚守人文精神立场上，还表现出蕴藉的精神救赎的色彩。这种精神救赎的价值取向，一方面是回归自然，一方面是走向了宗教。在回归自然方面，一是从中国道家思想中寻求文化思想资源，最主要的是追求人与自然的融合，再拥抱自然，返璞归真使得心灵在尘嚣的人世中得以安妥，在自然之美与人性之美的契合中拯救沉沦的灵魂；二是也必然受到带有明显后现代性的生态思想的影响。现代生态思想就其发生的文化思想背景而言，是在对于现代科学技术所造成的人与自然的对立，以及由此而产生的人类生存环境极度恶化，进而在威胁到人的生存的反思批判时提出来的。于此，显然是要以一种新的文化思想思维逻辑来重新审视现代的人与自然的关系，以期建构起人与自然和谐统一的文化思想逻辑及其价值立场。在宗教方面，一是吸纳着佛教的普度众生的仁爱思想，同时也从带有准宗教的中国本土所生的儒道文化思想寻得滋养；二是从西方宗教的博爱、原罪，尤其是救赎人的灵魂等文化思想中，建构起重新解读、重新叙述历史家族的思想价值立场。

3.民间文化立场

民间及其民间文化价值立场，不仅是新乡土历史-家族叙事不能回避的问题，也是整个新时期及其之后的中国文学叙事必须面对的问题。民间的觉醒、民间文化的重新发现，文学叙事上民间文化思想价值立场的确立，以及民间艺术积极参与融汇于文学叙事，这些构成了将中国当代文学叙事艺术推向一个新的审美境界的极为重要的文化思想与文学艺术动力源。

就新乡土叙事作家文化身份来看，包括新乡土历史-家族叙事，进入乡土民间及其民间文化，从某种意义上可归为两种情态。一种是以城市文化思想为其基本底色的他者身份，进入新乡土文学叙事；另一种是以乡村文化思想为基本底色的我者的身份，进入新乡土文学叙事。前者是一种自为（再生）的乡土民间文化价值立场，后者是一种自在的乡土民间文化价值立场。对于新乡土文学叙事中这两种乡土民间文化价值立场，不论是作家，还是研究者，都应当是明了于心的事情，至少是应当有所感觉的。以他者文化身份进入新乡土历史家族文学叙事，主要是城裔作家群体，而以我者文化身份进行新乡土文学叙事的，主要是从乡村走向城市的农裔作家。当然，这种文化身份区分也只是相对而言，主要以其父母为城籍身份而谈的。其实，如若上溯祖籍，应当说三四代之内，大部分具有城籍的城里人，都是农裔出身。尤其需要说明的是，于此，我们并非要分出这二者新乡土文学叙事的优劣，或者是谁更具备乡土历史家族文学叙事的权威或姿态，而是主要分析探讨他们各自的特点与二者间的差异。因为不论城裔作家还是农裔作家，他们都有极为优秀的新乡土文学叙事作品。也正是由于存在着这两种不同的民间文化立场的文学叙事，才使得新乡土文学叙事呈现出更为丰富多彩的情态。

我们这样谈论问题，其实内里蕴含着这么一个命题：谁在走向民间，谁在叙述民间。这也就是以怎样的文化身份走向民间与叙述民间的历史与家族生活的。

就新乡土历史家族文学叙事的城裔作家来看，承担扛鼎之命运的，主要是那批参与20世纪六七十年代上山下乡运动，从城市走向乡村的城市知识青年作家，或者随父母从城市到乡村或乡镇的作家，如韩少功、李锐、王安忆、铁凝、余华等。应当说，到了乡村之后，他们才开始真正认识思考社会人生，真正体验人生的况味。从城市人角度看，他们的确是在乡村受到了人生的磨难，但从乡村的角度看，在乡下人的眼里，他们始终是城里人，就犹如今天的城里人看待农民工是乡下人一样。从情感上也许可以与乡村相融合，但在文化精神上，则还是存在着一道难以逾越的界线。他们对于乡村生活之生命情感体验应当说是刻骨铭心的，但文化之身份依然是泾渭分明的。他们是乡村的游历者，并非乡村的自在者。因此，不论于主观上做出怎样的努力，都依然无法消解他者文化身份的目光与姿态。也许正因为如此，在新乡土文学叙事中，城裔作家基本上都是以一种观察者的身份来审视乡土的历史与家族生活的，以更为强烈的现代文化思想，特别是五四启蒙的文化思想，进入新乡土历史家族文学叙事的。或者说，对于乡土社会这一特殊的民间历史及其文化，是以城市文化的姿态来加以把握与叙述的。也许正因为如此，他们的新乡土历史家族文学叙事中，比农裔作家多了些冷静的思考与批判，更具有现代文化思想观照与反思的力度。

如此说，并非城裔作家于生命情怀上，完全凌驾于乡土民间之上或者游离于乡土民间之外，恰恰相反，他们在走向乡土民间社会历史的过程中，与乡土社会历史生活与文化，建构起一种对话关系。也正是在这种对话中，获取乡土民间的资源支撑，拓展丰富了自己的文学叙事视野，增强了乡土历史家族叙事的艺术生命活力。实际上，一方面用城市文化与现代文化的目光去审视乡土历史家族生活及其文化，另一方面，又以民间文化来丰富自己的文化思想与艺术洞察。在走向民间中被民间所浸染，进而从乡土民间的视野来反观乡土的历史家族生活。这样，就使得自己的文学叙事，自然而然地具有了民间的文化情怀与价值立场。

贾平凹在其《高老庄·后记》中说："我的出身和我的生存环境决定了我的平民地位和写作的民间视角，关怀和忧患时下的中国是我的天职。"[①]其实，莫言等许多农裔作家都有过相类似的表述。这一方面说明，他们的出身地位，决定了他们的文学创作与乡土生活与文化之间是一种血脉相融的关系。也就是说，他们天生具有一种乡土的文化身份。因此，乡土民间也就成为他们文学叙事的天然视角。如果说城裔作家的乡土民间叙事是一种从外向内的介入，或者从思想理性向生命情感的浸透，那么，农裔作家则是由内向外的突围，从生命情感向思想理性的超越。他们大部分在乡村生活了二十年左右，因某种机遇而离开了乡村走到城市，不仅对于乡村生活乃至历史文化民风习俗烂熟于心，而且乡土文化思想观念精神，已经构成了他们最为基本的文化基因，规约着他们的艺术创造的思维方式与行为方式。也正因为如此，他们的乡土历史家族文学叙事，从血脉上是与所叙述对象相通的。乡土历史家族艺术建构中，不论是人物的思想情感还是生活的细节，都是他们从小经历过的生活与生命情感记忆的呈现。

这里还需要探讨一个问题，那就是新乡土历史家族文学叙事民间视域所包含的地域问题。在对新乡土历史家族文学叙事作品的阅读中，几乎无须更多的辨识，就可以强烈地感受到各个作家笔下历史家族生活与文化的地域性差异。也就是说，不同的作家具有不同地域性的民间视野。一方面，作家所

[①] 贾平凹：《高老庄》，太白文艺出版社1998年版，第413页。

创造的民间乡土历史家族世界，是一种地域性的民间乡土世界；另一方面，作家在进入民间乡土历史家族文学叙事时，首先是从其故乡，或者曾经插队落户的地方切入的。不论是莫言的高密东北乡，还是李锐笔下的吕梁山区，都呈现出突出的地域民间文化的特征。

第五章

新乡土文学中的生态家园叙事

犹如人类文明的发展总是与人类对于自然生态的侵蚀乃至破坏相联系一样，中国进入现代性历史转换的高速发展阶段，尤其当城市化进程几乎是以疯狂的速度发展时，乡村就犹如一只无能为力的羔羊，难逃劫难的命运。自然生态的破坏到了令人瞠目结舌的地步，这可能就是历史前进中必须要付出的代价，任何人都无法逆转。与此同时，乡村的人文生态也遭到不同程度的毁灭性的打击。不仅村庄在以惊人的数字消失着，乡村的人伦观念、乡里关系以及生存的方式、民风乡俗也在发生着惊人的变化。人们不由得发出"这是我的乡村吗？"的疑问。在这一声声无力的哀叹中，作为情感敏感的作家，自然也必然感知体验到这种高速城市化进程中，乡村的迅速衰落、破败。不论是荒芜化还是空心化，都饱含着乡村生态家园的哭诉。

也许，再过若干年，我们无法见到曾经的乡村，一切只能在想象中。新乡土文学的叙事文本，为我们留下了一种乡村曾经的图像记忆。

一、生态：作为一个中国文学叙事的对象

人类的生存，与自然生态之间建构起一种依存的关系，这应当是不言自明的事情。人与自然的关系，也就成为古今中外诸多思想家与文学艺术家致力于研究思考与探寻的一个基本问题。但是，将生态作为一个具有人类生存普遍意义的命题，明确提出并进行深入系统的思考与研究，则是在20世纪

中叶。20世纪60年代之后，特别是进入21世纪后，生态已经成为整个人类社会的热门话题与现实生存的一个焦点问题。对于自然生态问题的关注，引发了人们的文化思考。坦率地讲，首先还是源于人类的现实生存环境的极度恶化。人类包括现实生存环境的恶化，由此产生的对于人类生存的严重威胁的现实，自然而然地向文学提出了关注自然生态文学叙事的诉求。

人类的生存及其发展，是在大自然之中得以实现的。如果离开了大自然，或者说，若没有大自然的滋养，人类是一天也不能存活的。就从人类的产生而言，也是大自然发展运动的结果。由此说大自然是人类之母，人类是大自然之子，是恰如其分的。问题在于，人类要生存下去，就必然要消耗自然资源。这是大自然创造出人类必然要面对并承担的事情。从另一方面来讲，人类要得以生存并能够可持续发展，就必须以友好的态度对待养育自己的大自然，与大自然建立起一种友好和谐的关系，在寻求自身的发展中，依然要使得大自然得到很好的利用与保护，使大自然始终保持自身持续生成的良好状态。但问题就出在人类在追求自身的发展中：在以一种极为无理的态度与方式对待大自然，在满足人类的生存欲望中；在以与大自然相对立的态度，去征服大自然，而并不去考虑大自然的承载能力。这样，人类在自己无限膨胀的欲望驱使下，无节制、无限度地向大自然进行索取，这就造成了大自然受到了极度严重的破坏。大自然的生态平衡被打破，反过来危害到人类自身的生存。有关这一方面的研究及其资料很多，在此就不过多论说了。

那么，生态作为一个文学问题，乃至美学问题，得到人们自觉地思考与文学艺术上的表现，情况又是如何呢？笼统地讲，文学艺术创作上生态意识的自觉，是伴随着人类生存的生态危机而发生的。

其实，作为一种文学叙事，有关自然生态及人与自然的关系建构，在古代文学中就已经出现了，只是古人没有自然生态这一概念罢了。为了说明问题，这里对中国古代文学中自然生态叙事做一纵向的描述。

中国古代文学的自然生态叙事，萌生于古代神话，于春秋战国时代已有大量表现，如《论语》《庄子》《战国策》《左传》等诸子散文和传记历史散文，《山海经》中所记述的古代神话传说，《诗经》、楚辞等诗歌创作，作为此时中国文学的标志，其中一个非常重要的内涵，就是对于大自然以及人与自然关系等的艺术表现；成型于魏晋南北朝时期，其中以陶渊明、谢灵运、谢朓等的山水田园诗为标志；到了唐代达到鼎盛，孟浩然、王维、李白、杜甫、柳宗元、韩愈等的诗文，构成了有唐一代自然生态文学的盛景；而宋元明清则是于此基础上的一种发展演变，像宋代苏轼等人的山水游记诗文、元代的词令、明代的诗文与小说，以及清代的小说散文等，可以说是一路走下来，形成了一条发展的线索脉络。从对于大自然生态的文学艺术表现来看，总体发展历史趋势上，中国古代自然生态文学呈现出从自然描绘与社会生活相结合，走向相对独立的描写，进而又在更高的文学艺术建构层次上相融汇的发展趋向。

先秦两汉时期的文学，不论是散文还是诗歌，以及神话故事，整体上是在言情叙事中将自然及其环境的描绘，作为作品整体艺术表现建构的映衬或者象征物，还未成为文学创作的独立审美对象。即便如此，这时的文学创作，对于自然及其环境的描绘，尤其是对于自然生态的艺术把握和生命情感体验，已经达到了非常高的艺术境界。之所以如此，自然与此时哲学文化思想的深刻建构有着内在的联系。特别是老庄思想中对于自然的深刻超凡的体悟认知，为包括自然山水生态在内的文学创作，提供了坚实的思想与美学基础。《庄子》对于大自然的描绘以及与之相融汇，将人的精神世界与大自然相交融，创造了一种更能体现中国文学艺术精神的审美境界，比如《逍遥游》《秋水》等等。《诗经》的主要艺术表现手法是比、兴，比、兴在使用时，则往往是以对某种自然事物的描述来起兴，以引发情感的抒发。开篇《关雎》自然书写的是男女爱情，但其间却蕴含着人与自然环境的和谐关系。"关关雎鸠，在河之洲。窈窕淑女，君子好逑。"[1]《小弁》在表达哀怨之情时，抒写了乌鸦归巢、大道生丛草、千丝柳条、蝉儿鸣叫、池水芦苇、鹿儿觅群、野鸡追伴等一系列的自然景物，读之令人怦然情动，潸然神感，心灵相会。《离骚》《九歌》《九章》《天问》等，既深刻地表现了一位伟大爱国诗人忧国忧民的深厚而宽阔的胸怀，也体现着诗人社会失意后，寄情于大自然，融汇于大自然的博大情怀。在与大自然的交融对话中，呈现出一种高洁而纯真的人格与人文精神。比如"扈江离与辟芷兮，纫秋兰以为

---

[1] 《诗经·国风》，见袁祖社编：《四书五经全注全译》（第2册），线装书局2001年版，第643页。

佩。""朝饮木兰之坠露兮，夕餐秋菊之落英。"①"采三秀兮于山间，石磊磊兮葛蔓蔓。""靁填填兮雨冥冥，猨啾啾兮狖夜鸣。"②而且，诗人常常以极为丰富奇特、瑰丽美妙的想象，将神话、历史和自然景象相交融，创造出一种人、社会历史、自然浑然一体的审美境界。

两汉时代，其自然生态文学创作，不论是《史记》，或者汉大赋，对于自然山水亦有所表现。两汉之文学对于山水自然之书写，尤以汉赋为甚。枚乘之《七发》，在对田猎、观涛情景的叙述中，自然景物则被给予了比较充分的抒写。司马相如之《子虚赋》《七林赋》，虽有过于铺陈夸饰之嫌，但对于自然山川的描绘，确实给人一种气势磅礴、波澜壮阔的审美景象。"于是乎崇山矗矗，𥫗𠦏崔巍；深林巨木，崭岩参嵯。"③特别像《江南》这样以景写情，以自然景物隐喻象征男女相悦之情，更是一种人之情境与自然风物融为一体的天然之境。"江南可采莲，莲叶何田田，鱼戏莲叶间。"④魏晋南北朝一方面玄学盛行，另一方面，山水田园诗得以发展。也许是社会动荡不安，现实污浊昏暗，残酷暴戾，致使像陶渊明这样的文人于大自然中寻求情感精神的家园。中国的山水田园诗于此时走向成熟，正是这种社会历史背景下所出现的必然结果。在文学艺术成就上处于顶尖地位的当属大诗人陶渊明。陶渊明辞官归隐实际上是对于大自然的一种回归。他的诗文，如《桃花源记》《杂诗》《归园田居》《饮酒》《归去来兮辞》以及《读山海经》等等，涌动着一种清新自然、神怡旷达的精神情愫，追求着物我为一的审美境界。《桃花源记》是陶渊明为中国文学奉献的神来之作。对于自然环境的描述，令人心旷神怡，可谓千古绝唱。在陶渊明的笔下，这是一个世外桃源，"中无杂树，芳草鲜美，落英缤纷。""有良田、美池、桑竹之属。"⑤不仅人与人和睦相处，人与自己所生活的自然环境，也是和谐相处的。"采菊东

---

① 屈原：《离骚》，见季镇淮、冯钟芸、陈贻焮等选注：《历代诗歌选》（第1册），中国青年出版社1980年版，第42—43页。
② 屈原：《山鬼》，见季镇淮、冯钟芸、陈贻焮等选注：《历代诗歌选》（第1册），中国青年出版社1980年版，第73页。
③ 司马相如：《上林赋》，见《古今事文类聚》卷三十七。
④ 《江南》，见季镇淮、冯钟芸、陈贻焮等选注：《历代诗歌选》（第1册），中国青年出版社1980年版，第109页。
⑤ 陶渊明：《桃花源记》，见吴楚材、吴调侯编：《古文观止》（上册），中国文史出版社2003年版，第358页。

篱下，悠然见南山。"①可说是他对天人化一境界的概括。于此，人境与自然之境融为一体，达到了合二为一的审美境界，成为人向往的一种仙境。

唐宋时代的诗文，对于人与自然关系的描述叙写亦是繁多。比如游记类的美文，就令人目不暇接。作家诗人对于大自然的描述，自然是与人的活动联系在一起的，通过对于自然的描述来表现作家诗人的思想情怀。在文学艺术的审美建构中，达到人与自然的统一和谐建构的精神境界。韩愈、柳宗元、欧阳修、苏洵、苏轼、苏辙、曾巩、王安石八大家，可说是唐宋散文创作的一种标志。就对于自然山水的记写而言，以柳宗元、苏轼为最。柳宗元将自己的人生遭遇和生命情感体悟，蕴含于自然山水的记写之中，如《始得西山宴游记》《钴鉧潭西小丘记》《小石城记》，以及《愚溪诗序》《永州韦使君新堂记》中，山水草木、游鱼飞禽、奇石异景，以及人居环境等等，尽收笔端，构成了一种富有诗情画意的美境。苏轼的《喜雨亭记》《石钟山记》《超然台记》，以及前后《赤壁赋》，摹景状物，怀古思今，自然景物与社会人生、历史幽思，纵横开阖，随手拈来，合为一处，书写着人生坎坷，自然广袤而幽静的审美意境。中国的自然山水诗在唐代达到鼎盛，像初唐四杰，盛唐的孟浩然、王维，边塞诗人高适、岑参，以及白居易、刘禹锡、杜牧、韦应物、皮日休等等。对于自然景象的抒写，此时明显形成了自然山水与边塞风光两大类型。边塞诗对于自然景色的描绘，迥于传统的山水诗，其笔下的景物视阈更为广袤，成为有唐一代诗歌创作上一种风格别具的审美景象。李白的山水田园诗，自由奔放，激情浩荡，胸襟开阔，想象奇特夸张，其间透露着一种仙人似的风骨。他将自己的主体精神情感熔铸于自然山水之中，他那高扬的自由精神与自然山水达到了天然的契合，融虚幻仙境与自然实境为一体，创造的是一种人心与自然山水相融汇的审美化境。《蜀道难》《将进酒》《梦游天姥吟留别》《望天门山》《望庐山瀑布》等等，都可谓神来之笔，天然化成之诗篇。就是《独坐敬亭山》这样相对清静的诗作，也写得人物冥合，透露着诗人返璞归真的逍遥思想情感，描绘出一种人与自然交融交汇的审美图景，追求的是一种精神自由翱翔的仙境。

元明清三个朝代的文学创作成就，主要体现在戏剧、小说和词曲上。

---

① 陶渊明：《饮酒·其五》，见季镇淮、冯钟芸、陈贻焮等选注：《历代诗歌选》（第1册），中国青年出版社1980年版，第216页。

元代剧作，不论是北方的杂剧，还是南方的南曲，也不论是历史剧，还是现实剧，都重在结构矛盾冲突，即戏剧情节的建构、人物性格的刻画，自然及其环境是作为人物活动和剧情推动的一种背景加以处理的。因此自然景物就成为一种环境因素。但其间不乏一些唱段，或者运用自然景物来组构情节，刻画性格。比如大戏剧家关汉卿的《窦娥冤》，这部感天动地的悲剧剧作，剧中对于六月雪的描写，自然是一种反季节的自然现象。但它所表现的意旨则是人不仁、天惩罚的意愿。王实甫的《西厢记》中就有许多景物书写的段落，将自然景物与人物的思想情感、心情心境相结合，创造着人与自然的情感交融，亦是一种人与自然相融汇的审美意境。比较而言，散曲更能表现人与自然的亲近与交融。明清小说，如四大经典《三国演义》《水浒传》《西游记》《红楼梦》，都有对于自然景色风光的描写内容，当然其中既有人与自然相融合的描写，也有人与自然相对抗的叙述，还有对于自然风光的赞美。比如《西游记》对于花果山的描绘，就是一个天上人间的仙境，还有不同高山峻岭、险山恶水的描述，都令人惊心动魄。《红楼梦》则更注重于人文的自然环境的刻绘，大观园是一种人造的自然园林，这园林化的大观园，从人文社会的视野实现着人与自然的融合。林黛玉葬花的描写，将自身的命运情怀与自然景物之变化相对应，描绘的是景中蕴情，情中融景，人、物两伤感，人之神韵与自然之气韵，融会为一种审美化境。

近代以降，中国社会历史处于一种从古代向现代转换的过渡时期，在文学创作中，对于自然生态的认知与艺术表现，则逐步渗透着西方的思想观念，并以其作为参照模态，这也就标志着中国古代文学的历史终结。

中国古代文学自然生态叙事，体现出如下基本特征：

"天人合一""中和"式的基本审美体验方式。人与自然关系的建构，是中国古代自然生态文学叙事思想的一个重要内容。"天人合一"则是中国古代人与自然理想的关系形态。在这里，中国的古代生态文学叙事所要建构的审美关系，是一种人与自然平等的关系。自然景物，并非仅仅作为审美的纯客观对象而存在，它与人一样，同为审美的一种主体力量而存在。这样，自然万物，不论是作为审美的对象——创造的对象和欣赏的对象，还是作为自然与人的"间性"关系，自然与人建构起来的都是一种万物同源、同生并存的审美关系。如果做更深一步的考察，中华民族在长期的生存过程中，形成了自己独特的审美体验方式，这就是物我两相融，达到一种物我两忘的审美境界。在此，物我相融，自然万物并非是一种完全被动式的承受，而是具有主动性。物我相忘，是说在这个审美的过程中，人已经忘记了自己，与自然完全地融为一体。也就是说，自然万物，并非是一种被动承受的对象，而是已经被主体化。自然的人化与人化的自然，在审美的交融中，共同创造着高层次的审美境界。

"意象"式的基本审美思维模态。意象，作为中国美学思想建构中一个非常重要的概念，常常和"意境""境界"等概念联结在一起。在此，我们之所以将它作为中国自然生态文学叙事的基本思维模态，那是因为它与中国古代自然生态文学叙事审美思想观念具有内在关联性。自然界丰富繁杂的事物，为审美意象的建构提供了客观的载体，比如月亮、高山、大河、松柏、花鸟，还有人自身等等。从本源上来说，这种意象的建构，仍然是源于人与自然同构的思维模态。自然界的一切事物进入意象，首先是一种自然的物象状态，只有审美主体注入思想感情之后，具象化的物景与抽象化的作家所要表达之意二者有机结合，便构成了意象，方成为审美的意象，具有了象征的意义。进入审美意象世界的自然物象主要有如下几种：第一，天体及其运行现象。常用到的有太阳、月亮、风、雷、电、雨、四季变化等。第二，地上自然物体意象。比如山川、河流、土石草木，无不入象。第三，动物意象。动物在进入意象建构时已经被人格化，它们成为人性和人格力量的一种象征。

"浑然一体"的整体审美观。就中国的审美思想而言，在审美创造上更强调对审美对象的整体把握。因此，它更加注重文学作品的整体建构，造成一种浑然的整体意境，给人以整体的美感。不论是一部长篇小说，还是一篇数百字的散文，或者一首短诗，或者一个雕塑、一幅画，或者一处人居建筑，所要呈现给人们的，不是一草一木、一石一土，而是一条浑然的山脉，是一个审美整体。这种整体美，主要表现为整体的浑然美、流动的生态美、生命之美。

"求真向善"的审美价值取向。在中国的自然生态审美观念中，"求真向善"是一个基本的价值取向。这不仅是社会伦理上的一种价值标准，更是文学艺术创作上的价值标准。求真，就是要穷尽自然与人的本真形态，以及它所蕴含的运行规律。大自然是真实的，它从来不会掩饰自己，而人要做到本真，就不那么容易了。与求真紧密相连的是向善问题。有时候某些事物或者某种人，其情态是真实的，但是并不一定就是善的，比如种种恶行。因此，在追求真实的同时，还必须具有善良的心灵。只有将这二者紧密结合，方能建构起具有美的价值和意义的价值形态。孔子对于《诗经》的评价，是具有代表性的。"诗三百，一言以蔽之曰：思无邪。"[①]甚至可以说，整部《论语》所阐述的一个最基本的思想观念，就是求真向善。就中国整个古代文化思想与美学思想来看，更为强调向善。

中国文学进入20世纪，开始了现代性的历史转换。在这个现代性历史转换中，前三十年也就是所谓的现代文学开创时期，乡土文学叙事伴随于现代文学建构与发展的整个过程。现代乡土文学叙事的经验中，也自觉不自觉地积累了有关生态文学叙事的经验。

乡土文学叙事是与中国现代文学的创建及其发展相伴而行的。鲁迅先生等一代现代文学叙事的开创者，在创建中国文学现代叙事的同时，实际上也建构起中国的现代乡土文学叙事。五四乃至整个现代文学叙事时期，其基本文学叙事思想精神主旨在于启蒙与救亡，并没有自觉的生态文化思想意识，自然也就不能说那时就出现了自觉的生态文学叙事。但是，在现代文学叙事，特别是乡土文学叙事中，作家对于自然以及人与自然的关系的思考及艺术叙述，则明显地存在着，并且积累了丰富的文学叙事中的生态思想艺术资源。

其实，乡土文学叙事本身，就注定了与自然与人文生态环境的一种内在关联性。对于现代乡土文学中的生态叙事，笔者以为，它也是与现代文学的两大叙事类型——写实性与抒情性密切相关的。以鲁迅为标志的五四一代社会人生派作家，于现代乡土文学开创上，走的是一条关注社会人生的现实主义路子，而以沈从文为代表的是另外一种乡土文学叙事的路子。他们在文学叙事中，对自然生态的态度是有差别的。总体而言，我们觉得鲁迅所开创的乡土文学有关生态的叙事，可以说是一种将自然人化的生态叙事，沈从文则是一种将人自然化的生态叙事。这两方面，都为后来明确的乡土文学生态叙事，提供了极为重要的思想与艺术资源。

---

① 《论语·为政篇第二》，见袁祖社编：《四书五经全注全译》（第1册），线装书局2001年版，第41页。

鲁迅作为五四新文学的主将，在开创现代乡土文学叙事之时，就把人与社会的启蒙与觉醒放在了首位。因此，在鲁迅的笔下，紧扣乡村社会与人生的颓败与愚昧，以启蒙的思想，进行了极为深刻的揭示与开掘，极少见到诗情画意的描述和较为单纯的有关自然生态的叙述，而对于自然生态的叙事，也总是要融入广阔的社会人生的开掘之中。鲁迅先生在其《故乡》以及《从百草园到三味书屋》等经典性乡土文学叙事中，体现出来的对于故乡及故乡的自然与社会生态的情感，是那么深沉凝重，其间无不渗透着一种现代知识分子启蒙主义的情怀与沉重。所以，他在对于乡土文学的阐述中，强调乡愁、侨寓等思绪的表达，其间蕴含的是社会人生之悲苦。他说："蹇先艾叙述过贵州，裴文中关心着榆关，凡在北京用笔写出他的胸臆来的人们，无论他自称为用主观或客观，其实往往是乡土文学，从北京这方面说，则是侨寓文学的作者。但这又非如勃兰兑斯所说的'侨民文学'，侨寓的只是作者自己，却不是这作者所写的文章，因此也只见隐现着乡愁，很难有异域情调来开拓读者的心胸，或者炫耀他的眼界。许钦文自名他的第一本短篇小说集为《故乡》，……不过在还未开手来写乡土文学之前，他却已被故乡所放逐，生活驱逐他到异地去了。"[①]到了茅盾，则更为强调乡土的社会意义。"我以为单有了特殊的风土人情的描写，只不过像看一幅异域的图画，虽能引起我们的惊异，然而给我们的，只是好奇心的餍足。因此在特殊的风土人情而外，应当还有普遍的与我们共同的对于命运的挣扎。一个只具有游历家的眼光的作者，往往只能给我们以前者；必须是一个具有一定世界观与人生观的作者方能把后者作为主要的一点而给予了我们。"[②]也许正因为如此，茅盾及其以后的左翼直至革命乡土文学叙事，将自然生态作为一种自然环境背景。

周作人显然是试图开拓另一路的乡土文学叙事，这就是人的乡土文学叙事。比较而言，更强调乡土文学叙事之于人性，这种人性是与地方性、个性等相结合的。他说："我们所希望的，便是摆脱了一切的束缚，任情地歌唱。""只要是遗传、环境所融合而成的我的真的心搏，只要不是成见的执

[①] 鲁迅编选：《中国新文学大系·小说二集》（影印本），上海文艺出版社2003年版，导言第9页。

[②] 茅盾：《关于乡土文学》，见《茅盾文艺杂论集》，上海文艺出版社1981年版，第576页。

着主张、派别等意见而有意造成的,也便都有发表的权利与价值。这样的作品,自然的具有他应有的特性,便是国民性、地方性与个性,也即是他的生命。""现在的人太喜欢凌空的生活,生活在美丽而空虚的理论里,正如以前在道学古文里一样,这是极可惜的,须得跳到地面上来,把土气息、泥滋味透过了他的脉搏,表现在文字上,这才是真实的思想与文艺。这不限于描写地方生活的'乡土艺术',一切的文艺都是如此。"[①]周作人虽未明确强调自然生态的价值意义,但是在强调地方性、个性,以及土气息、泥滋味之中,于无意识中也是应当蕴涵自然生态的内涵的。因为地方性、土气息、泥滋味的叙写,必然是要与自然生态相融汇的。

作为更为直接地从周作人乡土文艺思想中汲取资源的废名,他的乡土文学叙事,似乎在建构与城市相抗衡的世外桃源般的精神家园。显然,废名面对虚伪而颓唐的现代城市文明,难以安妥其灵魂,失去了生命情感与精神的寄寓之地,就将拯救现代人灵魂与精神的目光转向了乡村,转向了大自然的旷野。他的笔下所创造的梦幻般的乡村世界,充满了诗情画意,犹如人类的一方净土。

沈从文的乡土文学叙事,是真正开辟了一种具有现代意味的天人合一的理想的乡土世界。他笔下的湘西已经成为一种现代乡土文学叙事的地域符号。当然,我们可以说沈从文的乡土叙事是有感于城市文化的污浊,是对现代城市文化与生活的一种逃离,或者,他还试图保留着更为淳朴的人间美好的家园意识与情感精神,来救赎堕落的城市文化,给人寻找一方精神的净土。在对于湘西乡土世界的叙事中,沈从文不是无理地将自然生态环境置于社会人生的铁蹄之下,而是将人文情感精神融入自然生态景致之中,是一种自然与人文的融合境界。《边城》可以说是一部人与自然合二为一的经典之作。如果从对于新时期乡土文学叙事的恢复,特别是对于新乡土文学叙事所提供的乡土文学叙事经验来说,沈从文的《边城》可以说是一部必读的叙事标本。就其间对于生态叙事的启示而言,在于将人的自然化,而不是将自然强踩在人的脚下。整个叙事温文尔雅,自然自如,几乎无半点有违人性与自然之处。

---

① 周作人:《谈龙集》,河北教育出版社2002年版,第10—13页。

其他现代乡土作家，对于乡土文学叙事自然也有着可资借鉴的经验。不仅如此，就是诗歌创作中也有许多涉及生态抒情叙写的内容。比如艾青与臧克家等诗人，从另外一个角度看，他们也可说是乡土诗人，在他们的诗作里，就有许多以自然景物、土地、乡村、旷野等为中心意象，像艾青的《大堰河——我的保姆》《雪落在中国的土地上》《手推车》《北方》《我爱这土地》《旷野》《村庄》和《献给乡村的诗》等等，限于篇幅，这里就不再详细叙说了。

二、生态视域下的新乡土叙事

20世纪80年代，中国的乡土文学得以重新回归。这次回归实际上是一次挣脱社会政治意识形态的探索，对于生态并没有自觉的意识。对于生态价值意义的认知，则在80年代中期以后。虽然此时的乡土文学叙事，仍然以社会意识形态为其基本的叙事视域，但是，自然与人文生态的意识，已经开始觉醒，这时的乡土文学叙事，有意无意之间，已将自然生态环境与人和社会的历史命运相结合。作家在关注人的生存环境、生存方式、生存状态的过程中，也就自然而然地引发了对于人与自然关系的思考。如果就对于生态意识的觉悟觉醒而言，最早觉醒的并不是乡土文学叙事作家，而是一批报告文学作家。他们于20世纪80年代始，创作了一批揭示中国生态环境被破坏的报告文学作品，引人触目惊心，像徐刚《伐木者，醒来！》、麦天枢《挽汾河》、乔迈《中国：水危机》、李青松《遥远的虎啸》等。在当时加速实现现代化，大力发展经济与科技、工业的情景下，能够认识到现代化对于自然生态的严重破坏，必然要受到大自然的惩罚，的确是非常难能可贵的。随着实现现代化历史进程步入快轨道，超限度的城市化发展，各行各业追求速度效率、跨越式发展，在改善社会生活的同时，给自然与人文生态环境所造成的毁坏，已经到了惨不忍睹的地步。进入20世纪90年代，包括乡土文学叙事的整个文学创作，生态意识开始全面觉醒。新乡土文学叙事在其出现的时候，也就必然要面对生态环境毁坏日益严重的现实境遇，在建构新乡土文学叙事艺术世界的时候，也就自然而然地体现出对于生态现实环境日益凄惨的忧思。

从生态视域来看，新乡土文学叙事体现出的是反思意识、忧患意识与自然大地情怀。

坦率地讲，乡土文学叙事的反思，初始并非是对于人与自然及其关系的反思，而是对于人与社会历史的反思。尤其是在对于社会历史的反思中，一些作家自觉不自觉地就将视域拓展开来，在审视与思考乡土世界的现实与历史时，融入自己对于人与自然的思考。或者说，乡土世界的艺术叙事，势必要涉及乡村的自然生态环境。在思考乡村人的生存及其环境时，也就势必要思考乡村的自然环境。从某种意义上说，中国当代社会及其建构的历史进程中，人们自然更多的是从社会政治生态角度切入思考问题。社会政治意识形态的过度膨胀，换种角度来看，实际是人的欲望的过度膨胀的一种表现。也正是人的欲望过度膨胀，社会生态受到了破坏。其实，在人的社会政治意识形态的极度膨胀中，自然生态也遭到了极度的破坏。这一方面，比如，我们从有关20世纪50年代"大跃进"中就能够看出对于自然生态的破坏。因此，作家在反思20世纪50年代以来的社会历史的过程中，也就从另外一种角度，折射出对于自然生态及其环境的破坏，以及由此而产生的忧思。而乡土文学叙事真正对于人与自然的反思，在1990年之后。就乡土文学叙事而言，贾平凹、张炜等在其乡土文学叙事中，表现出强烈而深沉的反思意识。这里以贾平凹的《怀念狼》为例做些分析。

作为新世纪时贾平凹的第一部长篇小说，《怀念狼》所叙写的故事仍然是他的故乡商州的故事。但这次所叙述的则不完全是人的故事，而是有关狼的故事。作品开始叙事主人公、省城摄影记者高子明叙述道："是狼，我说，激起了我重新对商州的热情，也由此对生活的热情，于是，新的故事就这样在不经意中发生了。"[①] "我之所以想起重回老家商州，现实的原因是我厌倦了都市生活，实际上是在城市生活中，我的生命堕落了，我失去了生命的价值方向。为了安妥游荡的灵魂，我便想到了故乡，想到了故乡的狼。"

对于生态的反思，《怀念狼》源于对人的生命委顿与生存的困顿的忧虑。人类的生存，是一个过程，也是一种结构。就其过程而言，人作为大自然中一种特殊的存在物，从自然的存在，走向自我的存在，经历了不断地超越。就其结构而言，一方面，人是个体存在与群体存在的统一；另一方面，

---

① 贾平凹：《怀念狼》，人民文学出版社2008年版，第2页。

是一种无限与有限、自在与我在的统一体,是客体之在、主体之在与超越生命具体的抽象之在。在此,我们反对将人的存在绝对化,纯理念化,或纯具体化。人的存在,说到底还是现象与本质、客体与主体、具体与抽象、理念与意志等的有机统一。同时,人类的生存作为一种存在,它还是一种生成机制。人的"存在是生命的强烈颤动","是一种生成;它朝可能性定向,同时它朝自己的本源定向,朝自己的来源定向"。[①]贾平凹的《怀念狼》自然不是按照存在哲学思想去创作。但是,我们在解读过程中,发现他关于人的思考,在诸多方面与存在哲学期遇。贾平凹的思考,导源于他自己的生存现实和生存环境,导源于他生命本体的困惑与裂变。就文化思想而言,更多地导源于中国古典哲学,尤其是《周易》、老庄的哲学思想。他试图以此在与现代生存的契合中,寻求着人类生存的救赎方式。思维上,不是先有理念,后有思考,而是先有现实存在,而后引发出思考,即"我在故我思"。

人类进入后现代社会之后,陷入双重的危机与困境之中。现代文明的创造,曾一度使人类的精神与生存环境得到了极大的改善。但是,在人们还沉醉于自己所创造的第二自然的美梦中,新的危机便出现了,人类陷入了新的精神危机和生存环境危机。人类用现代文明一面建构着天堂,一面又在为自己掘着坟墓。"人类的创造性能量——上帝赋予人们这些能量,为的是让人们成为不断发展中的生态—历史创造程中的共同创造者——如今正被滥用于破坏性方面。现代文明本身对创造就是一种威胁。正如教皇约翰·保罗二世在思考现代科学技术时经常指出的那样,它是我们时代所面临的深刻危机。"[②]因此,对于人类文化精神、生存状态和生存环境的关注和深刻的焦虑,成为全世界的一个共识。

人类生存状态的危机与焦虑感,主要来自两个方面,一个是人类社会生存状态,一个是人类的生态环境。人的生存状态,包括人类的生存方式、生存结构、生存层次等诸多方面,归结起来,还是人们生活方式与思维方式,人的生存关系及其社会形态等问题。现代社会中充满了矛盾,充满了危机,

---

① [法]让·华尔:《存在哲学》,翁绍军译,生活·读书·新知三联书店1987年版,第46页。
② [美]大卫·雷·格里芬:《后现代精神》,王成兵译,中央编译出版社1998年版,第66页。

人与人、国与国、民族与民族之间的矛盾，恐怖、仇杀、腐败，精神上的孤独、隔膜、恐惧等等，可以说成了人类共同的难题。21世纪的第一个年头，即2001年9月11日，美国发生了震惊世界的世界贸易大楼被飞机撞毁的恐怖事件。在这次恐怖事件中，丧生人数达数千人之众。这件恐怖事件的背后，隐含着复杂的民族矛盾，这是对人性、人类文明、生命的一次严重的践踏。如果我们从人类发展历史和生存状态角度看，可以说这是人类生存危机的一个突出表现，说明人类的生存状态达到了怎样恶劣的地步。战争、饥荒，特别是核武器时时威胁着人类的生存、恶化着人的生存状态的境地下，每一个人，都应该深刻反省一下自己。

更为严重的是，人类在创造为自己生存所用的第二自然的过程中，严重破坏了第一自然，人与自然的关系极端恶化，生态平衡被严重打破，自然环境遭到严重破坏，这些已严重地危及人类自身的生存。人类在追求短期利益时，失掉了自己的长远利益。而且，人类不仅破坏了自己生存的地球，而且已经对地球以外的未来可能成为生存新空间的宇宙开始了破坏。人类已经意识到对于大自然的破坏是一种自掘坟墓的行为，现在已经尝到了自己的苦果。就中国而言，仅20世纪50年代开始的对于生态植被的破坏，使沙漠化以惊人的可怕速度扩展着、挤压着、缩小着人们的生存空间。中国政府现在采取了一系列积极的补救措施，如退耕还林、动植物的保护、有计划限制性的开发能源等等。但是，令人忧虑的是，经济快速发展，尤其是西部大开发，如西气东输等等，会不会造成新的生态破坏呢？一系列的问题压得人几乎喘不过气来。可以肯定，在近期，生态环境对于人类生存的危机还会加重，至少还会持续下去，对此，又怎能不使每个人文知识分子忧虑呢！

由于人类过度扩张自己，严重破坏大自然，造成了人类生存自身的萎缩。生态环境危机，成为人类生存中的最大问题。人类在严重打破与自然的平衡，人为地破坏了生物链，受到惩罚之后，开始意识到保护大自然就是保护自身。不仅开始保护还未遭破坏的生态环境，甚至人为地恢复已被破坏的大自然。像《怀念狼》中所叙述的，人工繁殖大熊猫，保护商州仅存的十五只狼。贾平凹的深刻之处在于提出进一步的思考。人类在破坏大自然时，是按照自己的主观愿望进行的，在保护乃至恢复时，亦是如此。这最终又将如何呢？人工繁殖大熊猫失败，普查狼却事与愿违，加速了狼的消亡。在此，我们可以窥知贾平凹对于人主观意志的怀疑，暗示着对于人自然本真存在的呼唤。保护大自然，首先要顺其自然，要遵循大自然的运行规律。这中间既有协调发展，也存在着万物之间的自然对抗。因此，《怀念狼》的意义指向，并非仅是一个生存环境及其保护或恢复的问题。

人类的生存，是一种对抗。人的生命本能中，存在着一种自然的对抗因质。人类在与大自然的对抗之中，也包含着人生命本体的对抗。贾平凹并没有因大自然的破坏而去寻求人与大自然的平衡，同时，也从人生命本体角度，肯定了对抗是人类生存中一个不可或缺的内涵。人一旦失去对抗，自身的价值和意义也就相应消失，就会造成人自我的失落，生命本体的变异。傅山在打狼的年代，成为人心目中的英雄，其生命价值得以充分展现。他在与狼的对抗中，实现了自我存在。但是，当他无狼可打，失去与之对抗的对象时，他便发生了生命的变异，得了怪病。耐人寻味的是，傅山以违背自己生命存在方式去保护狼时，可狼并不买人的账，与人类继续对抗。最终，傅山还是打死了狼，放弃了平衡，选择了对抗。作品在此揭示出人类生存陷入一个怪圈，且不能自拔。在强大的生命对抗面前，平衡的环境保护意识，是多么地脆弱。

人类陷入一种深层的矛盾和尴尬的境地。对抗，造成人与自然的严重失衡，协调、平衡，则又带来人类生命的失衡、自我的迷失。对抗似乎不仅是一种自然属性，而积淀为一种生命的意志，成为人生命本体不可分割的有机构成要素。贾平凹试图探寻走出人类生存困境的方式。在对抗中寻求平衡，在人与自然的对抗中，达到一种和谐。由此可见，贾平凹在《怀念狼》中对于生态问题的思考，是一种复合性的意义指向。

无独有偶，《怀念狼》出版不久，另一部以写狼为主要内容的长篇小说《狼图腾》出版。如果说《怀念狼》是由人的现实生存状态而引发的对于生态问题的深入思考，那么，《狼图腾》则是在反顾当代历史中，非常尖锐地反思人与自然的对立关系，以及由此而形成的人与狼，也就是人与自然的对抗关系。《狼图腾》的作者姜戎曾作为知青到内蒙古插队落户，应当属于知青作家。新时期以来的乡土文学叙事，如果就作家的文化身份而言，从其出身可主要分为两部分，一部分是出生于乡村的作家，一部分是因各种原因从城市到乡村生活过一段时间的作家，其中知青作家是最具代表性的。这两类作家的乡土文学叙事的基本态度与立场，是有差异的。出生于乡村的作家在叙述乡村的时候，其生命情感乃至价值立场，与乡村具有一种内在的血脉联系，常常是一种乡土内视角的文学叙事。而从城市到乡村的作家，对于乡村的审视及其叙述，则不可避免的是一种外来者的视角。如果说乡裔作家是一种生命原发性的乡土叙事，那么城裔作家则是一种继发感知性的乡土叙事。因此，在乡土世界的生态叙事中，乡裔作家是原发性地将生命与自然融为一体，乡村的自然与人文生态环境中的一草一木、山川河流、民风乡俗，已经融入作家的血液中，自然而然地浸透于乡土叙事之中。而城裔作家则是于生命困顿中，对于乡村生态的一种继生性的更为理性的文学叙事。很明显，《狼图腾》在对草原乡村及其生态环境的叙事中，表现出更为强烈的理性意识。从叙事视角上看，是以一个外来者的眼光对于草原乡村的叙说。在此，作家将狼作为草原的一种文化与生命意象而展开来思考生态问题的。作家既是借人物之口，也是一种自我体认地说："草原狼的存在是草原存在的生态指标，狼没了，草原也就没了魂。现在的草原生活已经变质，我真怀念从前碧绿的原始大草原。作为现代人。在中原汉地最忌怀旧，一怀旧就怀到农耕、封建、专制和'大锅饭'那里去了。可是对草原，怀旧却是所有现代人的最现代的情感。"[1]不过，《狼图腾》与《怀念狼》都表达了对于狼的呼唤。这实际可以理解为是对于人生存的原始野性的呼唤。这种呼唤更为深层的是在与狼的对抗中，求得一种生态的平衡，而不是对于狼的圈养或者绝杀。其实，作家进行的是一种对于现代性的反思。

新乡土文学叙事，对于生态及其环境的思考或者忧虑，其间蕴含着一种自然大地的情怀。乡土叙事是离不开土地的，乡土作家都对土地具有一种眷恋与敬畏的思乡情怀。不管现代科学技术达到怎样的程度，截至目前我们人类还是不能脱离大地而生存的。但是，随着现代性的历史转换，特别是过度的城市化、科技化与工业化等等的发展，在给人的生活提供了更为方便条件的同时，对于地球的破坏，达到了令人不寒而栗的程度。尤其是现代科技对于大地的蹂躏、践踏与破坏，已经直接威胁到人自身的生存。对于土地或者说大地具有深厚生命情感与精神情怀的乡土作家，在他们的新乡土叙事中，

---

[1] 姜戎：《狼图腾》，长江文艺出版社2004年版，第364页。

已经将生命与土地融为一体。在新乡土文学叙事中,甚至出现了直接以大地命名的作品,如范稳的"藏地三部曲",实际也可称之为"大地三部曲":《水乳大地》《悲悯大地》《大地雅歌》,阿来的长篇散文《大地的阶梯》,张炜《九月寓言》的代后记,就是那篇深得研究者关注的《融入野地》,等等。这一方面,张炜可能是最具代表性的乡土作家。

张炜是一位富有理想与大地情怀的乡土文学作家,他对于自己文学理想的坚守,达到了极为固执的地步,他的大地情怀浸透于整个乡土文学叙事的骨髓之中。他以《古船》而受到文学界的普遍关注,之后创作了一系列浸透强烈的人文情怀与大地意识的作品。他将自己倾注二十年心血所完成的十个单元的各自独立的长篇小说统命名为《你在高原》。这一名称换种说法也可叫作"你在大地"。由此可见张炜对于土地的深切情怀。在张炜的笔下,虽然故事、人物各自相异,但似乎有一个贯穿所有乡土文学叙事文本的形象,那就是行走于大地的苦行者。这正如他在《你在高原·自序》开句所言:"自然,这是长长的行走之书。"作家在完成这十卷长长的叙事后,"有一种穿越旷邈和远征跋涉的感觉"。[①]读者的阅读又何尝不是一次更为艰难的"穿越旷邈和远征跋涉"呢?其实,与其说张炜用笔行走于大地,不如说他一直在思考着大地。行走的过程就是思考的过程。那么,进而需要追问的是:他在思考大地的什么?

张炜自然首先是在追问或者思考生存或者行走于大地上的生命,以及这些生命的存在状态及终极意义。社会生活及其历史,固然构成了张炜乡土文学叙事的重要故事内涵,他不仅叙述了当代乡土世界的历史,刻画了乡土世界的人与事,更为重要的是,他在思考乡土世界的生命何以如此,他们的终极价值意义又在何处。像《古船》中隋抱朴之思,《家族》中宁珂与曲予的追问,等等。在对于生命意义的追问中,张炜把生命意义思考与脚下的大地紧紧地融为一体。

对于大地的思考,他首先感觉到了矗立于大地之上的城市对于乡野的侵蚀。生活于其间的人,可以说成为城市森林的困兽。所以,在《融入野地》中,开句就是:"城市是一片被肆意修饰过的野地,我最终将告别它。"[②]

---

① 张炜:《你在高原》,作家出版社2010年版,自序第1页。
② 张炜:《九月寓言》,上海文艺出版社1993年版,第340页。

他为何要告别城市？那是因为这里"市声如潮，淹没了一切"。在这里寻找不到生命情感与精神的寄寓。"我曾询问：一个知识分子的精神源自何方？它的本源？"结果于书本、城市似乎难以找到与人的生命相融的答案。只有融入大地，才"发现了那种悲天的情怀来自大自然，来自一个广漠的世界"①。所以，换一种角度看问题，也可以说张炜的新乡土文学叙事，是一种以大地情怀融入乡土生活的文学叙事，他在亲近大自然、亲近大地的过程中，融入了对于大地自然生态与社会生态的深刻思考。

韩少功作为一位曾经下过乡的城裔作家，在乡土文学叙事上却矢志不移，对于土地也表现出极为深厚的情感。也许正是曾经的乡下生活经历，才使他从中领悟到人生与文学艺术的真谛。面对超高速的城市化与工业化，他保持了一位乡土作家的更为清醒的认识，倾注着对于土地的强烈的生命情感。他在《山南水北》中所进行的生态思考，倾注了他的生命情感："总有一天，在工业化和商业化的大潮激荡之处，人们终究会猛醒过来，终究会明白绿遍天涯的大地仍是我们的生命之源，比任何东西都重要得多。"②

其实，当韩少功于20世纪80年代中高呼"寻根文学"的时候，就已经埋下了他对于大自然思考与亲近的种子。虽然他不久随着商品大潮去了海南，但是，当他再次亮相于当代文学创作时，一部《马桥词典》，表现出对乡土更为深厚而凝重的思考。马桥是一个地域坐标，也是一种生长于乡土的一个村庄，更是一个乡土文化的象征符号。这个文化象征符号，虽仍然带有浓郁的思想者的情怀，一个从外部审视乡土生活与文化肌理的观察者思索，但是，我们可以强烈地感觉到，韩少功这时对于乡土世界的文学叙事，已经增添了更多的人生与文化情愫的沧桑感。于此，他不仅在思考着乡村的社会历史，也思考着乡村的生态环境的历史变迁的沧桑。进入新世纪，一部长卷散文《山南水北》中更是充满了对于生态问题的思考。

韩少功对于大自然的追寻与思考，其实也是源于生活的现实，这个生活的现实就是城市生活。面对被现代化铸造起来的城市，连韩少功这样的城市人，都无法寻求到心灵安妥。"城市不知从什么时候开始已越来越陌生，在我的急匆匆上下班的线路两旁与我越来越没有关系，很难被我细看一眼；在

---

① 张炜：《九月寓言》，上海文艺出版社1993年版，第354页。
② 韩少功：《山南水北》，作家出版社2006年版，第62页。

媒体的罪案新闻和八卦新闻中与我也格格不入,哪怕看一眼也会心生厌倦。我一直不愿被城市的高楼所挤压,不愿被城市的噪声所烧灼,不愿被城市的电梯和沙发一次次拘押。大街上汽车交织如梭的钢铁鼠流,还有楼墙上布满空调机盒子的钢铁肉斑,如同现代的鼠疫和麻风,更让我一次次惊悚,差点以为古代灾疫又一次入城。侏罗纪也出现了,水泥的巨蜥和水泥的恐龙已经以立交桥的名义,张牙舞爪扑向了我的窗口。"对此,韩少功发出疑问:"生活有什么意义呢?"[1]那生活的意义又在哪里呢?《山南水北》的回答是:移居乡村,投入大自然。在与土地亲近的劳作中,在与大自然的融入中,不仅找回生活的意义,还找回了自己。

三、新乡土叙事中的生态家园的精神守望

对于家园的守望、建构或者失却的叙写,这不仅是新乡土文学叙事的一个基本主题,也可说是中国当代文学进入20世纪90年代之后,整个文学叙事中的一个命题。让们感到有些枯燥或者无奈的过度城市化历史进程,给中国乡土世界乃至整个中国生态环境(包括自然环境与社会人文环境)所带来的毁坏,似乎已经不是一个理论问题,而是一个非常严重的现实问题。现在没有谁说保护生态环境不重要,但问题是对于生态环境的毁坏依然如故,甚至更为严重。可以说,当下的人们,一边呼喊着要建设生态家园,另一方面却不停地以城市建设快速发展为借口,在毁坏着生态家园。现实的家园被毁坏,我们也只好在文学叙事特别是新乡土文学中,建构起梦幻的精神家园。

家园,既是人的现实居住场所,也是人的生命情感与文化精神的栖息地。尤其是对于中国人来讲,家园意识之中,深深地蕴含着故土难离的情感根系。家园之中,包含着乡音与乡情、亲情与归宿,包含着泥土气息与源发生命,也包含着人与大自然的一种亲和关系。用海德格尔的名句来表述,家园就是人类诗意的栖居地。它不仅给人提供了一个物质的居住空间,更为人类提供了生命情感与文化精神寄寓与归宿之所在。对于现代人而言,家园之所以如此重要,那是因为在现代科技与现代城市高度发达的今天,人们成为无根之物,犹如浮尘一样漂浮在城市,而于文化精神和生命情感上,找不到

---

[1] 韩少功:《山南水北》,作家出版社2009年4月版,第3—4页。

归宿。回家，从某种意义上来说，就成为人一生所追寻的终极目标，也可视为对人的一种终极关怀。甚至可以说，人有家园可归，也就有着精神理想之存在根本。正如乡间俚语所言：鸟都要有个窝，何况是人。也正因为如此，乡土文学叙事，向来都把家园故土之生命情感，作为艺术叙写的重要母题。在现代中国乡土文学叙事中，面对代表文明进程的城市，作家便把乡村作为自己家园想象的对象，在对乡村的诗意想象中，构建起生命情感与文化精神的家园。更为重要的是，无论是出身乡村后来走入城市的五四一代，还是落难乡村最终又返回城市的"右派"和知青，他们总是将故乡或乡村当成对抗城市文明和抵抗物化现实的一个"精神家园"。

构筑精神家园的梦幻，还是起始于物质家园的毁坏。20世纪90年代以来，中国的现代化进程或曰城市化进程再次提速，城市化几乎成为现代化的代名词。城市，以前所未有的惊人的速度扩张着。城市的扩张，势必要侵蚀乡村的土地。这一方面的文学叙写，也许贾平凹的《土门》具有代表性。这是新乡土文学叙事中比较早地意识到乡村被城市蚕食的一部作品。从作品叙述中可知，城市对于乡村的蚕食是从城郊开始的。处于西京城边沿的仁厚村，是一个有着几百年历史的村落，在城市扩建中，被轰隆隆无情的推土机推掉了。虽然村民们也做过抵抗，但是，面对强大的权力与金钱，以及现代化的推土机，他们的抗争最终也只能以失败而告终。自己的村庄被摧毁了，仁厚村的村民们，有一部分走向了更为原始自然的神禾塬。也就是说，20世纪90年代初，作家还可以在山地去重建家园。这实际象征着人们对于原始生命的一种回归。可是，到了21世纪，恐怕遥远的山区，也已经没有可以给予人的精神与生命的家园可建了。贾平凹的《带灯》，主要叙述的是维稳与上访问题。但是，从叙事中可知，在原始的秦岭腹地修建了高速公路，建造大工厂，已经打破了深山的寂静。也就是说，城市化及其工业化的触角已经伸向了深山老林，这里也难以成为理想的精神家园。

许多新乡土文学叙事，从乡村本体角度进行审视，叙写了乡村自身的变化。当然，其中不乏建造新的乡村世界的文本。但是，大家更多关注的是，乡村的荒芜化的问题。比如赵本夫的《无土时代》，就非常真实地叙写了乡村在城市化进程中，大量乡村的劳动力离开土地，造成了乡村土地的荒芜，家园的破败。耐人寻味的是，在乡村的土地与家园荒芜、破败的同时，城市却在林立的钢筋水泥之间，开辟绿化地带，充满了对于自然生态的渴盼。正如作品所述，木城绿化队队长天柱，希冀复活乡村的田园景观，要在这座城市里所建造的三百多块草坪上种上麦子。这位来自乡村的城市绿化队队长，显然是感觉到了自己的无根，企图通过在草坪上种植麦子，寄寓自己的生命情感。这是一种乡村生命与文化的追寻，自然蕴含着对于土地、精神家园的呼唤与重建愿望。

更为重要的是，物质的乡村生态环境的破败，带来的是人们的精神家园的毁坏。乡村的社会秩序、人伦关系，以及现实的生存境遇等等，都发生了变化。如果说乡村及其生态环境依然存在，那么，人们在城市找不到归宿时，还可以回归乡村，以寄托自己的生命情感。但是，当连乡村都遭到破坏，或者荒芜化、空心化后，人们连乡村这个最后的家园都失去了。贾平凹的《秦腔》可谓是描写乡村社会秩序与乡土文化精神失落的一曲挽歌。从作品的叙述中可以看到，以清风街为符号的乡村，传统的生活方式、价值观念，以及生活习俗，等等，都遭遇了严重的冲击，乃至毁灭性的打击。而以"秦腔"为符号的乡村文化，在城市流行文化的冲击下，已失去了生存的环境，只能以流落的方式，苦苦地挣扎。这可以说是乡村文化的一次大溃败。其间也隐含着家园的失落。也正因为如此，作家贾平凹才说要给故乡立一块碑子。这个碑子就是乡村及其文化消失的纪念碑。而这个碑确实很难写上碑文，最具有象征意义的是土崖埋掉了老辈农民，大地成了他的坟墓，这又何以再写什么碑文呢？

贾平凹及其新乡土作家们，很显然对于乡村世界的失落，充满了忧虑与疑虑。面对不可阻挡的城市化历史进程，对于城市文明的肆意与乡村文明的败落，内心充满了矛盾。从作家矛盾的生命情感与思想认知中，我们也能体味到一种悲悯与无奈。继《秦腔》之后，贾平凹创作了农民进城寻求生存的《高兴》，这一方面说明，由于大量农民离开土地，造成了乡村土地的大量闲置与劳动力短缺的现象。就如作品中所描写的那样，人死了连抬棺材的人都很难寻到。另一方面，农民在城市中找不到归宿，成为漂浮于大地之上的夜游神，或者孤魂野鬼。进而需要追问的是：何处是归宿？从现实生存境遇来看，乡村似乎已经无法拴住农民的心，而城市又难以很好地生存，那农民将以何为生存之地？他们的家园又在何处？或者他们将如何建造自己新的家园？更为确切地说：他们能在何处建造自己的家园？

对于乡村家园的探寻，或者说试图找回人的精神家园，俨然成为新乡土文学叙事的又一叙写维度。东北作家孙惠芬的《上塘书》《歇马山庄》《歇马山庄的两个女人》等长篇小说，就是致力于这一方面探索的。如果说《上塘书》以一种地理志的叙事方式，叙写了一个可供从乡村走出，在城市身心分离精神极为痛苦中，慰藉心灵的精神家园。那么，《歇马山庄》叙写的是村民在改革浪潮的冲击下，原来的乡村被新的社会观念所冲击涤荡，他们不得不面对新的社会生活变化，并被这种急遽变化所震动。到了《歇马山庄的两个女人》，则是叙写农民离开家园到城里打工，四处流浪的人生命运，叙写了城市异乡人失却家园后双重流浪的悲苦与无奈，困顿与尴尬。在这里，一方面是探寻中国乡村在新的社会时代下的命运与出路，更是寻求乡下人的生命情感与文化精神家园的失落。另一方面，作家也是在叙写乡村的过程中，自己的精神得以回归故乡。正如作家所言："我曾在许多文章里说过，我喜欢写心灵的历史，写心灵瞬间的跌宕起伏和变化，可是，在心灵外面，还有一个更加广大的自然世界，那就是我小说无法逃离的乡村世界。多年来，我一直在逃离乡村，可是我一直在用写作的方式，回到我的乡村。对于这个乡村，我有深入骨髓的记忆，在那记忆里边，你所说的琐碎、隐秘和独特，永恒不变，不但如此，随着时间的推移，在我笔下，它几乎成了一种下意识。也就是说，身体上走得越远，精神上就离得越近。"[1]

东北另一位女作家迟子建，其《额尔古纳河右岸》等乡土叙事，叙写了这一曲家园守望的悲歌。迟子建的乡土文学叙事，始终根植于生她养她的那片黑土地、大森林，她是在大自然的融汇中，走向故乡，走向自己的家园的。从迟子建的作品叙事与创作谈中可以看出，她具有清醒的生态意识。在她看来，"持续的开发和某些不负责任的挥霍行径，使那片原始森林出现了苍老、退化的迹象。沙尘暴像幽灵一样闪现在新世纪的曙光中。稀疏的林木和锐减的动物，终于使我们觉醒了：我们对大自然索取得太多了"[2]。她所

---

[1] 张明春：《她总是用写作的方式回到她熟悉的乡村》，中国作家网2013年7月5日，http://www.chinawriter.com.cn。

[2] 迟子建：《额尔古纳河右岸》，人民文学出版社2010年版，第263页。

塑造的乡土家园，是乡村人文环境与自然生态环境融为一体的。很显然，在她看来，人类的生命情感与家园，就在这人与自然完美融合的天境之中。在她的笔下，不仅各种动物富有灵性灵气，那些树木花草也是一种生命的精灵，就是大山河流，也构成了生命的有机部分。她所叙写的蕴含于白山黑水之间的乡村，完全是人与自然的和谐共生的生命体。这种生命情感的体验付诸文学叙事，就为我们创造出一种生命与文化寄寓的精神家园。当然，她的这种生命体验，一方面自然是源自她从小就熟知的、已经融入她的生命情感血液之中的故乡故土，因为东北故乡"那片春天时会因解冻而变得泥泞、夏天时绿树成荫、秋天时堆积着缤纷落叶、冬天时白雪茫茫的土地，对我来说是那么地熟悉——我就是在那片土地出生和长大的"[1]，另一方面则是受到现代城市生活的触发。很明显，她是对城市文化或者说现代化充满批判的："面对越来越繁华和陌生的世界，曾是这片土地主人的他们，成了现代世界的'边缘人'，成了要接受救济和灵魂拯救的一群！……我们总是在撕裂一个鲜活生命的同时，又扮出慈善家的样子，哀其不幸！……我们剖开了他们的心，却还要说这心不够温暖，满是糟粕。这股弥漫全球的文明的冷漠，难道不是人世间最深重的凄风苦雨吗！"[2]或者说，她对现代性是充满警惕性的。她的代表作《额尔古纳河右岸》就犹如一曲古老悠远的守魂曲。祖祖辈辈生活在深山之中的鄂温克族人，以驯鹿为其基本的生活方式。他们实际上已经和所生活的这片森林融为一体了。大山、森林和驯鹿，已经融化为他们的生命与情感。那位作为主要叙事者的鄂温克老女人，在向人们缓缓地叙说着神话般的历史，也在固守着这历史的神话。实际上她是在固守着鄂温克人的历史文化与精神家园。别人都搬到山下去了，而她却执着地坚守着这片心灵的净地。她的坚守，是在为现代人守护着生命情感与文化精神的最后一片净土，也就是人类的最后的家园。

正如前文所提到的，人们似乎都清醒地知道，所谓的现代化历史进程，所谓的各种利益合谋之后所造成的城市化进程，这是任何一个不论是环保主义者还是乡土文化精神的坚守者，都无法阻止的现实境遇。面对日益毁坏的自然生态与乡村家园，只能是发出悲悯的哀叹。也许，再过五十年乃至一百年，人

---

[1] 迟子建：《额尔古纳河右岸》，人民文学出版社2010年版，第262页。
[2] 迟子建：《额尔古纳河右岸》，人民文学出版社2010年版，第266页。

们才能真正醒悟到这一声声哀叹的分量，就像今天的人反思三十年、五十年、一百年前的历史一样。历史的直线进化似乎成为一种社会历史发展的铁律。对此，有许多作家发出了疑问，同时，也有许多作家在面对现实时，试图再造乡村的家园。周大新的《湖光山色》，可视为这方面积极探索的力作。曾经离开故乡到城里打工的暖暖，回到了家乡楚王庄，她试图以自己从城市学来的知识与生活经验，带领乡亲们发展旅游业，再造一个新的充满生命活力的楚王庄。她用爱情支持有抱负的青年旷开田，不仅推翻了横行乡里多年的楚王庄老主任詹石磴，而且借助城里人的帮助，办起了旅游业。但是，当这一切都变为现实的时候，旷开田却成了一个新的詹石磴。物质的乡土可以改变其面貌，也可以使乡村富裕起来，但是，乡村的固有文化——优秀的与糟粕的甚至邪恶的，都还存留于乡村的现实生活之中，存留于乡村人们的血液中。河南作家的乡土文学叙事有一个共同的特点，那就是对于乡村权力及其文化的揭示与批判。或者说，河南的乡土文学叙事，对于乡村政治权力生态问题给予了更多的关注。乡村整体社会与自然生态及其环境建构，始终伴随着权力政治的建构。因此，要建设新的乡村生态，首要的是要有一个理想化的权力政治生态。

总之，20世纪90年代以来的新乡土文学叙事，痛惜着乡村及其家园的丧失，这不仅仅是物质意义上的乡村家园，更是生命情感与文化精神上的家园。在快速的现代性历史转换中，尤其是过度的城市化进程，不仅挤压着乡村的自然生存空间，更是摧毁着乡村的乡土文化、乡土生存方式，以及乡村的生命情感心理精神。在这场历史性转换中，面对乡土的坍塌，贾平凹、张炜等作家叙写了乡村及其家园丧失与沦落的挽歌。与此同时，新乡土文学叙事，虽然明知无法阻挡无限膨胀的现代欲望，但依然执着地试图超越现实、超越历史，寻求回归本源的精神家园，以期建构起富有原始生命活力的精神家园。而这种充满理想色彩，甚至可以将其视为具有强烈幻想色彩的精神家园的寻求之中，势必要面对人与自然的关系建构问题。很显然，人类精神家园的理想境界，正是一种二者和谐融为一体的境界。

正如其他文学种类一样，新乡土文学叙事，不仅具有其作为一种文学类型的共同性特征，建构起自身文学叙事的整体形态。同时，不同地域、不同作家的乡土文学叙事，又必然会呈现出各自文学艺术独立而特异的风姿风采来。因此，要对新乡土文学叙事做出更为深入的探讨，就不能回避不同地域及其不同作家新乡土叙事之间的差异性，以及他们之间的关联性问题。正因为如此，对于不同地域、不同作家之间的乡土叙事，进行必要的描述并进而进行比较探讨其不同的叙事特征及其形成原因，也就成为对新乡土文学进行深入研究的必要课题。这一问题的提出以及进一步的探究探讨，自然首先是基于新乡土文学创作的现实情况。我们在阅读当代中国20世纪90年代后的新乡土文学创作时，一方面深切地感受到不同地域的乡土叙事文学创作，构成了一种群体性创作态势；另一方面，也非常强烈地感受到不同作家在构建着各自的新乡土文学叙事地理，凸显出非常明显的差异性。从中国大的地域格局来看，南方与北方、东部与西部，在新乡土文学叙事的艺术建构中，形成了不同的区域乡土文学叙事，其间的区别是显而易见的，如北方的贾平凹、陈忠实、李锐、阎连科、刘震云、莫言、张炜与南方的余华、苏童、王安忆、阿来，他们之间的差异性，建构起中国当代文学叙事的地理图景，就是同为北方或者南方的作家，东部与西部也有着明显的不同；从更为具体的地域或区域来看，就是同一地域的作家之间，也表现出各自的独特性来，比如陕西的路遥、陈忠实与贾平凹，山东的莫言与张炜，河南的阎连科与刘震云、李佩甫，等等。可以说，他们每一位的乡土文学叙事都表现出卓立不群的艺术姿态。对此，我们需要进一步追问的是：不同地域的新乡土文学各自建构起怎样的叙事形态呢？这不同地域之间的乡土叙事又存在着怎样的差异呢？又是哪些因素造成了乡土叙事的差异性？

回答这些问题，就需要对不同地域、不同作家的乡土叙事，进行比较分析。

从学界的研究探讨视域来看，一方面致力于乡土叙事的整体研究与深入精细的个体研究，与此同时也注意到了从整体上对于不同地域乃至不同作家乡土叙事的研究探析；另一方面，我们在阅读梳理这方面的研究时发现，中国乡土文学叙事的整体历史建构、不同理论层面等问题，已经有非常多的深入探讨，并取得了丰硕的研究成果。现在，我们需要做的事情，就是在现有研究的基础上做进一步的拓展，这就是不同地域、不同作家乡土叙事的比较研究。

在对每一位作家的新乡土文学叙事进行深入研究探讨时，几乎都离不开一个话题，那就是他们的地域特色，甚至可以说，他们的新乡土文学叙事总是根植于他们的故乡故土。如果从更为抽象的角度进行考察，就会发现风姿各异的某一地域的乡土文学叙事，其实存在着同一地域文化孕育下的文化精神共性。换句话说，同一地域的作家的作品，亦是表现出某种共性特征。这样，不同地域之间的乡土文学叙事，也就自然而然地形成了不同的群体乡土文学叙事形态。

这里需要说明的是，下篇题为"新乡土文学叙事比较论"，内容由三个方面构成，一是对于中国新乡土文学叙事总体地域文化版图的概括描述，也仅仅勾勒出一个大体脉络背景。二是对于陕西路遥、陈忠实、贾平凹三位作家的乡土叙事进行比较探讨。之所以如此，是基于非常概略的论说，不如选择一地的代表性作家进行深入探析。三是选择当代乡土文学叙事上最具代表性的贾平凹与莫言进行比较分析，从中可以看出不同地域乡土文学叙事的不同状态。

下篇 新乡土叙事比较论

第六章

地域文化视域中的乡土叙事版图

就新乡土文学叙事总的地域格局来说，从北到南，从东向西，形成了具有鲜明区域特色的作家群体。若以长江为界，长江以北从西到东，就形成了以行政区域划分为标志的以雪漠、柏原、王新军等为代表的甘肃作家群；以漠月、石舒清、陈继明、张学东、郭文斌等为代表的宁夏作家群；以贾平凹、陈忠实、路遥、杨争光、高建群、红柯、黄建国等为标志的陕西作家群；以乔典运、田中禾、张宇、周大新、李佩甫、阎连科、刘庆邦、刘震云等构成的河南作家群；以曹乃谦、谭文峰、李锐、王祥夫、葛水平等为代表的山西作家群；以莫言、张炜、赵德发、李贯通、刘玉堂、尤凤伟、刘玉栋、鲁雁等形成的山东作家群；还有北京的刘恒、凸凹，河北的关仁山、何申、贾兴安等；迟子建、孙惠芬等东北作家群体等；江南的如四川的阿来、李一清、白连春；广西的鬼子、东西、林白、凡一平；湖南的韩少功、彭见明、向本贵等；湖北的刘醒龙、陈应松、刘继明等；浙江的余华、叶文玲、李杭育、李庆西、陈源斌、王旭烽等；江苏的苏童、格非、毕飞宇、艾伟、范小青等；就是相对而言比较注重城市文学叙事的上海，像王安忆、陈村、徐则臣、竹林、程乃珊这样的作家，也对新乡土文学叙事有着青睐。如果从更为综合概括的角度看，可以说当代新乡土文学叙事形成了以黄河流域与长江流域为基本格局的南、北新乡土文学叙事两大区域。

这样叙说，也只能是一种非常粗略的概括，要真正绘制出当代中国新乡土文学叙事的地域版图来,那的确是一件非常繁杂而又细致的工作。本研究也只能是尽力构建出一个大体的基本轮廓。

本章主要探讨三个问题。第一,从理论上对新乡土叙事与地域文化之间的关系,进行三个方面的粗略阐述。第二,对新乡土文学叙事的文化版图,从总体上做一粗略的勾勒,给人一个基本的当代新乡土文学叙事的地域分布图略。第三,对于目前学界所公认的新乡土文学叙事的区域重镇,做一概略的描述。

一、新乡土叙事与地域文化

1.新乡土叙事与地域文化的共生建构

如果从文学创作发生的角度来说,不仅新乡土文学创作及其叙事,恐怕任何文学创作及叙事,都难以彻底割断与其所在的地域文化的血缘关系。为什么如此说呢?也许美国著名人类文化学家鲁思·本尼迪克特在其《文化模式》中的一段话,对于解答新乡文学叙事与地域文化之间的内在关系,会给我们一定的启发:"个人生活史的主轴是对社会所遗留下来的传统模式和准则的顺应。每一个人,从他诞生的那刻起,他所面临的那些风俗便塑造了他的经验与行为。到了孩子能说话的时候,他已成了他所从属的那种文化的小小造物了。待等孩子长大成人,能参与各种活动的时,该社会的习惯就成了他的习惯,该社会的信仰就成了他的信仰,该社会的禁忌就成了他的禁忌。每一个孩子,一旦呱呱落地就生活在和他拥有相同习俗的人群中,任何一个出生在东半球的孩子不可能一生下来就获得与西半球的人同样的习俗,哪怕这种雷同只达到千分之一的程度。"[①]

当然,这是从已经形成了悠久的历史文化传统的角度,甚或是今天的人们一出生所必须面对的生存环境角度来谈论问题的。如果从文化创造的初元来讲,人自然是文化的创造者,人在创造最为初始的文化时,或者说人在成为人的初始之生存及其过程,自然是受惠于大自然的恩赐,也只能适应于自然环境中。亦即在无条件接受大自然的恩惠中求得生存,并开始了文化的创造。只是在后来漫长的生存历史发展中,人在不断地改善自己的生存环境与

---

① [美]鲁思·本尼迪克特:《文化模式》,张燕、傅铿译,浙江人民出版社1987年版,第2—3页。

生存条件的过程中，所创造的文化也就自然而然地日积月累起来，形成了所谓的文化传统模式与准则。这样，后来的人一出生就必然生活在他所存在的那个文化传统模态之中，而在其生长的过程中，文化模态也就反过来规约着新生人的经验与行为。所以，人既是文化的创造者，又是文化的创造物。也就是说，人创造了文化，而反过来又被文化制约并规范。由此来审视作家及其文学创作活动，自然是难以脱离他所生存的文化环境及其传统的制约。甚至可以说，作家的文学创作，必然是无法脱离其所处的文化环境，他所创作的文学作品，自然也是根植于其所处的文化境遇之中的。

这里有必要重复一下文学创作，自然包括新乡土文学创作在内，与地域文化的关联性问题。正如前面对于文学与地域文化关联性相关内容所阐述的那样，文学既包含于包括地域文化在内的文化之中，同时又是文化的一种极为重要的载体，亦即文学之中蕴含着丰富多彩的文化尤其是地域文化内涵。甚至可以说，文学与文化是相互包含、相互渗透的。文学叙事的艺术建构，任谁都不可能彻底剔除文化的印迹。同时，不论是历史文化传统，还是新创造的文化样式，都无法彻底根除文学艺术的因素，其间总是蕴含着文学艺术的基因。或者说，文化建构及其发展之中总是要显现出文学艺术性来。

当然从文化与文学的概念内涵上来说，文化概念中包含着文学。文学是文化的一种特殊门类，它的创作及其发展，受到了文化的滋润涵养，根植于文化的深厚土壤之中。而就今天的新乡土文学叙事而言，它依然离不开文化的滋养。不仅如此，新乡土叙事还表现出与地域文化更为密切的血脉相连的内在关联性。从文学创作角度来说，就是像余华、阎连科等更具西方现代文学艺术特质的作家所创作的文学作品，依然带有极为浓厚的地域文化艺术色彩。而如莫言、贾平凹、刘震云等等这些更为本土化的乡土文学作家，其地域文化特征就更为凸显。他们的文学叙事，可以说与他们出生地的地域文化建构起一种共生的状态。

于此，我们提出新乡土文学与地域文化是一种共生的建构，也是基于这样的考虑。那么，进而需要探讨的是：新乡土文学与地域文化是如何建构起这么一种文学叙事的共生状态的呢？

新乡土文学叙事与地域文化的共生现象，首先取决于作家自身的文学与文化精神建构。理论上，人们可以将作家的文学与文化精神进行分析，但在实际的作家身上，则是二者合而为一地交融交汇为一体。地域文化与地域性的文学艺术对作家的浸润影响，应当说是共体发生的。每个地域不仅有着自己的文化及其传统，而且也有着自己独具特色的文学艺术样态与传统。地域文化与地域文学艺术同时对于作家发生着潜移默化的影响作用。或者说，作家从小同时接受了自己故乡的文化与文学艺术的浸润影响，这二者共同作用，构成了作家最初的文化心理结构与精神。如果说作家的故土文化，主要是从日常的生活中获得的，那文学艺术的影响，则是儿时的听老人或巷院中大人讲故事，特别是看戏等艺术活动而产生的终生影响。比如莫言，就被儿时所听的茂腔地方戏，深刻影响着。这正如鲁迅虽然离开绍兴到了大城市，但依然记得社戏。陈忠实在创作《白鹿原》时，休息的主要方式就是喝茶听秦腔。童年的文化与文学艺术记忆，共同滋养着作家的文学叙事。

这里还需说明一点，那就是新乡土文学叙事与地域文化之间所建构起的共生关系，如同新乡土文学是传统乡土文学的一种发展一样，随着社会时代的发展变化，地域文化也在发展变化。比如今天的婚丧嫁娶等风俗，虽然其间还呈现着以往的习俗特性，但是，也具有了许多与时俱进的文化内涵，形成了既传统而又具有现代性的风土习俗。正如文学艺术永远都在发展变化着，地域文化也在不断地变化更生之中。从大量新乡土文学叙事文本中，我们很明显地感觉到，新乡土文学创作与地域文化新的因质共同发生，共同发展着、变化着。

2.新乡土叙事中地域文化的偏移建构

在阅读新乡土文学叙事的作品时我们发现：一些作家始终未离开过他土生土长的地域生存环境，而另外一些作家，特别是像莫言、阎连科、刘震云、余华等作家，他们实际的现实生存环境已经发生了迁移，即他从祖辈生存的乡村，已经迁徙到了城市，有些则来到北京、上海、广州等大都市，成了这些大都市的居民。他们可能在大都市生活的时间远远超过了在祖居的故乡所生活的时间。他们不仅与中国的城市建立起密切的生活工作关系，而且通过各种方式或手段，与世界各地也建立起关联。虽然他们文学叙事的对象依然是故乡，但他们的生活方式、行为方式等，已经发生了很大的变化。他们于现实生活中，可以说都与城市建立起一种不可分离的关系。这实际上已经形成了一种文学与文化的偏移。也许正是这种文学与文化上的偏移，才造成了他们文学叙事上的审美文化距离与新的文化思想潜移默化的渗透，才把原乡故土的生活、文化等看得更为清楚，具备了更清醒的思考。

新乡土文学叙事的迁移，首先表现在创作主体的生活轨迹的运动变化。就改革开放以来这几十年的情况来看，大体形成这样的情形：

一是作家从乡村向城市的迁移。从目前具有影响力的新乡土文学作家来看，绝大部分都是从乡村走出来的。他们大部分是通过上学、当兵或者招工，离开了故乡，并开始了文学创作的。这部分作家是新乡土文学叙事的主干力量，从20世纪80年代步入文学创作至今，主导着新乡土文学叙事的历史建构进程。也有一些乡土作家是在本乡开始文学创作，有了一定的成绩而离开乡村进入城市的。但这部分作家，原本是地地道道的农民，靠写作改变了自己的生活命运。当然，从乡村直接进入城市乃至大都市的作家，于20世纪90年代特别是21世纪发生了一些变化，这就是农民工进城以后，在他们中间出现了一批作家。所谓的底层写作或者农民工写作，就是基于这种文学创作现实，由理论家、评论家所给予的命名。这些生活在城市却难以被城市认同的作家，不论怎样向城市靠近，都无法或者根本不可能割断与乡村的血缘，其骨子里也总是透露着原本的乡土气息。

二是从小城市向大城市的迁移。一般而言，都是原在县上或地区的作家，向省城迁移，省城的作家，尤其是比较偏远地区省城的作家，向北京、上海这样的大都市迁移。虽然不能说作家的文学创作成就取决于所生活的城市的大小，也不能说进入大都市其文学创作的文化根脉也就随之断绝，但是，不可否认的是，在大城市尤其是在北京、上海这样的大都市，有着更为广阔的发展空间和更多的发展机遇，至少在推介上有着更为方便的条件。这是不可否认的事实。从创作实际情形来看，从县、市走到省城或者北京、上海的作家，其创作都有了极大的提升发展。比如同时走向文学创作的作家，十年、二十年之后，留在本土与离开本土的作家之间的差异是显而易见的。许多留在本土乡间的作家，如今已经销声匿迹了。而且在阅读的过程中我们发现，进入大都市的作家，从整体来看其文学叙事艺术成就明显要更为突出一些，并且表现出更为突出的现代文化思想意识。他们的文学叙事之中，有意无意地浸透着都市生活与文化的影响，表现出更为明显的都市文化与地域乡土文化更为强烈的冲突性、交融性来。

三是就全国来说，向北京、上海、广州、深圳等这些更有优越生活条件的大都市的迁移，而北京与上海形成了全国两个最大的文学艺术文化中心。在梳理新乡土文学叙事作家的过程中，有一个非常有意思也是很耐人寻味的现象，这就是当研究者在论述乡土文学叙事时，所论述的对象从其籍贯而言，都是作家的原来籍贯，比如将莫言作为山东作家、余华作为浙江作家、格非作为江苏作家、杨争光作为陕西作家等，进行研究。但是实际上，这些作家就其户籍而言，已经是北京或者其他城市的作家。可以说，北京、上海这两座中心城市，集中了中国当代许多重要作家，包括新乡土文学叙事作家，但是，人们在研究的时候，依然并未将这些大城市视为乡土文学创作的重镇，人们依然习惯于从作家原籍贯角度来谈论其文学创作。就其文学创作的成就而言，其标志性的文学作品，依然是那些以故乡为文学叙事对象的作品。而且这些作家的文学创作，不可避免地要受到他所生活的城市文化的影响。比如生活于北京从事乡土文学创作的作家，要多于生活在上海的作家，这实际上已经显现出明显的不同地域文化之间的交融变化。这也正是地域文化进行偏移之后必然产生的结果。如果从研究的角度来说，对于作家迁移之后所受新的生活地域文化影响的研究，还不是很充分。本人于此也只是在阅读相关文献时感觉到了这方面的问题，但在本课题的研究中，则是难以进行深入充分探讨的。

四是从总体文学地理迁移的历史纵向角度来看，20世纪70年代末改革开放之初，从西北向东南的迁移，形成了所谓的孔雀东南飞现象。后来则形成南下、北上的迁移态势。形成这样一种作家迁移状态，自然是与中国当代社会的改革开放，首先从南方开始实验密切相关的。20世纪80年代所划定的开发特区，绝大部分都在南方的沿海城市，北方虽然也有天津、大连等少数沿海城市，但发展的速度或者说国家支持的力度与给予的政策上的自由度，显然是不如南方那些城市的。让一部分人先富起来，而真正先富起来的还主要是南方地区。比如住房条件、工资待遇以及工作条件等，都比北方要优惠。在这种情况下，自然也就形成了人才包括作家人才向东南迁移的现象。不过，也有不少作家南移之后，其文学艺术的创造力则大大削减，并未在文学叙事上有更大的突破。而后来的南下与北上，情况则有了新的变化。如余华、格非等南方才子到了北方,他们的文学叙事都有着新的突破发展,成为当代文学叙事上极为重要的探索者与推进者。

于此,我们不厌其烦地将这种作家的迁徙进行大体上的表述,而且进行非常粗略的概括,看起来似乎并没有什么学术含量,而且这一方面的现象或者问题,也极少有人进行深入的研究探讨。但实际上,这里面蕴含着极为重要的文学命题。就目前笔者所接触到的研究文献资料来看,对于中国古代文学的文学地理研究已有系统的著述,现代文学地理也有著述,但不如古代的系统,而当代文学地理研究,至今未看到一本系统研究的著述。作家的迁移,势必带来文学创作上的变化。

从大量新乡土文学作家及其叙事来看,不论是作家本人还是文学叙事,可能都会发生迁移与变化。这种迁移与变化自然是复杂的多方面因素促成的结果。但有一点是不可否认的,那就是再怎么发展变化,他的原生地域文化的影响则是伴随终生的。诚如有论者所言:"一个文学家一生所接受的地域文化的影响往往是丰富多彩的,也是复杂多变的","但是有一点我们要明确,在他所接受的众多的地域文化的影响当中,究竟哪一种地域文化的影响才是最基本的、最主要的、最强烈的呢?无数的事实证明,是他的出生、成长之地的地域文化"。因为,"他早年所接受的出生、成长之地的地域文化,培育了他的基本的人生观、基本的价值观、基本的文化心理结构和基本的文化态度"。[①]因此,在笔者看来,新乡土作家及其文学叙事,在文化上的偏移,是对其原初出生、生长地之地域文化的丰富与发展,而不可能根除其原来的地域文化的影响,因为这是他整个文化心理及其建构中的基本底色。

3.新乡土叙事中地域文化的互动建构

正如前文所言,新乡土文学叙事与地域文化之间,存在着一种血缘关系,甚至可以说,它们是一种交融建构。乡土文学叙事离不开地域文化的滋养,地域文化的建构与发展,也是离不开文学艺术的。也许正因为如此,在我们看来,新乡土文学叙事与地域文化之间,建构起一种交融互动的关系。

[①] 曾大兴:《中国历代文学家之地理分布》,商务印书馆2013年版,第20—21页。

新乡土文学叙事与地域文化的互动,首先更为突出地表现在新乡土文学叙事与故乡地域文化的互动建构中。在探讨这一问题时,人们更多考虑的是地域文化之间的互动。某一地域文化在建构发展的历史过程中,总是要受到其地域文化的影响渗透,现在的地域文化建构及其发展,也必然要受到历史地域文化的影响。就作家的迁徙而言,一方面带有深厚的故乡原籍地域文化的深刻烙印,一生都无法脱离;另一方面,作家也必然要受到现居地域文化的影响,在作家的身上,不可避免地要发生两种地域文化的碰撞、交融。这就造成了作家所带来的故乡地域文化对于其现居住地地域文化的渗透,乃至部分的改变。其次,现居住地地域文化对于其原发地域文化的改变。于此,形成了一种非常奇特的现象,那就是具体到某一作家身上,故乡文化与现居地文化同时在发生作用。我们常听到从乡村到城市的人,发出这样的慨叹:自己是城市文化精神的漂游者,在城市找不到自己文化的根,难以从文化血脉上与之相融合。故此,常常怀念过去在故乡的记忆。但是,当回到故乡时却发现,现在的乡村,已不是自己记忆中的乡村。这固然有乡村几十年的发展变化所带来的生活与文化精神情感上的陌生感与隔膜感。这种陌生感或者隔膜感又是怎样造成的呢?其中一个非常重要的原因,则是作家自身于不知不觉中,有了新的文化因质,从生活习惯到文化精神情感,都带有相当程度的城市因质。或者说,在现实生活中,已经在相当程度上被城市化了。但于文化精神的归宿上,却又怎么也在城市找不到安居之处,又从故乡的地域文化情感精神之中,寻找到归宿之处。

作家的文化精神与生命情感,实际上是奔波或者游走于乡村与城市之间的。我们从莫言、贾平凹、刘震云、余华等许多作家的表述中,得知他们几乎每年都要回归故里。其中主要原因是探望父母家人,当然,也有为了深入体验家乡生活新的变迁。这对他们人生体验与心灵感悟,都有着极大的触动。不论是作家往返于城市与乡村之间的现实生活过程,还是从文化精神方面二者的交流过程,这实际上就是一种不同的地域文化的互动过程。也正是在这种文化互动的过程中,作家才生成了复杂的文化精神状态与生命情感状态。进而,也就生成了他们新乡土文学叙事的复杂性。

作家的文学叙事,说到底也是无法与其文化精神与生命情感剥离的。如果从这一方面探讨,我们不得不说,有怎样的文化精神与生命情感建构,就会有怎样的文学叙事。比如就中国当代作家而言，从事新乡土文学创作的，除了出生于乡村的作家，还有一部分非常重要的作家，就是所谓的知青作家。毫无疑问，不论是土生土长的乡村出身的作家，还是因社会时代的原因从城市到乡村曾经生活过一段时间的知青作家，实际上他们身上都存在着一种城与乡两种文化冲撞与交织交融的文化互动现象。

　　由于中国历史悠久、地域辽阔复杂，形成了于中华民族文化统一格局下的多种地域文化。虽然文学叙事及其特征的形成。是各种因素综合作用的结果，但是，其中一个不容忽视的重要原因，那就是地域文化的自然而又强烈的对于文学叙事的影响。中国当代文学叙事，尤其是新乡土文学叙事，受地域文化的影响，自然而然地形成了不同地域的文学叙事特征。正因为如此，从地域文学版图形成及其划分的角度，来研究探讨文学叙事，也就成为一个极为重要的视角。有关地域文化版图划分及其论述的著作很多，比如有研究者认为"我国的民族风情文化按地域划分，大致可分为：东北文化，游牧文化，黄河流域文化，长江流域文化，青海文化，云南文化，闽台文化"[①]等板块。还有其他一些划分，比如将中国地域文化划分为十大板块：秦陇文化、中原文化、晋文化、燕赵文化、齐鲁文化、巴蜀文化、荆楚文化、吴越文化、闽台文化、岭南文化。从这两种中国地域文化板块划分中可以看出，前者是将地域生态与生产方式等混合一体作为参照，后者则是主要从历史文化角度来划分。也有学者在编撰地域文化丛书时，考虑到与现在行政区划的关联性。"大体说来，所谓齐鲁文化就是山东文化，燕赵文化就是河北文化，三秦文化就是陕西文化，蜀文化就是四川文化，徽文化就是安徽文化，晋文化就是山西文化，吴文化就是江苏文化，越文化就是浙江文化，仍然是与行政区划吻合的，只不过用了一个古代的称呼而已。"[②]相对而言，地域文化视域下有关包括新乡土文学叙事在内的文学叙事版图的研究，要比地域文化版图研究方面的成果少一些。不过，这一方面的研究越来越引起研究者的注意。于此，我们试图从地域生态文化角度，尝试着对中国当代新乡土文学叙事及其版图进行探讨。本课题的研究，基于人们习惯性地对于中国大地

[①] 张瑞文：《中国七大地域文化》，载《学问》2002年第4期，第34页。
[②] 袁行霈：《关于中国地域文化的理论思考——〈中国地域文化通览〉总绪论》，载《北京大学学报》（哲学社会科学版）2012年第1期，第19页。

文化特征的概括。从大的方面，对中国地域文化版图进行总括性的描述，以期从中梳理出地域文化与作家文学叙事的内在关联性，进而把握其文学叙事的文化精神与艺术审美特征。

二、南方与北方

地域文化的形成，自然是与该地域的自然生态环境密切相关的。正如前面有关地域文化的论述中所谈到的，自然生态环境制约乃至规约着人类的生存。所谓的自然生态环境，就是人类生存于其间的自然所自然而然形成的如地形地貌、气候天文、江河水系、动物植物等综合体现。这些都是人类生存过程中不可或缺的天然条件。一方面，人类从其诞生之日起，就生存于他所诞生的自然环境之中，人类文明的创造，也是基于这种生存的自然环境。这些天然的自然生态环境，也总是不可避免地对人类的生存与发展，对于该地域人的文化性格与精神，以及生存方式与思维方式等，直接或者间接地产生着影响。因此，自然生态环境也就势必对于人类的生活与命运，或者说人类的文化创造，产生着极为重要的作用。各个地域自然生态环境上的差异形成了它们文化之间的差异。在此，我们并非一味地或者或过分地强调或夸大自然地理环境对于人的规约作用，也不是照搬地理环境决定论，而强调人类及其文化在发展中所形成的传统及其模态对于人后天的塑造作用。但是，我们同样不赞成在强调文化传统对于人后天的塑造作用中，而有意无意地忽视或者回避自然生态环境所发生的重要作用。就新乡土文学叙事来说，我们觉得文学叙事包括新乡土文学叙事，作家及其叙事对象也都不可避免地受到地域自然生态及其文化的影响，形成了不同地域文学叙事特征。

如果从大的地域来看，中国的地域生态文化，首先可以分为南、北两大板块。与之相对应的新乡土文学创作，也可分为南、北两种不同文学叙事板块。

在中国人的文化思想意念中，中华民族所生存的这块幅员辽阔的地域，从古至今，人们习惯于以秦岭、淮河为界，将中国从大的方面划分为北方与南方。其实，这主要是基于自然地理生态所做的划分。在人们的习惯观念里，还存在着另外一种南北观念，那就是以长江为标志，长江以南为南方，以北为北方。这样实际上秦岭、淮河到长江之间这片地域，比如四川就有川南川北之分，陕西的安康、汉中、商洛，还有淮北、苏北地区等，几乎很少有人将其归入南方地区。这里有一个看似与文化或者文学无关的事，但也对我们区划南方与北方有着一定的参考性。中国冬季供暖区域的划分，基本上就是以长江为界限的。而且我们可以感觉到，秦岭、淮河与长江之间这块地区，人们的生活习性既有着北方的特质，亦有着南方的色彩。实际上这些地区处于不北不南的境地，更确切地说是处于从北向南的过渡地带。就文学创作而言，至今人们习惯地将长江以北的作家称为北方作家，长江以南的作家称为南方作家。事实也的确如此，北方作家与南方作家，他们所生存的地域生态环境，所接受的历史文化传统、文学艺术传统、审美习性传统等，都存在着相当大的差异。所以，在此所叙说的南方与北方，也是采用了多数研究者习惯的说法。

不论从地形地貌上看，还是就风土人情等方面来说，北方与南方之间存在着极大的差别。从大的方面来说，中国从地域自然环境到地域文化可以分为南方与北方两大区域板块。这也是大家在日常生活与文学创作上，常常采用的。在对南北方地域文化之差异等论述中，人们往往更加重视人文地域文化，而对自然生态环境方面的叙说比较少。于此，先对中国南北地域生态做一简略的说明。

从地理生态角度来看，我国地形多种多样，既有纵横交错的山脉，也有面积辽阔的高原，有巨大的盆地，也有一望无际的平原，还有坡度和缓的丘陵。其中，山地约占全国土地面积的33%，高原约占26%，盆地约占19%，平原约占12%，丘陵约占10%。比较而言，北方以高山、高原、平原为主，南方以丘陵、盆地、平原为主。

具体来看，就山脉而言，中国大的山脉，地理学上的表述，常常是以秦岭、淮河为南北界，北方有长白山脉、大兴安岭、阿尔泰山脉、天山山脉、昆仑山脉、太行山脉等，南方有喜马拉雅山、横断山、大巴山、武夷山脉、南岭和台湾山脉等。就高原而言，中国四大高原中北方有内蒙古高原、黄土高原，南方有青藏高原、云贵高原。中国四大平原（东北平原、华北平原、长江中下游平原、黄河中下游平原），其中东北平原、华北平原、黄河中下游平原在北方。就盆地来说，中国主要的四大盆地中，北方占了三个：塔里木盆地、准噶尔盆地、柴达木盆地，南方是四川盆地。特别是中国的沙漠主要集中在北方，最著名的八大沙漠即塔克拉玛干沙漠、古尔班通古特沙漠、巴丹吉林沙漠、腾格里沙漠、乌兰布和沙漠、库布齐沙漠、柴达木盆地沙漠、库木塔格沙漠，均在北方。中国的三大丘陵中，北方有山东丘陵，辽东丘陵，南方有东南丘陵。实际上东南丘陵是指云贵高原以东、长江以南的东南地区，丘陵地貌分布最广泛、最集中，统称东南丘陵；而长江以南、南岭以北的称为江南丘陵；南岭以南、两广境内的称为两广丘陵；武夷山以东、浙闽两省境内的称为浙闽丘陵。

水是人类生存的生命所系，人往往是逐水而居的。中国河流湖泊主要分布在南方，南方河流水资源要远远超过北方。中国主要河流中，北方的有黑龙江、黄河等，南方主要有长江、珠江等，贯通南北的是京杭大运河。而中国的湖泊，更是集中在南方，有鄱阳湖、太湖、洞庭湖、洪泽湖、巢湖水利资源最为丰富的五大湖泊，形成了星罗棋布的湖泊水系，北方最大的湖泊是青海湖。从相关资料综合来看，中国的河流湖泊水资源主要集中在南方，这正如人们习常说的一样：江南是水乡之地，北方是旱原地区。

从气候方面来看，总体上北方属于非季风地区，南方属于季风地区。春季来临，湿热的风从东南向西北吹，干冷的西北风向南吹，这样形成降雨。而两种风交织徘徊的春季，南方便形成了雨水季节，这就是人们所说的梅雨季节。中国的降水量主要集中在南方地区，北方降水量要大大小于南方。长江以南年均降水量在800毫米以上，有些地方在1600毫米以上。而长江以北年均降水量最多在400毫米，有些地方甚至在50毫米。就气温来看，我国从南向北横跨热带、亚热带、温带、亚温带、寒带。南方大部分地区年平均气温在16摄氏度以上，南部沿海地区高达24摄氏度，而最冷的东北地区年平均气温在零下8摄氏度。就干湿度而言，北方大部属于干旱、半干旱地区，而南方则属于湿润区。

就土质来看，总体上北方是黄土与黑土，南方是红土地。所谓的黄土地主要是指长江以北、辽宁以南广大地区，黑土地则主要在东北地区。而南方大部分属于红土地。

正是这南北地理地形、河流水域以及气候等自然条件的巨大差异，形成了南北自然植被的差别。总体来看，从东南向西北依次递变：森林、草原、荒漠和裸露荒漠。大体来说，我国东南部是季风区，发育着各种类型的中生性森林。由于自北而南的热量递增，明显依次更替为：寒温带针叶林带，温带针阔叶混交林带，暖温带落叶阔叶林带，亚热带常绿阔叶林带，热带季雨林、雨林带和赤道雨林带。如果就草原生态情况来看，北方的草原草生长并不是非常旺盛，而且多半是茫茫一片草原，树木则是比较少的。比如茫茫的内蒙古大草原，行走几十里乃至几百里，视野十分开阔，成片的树木很少看到。南方的草常常是与树木混杂在一起，视野常常被高大的树木遮挡。所以，风吹草低见牛羊的景象，只能在北方见到，而南方则不易见到。当然西南部青藏高原，由于属于高寒地区，景象就与北方很相似。比较而言，西藏更具北方或者西部的植被特征。同为西南地区，云贵高原则更具南方的植被特征。

自然生态环境条件，不仅决定着自然的植被，而且决定着农作物的种植。我国是典型的农业国家，农耕文明也就成为中华民族的最为基本的具有悠久历史的文化传统。如果从历史的角度来看，甚至可以说，农耕业发展的程度，也就呈现了社会历史文明进程的高度。总体而言，中华民族文明，主要定型于黄河流域与长江流域，但核心在黄河流域，是一种从北向南、从西向东发展的历史趋势。夏商周秦汉唐几个王朝，都是建都于黄河流域中下游地区。尤其是周秦汉唐是中国历史文明从形成定型走向鼎盛的几个朝代，核心区域都在黄河中下游地域，而这些地域也是那时农耕业最为发达的地区。魏晋时代就已经出现了南移现象，之后又出现了几次大规模的南移现象，北方先进的农耕技术以及农耕文明思想南迁，形成了南方农业的高速发展，其文化思想也相应地发展兴盛起来。从主要农作物种植来看，主食上北方以小麦、玉米等为主，南方以水稻、油菜为主。就肉类来说，北方以圈养的猪为主，还有马牛羊等，而南方更多以河海水产为主，特别是鱼类。[1]

当然，地域文化的形成，还受到社会人文条件的影响，比如政治、经济、战争、移民、通商、民族交流融合等诸多因素的影响，形成了某一地域的文化。在查阅相关资料时，笔者发现这一方面的研究比较充分，在此就不重复叙说了。而前面之所以把有关自然地域生态方面做了相对多的叙说，就是发现在有关这一方面的研究比较少。笔者在阅读有关资料时发现，从古至

---

[1] 以上论述综合了网上有关资料，因太多太杂，在此不一一列举标注。

今，秦岭、长江，不论对人们的生产生活，还是大的社会历史变动，都产生了十分重要的社会历史与文化的分隔作用。在以黄河流域为中心的社会发展历史时期，政治经济、农业生产技术，多半是向南北驱动。而从文化的角度来看，似乎从北向南驱动成了一个更为重要现象。而且，越是古远，秦岭、长江的这种阻隔作用越明显。综合起来看，可以说，古代王朝的形成，也是极大地受到了地域生态环境的影响。总体来看，大多情况下是北方向南方的驱进。就文学创作来看，大体也是如此。唐以前是以关中及其黄河流域为中心向外辐射，而宋之后，则是从黄流域转向了长江流域。

但是近代以来，文化的传播流动趋向发生了变化。如果古代文化传播是从西向东、从北而南的一种历史驱动，那么，近代以来则是由南而北、从东向西的一种文化流动趋向。这种变化，其实也是由东西南北的地理位置所决定的。东、南临海，西方外来文化从海上而来，自然是先在东、南地区落地。从鸦片战争以来西方列强强行开放与开发的情景来看，他们首先占领的就是东南沿海，在那里开埠设港。也正因为如此，东南沿海就先于北、西发展起来。也正因为如此，北方、西部历史传统的沉重程度要大于东南部地区。尤其是台湾、香港、澳门，以及广州、上海，还有改革开放中建立起来的新兴城市深圳，都带有更多的外来文化的特质。从文学发展的角度来看，新文学发展，最早也是起于南方，比如上海就成为中国近现代文化与文学最为重要的发生地。

于此，简略论述一下地域文化在生成过程中对其他地域文化的吸收融汇。首先要强调的是，汉民族与其他少数民族的文化融合。从地域角度来看，中国的汉民族集中在黄河与长江流域，而少数民族则主要分布在边疆地带。东北、西北、西南，是中国少数民族的主要集中地。可以说，少数民族生存的区域，地域生态环境基本上是比较恶劣的，至少农耕自然条件是比较恶劣的。也正因为如此，尤其是北部与西北部，游牧业成为其最基本的生产与生活方式。这样，总体来看，北方主要是汉民族文化与少数民族文化的融合，而南方则主要由于战争等因素，形成了北方汉族向南方的迁移，与本地原生文化相结合，形成具有新的地域特征的文化，最典型的就是闽南地区的客家文化。它实际上是古代的汉文化南移之后所形成的更具古汉文化的地域文化。

这种地域生态环境上的差异，自然对人的生存造成极大的影响，加之不同民族、地域文化在社会历史发展中的交流与融合，形成了不同的地域文化特质，比如对人的文化性格的影响，对生活习俗、风土人情的影响，等等。相对而言，北方人性格比较粗犷奔放，南方人则比较细腻柔情。甚至有人觉得南方人勤劳，北方人比较懒散，这种生产、生活、性情上的差异，就与南北不同的自然生态环境所造成的生产生活活动有着密切的关系。在古代，相对来说，北方人多地广，夏天炎热冬天寒冷，因此冬天不适宜耕种，这种自然条件所造成的生产生活程式，日积月累也就养成了性格习性上的懒散。南方则一直土地不足，而且气候上允许反复耕种，所以南方人要勤劳耕种，所以也就形成了勤劳的品性。这种说法虽然不能一概而论，但在相当程度上概括了南北人的性格差异性。古代所记写的春耕、夏耘、秋收、冬藏，实际上恐怕主要是依据北方的生产与生活现象所总结出来的。比如，《诗经》中就有秋收冬藏的描述，这正是对于北方生产活动的记述。王国维先生也曾将中国的文化思想分为南北两大派："我国春秋以前，道德政治上之思想，可分之为二派：……前者大成于孔子、墨子，而后者大成于老子。故前者北方派，后者南方派也。"[①]对于南北文化及其文学艺术的差异性，像梁启超、刘师培等都有论说。前文我们引用过刘师培的话："大抵北方之地，土厚水深，民生其间，多尚实际；南方之地，水势浩洋，民生其际，多尚虚无。民崇实际，故所著之文，不外记事、析理二端；民尚虚无，故所作之文，或为言志、抒情之体。"[②]从整体文学叙事传统来看，刘师培先生所言对于我们具有极大的启发性。鲁迅先生也比较过南北人之间的差异，认为北方人的优点是厚重，南方人的优点是机灵，但厚重之弊在愚，机灵之弊在狡。南方文化整体来看，像青山绿水一样灵秀、柔情、细腻、飘逸、梦幻，而北方文化如崇山高原一样，显现出壮阔、崇高、庄严、敦厚、朴实的特点。也许正是地域之间的地理心理、民魂人情、语言文化等诸多方面的差异，才促生了南北地域文化的差异，进而形成了文学叙事上的差异。从《诗经》《楚辞》形

[①] 王国维：《王国维遗书》第5卷《静安文集续编》，上海商务印书馆1940年版，第31—32页。

[②] 刘师培：《南北文学不同论》，见郭绍虞、罗根泽主编：《中国近代文论选》（下），人民文学出版社1959年版，第572页。

成的北、南两大文学传统，直至今天来看，依然影响深远，或者说在当代作家的文学叙事上，有着明显的显现。在新乡土叙事文本中，我们依然能够强烈地感受到二者之间的差异。比如北方新乡土作家在叙事上更强调社会人生伦理性，南方作家则体现出更为突出的性灵抒情性。而处于秦岭、淮河与长江之间的作家，却将这两方予以融合，比如地处秦巴山地之中的贾平凹的新乡土叙事，这一方面的特征就非常典型突出。

就新乡土文学创作叙事所呈现出的具体自然环境描述来看，南北的区别是比较明显的。总体来说，在北方作家的笔下，苍茫的高原、平原，雄伟的大山，荒芜而苍凉的荒漠，等等，常常成为描述的对象。这些自然景观，不论是高原或者平原，都给人一种雄浑而厚重的感觉。比如路遥笔下的黄土高原，刘震云笔下一望无际的平原。而南方的作家笔下，虽然有山，但没有北方作家笔下的雄浑，更多的是带有抒情性的小桥流水，山清水秀之美。比如具有代表性的苏童、格非，就是余华，虽然长于书写直逼人性的凶恶，但其笔下的自然景象，依然具有南方山水特色。笔者经过考察以为，这种笔下自然地域景观的不同，基本上都是因为作家总是以其出生地域的自然环境，作为自己文学叙事的模本而产生的。

作家的文学创作，从某种意义上来说，大部分都是作家童年的记忆。对于作家的童年记忆而言，其中他所出生、生活的故乡的地理生态环境，可以说在其心灵上落下了永远的烙印。我们阅读作家有关其童年记忆的文字时发现，几乎所有的作家都会提到童年时代故乡的自然生态环境与人文环境，对于故乡的一山一水，一草一木，都记忆深刻。在作家的文学叙事中，这一方面几乎是共通的。比如，陕西路遥、陈忠实、贾平凹三位作家对于自然环境的叙述，都是基于他们的故乡。路遥的故乡在延川县的郭家沟，他的家在一面山坡上，中间隔着一道沟，对面也有几户人家。这样的地理环境，与《人生》《平凡的世界》所描述的高家村、双水村极为相像。甚至可以说，它们就是郭家村的一种艺术化的塑造再生。笔者也曾去莫言、刘震云的家乡进行实地考察，有一种豁然之感，一下子就明白其作品有关自然环境的描述，为什么几乎很难看到山，而都是平原或者是洼地。就是包括自然植物甚至农作物，也与其故乡的地理环境相吻合。同是河南籍的作家，出生于山区的阎连科笔下几乎处处都有对大山的描述。南方的苏童、余华、格非，以及韩少功等等作家，对于自然生态环境的描述，无不处处显现着南国风光。从他们谈论自己创作的有关言论中，也都能够看到，大部分以自己故乡的地域生态环境作为自己作品自然环境的底版。

不仅如此，作家笔下的社会人文环境，也都透露着自己故乡的地域特征。有关村庄以及与之关联的乡镇、县城乃至地区等的格局布局，也都与作家的故乡极为相像。

三、东部与西部

在人们的表述中，习惯于用西部地区与东部地区来称谓中国的内陆地区和沿海地区。最具权威性的就是从国家层面所进行的西部大开发战略中的定位表述，将西部地区确定为十二个省、自治区与直辖市，包括宁夏、甘肃、陕西、青海、新疆、西藏、四川、重庆、贵州、云南、广西、内蒙古等。后来又提出中部地区，包括河南、湖北、湖南、江西、安徽、山西等，其余省市则属于东部地区，包括江苏、上海、浙江、福建、广东、山东、海南、黑龙江、辽宁、吉林、河北、天津、北京、香港、澳门、台湾。对东西部地区的划分当然还有不同的说法，但大体如此。这显然是一种行政区划上的表述，其实从自然生态角度则有着另外的描述。

从总体地理地形来看，我国地处亚欧大陆的东南部，地势呈西部高而东南低的基本趋势，其特点是西部多高山和高原，东部沿海多丘陵和平原，形成一个以西南部的青藏高原最高，由西向东逐级下降的三级阶梯。第一阶梯是指昆仑山—祁连山—岷山—邛崃山—横断山脉，即所谓"昆仑线"以西属第一级阶梯。青藏高原在第一阶梯，平均海拔约4500米，是世界上最高的大高原，号称"世界屋脊"。高原上分布着一系列雪峰和连绵的巨大山脉，山岭间镶嵌着辽阔的高原和盆地。第二级阶梯是指越过"昆仑线"至兴安线由一系列的高山、高原和被它们包围着的盆地所组成的区域，这些地区的海拔迅速下降到1000～2000米，局部地区在500米以下。著名的有内蒙古高原、黄土高原、云贵高原以及塔里木盆地，海拔大都在1000～2000米，准噶尔盆地、四川盆地的大部分则下降到500米以下。高原与盆地之间的阿尔泰山、天山的海拔都超过4000米，阴山和秦岭也在2000米以上。第三阶梯是指兴安线以东，海拔下降到500米以下，主要由宽广的平原与丘陵所组成。像我国最主要的粮仓东北平原、华北平原和长江中下游平原，就处于第三阶梯，海拔在200米以下。这些平原的边沿分布着破碎的低山丘陵，如东北平原东缘的长白山脉，华北平原东边的山东丘陵，长江中下游平原以南的江南丘陵等。由此可见，高山、高原、沙漠主要集中在西部地区，而平原、盆地、丘陵则主要在东部地区。

就地表水资源而言，中东部的河流水资源丰沛，西部河流水资源少；从气候角度看，中东部基本为季风气候，湿度大，而西部则为干燥气候与高原气候，湿度小；降雨上，西部地区约200毫米，有些地区不足50毫米，而中西部约在400毫升以上，尤其是东南部在800毫米以上，有的沿海地区在1600毫米；就气温来看，中东部除东北外，大部分地区在12摄氏度以上，东南部在16摄氏度以上，东南沿海甚至在20摄氏度以上，而西部地区，年平均气温4摄氏度以下，西南高原地区甚至在0摄氏度以下，有的在零下8摄氏度；由此，气候方面，中东部多为湿润区与半湿润区，而西部则为干旱与半干旱区。这样的地域差异，也就形成了东部植被要比西部植被覆盖面积大，东部为温带、亚热带、热带植被，而西部则多为温带草原、温带荒漠与高寒草原、高寒荒漠。就农作物及其产量来看，很明显中东部是我国粮食的主要产区。

就社会发展历史来看，东西部也是不平衡的，而且存在着相当大的差异。中华民族的文明主要兴起并定型于中原地区，中国的农耕也主要集中在这里。西部主要是游牧民族，畜牧业是其基本的生产基础，形成了游牧式的生活方式。东部地势比较平缓，尤其是其中南地区又与大海相邻，所以其生产方式是农耕为主，兼及渔业。西部地区东缘的关中平原，在秦汉隋唐时代，是中国社会政治经济文化中心。关中平原属于典型的农耕文化区，加之其厚重的历史文化积淀，至今农耕依然承载着浓厚的历史文化。

近代以来，东部地区在政治、经济、文化、科技、贸易等诸多方面，都要比西部地区发达得多。尤其是东南沿海地区，成为我国现代化进程中的导引者。之所以形成这样的格局，主要是地域自然环境决定的。西部地区地处内陆，多为高原、山地、沙漠、雪域、草原，相对而言是比较封闭的，加之历史与文化沉淀深厚，因此，西部地区的文学叙事，带有很明显的粗犷、豪放与厚重的特点。而东部区域由于近海，便于通商，便于接受西方文明，也许正因为如此，东部地区的文学创作就极易形成一种开放式的文学叙事，它也是中国文学叙事新潮兴盛的地方,带有比较浓的外来文化与文学艺术的韵味。梳理中国现代文化与文学的历史,给人最为明显的感觉是,西部尤其是西北地区现代化的历史进程要晚于东部,发展的步伐也要比东部尤其是东南沿海地区缓慢得多。因此,现代文化思想家多出身于东、南地区,他们的活动区域也多在东、南地区。而西部地区尤其是西北地区,虽然也出现了于右任、吴宓等现代文化思想的开拓者,但整体上看远远没有东、南部的文化思想家对于现代社会历史进程的影响大。在现代文学的创建上,虽然西部也出现了郑伯奇等现代作家,但给人以鳞毛凤角的感觉,而现代文化与文学的主将,基本上都产生于东、南地区。

中国乡土文学的开创者中最为重要的作家如鲁迅与沈从文等,也是多出身于东、南部地区。到了20世纪40年代之后,乡土文学的发展出现了变化。由于中共中央在陕北建立了红色革命根据地,与鲁迅、沈从文等现代乡土作家不同的革命乡土文学叙事发展起来,并为当代乡土文学叙事确定了一个基本的基调。进入新时期,相对于赵树理、柳青等农村题材文学叙事而言的一种新的乡土文学叙事,在向鲁迅、沈从文等现代乡土文学大家的致敬中发展起来。虽然不能说西部成为新乡土文学创作的基本区域,但是,起码可以说,在文学创作力量的分布上,西部占有极为重要的地位。

四、黄河流域与长江流域

换一种角度来看问题,人类文明的发生发展,都与河流有着密切的关系,甚至可以说,河流成为人类文明的摇篮。因此,在对人类及其文明的地域描述中,研究者总是习惯用河流流域来进行表述,这可能与水是生命之源密切相关。从人类发展的历史来看,人类的生存往往总是逐水而居。人类文明的发展也是离不开水域,中华文明主要就是黄河与长江这两大河流流域孕育发展起来的。文学艺术的创作与发展,也是与河流紧密联结在一起。比如《诗经》的首篇《关雎》,首句便是:关关雎鸠,在河之洲。我们在阅读新乡土文学文本的过程中发现,几乎所有的作品文本,都有对于河流的叙述。而且非常明显,东西南北中,各个地域的作家对于河流的叙写各不相同,显现出明显的地域特色。反过来说,也正是这不同的河流流域,孕育着不同的地域文化,生发着不同的乡土文学叙事。正因为如此,于整体上从南、北、东、西四个区域划分方面,将中国大的地域生态环境与文化做了极为简略的描述之后,极有必要从中华文明的发生与发展的角度,对生成并发展了这个多民族融合国度的文化与文学艺术河流区域加以叙说。

就中国的河流流域来说,其分布与流向,自然与中国的地形地势与气候等自然生态环境有着密切的关系。从整体上来看,中国形成了以黄河、长江为主的两大河流流域,长江以南较大的河流有珠江等,黄河以北有黑龙江等,而贯通南北的则是京杭大运河。南方除了长江、珠江这两大河流之外,还有许多河流,它们与大大小小的湖泊相串联,构成了南方也是中国最为重要的如同人之血脉的地表水系版图。而北方的河流分布相对来说就比较稀疏,而且湖泊也要少得多,这就形成了比较稀疏的地上河流水系版图。由于中国地处欧亚大陆的东南部,西北背靠大陆,东南朝向大海。西北高而东南低的基本地形地势走向,形成了中国的河流多为从西向东的流向。当然,由于气候等方面的原因,北方河流的流量,远远不如南方河流流量大,特别是南方河流总是与沿途星罗棋布的湖泊相串联,有着极为丰富的水资源。这些河流孕育着中华儿女,建构着自己独到的社会历史风景,形成了本流域独具风采的文化。其实,今天的新乡土文学叙事,也正是在不同河流流域的社会历史文化与文学艺术的孕育下,生成了自己独到的审美个性与风格。

在论述的过程中,我们提到了黄河、长江两大流域在中国社会历史文化与文学艺术上的重要性。这里不仅是中华民族文明的发祥地,而且是鼎盛之地。

从中华民族文明发展历史来看,黄河与长江两大河流流域,是中华民族的主要发祥地。所以,黄河与长江也就被称为母亲河,被称为中华民族文明的摇篮。此两河流域不仅孕育了中华民族的历史文明,而且普惠着当代人的生活与文学艺术。就当代文学而言,这两河流域,孕育了最主要的作家。甚至可以毫不夸张地说,这里囊括了当代新乡土文学乃至当代文学最重要的作家。所以,在论及当代的新乡土文学叙事地理分布时,可以毫不夸张地说,黄河与长江这两大河流区域,是其基本的生长地。

黄河与长江均发源于青海省。长江正源沱沱河,发源于青海省唐古拉山脉主峰各拉丹冬雪山西南侧的姜根迪如雪山,黄河发源于青海巴颜喀拉山脉北麓的约古宗列曲。由于地理地形地势所致，黄河向北形成一个大弓形然后向东流入渤海，长江则是从青藏高原顺流而下进入峻岭峡谷丛生的四川地区，一路向东汇入东海。正因为两条河流流经的南北地理与气候自然环境不同，它们征候情态也就各异，进而形成的历史文化以及所孕育的文学艺术传统也具有了鲜明的差异。

黄河从青海的巴颜喀拉山脉北麓的约古宗列曲出发，流经青海、四川、甘肃、宁夏、内蒙古、陕西、山西、河南、山东九个省区，最后于山东省东营市垦利区注入渤海，全长5464千米。黄河流域包括西起巴颜喀拉山，东临渤海，南至秦岭，北抵阴山广大地域，面积达79.5万平方千米。由于从西向东所流经的地域地理上的差异，具有不同的地域生态环境，形成了不同的社会历史与文化。总体而言，黄河上游的青海、甘肃、宁夏、内蒙古等省区，除少数地区为农业文化区外，主要是游牧文化；黄河中下游的陕西、山西、河南、山东，以及从更为广义的角度上的黄河流域的河北、北京、天津及安徽、江苏两省的北部地区，主要是农耕文化。这样，黄河流域从西向东，大体上形成了游牧文化与农业文化，而农业文化又历史地形成了以三秦文化、中原文化、齐鲁文化为主体，以三晋文化、燕赵文化为其亚文化圈的黄河文化区域。历史地看，中华民族有史记载的夏商周秦汉隋唐等朝代，都是以黄河中下游为其活动的核心区域。

黄河流域不同的地域文化，孕育了中国不同的新乡土文学叙事。一般情况下，人们习惯于用行政区划来表述文学叙事，形成了不同的新乡土文学创作作家群。从西向东出现了青海作家群、甘肃作家群、宁夏作家群、陕西作家群、河南作家群、山西作家群、河北作家群、山东作家群等等。如果就对于中国新乡土文学叙事的成就而言，陕西、河南、山东是黄河流域乃至当代中国最为重要的新乡土文学地域。

长江是我国的第一大河，长江自西向东，流经青海、西藏、四川、云南、重庆、湖北、湖南、江西、安徽、江苏、上海等省区，注入东海，全长6300多千米，流域面积约180万平方千米。长江流域是我国人口较密集、水土资源较丰富的地区，降雨、温度、湿度等自然气候条件都比较优越，河流湖泊比较多，水利资源极为丰富，森林植被覆盖面积大。特别是江汉平原、洞庭湖平原、鄱阳湖平原及长江三角洲平原四大平原，耕地面积集中，土地肥沃，成为我国重要的农产品基地。

　　长江流域从西向东可分为上游、中游与下游三个大的区段，各区段的地域生态环境存在着相当大的差异。长江上游主要是高原、山脉、盆地，特别是四川盆地形成了一种极为独特的地域环境，自古就是一个相对封闭的地域。青海与四川北部由于自然环境所致，以游牧为主要的生产生活方式，加之历史因素，属于藏文化区。比如，当代著名新乡土文学作家阿来，他的出生地属于藏文化区，他从小浸染的是藏文化，所以创作出《尘埃落定》这样极具异域特色的历史文化作品来。而汉文化区主要在四川盆地及巴山，这是一种典型的山地、盆地文化。长江流域从西向东，也形成了几个重要的新乡土文学叙事作家群：四川作家群、湖北作家群、湖南作家群、江苏作家群、浙江作家群等。

　　在对这两大河流流域的新乡土文学叙事进行梳理的过程中，发现了一个有意思的现象：在文学叙事上，最早进行思想艺术突破的是长江流域的作家。比如所谓的先锋写作，代表作家如余华、苏童、格非等，都是出生于长江流域。相比较而言，黄河流域的作家于文学艺术上进行更为大胆的突破要晚于长江流域。就是所谓的寻根文学，虽然南北方的作家都有参与，但是生发地确实在长江流域的杭州。韩少功、李杭育等最为积极的倡导者与实践者，也都是长江流域的作家。而处于黄河流域的贾平凹、莫言等作家，在这一方面应当说要晚了一步或半步。还有一种现象，即文学奖项获取情况。这虽并不能说明一切问题，但总能说明一些问题。比如最具代表性的茅盾文学奖，可以归为乡土文学叙事的作家作品有，第一届周克芹的《许茂和他的女儿们》、古华的《芙蓉镇》，均为长江流域的作家作品。中间发生了北移，比如第七届，贾平凹的《秦腔》、迟子建的《额尔古纳河右岸》、周大新的《湖光山色》等，他们都属于黄河流域及北方作家作品。而最近的第九届五部获奖作品中，有三部属长江流域作家创作，而可以视为乡土文学叙事的为格非的《江南三部曲》、李佩甫的《生命册》、苏童的《黄雀记》，有两部属于长江流域。就是从十部提名作品来看，除王蒙出生于北京，其余均属于这两大河流流域：李佩甫的《生命册》、格非的《江南三部曲》、林白的《北去来辞》、金宇澄的《繁花》、王蒙的《这边风景》、苏童的《黄雀记》、红柯的《喀拉布风暴》、徐则臣的《耶路撒冷》、范稳的《吾血吾土》和阎真的《活着之上》。黄河流域及北方作家的作品有三部：李佩甫的《生命册》、王蒙的《这边风景》、红柯的《喀拉布风暴》，其余七部均为长江流域作家的作品。

五、关东与岭南

关东或曰东北，就大陆地域而言，与岭南，是中国的北南两端之地。这一北一南两大地域，也是中华民族文明重要的发祥地。关东，作为一个历史文化地域名词，就是指现在人们习惯所说的东北三省：辽宁、吉林和黑龙江。岭南，主要指的是现在的广东省，以及福建、江西和广西部分地区，辐射海南岛、台湾以及南海岛屿。而狭义的岭南，则主要是现在的广东省。关东与岭南，不论自然地域生态环境还是地域人文环境，都有着巨大的区别，根植于此地域的新乡土文学叙事也是各成风采。

关东地处我国的最东北端，就其地形地势来看，水绕山环、沃野千里是关东区域的基本地理特征。此地主要有三条大的山脉：西边是大兴安岭，北部有小兴安岭，东边为长白山，这三条山脉一条为西北—东南（小兴安岭），两条为东北—西南走向（西部和东部的大兴安岭、长白山），形成一个坐北向南张开的簸箕状，围拢着中间的平原地带。关东的东南部临渤海与黄海，其河流北有黑龙江，从北向南自西向东有嫩江、松花江、辽河、乌苏里江、图们江、鸭绿江等。几条大的河流冲积成几块土地肥沃的平原，从北向南依次为三江平原、松嫩平原和辽河平原，这三个平原组成了东北大平原。受纬度、海陆位置、地势地形等因素的影响，关东区域属大陆性季风气候，冬季寒冷漫长，夏季温热多雨。自南而北跨暖温带、中温带与寒温带，热量显著不同，积温大约平均在10摄氏度左右，南北差异大，南部可达3600摄氏度，北部则仅有1000摄氏度。降水量差异也很大，自东而西由1000毫米降至300毫米以下。其干湿度也有较大的差异，从东、南向西、北逐渐由湿润区、半湿润区过渡到半干旱区。正是这种地形地势与气候等因素条件所致，这里的植被比较丰富，主要是针叶林与阔叶林以及湿地草甸草原，通常人们所说的林海雪原就是一种非常形象的概括。中间的大片平原地带，形成了肥沃的黑土地。

正是这种地域生态环境，生存于此地的人，根据自然环境所提供的可以满足生存所需的基本条件，形成了三种基本的生产生活方式：农耕、渔猎与游牧，这实际上也可以称为三种文化形态。也正是由于自东而西降水量逐渐减少，从湿润区、半湿润区过渡到半干旱区，表现在农业上也就从农林区、农耕区、半农半牧区过渡到纯牧区，形成农业体系和农业地域分异的基本格局。由于该地域土地资源丰富，一望无际的肥沃黑土地，成为我国综合性大农业基地。这里的农作物分布有着区域上的差异，北部主要种植大豆、甜菜、大米等，中部则主要种植高粱、小米、棉花、花生等，南部气温相对较高，主要种植温带水果、玉米、棉花等。其农作物分布现象可概括为："寒暖农分异，干湿林牧全，麦菽遍北地，花果布南山。"而沿海地域多发展渔业，有海参、鲍鱼、牡蛎、对虾及各种鱼类。

在长期的历史生存过程中，关东也就自然而然地形成了自己独特的历史地域文化。

从历史资料以及后来的学者研究可知，"东北是东北夷、东夷的发源地"。就其名称历史发展演变来看，和幽州、辽东等具有前后相继的承接关系，在明代修建山海关之后，以关东、关外指称，现在人们多用东北指称。据《说文解字》解释，夷，从大从弓。从中可以看出，这个"夷"反映了生存于此地的先民们长于骑射，可能最早是以狩猎为其基本的生产生活方式。从相关研究资料看，这里的民族比较多，"从古至今有100多个民族在白山黑水间生息绵延"，这些"崛起于白山黑水、草原大野的一个个扬鞭牧马的民族，各以他们独特的生存方式和智慧才能，创造了与这片神奇的土地相应称的独特的文化"。[①]关东地区地域文化一个非常重要的特征便是多元文化的共生与融合，建构起一种多元文化圈。一方面，首先体现在多民族文化的共生融合，主要是融合了汉族、满族、蒙古族、朝鲜族、鄂伦春族、鄂温克族、锡伯族及俄罗斯族等的文化习俗以及日本、俄罗斯和朝鲜等的国家的风俗文化和语言。由于关东地区自然生态环境险恶，当地先民为了寻求更好的生存条件，获得更多的生存必需用品，加之擅长游猎等生活习性，也不断地南下进入关内地域。另一方面，处于中原地域的人为了寻求新的生存之地，便不断地迁徙到关东。比如近代以来就有许多山东、河北、河南、安徽等地的贫民迁徙到关东这片人稀地广的地域，所谓的闯关东就是这种为了生存而迁徙到该地域的一种表述。同时，

---

① 逢增玉：《黑土地文化与东北作家群》，湖南教育出版社1995年版，第2页。

由于与俄罗斯、日本、朝鲜等国相邻，在历史的战争及其交往过程中，这些国家的文化也就自然而然地融入关东地域文化之中。这样，本地文化与从中原地区带来的中原文化相交融，并且融入俄罗斯、日本、朝鲜等国文化，也就形成了特异的多元文化交织相融的关东文化。

正是这样的特有的自然地域环境与社会人文环境，造就了东北人独特的文化性格。就其自然地域生态环境而言，地处边陲、风雪严寒、白山黑水等，使得东北人在长期与自然环境的抗争中，形成了顽强、执着、刚毅的文化性格；游牧、渔猎为主的生产方式，使得他们形成了团结一致的合作精神。各个民族在自己的发展中，均积淀了自己民族的文化心理精神，并以文学艺术的方式，生动形象地表现了本民族征服自然、战胜邪恶的精神意志，表现了正义与邪恶、善良与凶狠、真诚与奸诈的精神品性，追求美好生活的人生理想和生存信念，遗存着豪侠尚武、多情重义的古朴民风。而从关内带来的儒家文化对于塑造其核心文化精神又起到了积极作用，不同地域来的人们抱团生存，在少了些封建礼教约束的同时，又极为重情重义。

在关东特有的自然生态环境与历史人文环境的孕育下，生长出了有别于其他地域的文学艺术样态。就近现代来看，关东文学的文学叙事，特别是现代文学史中的东北作家群，似乎总是与抗争、冒险与流浪联结在一起。以萧军、萧红、端木蕻良等为代表的东北作家，由于处于中国最为动荡的历史时期，最早体味到在日本帝国主义铁蹄下失去家园故土，被迫流浪到内地那种切肤之痛的生命情感体验。进入新时期以来，这片黑土地又孕育出一批作家，如辽宁的李惠文、孙春平、谢友鄞、白天光、周建新、张力、赵颖、李铁、邓刚、孙惠芬、于德才、林和平、张涛、津子围、陈昌平、于晓威等作家；吉林的张笑天、杨廷玉、王宗汉、王德忱等作家；黑龙江的迟子建、阿成、刘亚舟、刘子成、葛均义、董谦、里朗（李玉华）、何凯旋等等。"当代作家们既关注现实，又深入生活；既书写东北民俗生活的火辣热情，又抒发老工业基地沉浮的哀伤苦闷。""在某种程度上又是自足自在的，有其独特的、无法替代的生长与成熟、衍替嬗变的路径"[①]。尤其是阿成、邓刚、迟子建、马秋芬、孙惠芬、刁斗、林和平等，成为东北新乡土文学创作的生

[①] 林喦：《"新东北作家群"的提出及"新东北作家群"研究的可能性》，载《芒种》2015年第23期，第104—105页。

力军，在中国当代新乡土文学叙事的版图中，占有重要的一方地域。

岭南则与关东的地域自然生态环境与人文生态环境大相径庭，其文学创作包括新乡土文学叙事，所呈现出的地域风景也迥然不同。

岭南，以山地、丘陵、台地为主，平原地带较少。岭南地区独特的地形地貌特征，是在历次地壳运动中，受褶皱、断裂和岩浆活动的影响而逐渐形成的。岭南地区由于山地较多，岩石性质差别较大，便又造成了其复杂多样的地形地貌现象。这里的主要山脉有罗浮山、丹霞山、西樵山、鼎湖山，以及有大陆辐射的海南、台湾山脉等。岭南地区丘陵地域广阔，一条条丘陵把岭南切割成众多相对比较独立且封闭的地域。南岭作为中国江南最大的横向构造带山脉，天然地把长江和珠江二大流域分隔开来。这些河流绝大多数源自西北部、北部和东部的崇山峻岭。珠江是岭南最大的河流，也是中国第三长河，流量仅次于长江，居全国第二位。由于这里临近大海，降水量丰富，这些分布在众多丘陵间的众多的河流，与北方甚至长江流域的河流相比，具有流量大，含沙量少，汛期长，径流量丰富等特点。由于岭南纬度较低，北回归线横穿岭南中部，又靠陆面海，属于东亚季风气候区南部，具有热带、亚热带季风海洋性气候特点。岭南的大部分属亚热带湿润季风气候，雷州半岛一带、海南岛和南海诸岛属热带气候。所以，高温多雨就成为岭南地域的主要气候特征。这样，岭南大部分地区夏长冬短，终年不见霜雪，太阳辐射较强，日照时间较长。岭南为典型的季风气候区，风向随季节交替变更，夏季以南至东南风为主，风速较小；冬季大部分地区以北至东北风为主，风速较大；春秋季为交替季节，风向不如冬季稳定。该地域全年气温较高，雨水充沛，这为植被的生长提供了很好的自然条件。此地林木茂盛，一年四季郁郁葱葱，百花竞放争艳，果品种类繁多，各种果实终年不绝。而这种丰富的森林植被资源，为许多动物提供了天然的生存环境，因而，岭南地域也就成为我国动物最为繁盛的地区之一。

岭南作为一个地域性的历史文化概念，有一个发展演变过程。据考古发现，大约在十三万年前的旧石器文化时期，这里就有了人类活动的足迹。先秦时期，就有了关于岭南的记载，属"百越"之地。据《礼记·王制》记载："蛮，雕题交趾有不食火食者"，将其称为"雕题""交趾"。汉代设有交趾刺史，后改称交州刺史。《晋书·地理志下》将秦代所立的南海、桂林、象郡称为"岭南三郡",明确了岭南的区域范围,而唐代则有了明确的岭南道之称谓。后来虽然在行政区划称谓上有着不同的名称,但岭南这一历史文化称谓却逐渐地确定了下来。

生活在岭南的先民们,在历史的发展进程中,形成了自己独有的地域文化。从最基本的衣食住行来说,正如有论者所言:"岭南地区的饮食习惯别有风味,既有水稻,又有水产,而且喜食各种野味,令中原人大为诧异。岭南人的衣着也充分利用了岭南地区丰富的森林资源,以棉、麻、蕉、葛、竹、蚕丝等为衣料,简单凉快,既物尽其用,也适应了岭南地区炎热湿润的气候特点。在居住方面,山区居民利用湿热气候所产生的洞穴为居所,而临海沿河地区则出现了木结构的'干栏式房屋'。交通方面,由于岭南地区水网密布,南越先民以舟楫作为主要的交通工具;后世岭南造船水平在国内领先,与岭南水上交通的悠久历史密不可分。岭南地区也在南越文化的物质基础上发展出了相应的精神文明。险恶的环境令岭南人笃信鬼神并延续至今;在险恶的环境中为了自卫而断发文身;古越人甚至还有吃人的习俗。"[①]与其他地域的文化相比,岭南文化的最终形成,则是与历史上多次的汉民族进入密切相关。特别是历史上秦代、魏晋南北朝、两宋三次大的移民,以及明清时的移民,形成了汉民族文化与本地文化的交融,把中原人的生产技术、礼乐教化、风俗习惯、生产方式带入岭南,促使当地的经济与文化迅速发展起来。到了明清时代,这里不仅成为中国经济与文化的发达地区,而且由于临近海洋,外来文化的影响加大。到了近代,岭南已经成为中国历史文化转型的前沿地域,甚至可以说是中国近代文化思想的极为重要的发源地。岭南特别是广东更是处于中国的现代性历史转型的前驱地位。进入新时期,广东成为中国最早实行改革开放的省份之一。也正是这样的历史发展演变的特殊性所致,岭南文化表现出突出的开放性与兼容性、多元性与重商性、传统边缘性与现代进取性等特征。

作为一种文学地理版图,岭南的文学叙事,也就因其特有的地域自然生态环境与人文环境,表现出不仅与北方,而且与江南也迥异的面貌。坦率地讲,岭南地域的文学叙事,包括新乡土叙事,其受中国传统历史文化

[①] 吴启东:《地理环境与岭南文化》,引自豆丁网。

的影响要弱得多,表现出更多的新质因素。甚至可以说,与江南特别是北方相比较,岭南的乡土文学叙事并不是最典型的地域。直至今天,从全国新乡土文学叙事来看,还很难寻找出能够与北方新乡土文学叙事相抗衡的作家及作品来。

第七章

陕西地域生态及其文化与文学创作

此前,我们对当代乡土文学叙事与地域生态文化的关联性,做了简要的论述。从这一章开始,笔者将以陕西三位代表性作家为案例,对三秦文化与作家乡土文学叙事进行比较分析。

一、陕西三大板块地理生态概说

继路遥、陈忠实之后,2008年,贾平凹以其厚重的《秦腔》获得了茅盾文学奖。陕西的这三位作家均获得了茅盾文学奖,这在当代中国的文学创作上是仅有的现象。路遥、陈忠实、贾平凹,他们生存的地域由北向南,恰恰为三个不同的次生地域文化带:陕北的黄土高原文化地带,关中的秦川平原文化地带,陕南的秦巴山地文化地带。大自然的魔力是无穷的,也是匪夷所思的。但是,这匪夷所思的大自然所形成的地域生态及其文化,却与人类的生存存在着深刻的内在关系,孕育着令人惊奇的文学艺术文化建构。

陕西,从地理位置上来看,东面隔黄河与山西相望,与河南相邻;西面与甘肃相接,西北与宁夏、内蒙古相邻;南部与湖北、重庆、四川山水相连。从行政区划上看,全省设有一个副省级市即省会西安市,十个地级市,五个县级市,七十二个县。陕北为延安、榆林二市,其中延安辖两个市区、十一个县,榆林辖两个市区、一个县级市、九个县;关中有西安市、咸阳市、渭南市、宝鸡市、铜川市,其中西安市辖十一个市辖区、两个县，咸阳市辖两个市辖区、两个县级市、九个县，渭南市辖两个市辖区、两个代管县级市、七个县，宝鸡市辖三个市辖区、九个县，铜川市辖三个市辖区、一个县；陕南三个地级市，汉中市辖两个市辖区、九个县，安康市辖一个市辖区、九个县，商洛市辖一个市辖区、六个县。此外，还有一个杨凌示范区，下辖一个县级区。从行政区划设置可以看出，关中地区是陕西的中心地带。

陕西的经纬度介于北纬31°42'～39°35'，东经105°29'～111°15'。南北狭长而东西较短，其地域形状犹如一座南北耸立的山峰，又犹如一把牛耳刀，那刀背就是东临的黄河岸。从地理地貌来看，它是南北高中间低，西北高东南低，由西向东倾斜，所以，既像个斗，又像个簸箕。以秦岭为界，秦岭山脉从西向东横亘中南部，成为中国南北气候的分界线，也形成了陕西南、北气候的显著差异。陕西比较明显地受季风气候和大陆性气候的影响，由南而北具有明显的亚热带湿润气候、暖温带半湿润气候和暖温带、温带半干旱气候的特征。陕西横跨黄河、长江两大流域，以秦岭为界，北部为黄河水系流域，南部为长江水系流域。年平均降水量676.4毫米，年平均地表径流量425.8亿立方米，水资源总量445亿立方米，居全国各省（市、区）第十九位。水资源时空分布严重不均，时间分布上，年降雨量的60%～70%集中在七月至十月，往往造成汛期洪水成灾，春夏两季旱情多发；地域分布上，秦岭以南的长江流域，面积占全省的36.7%，水资源量占全省总量的71%；秦岭以北的黄河流域，面积占全省的63.3%，水资源量仅占全省的29%。陕西的地理地形地貌建构形态以及气候条件，对于构成三秦大地的生物圈具有决定性的作用，渐而形成了独特的地域性生态结构。陕西现有林地670.39万公顷，森林覆盖率32.6%；天然林467.59万公顷，草原面积较为有限。从北向南整个区域的地理生态形成三个板块，即陕北黄土高原板块、关中平原板块和陕南秦巴山地板块。这三个板块的地形地貌、气候、生态植被等，各不相同。

陕北东临黄河，西北连接内蒙古高原、沙漠，海拔在900～1500米之间。作为典型的黄土高原地貌，陕北地域覆盖着深厚的黄土层，可以说是沟壑纵横，塬、峁、沟、梁交错，而且还有毛乌苏沙漠横亘于此，这样一种黄土地形地貌所形成的生态环境，相对来说是比较恶劣的。陕北黄土高原年均气温约为9摄氏度，10摄氏度以上活动积温陕北为2900～3200摄氏度，持续约160天。这里的植被覆盖极为薄弱。从陕北丰富的石油、煤储存来看，这里曾经覆盖着大片森林，但现在却很少能够看到连成大片的绿色森林了。陕北的森林主要在与关中接壤的黄龙山地区。但是，陕西的草原则主要在陕北。正是这样的地理生态环境，使得陕北成为一种农耕与游牧交汇的地带。

关中平原，又叫渭河平原，俗称八百里秦川，东西横贯陕西中部。省会西安市居于关中的中部。关中平原东起潼关，西至宝鸡峡，长约360千米，海拔约520米。它北靠北山，南依秦岭，南北狭窄而东西狭长，南进北上都比较困难。李白的"蜀道难，难于上青天"，就是对由关中南进巴蜀的一种描述。西靠大散关，由西向东，虽然是一马平川而下，但是，出潼关却又是一个峡口。关中平原实际上就是一个封闭的地域。关中平原亦覆盖着厚厚的黄土，主要由渭河及其支流冲击而成，相对来说比较平缓。这里土地肥沃，灌溉较为便利，适宜于农作物种植，所以，关中自古农业就比较发达。关中平原年均气温大约为13摄氏度，10摄氏度以上活动积温约为3800摄氏度～4200摄氏度，持续约200天；关中地区水利资源比较丰富，有黄河、渭河、泾河、洛河等水系。关中的森林和草原覆盖面积并不大，主要是关山和桥山。

陕南是由秦岭、大巴山组成的秦巴山地，中间是由低山丘陵构成的汉江谷地。其地形地貌，以山地丘陵为主，四周环绕高山峻岭，是个山清水秀、自然生态环境非常惬意的地方。陕南汉江谷地年均气温为15摄氏度，10摄氏度以上活动积温，陕南4200摄氏度～4900摄氏度，持续日数为220～235天，秦岭深山区仅2600摄氏度。陕南山地水资源丰富，占全省总量的71%。这一地区融汇了南北气候的特征，降水量大，汉江、丹江等水资源丰富，素有小江南之称。秦巴山地植被覆盖面积大，是陕西的主要森林区。秦岭、巴山素有"生物基因库"之称，有野生种子植物3300余种，约占全国的10%。[①]

二、陕西地理生态与生存生活方式

毫无疑问，人类的生存生活方式与地理生态环境有着密不可分的内在关系。甚至可以说，地理生态环境，从根本上决定着人类初始的生存生活方式。人类在选择或者确定生存生活方式时，必然要受到地理生态环境的制

---

① 上述参阅了陕西省及榆林、西安、商洛等官方网站资料。

约。当然，就其空间因素而言，自然环境的整体性和差异性则是客观存在的，自然生态环境的这种整体性，使得人类在长期生存的历史过程中，形成了具有共性的生存生活方式及其文化形态。比如人类从总体上看，基本的生存历史形态的建构过程，就有着某种相似性；而特异的地理生态环境却使得生存于此的人们，形成了特殊的生存生活方式，建构起具有特异性的地域社会历史生活形态。但是，从时间角度来说，自然生态环境又总是处在不断的发展变化之中。这既有着自然本身的缓慢变化因素的作用，亦有着人类对于自然改造的作用因素。这样，人类活动不仅要遵循自然生态环境的整体性和差异性，而且应适应因人类活动影响后的自然生态环境的发展变化情境。自然生态环境的整体性和差异性是由各种自然地理要素综合作用形成的，人类活动就要面对多种自然地理要素，去积极地适应自然生态环境，使自己得以生存。另一方面，人类在适应特定的自然生态环境的过程中，必然要建构起具有完整结构形态的人文社会生态环境，并进而影响自然生态环境。

由此可见，从自然生态学的视角看，毫无疑问，人类就像一切大自然中孕育出来的生命物种一样，并没有显示出与其他物种的巨大差别，也只不过是大自然创作出来的数以亿万计的生命物种之一。而在数以亿万年的自然生态系统演化中，大自然已经创造出了许许多多的和自己一样的生命物种，包括植物、动物、微生物等等，可以说，真正是一方水土养育了属于一方的生命物种。以此观点，我们不妨反观自然生态中的人，以及人所创造的文化；以此来审视文学创作，审视陕西的当代文学发展，就会发现，在长期的生存过程中，地域自然生态环境的差异性，形成了陕北、关中、陕南生存方式、生活习惯等方面的区别，形成了特异的地域生态文化，形成了风貌各异的文学创作。

1.陕北的自然生态与陕北的生存生活方式

正如前文所说，陕北属黄土高原自然生态。这种地质结构和生态建构，有着自己的特点。黄土塬的土质为厚层黄土，而黄土具有垂直节理，水分容易渗漏，又由于黄土中的黏土矿物能强烈吸收水分，这些因素使得植物对大气降水的利用率大为降低，极易造成植物所需水分不足，因而相对来讲，植被就不是那么茂盛。但是，同样降水在其他土壤类型或岩石山地，植物对降水的利用率较高，植被就截然不同。比如位于延安城南的花木兰墓及附近几个土丘，都是红色土，其上面生长着茂密的柏树林，红色的土丘和上面的茂密柏树林成为这里独特的自然景观。陕北这块高原土地，原本是"一个内陆湖盆，后来经过漫长的地质年代，在起伏不平的古地形上，堆积了厚度不等的黄土，而使地面趋于平坦"。可是，这片"趋于平坦"的黄土地，在自然和人力的双重作用下，变成了现在这种地理地貌形态。关于陕北的地理环境，作家路遥的描述与地理专家的论说极为相似。他说："在漫长的二三百万年间，这片广袤的黄土地已经被水流蚀剥得沟壑纵横、支离破碎、四分五裂，像老年人的一张粗糙的皱脸。"

正是这沟壑纵横的黄土高原，为生于斯长于斯的陕北人民，提供了世世代代休养生息的生存基础，也形成了陕北特有的地域人文生态建构。首先陕北的居住及其村落建构布局，就是依据其特殊的自然生态环境而形成的。一个个村庄靠山循水而建，依山崖沟壁而凿建一排排土窑洞，也就成为陕北基本也是最具地域生态文化意味的居住建筑。如果我们从更大的地理生态环境视野来看，就会将问题审视得更为清楚。陕北的黄土高原向西北衔接的是内蒙古高原，这里一望无际的高原上形成了以草为主要植被的原野，自然是适宜于放牧。因此，从有文化记载始，便是以游牧为其基本的生存方式，并形成了特有的游牧文化。这样，顺着大大小小的川道和山坡，种植着玉米、谷子、糜子、高粱、土豆等农作物，同时，也许是受与其紧紧相邻的内蒙古大草原游牧生态文化的影响，陕北也放牧着羊群。这样，农耕与放牧就成为陕北传统的最基本的生存生产方式。

而且，陕北有着地域广阔的沙漠，加之少雨干旱，水土极易流失，风硬寒冷，这就决定了农作物生长周期长，产量低，草木也不茂盛。因此，这里的生存环境极为恶劣。并且由于沟壑纵横，交通极为不便，便形成了相对封闭的地域生态环境，也由此产生了极为独特的地域人文生态形态。比如陕北人的好客、走西口及其信天游、打腰鼓、扭秧歌等等，均与此地的地理生态环境有着密切的关系。由于陕北地域荒远偏僻，土地贫瘠，交通阻塞，信息传播滞缓，中央政权对此地管理疏远，政令行使不畅，因而正统的文化思想便难以形成铁板似的生态机制，其他文化思想也就能够得以衍生。比如，在陕北这块土地上，就存活着儒释道多种文化，甚至出现了儒释道同处一室的现象。所以，陕北这块荒远贫瘠之地，其生态文化思想的建构，是多质交融渗透并存的状态。

正是陕北黄土高原生态系统的特异性，才使它不仅生长着特殊的农作物：沉甸甸的谷穗，金灿灿的玉米，肉厚味鲜的红枣，敦实饱满的土豆和天真烂漫的荞麦，而且还放养出了白云般飘荡的羊群。几千年乃至几万年的积淀，便形成了深沉厚重的农耕文化与游牧文化并存融汇的文化生态。

就生产方式来看，正如前文所说，陕北是一种农耕与放牧并存的生产方式。从农耕角度来说，由于陕北沟壑纵横，少有大片的土地以供耕种。所以，多是在山坡峁塬上耕种农作物，主要是单独耕种劳作。这就像路遥《人生》中所描写的那样，在一个山坡上，只有一个人在那里劳作。放牧牛羊似乎亦有着相似的状况。一个人赶一群牛羊，在山坡上放牧，整天难见到个人影。所以，陕北的放牧和内蒙古草原的游牧并非等同的概念。言至于此，笔者想到20世纪80年代初第一次到陕北。此前笔者怎么也不能理解陕北人唱信天游，翻过宜君山梁，看到一个个黄土山梁相对而望的地理地貌形态，方才理解了陕北人唱信天游纯然是特殊的自然生态环境使然。由此而想，任何地域的生存方式的选择，均是与其所生存的生态环境有着密切的内在生命情感联系。还有走西口这种出现在陕北与山西北部特有的生存现象，亦是和这里的地理生态环境密切相关的。在关中平原以及其他平原地域，马车是主要的交通运输工具。但是在陕北，传统的交通运输工具就是牲灵。因为，这里沟壑纵横，山高坡陡，马车难以通行，只好用牲灵驮运。这和云南或贵州出现马帮的情况，具有相似性。

人们最为基本的生活内容，就是衣食住行。下面笔者试从这几个方面探析陕北的衣食住行与其地域生态及其环境的关系。

先说衣，即服装。陕北最为典型的服饰装束，就是头缠羊肚手巾，身穿光板羊皮袄和大裆裤，内着白褂子、红裹肚，脚蹬千层布底鞋，腿裹裹腿，脚穿毡靴。这种服装的选择，自然是与陕北的地域生态环境条件紧密相关。陕北地理环境恶劣，气候条件也比较差。尤其是在冬季较为寒冷的气候条件情境下，自然首先要从保暖角度考虑，选择羊皮作为服装的原料。其实，服装的质料与样式，主要取决于自然生态环境所能够提供的原料品类和生产生活的需要。陕北高原不适宜于棉花生产，但却有着较为优裕的放牧条件，凡是有条件的家庭，都要养羊。当然，这也与陕北紧邻内蒙古草原有关。在与蒙古民族密切的交往中，其服装亦受到蒙古民族服装的影响。可以说，陕北的服装是融合了汉族与蒙古族的服装特点而形成的。在此，我们更为强调的是，陕北的服装及其特征，首要是为了满足最为基本的御寒需要，即适应陕北的地域环境。换种角度来说，就是陕北的地域生态环境，为陕北的服装提供了基本的原料——羊皮，并且使得陕北人在适应其地域生态环境中，选择了这种服饰装束。现今，皮袄、羊肚手巾基本成为历史，人们的穿着与关中甚至城市的差异逐渐缩小，西装革履已成为共同的时尚。

食即饮食。一个地域的饮食品类与习惯，自然与该地域的生态及其环境有着密切的关系。提起陕北人的饮食烹饪，自然会提到羊肉、土豆、糜糕、荞麦面，以及钱钱饭、腌酸菜等等。在谈论陕北这些历史上有名的地方传统风味小吃时，人们首先会将其与陕北的游牧生活联系在一起，这是无疑的。但问题并非如此简单。我们认为，一个地域的饮食习惯，首要的还是与该地域的生态环境密切相连。正如前文所述，陕北这块土地适合于放牧，这就为生存于此的人们提供了羊肉等原料的保证。陕北人喜食荞面、糜糕等，亦是陕北这块土地的生态环境所决定的。陕北开发之后，饮食亦在变化着，但是，基本的饮食习惯，他们仍然在遵循。

就居住方式来看，陕北典型的居住建筑是窑洞。从建筑学角度看，学界公认陕北的窑洞是非常生态化的。这种生态化的窑洞，自然是陕北人根据其地理生态环境条件所做出的选择。陕北到处都是山梁沟壑，纵立的黄土具有支撑力，为建造冬暖夏凉的窑洞提供了天然的自然条件。加之陕北缺水少雨，气候干燥寒冷，农作物生长期长，只适合种植耐寒作物，像传统的糜子、荞麦等作物产量又低，就是玉米、土豆等高产量作物，其产量也是无法与关中地域相比的。经济并不发达，也就难以建造成本较高的砖瓦厦房。又因为地理环境条件的原因，就是经济条件许可，也难有像关中那样的建造四合院的地理空间。所以，一家或者几家居住在一起，就成为陕北主要的社会结构形态。如今，陕北的居住条件正在发生历史性的变化，不仅土窑洞，就是砖窑洞也在消失，取而代之的是瓦房或楼房。

行，即主要是交通工具与方式。人总是要进行相互间的交往，这是生存的必需。人们进行相互间的来往，自然是与其家庭社会结构有着密切的关系。这一方面在于人的社会关系结构，另一方面则是在于生存的需要，比如采购、运输等活动，便是一种生存的方式。除此之外，我们还应当看到，人们进行交流交往时，往往与交通手段、交通工具、交通方式等有着密不可分的关系。人们的交通工具与交通方式的产生与发展，除了整体生产力水平，主要是科技水平这些人为因素之外，还深深地受到地域生态环境条件的制约。提起陕北传统的交通工具，人们的第一印象便是毛驴。出门走亲戚，骑着小毛驴；采购运输，也是用毛驴驮驭，比如陕北的走西口，就是以毛驴、骡子作为交通运输工具的。所以，陕北人又将此叫作赶牲灵。陕北人选择毛驴作为传统的主要交通和运输工具，以毛驴为工具的交往、交通运输方式，一方面是由陕北的地理地貌形态所决定的，因为沟壑纵横的陕北，无法行驶车马；另一方面，陕北适于毛驴生存，而毛驴便于饲养，成本低廉，普通人家也饲养得起，使用起来又方便快捷。现在陕北的出行方式已发生了极大的变化。铁路，特别是高速公路的修筑，大大缩短了其与外界交往的时间和距离。在乡村，摩托甚至汽车，已成为主要的交通运输手段。而毛驴已成为历史的记忆。

当然，地域生态环境对于人们的生存生活的影响，还远不止于此。比如对于人们的风俗民情等方面的影响，也是极为深刻的，比如陕北人几乎都喜欢唱信天游，都能扭秧歌。这些方面，在后面有关章节，笔者会有专门的更多的论述。在此，我们主要从地域生态与地域文化建构的关系方面进行论述，进而对地域文化人格的影响做一简单说明。这里需要说明的是，如今陕北人的衣食住行已经发生了很大的变化。特别是煤、石油、天然气等资源的开采，飞机场、铁路、高速公路的修建，改变着陕北的生活方式。但是，陕北地域生态及其所生成的文化，却积淀于陕北人的文化心理之中，人们在思维方式和行为方式上，依然葆有鲜明的地域特征。

某种地域生态生成了特殊的地域生态文化。地域生态文化，进而会形成该地域特殊的文化心理结构形态和文化人格。正是农耕与放牧两种生产方式的融于一体，才使得陕北人既有着农民的质朴与睿智，又有着牧民的彪悍与浪漫。也正是这种极为恶劣的生态环境，促使陕北人在磨砺出超常的忍耐性的同时，亦生发出极强的冒险性和反抗精神。从明末的农民起义，到中国革命力量在此得以生存、发展壮大以至最终取得成功，无不昭示着陕北特有的文化人格与心理结构形态的力量。陕北的文化艺术之所以生生不息，亦是陕北这种特有的地域生态环境使然。陕北的当代文学创作，亦如陕北的地域生态环境一样，富有内在的原始生态的生命张力。毫无疑问，路遥就是在陕北黄土地特殊的地域生态环境中生长起来的。路遥作为陕北地域生态文化哺育出来的代表性当代作家，在那个终年少雪少雨的北国旱塬上，他和其他人一样，对这里的气候环境非常敏感，甚至饱含感情。他承继了在几千年的历史积淀中，陕西人形成的特有的地域生态文化心理结构与精神情感方式：粗犷豪壮、狂放剽悍、浪漫抒情、野性原始，同时又封闭固守，质朴淳厚，自足自大。由此来审视并解读路遥的《人生》《平凡的世界》等作品，就能够理解和解析其思想内涵建构和文学艺术的审美特质。

2.关中的自然生态与关中的生存方式

关中是陕西社会历史文化产生的中心地带，也是中华民族历史文化的一个最为重要的发祥地。甚至可以说，关中所形成的生存生活方式，不仅昭示着陕西的文化特征，亦可将其视为中华民族历史文化的一种标本。

关中是东西长、南北狭窄的川道，南靠秦岭山脉，北连陕北高原，渭河从西向东流经而过，可以说是一个由渭河冲积而成的平原川道。这里土地肥沃，适宜农作物的种植生长，所以，自古便有"八百里秦川米粮仓"的称号。这里的土质、水流以及气候等，适宜于小麦、谷子、玉米、棉花等农作物种植，以及树木的生长。而平坦的土地，又为人们提供了厦房、四合院建造的地理条件，适合于人口集中的村庄的建立。这显然与陕北的窑洞，陕南随山势河流而居的情形，有着明显的差异。这里交通便利，由东而西，进潼关出大散关，连为一线。这不仅提供了与外界联系的便利条件，而且，人与人、村与村之间的交流往来，也要比陕北、陕南便利得多。

司马迁从更广的历史地理视野，对关中有着深入而精辟的阐述。他将关中的自然生态与人文底蕴结合起来，阐述当时关中地区社会经济与历史文化发达的原因，描述关中的社会现实状态。他做过这样的论说：

"关中自汧、雍以东至河、华，膏壤沃野千里，自虞夏之贡以为上田，而公刘适邠，大王、王季在岐，文王作丰，武王治镐，故其民犹有先王之遗风，好稼穑，殖五谷。地重，重为邪。及秦文、德、缪居雍，隙陇蜀之货物而多贾。献公徙栎邑，栎邑北郤戎翟，东通三晋，亦多大贾。孝、昭治咸阳，因以汉都，长安诸陵，四方辐凑并至而会,地小人众，故其民益玩巧而事末也。南则巴蜀。巴蜀亦沃野，地饶卮、姜、丹沙、石、铜、铁、竹、木之器。南御滇僰，僰僮。西近邛笮，笮马、旄牛。然四塞，栈道千里，无所不通，唯褒斜绾毂其口，以所多易所鲜。天水、陇西、北地、上郡与关中同俗，然西有羌中之利，北有戎翟之畜，畜牧为天下饶。然地亦穷险，唯京师要其道。故关中之地，于天下三分之一，而人众不过什三；然量其富，什居其六。"[1]

由此可见，至少在汉代以前，关中地区是中国的社会经济文化中心。而这种中心地位，第一，由关中优越而特殊的自然生态环境所决定的。这里的自然生态环境适宜于农耕的生产方式，也就自然而然地开创着中华民族最初的文化形态。第二，关中的地理地貌形态，决定了它在历史上具有便利的交通条件。与陕北、陕南相比，这里可说是道路四通八达，形成了以长安为中心向外辐射的交通建构网络。第三，关中具有悠久的历史，尤其是周秦汉唐，可以说铸就了中华民族的辉煌历史。而周秦汉唐所演化的历史兴衰，无不与关中这块土地息息相关，甚至可以说，关中为中华民族最为辉煌的历史，提供了建构及其演化发展的舞台。所以说，中国几千年的封建社会形态，就是于此地建构起来的。第四，这里积淀了底蕴厚重的文化。中华民族的文化主要是于此地形成的。至今，不论就古都及其文化的完整性，还是历代所留下的历史文物遗迹，都是其他地方难以比拟的。第五，关中地区在当时是一块非常富饶的地方。在这块仅占当时国土三分之一的地方，拥有全国三分之一的人口，但却占有全国十分之六的财富。正是关中特有的地域生态环境，为发展农业经济提供了前提基础。

也许正因为这种地理环境所致，中华民族最早的先民便生存于此，形成了典型的农耕生产方式，进而形成了由家族构成的村落社会结构，这也就成为中华民族农耕文化的典型形态。在这片厚重而苍茫的土地上，生活过距今一百一十五万至六十五万年的蓝田猿人，有着七千年前的仰韶文化时期的半坡氏族生存的遗迹。中华民族的始祖炎、黄二帝所领导的氏族部落，由西向东循渭河而下，治水开荒，农耕稼穑，奠定了中华民族最早的农耕生存方式

---

[1] 司马迁著，韩兆琦评注：《史记》（第3册），岳麓书社2012年版，第1755页。

和生态文化。正如前文所述，周秦发迹于此地，中国历史上最为发达昌盛的汉唐王朝建都于此地。宋代以降，虽政治经济文化中心向东转移，尤其是近代以来，这里成为欠发达地区。但是，这里的文化积淀却是最为深厚的，可以说，关中地域是中国留存传统文化最为典型的区域。至今，关中地区仍然保存着农耕文化意义上的生存方式和思维习性。

由此可见，我们自然可以从历史文化积淀深厚等角度，来思考关中平原的生态文化及其心理积淀、思维方式、生活习俗等问题。关中平原的自然地理环境，至今仍然对生存于此地的人们的生活方式和思维方式以及行为方式起着极为重要的作用。关中的地理地形状态，像一个长方形的斗，易守难攻。从关中西上可以进入陇西，东出是广袤的中原地区，南进巴蜀，北上陕北高原。四方均有关口扼守。这样的地理环境，极易形成固守的文化心理结构形态。尤其是在农业时代，人们最为基本的生存基础是粮食生产，只要有了粮食，生存就可以高枕无忧。比较而言，关中平原的灾荒比起陕北、陕南要少得多，生活条件优裕得多，历史文化传统积淀也深厚凝重得多。至今，关中地区外出的打工劳动力就比其他地区要少得多。这种固守故土的观念，显然与这里的自然生态环境所提供的生存条件有着密切的关系。

就生产方式而言，关中主要是农耕。关中过去讲究农家耕作，要有高骡子大马，有犁耙耱，还要有马车等运输工具。在没有实行合作化，尤其是建立人民公社之前，中国的农业生产都是一家一户独立耕种。比较而言，关中地区土地平坦，连块面积大，适宜于较大规模耕作。所以，耕作主要是以牲畜作为动力，以牛车或者马车为主要的运输工具。关中驴、秦川牛，是关中地域农耕生产的主要牲畜动力。实行集体生产之后，牲畜、农业机械成为主要的生产动力和工具。陕北虽然也使用牲畜或者机械进行生产，但是不少山峁沟梁是不适宜牲畜尤其是机械耕作的，只能是手挖肩挑。陕南山地，也存在与陕北相类似的情况。关中的土质、气候等方面的条件，适合种植小麦、玉米、棉花等作物，像渭南就是陕西主要的产棉区。

在生活方式上，关中也形成了自己的地域特色。笔者仍然从衣食住行等人类生活最基本的几个方面进行分析。

衣即服饰。关中地区典型的传统服装，上身是对襟褂子棉袄，下身是大腰棉裤，圆口鞋。头上虽然也扎毛巾，但与陕北不同。陕北头上扎毛巾，结在前额，而关中则是结在后脑。最具特色的应当是妇女头上顶的手帕，所谓的关中八大怪之一的手帕头上戴即是。在陕西三个地域中，关中的服装变化是较早较快的，西装、夹克等已成为乡村流行的时尚服装。头顶手帕的风俗也只能在较为偏僻的地方见到。这与陕北有着相似之处，那就是传统的服装正在成为历史的记忆。

食即饮食习惯。关中的饮食以面食为主，小麦是其最为重要的农作物。在民间流行的关中八大怪之说，有关饮食的"面条像裤带""锅盔像锅盖"等，都与面食有关。陕西的面食可以做出上百种，主要集中于关中地域。饮食上，与巴蜀相比，巴蜀突出的是麻、辣，尤其是麻，而关中突出的是辣、酸。与荆楚相比，荆楚也强调辣味，但是不突出酸。至于南方的甜，在关中市场并不大。关中的饮食之味，缺乏调和性，突出的是单一性。如果说关中以面食为主，是由于这片土地的生态环境适宜于种植小麦等粮食作物，那饮食上突出酸、辣之味，恐怕是与关中之气候等条件关系密切。不论就季节或者是日间来说，关中地区的温度与湿度，反差都是比较大的。这种突出的气候特征，使得人们在适应的过程中，对于饮食上所进行的选择，有意无意且自然而然地寻求人与自然的契合对应。

住。关中地区以四合院大厦房为主要居住方式。关中选择厦房这种基本的房屋建造形式，有着悠久的历史，这也是中国最为基本最为传统的房屋建筑形式。厦房的历史最少可以追溯到商周时代。建造由厦房组合而成的四合院，需要有必要的制造砖瓦的泥土、木料等（技术条件自然不容忽视），当然还应当具备大的空间，并且是平坦的地理空间。此外，还和气候条件有着密切关系。比如多阴雨就不适合建造土窑洞。关中地区虽然不属于多雨地区，但每年亦出现阴雨天气，这就需要选择材质硬度强的材料建造房屋。更为特别的是，关中地区厦房单边盖。关中的四合院，门房和上房都是两面坡，只有两边的厦房是一面坡。这恐怕与家家户户院落相连有着密切关系。因为单面坡雨水会流入自己的院落，若是两面坡，雨水势必要流入他人的院落。还有一个非常重要的原因，就是关中的气候相对来说比较干燥，土壤资源丰富，而且吸水性强。传统的厦房是以土坯做背墙的。当然，如果从建筑学角度，还可分析出关中厦房与地域生态环境、气候诸多因素的内在关系来，但就我们的简略分析即可明确看出，关中厦房与其自然生态环境及气候的对应关系。如今，关中地域的传统厦房正在快速被水泥楼板房替代。

行即交通往来。翻查有关历史资料，出于国家政府的管理，比如在秦代就修有北到陕北，南入巴蜀荆楚，西上陇西地域，东出中原的官道，再加上由渭河而黄河经运河南下的水陆交通，便形成了以长安为中心的交通网络。但关中地域主要的交通工具，则是车、马。之所以如此，笔者认为，这依然是由关中地域的自然生态环境条件所决定的。相对平坦的关中平原，适合修筑比较宽敞的道路，适宜车、马的通行。车拉马运，是关中地域基本的交通运输方式。这与陕北的毛驴驮运，与陕南的肩挑人背，显然大不相同。新世纪以来，关中地区的高速铁路、公路四通八达，交通运输现代化程度非常高，就连乡村走亲戚，也是乘坐汽车。

3.陕南的自然生态与陕南的生存方式

作为中国南北地理分水岭的陕南地区，以山地为主。汉中、商洛、安康，均处于山地之中，汉水、丹江等河流由西而东汇入长江水系。据地质研究可知，陕南的秦岭山地，是数亿年前地壳运动所致，形成东西绵延横亘的山地。这里的地层发育齐全，资源比较丰富，植被茂盛，种类繁多的飞禽走兽栖息于此。而且这里气候湿润，雨水比较充足。一方面阻挡着北方干燥寒冷空气的南下，另一方面，又滞留着南方湿润温暖空气的北上。所以，它既有北方气候的某些特征，更显现出南方气候的特性。

先简述一下陕南的地域生态环境与其生产方式的关系建构问题。

从历史发展上来看，陕南山地主要有两种生产方式，一种是耕种，一种是采猎。陕南山地，山清水秀，茂密的植被延绵不断，气候温暖，水分充足。这一方面为众多的植物生长提供了天然条件，这里的植物种类繁多，其中既有可供人们建造房屋、制作生产生活用具的树木，又有可以食用的植物、果树。所以，采集自然的植物就成为陕南最为原始的生产方式，而且这一方式一直延续下来。另一方面，茂盛的植被又为动物的生存提供了生存环境。所以，这里成为一个天然的动物园。比如濒危的金丝猴、朱鹮等，就生存于这片山地之中。人们的生存，总是先从自己所处的环境中探寻生活的必需条件。在生产力低下的情景下，狩猎成为这里人们的一种获取生活物资的必要方式和手段。贾平凹的《怀念狼》揭示的是由于人过分地狩猎造成的生态失衡，但是它也说明，在以前狩猎是一种重要的生产方式和获取生活资源的手段。当然，现在狩猎已不被允许，农耕生产成为基本的生产方式。

就地理环境而说，陕南山地崎岖不平，随着山脉的走向与河流的冲刷，形成面积不大的汉中、商洛等冲积盆地，更多的则是不适于农作物耕作的山地坡地。就农作物来说，玉米、土豆，以及核桃、柿子等，成为其主要的生存食物。这里不适合于大面积的耕作，只能因地制宜而耕作。虽然如此，但由于这里降水、气温适宜，稻米这一南方农作物也就得以种植。

再看陕南的衣食住行。

衣着。陕南人的穿戴，应当说融汇了南北特点，突出的是山地适应性。陕南山地核桃、板栗、柿子等果品资源丰富，但是用于纺织的棉花则种植较少，加之交通运输不便，陕南山地百姓的穿衣问题还是比较严重的。普通人家衣着以自织土粗布为主。这里的传统衣服样式，男子上着小领对襟褂，妇女为满大襟衫，下装男女皆为大腰宽腿裤。深山区农人裹头巾，腿扎裹带。就衣着方式来说，北方人都有扎裤腿的习惯，因为便于行走。但陕南山地百姓的裤腿扎得要比关中、陕北高出许多，这是因为山地多荆棘草藤，又多虫蛇出没，裤腿扎高了，既行走利落又防虫蛇叮咬。就是裹头巾，恐怕也与陕北意图不同。陕北多为御寒，此处则亦有着防御虫蛇之意图。随着社会经济文化的发展，陕南的服饰装束，现在与关中乃至大城市差异已不大。

饮食。陕南地域的饮食亦有着南北交汇的特点。既有北方的面食，又有南方的米食。受地理环境影响，高山区山地多产玉米、薯类、豆类杂粮等，农人常年以玉米为主，间以土豆、燕麦、荞麦。过去多为一日两餐，唯在节日稍有改善。汉江盆地则出产大米，所以大米便是其主食。这里最具特色的是熏制腊肉和酿制苞谷酒、甘蔗酒、柿子酒等，还有腌制咸菜。由此可见，陕南山地的饮食，既有着陕西的特点，又带有川渝甚至荆楚的风味。现在陕南的饮食已有了不少改观，但是，其地域性特色依然保持着，并且吸引着西安等地人前往品尝。

居住。陕南山地广阔，人烟却比较稀少。就人的居住而言，随地就势而居，是其非常鲜明的特征。在汉中、商洛盆地，也有像关中地区那样较大的村落。但是在更多的山地，则是顺着山坡、山沟依山傍水而居，极少见到关中村落中常有的大场院，百十户乃至上千户居住在一起的村落就更少了。

所以，陕南少有集中居住的大村庄，而多是分散于山地平台，隐居于山沟峡地。陕南传统的居住，普通人家多以茅屋、茅庵、石洞，部分地区住石板房、木屋。中等以上农家建土木结构瓦房，殷实之家做砖或石头棋盘墙，格子门窗，有上房、厢房及门楼，居四合院。随着社会发展进步，陕南瓦房日益增多，石板房、草房日渐减少，开始追求美观，粉壁墙与玻璃窗在农村很普通。高山地区住石洞、合掌棚子逐渐绝迹，城乡建房向砖木结构发展。尤其是20世纪80年代后，住房日益现代化，县城和集镇群众建起多层砖混结构小楼，电视机、电风扇、电冰箱、洗衣机等家用电器极为普遍，富裕户安装空调，购置真皮沙发、席梦思床等现代家具。

行即交通，此地区不够发达，古有蜀道之难难于上青天之说。汉江、丹江水系，过去便成为极为重要的交通要道。贾平凹的作品《五魁》，开始叙述的是乡间婚嫁之事——背媳妇。陕北娶媳妇用毛驴，关中用轿车，而陕南却是人背。这恐怕不仅仅是经济问题，其中一个非常重要的原因，就是自然地域生态环境条件所致。高山峻岭，自然不适宜于车马行走。所以，肩挑人背，在过去的陕南是一种极具地域特色的现象。除此，那就是依靠牲畜进行运输。《三国演义》中有诸葛亮制造的木牛流马，以此作为运输工具。这虽然带有艺术夸张的因素，但也说明，从巴蜀经汉中进入关中，自然环境非常险峻，难以通行车辆，只能以牲畜驮运。明修栈道，暗度陈仓，也非常典型地说明了秦巴山地的地形地势之险恶，交通之艰难。陕南水利资源丰富，尤其是汉江、丹江等河流。顺江而下，是陕南通往外界的主要通道。所以，航船便成为陕南重要的交通运输工具。在贾平凹的作品中，多次提到一个名为龙驹寨的水运码头。总之可见，陕南山地的出行是极为不易的。这更易形成封闭的生存环境。随着铁路、高速公路的修筑通车，山地交通逐渐便利，现今的陕南被誉为西安的后花园。

虽然如此，我们也必须看到，由于其南北分水岭地理位置所致，南北人文生态文化便于此相交汇。正如人们公认的那样，这里形成了南北文化交汇共生共存的状态。我们在解读贾平凹的文学创作时，常常被他的灵气神韵打动，亦为其神秘诡异所惊叹。这些，自然与其所生存的这块山地有着密切的内在联系。甚至可以说，不论早期的商州系列，还是之后的《废都》《怀念狼》《秦腔》等等，其间所体现出来的审美特质，无不与这片山地相连。因此，这从另一种角度，形成陕南山地相对封闭的地理环境和人文生态环境。比如山地的神秘莫测与其鬼神文化等，就有着密切关系。

我们在对陕北、关中、陕南的生产生活方式以及衣食住行，进行了简略分析后，可以看到因地域生态环境的不同，形成了它们之间的差异性。与此同时，我们也看到了随着社会经济文化的快速发展，地域之间的差异性在不断缩小，趋同性在增强。但是，我们从这三个地域的文学艺术作品中，依然可以感知到，一个地方的文化习性，则融汇于人们的生命情感之中，其心理积淀依然可见。换句话讲，就是不同地域的生态文化，对于人们的思维与行为所产生的潜在影响作用，依然存在着。

由此，我们是否可以说，路遥、陈忠实、贾平凹这三位陕西标志性的作家，他们的文学创作及其所形成的精神文化与艺术特质，是其各自所处的地理生态环境及其所形成的人文生态环境，为他们打上了基础的底色。就是在历史文化已经形成并制约着他们的思维与行为方式、生存状态以及艺术创造之后，他们家乡的地理环境及其生态文化，依然为他们提供了可以从自然地理环境中直接获取的思维与艺术启迪与素养。黄土高原以及沙漠之于路遥，白鹿原之于陈忠实，商洛山地之于贾平凹，就犹如其生命神脉之源泉。也许路遥朴素的表述，道出了其间的因果联系。他说："我对沙漠——确切地说，对故乡毛乌素那里的大沙漠有一种特殊的感情或者说特殊的缘分。那是一块进行人生禅悟的净土。每当面临命运的重大抉择，尤其是面临生活和精神的严重危机时，我都会不由自主地走向毛乌素沙漠。"[①]

三、陕西地域生态与社会历史建构

1.地域生态与社会历史

现代历史地理研究证明，地域生态环境与社会历史的发展演变，有着密切的关系。正如前文一再强调的那样，人类的原始生产方式以及以此为基础所建构起来的社会结构形态，受到地域生态环境的制约。人类从原始时代到文明时代，其发展进步亦是和地域生态环境有着密切的内在联系。就是从工业文明到今天的电子信息文明时代，自然是科学技术起了至关重

[①] 路遥：《早晨从中午开始——〈平凡的世界〉创作随笔》，中国文联出版公司1993年版，第10页。

要的作用。但是，我们仍然不能忽视地域生态环境对于人类社会及其文明发展进步的重要作用。所不同的是，古代社会历史文明的建构及其发展，更多表现为被动适应地域生态环境，而今天则是以更为主动的姿态来适应生态环境。

从地域生态及其地域文化角度来看，毫无疑问，陕西这片土地的社会历史建构受到了其地域生态的影响。就如人们所说的那样，陕西的黄土埋皇上。周秦汉唐兴盛于陕西尤其是关中平原这块土地，自然是与中华民族发展历史过程中的自然生态有必然联系的。

人类社会的建构及其发展，有其内在的原因，亦有着外在的自然地域生态环境的原因。适宜的地理生态环境为人类的生成乃至生命的产生，提供着必不可少的生存自然条件。这就是说，正是这种适宜的地理生态环境为社会的发展和文化的进步提供了客观的前提基础。假如没有这一前提基础，社会的存在也就无从谈起，更何谈社会的发展和文化的进步。在这个意义上，地理生态环境对文化的影响是直接的、不可置换的。以此来审视地理生态环境与社会历史的关系，可以得出这样的结论：地理生态环境作为社会外部因素，对于社会历史的建构与发展，自然是产生着极为重要的作用。人类社会及其历史建构，不论从哪种角度或者层面来说，都无法脱离地理生态环境的规约作用。地理生态环境作为社会建构的外部因素，对于人类的存亡和社会的兴衰，对于生产力的结构和布局，以及包括人的生理和心理素质的建构等等，无不产生着规约影响作用。而且，这种规约作用甚至带有绝对性的属性。地理生态环境不仅对于社会的建构具有发生学的意义，而且对于建构起来的社会发展与兴衰，亦具有规约性的影响作用。

我们将地理生态环境与社会建构的关系，视为一种规约性的，那是因为，地理生态环境作为物质存在是第一性的，而人类社会及其建构则是第二性的。人类社会的发生、发展历史，也不容置疑地证明了地理生态环境的规约作用。也许正因为如此，有人将地理生态环境对于人类社会的影响规约作用，视为不可移易的和绝对性的。我们所说的地理生态环境对于人类社会的规约作用，一方面，人类社会的发生发展就是在地理生态环境之中，也就是说，地理生态环境实际上已经规定了人类社会发生发展的客观条件和客观区限；另一方面，地理生态环境对人类社会具有约束作用，即人类社会的建构不能违背地理生态环境建构的属性和规律。由此可见，人类社会的建构与地理生态环境建构之间是一种相适应的关系。人类社会的发展，如果脱离或者违背了地理生态环境建构的规律与属性，就会受到地理生态环境的制约甚至惩罚，迫使人类社会发展回到地理生态环境为其所规约的区限之内。

规约有着制约的意义，但是，地理生态环境对于人类社会的规约并非阻止其发展，抑或将社会限定在某种形态永不前进，而是对社会发展具有加速或者延缓的作用。当然，这种加速或者延缓作用，是由社会的生产方式、生产力水平间接得以实现的。生产方式、生产力水平，亦受到地理生态环境条件制约。比如，今天的电子信息科学技术，依然无法脱离相应的地理环境条件因素的规约。甚至可以说，生产方式、生产力的发展，恰恰是在适应地理生态环境的过程中，去进行改善和提高的。由此可见，地理生态环境虽然对社会生产方式具有规约作用，但是，社会生产方式也会在适应的同时，按照自己的发展规律和矢向，从低级到高级发展。不仅如此，不同的社会生产方式之间是相互影响、相互交融的。总的趋向是由低级向高级发展。

文化是人类生存过程中的创造物，它从发生到发展，都是离不开地理生态环境的，换句话说，人类的一切文化，都是在具体的地理生态环境中创造出来的。

2.陕西地域生态环境与社会历史建构

陕西具有悠久的社会历史，积淀着深厚的历史文化传统。在论述陕西地域生态环境与社会历史建构之关系前，先简单说明一下陕西及其来历。

如果对陕西几千年乃至数十万年的社会历史做一个概括，那我们不能不说是一种曾经的辉煌。进而需要追问的是：陕西为什么会是曾经的辉煌？不可否认，这有着社会历史自身发展规律的决定作用。但是，我们亦不能否认，陕西这片黄土地的地域生态环境，似乎在昭示着陕西的社会历史只能如此循着这一轨迹前行，给人们留下一个曾经辉煌的历史。

陕西，据考最早出现于西周初年。今河南陕县西南故称"陕原"，周成王以陕原为界，原东之地封给周公治理，原西封给召公管辖。后来人们便习惯上称陕原以东为"陕东"，陕原以西为"陕西"。周公所分封的"陕东"，随着历史的发展演变，被新出现的称谓——"河南"取代，而陕西这一称谓却沿用至今。陕西简称秦,秦的出现可能还要早些。据考证,秦作为陕西的简称最早是因陕西为战国时秦地而得名。秦最早为古代部落名称,也就是说,在原始氏族社会时代,便有了秦。春秋时期成为国名,都城在雍,即今之陕西省凤翔县。作为春秋时代诸侯国中的后起之秀,励精图治,终于成为统一六国的最终完成者。秦始皇在统一中国之后,将国都建于今陕西省咸阳市,定国号为秦。汉代以后,西域人称中国为"秦"。据研究考证,就连西方国家曾经对中国的称呼"支那",也是"秦"的一种变音。作为行政区划,秦汉及唐代初期,在陕西咸阳、长安之外虽设有郡县等,但以"陕西"为名设置行政区划,则始于唐朝安史之乱以后,当时设为陕西行中书省。其后也有变化,但到明清时代,亦设为陕西省。近代以来直至今日,一直沿用。关于将陕西称为三秦的说法,那是源于秦灭之后的楚汉之战时期。项羽虽后入关中,但是他有着比刘邦更为强大的军事优势,为保其地位,迫使刘邦退居陕南汉中,封刘邦为"汉王"。项羽又将关中分封给秦之降将:秦降将章邯被封为"雍王",领地为今陕西咸阳以西和甘肃东部地区;董翳被封为翟王,领地为陕西关中北部地区;司马欣被封为塞王,领地为今陕西咸阳以东地区。三王及其封地便被合称为"三秦"。所以"三秦"之称本指陕西关中及其西部、北部地区,后来沿用三秦之称谓,并逐渐成为陕西的别称雅号。[①]

接下来探讨陕西地域生态环境与社会历史发展的关系问题。

陕西的地域生态环境既具有自封闭性,同时表现出半开放性的特征。最早的蓝田猿人和大荔猿人,说明中华民族的祖先就生存于这片肥沃的土地。以渭河流域为中心所形成的狭长的关中平原地带,极易于农业生产。也许正是这一原因,渭河流域成为中国社会历史最早的发源地之一。半坡遗址的仰韶文化,非常典型地昭示了原始部落氏族的社会建构形态。有关考古材料表明,中国的始祖炎黄及其所领导的部族,就是沿着渭河从西向东而发展的。关中平原为他们的生存提供了极为适宜的生态环境条件。如果说这些还不足以证明,以关中平原为中心的陕西所处的特殊地域环境更适宜中国社会历史的最早建构,那么,周秦汉唐作为中国历史上最为辉

---

① 参阅自陕西省网站有关陕西历史沿革介绍资料。

煌的社会历史时代，则完全可以证明，只有在陕西这片土地上方能创造出中国社会历史的辉煌。

按照社会历史的一般常识来看，人们自然会认为，生产力与生产方式以及生产资料的分布结构决定着社会结构形态。中国古代社会，以农耕生产为基本的生产方式，土地为基本的生产资料，在此基础上，建构起以村社家族为最小单位的社会结构形态。因此，这种社会形态建构，是与近代以前中国社会的生产力水平与生产方式相适应的。但有意思的是，中国农耕封建社会形态的建构，于自然的选择过程中，似乎是在上天的指引下，自然而然地将目光投向了陕西这块人杰地灵的黄土地。这不能不令人深思。中国如此大的地域版图，为何单单就首先选择了陕西及其关中平原呢？有学者用风水思想加以阐释，历代的风水学家都会列出几条甚至几十条理由，说明以古长安为核心的关中，适宜建立都城。其实在笔者看来，不论从风水角度做怎样的解释，恐怕还是离不开陕西特有的地域生态环境因素。陕西南北高中间低，东西均有关隘遏制，易守难攻，却又能进能退，这样的地貌形态，具有极好的封闭性。退守可以自我生息。东出可进入中原，俯瞰九州大地。西出阳关可以进入西域，与匈奴等少数民族进行征战、交易。南面的秦岭，北面的高原，也是天然的屏障，欲想进入关中地域，则须翻越这天然屏障。更为重要的是，渭河从西向东而流，形成了较为平坦肥沃的关中平原，并且水利资源比较丰富，所以便成为一个天然的粮仓。因此，关中平原非常适宜自封闭式的生存。陕西这种特殊的地域环境，更利于建都称王。或者说，这种半开放自封闭的地理环境，更适合建构以农业生产为主体的封建社会形态。

周人就崛起于陕西关中平原。殷商走向衰落时，周部族以西岐为中心，发展兴盛起来，成为最为强盛的部族。从周文王到周武王，励精图治，不断向东发展，最终灭掉殷商，建立起大周王朝。这时，周已从西岐东迁到关中的中心地带，建都于镐。周王朝以分封制为基本的社会体制，兴盛了数百年。之后，出现了诸侯争霸的局面，这就是五百余年的春秋战国时期。周部族从兴起到灭商建立周王朝，固然有其社会、政治、文化等诸多方面的原因，但是，我们仍然不能忽视陕西这块特定的地域环境对其发展所产生的极为重要的作用。由西而东，进可攻，退可守，出可征战，入可自守发展。在生产力低下的历史条件下，自然的地域生态环境对人们的生存和社会发展，有着尤为重要的规约作用。

由史可知，周是在陕西这块土地上兴起强盛并一统天下的，而最终取而代之的又是在这块土地上兴起的另外一个部族诸侯国——秦。秦的发展与周有着某种相似性，亦是由西而东。按理说在诸侯国中，不论是生产力或者文化思想，秦的发展都是比较落后的。但是，秦国历经几次变法，迅速强盛起来。这固然有着社会建构过程中的诸多因素，但仍然不能忽视陕西特殊的地域生态环境的影响作用。陕西半封闭的地域环境，易守难攻，这给其他诸侯国灭秦造成极大的困难。而秦却在这种半封闭的环境中不断发展强盛起来，并南越秦岭而得巴蜀之地，东进攻打三晋及其他诸侯国。所以，自身修炼强盛，加之利于发展的地域生态环境因素的支撑，使得秦国最终一统天下，建立起中国历史上第一个皇权帝国。

汉唐时代是中国古代历史上最为强盛的时代。推翻秦王朝的是以楚地为核心的力量集团，汉王朝的建立者也并非秦地之人。但是，汉最初的发展，则是在陕西汉中。最终以汉中为基础，北进而得天下，并建都于关中，依然是以关中为中心，这恐怕依然是由关中优裕的地域生态环境条件决定的。介于二者之间的魏晋南北朝时期，虽然已经表现出东移的趋向，但是，统一的隋、唐依然将关中作为社会建构的中心。之后的宋元明清，以至民国和中华人民共和国，其政治、经济、文化中心均向东移。为何如此呢？有人说陕西作为风水宝地，其风水精华已被前面几个朝代吸收尽了。在笔者看来，恐怕是与社会生产力的发展水平等有着密切关系。随着整个社会生产力水平的提高，其他地域尤其是江南的经济发展起来。经济中心转移，政治、文化中心也随之向东向南转移。这样，陕西地域生态环境的劣势，就越来越明显。比如，作为京畿之地，朝廷要花费极大力气，通过水、陆不同路径，将江南的物资运来关中。隋朝开凿贯通南北的大运河，其主要功用就在于此。

3.陕西地域生态环境对社会历史发展的演变作用

正如上文所言，陕西这种自封闭半开放的地域自然环境，决定了它更适合农耕生产方式的社会历史结构形态的建立。但是，唐代以后，特别是明清之后以至近代以来，中国的社会政治经济文化中心向东、向南转移。这又是为什么呢？我们完全有理由说，这也是陕西的地域生态环境所决定的。

地理生态环境与社会历史之间存在着一种同构关系。作为社会历史建构的重要因素，地域生态环境对社会历史的建构及其发展进程具有明显的影响作用。特别是信息不通、交通不便的古代，地域生态环境的影响程度，比之高科技发达的今天要更大、更深。

唐代以后，随着生产力的发展与技术的进步，陕西这块风水宝地的地域生态环境优势越来越衰微，而东部及南部的沿海地区，因为面向大海则显现出更强大的优越性。东南地区利用出海之便，向外拓展，经济文化也就逐步繁荣起来。随着中国政治、经济、文化中心的东移南迁，陕西的社会经济历史文化发展步入滞缓时期，各方面逐渐落后于东南地域。原因就是，中国是世界上最为典型的农业国，农耕是基本的生产方式，几千年的历史形成了重农轻商的文化思想观念。而生产力的发展水平主要体现在农耕生产上，就农耕生产条件来说，江南的长江中下游平原以及珠江地域等，毫无疑问，比起关中平原乃至中原地区更适宜农业生产。唐之后，中国的经济中心转移到江南，中原与江南就成为主要的经济来源地。因此，掌控了中原地域，就有了北上南下的自由度和更大的活动空间。在冷兵器时代，马匹、车辆是基本的生产、交通运输工具，体现着基本的生产力水平。就此来说，中原以及江南，显然要比关中更适宜马匹、车辆发挥作用，产生更大的社会经济收益。就此而言，随着社会经济科技的发展进步，陕西这块土地，因为不适宜更好地促进社会生产力的发展，不能提供更丰足的物资资源，于是便逐渐被社会冷落。同时，陕西的生态环境条件，又制约乃至滞后了陕西地域的社会发展。周秦汉唐丰富深厚的社会历史及其文化，逐渐成为一种历史的记忆，深深地埋藏在深厚的黄土地里。

从另一方面来说，军事力量及其战争也与地域生态环境有着密切的关系。赵匡胤通过陈桥兵变建立起大宋王朝，但是，宋朝始终仅有半壁江山。这固然与北方少数民族军事力量强盛，与宋朝之社会政治及其统治的大政方针有关。但亦要承认，在那个时代，宋王朝要北上征战具有重重的地理生态环境上的障碍。而北宋定都开封，南宋退居杭州，也有其地域生态环境方面的原因。黄河、长江是重要的地理屏障。北宋与辽的主要战场在黄河区域，南宋的主要战场在江淮区域。元明清均定都北京，恐怕亦有地理战略位置方面的考虑。于此北上可抗少数民族入侵，向南顺势而下，可以俯揽中原直至江南。

这里还有一个人口的问题。中国自周至清几千年的历史长河中，人口变动很大，少到几百万，多达四亿多。人口变动主要是四个原因，一是战争，二是自然灾害，三是迁徙，四是和平年代经济发展。关中地域人口的变化，由周至唐，可视为中国社会变迁的一种晴雨表。历史上，关中多次因战争人口急剧减少，也有多次人口迁徙。据有关研究表明，唐代最为兴盛的时期，仅长安城人口就有百万之众，整个关中地区的人口数量就可想而知了。但是有一个事实是毋庸置疑的，那就是汉唐之后中原和南方人口在增多，这说明人口中心在向东向南转移，关中在全国的人口比重在下降。这种情况，究其原因，首先是战乱，更为重要的是经济发展问题。这其中不论是哪种情形，都与关中的地理生态环境有着密切的关系。①

以此基本思路来审视宋以降陕西的历史境遇，就非常清晰。虽然如此，陕西特别是关中，在历代统治者眼中，依然是一个非常重要的政治、经济、军事要地。

如果说清中叶以前，中国是一个闭关自守的国度，那么，近代以来，不论是出于外力的强迫还是内部力量的促使，中国开始逐步走向外向型社会建构，对外开放成为促使政治、经济、文化快速发展的动力。这样，沿海地区迅速发展起来，而内陆地区则成为不发达地区的代名词。尤其是西北地区，便成为历史因袭重负的承载者，而东南沿海地域，则成为新的生产力与文化前沿区域。如果说中国传统文化是以土地农耕为主的黄色文化，那么，现代文化则是以工业生产和海洋交通为主的蓝色文化。鸦片战争以来，西方世界以枪炮加经济文化的方式，迫使清王朝打开门户，设立口岸，通航通商。上海、广州、青岛、天津、香港、澳门等地，逐渐发展成为经济文化发达繁荣之地。中国的近现代工商业，集中于沿海和长江中下游区域，而内陆地域几乎无一能够得到足以发展的机遇。陕西处于西部内陆，虽有着辉煌的历史文化，但是，这块曾经辉煌过的地方，已被现代社会经济文化遗忘，被远远地抛在了后面。

陕西为中国无产阶级革命事业做出了巨大贡献。在现代革命历史时期，毛泽东提出了农村包围城市、武装割据等极其符合中国现实的思想。正是因

---

① 史念海：《中国历史地理纲要》（上册），山西人民出版社1991年版。

为如此，中国共产党所建立领导的武装革命斗争根据地，从最初的井冈山到后来的陕甘宁边区，都是在偏远的地域。陕北成为中国革命的根据地，可以说是一种历史的选择，也是这片有着特殊地域生态环境的土地，适宜革命事业的根植与发展。陕西三大地域，陕北、陕南都曾经是革命发展的区域，而关中地域，虽然也有革命的力量，但都难以建立起稳固的根据地。不能不说，这些都极大程度上取决于地域生态环境因素。所以，陕西形成了历史文化传统和现代革命文化传统。

第八章

地域生态文化与作家人生建构

不同的地理环境与物质条件，使人们形成了不同的生活方式与思想观念。在衣食住行方面，中国各地历来存在着很大的差异，久而久之就形成了不同的风俗习惯。这种不同地域的生活方式和风俗习惯，对于作家的人生、思想观念，及其文学创作的审美意识、艺术个性等，都会产生巨大影响。

路遥、陈忠实、贾平凹，他们来自陕西地域生态文化中三个不同的亚生态文化圈，这三个亚地域生态文化分别为他们各自的人生道路以及创作道路，涂抹了浓厚的文化底色。

在审视这三位作家的人生历程与创作道路时，自然不应忽视他们的生活历程。他们有着相似的人生运行轨迹，走的是一条从乡村到城市的生活道路。乡村及其地域的生态文化，对于他们的人生与文学创作来说，是至关重要的。可以说，各自故乡的地域生态文化，既是他们生命情感的寄托，也是他们生命情感的归宿。从户籍和生活物理空间上看，20世纪70年代末80年代初，三人均先后成为城市中人。但是，从文化和精神生命的建构来说，他们仍然是乡下人，是城市的寄居者。可以说，他们同处三秦文化这个地域生态文化背景下，然而又分别成长于陕北、关中和陕南三个亚文化圈，成名于长安文化这个人文荟萃之环境。如此共同的生活历程，使得他们的文学创作具有相似性：创作均从乡村生活的叙事开始，并且将乡村作为各自最为主要的创作基地。他们走向文坛的标志性作品，都是乡村题材。在此后的文学创作发展道路上，也都或多或少对于城市题材有所涉猎，但他们的文化之根依然在各自的故土。比较而言，陈忠实对于城市的文学艺术叙事最少，路遥次之，贾平凹更多一些。这也从另外一个侧面，隐喻着三位作家不同的文学创作艺术追求和文化姿态。

不仅如此，他们各自故土的地域生态文化，以其特有的生活方式和生命情感方式，存活于人们的日常生活习惯和思维与行为方式之中。因而，他们的人生文化，不仅在文献中得以承续，更为主要的，是在包括浸透着地域生态文化的家庭环境在内的生存人文环境中，以直接感知的方式融入其生命情感之中，融入其思维方式和行为方式之中，自然也就融入他们的人生建构形态之中。

一、路遥的人生道路与陕北地域生态文化

解读路遥的人生与文学创作之历程、陕北生存环境与文化，还有那些陕北的山峁沟壑，对于其生命情感所产生的重大影响和巨大冲击力，都是极为重要的一个层面。路遥的生命之根、文化之根、情感之根，根植于陕北那片沟壑纵横、广袤辽阔的黄土高原。这是黄土文化与草原文化交织而成的一种文化形态，正如前文所说，这里形成了粗犷豪壮、狂放剽悍、浪漫抒情、野性原始等生态文化性格，以及由于环境的极端恶劣，生活的煎熬苦焦，形成了抗争、征服、韧性和任性、忍性等人生精神。信天游、秧歌、安塞腰鼓等等，作为陕北地域文化的一种象征，自然对路遥的人生建构有重要影响。这些地域性的文化，应当是中原农耕文化与草原游牧文化相交汇，汉文化与匈奴文化有机融合的表现形态。而且，由于历史上战争、通商、通婚等，以走西口为象征的游走文化精神也在这里扎下了根。通商、通婚等又必然造成民族融合，文化也就相交汇。所以，路遥的人生及其文学创作历程，可以说就是一首黄土高原与大草原的交响曲。他的作品以《人生》《平凡的世界》为代表，其间充溢的就是这种"黄土-草原"文化精神，浸透熔铸的就是陕北所特有的地域生态文化精神。

也正是这种地域生态文化环境，包括自然生态文化环境和人文生态文化环境，成为路遥人生中极为厚重而宝贵的财富，甚至可以说，这些为他走上文学创作道路成为作家并取得成功，提供了生命情感的土壤。

路遥是在苦难中泡大的，他人生路程中最为关键的一个词语就是苦难。这个词也是陕北地域生态文化中一个重要的关键词。苦难成就了路遥，也压垮了路遥。路遥的文化人格是坚强的，也是悲壮的。路遥、陈忠实、贾平凹三人中，路遥承受的苦难最多，也是最能够承受苦难的。

在路遥的人生历程中，有这么几个关节点，无论如何是不应忽视的，甚至可以说是至关重要的。第一，饥饿与贫穷。这在路遥的生命情感中打下了深深的印记，形成了一种心理情结。不与江南相比，就陕西而言，陕北要比关中地区贫穷得多。至少从明清以来，陕北这片土地，仿佛就成为贫瘠与荒芜的代名词。正是贫穷与饥饿，使得路遥在童年时期离开了亲生父母，成为大伯的养子。这种童年离开父母的经历，给路遥留下了终生的伤痛。这在整个社会，尤其是承受陕北贫穷与饥饿的苦难基础上，更增添了一层苦难，路遥幼小的心灵上比别人更多了一分创伤。贫穷和饥饿伴随着路遥的童年和青少年时代，形成了他自卑而又极度自尊的性格，以及顽强的反抗精神和苦难意识。这一切都化作思想、情感、文化精神，浸透在他的文学创作之中，强烈地反映在他的文学艺术叙事上。中篇小说《在困难的日子里》《人生》，长篇小说《平凡的世界》中都有着他人生历程和情感精神上的投射。甚至可以说，饥饿与贫穷及其所形成的人生感受体验，以及情感心理建构，既成就着路遥的人生及其文学创作，也在相当程度上，摧毁着路遥的人生及其文学创作。第二，乡村与农民艰难而苦焦的生活记忆，以及蕴含于其间的顽强的生命力量，存活于人们身上的质朴淳厚的品德和固守忍耐的心态。在现实生活中有一种非常有意味的现象，这就是贫瘠地方的人，具有比富裕地区的人更顽强的生命力量。他们承受苦难，于再恶劣的环境中，都能够寻求到生存的理由和方式，而且淳朴的民风民俗保留得更多。毫无疑问，不论是路遥的出生地清涧县王家堡村，还是成长地延川县郭家沟村，都是贫瘠苦焦之地。清涧县是有名的出石板石匠的地方，山高沟窄，土地贫瘠。延川县的生态环境，可能比起清涧县稍强一些，但是也好不到哪里去。路遥的人生记忆，可以说就是艰难而苦焦的图像。这说明，一方面，乡村生活对路遥产生着巨大的影响；另一方面，这种生活记忆已经成为其生命情感的内在建构。路遥的文学创作中，几乎没有离开过有关乡村与农民苦难及苦焦生活的叙写，而且这种叙写最为感人。第三，短暂而波澜的县城生活。路遥在陕北故土生活的二十多年间，也有过辉煌。有一件极为重要的事情，就是路遥中学时当了造反兵团的司令，后来当了县革委会副主任。这些都是短暂的，也是特定历史时期的产物。但是，这短暂而波澜壮阔的县城生活，对路遥的人生历程产生了巨大的影响。不论是当兵团司令，还是坐在县革委会副主任的位子上，都可视为其生命历程中的一种辉煌，他把自己的人生演绎得淋漓尽致。当然，这些对他后来的人生转换，具有至关重要的影响。在此不是要翻老账，而是我们可以从中窥探出路遥的精神心理特质。这表明，路遥有着极强的组织能力和行政素养，以及极强的从政欲望。虽然路遥后来极少谈及这段人生经历，但是从他的作品中对于村、乡、县、地、省行政机构生活的描写，则能看出来这段人生历程的影响。陕北人有着一种革命和政治的情结，这可能与现代社会陕北所特有的革命历史地位有关系。对于路遥来说，从其人生道路的选择角度来看，可能首要的选择是从事社会政治工作，而不是文学创作。在笔者看来，路遥具备从事社会政治工作的良好气质与素养。第四，强烈的城乡反差所造成的心理刺激以及生命情感记忆。如果就由乡村而城市的人生经历来说，路遥与陈忠实、贾平凹一样，都在心理上存在着城乡反差所造成的心理落差。但是比较来说，也许是特殊的地域生存环境和特殊的人生经历所致，路遥因城乡反差所造成的心理反差尤为强烈，以至于这成为他文学创作上审视社会人生的一个极为重要的视角，也成为展示人生心理历程的重要平台。从高加林、孙少平等人物身上都可以解读路遥生命情感人生历程的印记。

  由此可见，路遥的身上，背负着巨大的人生苦难，交织着城乡文化差异的巨大冲突，存活的是固守而坚韧的精神和抗争不屈乃至征服的进取性格。路遥身上所背负的这种苦难以及由此而生成的文化性格，实际上就是陕北地域生态文化的一种浓缩，一种象征。其实路遥的人生历程建构与陕北的地域生态文化有着密切的内在联系。不可否认的是，这些因地域生态文化与生存环境所形成的精神心理气质与文化性格，便自然而然地熔铸于路遥的人生历程及文学创作之中。

  路遥的生命情感中，有两样东西至关重要，那就是沙漠和雨雪。沙漠与雨雪似乎是相对的东西，在路遥这里二者却是实现了同一建构。沙漠对人的生存具有巨大的威胁性，这种黄色似乎是与象征生命的绿色相对而存在的。

这是一种不利于生命存活的自然生态环境，它所产生的生态文化内涵，甚至和死亡连接在一起。沙漠与雨雪，这是陕北地域生态环境中的两极现象，亦可视为路遥生命情感中的两极现象。

就陕西来说，只有陕北有大片的沙漠。路遥从小便与沙漠结下了缘，他对沙漠有着特殊的情感。他说："我对沙漠——确切地说，对故乡毛乌素那里的大沙漠有一种特殊的感情或者说特殊的缘分。那是一块进行人生禅悟的净土。每当面临命运的重大抉择，尤其是面临生活和精神的严重危机时，我都会不由自主地走向毛乌素大沙漠。"为什么呢？路遥感觉到，走进沙漠，这"无边的苍茫，无边的寂寥，如同踏上另外一个星球"。他"会真正用大宇宙的角度来观照生命，观照人类的历史和现实"。也只有在这里，路遥"才清楚地认识到"，他"将要进行的其实是一次命运的'赌博'"，"而赌注则是自己的青春抑或生命"。[1]从路遥的叙述中，可以了解他对沙漠的情有独钟。我们是否可做这样的解读：沙漠的苍茫、寂寥、广袤、宽厚及其所隐喻的生命死亡等，使得路遥得到了一种超越现实生存境遇的禅悟与升华。进行文学创作就犹如行走于沙漠，是以青春和生命为动力能量的。这实际上也是一种生命力量的彰显。甚至可以说，正是沙漠恶劣的不利于生命存活的生态环境，激发了路遥抗争生命的力量。

"对雨雪的崇拜和眷恋，最早也许是因为我所生活的陕北属严重的干旱地区，在那里，雨雪就意味着丰收，它和饭碗密切相关——也就是说，它和人的生命相关。小时候，无论下雨还是下雪，便会看见父母及所有的农人，脸上都不由自主地露出喜悦的笑容。要是长时间没有雨雪，人们就陷入愁苦，到处是一片叹息声，整个生活都变得十分灰暗。另外，一遇雨雪天，就不能出山，对长期劳累的庄稼人来说，就有理由躺倒在土炕上香甜地睡一觉。雨雪天犹如天赐假日，人们的情绪格外好，往往也是改善一下伙食的良机。""久而久之，便逐渐对这雨雪产生了深深的恋情。童年和少年时期，每当下雨或下雪，我都激动不安，经常要在雨天雪地里一无遮拦漫无目的地游逛，感受被雨雪沐浴的快乐。""雨雪中，我感受到整个宇宙就是慈祥仁爱的父母，抚慰我躁动不安的心灵，启示我走出迷津，去寻找生活和艺术从

---

[1] 路遥：《早晨从中午开始——〈平凡的世界〉创作随笔》，中国文联出版公司1993年版，第10—11页。

未涉足过的新境界。"①

我们从路遥的文字中,可解读出这么几层意思。第一,陕北的气候状况。陕北常年干旱,雨雪极少,故此人们对雨雪就格外地珍视。少雨雪正与高原沙漠相对应。第二,自然生态环境及其变化,与人的生存生活攸关。自然气候及其变化,直接影响着农耕生产,甚至决定着人们的生存方式。雨雪天成为庄稼人的天赐假日,其间其实蕴含的是,人之生存与自然生态环境之间存在着对应契合关系,即人因天时而动。第三,自然气候及其变化与人的吃饭问题。这不仅是陕北,就是整个中国,甚至全世界,都无法彻底摆脱粮食作物对于自然的依赖,人们的吃饭问题直接与自然气候及其运行变化联结在一起,自然气候等甚至对于农作物具有决定性作用。第四,自然与人的情感心理以及文化精神建构的关系。也许人们对于自然之依赖始于基本的生存需求,但是人在与自然长期的相处过程中,自然而然地产生了密切相关的情感,形成了某种心理结构,进而形成了特有的文化精神形态。第五,我们也可从路遥对于雨雪所表现出来的特殊的情感心理中,解读出路遥另外一种情感精神建构。路遥给人的印象就如陕北的高原沙漠一样强悍、广袤,其实,他亦有着柔肠似水的温情。正因为如此,他才会对雨雪产生了特殊的情感体验:"雨雪中,我感受到整个宇宙就是慈祥仁爱的父母,抚慰我躁动不安的心灵,启示我走出迷津,去寻找生活和艺术从未涉足过的新境界。"②

由此,我们可以得出这样的结论:路遥人生建构及其短暂的四十二年历程,奠基于陕北的地域生态文化环境,正是陕北特有的社会人文生态环境与自然生态环境,孕育出了他特有的生命情感与文化精神结构。而他的文学创作,就建立于他的这种生命情感与文化精神基础之上,亦可视为是他的生命情感与文化精神的艺术审美化的阐释与建构。

---

① 路遥:《早晨从中午开始——〈平凡的世界〉创作随笔》,中国文联出版公司1993年版,第59—61页。
② 路遥:《早晨从中午开始——〈平凡的世界〉创作随笔》,中国文联出版公司1993年版,第61页。

二、陈忠实的人生建构与地域生态文化

陈忠实的生命之根深深地根植于关中平原。关中渭河平原这片土地厚重乃至沉重，作为典型的农耕文化发祥地，形成了古朴淳厚、仁义忠厚、浑厚苍凉的地域生态文化性格特征。这里也是中国文学最为主要的北方传统发源之地，《诗经》作为北方文学艺术肇始的标志，具有温厚、典雅、蕴含、气度、纯正等文化与审美特征。特别是八百里秦川自古帝王地，以西安为中心，十多个王朝在这里建都，既给这片土地留下了一笔极为丰厚的历史文化遗产，也给这片土地留下了一种超常沉重的历史文化重负：固守、保守、自足、自大、不思开拓、固守成规等等文化心态。可以说，关中平原承受了过重的历史文化重负，现代意识也就极难穿透这片黄土地，让它活泛起来。另一方面，从民间习俗文化角度，则又存活着另外一种文化性格。生、硬、冷、倔，就是对这种民间文化性格的一种描述。由此构成了这片土地特有的人文生态样态。当然，渭水以北和渭水以南、东府（西安以东主要是渭南市）和西府（西安以西主要指宝鸡市）之间，其文化性格还是有一定差异的。陈忠实主要承续的是渭水南岸的文化性格。尤其是他所生存的白鹿原那块土地，不仅凝聚着厚重的中国农耕文化和社会历史文化，更为重要的是，以自然生存状态而存活的民间文化、民间艺术，包括历代文人墨客所生活的遗迹传说等，于文化生命上对他的浸润，使他的精神心理气质与文化性格中融汇了更多的典型的关中民间文化性格特质。关于灞河原，陈忠实有过这么一段极富历史文化意味的描述：

"可以想见，一百万年前的灞河川道，是怎样一番生机盎然生动蓬勃的景象。这儿无疑属于热带的水乡泽国，雨量充沛，热带的林木草类覆盖着山岭原坡和河川。"[①]

"从公王岭的蓝田猿人进化到半坡人，整整走过了一百多万年。用一百多万年的时间，才去掉那个'猿'字，成为真正意义上的人，真是太漫长太艰难了。我更为感慨乃至惊诧的是，不过百余公里的灞河川道，竟然给现代人提供了一个完整的从猿进化到人的实证；一百多万年的进化史，在地图上

[①] 陈忠实：《凭什么活着》，时代文艺出版社2007年版，第155页。

无法标识的一条小河上完成了。还有华胥氏和她的儿女伏羲女娲的美妙浪漫的神话,在这条小河边创造出来,传播开去,写进书书典籍,传播在一个有五千年文明史的子民的口头上。这是怎样的一条河啊!"[①]

正是这片蕴含着深厚而凝重历史文化的黄土地,养育了陈忠实淳厚质朴而沉重刚毅的历史文化性格。以《白鹿原》为代表,充分体现了陈忠实文学创作的根本特征。不仅如此,我们还应当进而追问:灞河原及其关中地域,为何会演化出陈忠实所说的人类社会历史呢?他的人生建构与这片地域生态环境之间,又存在着怎样的关系呢?

陈忠实是典型的农家子弟和关中汉子。这不仅在陕西,就是从20世纪的中国文学历史视野来看,陈忠实这一文化性格,都是非常突出而极为特异的。不论用兵马俑还是用黄土高原来形容陈忠实的外表与内在精神,其间所蕴含的意蕴和韵致,应该说都体现着关中地域生态文化的内质特征。

当然,作为当代中国作家,特别是在历经了当代中国社会的种种历史变幻和人生苦难,伴随着中国改革开放而走上文坛的作家,陈忠实的人生历程也充满着苦难与悲壮。但是,由于地域的差异以及具体的村舍家庭环境的历史建构,陈忠实所走的人生道路以及文学创作,表现出自己独特的建构形态。从社会人生角度对于陈忠实的解读,有这么几个关节点值得注意。第一,民办教师,特别是在公社任职的行政生活,凝聚了深厚的生命情感和社会人生体验,使他对中国社会尤其是农村有着更为深刻、更为深入的理解和认识。"我生长在一个世代农耕的家庭,听说我的一位老爷(父亲的爷爷)曾经是私塾先生,而父亲已经是一个纯粹的农民,是村子里头为数不多的几个能打算盘也能提笔写字的农民。我在家乡解放后的第二年入学,直到1962年高中毕业回乡,之后做过乡村的民办教师,乡(公社)和区的干部,整整16年。其中在公社工作时间最长,有十年。我对中国农村和农民有些了解,是这段生活给予我的。"[②]陈忠实的言下之意非常明确,他是一个地地道道的农家子弟,他的身上承续的是关中乡村典型的耕读式的文化基因。而且,他的民办教师和乡区干部生活经历,又进而丰富和完善着他的这种文化性格。第二,可以说在20世纪80年代之前,陈忠实并没有离开农村,他和农民

[①] 陈忠实:《凭什么活着》,时代文艺出版社2007年版,第156页。
[②] 陈忠实:《陈忠实创作申诉》,花城出版社1996年版,第75页。

有着血肉情感上的内在联系，甚至可以说，他一直保持着农民式的生活方式和情感方式。就此来说，陈忠实和路遥、贾平凹，应当说具有相似性，他们都流淌着农民的血脉。但是，在具体的人生建构上，陈忠实和路遥、贾平凹还是有所不同的。陈忠实长路遥七岁，长贾平凹十岁，在20世纪60年代初便已走向社会。他的工作历程，是那时许多农村工作人员所走的道路，从以农代干的民办教师，再到以工代干的公社干部，最终转为吃商品粮的国家干部。可以说，陈忠实是从基层一步一步走过来的。不论是当民办教师，还是当公社干部，再到区文化馆，他都未脱离乡村生存环境，始终与农民保持着非常紧密的联系。他有着从二十岁（1962年）到四十岁（1982年）二十余年的农村工作经历，对于农村、农民的了解、理解，对于国家的政策路线的理解，是极为深刻、极为深入的。他所积累的农村生活，可以说是极为深厚的。这期间，与其说他是一位作家，不如说他是一位农村基层干部。第三，人生的挫折感。高考落榜虽有着极大的时代原因，但对陈忠实来说，不论出于何种原因，都是一次沉重的人生打击。此后还有其他的人生打击，包括路遥与贾平凹已在全国产生相当大的影响，而他在《白鹿原》完成之前，却没有可以让自己立于当代文学史上的立命之作，这对他会产生另一种挫折感。他在2009年写的关于《白鹿原》的创作手记中，有过这样的表述："一是上世纪80年代头上，我发表了一批短篇小说，也获过全国奖和地方刊物奖，父亲要看我的小说，看过后却不冷不热地说，还是《三国》《水浒》好看。我有一种无以出口的挫败感。再一次是《人生》发表后，我骑自行车回家的路上碰见一位初中同学，他挡住我直言坦诚地说：'听广播听到《人生》，太好了，你怎么弄不出《人生》这样的作品？'他也曾经是一位文学写作爱好者。我的挫伤感可想而知。"[①]这里隐含着两层意思，一是陈忠实具有明显的文学创作的经典意识。从文学经典角度看，陈忠实意识到自己和经典的距离还很远。二是与同时代作家比，自己还未创作出与之并肩的作品。一般作家，是极少谈论同行的创作的，但是，他们实际上都在关注同行的创作状态。第四，家庭特别是父亲对他的人生影响。这一方面路遥、贾平凹也是如此。但陈忠实从父亲身上汲取了更多的刚直不阿的品行，承续着家族的血

[①] 陈忠实：《寻找属于自己的句子》，上海文艺出版社2009年版，第170页。

脉。陈忠实讲，他的家庭是典型的关中农民家庭，父亲是地道的关中农民，但父亲的刚毅、耿直、乐观、质朴、纯正等性格，直接影响着他的人生。更为重要的是，父亲的读书识字，尊重知识文化，以及父亲身上有别于其他乡亲的文化气质与素养，可以说对他人生的影响是极为深刻的。"从私塾先生爷爷到我的孙儿这五代人中，父亲是最艰难的。他已经没有了私塾先生爷爷的地位和经济，而且作为一个农民也失去了对土地和牲畜的创造权利，而且心强气盛地拼死要供两个孩子读书。他的耐劳他的勤俭他的耿直和左邻右舍的村人并无多大差别，他的文化意识才是我们家里最可称道的东西，却绝非书香门第之类。"①陈忠实认为，父亲身上的"文化意识"便是他们家族的根脉。由此可进一步推断，陈忠实走向文学创作的人生道路，自然是这种根脉的承续与光大。

这种特有的人生历程和特有的生态及其文化环境，生成了陈忠实的生命情态和文学创作的艺术建构样态。陈忠实人生历程中最为主要的关键词，不是苦难，而是煎熬与等待。凝重而蕴藉，刚毅而浑厚，成为他文学创作的基本审美特征。

三、贾平凹的文学创作人生道路与地域文化

贾平凹是从陕南商州之地走出来的。陕南是楚文化与中原文化的交叉地带。楚文化具有极为浓郁的神秘性、灵动性、诡异性。就文学而言，以屈原为代表的楚辞，是中国文学的另一个传统。楚辞与《诗经》是不相同的两大文化与文学传统。诡谲、神秘、灵动、空灵、超然、旷达、浪漫、幻化等是以《离骚》为代表的楚辞的文化与审美特征。中原文化，特别是关中文化，在这里也得到了生存的空间，温厚、典雅、淳朴、达观等，与诡异、神秘、灵动等相融合，便建构起特有的文化形态。山地是灵动的、神秘的，但也是混沌茫然的，它给人无穷幻想的可能性与空间性，也极易幻化出爱与美来。从《满月儿》《浮躁》《天狗》到《废都》《高老庄》《怀念狼》直至《秦腔》，其间，商洛这块神奇土地都充满了楚文化与中原文化相交融之后所产生的特有的文化精神。人们把贾平凹称为鬼才，是不无道理的，甚至可以

---

① 陈忠实：《凭什么活着》，时代文艺出版社2007年版，第83页。

说，这是天生的。贾平凹的诡异灵动，空灵旷达，在中国当代文坛，可以说是没有几个人能与之相比肩的。

贾平凹人生历程的关键词，是尴尬与忍耐。有意味的是，贾平凹这种尴尬与忍耐的人生状态的建构过程，其间却透示着一种诡异灵动、空灵旷达，这似乎是矛盾的，但是在他的身上却融汇得如此自然。其实，他是于一种不相适应的社会生存境遇中，求得一种坦然的适应的人生状态。对于这种看似矛盾的人生状态建构，依然可以从他所处的自然与人文生存境遇中，寻求到某种答案。解读贾平凹的人生历程，有这么几个关节点值得注意。第一，还得说家乡山水。因为它们所赋予贾的灵性与灵气以及诡异的思维方式，对贾平凹及其文学创作都产生了极为明显而深刻的影响。贾平凹坦言："商州是生我养我的地方，那是一片相当偏僻、贫困的山地，但异常美丽，其山川走势，流水脉向，历史传说，民间故事，乃至天上飞的，地上跑的，构成了极丰富的、独特的神秘天地。在这个天地里，仰观可以无其不大，俯察可以无其不盛。"[1]在《商州三录》中，特别是序言里，贾平凹如数家珍似的叙说着商州的山水草木飞禽走兽，这从一个方面印证了这片热土对他的刻骨铭心的影响。在他的眼里，"商州这块地方，大有意思，出山出水出人物，亦出文章"[2]。他甚至认为，"它的美丽和神秘，可以说在我三十年来所走的任何地方，是称得上'不可无一，不可有二'的赞誉"[3]。正是商州"山之灵光，水之秀气"[4]浸润着贾平凹的人生生命情感建构，使他深感："多多少少为生我养我的商州尽些力量，也算对得起这块美丽、富饶而充满着野情野味的神秘的地方，和这块地方的勤劳勇敢而又多情多善的父老兄弟了。"[5]第二，因身体孱弱而受到的歧视所产生的欺辱感，使他内敛出外圆内方倔强的性格，形成了在不适应中求得适应的生存方式。"我是个农民，穿着一件父亲旧了的长过膝盖的中山装，样子很可笑。因为我口笨，说不了来回话，体力又小，没有几个村人喜欢和我一块干活。我总是在妇女窝里劳动的，但妇女们一天的工值是八分，我则只有三分。……邻居一位婶娘讥笑我不如

---

[1] 贾平凹：《静虚村散叶》，陕西人民教育出版社1990年版，第154页。
[2] 贾平凹：《静虚村散叶》，陕西人民教育出版社1990年版，第16页。
[3] 贾平凹：《静虚村散叶》，陕西人民教育出版社1990年版，第17页。
[4] 贾平凹：《静虚村散叶》，陕西人民教育出版社1990年版，第10页。
[5] 贾平凹：《静虚村散叶》，陕西人民教育出版社1990年版，第15页。

人。"[1]在农村，由于体力劳动的需要，力量对于一个人，特别是男人来说，是第一生存前提条件。个小无力气自然要受到人们的歧视，甚至可以说，这成为一个男人的致命缺陷，会给人心灵造成极大的伤害，形成自卑。当自卑感达到极强时，则以一种极度自尊表现出来，也极易在与环境的抗争中锻造出偏强的人生性格。贾平凹的人生道路历程，形象地诠释了性格决定人生命运的哲理。第三，大家庭生活。一个人的人生道路，第一步是从家庭开始的，他的生命情感、思维方式和行为方式，也是于家庭生活中奠定第一块基石的。贾平凹出生于一个乡村农家，一个有二十多口人的大家庭。大家庭的生活、亲情家族血缘等等从小积淀于他的生命情感之中，也使他更多地经历了家庭的矛盾与和睦，并且养成了责任的承担与意识。在他的家庭生活意识里，"作为长子，我是应该为这个家操心"，因此，他在少年时期便学会了为家庭承担。这艰难而沉重的承担过程，自然而然地锻造了他的意志力，正如他说："少年时期我上山砍柴，挑百十斤的柴担在山岭道上行走，因为路窄，不到固定的歇息处是不能放下柴担的，肩膀再疼腿再酸也不能放下柴担的，从那时起我就练出了一股韧劲的。"[2]他过早学会为家庭承担并于承担中所锻造出来的包括韧性等生命意志力，可以说影响至今。第四，多劫尴尬的人生经历。从小受人欺，婚姻的变故，因作品而招来的种种非议，甚至包括他所得的肝病，等等，这些都直接影响着他的现实生活境遇。贾平凹曾经用提篮鸡蛋过闹市来形容自己的人生境遇，这是一种自护心态，其实也是一种尴尬的生存状态。自护心态并非怯懦屈服。这与前面所讲的自小受欺而形成的偏强性格相融汇，并进而于独处中养成了自我解脱，于尴尬中求得生存，于不适应中求得适应。因而，他的人生建构又表现出非常明显的超脱与通达，于自我的通脱中，实现人生的自我完善。第五，小气鬼与大气象。贾平凹在文坛有个小气鬼的名声，不过这种小气，自然与他的生活经历有着密切的内在关系。他多次谈到幼时贫困艰难的生活状态使他从小就明白勤俭节约，明白获得生活物质的艰辛不易。也许正是中国人这种以家庭为单位的生活习性，使得贾平凹在处理钱财等问题时显得更为拘谨一些，而不够落落大方。但他在许多方面却表现出大气象来，这一点往往被人忽视。其实他的

---

[1] 贾平凹：《平凹文论集》，青海人民出版社1985年版，第99页。
[2] 贾平凹：《贾平凹散文》，人民文学出版社2005年版，第159页。

肚量是很大的，他所受到的许多误解或批评，是常人难以承受和理解的。

　　正是这不同的地域文化及其所形成的文化生存形态，为三位作家的文学创作奠定了基础，使他们的文学创作于文化生命的底色上生成了有别于其他地域作家的色质。他们三人的人生道路存在差异性，但也有着许多共同性，最为突出的恐怕就是因文学而生。路遥、陈忠实已经完成了生命历程，贾平凹还在继续着他的文学人生历程。他们为文学艺术而活着，他们的名字将因各自的文学而雕刻在中国的历史上。

第九章

地域生态文化与作家审美意识建构

一、地域生态文化与作家审美意识概说

在对陕西这三位作家的审美意识与地域文化影响关系进行论述之前，有必要对审美意识加以阐述。按照传统的看法，审美意识的构成要素主要包含三个方面：审美理想、审美认识、审美情感。但在笔者看来，这样划分似乎有些机械简单化。其实，审美意识建构应当是一种多层次的复合建构形态。

作家审美意识的建构，其情态是复杂多样的。它既受到社会时代的影响，亦与作家自身的生存环境、人生历程、所受教育，以及其学习接受的文学传统等，均有密切关系。作家的文学创作，毫无疑问是要受到其审美意识制约的。反过来，作家的创作及其结果——作品的审美艺术建构，也必然体现或反映出作家的审美意识建构以及特征。所以说，作家的审美意识建构的形态及其生成过程，对于作家创作中艺术建构的作用，是不言而喻的事情。从对象的选择到艺术形式的确定，无不内在地受制于审美意识。甚至可以说，有怎样的审美意识建构，就会有怎样的文学创作形态。对此，我们可以从文学创作发生学角度进一步加以阐述。

作家的审美意识是一种综合性建构，可以说，作家的思想意识、心理情感结构以及文化心理心态等诸多方面，都是作家审美意识生成的重要因素。另一方面，作家所处的社会历史时代、民族以及作家的生活与文化环境等，

对于他的审美意识建构有着巨大的影响作用。就作家的内在精神而言,作家内在的生命心理遗传基因,比如心理气质,在极大程度上决定着作家审美意识建构的特质与发展趋向。作家的自然生命结构形态,比如血型、体质的强弱、身体的某种变化,像生病、更年期等,也会影响作家的精神情感、心理气质建构形态,进而影响作家的审美意识建构。再比如,作家所处的家庭环境,故乡的风土人情、民风民俗,以及生产方式、生活方式、思维方式、行为方式,伦理道德价值观念、文学艺术精神及其价值取向,甚至宗教信仰,生活禁忌或崇拜,等等,无不制约并影响着作家审美意识的生成建构形态。所以说,作家生存的地域文化中的所有因素,都会对作家审美意识的生成产生作用。作家的审美意识中,自然而然地蕴含着地域文化的因质,并且体现在他文学创作艺术建构上。

不同的地域文化有着不同的特征,这是问题的一个方面。另一方面,不同的作家对于自己所处的地域文化的吸收也是有差异的。由于这三位作家的家庭及其具体生存的村庄环境,特别是各自的自然生命结构、心理气质等方面的不同建构形态,致使地域文化对于他们审美意识的生成所产生的影响,自然也就有所不同。接下来需要探讨的是,地域文化对于路遥、陈忠实、贾平凹这三位作家审美意识的生成所产生的影响都表现在哪些方面?他们在审美意识建构上于地域文化的影响,又表现出怎样的特殊性,以及他们之间在审美意识建构上的差异性是怎样的呢?

正如上文所述,地域文化对于作家审美意识的形成具有非常重要的、不可忽视的作用。毫无疑问,路遥、陈忠实、贾平凹因其处在陕北、关中、陕南三个不同的亚文化圈,所以他们接受吸纳的地域文化因质是显而易见又各不相同的。谈到地域及其文化对于这三位作家文学创作及其审美意识的影响,首先应当是地域环境对他们的影响。

可以肯定的是,这三位作家的审美意识在生成的过程中,均受到各自所处的地域文化的深厚影响,这也就形成了各自审美意识的个性特征。不论是通过与这三位作家的直接接触,抑或是他们的自白,当然还有他们的作品艺术创作,都可以看出他们各自突出的地域文化特征来。换句话说,他们文学创作中所表现出来的审美意识建构,其各自的地域文化特征是非常明显的。甚至可以说,他们在审美意识形成的伊始,就打上了明显的各自地域文化的烙印。路遥所在的陕北，是典型的黄土高原，这里长年干旱少雨，生活环境非常苦焦。加之交通受高原沟壑等诸多因素的影响，人与人之间的交往沟通也就比较困难。这样的地理环境，对于路遥的影响自然是极大的。这使他在潜移默化中形成了抗争意识和忍耐意识，性情粗犷奔放。贾平凹的商洛山地，出门见山，远行过河，青山绿水，对他的精神心理气质的形成产生了巨大的作用。在贾平凹的审美意识中，山之神秘与通灵，水之轻越与灵秀，等，都深深地扎下了根。南靠终南山，北对渭河平原，秦川平原深厚的黄土地，清晰而并不汹涌的灞河，形成了陈忠实沉稳刚毅倔强凝重的精神心理气质。他的审美意识更多地表现出皇天后土意识。

正如上文所言，陕北地处黄土高原与内蒙古高原的交界地带，因此这里是农耕文化与草原文化的交汇之地。与之相适应的历史建构是，陕北有史以来就是胡汉杂居的地方。据历史记载，这里先后有二十个部落，民族错落居杂，这样，便汇合成一种多民族文化共生的状态。这些不同民族的文化，在历史的长河中，经过碰撞、磨合和融汇，相互之间自然而然地进行着文化交流，相互掺合，相互补充，从而形成了一个包容了多民族文化特点、特色鲜明、魅力无穷的地域文化形态来。这种地域文化形态，综合反映在祖祖辈辈生存于陕北这块土地上人们的生活方式、生产方式、思维方式、行为模式以及由此所建构起来的伦理道德、民风习俗上。加之这里自然生存生态环境非常恶劣，生活条件非常苦焦，因此，陕北地域文化的审美意识便表现出突出的顽强的生命抗争意识、承受生活现实的苦难意识、面对自然环境和人生境遇的悲壮苍凉意识和审视生命本体的豪放浪漫意识。很显然，路遥在建构自己的文学创作审美意识的过程中，将陕北地域文化的审美意识几乎完全承继下来，熔铸在文学创作之中，进而形成了文学创作所特有的审美意识。

阅读路遥的文学作品，最为突出的感觉是，浓厚而强烈的面对社会人生所具有的顽强抗争的生命意识，承受现实生活的苦难意识，直面人生境遇的悲壮苍凉意识，以及源于生命本体的体现陕北人所特有的豪放浪漫情怀意识。路遥在其短暂的四十二岁的生命中，为我们这个时代奉献了耗尽他生命情感的文学作品，总共有几百万字。其中获得全国奖的是三部作品：《在困难的日子里》《人生》和《平凡的世界》。不管路遥创作的初衷是什么，至今仍被人们，特别是被青年读者接受的，笔者以为主要还是这些作品中所表现出来的审美思想意识。这些熔铸着深厚地域文化内涵的审美思想意识，在路遥的笔下犹如一曲凝重沉郁而又激越悲壮的信天游，激荡着人们的情感魂灵；陕北苍莽寥廓而又干涸苦焦的沟壑塬峁，其间不知隐藏着多少人生的苦难与苍凉；犹如位于陕北地域的黄河壶口瀑布，浑厚壮阔，其间不知蕴含了多少生命力量和浑厚情感。可以说，路遥是善于描写和表现人生苦难的高手，以至因对这种人生苦难高超的艺术表现，使得人们原谅或者忽视了他在整体艺术创造上的不足和缺憾。

从当代中国的文学创作乃至五四以来的文学创作直至整个文化建构发展来看，对于中国传统历史文化的审视与把握、价值判断以及新的历史文化观念的建构，是存在着严重偏差的。这种现象一直到20世纪八九十年代方得以开始改变。如果从这一基本的历史文化视野来说，寻根文学以及新历史小说创作，具有对于中国历史文化进行重新审视、重新建构的重大文学与文化意义。

陈忠实在他的文学创作审美意识建构中，凝结了更为浓郁而沉重的历史文化意识。不论从哪个角度看，历史文化意识都是陈忠实审美意识的内核。这既得益于当代中国文学创作自寻根文学之后深化发展的启示与冲击，也得益于作者所生存的关中这片热土地。这片皇天后土给了他太多太深的历史文化的生命情感体验。关中平原也是典型的黄土地，但显然与陕北的黄土高原不同。正如前文所述，关中平原极适宜于农业生产，是中国典型的农耕文化形成发展的地方。因此，耕读便成为关中乡土文化的集中表现。历史上所存留的关中书院凝聚的便是农耕文化精华。由于关中地区特殊的地域位置所致，这里还成为中华民族现今历史文化最为突出最为典型也最为深厚的存活地。在这方土地上，积淀了过于沉重而深厚的历史文化，从中华民族始祖的神话历史传说，到有文字记载的从远古到中古的社会历史，周秦汉唐是这片皇天后土曾经辉煌的历史标志。因此，关中地域文化积淀了十分深厚的其他地域所无法比拟的社会历史文化意识和农耕文化意识。

生于斯长于斯的陈忠实，所承继的自然是关中渭河平原地域文化传统。并不是说，生于某一地域就必须要承继该地域的文化传统。但是，就陕西这三位作家特别是陈忠实而言，的确是秉承了关中的历史文化，并形成了其特有的历史文化性格和文化审美意识。甚至可以说，只有在寻找到或者激活了深存于生命意识中的历史文化意识时，陈忠实方才找到了自己，方才于中国当代文学的版图中确定了自己的历史地位。在此之前，陈忠实在建构文学创作审美文化意识时，更多地倾向于社会政治现实意识的建构。关注乡村社会现实及其变化，成为他文学创作审美意识的基本基调。虽然从来到这个世界的那一刻起，他的身上就携带着关中历史文化的基因，但是由于受当代社会与文学创作潮流的影响，这种与生俱来的历史文化意识便被强烈的社会现实意识掩盖了。这样便造成了陈忠实文学创作审美意识建构的自我消失，虽然他极力于社会政治与现实生活意识的共构中开拓自己的个人意识空间，但终归因思维逻辑所限定，依然未能捅破将他隔离于艺术创作的这张纸。陈忠实对关中地域历史文化的继承，一方面是源于内在生命情感的基因延续，以及长期身在其中的乡村生活所致，这包括细琐的日常家庭生活，亲朋好友婚丧嫁娶，等等。另一方面则是对于中国历史特别是家乡历史文化的学习研究，这包括正史野史以及民间传说等等。如果说前者是一种潜移默化的生命内质的自然生成，那么，后者便是一种自觉意识下的理性思索，也许正是这种理性思索，更为强烈地唤醒了长期潜存于陈忠实生命情感之中的历史文化意识。

换一种角度看，陈忠实与其他作家或者普通人一样，在他建立自己的思想意识和审美意识的过程中，受到了中国传统历史文化，特别是家乡地域文化的熏陶。他把这称为在读一本大书："更有一本无形的大书，从一代一代识字和不识字的父母亲友以及无所不在的社会群体中的人那里对下一代人进行自然的传输和熏陶，这个幼小的心灵从他对世界有智能感应的时候起，便开始接受诸如'仁义礼智信''男女有别，授受不亲'的性羞耻教导、制约和熏陶，他的心灵就在这样的甚至没有文化的社会文化氛围中形成一种特殊结构。"[1]在关中，这种传统文化于现实生活中表现得更为突出，乡约族规等等成为人们的行为准则。陈忠实讲，他曾经"在查阅县志时发现了一份'乡约'，那是一份由宋代名儒编撰的治理乡民的条约准则，是由那本大书衍化成的通俗易记的对乡民实行教化的乡土教材，而且身体力行付诸实施在

---

[1] 陈忠实：《陈忠实创作申诉》，花城出版社1996年版，第39页。

许多村庄试点推广"①。从陈忠实这些表述可以看出,他所生存的关中平原,使他在生存过程中将历史文化注入自己的生命情感。正是这种生命体验与理性思考的相遇,才迸发出陈忠实文学艺术创构的升腾超越的火花,使得他的文学创作有一次质变式的飞跃。陈忠实始于《蓝袍先生》成熟于《白鹿原》的历史文化审美意识的建构完成,不论是就陈忠实自己而言,抑或是从中国当代文学创作来说,历史文化与陈忠实相遇,都是一个历史与文化的诉求。因此,既可以说历史文化成全了陈忠实及其文学意识创造的历史奇迹,也可以说,陈忠实对于关中地域历史文化的开掘,极大地丰富乃至成就了中国当代历史文化视域的文学创作。

在陕西作家中,贾平凹是受自然文化生态系统影响最大的作家,故乡的山山水水几乎存在于他的每一部作品中。正是商洛这片特有的山地,及其所孕育出来的地域文化,不仅为贾平凹审的美意识打下了底色,而且随着他人生与文学创作的进步与发展愈加明显深重。就此而言,贾平凹与路遥、陈忠实是有相似性的。但也正因为他所处的商州区别于陕北、关中,也就自然而然地生成了他所特有的审美意识形态。

比较而言,如果说路遥是一种茫然的高原审美意识,陈忠实凸显的是皇天后土的历史文化审美意识,那么,贾平凹所特异于别人的是空灵而诡异的山水审美意识。可以说,贾平凹的生命情感意识就熔铸在商州的山水之中。就像他在《溪流》的序言中所说的那样:"我愈来愈爱生我养我的土地了。就像山地里有着纵纵横横的沟岔一样,就像山地里有着形形色色的花木一样,我一写山,似乎思路就开了,文笔也活了。我甚至觉得,我的生命,我的笔命,就是那山溪哩。虽然在莽莽苍苍的山的世界里,它只是那么柔得可怜、细得伤感的一股儿水流。我常常这么想:天上的雨落在地上,或许会成洪波,但它来自云里;溪却是有根的,它深深地扎在山峰之下。人都说山是庄严的,几乎是死寂,其实这是错了。它最有着内涵,最有着活力;那山下一定是有着很大很大的海的,永远在蕴积着感情,永远是不安宁,表现着的,恐怕便是这小溪了。或许,它是从石缝里一滴儿一滴儿渗出来的;或许,是从小草的根下一个泡儿一个泡儿冒出来的。但是,太阳晒不

---

① 陈忠实:《陈忠实创作申诉》,花城出版社1996年版,第39页。

干、黄风刮不跑的，天性是那么晶莹，气息是那么清新；它一出来，便宣告了它的生命，寻着自己的道路要流动了。"①由此可以看出，故土的山水对于贾平凹的影响是多么地深厚。正是这山水的灵动与空灵、蕴藉与神秘的生命灵动，哺育了贾平凹的生命情感，生成了他的审美认识方式、生命情感方式，浇筑着他的审美理想，建构起他文学创作的审美意识情态。

贾平凹注定要成为商洛山中的溪流，这溪流穿行于山涧谷底，并且最终要流出山地，汇入江河，溶入大海大洋。但是，他却依然保持着自己山地的芬芳与气质。因此，贾平凹文学创作的审美意识建构，虽然后来发生了很大的变化，融汇了许多新质，但是，空灵蕴藉的山水审美意识却是始终如一地鲜活灵动地存活于他的审美意识之中。"正因为寻着自己的道路，它的步伐是艰辛的。然而，它从石板上滑下，便有了自己的铜的韵味的声音；它从石崖上跌落，便有了自己的白练般的颜色；它回旋的穴潭之中，便有了自己的叵不可测的深沉。它终于慢慢地大起来了，要走更远的道儿；它流过了石川，流过了草地，流过了竹林；它要拜访所有的山岭，叩问每一块石头，有时会突然潜入河床的沙石之下去呢。于是，清风给了它的柔情，鲜花给了它的芳香，竹林给了它的深绿，那多情的游鱼，那斑斓的卵石，也给它增添了美的色彩。"我们已经分不清在这里作家到底是在写自己，还是在写小溪，反正在他的笔下，对象是自己的小溪——"它在流着，流着。它要流到哪儿去呢？我想，山既然给了它的生命，它该是充实的，富有的；或许，它是做一颗露珠儿去滋润花瓣，深入到枝叶里了，使草木的绿素传送；或许，它竟能掀翻了一坯污泥，拔脱了一丛腐根呢。那么，让它流去吧，山地这么大，这么复杂，只要它要流，它探索，它就有自己的路子。我是这么思想的，我提醒着我，我鼓励着我，我便将它写成这淡淡的文字"。②由此可见，在作家贾平凹的艺术世界中，充盈着多么强烈的"商州山水情结"，它使我们进一步认识到，作家的艺术创作对于赐予他生命的山地自然文化生态系统有着多么深刻和顽强的依赖性。难怪在贾平凹的文化人格和人物形象里，弥漫着那么沉稳的山水性格元素。

贾平凹的审美意识，当然是一种复合的审美建构。就其内在生命精神心

---

① 王永生编：《贾平凹文集》（第14卷），陕西人民出版社1998年版，第10—11页。
② 王永生编：《贾平凹文集》（第14卷），陕西人民出版社1998年版，第11页。

理结构来说，他表现出非常明显的忧患意识、孤独焦虑意识、抑郁意识、梦幻意识，甚至存在着一定的病态意识等。不仅如此，于他的文学创作中，非常突出地表现出神秘意识、空灵意识来。当然，现实意识、平民意识、历史意识、现代意识以及悲悯意识等，也是非常强烈的。不过就地域文化的影响而言，商州地域文化中的神秘、空灵等方面，显得尤为突出，这构成了他文学创作上审美意识所特有的个性特质。

也许正因为位于秦岭以南巴山以北的陕南山地，属于长江水系的汉江、丹江于两山间穿流而过，这里的山水中蕴含着清秀、灵性与神秘，因此在文化的生成与建构上，便历史天然地融汇了楚文化与秦文化。比如戏剧，既有汉剧、花鼓，也有秦腔。当然最能代表其特色的则是商洛花鼓。在这山水清秀的地方，自然也就生长出悠扬委婉的山歌来。也许正因为商州的山水的灵性，便多出怪才、鬼才，多有空灵浪漫之气，贾平凹可以说是这片土地文化艺术精神的一个典型的生命活体。

二、地域文化与作家审美思想意识建构

前文笔者从时空角度对这三位作家的审美意识进行了分析，自然还是不够的，作家审美意识所包含的内容显然要丰富得多。因为作家的审美意识与作家诸多方面的思想意识是融为一体的。从另外一种角度看，作家的审美意识又有着自己的系统建构。这一系统既有着自我封闭性，同时又是一种开放性的系统结构。可以说作家审美意识系统内在与外部的诸多因素，影响着甚至制约着审美意识的建构形态。比如社会意识、现实生活意识、历史意识、文化意识、生存意识、悲剧意识、乡土意识等等，无不与作家的审美意识交织融汇在一起。换一种角度看，作家的社会、历史、文化、生存等意识，也体现着作家的审美意识。故此，本章将继续对作家的审美意识做进一步的分析论述。

1.路遥的审美思想意识

毫无疑问，三位作家的审美意识建构，既有着相同之处，亦存在着相异之处。他们所共同具有的是社会现实意识、平民意识、乡土意识和对于文学创作中坚守自己的审美理想的执着意识，以及顽固地存留于他们身上极为明显的农民文化思想意识。特别是他们审美意识的建构及其生成，与各自所处

的地域文化之间有着怎样的内在联系，地域文化对于他们审美意识的生成产生着怎样的作用，以及由于地域文化的差异而造成的他们审美意识建构的不同。这些问题的探讨，对于我们更深入地理解和把握三位作家的文学创作具有更为重要的意义。

路遥的审美思想意识可做以下归纳：社会时代意识、现实意识、苦难意识、悲剧意识、平民意识、乡土意识、抗争意识；但比较而言，路遥的审美思想意识中，表现出比别人更为强烈的苦难意识、抗争意识和人生悲剧意识，凝聚着悲剧与苦难的生命情感之美。我们发现，路遥的所有作品几乎都是一种悲剧性的艺术建构，最为感人的是对于人的悲剧与苦难的高浓度艺术描绘。从对人生命情感的揭示和展现来看，路遥长于对人生悲剧和人生苦难的审美价值内涵的开掘。路遥的文学创作中，不能说没有喜剧、幽默的审美内涵成分，但是，于作品整体内涵基调的建构上，总是带有浓郁的悲剧色彩，充满着一种生命情感的苦难意识，这二者构成了路遥艺术建构的审美情感基调。

路遥似乎对于苦难有着特殊的情感积淀，有着特殊的敏感。因此，在路遥的文学创作中，对于苦难有着非常充足的叙述，甚至是超乎寻常的情有独钟。不仅在陕西的文学创作中，就是在当代中国的文学创作中，路遥对于苦难的叙述，那也是出类拔萃的。他的作品中，每一句话似乎都经过了苦难之水的浸泡。或者说，他的思想情感在艺术化对象的实现过程中，首先经过了苦难之水的浸泡。至今我们依然认为，路遥文学创作上最为打动人的地方，在于对苦难的叙写。

路遥对于苦难的叙写，包括生活苦难、人生历程的苦难、情感精神苦难等方面。也可以说，路遥对于陕北农民乃至中国农民浸透着苦难的生存境遇与状态，进行了深入地揭示与叙写。这既有着一种当代历史的叙述，更有着现实的刻绘，比较而言，路遥更长于对现实的把握与刻绘。谈到路遥文学创作对于社会现实生活的叙写和刻绘，他也明确坦言，是以城乡交叉地带作为艺术叙述的对象。换言之，路遥叙写了城乡交叉地带的人和事，叙写了处于这一地带人们的生存状态。但是在笔者看来，城乡交叉地带只是路遥文学创作的一个对象，而如何叙写这一交叉地带才是他更具特异艺术魅力的地方所在。其实客观地讲，对于城乡交叉地带的叙写，路遥叙写得最为感人、最具艺术魅力的，不是对于城市生活的叙事，而是乡村叙事。之所以如此，原因之一就是路遥对于苦难的体验，主要不是源于城市生活，而是乡村生活。更具体地讲，是生他养育他的陕北乡土生活的记忆，而城市生活仅是作为他乡村生活艺术表现的一种参照，或者说是他叙写陕北乡村生活苦难的一种带有相当程度交汇性的比照。在路遥的笔下，乡村生活总是与苦难联结在一起，而城市生活又总是与脱离苦难联结在一起。因此，与其说路遥是在叙写城乡交叉地带，不如说他是在叙写这一地域的乡村。不仅是路遥，几乎所有的来自乡村的作家，似乎都将乡村视为苦难的发源地。事实上，中国乡村的确为当代中国社会历史承载了更多的苦难。城乡二元对立的社会结构体制，就是以让乡村承担更多苦难为前提的。路遥的敏锐与坦诚之处就在于，在20世纪80年代初，他就捕捉并把握住了中国当代社会生活这一特殊现实结构形态，并将它以文学艺术的形式叙写出来。

关于路遥苦难意识及其形成原因，已有许多研究者做了深入的分析探讨，研究更多地集中在路遥个人生活历程。的确如此，路遥苦难的童年少年，以贫穷为主色彩的苦难几乎成为他生活的基本内涵。这种贫穷生活给他带来的不仅仅是缺吃少穿以及由此而造成的身体的饥饿痛苦，而且造成了他生命情感、精神心理上巨大的苦难。羞辱与耻辱，几乎成为路遥乡村生活所投射的基本心理积淀与情感记忆。但是，如果仅仅如此，那路遥将是一个自序化的作家，不可能走向具有更为广阔社会生活与情感精神的创作境界。在笔者看来，投射于路遥心理结构中的恐怕是对于陕北这一地域现实生活的苦难记忆。正如前文所述，陕北恶劣的生存环境及其所形成的生活方式与生存状态，其间就包含着极大的苦难。可以这样说，在煤、石油、天然气未开发之前，铁路、高速公路等交通条件未改善之先，贫穷苦难几乎成为陕北生活现实的一个代名词。所以，与其说贫穷苦难构成了路遥的童年、青少年生活的基本内容，不如说它是陕北乡村生活的基本状态。如果说个人的生命历程与家庭环境是形成路遥苦难意识的个体记忆与心理积淀，那么陕北地域的生活环境与境遇，则是其苦难意识的一种社会集体现实生活记忆与心理积淀。也正因为如此，路遥的文学创作，不仅成为一种个体生命情感苦难的记忆，更是陕北地域现实生活苦难的群体性记忆。路遥将这两种记忆有机地融为一体，便构成了他生命情感记忆与精神心理建构的苦难意识积淀。

由此需要进一步思考的问题是，陕北所形成的地域文化对于路遥苦难意识的生成有无作用呢？回答这一问题，首先需要说明，作为一种文化心理积淀，陕北地域文化中是否存在着一种苦焦基因呢？在笔者看来，由于陕北地域生态环境所致，这里的生活方式与生存状态建构中自然地蕴含着苦焦的文化心理基因，这里的人从小就养成了面对苦焦生活的心态，于苦焦中求得生存的习性。大多数研究者在对陕北地域文化习俗进行概括时，更多地将目光投向了具有顽强生命力量的带有原始野性的方面，而忽视或者不愿去面对更为深入的即陕北人更为平常普通的生存心理状态，面对苦焦的生存环境，承受苦难的生活现实。这种具有普遍性的地域文化心态，毫无疑问地对路遥情感思想意识的形成产生着极大的影响。这一方面，路遥与陕北地域文化及其心理结构，具有同一性。

关于路遥文学创作中所表现出来的人生抗争意识，研究者也有诸多阐述。这也说明，在路遥的文学创作审美意识中，人生抗争意识是多么强烈突出。可以说，人生抗争意识构成了路遥文学创作审美思想意识的另一大特征。许多研究都注意到，路遥的《人生》《平凡的世界》在青年特别是处于逆境中的青年中拥有其他作家所无法相比的读者，其中最为主要的原因，就在于路遥这两部作品非常典型地写出了逆境中进行抗争的人生命运历程。在中国，尤其在中国的当代社会，人们形成了一种集体意识下的阅读期待，这就是对于人生历史命运的叙写，对于向上进取精神的展示，以满足生命情感精神的想象。

抗争应当说是中国人的一种心理品性的表现。鲁迅对中国人的精神文化性格有着非常精辟的总结，这就是奴性。他将中国的社会历史归结为两种形态：做稳了奴隶的时代和想做奴隶而不得的时代。求稳是中国人的一种文化心理性格，但也并非完全如此。抗争亦是中国人的一种文化心理结构状态。中国人极易走向极端，当求稳不得时，便走向了反抗。求和虽然是中国传统文化中一个非常重要的内涵，但在中国历史上求和者往往并无更好的评价。更远的不讲，就近代以来的历史来看，被给予更多肯定的是抗争者。

抗争的文化心理品性，在陕北人身上有更为突出的表现。形成陕北人抗争文化心理品格的原因恐怕还要从这块神奇的土地自身去寻找。首先是陕北的地域生态环境所致。路遥在完成长篇巨著《平凡的世界》离开陕北途中，发出这样的感慨："一路上，我贪婪地浏览着隆冬中的陕北大地。我对冬天的陕北有一种特别的喜爱。视野中看不见一点绿色。无边的山峦全都赤身裸体，如巨大无比的黄铜雕像。所有的河流都被坚冰封冻，背阴的坡地上积着白皑皑的雪。博大、苍凉，一个说不清道不尽的世界。身处其间，你的世界观就决然不会像大城市沙龙里那样狭小或抽象；你觉得你能和整个宇宙对话。"[1]路遥这段话除表明他对陕北深沉而炽烈的挚爱以外，我们从中可以解读出陕北这块大地对他生命情感建构的潜在作用。当然也可以说，自然地域环境对于路遥精神心理结构生成具有不可忽视的作用。正是陕北这块特殊的由沟壑山峁组成的黄土地，潜移默化地塑造着路遥的心理文化性格。

任何地域的人要生存下去，必须适应其所处的地域生态环境。适应并非一味地顺从，其间包含着对于自然环境的应对抗争。比如陕北的干旱、山峁荒原以及交通阻隔等等，要生存下去，就必须面对，为了生存，也必须克服这种自然环境所带来的种种不便。如此恶劣的生态环境，人们要生活下去，必然要面对自然所施加的种种压力，或者说必须抗争自然，抗争自然所施加给人们的种种不适于生存的情况，抑或是必须具有更为强悍的抗击自然打击的生命力量，否则是难以存活下去的。因此，陕北地域文化中，必然具有一种抗击抵御自然的精神品性。陕北人的文化品格，在路遥身上得以承续。我们甚至认为，路遥的文化心理品格是典型的陕北人文化心理品格。从他的作品中，比如《在困难的日子里》《人生》《平凡的世界》等，从后来人们对于路遥的回忆性文章中，都能看出路遥与陕北这块黄土地的血肉关系，可以看出路遥受到陕北地域文化心理品格的影响是多么深厚。对于路遥文学创作中所表现出来的抗争审美思想意识，已有的研究成果依然是更多地从作家生活经历方面进行考察，这是应该的，也是符合路遥审美思想意识生成实际的。但是，如果抛开陕北地域文化心理建构，仅从作家生活经历角度来谈问题，总是缺少更为充分的说服力和地域特异性。因为其他地域、同时代的作家，人生经历与生活状态与路遥相似的情形很多，但是有的人存在着抗争意识，有的人则可能形成了另外的审美思想意识。因此，作家审美思想意识的形成，不仅因其人生经历的不同而相异，而且因为地域文化心理品格上的差

---

[1] 路遥：《早晨从中午开始——〈平凡的世界〉创作随笔》，中国文联出版公司1993年版，第118页。

异对作家造成的影响，并且因此使之具有了地域文化心理品格的差异性。正是基于这样的思考，笔者不再重复和强调路遥人生经历对其审美思想意识生成的影响作用，而强调陕北特异的地域文化品格对于其文学创作审美思想意识建构的影响作用。

所以，从历史地理角度看，陕北特有的人文地理及其所建构起来的历史文化，对于路遥抗争审美思想意识，也产生了极大的影响作用。我们认为，正是陕北特有的地域地理位置以及生态环境，决定着这里的社会历史发展态势，生成了陕北所特有的地域历史文化。路遥虽然在这里仅生活了二十多年，但是，他的生命之中存活着陕北地域文化历史的生命基因，流淌着陕北文化生命之血液。我们从他关于陕北的叙写中所表现出的深沉凝重的赤子情感，从他多次谈到对于陕北这块土地深深的眷恋中，可以肯定他受陕北历史文化的浸染是多么深厚。再则，历史文化更主要体现于人们的日常生活方式与思维方式之中的。路遥在这里生活了二十余年，日常生活的浸润，奠定了他的文化思想观念，陕北历史文化便成为他审美思想意识的基元。

路遥的文学创作中，充满着一种人生悲剧意识。叙写人生是路遥文学创作艺术表现和题意开掘的一大特色。可以说，路遥是以文学艺术的方式探寻人生的价值和意义。在他的笔下，人生中不仅充满着苦难，而且蕴含着一种人生的悲剧。路遥的身上存在着强烈的悲剧情结。这种悲剧情结，首先体现在他对于人生的艺术思考上。我们并不否认，路遥的悲剧思想与情怀渗透于他对社会历史与现实生活的整体艺术叙写之中，比如对于社会时代悲剧的艺术叙写，对于现实生活主要是对于陕北现实生活的叙写，对于农民生活现状和生存状态的悲剧性揭示，等等。但是，这其间最为动人的，是对于现实人生苦难与人生悲剧的超乎寻常的艺术展现。

路遥的人生悲剧艺术叙写，可归结为人生命运悲剧、生命情感悲剧、文化精神之悲剧。对于人生命运，特别是乡村青年人生命运的关注，是路遥文学创作艺术叙写的一个非常重要的思想内涵。路遥对于人生命运的叙写，虽然也涉及了城市中的人，尤其是城市青年，但是，他将更多的热情与思考给予了乡村人，当然主要是乡村青年。路遥讲，他"作为血统的农民的儿子，我对中国农民的命运充满了焦灼的关切之情。我更多地关注他们在走向新生活过程中的艰辛与痛苦,而不仅仅是达到彼岸后的大欢乐"[1]。对于乡村青年农民的人生命运关注与叙写最为深切的当属《人生》。路遥在这部中篇小说中,所要揭示的就是当代青年如何走好自己的人生道路,所展示的是20世纪80年代初中国青年,特别是乡村青年的人生命运历程。高加林的人生命运中激荡着一种与命运抗争的力量,更为重要的是,其间蕴含着深沉而凝重的悲剧命运精神。从接受美学的角度看,高加林及其《人生》给予读者审美思想情感冲击力的,不仅仅是抗争进取的精神,更为重要的是在这种抗争奋进历程中所具有的悲剧精神。进入县城,高加林大展宏图并未给人更多的审美情感的力量,而他丢失刘巧珍及其刘巧珍身上所蕴含的金子般的美德,尤其是他被社会现实所抛弃,最终回归土地,则是最具审美思想情感力量的。

这里除了揭示人生抗争的悲剧,还蕴含着生命情感和文化精神的悲剧意味。高加林回归土地,这既是他人生奋斗失败的结果,也是他生命情感梦游之后的回归。高加林跪在黄土地上,我们能够强烈地感受到作家审美情感的倾泻。这既是高加林生命情感煎熬的凝聚,也是作家对于黄土地深沉情感的昭示。就其本质而言,高加林与作家路遥实现了生命情感的同构。离开陕北这块荒芜苍凉的黄土高原,成就了路遥的社会人生,但是,在生命情感上却无法剥离,反而承受着离开生命情感之根所带来的痛苦。"当历史要求我们拔腿走向新生活的彼岸时,我们对生活过的'老土地'是珍惜地告别还是无情地斩断?"[2]对于路遥来讲,他既没有告别,更谈不上与"老土地"决绝,这条根系一直存活于他的生命情感之中。实际上,他一直处于回归与剥离的两难境地。不仅路遥如此,陈忠实、贾平凹亦是如此。甚至可以说,中国当代出身乡村的作家基本都是如此。就陕西作家而言,杨争光的文学创作,虽然题材上没有脱离乡村,但在思想意识上却进行着更多的剥离,更接近现代文化思想。

这里有一个有意思的现象。路遥最具有代表性的两部作品《人生》和

---

[1] 路遥:《早晨从中午开始——〈平凡的世界〉创作随笔》,中国文联出版公司1993年版,第87页。

[2] 路遥:《早晨从中午开始——〈平凡的世界〉创作随笔》,中国文联出版公司1993年版,第86页。

《平凡的世界》，对于青年男女爱情的处理，体现的是向往与留恋的思想情感。高加林向往黄亚萍城市式的具有一定现代文化思想的女性，虽然他抛弃了刘巧珍，但生命情感深处，却是无法根绝的。这中间是否昭示着路遥生命情感历程的心理积淀？从现有的非常隐晦的有关路遥在陕北故乡生活的回忆文字中，似乎可以窥探出某种信息。《平凡的世界》中，孙少安、孙少平两兄弟的生命情感道路，可以视为是路遥故土与城市、固留与剥离生命情感历程的再现。类似的，贾平凹的《白夜》《高老庄》等作品中，也有着面对乡村与城市生命情感及其文化精神两难境地的叙述。对于这种两难境地的艺术处理，路遥是有着发展变化的。高加林离开刘巧珍和乡村，获得了人生奋进的生命充分的张扬，他在实现着现代文化思想意义上的自我与生命的超越，但是，他必须承受丢弃故土及其文化思想与道德所带来的生命情感的痛苦与煎熬。孙少安与孙少平则是固守与脱离的体现。孙少安坚守在故土上，承担起延续故土生命情感的历史使命。孙少平则脱离乡土，寻求新的人生归宿与生命情感寄寓。但是，不论是高加林式的合二为一，还是孙少安与孙少平一分为二，都反映出作家路遥生命情感与文化精神的深刻矛盾性结构形态，其间蕴含着不能简单进行判断的悲剧精神。

在路遥文学创作的审美生命情感意识和文化精神悲剧中，还有一个不容忽视的问题，那就是其间熔铸着强烈的社会时代意识。社会历史与现实时代，始终是路遥文学创作的一个基本关注点。在谈到《平凡的世界》的基本构想时，路遥明确坦言："我的基本想法是，要用历史和艺术的眼光观察在这种社会大背景（或者说条件）下人们的生存与生活状态。"[1]这不仅是路遥创作《平凡的世界》的基本思想，也可以说是他整个文学创作的基本思想。路遥所说的历史与艺术的眼光，实际上就是中国当代马克思主义文艺思想中所讲的历史与美学的原则。从路遥的创作实际来看，他所说的历史，自然包括中国的发展历史，甚或人类的历史。但是，首要的也是最为主要的，应当是中国当代社会的发展历史。他所说的"社会大背景"，就是中国当下正在进行的改革开放，或者说社会历史转型，即从中国社会历史发展的视野，来审视当代中国人的生活与生存，其落脚点仍在当代社会。因此，与其

---

[1] 路遥：《早晨从中午开始——〈平凡的世界〉创作随笔》，中国文联出版公司1993年版，第26页。

说路遥是以历史的目光不如说是以社会时代的目光在观察现实生活与现实人的生存,表现出强烈的现实参与意识。正因为如此,路遥文学创作的人生悲剧意识建构中,熔铸着浓厚的社会时代意识,熔铸着强烈的现实参与意识。他所建构起的人生悲剧意识,也可以说是一种社会时代悲剧和现实生活悲剧的审美思想意识。

2.陈忠实的审美思想意识

对于陈忠实来说,审美思想意识的建构,存在着一个痛苦的剥离过程。这种审美思想意识剥离或者说裂变的完成,自然是在《白鹿原》的创作过程中得以实现的。从20世纪60年代开始文学写作,到70年代正式走向当代文坛,直至80年代中期,陈忠实坚守的是于社会政治模式下的现实写作,支配其写作的审美思想意识是社会政治意识与现实生活意识。任谁都不应怀疑陈忠实对于生活的熟知与刻绘,但是,由于基本思想意识的制约,连他自己后来也说,那时确实存在着追赶社会形势的写作倾向,我们将这种创作称为"他者的写作"。换句话说,陈忠实此前的创作思想意识个性,完全消融在体制化的主流社会意识之中,造成了自我思想意识的消失。从《蓝袍先生》始,陈忠实的创作思想开始了剥离与嬗变,甚至给人一种革心洗面之感。随着《白鹿原》创作的完成,作家为当代文学呈现出一个全新的陈忠实,奉献出一部超越历史与现实的、具有总结当代现实主义文学创作意味的扛鼎之作。今天反顾这部历史文化现实主义作品,支撑她的并非艺术形式,而是几乎让当代社会难以承受的深厚而凝重的文化思想内涵,是作家的历史悲剧意识、民间文化意识、生命意识等审美思想意识,以及极富艺术震撼力的文化人格力量。所以,在当代文学创作及其发展历史上,陈忠实审美意识建构的特异之处,在于其历史民间文化意识、生命意识和文化人格意识。这些审美思想意识的生成与建构,不仅得益于陈忠实对于中国历史文化,特别是近代以来历史文化脉络的把握,更得益于他对以白鹿原为核心的关中历史文化深刻而准确的体悟与把握。因此,他所建构起来的审美思想意识形态,也就表现出个性鲜明的地域文化特色。

就当代中国文学创作而言,对于中国历史文化的介入,可以从不同的层面、不同的方面,尤其是不同的地域文化视野来进行反思审视。这方面有着成功的创作实践,比如张炜的《古船》等。但就已有的文学作品来看,笔者认为，叙写得最为深厚的是陈忠实的《白鹿原》。当代作家中，在审美思想意识建构中对于中国历史文化浸淫最为深入的，依然是陈忠实。从地域文化角度来看，我们不能不说，关中这块土地具有为深厚的历史文化积淀，以这块几乎被历史文化所压垮的土地为审视的切入点和叙事对象，能够更为深刻地揭示出中国历史文化的浑厚、凝重与蕴藉来。

陈忠实的审美历史文化意识建构表现出正统性、民间性和地域性特色。首先需要说明的是，在此所说的正统性，并非从现代特别是当代以来社会层面所建构起来的中国历史文化认知形态，而是从现代文化思想与生活实践层面进行认知的。因为中国传统的历史文化，近代以来一直在被解构与重构着，尤其是当代文化思想界对于中国历史文化所进行的带有相当程度的破坏性解构，使得其面目已经发生了改变。正统的中国历史文化自然是以儒家文化思想为主干建立起来的。而儒家文化思想在数千年中不断地被丰富与被发展，也被给予了不断的阐释。从某种意义上来说，中国正统的历史文化，显然是儒家文化思想。而儒家文化思想又被作为人们的思维与行为，融汇于具体的生活与生存方式之中。就陈忠实而言，他主要是从实践层面进行理解与把握传统文化的。换句话说，陈忠实是从生活与生存形态建构的实践中，来体悟和感知历史文化的。

《白鹿原》出版之后，有一个普遍性的现象，那就是不论是普通读者，还是专业的研究者，对于《白鹿原》的认同，都是在中国传统历史文化思想观念上达到契合的。不论是文化思想观念，还是审美心理定式与审美情趣，陈忠实的文学创作思想意识都与传统历史文化相融汇。朱先生和白嘉轩，是正统的儒家文化的两个层面。朱先生体现的是理性层面的儒家文化思想，白嘉轩体现的是实践层面的儒家文化精神。陈忠实通过《白鹿原》叙写了儒家文化的正统性，更为主要的是，人们在生活实践中所形成的融汇着儒家文化思想内核的具有生活习俗性质的生活思想观念。其中，中国人尤其是农民所形成的正统的生活观念与行为方式，也构成了陈忠实文学创作中的历史文化思想观念。因此，与其说陈忠实所架构的历史文化思想意识是理性思考的结果，不如说是他对于中国人主要是农民生活形态与生存状态体悟的结果。陈忠实的正统的历史文化思想观念，实际上就是正统的中国生活特别是乡村生活文化思想观念。

乡土化、生活化，是中国历史文化思想得以延续和发展的一个非常重要的方式。乡土文化思想是以乡村村社建构为承载主体的，乡村一家一户的社会结构细胞承载着历史文化思想内涵。我们从家庭的义务和责任，家庭中每个成员的义务和责任以及行为规范等诸多方面，都能感知到历史文化思想的实践性建构。我们在中国现代以来的文学创作中发现了一个具有普遍性的现象，从鲁迅时期一直到今天，那就是在表现中国传统文化思想方面，最多、最突出也最为典型的，都是以乡村生活为叙事对象的。而对于城市生活的叙事，着力表现传统历史文化的创作，远远没有乡村题材多。《家》《财主的儿女们》《金锁记》以及当代的《茶馆》《大宅门》等作品，也深刻揭示了中国历史文化的思想内涵。但是，我们却发现，这些作品多为批判否定性的。尤其是经过20世纪的解构，中国的历史文化在城市生活与文化思想结构形态建构中，已经丢失得差不多了，而保存更多的则是乡村。乡村生活与乡村文化思想，相对城市而言，具有更强的稳定性。也许正因为如此，《古船》《白鹿原》等以乡村为对象的文学创作，呈现出更为浓郁的历史文化思想色彩。

与此相联系，民间文化思想意识也就构成了陈忠实文学创作历史文化思想意识的又一重要内涵。民间及其文化形态，按照陈思和的理解，它是相对于国家意志文化形态而独立存在的。陈思和对民间文化形态含义的阐释包括三点："一、它是在国家权力控制相对薄弱的领域产生，保存了相对自由活泼的形式，能够比较真实地表达出民间社会生活的面貌和下层人民的情绪世界；虽然在权力面前民间总是以弱势的形态出现，并且在一定限度内被迫接纳权力，并与之相互渗透，但它毕竟属于被统治阶级的'范畴'，而且有着自己独立的历史和传统。二、自由自在是它最基本的审美风格。民间的传统意味着人类原始的生命力紧紧拥抱生活本身的过程，由此迸发出对生活的爱与憎，对人生欲望的追求，这是任何道德说教都无法规范，任何政治律条都无法约束，甚至连文明、进步、美这样一些抽象概念也无法涵盖的自由自在。三、它既然拥有民间宗教、哲学、文学艺术的传统背景，用政治术语说，民主性的精华和封建性的糟粕交杂在一起，构成了独特的藏污纳垢的形态。"不仅如此，"'民间'所涵盖的意义要广泛得多，其中还应包括作家的写作立场、价值取向、审美风格、文化修养等等"①。陈思和关于民间及其文化形态的阐释，应当说是比较深入的。但是，有些东西并非仅仅从形而上的层面就能够阐发清楚的。在笔者看来，民间及其文化形态应当是一种独立的存在，这种存在构成了民间的基本生命状态。而且，它渗透于民间生活方式、思维方式、行为方式之中。从文学创作角度说，作为一种文化意识形态，实际上它也就构成了作家进行文学创作的一种艺术视角。

这是相对于当代文学国家主流文化思想观念下的文学创作而言的。中国当代文学在20世纪末，出现了从民间角度来审视现实生活与社会历史，以民间的文化思想来阐释社会历史与生活，这给文学创作带来了一种新的文化艺术视野。的确如陈思和先生所说，民间文化有一套自己的价值建构体系、独到而独立的审视视角与价值判断准则。陈忠实从民间及其文化思想中汲取了丰富的营养，他在重新审视和重构中国近现代社会历史、乡村生活与乡村生命生存状态时，民间文化既是进行文学创作的一种艺术立场，同时构成了他文学创作的重要内涵。而且，陈忠实的民间文化立场及其文学创作中的民间文化内涵，体现出了以灞河原为基点的关中地域历史文化的特异性。

以《白鹿原》为代表，陈忠实文学叙事的民间文化立场与民间审视视角，极大地消解了当代文学的社会政治意识形态创作立场，消解了国家权力意志，也消解了现代知识分子的文化立场。从民间文化立场审视从清末到中华人民共和国建立这半个多世纪的中国社会历史与现实生活，首先表现出明显的去政治化思想倾向。这并不是说陈忠实无视近现代中国社会历史上所发生的影响整个中国大地的历史事件，比如辛亥革命、农民运动、抗日战争等，而是如何看待这些社会历史事件及其在中国社会历史发展中的作用，如何进行历史文化的价值判断。或者说，陈忠实不仅要做出于主流意识形态下的社会历史的价值判断，更为重要的是，从民间的立场做出判断。辛亥革命在民间被称为"反正"，国共两党之争民间被称为"翻鏊子"。在过去看来是非常严肃的政治生活事件，在民间却以喜剧化方式被叙述。比如鹿兆海、白灵兄妹，在决定加入共产党或国民党的问题上，并非是一种严肃的政治选择，而是一种游戏式决定：以铜圆的正反面来定命运。这就把革命的庄严性

---

① 陈思和主编：《中国当代文学史教程》，复旦大学出版社2004版，前言第12—13页。

消解掉了，人的历史命运蕴含着某种戏剧性和荒诞性。无独有偶，《历史的天空》中陈默涵与姜必达的命运选择过程，就具有与此相似的戏剧性。一种历史的偶然，一个历史的戏剧性的误会或者插曲，就改变了人的历史命运。其实在主流意识形态观念下非常严肃或者严重的事情，在民间看来，只不过是一种历史的玩笑而已。民间往往将附着于社会历史身上复杂而严峻的政治思想内涵，进行喜剧化的解构和原生态化的阐释。

在文学创作上介入民间文化立场，使得中国当代文学回归到生活的原生本真状态，也给中国当代文学创作带来了一种新的气象。自20世纪90年代之后，文学创作中以民间文化立场进行艺术审美建构几乎成为一种普遍现象，但是，最具民间文化生命冲击力的，似乎当属《白鹿原》。这自然缘于陈忠实对于民间文化有着比其他作家更为深刻的体验、把握与认知。笔者认为陈忠实的文化生命情感，更易于与民间文化相融汇，他也更能体味民间文化的生命情感与思想蕴涵。

陈忠实审美思想意识的另一个重要方面，就是强烈的生命意识。陈忠实在谈到《白鹿原》的创作体会时说，他捅破了两层纸，一层纸是"文学仅仅只是个人兴趣"，另一层纸是"创作实际上也不过是一种体验的展示"。这体验首先是生命体验。在谈到生命体验时，陈忠实特别强调"人类生命的伟大和生命的龌龊，生命的痛苦和生命的欢乐，生命的顽强和生命的脆弱，生命的崇高和生命的卑鄙"[①]等方面的内涵，这实际上表明，他是以自己的个体生命去体验人类生命的。由此我们也可以看出，陈忠实对于生命价值和意义的格外重视。

陈忠实文学创作中所表现出来的生命意识，体现的是对于生命的尊重。尊重生命，尊重每一个人的生命。在陈忠实看来，每一个人，不论他是官员还是普通老百姓，不论他为社会做出过巨大贡献，在社会历史上具有辉煌耀眼的名望，还是在默默无闻中度过平凡的一生，他们都有着生存的权利，他们都应当受到尊重。因为他们都可以获得生命的尊严。我们惊奇于陈忠实在《白鹿原》开头写下的第一句话："白嘉轩后来引以为豪壮的是他一生里娶过七房女人。"这是对中国妇女悲剧生命史的刻绘。对这句话人们做过多

[①] 陈忠实：《陈忠实创作申诉》，花城出版社1996年版，第6页。

种阐释，其间隐含着陈忠实对于生命，特别是中国妇女生命的尊重，对她们生命悲剧的悲悯喟叹。当我们看到陈忠实谈及为创作《白鹿原》查阅西安周边三县县志的一段话时，就能理解这句话的意味了。他说："我在查阅三县县志的时候，面对无以数计长篇累牍的节妇烈女们的名字无言以对，常常影响到我的情绪。那时候刚刚有了性解放说，这无疑是现代西方输入的一种关于人的自然性与社会性的说法。我在那些密密麻麻书写着的节妇烈女的名字与现代西方性解放说之间无法回避，自然陷入一种人的合理性思考。"[①]一次笔者与作者的交谈中，他非常激动地说，一个活生生的生命被压抑了几十年，得到的仅仅是写在几乎没人翻看的县志上的名字，这名字还是张王氏、李赵氏。这是怎样的一种生命的悲哀之叹。于此，陈忠实所要唤起的不是什么阅读的猎奇趣味，而是对于生命的尊重和悲悯情感。

陈忠实的生命意识里，表现出一种超常的顽强的生命意志力。《白鹿原》中的白嘉轩，就是如此。谈到此人的创作原型来源时，陈忠实说自己听过家乡一个族长的故事。这位族长任何时候走路腰板都是挺得直直的，他从巷道走过，那些给孩子喂奶的妇女都赶快跑回家去。白嘉轩虽然到晚年成了罗锅，但是，他在精神上始终是耿直的。他的生命力极为顽强。黑娃打断了他的腰，他依然挺了起来。祈求天雨时，他承受了令人难以想象的、别人难以承受的磨难，经历了生命意志的煎熬。生命意志力，在白嘉轩的身上，在其价值取向上，表现出多面性。一方面，他具有强烈旺盛的自然生命力，另一方面，他的生命意志中熔铸的是伦理道德力量。特别是后者，成为他生命力的意志支点。他身上体现的是儒家文化思想支配下的浩然正气。白嘉轩一生娶过七个女人，前六个都相继去世。为什么会如此呢？更多的人在分析时，看到了白嘉轩作为儒家传统文化思想的承载者与实践者所具有的对于生命尤其是女性生命的扼杀，说明儒家传统文化所具有的强大生命力量。其实还有另一个方面，那就是白嘉轩强盛的自然生命力量，这也包括性的生命力。现代科学已经证明，人的遗传基因对于人生命存在的作用。作品虽然叙写得比较隐晦，但仍然可以看出，白嘉轩属于性欲旺盛而又强狠的男人。加之他那种为人处事强悍的气势，必然给人造成一种威压感。或者说，白嘉轩

[①] 陈忠实：《陈忠实创作申诉》，花城出版社1996年版，第35—36页。

在充分张扬自己生命力量的过程中所释放出来的能量，必然要对同类的生命造成极大的戕害。换句话说，白嘉轩生命意志的张扬，是以牺牲别人生命能量为前提的。所以，白嘉轩前六个女人的死，既是家族伦理道德戕害的结果，也是他过于强悍的自然生命力所致。用民间的话来说，这个人浑身有着一种生命的"毒"。因此，如果说儒家传统文化思想使他具有了极为强悍的社会文化与伦理道德的生命力量，那么，自然强壮的自然生命结构形态就成为他社会文化与伦理道德生命存在的物质基础。这二者的融汇构成了他的生命结构形态。当然，作为族长，应当说白嘉轩是尽职尽责的。处事公道，富有爱心。不论是黑娃还是自己的儿子白孝文，只要有违族规伦理道德，他都能秉公办理，一视同仁，绝不存私心。

陈忠实在文学创作中对于生命意志力量的叙写，还遵从了节制的原则。陈忠实在谈到《白鹿原》中对于性描写的处理时，强调了必要性和分寸感。他说："我决定在这部长篇中把性撕开来写。这在我不单是一个勇气的问题，而是清醒地为此确定两条准则，一是作家自己必须摆脱对性的神秘感羞怯感和那种因不健全心理所产生的偷窥眼光，用一种理性的健全心理来解析和叙述作品人物的性形态、性文化心理和性心理结构；二是把握住一个分寸，即不以性作为诱饵诱惑读者。""如何把握其分寸不能说不重要，而关键在于所有对于性的描写是否属于必须"，"在必要性确定以后，如何把握恰当的分寸才成为重要的一环"。[1]我们从陈忠实的阐述中可以看出，其艺术叙述并不是放任自流宣泄式的，而是节制性的。我们更进一步探析其中的另外一种含义，那就是对于生命力的张扬与艺术叙写，也是需要予以节制的。阅读中能够非常明确地感觉到，陈忠实对于生命的叙写并不注重于宣泄性的张扬，而非常强调生命的内在张力的刻绘。用"发乎情，止乎礼"来评价陈忠实文学创作中的生命叙写，应当说是比较切合实际的。

陈忠实的生命意识里，还有一个非常重要的方面不容忽视，那就是对于生命欲望特别是生命本能原始欲望的认同与建构。纵观陈忠实的文学创作发展，对于人的生命本能原欲的认知，有一个从遮蔽经羞怯到正视的发展变化过程。在陈忠实早期的创作中，几乎见不到对于生命原欲的叙写，为《白

---

[1] 陈忠实：《陈忠实创作申诉》，花城出版社1996年版，第36、37页。

鹿原》做准备积累而创作的那部分创作虽然涉及这一方面的内容，但是并没有放开来去叙写。只有到了《白鹿原》，方才完全去掉了遮蔽。用他的话来讲，就是能够以一种健全的心理，把包括性欲在内的生命欲望撕开来去叙写。人的本能欲望，包括求生、惧死、饥饿、性欲、自我保护、恐惧、快感等等，可以说都是与生俱来的。它们是人生命存在的一种本能，也可称之为人的一种生命的原欲。从文学创作角度来说，对于生死、饥饿等生命本能欲望的书写，似乎并不能引起人们多少非议或者异议，但是，对于性欲的叙写展示，则往往招致人们的质疑和非议。莫言《透明的红萝卜》、张贤亮《绿化树》《男人的一半是女人》等作品，对于饥饿感的描写，可谓是淋漓尽致；侯发山《八百米深处》对于人的求生欲望的描绘，也得到了认同。但是，对性欲的描述却至今有着不同的看法甚或非议。张贤亮对于章永璘性欲望与性行为的叙述，当时就引来了强烈的争议。最为典型也是影响最大的，当属贾平凹的《废都》，这部作品曾因性描写而被禁止。《白鹿原》依然发生过这种情况。假如将直接充分的性欲望描述，转换为比如饥饿感，恐怕就不会遭到人们的非议了。就人的完整性、健全性建构而言，缺少了这一方面，怎么说也是一种缺失。陈忠实在《白鹿原》中非常充分而又极为节制的关于性欲望在内的生命本欲的艺术描述，毫无疑问成为这部作品艺术建构不可或缺的有机构成，并且丰富和深化了作品的题旨内涵。

当然，还有一个生与死的问题。在人的生命及其意识的建构中，生与死是任谁也无法逃脱的必经之路。对于生命的尊重，首先是对于生的尊重。生是人的一种期望与渴求。人生存的过程，就是生的延续过程。如果说人的出生是生命的起点，那么，死则是生命的终结点。就个体而言，从生到死是生命的一个完整历程；就群体来说，每个个体生命的诞生，都意味着一种人类生命延续的衔接号，而死则是人类生命历史中的一个顿号。也许因为如此，生就意味着族类的生命期望，因而非常重视。民俗中给初生儿过满月等诸多仪式礼仪，本质上体现的是对于族类生命的重视。不孝有三，无后为大，正是这种文化思想观念的具体体现。包括对于结婚的重视，依然包含着这方面的内涵。《白鹿原》中有着对于人出生仪式的描述叙写，而对于结婚的叙述，就更为精彩。

尤其是对于死，陈忠实的生命意识里有着非常深刻的认知。甚至可以说，陈忠实更重视死。在他看来，"任何一个的结局都是一个伟大生命的终结，他们背负着那么沉重的压力经历了那么多的欢乐或灾难而未能实现自己的人生理想，死亡的悲哀远远超过了诞生的无意识哭叫。几个人物的死亡既有着生活的启示，也是刻意的设计，设计的宗旨便是人物本身——那个人的心理结构形态"[①]。的确如此，《白鹿原》叙写了老一辈人的死，也写了白嘉轩一辈的死，当然也写了晚一辈的死。对于死的叙写，笔者认为，最为精彩的是青年一辈，最为震撼人心的是小娥的死。如果说鹿子霖、鹿三，包括白孝文等，是虽生犹死的话，那么，小娥、黑娃、朱先生等则是虽死犹生。由此可见，在陈忠实的生命意识里，更为看重的是生命的价值和意义，而其价值和意义则更主要的体现在社会历史层面上。

陈忠实文学创作的文化人格问题。笔者之所以在探讨陈忠实审美思想意识时，将文化人格作为一个重要的层面加以剖析，就是因为他的文化人格力量太强大了，以至于成为其审美思想意识建构的基本内核。

陈忠实的文学创作表现出强烈而浓厚的地域文化人格力量。关于这一方面，我们在其他部分的论述中，也进行了必要的分析。不仅在陕西的文学创作中，就是在中国当代文学创作上，陈忠实的地域文化人格表现，也是非常突出的。甚至可以说，陈忠实的文学创作，特别是他的代表作《白鹿原》，如果没有特征鲜明的关中地域文化性格与人格的艺术化的创造，其文学艺术价值将会大打折扣，其艺术审美个性特征也不会像现在这样如此突出鲜明。

探讨陈忠实文学创作的文化人格建构，自然离不开中国传统历史文化的影响，甚至可以说，中国传统历史文化是构成陈忠实文化人格的基本内涵。就笔者阅读的有关陈忠实及其代表作《白鹿原》研究著述来看，几乎所有人都将陈忠实的文学创作与中国传统历史文化联结在一起，甚至认为陈忠实对中国传统历史文化的浸淫最为深入，把握最为准确，表现最为丰厚。确实如此，如果没有20世纪80年代后期对于自己文学创作的反思，也许就没有今天的陈忠实及其文学创作。反思的目的在于寻求文学创作上的新突破，而突破口就是我们认为的对于中国传统历史文化的回归与再认识。由于陈忠实的生

---

① 陈忠实：《陈忠实创作申诉》，花城出版社1996年版，第27页。

命历程及其建构与中国传统历史文化之间存在着更为内在的同构性,所以,当他将文学创作的视野转向中国传统历史文化时,他便真正找到了自己,与此同时他也建构起自己强大的文学创作文化人格。

文化人格是人的文化心理性格、文化精神气质、文化整合能力等综合特征的总和,应当属于文化心理学范畴中的一个概念。就此而言,作家文学创作文化人格的建构,也就总是与其文化心理性格、文化精神气质,以及文化整合能力融汇在一起。其实,文化人格还包含道德品质建构的内涵,有着人作为权利、义务主体,存在于社会所具有的独立文化品格的意义。

有人以生、冷、硬、倔、犟、悍来描述陕西关中人的地域文化性格。这种归纳虽然带有片面性,但从总体来看,还是符合关中这一地域文化性格的。不仅如此,这种文化性格作为一种文化心理品格积淀,已经具有了文化人格的意义。反过来讲,人的文化人格及其建构,往往是以其文化性格为基础,并得以表现出来的。陈忠实文学创作的审美思想意识建构,就表现出关中地域的历史文化性格。陈忠实从关中文化心理性格中汲取了营养,将冷峻、强硬、倔强等性格融汇在了自己的文化人格之中。

3.贾平凹的审美思想意识

在中国当代作家中,贾平凹是最能折腾的。他的文学创作一直处于发展变化之中。其中一个非常重要的原因,就是他的审美思想总是在不断地求变。但是,贾平凹文学创作思想意识的发展变化,并不是裂变,而是一种嬗变。这变中又有着不变。在社会行为上,贾平凹是比较木讷的,常常为不能适应某些情景场合而处于一种尴尬的境地。他似乎在循规蹈矩地生活着,总是以一种自我保护的心态应对社会以及各种各样的状况。但在创作上,他却异常大胆,在艺术探索上并不安分守己,常常出人意料地整出一些动静来。他总是处于一种矛盾的状态。

与路遥、陈忠实一样,在贾平凹的审美思想意识中,悲悯意识、平民意识、现实生存意识、生命意识等,亦是表现得非常强烈。但比较而言,笔者认为,贾平凹的审美思想意识中,具有更为明显、更为突出的文士闲适情怀和性意识。这也是他极为特异的地方。

包括贾平凹在内,中国当代作家是具有历史使命感的,这是中国五四以来文学创作的一个优良传统,在谈到社会时代与文学创作、人道与文道时,贾平凹不止一次地说，作家应该以积极主动的态度，去参与中国于20世纪末所发生的历史转换与变革。我们虽然不能单纯地将贾平凹说成是以文学创作为社会人生服务的作家，也不能简单地说他是中国这场历史转型变革的记录者。但是，有一点可以肯定，那就是作为这场历史变革的亲历者，他努力用自己的笔去抒写这场历史变革，以及这场变革给人们带来的文化性格、心理结构、情感、情绪上的裂变。换言之，贾平凹文学创作的目的之一，就是要以审美的形式，以自己的艺术创作，去真实地表现这场伟大的历史变革，以及由此而引起的中国历史文化和人的文化心理结构的裂变。由此可见，从大的方面来说，贾平凹的文学创作是属于作用于社会人生，作用于历史时代的。

贾平凹的文学创作作用于社会人生、历史时代，首先是对于中国的历史变革及其所引起的历史文化与文化心理结构裂变的较为深刻的剖析。在中国当代文学创作中，贾平凹不属于歌颂式的作家。或者说，他在审视这场伟大的历史变革时，关注的不是这场变革的伟大历史成就，而是其中存在的问题。我们不否认，20世纪80年代，贾平凹创作了一些歌颂式的作品，像《腊月·正月》等。但是这些作品，并不是最能体现贾平凹审美追求和艺术成就的作品。最能体现贾平凹文学创作思想深刻性和艺术创造价值的，是那些敢于直面现实人生，敢于用犀利的解剖刀，剖析中国历史文化和当代人的文化心理结构，特别是当代人的精神结构、生存状态的作品。就此而言，他承继了鲁迅先生的文学叙事传统。事实也是如此。虽然从官方到民间，对贾平凹的文学创作不断提出批评，但是将贾平凹四十多年的文学创作做一纵向审视就会发现，从20世纪七八十年代之交到90年代初，再到后来人们对贾平凹暴露、坦示现实人生、历史、文化等等方面的病痛提出了尖锐的批评，甚至采取一系列措施促使贾平凹归顺现实。贾平凹也试图用自己的笔去做歌功颂德者，但是，他的文学创作仍然未改剖析与批判的基调。

正如贾平凹所言："我的情结始终在现当代。我的出身和我的生存的环境决定了我的平民地位和写作的民间视角，关怀和忧患时下的中国是我的天职。"不仅如此，他还认为："作为一个作家，都是时代的作家，必须为这个时代而写作。怎样为所处的时代写作，写些什么，如何去写，这里边就有了档次。"由此可见，贾平凹觉得自己作为一个处于中国社会历史转型伟大时代的作家,应该一直关注这个时代,关注时代的每一个变化。但是,他的关注是以忧患的意识加以审视的,而他的出身与地位,又决定了他在关注时代时首先关注的是平民的生存状态和历史命运。也正因为如此,他的文学创作,不是俯视的,而是以平视的视角去审视平民的生活,是以民间的视角去审视这个时代,以及这个时代的伟大历史变革。这一点,可以从贾平凹的文学创作中得到证实。四十多年来,贾平凹创作了近千万字的小说、散文、诗歌等作品,绝大多数都是表现这个时代的,都是以普通人作为作品的主人公,也都是以平民的情感、民间的视角进行创作的,不论是商州系列,还是西京系列,都是如此。

关注时代,关注平民,但怎样去关注,如何去表现,这些问题中渗透着贾平凹的创作目的。笔者以为,这与贾平凹是主体精神表现型作家有着密切的关系。文学创作上,他更侧重于自己主体精神的表现,越向后越浓重。他穿透社会时代、平民生活走上人类文化精神的建构,表现出一种人类的精神情怀。他所探索的问题带有人类普遍性,比如他对于人类生存状态和生命本体的思考,对于人与自然的思考等等。

贾平凹将自己的第二本文论集取名为《静虚村散叶》,他也曾将自己的书房命名为静虚村。由此可见,他对贯穿道家思想的"静、虚"两字情有独钟。静与虚是一种超越,超越自我,达到心斋,坐忘,进入绝对自由的审美精神境界。可以说,贾平凹在主体精神上一直追求着静虚的境界。当然,他并未完全达到这种精神境界,只是做着执着的追寻。贾平凹向往"逍遥游"式的精神的自由解放,也许正因为他在现实生存的境界上,无法达到完全的精神自由,做到绝对的虚、静,因而便将这种主体精神的向往与追求转化为文学艺术创造,在审美的世界里实现主体精神上的静虚与逍遥。这也正如他自己所言,创作是一种自悦与悦人。

在笔者看来,虚静与逍遥是一种精神大境界,是人与自然达到的完美融合,是进入到艺术化、审美化的绝对自由的精神境界。这不是一般人所能达到的,只有像庄子这样伟大的人物才能达到。贾平凹从庄子的精神哲学中汲取营养,构建着自己的主体精神的审美境界。或者说,他于主体精神审美境界的构建历程中与庄子进行着对话。这也就是笔者反复强调的,贾平凹于主体精神上所承续的不是儒家,也不是佛家,而是道家文化精神。

但是，笔者并不认为贾平凹的主体精神已达到静虚与逍遥游的、超越一切世俗功名利禄观念杂物困扰的、走向无我忘我的审美境界。不论作为现实生活中的贾平凹，还是艺术创造中的贾平凹，都还被俗念所困扰。正因为如此，他也就无法杜绝现实人生的苦难与尴尬的境地。可以说，他在追寻着自己主体精神的寓所。这个寓所，就是静虚，即达到精神心理上的排除欲念，以清静之心、自然之心去对待现实人生。就此而言，贾平凹的主体精神是一种矛盾体。静虚的精神境界是贾平凹的一种向往，一种追求，一种审美创造的目标。所以笔者以为，贾平凹是一个具有多重文化人格的复合体。

在此，我们将静虚与逍遥游作为贾平凹主体精神的审美境界，也并非虚妄之言。就贾平凹文学创作而言，他的确是在追求艺术的至境。他的作品中贯穿并渗透着一种静虚的主体精神。就文化人格与文化心理的内在构成而言，贾平凹是尚静而避动的。他喜欢清静虚涵的人生境界，这是他本真的主体精神风貌。但是，现实人生的烦恼与苦难，是谁也无法避免的。于是，静虚便成为一种超脱精神苦闷、人生苦难的路径。庄子达到了真正的主体精神上的超越，进入真正的绝对精神自由的审美境界。中国正处于一个新的大的历史转型时期，可以说，中国当代的文化人，几乎无一个可以达到庄子的精神境界。各种名目的大家、大师之头衔，只不过是世俗世界中世俗之人自我炒作所用的一种包装品，并无多少学理之意，只有现实之利与名而已。就此而言，贾平凹并未完全走出世俗的迷人境地。所不同的，他只能是更为淡泊一些。中国近代以来，能够坚守住文人精神阵地的也就陈寅恪、吴宓等人，但是，他们也未达到庄子的绝对自由的精神境界，即绝对的审美境界。

性，作为一种生理与心理、本能与情感的综合物化形态，是每个人都无法回避的问题。它是人性中一个不可或缺的方面。自从由生命崇拜进而到性崇拜，转化成为一种性禁忌之后，对于性，人们便有了一种忌讳的心理。这已成为一种文化意识，积淀于人们的心理结构之中。

如果用一个词来概括贾平凹的20世纪80年代，特别是80年代前期的文学创作中的情爱，那就是纯真。不论是《满月儿》浓厚政治意识压抑下的朦胧的情爱，还是《天狗》中天狗与师娘之间的情爱，可以说都是那么纯真。此时的贾平凹，婚姻是美满幸福的，他总是以一种赞美的笔调来抒写男女之间的情爱。即使对一些负心汉的描写，在对其进行讽喻的同时，对于女性也是极尽赞美之词。这一点与《红楼梦》有相似之处。男人是泥捏的，浑浊而世俗，女人是水生的，玉洁而冰清。就是《五魁》这个作品，笔者以为也是将男女之性爱当作一种圣洁仪式来描写的。对于五魁，作家有批判之意，但五魁身上体现着女性崇拜意识。耐人寻味的是，五魁最终的结局，却是一种对于女性的占有。这中间隐含着什么更深层的心理因素吗？从创作主体角度来看，其间表现的是女性崇拜意识坍塌之后的一种心理失衡的对象化表现。20世纪90年代中期以后，这种女性崇拜意识又得以修复。但是，此后的女性崇拜意识较之前又有了发展与变化。

在这里，笔者不得不说，处于男性统治的社会中，贾平凹虽然有着对于性的崇拜，有着一定程度的对于女性的赞美与向往，但是，在他的生命情感与心理精神上，仍然存在着男性中心意识，即使性方面也是以男性为中心。甚至在他的文化心理、文化人格中，也存在着女性就是为了男性而活着的意念。

在此，我们应当看到，贾平凹对于性及其认知与艺术化的把握，与路遥、陈忠实具有极大的差异性，最根本的原因，恐怕还是地域生态文化之间的差异性。

三、作家地域文化与审美时空意识

审美意识是一个审美心理学范畴的问题，自然包含了审美心理诸多方面的问题，比如说审美情感问题、审美心理气质问题、审美认识问题、审美理想问题等等。但是，不论是从社会现实层面、人与事物存在层面，抑或是文学艺术创作层面来看，审美意识又是超越心理学范畴的，它与社会、历史、文化乃至纯粹的客观自然，有着千丝万缕的联系。因此，审美意识本身就是一个非常复杂的问题。

1.审美时空意识

人与自然的存在，涉及时空问题。可以说，时空构成了人与自然最为基本的存在形式。因此，对于时空的认知与把握，也就成为我们探求人与自然的一种基本的思维方式。

时空首先是一种客观的存在形式，它是不以人的意志为转移的。同时，时空也具备了主观性的特质，这是因为人类对于时空的认知过程及其所得到的结论，无不涂抹上了人类的意识色彩。甚至可以说，我们所谈论的时空观念及其建构，都是人类的认识建构，都是人类意识建构中的表现形态反映。因此，时空是人类意识建构中的时空。

总体上，笔者将时空分为自然时空、现实时空和审美时空。自然时空是其他时空存在的基础和前提。自然时空是一种绝对存在的时空，它在人类未出现之前就已经存在了，而且是不以人的意志为转移的客观存在。与此同时，时空的存在又总是和事物的运动及其形式密切相关，因而又具有相对性。比如说，客观事物运动及其形式的改变，也可能改变时空建构。

除此之外，人类在生存的过程中，也形成了自己的时空观念与建构形态。人类社会在自然时空的基础之上，又在自然时空中倾注了以人为尺度的内涵。人类存在是以时空为基本形式的，这种时空存在构成了人类的时空意识，所以，人类存在的时空也与人类社会的建构及其发展形成一种同构。比如对于人类历史发展阶段的划分，实际就是一种对于人类存在时间建构形态的表述。不同国度的形成，也就是对于人类存在空间的一种表述。如果说时间是人类存在的历史过程标志，那么，空间则是人类活动区域范围的结构形式。

问题并不仅仅如此。人类是有意识的，特别是人类在进化的过程中，形成了具有复杂意识活动能力的心理机制，因此，人类就建构起心理时空形态。人类的心理时空建构，自然是以自然时空和社会存在的现实时空为基础的，但是，由于心理意识活动的特殊性与极具自由想象力所致，心理时空往往超越自然时空和社会时空，进入一种相对自由的状态。心理时空改变着自然时空的存在形态，可以对自然现实时空进行切割组合，形成一种新的时空建构。

更为重要的是，人类可以超越自然现实时空，建构起一种新的时空意识，这就是审美时空意识。审美时空以自然时空和社会现实时空为基础，并以此为其存在的物质层次形态，实现对于自然时空和现实时空的审美超越，进入一个全新的时空审美建构形态。而且，审美时空的建构总是与人的审美心理实现着同构。审美时空总是在人的审美心理建构中获得更为自由的维度，达到一种自由的精神心理境界的审美建构。这样说，并不是说审美时空完全脱离自然时空和现实时空，而是，审美时空作为人的一种自由精神审美建构的存在形式，其间融汇着自然与现实时空，只不过是将外在的时空转化为人的内在审美心理精神的时空。这样，审美时空一方面与自然时空有着千丝万缕的联系，并将自然时空进行审美心理精神化的提升；另一方面，它又无法脱离现实时空而存在，总是受到现实时空的影响，并发生着变化。所以，对于作家的文学创作来说，更为重要的是，他在文学艺术建构中所建构起来的心理精神时空。也就是说，作家是将自然与现实时空纳入心理精神审美时空建构之中的。不仅如此，人们在进行审美艺术创作时，可以将时间转化为空间，或者把空间转化为时间，其最终目标是实现审美时间与审美空间的完美建构。就文学艺术形态而言，有的艺术是时间性的审美建构，有的是空间性的审美建构，也有二者融为一体的审美建构。也正因为如此，才有了所谓的时间的艺术和空间的艺术之说。

不管怎么说，时空建构是文学艺术创作审美建构中非常重要的内涵，时空意识也就构成了文学创作中极为重要的审美意识层面。所以，人的审美意识中一个非常重要的层面，就是作家进行文学艺术创作时的审美时空意识。从人类的认识角度来说，对于事物包括人自身在内，认知把握的主要思维方式模态是时空结构，也就是我们常说的存在于时空之中。时空首先是一种存在，具有现实性，我们都处于具体的时间与空间之中。就时间而言，我们永远处于现在时的运动变化之中。过去时与未来时，只是存在于我们的叙述之中。比如讲故事，永远是现在时，而所讲的故事，则既可以是过去时，也可以是未来时，当然还有现在时的故事。如果就作家的创作而言，作家的叙述时间则永远是现在时，所讲的故事则往往是过去时。其空间按理来说是不应当有所变化的，比如山水草原等等。但是，空间在人类的生存过程中，却往往是处于变化之中。这主要表现在地理地貌的变化和人类历史地理空间的变化。不论是哪种视野下的空间变化，对于人的生存或存在，都有着非常重要影响作用，它的意义和价值也就不仅仅是自然地理层面的，更重要的是人文层面的。

这依然是客观的时空观念，或者说是自然与社会历史于现实境况下的时空，而不是文学艺术上的时空建构。文学艺术上的时空建构，是一种审美的时空建构。作家进行文学创作，就是要将客观现实的时空，转换为文学艺术的审美视野下的时空，这其间自然需要进行审美化的艺术处理。作家文学创作的时空建构，是以美为原则，以作家的艺术建构为原则的。从文学创作主客观双向交流而言，文学艺术建构中的时空，是以客观现实的时空为基础，其间熔铸了作家的主观情感，打上了作家主体精神的深深烙印。因此，作家在相当程度上也改变着时空的建构形态和意义。文学艺术审美时空的基本形态，是审美意象的建构，可以说，文学创作中的审美时空，都是一种审美意象结构形态下的时空建构。

2.路遥文学创作的审美时空意识

作家审美时空意识的建构，总是和他的文学创作实践紧密相连的。我们对于作家审美时空意识的审视，自然主要是通过对于其文学艺术创作来把握的。可以说每个作家都形成了自己特有的审美时空观念和意识，并进而建构文学创作的审美时空意识形态。

路遥审美意识中的时空意识，表现出强烈的现实性和地域拓展交汇性。在路遥的叙事审美建构中，他善于捕捉社会时代背景下的富有重要意义的时间点，以此作为自己叙事组构的时间纽结。《在困难的日子里》是以中国当代历史上一个重要的时间点为叙事建构时间，这就是20世纪60年代初期所谓的三年困难时期。《惊心动魄的一幕》则是以1968年"文革"中最为混乱的派别武斗时期作为作品的叙事时间。《人生》的叙事时间建构，集中在中国改革开放的20世纪80年代初始。荣获茅盾文学奖的长篇大作《平凡的世界》，选择1975—1985这十年作为叙事时间。从时间的排列可以看出，路遥是要于几个当代社会历史时间点的叙事中，组构起当代中国社会发展的历史建构。在对路遥的文学创作进行整体阅读后发现，路遥作品的叙事时间基本是现时性的。他长于捕捉当代社会具有特殊或者重要意义的时间点或者区段，而且是对于当下或者当代现实社会生活进行具有历史构架的叙事。也就是说，路遥虽然叙述的是当代的社会生活，但是他却具备了一种历史发展的审视眼光，试图于当代叙事中建构起一种历史。甚至可以说，他在现实叙事中追求的是一种柳青式的史诗品格。正因为如此，路遥的现实性叙事结构，选择的是一种社会历史的宏大叙事模态。

从作家的生命历程角度看，路遥的叙事时间有一个生命情感纽结点，这就是童年的记忆。于这个时间点上，凝住了路遥的生命情感，形成了一个心理情结。童年时代的苦难生活、贫穷生活，以及由此带来的屈辱等，始终是路遥无法消解的一个心理精神和生命情感的情结。路遥在进行叙事时，不论具体的叙事时间从何时落笔，其间必然会将叙事时间返归童年时期，进而青年时代。如果将路遥文学创作的叙事时间加以归结，就会发现，有三个非常重要的时间点：20世纪60年代初的三年困难时期、"文革"时期和20世纪80年代的改革时期。在路遥的笔下，20世纪50年代是极少涉及的，就是涉及也是作为一种时间的楔入，往往是一笔带过。而且，路遥的叙事一旦进入童年和青少年时期，笔端就会情思泉涌，叙述特别感人，具有一种强烈的生命情感力量，震撼着人们的心灵。但是，写到20世纪80年代之后的改革时期的生活，一旦离开陕北故土所留给他的时间记忆，笔端就显得有些生涩。从文学艺术的审美建构角度看，我们不能不说，路遥的文学叙事更具生命情感力量，其叙事艺术建构中更具审美情致与韵味的，更具艺术感染力的，是有关童年与青年时代的叙事。即他在文学叙事上追求强烈的社会时代叙事艺术建构，但他那强烈而富有深厚生命情感力量的叙述，依然会对人产生更具审美情感力量的冲击，使人在与他的文学对话中，获得一种审美情感的陶冶与享受。我们甚至认为，路遥的文学艺术叙事建构，如果没有对于童年和青年时期渗入骨髓的生命情感叙事，那么其文学创作可能会失去许多艺术的光彩。从路遥这里我们得到的启示是：作家的文学艺术叙事，就审美时间建构而言，最具审美艺术魅力的，则是在作家生命情感中产生过巨大而强烈冲击，并留下终生不可磨灭的时间记忆。

路遥的文学叙事时间建构，往往是将人物形象塑造的时间发展与社会历史生活的时间发展相交融。路遥文学叙事中最具特色的是对于社会人生的叙事，特别是对处于逆境中奋斗抗争的乡村青年人生历程的叙事。这也是中国当代文学创作上最为常见也是致力追求的一种时间艺术的建构。作为个体的人，他的存在是独立的存在，也是一个生命运行建构过程的时间建构。从生到死，就是人的生命时间历程。同时，个体生命存在的时间，又与社会现实时间的建构发生着交叉、重叠，甚至是某种融合。路遥很显然在追求人物历史命运的时间与社会历史命运时间建构的同一性。换句话讲就是，人物历史命运发展历程与社会发展历程形成了统一建构形态。

现实地讲，个人的空间总是存在于自然空间和社会现实空间之中，人的一切活动都离不开具体的自然地域空间和社会结构空间。因此，它们之间应该说是一种包含与被包含的关系。从自然空间角度看，个体的人的生存总需要一定的空间支撑。个体的人也总是以一定的自然空间作为自己生存的栖息地，与其所拥有的空间发生着关系，既着力改造所处的空间，又受制于生存的空间。正因如此，自然空间在相当程度上决定着人生存的存在空间价值和意义，决定着人的存在方式，人也就自然地形成了自己的空间观念意识。个人的生存空间集合则构成了社会生存空间。人的社会生存环境，在某种意义上说，就是个体人的社会生存空间。从另一个角度看问题，个人空间是一种私人空间，社会空间则是一种公共空间。我们在生存的过程中，总在寻求着建立起理想的自由独立的个体空间和在社会公共空间中的位置与自由程度，或者说建构起一种个体空间与社会空间的理想化状态下的结构形态。对于作家的文学创作来说，审美空间的建构就是自然空间、社会现实空间与个体生命空间的完美建构。当然，不同作家对于审美空间的艺术建构自然是各不相同的，因而也就表现出不同的空间建构的内涵价值。

　　谈到路遥文学叙事的空间建构时，一个基本的观点就是城乡交叉地带的叙事建构，这在中国当代的文学叙事审美空间建构上是具有特殊个性的。就其社会空间而言，路遥的文学叙事的确是构成了一种城乡二元对立的审美空间结构。路遥最具代表性的两部作品《人生》《平凡的世界》，也证明了这种判断是符合路遥文学叙事审美空间建构实际的。而且我们发现，路遥的文学叙事，并非完全的城乡二元对立的审美空间结构，而是将叙事空间的侧重点放在了从乡村到城市这一过渡地域空间。《人生》的空间是村—县，《平凡的世界》是村、乡、县、地、省，地域空间甚是广阔。路遥善于构建这种城乡二维社会生活空间，在叙事过程中，能比较自然地进行空间的来回挪移，使人感到并不是那么隔离。在中国，从乡村到城市（此处特指具备现代大都市性质的城市），其过渡地带便是县城甚至包括地市城市。地、县特别是县城，更具乡土生活与文化的特质，甚至可以说县城就是一个具有更大空间的乡村。尤其在北方，县城并不具备现代城市的文化品格。当然，这样的判断可能带有一定程度的片面性。至少我们可以说，在县城这一空间地域，乡村生活与乡土文化成分的比重相对于城市要更大一些。

　　路遥对于城乡交叉地域审美空间的发现和叙事空间的审美建构，在叙事空间的展示上，更多的是采取一种对比的审美空间叙事结构。正是在这种城乡社会生活与文化的对比叙事中，建构起更具两种生活与文化强烈碰撞与交汇的矛盾冲突，于这种矛盾冲突中，展示错综复杂的现实生活和人物性格的深厚内涵。客观地讲，从自然空间角度看，任何空间结构都是客观的存在，也并不分优与劣。但是，当自然空间与人类的生存联结在一起的时候，尤其是和人类活动相结合时，空间便有了差异和区别。有些空间适合人类的生存活动，如那些平坦地域、有水源且交通方便的地方，而有些地方则不适合人类的生存。随着人类生存的发展和进步，便形成了乡村与城市不同的生存空间。尤其是在中国，城乡空间的不同意味着人的生存条件与所得到的社会分配之间的巨大差异，意味着生存方式与文化的巨大差异。路遥显然不是第一位发现这种城乡地域差异的人，也不是第一位叙写城乡差异的作家。但是，就当代文学创作而言，路遥发现了城乡交叉地带，并致力于这一地带的文学艺术创作，这是具有特殊的文学价值的。路遥用对比的眼光对这一交叉地带进行叙述，发掘二者之间的不平衡和差异性，创造出这一地域的具有更多社会生活内涵的文学艺术形象，给人以诸多的审美启示。

　　对于城乡二维空间的叙事，笔者认为，叙述得更具审美艺术魅力的仍然是乡村这一空间。我们不能不说，路遥在审美空间建构上，虽然致力于城乡二元对立以及这种二元结构下交叉地域的开掘，但是，其基本的空间审美建构是以乡村为主体建构的。与其说他在建构城乡空间，不如说他是以乡村为核心，向外辐射到城市空间，甚至可以说，他是从乡村空间视野来观照城市空间的。之所以如此，恐怕是与他的生存历程与生命建构密切相关的。路遥的生命历程是乡村到城市，中间是他所谓的交叉地带——县城和地区。问题的关键是，不论是从哪个方面看，形成路遥生命情感和人生观念基本结构的是乡村，他的空间意识也是在乡村形成的。从审美意识角度来说，他的基本审美空间意识，就是乡村生存空间意识。他的心理精神结构之中，乡村的文化精神构成了最为基本的内涵核心。因此，他的生命情感与乡村融为一体，也只有在乡村，方能实现与他生命情感的对应。所以说，陕北乡村才是他的生命情感所在，沟壑纵横的陕北黄土高原，就是他审美空间艺术建构的基础。

　　在文学叙事时空的建构上，路遥追求时空同一审美建构，亦即在特定的时间内，展开特定空间的文学叙事。当然也可以换一种视角来看，即在特定的空间，展开特定时间的叙事。就此而言，我们认为路遥文学叙事的审美时空的建构，有些时空融汇得非常好，而有些则并不是那么融洽。毫无疑问，当路遥将文学叙事的时间与空间确定于他童年与青年时代的陕北故土时，叙事时间与空间就显得水乳交融，形成了一种甚为完美的审美时空叙事艺术建构，否则，就显得有些生涩。比如对于20世纪80年代后的城市生活叙事，就给人一种隔离的感觉，好像作家的生命情感与笔下所叙述的时代与生活之间总存在着某种间离，或者说，存在着一定的理性化叙事现象。比如《平凡的世界》中对于大学生活的叙述，对于省城生活特别是省上领导生活的叙述，总觉得处于现象层面，而未能深入这些生活内在深层，未能深入这一时代生活于省城的各色人物的内在生命情感与文化精神之中。这究竟是为什么呢？恐怕还是与作家的人生生活经历与生命情感的体验有着密切关系。

3.陈忠实文学创作的审美时空意识

有人说陈忠实的脸就像黄土高坡。这种比喻本身就说明，人们在对陈忠实文学创作的文化精神进行判断时，将其与他所生存的关中黄土地紧密联结在一起，其间就蕴含着一种审美时空观念意识。陈忠实的时空观念、审美意识，也总是和中国的历史文化与黄土地——关中乡村紧密相连。就时间意识而言，陈忠实与路遥有相似之处，比如强烈的现实意识，难以磨灭的童年意识，但比较而言，陈忠实的时间意识中，还有深厚而强烈的历史意识。不仅在陕西文学创作上，就是从全国的当代文学版图角度看，陈忠实审美意识中的历史意识，都是非常突出的。在审美时间上，陈忠实追求的是现实-历史的审美建构。而于空间上，则是乡村审美空间建构。对城市空间，陈忠实也有涉及，但却处于非常次要的地位。比如《回首往事》《蓝袍先生》等，与其说是城市叙事，还不如说是乡村叙事更为确切。对于城市叙事审美空间的建构，也还是《白鹿原》中对于古城西安的历史建构表现得相对比较突出一些。

陈忠实也有不少将叙事集中于某一时间点与空间之中的结构，比较而言，陈忠实的叙事空间一般来说是比较集中的，即将叙事集中某一空间之内，比如村庄，或者乡、县。《白鹿原》的空间也是集中在一个村庄——仁义村。笔触也有走出这一村庄的，但不是叙事空间的主体所在。但是，陈忠实善于在叙事时间上进行拓展。《白鹿原》的叙事时间长达半个多世纪，而且还有着叙事时间的切割重组情况。就是一个短篇，他也能够将叙事时间构成长达几十年。《蓝袍先生》《康家小院》等，都是在叙说人的一生。《尤代表轶事》《毛茸茸的酸杏儿》《到老白杨树背后去》等，叙事时间都长达几十年。陈忠实善于组构时间，有时可以将几十年时间浓缩在某种事件点上加以展开，其间有一种社会人生的沧桑感。

这里以陈忠实的代表作《白鹿原》做分析，可能更能体现陈忠实审美时空意识的艺术特征来。

《白鹿原》在整体艺术时空结构上，采用的是大开大合、大放大收的方式。这种时空结构方式的选用，是由作品所传达的思想内涵决定的，也是作家对正在经历着的生活（现实）和已经过去的生活（历史）的生命体验及对艺术不断扩展的体验的结果。《白鹿原》将审美视野投向中国近现代五十多年的历史，这就客观要求它在结构上必然大开大合，大放大收。而这种审美时空结构方式，也就更易使作品蕴涵雄厚凝重的历史内涵，构成雄浑而苍茫的审美时空结构。

《白鹿原》大开大合、大放大收的审美时空结构，表现的是白鹿原这一地域空间半个世纪的风云变幻，时空与空间交错建构。《白鹿原》为我们规定的时间是19世纪末的清朝末年到20世纪中华人民共和国建立这半个世纪的特定范围。在这段历史上，中国社会发生了许多重大历史事件，这给作家的时间结构造成很大难度。如果面面俱到，事事不漏，势必造成时间结构上的拖沓冗长之感，难以收住历史内涵的底蕴。作家的明智之处在于，选择几个历史时间点，采用横断面连缀的叙述结构："反正""二虎守长安""年馑""抗战""解放战争"等。叙述有详有略，笔法有粗有细，在总体时间结构上造成大开大合，放收自如。但是，在展示每个时间区段时，又是多种时间次序交错使用：整体的顺叙与局部的倒叙、插叙等有机结合。

作品题名为《白鹿原》，这就规定了具体的地域空间，作品紧紧扣住白鹿原这块古老而又深厚的土地，开掘其深厚的内涵，描绘它半个世纪的历史变迁。在空间艺术结构上，既不脱离白鹿原这个特定空间区域，又尽可能扩展其空间疆域。特别是在内涵上，将白鹿原这个地域空间依托于中国这块更为广阔的天地。在具体描写上，尽可能将村镇、县城和省城相交织，形成一种空间主体建构，丰富其历史生活、文化内涵。而每一时间中的空间展现，又集中表现不同的场景，使"每一个场景都为我们提供了一个特定环境的特写镜头","为我们展示了一个行动的整个运动场面"。①这样，就给静态空间赋予了动态的生命。

《白鹿原》时空交叉的艺术结构，负载的是历史发展趋势。它将历史生活与家庭生活，生存环境与文化环境，历史过程与生命流动等相结合，构成了一部中华民族的动态历史。文气源于思想内涵，而涌动于艺术结构之中的是"文变染乎世情，兴废系乎时序"②。"即体成势"，而"势者，乘利而为制也"，一种"自然之趣"便形成了。

4.贾平凹文学创作的审美时空意识

比较而言，贾平凹更注重人的心理精神时空的审美建构。这样说并不是否认贾平凹文学创作上自然与社会现实时空的艺术建构，而是在此特别强调，贾平凹作为主体精神表现型作家，他在文学艺术的审美建构上，有意无意之间，将自然与社会时空熔铸于主体精神的审美建构之中。所以，在相当程度上，他的审美时空意识表现出更为浓厚的心理精神色彩。不论是时间还是空间建构，都成为他内在主体精神的展现舞台。而且他的审美时空建构，往往是以审美意象建构形态来呈现的。在实与虚、抽象与具象的叙事意象建构中，体现着他的审美时空意识。

贾平凹的叙事时间是多变的，空间意识也是非常强烈的。比较来看，贾平凹善于将叙事时间集中于某一点上加以展开，将长的时间压缩在某一时间点上。《怀念狼》是将近半个世纪的时间浓缩在调查狼的几天内进行叙述的。《病相报告》的时空是比较开阔的，时间是从20世纪三四十年代一直到90年代，空间从延安到西北的新疆，再到西安。但是，在叙事结构上，则是浓缩在现在的时空之中。更多的情况是，将时空集中在某一区段上。像《废都》《白夜》《土门》《高老庄》《秦腔》《高兴》等，基本是如此。

对于贾平凹审美时空意识的分析，我们从另外一种视野来审视，也许更符合他的审美艺术创造实际。

就文学创作的一般意义来说，作家在进行艺术时空建构时，所选择的时空对象自然是不外乎大自然与人类社会两个方面。但是问题在于，从一般的

---

① ［美］利昂·塞米利安：《现代小说美学》，宋协力译，陕西人民出版社1987年版，第10页。

② 赵仲邑译注：《文心雕龙译注》，漓江出版社1982年版，第207—211、366页。

文学创作角度来看,每一种文学作品都在创造着自己的审美时空世界。这种审美时空世界,自然包含着客观对象与主体意识两方面的内涵,即作家笔下的审美时空世界是作家主观情感、意识对象化的结果,因而,它也就超越了一般的纯客观物象的意象而进入审美意象的境界。这就是说,作家、艺术家所创作的并非客观的物理时空,而是通过自己主观情感渗透之后的文学艺术时空,是其心理知觉图式对象化后的显现。但是,作家这种知觉的心理图式在表现的时候,必然要选择一种对象化的事物作为载体,这就是物象时空。

贾平凹的文学创作有着强烈的天体及其运行时空意识。天体及其运行在中国传统意识中具有非常重要的地位。人们认为,上天及其运行与下界的人类社会、万事万物有一种对应关系,因此常以天体及其运行的自然现象来阐述人类社会及其发展变化。今天,从现实生存角度来说,我们自然不会用天体及其运行的自然现象去对应人类社会发展的规律,但是,在进行艺术创造时,则可以借天体及其运行之象,来象征隐喻人的思想、情感、观念意识活动以及社会历史的发展变化。在此,它们已不是纯粹的客观现象,而是与作家心理意识结构图式相结合的审美表现——意象。正是在这种意义上,贾平凹从中国古典文化思想中吸取思维方式,并加以现代性的改造,运用到自己的审美时空世界的创造之中,因此,他笔下的天体及其运行的物象,便与人、人的内心有着一种对应的关系。

地上自然物体所蕴含的时空意识,是贾平凹在审美时空建构时非常关注的另一个方面。贾平凹作品中的地上自然物体时空世界较天体时空要丰富得多,在作品中出现的频率也非常高。他1985年以后的创作中,几乎每一个作品中都有自然物体意象,可以说,山川、河流、土石草木无不入象。总括起来看,一是地理自然形成的山、石,常常描写的是人们的居住地——村庄周围的自然环境中的具有特异现象的山川、洞穴等。像《故里》中的玄虎山及其山上的石洞,《瘪家沟》中瘪家沟,《土门》中的神禾塬,《高老庄》中的稷甲岭,等等。二是河流、湖泊,如《浮躁》中的州河,《古堡》中的未名湖,《高老庄》中的白云湫。三是草木,这些草木都年代久远,成为一种文化意识的象征,像《古堡》中的白皮松、《火纸》中的竹子等。

从一般意义上的审美时空创造角度来说,文学作品中所叙述的一切事件都可以成为作品的时空建构,或者说,它们都是一种事象的结构形态。从大的方面来说，它可分为再现型时空与表现型时空，或者客观型时空和主观型时空。如果按照心理学角度进行分析，又可归结为记忆型时空、联想型时空、幻想型时空等。但是，不管怎样划分归类，对于叙事的文学来说，作品所叙述的事件，或者突出其情节性，或强调对于人物性格的塑造性，这些都处于现实生活的描写层次。但在贾平凹的文学作品中，尤其是小说作品，情节、故事已退居次要地位，他追求的是对于现实生活的整体把握下的浑然一体的叙说。这种叙说，有一些生活的故事仍处于现实描写层面，但是，还有许多事情则已超越了这种意义，而成为作品象征性的时空建构。

贾平凹文学作品中的时空建构，第一种情况是，作品中的时空从整体上就是一种象征，成为作品的一个整体时空意象。第二种情况是，整个时空结构中融汇着一段事件性的时空。这些时空表面上看是现实生活的演化，而实际上具有强烈而明显的隐喻现实生活的意味，成为一种象征。第三种情况是，作为一种象征意境的创造，叙说处于现实生活之外或作为背景的时空建构。这些事件作为一种时空建构，具有神秘性和特异性。它们是大自然运行中出现的怪异现象，或人在生存的过程中所发生的不可知的生活现象。这些时空事象，多为于主体生活叙说中所创造的一种意境。

我们还应当看到，贾平凹审美时空建构的另一种情况，那就是对于体验时空的审美建构。体验，是作家创作时必不可少的心理过程，是作家这一创作主体以主动者的姿态，感知对象世界时的情感感受过程。同时，在进行文学创作时，作家不仅要将这种情感体验的过程加以审美化的外在表现，而且，他还在表现这种体验的结果，进而将这种体验结果表述为审美形态——文学作品。在此，我们将体验作为一种审美时空建构的类型，既考虑到了文学创作的一般性规律，同时更为注重的是，它作为一种文学时空建构的方式与形态。也就是说，作家在进行审美时空创造时，是以其某种情感体验为结构核心和方式，去结构作品的时空世界的。这一点在贾平凹的文学创作中表现得十分明显。

体验时空可分为现实生活体验时空和情感体验时空。现实生活体验型时空，是以社会时代生活为时空构建的背景，同时，也以社会时代生活的基本发展趋向为作品时空的基本构架形态。因此，社会生活发展的历史趋向以及由此所引起的人的思想、情感、心态等诸多方面的变化，就是时空结构的内涵。生命情感体验型时空，严格地讲，与现实生活型没有本质的区别。但是，就其构造而言，它则是以作家源于生命本体的生命情感为结构的内核。就生活而言，它虽与社会性生活有着内在的关系，但是，这种生活体验，主要是作家从自己的生活和生命本体扩展中获得。一方面，作家将这种体验在进行非常大的变形之后，熔铸在看似与自己的生命情感相去甚远的生活之中。生命体验型时空在建构时，是以作家生命本体结构及其运行历程为基础的。同时，这也是意象结构的内核。不论选择何人，庄之蝶还是子路；何事，试图走出废都还是还乡，作为时空建构的构成因素，其内涵结构则是以作家生命本体的内心情感与精神世界为构成时空的内核。这一内核犹如一个旋转的力源，在不断地扩张中将其他的时空要素紧紧地吸引过来，构成了一个完整的时空审美形态。

不同的民族在其漫长的生存过程中，形成了自己的文化传统。文化作为一种人类精神表现形态，一方面保存在典籍之中，另一方面则保留在民风民俗之中。特别是，民间的生活方式与思维方式中积淀着本民族文化的传统与原型。民间所保留的文化原型，表现出自己的特异性，形成了民间特有的文化意识与心理结构。尤其像中华民族这样典型的东方民族，它的文化在民间是以其独有的方式存活着。中国民间的文化，积淀成为特有的意识原型。比如说，中国传统文化中关于人与自然、与天地、与鬼神等的认识，至今在民间意识中以其特殊的方式存活着。这种民族文化意识，毫无疑问对于作家的文学创作起着一种潜在的制约作用。对于贾平凹来说，这已不是非自觉的潜在影响，而是一种自觉的接受和追求。

贾平凹在进行文学艺术审美时空创造时，一方面从古代的民间文学中吸取审美时空意识原型，一方面则是从他所生活的商州吸收民间时空意识原型，二者的综合形成了他的民间文化时空意识原型，进而成为其创造意象的心理时空意识模型。人们都意识到，贾平凹的作品具有一种神秘色彩，其中最主要的原因是他对于民间文化的吸取与拓展，构成了自己风采独具的民间时空意识原型意象形态。

就文学作品的整体艺术建构来说，这类时空建构并不处于整体时空建构的核心地位，也不是作家所要着力创造的时空世界。从现实生活角度看，作为这种意象载体的时空建构，也多处于生活的边缘、外围。就其自身的结构而言，是以民间有关这方面的传说、故事等为外在形态。而且，这些传说、故事并不是完整的，往往是被作家切割解析后，时隐时现地出现于作品之中，其内核是民间阴阳观念意识，而其时空所要传达之意则是作家对于人类世界与生命的另一种阐释，以此暗示人生与生命的某种征兆或结局。从表面看，这些时空体现的是一种人物的神志不清，意识混乱、模糊，但实质上却是比任何一位当事者都清醒；看似与现实生活情境隔着一层，而实际上却进入现实生活的最深层。而且，作家在创造这类时空时，虽然故事具有怪诞性，但具体描写时则是用实笔去写，以实写虚。这也是贾平凹整个时空创造中一个非常突出的特点，用最为实在的象去表达非常虚的，即抽象的思想内涵。这一点，在整个中国当代文学创作中是非常独特的。

第十章

地域生态文化与作家审美个性及风格

从审美艺术个性或者风格角度看，审美意识是和作家文学创作的审美个性、审美风格等紧密相连的。研究者对于文学艺术审美风格有着众多的归纳表述，比如西方的崇高、悲剧和优美等，中国的豪放与婉约等，此外还有清新、激越、苍茫、悲壮、苍凉等。因此，每位作家在进行创作时，也都在探寻并形成了自己的审美风格。

没有审美个性的作家，永远不可能走向文学艺术创造的天堂，不能形成自己艺术风格的作家，也将永远徘徊在艺术创造天堂之外。当然，可能会因为文学艺术创造之外的种种原因，在当代文坛获得某种位置，但不可能为当代文学艺术的建构与发展留下可资回味的经典作品。审视当代文学创作，特别是新世纪的文学创作，各种传统的，以及网络上发表出版的文学作品可谓是多如牛毛，让人难以承受浩如烟海的作品阅读，不要说进行整体性阅读，就只是长篇小说，一年三千部是任谁也都读不了一半的。但是，近十年下来，又能有几位作家、几部作品可以沉淀为历史呢？原因是多方面的，但其中一个重要原因，就是大量的作家并没有找到自己，众多的文学作品没有自己的审美个性、审美特色，自然也就未能形成自己的审美艺术风格。如果再将时间距离拉开一些，就新时期以来的文学创作来看，不少作家已经销声匿迹了。问题的关键之一，笔者认为还是缺乏自己独到的审美个性所致。

不论评论家或者文学史家的看法存在着多大的分歧，但是有一点是可以肯定的，那就是陕西的这三位作家及其创作依然被人们关注。特别是已故的路遥，据有关研究统计显示，他的作品依然拥有众多的读者，尤为令人注意的是，路遥的读者中在校大学生占有非常大的比例。不管人们对目下众多文学奖如何看待，陕西这三位作家均获得了茅盾文学奖，这在中国当下文坛是绝无仅有的文学现象。这究竟又是什么原因呢？人们自然可以列出许多条原因，但是，其中一个不可忽视的，恐怕依然是这三位作家的文学创作，不仅表现出特有的审美艺术个性，而且形成了自己的审美艺术风格。以此逻辑我们进一步思考，这三位作家之所以能够具有如此鲜明的艺术个性，形成自己的文学艺术创作风格，自然是与他们独到的艺术创造密切相关。但是，我们从另外一种角度进行思考，他们之所以会取得如此令人羡慕甚至妒忌的成就，恐怕与陕西这方土地有着密不可分的关系。在笔者看来，正是陕北、关中、陕南这三块情态各异的地域文化，哺育了路遥、陈忠实、贾平凹三位各具审美个性的作家来。

作家的审美个性与风格，是由作家文学创作的整体艺术素养所决定的，是其整体文学艺术创造建构的个性化实现。也就是说，作家有怎样的艺术素养，于文学创作上有什么样的艺术追求，也就会表现出什么样的审美个性。比如说作家的审美态度、审美理想、审美思维方式与习性、审美知觉、审美情感、审美想象，还有作家的心理气质、文化人格等等，均与审美个性建构形成一种双向影响与渗透的内在关系。从本研究出发，笔者将主要探讨作家所在地域文化对其审美个性与风格的影响作用。

一、作家审美个性与地域环境

陕西这三位作家文学创作艺术的审美个性与风格，从总体而言，是风采各异的。正如前文所谈到的，路遥的文学创作表现出的审美个性风格特征是粗犷狂放、浪漫抒情、野性原始、质朴淳厚、固守忍耐；陈忠实的审美艺术个性风格则是古朴苍凉、淳厚豪壮、凝重蕴藉、刚毅沉稳、典雅达观；贾平凹的审美个性风格是，于混沌苍茫中透露着灵秀之气，灵动诡谲之中蕴含着浑厚苍凉，超然旷达中幻化着浪漫神秘。下面，笔者将从地域文化视域，对这三位作家审美个性与风格的形成进行一一分析。

从地理生态环境的影响来看，很显然，他们在建构自己的文学创作审美艺术个性与风格的历史过程中，受其各自地域生态环境的影响是显而易见的。甚至可以说，正是他们各自不同的地域生态环境特质，在相当大的程度上决定了他们文学创作审美艺术个性风格的建构。

我们在解读这三位作家的文学创作时，发现了一个非常有意味的现象，那就是他们在进行艺术创作叙事时，笔触一落到自己的故土便会妙笔生花，神采四溢，情意盎然。故乡的山山水水，飞禽走兽，草草木木，不仅成为其文学创作整体艺术建构不可分割的有机内容，而且能够体现他们的审美个性。家乡的地域生态环境已经不是客观的存在，而成为他们文学艺术生命结构的有机构成。他们不是在进行描绘与叙述，而是在进行一种艺术生命情感的融合交媾。为什么会出现如此情景呢？答案只有一个，那就是他们的文学艺术生命情感本来就深深地根植在他们各自的故土里。我们由此也可以得到一个反证：在他们的文学艺术生命建构与发展过程中，故乡的地域生态环境已经融汇其中了。

自然环境对于作家文学艺术创作的潜在作用，是任何人都无法避免并无法否认的。我们相信，作家出生的故乡的自然地理生态环境，对作家的思想意识、思维方式、生命情感方式以及心理精神结构，对于客观世界于自身的认识方式，包括源于内在生命情感本体的艺术天质等，都有着原始的、潜在的以及非常深刻的影响作用。这一方面，我们于前文已经做过相似的论说表述。

有人用深沉、宏大概括路遥创作的审美风格特征，也有人以崇高、悲壮来表述其审美风格特征，称其具有史诗性审美品格。

我们将路遥文学创作艺术的审美个性风格归结为粗犷狂放、浪漫抒情、野性原始、质朴淳厚、固守忍耐，可以说这也与陕北的地理生态环境所给予他的生命情感体验以及他从中所汲取的艺术生命审美内质相一致。沟壑纵横而又苍茫辽阔的黄土高原，从文学艺术审美直觉角度看，具有一种浑厚质朴、粗犷豪放的形态审美特征，而内蒙古草原更是一曲豪放悠扬、抒情浪漫的歌。陕北自然生态所具有的这些审美特质，在路遥生命的发展历程中，显然发生了生命情感融汇作用，已经融化在路遥的血液中。在生命成长的岁月里，路遥用自己的生命情感，解读着抬头低头、行走睡觉，并置身于其中的山山峁峁、沟沟坎坎、河流小溪。这些东西已经成为路遥生命情感中不可分割的有机体。路遥多次讲到，在创作或者人生的关键时刻，他都要回到陕北,特别是毛乌素沙漠,那里于他具有更为特殊的意义。他甚至说,理想的死法是躺在沙漠地上睡去,让风吹来的沙子将自己掩埋。所以,当他进入文学创作状态时,作为一种艺术建构的因质,从陕北的沟沟坎坎塬塬峁峁中生成的他的艺术建构的审美个性,就会自然而然地表现出来。我们并不否认,路遥在文学艺术创作上受到了柳青的深刻影响,而柳青就是陕北人。他受苏联文学和欧洲文学的影响也是显而易见的。但是,外来的影响,在进行艺术创造时,均融化在了陕北这方土地之中。

关中的黄土地以及流淌于其间的渭河与其他河流,特别是陈忠实家乡所在地灞河原,具有质朴深厚、古朴苍凉、淳厚豪壮、凝重蕴藉、刚毅沉稳的审美艺术特质。陈忠实的代表作《白鹿原》就是在其家乡灞河原上完成的。这不否认陈忠实想在一种相对清净的环境中来集中精力进行创作。但是,也不能否认,正是灞河原这块深厚凝重的土地,给了他宁静刚毅的生命情感力量,在这里他完成了自己文学艺术创造的超越。包括他于创作的间隙一人静坐在灞河岸边,进行的与大自然的对话。关中平原是深厚而凝重的,就陈忠实而言,灞河原尤其是白鹿原,那更是深厚凝重而苍凉蕴藉的。这块土地不仅给予了陈忠实丰厚的创作资源,而且也启开了他艺术创造的灵智。就陈忠实的文学创作来看,可以这么讲,在未真正将笔触深入这块土地时,他并没有真正找到自己文学艺术的自我,也未形成可以使自己游走于中国现当代文学历史长河之中的那只航船。这片热土积淀于陈忠实的生命情感的深层,以一种潜在的状态,制约其心理气质与生命情感方式的建构,随着生命岁月的历程建构起自己的审美个性。陈忠实在谈起自己的人生历程时,虽然多次反复提到他的乡村基层经历和父亲对他的影响,而单纯从自然生态地理角度,却极少谈起白鹿原对他文学艺术创造的影响作用。这并不能说明自然地理环境就没有对他产生影响,恰恰相反,这块热土对他的影响是深刻而沉重的。由此可以理解,《白鹿原》所表现出来的审美艺术个性与风格,显然是陈忠实天然地接受灞河原这片皇天后土恩赐的必然结果。

我们将贾平凹文学创作的审美个性风格特征归结为混沌苍茫中透露着灵秀之气,灵动诡谲之中蕴含着浑厚苍凉,超然旷达中幻化着浪漫神秘,自然也是基于对于他那数百万字作品的解读感受,源自对他文学创作与其故乡商洛山地之间生命情感内在关系的解读理解。笔者曾经说过,贾平凹文学创作的灵动神韵，以及这灵动神韵之中所蕴含的超然旷达浑厚苍凉与诡异神秘，在当代作家中是极为突出特异的。毫无疑问，贾平凹审美个性风格中的这些特质，首先源于商洛山地自然生态环境的浸润。商洛山地的清新俊秀、灵动神秘等，前文已经多次谈及。自然景致要化为作家文学艺术创造的审美个性，首先作家必须阅读并且能够读懂自然景色，进而将其融汇于自己的文学创作艺术血脉之中。在贾平凹这里，再次证明一方水土养一方人的论断。贾平凹从小就在孤独地阅读故乡的山水，故乡的山水也便如同空气一样使他的血脉得以焕发出生命的神韵与张力。就此而言，贾平凹的文学艺术创造走向意象建构，而偏离当代文学传统意义上的现实主义道路，笔者以为其源于生命情感的文化特质与审美个性。这也就如路遥之于陕北黄土高原，陈忠实之于灞河原一样，都是其文化艺术生命的本然。

在此，还须谈谈审美个性与地域生活方式习性问题，因为它与地域环境有着密切的关联性。

从生活方式和生活习性等方面来看，这三位作家都不约而同地保持着家乡的生活习性。记得有一次与贾平凹聊天，在谈到饮食习惯时，他说童年时代吃什么东西，就形成了饮食口味，到多大年龄都难以改变。就生活方式来看，他们三位首先接受的均是乡村的生活方式，从小生活在村社的生活环境之中，均参加过农村的生产劳动，祖辈在土地里刨生活，给他们不仅是留下了生活历程的印记，而且他们身体力行，成为其中的一员。从生产劳动到衣食住行，可以说他们接受的均是地地道道的农民的思维方式、行为方式和生活习性。他们似乎都说过，如果不是走向文学创作道路，并且取得成功，可能他们就是纯正的农民。也许正因为如此，他们在进行文学创作时，都不约而同地将目光首先投向了乡村和农民。他们的文学艺术审美个性中，也都或多或少或轻或重地印有乡村农民的心理特征和文化人格特征，带有农民式的生命情感方式，具有乡村文化艺术思维的审美特性。而且这种影响是深刻的，甚至是终生的。如果从社会身份和户籍关系上看，他们离开乡村，均取得了作家或者知识分子身份。路遥1973年读大学，1976年左右进入城市至1992年11月逝世，在城市生活了十八年；陈忠实1982年正式成为专职作家进入大城市，而在此之前，他已获得公职人员身份，在乡区政府行政单位部门工作了二十年；贾平凹1972年进入城市读大学，1975年获得城市居民身份，离开乡村也有三十多年了，进入城市的时间早已超过在乡村的时间。但是，路遥直到去世，在乡村所形成的文化性格习性并未改变；陈忠实、贾平凹虽然于许多场合穿着城市的服装，但是一张口却依然是家乡的腔调土语。

由此可见，人从小就形成的生活方式、生活习性，那是终生都难以改变的。更为重要的是，生活方式不仅仅是生活习惯习性，而且是人们的思维方式与思维习性，尤其是蕴涵于生活方式内在结构中的思维特性。我们认为，作家从小便形成的思维方式、思维习性，在其后来的学习与生活发展变化中，会发生一定的改变，但是，不会或者极少发生根本性的质的变化。而且，在进行文学创作时，这种思维习性与特质会自然而然地转化为审美个性建构的因质，并发挥着基础性的作用。在解读路遥的文学创作审美风格与个性特征时，人们往往注重路遥对于柳青与苏俄文学传统的继承与发展，这是没有错的，但是不全面的。我们必须看到，陕北人所特有的思维方式与习性，他们所特有的文化性格特质，在相当大的程度上决定了路遥文学创作的艺术建构。我们从陈忠实的文学创作中也能够明显地感知到，他的艺术创造建构中渗透着浓郁的关中地域历史文化的思维方式和情感方式，他所塑造的人物，具有典型的关中农民，特别是灞河流域农民的文化精神和心理气质，保存着此地农民所特有的个性特征。就贾平凹文学创作的审美观念、审美追求等方面来看，不少论者认为，其具有明显的现代主义乃至后现代主义的审美特征，也有人认为，贾平凹的作品具有中国古典文学艺术之精髓，这些都从不同的角度指出了贾平凹文学创作与艺术创造的审美特质。但是，我们仍需说明的是，在贾平凹的文学艺术创造中，商州人的思维方式和审美特性，不仅仅作为一种艺术建构的特色而存在，而且是贾平凹审美艺术建构的一种基本内质。不论是他的审美观念或者审美思维习性，以至于他的审美理想追求，无不烙印着商州的特质。他是将中国的和外国的诸多文化因质和艺术特质因素融汇在一起，与他的商州生命情感意识与思维习性进行了再次交融，生成了他所独有的审美个性风格。

二、审美个性与地域艺术

任何地域的文化艺术表现形式，都是和这一地域的生产生活方式与习俗习性息息相关的，也是与这里的地理生态环境的限定紧密相关的。甚至可以说，某种文化艺术样态之中蕴含的恰恰就是所在地域地域生态与民风民俗等文化精神。北方的秦腔、山西梆子、河北梆子，中原的河南梆子，南方的昆曲、越剧、粤剧、黄梅戏，等等，无一不体现着该剧种所在地的地域生态文化艺术的审美特色。不同地域的民歌，亦是不同地域风土人情、文化艺术生态的体现。陕北民歌与广西、湖南的民歌，其情调、审美艺术特色以及所包含的风土人情、人们的文化性格、生活情趣等的差异性是显而易见的。这些都是由于不同地域生态文化、生活习性、生命情感建构与表达方式所致。就陕西而言，陕北民歌与陕南民歌的审美特性的差异性是非常明显的。至于其他样式的艺术形态，也是如此。特别有趣的是，每一地域都有着自己特有的艺术样式，像东北的二人转、陕北的信天游等。即使同一历史故事、民间传说等，从题材内容到表述形式，那也是各具特色的。

从文化艺术的生成形态样式来看，最能反映陕北、关中和陕南地域文化审美个性的文学艺术品类，笔者以为，陕北是信天游和安塞腰鼓，关中是秦腔和庙会社火，陕南则是花鼓戏和陕南民歌。

相对而言，陕北、陕南民歌比较发达，关中地区的民歌就没有那么兴盛。关中出了历史传统悠久、艺术风格豪壮苍茫激越的大剧种秦腔，而陕北、陕南则有地方色彩浓郁且特具民歌艺术特征的秧歌剧和花鼓戏。这些不同风格不同艺术特质的文化艺术孕育了不同地域的作家文学创作。下面就陕北、关中、陕南具有标志性的文化艺术样态，对于这三位作家文学创作审美艺术个性风格的生成影响进行具体分析。

以信天游为代表的民歌，可以说是陕北地域文化艺术的一种标志性的艺术样态。如果你去过陕北，就不仅会理解陕北民歌丰富而特异的思想艺术内涵与特质，而且会认可只有在陕北这块土地上才能出现如此激越苍凉、充满原始野性、浪漫抒情的信天游。就此笔者有着切身的体会。笔者曾经多次以各种方式到陕北调研考察。翻过宜君岭便进入陕北地界，面对莽莽的陕北黄土高原，辽阔的沙漠，苍凉激越之情便油然而生。一道道山梁间，几孔窑洞便是一个村落。人们耕作于山梁坡地上，很难见到一个人影。忽然远望到山梁下或者对面崎岖的小路上赶脚的行人，那种亲近而又遥远的情感便会从内心涌出，人的交流本性促使劳作或者赶脚的人想要进行交流。但是，平常的近距离的语言交流显然是难以达到目的的，只有歌声方能使隔绝沉默许久的生命情感得以释放。陕北民歌中，最具生命情感审美力量的是情歌，尤其是爱情歌。

也许正是陕北这种地理生态环境决定了陕北人的生存方式选择，也造成了陕北人的生活情态。常年干旱，生产生活条件十分恶劣，贫穷也就成为陕北人人生的第一课，这是必须接受的人生状态。也许是生活物质的极度贫乏，更激起了陕北人的生命情感，于物质的匮乏中寻求着生命精神表达与释放的途径，或者以此来支撑生命状态。于孤独寂静中，以唱民歌的方式，使其生命情感、精神心理得以平衡。于此我们从另外一种角度进行分析，即分析陕北民歌的文本，不论是其所表达的思想情感内涵，还是艺术表现的形式特点，无不体现着陕北的地理生态环境和社会生态的文化艺术生态的建构特质。

路遥的人生与文学创作，受到了陕北民歌文化艺术营养的滋润，甚至可以说，路遥的生命情感与文学艺术建构中，浸透和充溢着陕北民歌文化的艺术精神，并在相当大的程度上制约着路遥文学创作审美艺术个性风格的建构。这一方面许多论者有类似的看法，李星的观点是具有代表性的："我们不能不看到陕北古老民歌信天游在形成路遥的心理气质中的作用。信天游是路遥所受的最早的艺术教育。它不仅启发他感受着陕北高原的自然美，而且让他看到了高原男女丰富的内心世界。它唤起了他对陕北生活和生活在陕北土地上的粗朴厚实的农民的同情和爱。……他的心头经常响着信天游的旋律，这种浑厚粗朴而又开阔的音乐诗歌艺术，已经融化在他的小说艺术，沉淀为稳定的艺术心理素质。"[①]这一方面，也可从路遥的文学作品中得到反证。据不完全统计，在《人生》《平凡的世界》中，路遥运用陕北民歌来进行艺术表现多达四十多处。这不仅在叙事、人物塑造等方面凸显了陕北地域文化色彩，更为重要的是，使得路遥的文学艺术建构具有了一种地域性审美艺术精神和个性风格。

陕南更是民歌的海洋。据笔者考察，山地丘陵地区，民歌普遍都很发达兴盛。中国有几个民歌非常发达的区域，像广西、湖南、秦巴山地等，相对来看，平原地域的民歌就不是那么发达。这从一个侧面说明，山地是适于民歌的生长存活的。商州这块山清水秀、通灵秀气的地方，几乎人人都能唱几

[①] 李星：《无法回避的选择——从〈人生〉到〈平凡的世界〉》，载《花城》1987年第3期。

句山歌，而且唱山歌已经成为这里的一种民风民俗，存在渗透到生活的方方面面。谈情说爱有情歌，办丧事有孝歌，下田劳动有号子歌，采茶有茶歌，婚嫁有婚嫁歌，就是出门行路也有行路歌，上山有山歌。与陕北民歌相比较，热情奔放、抒情浪漫、坦诚率真是相似的，但表达情感的风格却是有差异的。商州民歌显得更为悠扬婉转一些。这里也有高亢激越、苍凉悲戚的曲调，但是其基本艺术风格则是清新悠扬、委婉秀丽。

关中的民歌表现出更为浑厚蕴藉的艺术特征。这一方面，陈忠实做过阐释。他认为："关中有着如此丰富的民间文学蕴藏，其中民歌民谣和情歌有许多传诵久远的佳作，只是关中的情歌歌词含蓄，腼腼腆腆羞羞答答，不似陕北陕南的情歌那么坦率那么爱死爱活，……我想主要是生活在这块特殊方位上的乡民们特殊的文化心理所致。"①

那么为什么会形成如此的审美特征呢？在陈忠实看来，"作为京畿之地的关中，随着一个个封建王朝的兴盛走向自己的峰巅，自然也随着一个个王朝的垮台而跌进衰败的谷底；一次又一次王朝更迭，一次又一次老皇帝驾崩新皇帝登基，这块经济之地有幸反复沐浴天子们的徽光，也难免承受王朝末日的悲凉。难以数计的封建王朝的封建帝君们无论谁个贤明谁个残暴，却无一不是期图江山永铸万寿无疆，无一不是首当在他们宫墙周围造就一代一代忠勇礼仪之民，所谓京门脸面。……缓慢的历史演进中，封建思想封建文化封建道德衍化成为乡约族规家法民俗，渗透到每一个乡社每一个村庄每一个家族，渗透进一代又一代平民的血液，形成这一方地域上的人的特有文化心理结构。……即使有某个情种冒天下之大不韪而唱出一首赤裸裸的恋歌，也会很快被沉没，不会产生恒久的生命力的。"②或者说，"关中地区广泛流传的民间文学，……因为所禁太严所缚太紧而不能痛痛快快地作赤裸裸的表述，因而更见淳厚更见幽默更见机智更显深沉。"③

这是关中地域民歌浑厚蕴藉审美艺术个性风格形成的重要原因。同时，笔者认为，这种审美个性恰恰也与关中这块土地深厚沉重的自然审美特性密切相关。

---

① 陈忠实：《陈忠实创作申诉》，花城出版社1996年版，第135页。
② 陈忠实：《陈忠实创作申诉》，花城出版社1996年版，第135—136页。
③ 陈忠实：《陈忠实创作申诉》，花城出版社1996年版，第136页。

这三位作家所在地的文化艺术样式，还有陕北的秧歌与腰鼓，关中的秦腔，商洛的花鼓戏。

笔者在研究陕北文化艺术的过程中，还非常重视陕北腰鼓这一民间文化艺术形式对于路遥文学创作审美艺术个性风格生成的作用。这一方面极少有论者涉及。

陕北腰鼓以安塞腰鼓最为典型。陕北腰鼓是生长并扎根于陕北土地上的文化艺术样式，具有非常突出的艺术个性和风格，一般认为是：豪迈粗犷、刚劲奔放、气势磅礴。其实它还有苍凉激越、质朴浑厚、原始野性等特征。有人认为，陕北腰鼓在动作上有机糅合了秧歌和武术，这是有其道理的。陕北腰鼓腾跃旋跨，时如蜻蜓点水，时如春燕衔泥，时如烈马奔腾，时如猛虎显威，时如野马越野，等等，充分表现了陕北人民憨厚朴实、悍勇威武而又开朗乐观的文化性格。我们需要思考的是，它与陕北黄土高原的内在生命情感关系。关于陕北腰鼓的起源，据说是源于军队信息传递和两军对垒时助威鼓舞志气，当然，还用于胜利后的庆贺仪式。后来腰鼓便从军事用途逐渐发展成为当地民众祈求神灵、祝愿丰收、欢度四时节日的一种民俗性舞蹈，成为陕北的一种文化艺术样式，进而也就成为此地的一种民间风俗生活方式。

从现有资料来看，未见有关路遥文学创作与陕北腰鼓发生直接关系的表述。但是，我们从陕北另外一种文化艺术表现形式——闹秧歌中，依然可以窥探出个中信息。扭秧歌是一种载歌载舞配以锣鼓的表演艺术形式。就歌唱而言，显然是以陕北民歌艺术为主体，舞蹈是陕北独有的简洁明快粗犷质朴的秧歌舞步，根据基本四二节拍灵活变化。载歌载舞的秧歌进一步发展演化，就成了秧歌剧。秧歌剧和扭秧歌，曾经是全国性的一种文化艺术表演形式。其实陕北的腰鼓舞步就是在秧歌舞步基础上进行演化的。这三者结合在一起极易造出一种热烈粗犷豪放的艺术氛围。这种艺术表演形式，充分体现了陕北地域文化特质。也只有在陕北这方黄土地上，才能生成秧歌与腰鼓融为一体的艺术形式。这在路遥的作品中虽然叙述不多，但是，我们从其《平凡的世界》中有关双水村和罐子村正月闹秧歌盛大场景的叙述，可以充分体味到路遥对于这一陕北艺术表演形式的深厚情感和生命体验。我们也能够从路遥文学创作的艺术风格特征中，寻求到他们之间的内在精神联系。就此而言，我们完全有理由说，路遥在形成自己的文学创作审美艺术个性风格过程中,从秧歌和陕北腰鼓中汲取了艺术灵感和文化精神营养。

体现关中文化艺术精神的民间艺术形式也是多种多样的,比如耍社火、皮影戏等等。在此我们选择秦腔剧种作为关中地域文化艺术的代表加以分析论述,这是因为在关中地区,还没有哪种文化艺术形式更具关中文化的精神特质,也没有哪种表演艺术形式比秦腔更具有普遍意义。前文中已经提到,秦腔与其他地域剧种的艺术表现风格是截然不同的。不要说南方的越剧、黄梅戏,就是与豫剧、河北梆子、京剧等相比,也是大不相同的。"秦腔素以激昂慷慨、苍凉悲壮著称,具有阳刚之气。"[①]不仅如此,秦腔还表现出粗犷豪壮、浑厚质朴、苍茫遒劲的审美艺术特征。可以说在陕西的文化艺术品类中,秦腔是最能够充分体现秦声秦韵秦味,并酣畅淋漓地表现秦地秦风的艺术样态。而这些审美艺术特征,又和关中地域的民风、秦人的文化性格建构起一种生命情感的内在关系,甚至可以说是一种文化精神的同构。秦腔"在黄土高坡上激荡,充盈着西北民众的豪气与强秦盛唐之雄风。古老的中华文明和本土地理特征,熔铸成它那独特的美学本质和文化品行"[②]。所以,对于关中人来说,吼秦腔如同吃辣椒一样酣畅淋漓,都可以将生命情感宣泄得淋漓尽致。

陈忠实在其文学艺术审美风格的建构过程中,显然从秦腔中汲取了艺术营养。秦腔是中国最为古老的剧种,已有几千年的历史。它就如关中的其他艺术一样,深深地扎根于关中这块厚土之中,流传于大西北。"秦腔不仅出身乡土,其剧目内容、艺术形式以及风格特点,也有着浓烈的乡土本色。西北地处黄土高原,地域辽阔,高山峻岭,大河险川。人民强健慓悍,勇敢刚烈。民风质朴纯厚。秦腔体现了西北原野'苍苍茫茫''浑厚深沉'之质地。其风格以慷慨悲壮、高昂激越见长,同时具有缠绵悱恻、欢快柔和的色彩。人们常以'调入正宫,音协黄钟,宽音大嗓,急起直落'形容它的声腔特点。秦腔是秦地人民的感情宣泄,喜怒哀乐的咏叹调,把大喜和大悲双重性格在极度中融合,它是西北人民的魂魄。"[③]但是,秦腔更是秦人的戏剧

---

① 陈彦主编:《陕西省戏曲研究院理论文集2》,陕西人民出版社2008年版,第190页。
② 陈彦主编:《陕西省戏曲研究院理论文集2》,陕西人民出版社2008年版,第323页。
③ 王志直:《陕西省戏曲研究院理论文集4·秋圃吟》,陕西人民出版社2008年版,第125页。

艺术，是秦人生命情感表达最为典型的艺术形式。陈忠实从小就生活在秦腔艺术浸染的文化环境中，秦腔的文化艺术精神和情志神韵已经融化在他的血液中。陈忠实是个秦腔迷。他在谈起《白鹿原》的创作过程时，说遇到思维受阻，或者需要进行精神情感调节时，"就离开书桌坐到院子里喝茶听秦腔，把收音机的音量开到最大，让那种强烈的音乐和唱腔把脑子里的人物和故事彻底驱逐干净"。并称自己此时的生活习惯就"像那些老秦腔艺人，抽雪茄，喝酽茶，下象棋，听秦腔，喝西凤酒，全都是强烈型的刺激"。[1]因此，就接受关中民间文学艺术素养来说，最早也是最为深重的浸染影响，应该是秦腔。这一点，我们从《白鹿原》的审美艺术建构及其所表现出来的个性特征中可以得到进一步的印证。我们甚至认为，《白鹿原》就犹如一部浑厚而遒劲、苍茫而豪壮的秦腔剧。

商洛花鼓的艺术风格与秦腔大不相同。商洛花鼓轻松幽默，清新委婉，阴柔婉转，悠扬轻灵，具有一种清秀性灵之美。商洛花鼓戏所具有的这些艺术审美品格，依然是商洛这片青山秀水以及所生成的地域生态文化使然。前文已经谈到，商洛处于中国地理南北分水岭位置和南北文化交汇之处，相对而言，此处南方地域生态和南方文化的因素更多一些，南方的地理生态文化特质也更为明显。正是商洛的地理生态环境和文化艺术环境滋养出了商洛花鼓戏。与路遥、陈忠实一样，贾平凹也是从出生那天起，就滋润在商洛的文化艺术氛围中。他不仅会唱陕南民歌，也受到商洛花鼓文化艺术的浸染。因此，贾平凹在形成自己的文学创作审美艺术个性风格的过程中，也就自然而然地将他从小就耳闻目染的花鼓戏的艺术因质融汇其中了。

这也可从贾平凹的文学创作中得到印证。贾平凹的文学创作，最先引起人们关注并被给予充分肯定的是1978年获得第一届全国优秀短篇小说奖的《满月儿》。这篇短篇小说，可以说奠定了贾平凹文学创作的基本审美艺术格调。尤其是他的散文，更为突出地体现出阴柔委婉、清新秀丽、悠扬性灵的审美特质。有人曾经用阴柔的月光来形容贾平凹的文学创作，特别是其散文创作的审美艺术特色，是颇具眼光的。贾平凹善于在写实中构筑自己的意象世界，透露着一种通灵的韵致，不长于宏大叙事，而精于细节生活琐事的

---

[1] 陈忠实：《陈忠实创作申诉》，花城出版社1996年版，第22、23页。

描绘叙述。就贾平凹的小说创作来看，其基本的审美艺术格调，依然是婉转秀丽、悠扬灵性的。也许是为了改变自己给人留下的灵秀的印象，贾平凹在20世纪90年代后的文学创作中，增添了浓郁的苍茫激越的审美因质。但是，这仍然不能遮蔽他那委婉灵秀的根本审美特质。这也恰恰说明，贾平凹文学创作的审美艺术建构，是以商洛山地生态的自然审美因质和地域文化艺术精神为底色的。商洛花鼓戏的审美艺术特质与其文学创作审美艺术特质的同质性与审美精神上的同构性，使得贾平凹文学创作的审美艺术个性显得更为具有地域文化艺术特色。

路遥、陈忠实、贾平凹在艺术创作中，所流露出来的对于各自所处的自然文化生态系统的依恋情感进一步表明，作家永远是故乡自然生态文化系统的一分子，正如我们人类永远是自然生态环境生命网的一部分一样，当他和自己所创造的艺术形象，与其他生命物种一样构成一个艺术世界里的生物文化圈时，这个生物文化圈是具有地域文化属性的，他们在作家所钟情的那个具有浓郁地域文化色彩的自然文化生态系统对象世界中，与其他生命物种群一起共生构成一个艺术生物圈，他们一起在这个圈中存活着，既相互独立，又彼此依赖，它们之间交互作用，交互影响，形成一种非常奇特的共存关系。这种共存关系不仅影响各自的发展，更为重要的是表征着人类社会某一群体在某一特定时代的一般生存和发展，甚至影响并支配着人类某种文化的产生和形成，促使其发展为形态完全不同的文化类型和文化模式。毫无疑问，路遥艺术创作中的渴望雨雪的"陕北高原情结"文化类型与文化模式，陈忠实艺术创作中的痴情灞水的"关中平原情结"文化类型与文化模式，贾平凹艺术创作中的珍爱山水的"陕南山地情结"文化类型与文化模式的形成，以及他们作品之间所表现的那么明显的差异性，恰恰就是他们成长过程中所处的自然生态系统明显不同导致的。

由此看来，在作家的文学创作生命历程中，自然文化生态系统起着非常重大的影响、协调、控制、决定作用，它既是创作的主体，孕育了作家的个体文化人格，预设了作家的原初生存环境，支配了作家的文学创作走向；它也是认知的主体，构成了作家的生活体验情境，规定了作家的创造思维图式，暗示了作家的艺术表现内容；它还是应用的主体，积累了作家的创作素材资料，供给了作家的形象创造原型，形成了作家的个性叙事视角；它亦是呈现的主体，充实了作家的艺术对象世界，填充了作家的文本结构时空，美化了作家的艺术形象景观；它也是鉴赏的主体，划出了作家的接受活动范围，指出了作家的审美境界高度，明晰了作家的生命创作意义；它还是价值的主体，交代了作家的心路历程变迁，指明了作家的精神家园去向，点化了作家的文化故乡归宿。由此可见，我们千万不能因为自然生态的缄默而漠视了它的存在，忽略了它在人类艺术创作中的主体地位，甚至剥夺了它的话语权，并将它仅仅当作人的当仁不让的奴役物。

其实，我们应当明白，在这个瞬息万变的世界上，自然文化生态系统从来是不可改变的唯一真正主人，不管是在物质世界、心灵世界，还是精神世界，作为整体存在，它一直在不露声色地观察和支配我们这个充满生机的世界；不管是万事的运行，还是万物的存在；是生物的演化，还是动物的繁衍；是低级动物的运动，还是高级动物的进化；是人类社会的发展，还是作家个体的成长；是作家的创作活动，还是读者的审美体验，总而言之，一切都在自然文化生态系统的控制范围之内。因此，当自然文化生态系统概念被引入艺术创作这个神圣的领域之后，一切其实已经发生了质的变化。自然文化生态作为人类艺术世界中永远不可改变的神灵存在，已经大大丰富和拓展了文学作品的文化内涵，它从此成为人类解读现实世界的一把钥匙，人们可以通过它这个泛神符号，把隐藏在万事万物背后的文化内涵悉数释放出来。人在对自然文化生态系统的尊重中逐渐获取了生命文化主体的阐释权，人类的文化主体地位逐渐在对自然文化主体地位的尊重中得以确立，而文学艺术文化也在以自然文化生态系统为中心的过程中，逐步真正实现了一切以人为本的神话。

正是基于上述原因，艺术文化生态学历来主张从自然、人类、社会、文化各种变量的交互作用中研究文学艺术的产生、发展规律，从自然生态系统的发展、变化和影响的向度，研究各民族、各地区文化艺术风貌的成因，解构不同国家、地方作家的风格模式特色。而这，也许正是斯图尔德这样的文化人类学家把文化生态学的研究方法看作真正的研究方法的原因，显然，如果我们脱离特定的自然生态系统，孤立地考虑作品中的人口环境分布、居住群落模式、亲属关系结构、社会制度运作、科学技术因素等，那么，我们就无法弄清楚文学艺术对象世界的相互关系及其环境构成，无法弄清楚艺术作品的独特美感和迷人魅力之所在。显然,只有把包括自然生态系统在内的各种复杂因素联系、整合在一起,我们才能弄清楚文学艺术发展的真正规律,弄清楚文学艺术在文化发展中的地位和作用,才能弄清楚艺术文化、文学类型、叙事模式怎样受制于自然生态环境。由此可见,自然生态学、艺术生态学和文化生态学的理论核心,就是要我们和作家要学会用自然生态环境的变化解释文学艺术现象的方法,因为一切文学艺术现象的出现都可以从它对自然文化生态系统的适应当中得到比较合理恰当的解释。

三、地域生态文化与文学叙事模态

在笔者看来,文学创作艺术叙事模态及其建构,自然是与作家的审美艺术思维方式、审美个性、叙事方式、叙事表达方式,以及叙事语言的选择等诸多方面有着内在的关联性。而这一切,也是与作家所生存的地域生态文化相关联的。

陕西这三位作家的文学创作模态,笔者曾做过这样的表述:路遥属于社会现实人生型,陈忠实是历史文化型,而贾平凹则是主体精神表现型。他们三人建构着不同的文学创作艺术模态。这里不存在优劣高低的问题,而探讨他们各自文学叙事特色与审美特征的区别与差异。

如果对路遥的创作方法进行概括,那应当是社会人生的创作方法,属于比较典型的中国当代现实主义创作方法。路遥的创作是典型的现实主义文学创作,他更多地承续了以柳青为代表的陕西也是中国当代现实主义文学创作艺术传统。与之相联系,他也就将更多的目光倾注在苏俄文学传统的继承上。路遥文学创作的艺术切入点是社会人生。他的作品,几乎都在探索社会人生问题。他所选择的艺术表现对象是城乡交叉地带,及这个地带的社会人生。而且,他于文学创作上,表现出强烈的意识形态的倾向性。

社会人生的宏大叙事,是路遥文学艺术创作叙事模态的根本美学特征。他是将一切都置于社会整体构架及其历史发展进程之下,进行艺术开掘与表现的。因此,个人的生活、命运等等,都与社会的历史发展进程具有内在的逻辑关系,甚至是一种对应的关系。个人命运与社会命运达到了高度的统一。路遥之所以如此选择,恐怕与他在陕北这块苦焦的土地上的生存有关,同时与他特有的文化精神气质有关。从路遥的言说中,我们可以感到他对于社会政治的关注。路遥身上汹涌着一种社会政治情绪，甚至沉淀成为一种心理情结。在那个特殊的时代，路遥曾经是叱咤风云的弄潮儿。后来他虽然走上了文学道路，但是青少年时代所形成的社会政治情结，在其进行文学叙事时，作为一种心理定式，参与到文学艺术的创造之中。所以，路遥始终坚持社会现实主义，坚持社会人生宏大叙事，也就成为一种文学命运的必然。

路遥以《人生》《平凡的世界》等作品，将中国当代文学的社会现实主义创作传统发展到了极致。他在城乡交叉地带对于社会人生的深度开掘和积极探索，以期全方位反映中国历史转型时期的社会人生转变，取得了世人公认的艺术成就，为中国当代文学贡献出了艺术奇葩，丰富了中国文学艺术创作，并留下重重的一笔。

在陈忠实的文学创作中，《白鹿原》毫无疑问是作家的一部立命之作。甚至可以说，如果没有《白鹿原》，那陈忠实在中国当代文学史上的地位是不可想象的。1993年笔者撰写了一篇评论《白鹿原》的文章，对这部小说有一个基本评价和文学史的定位：这是中国当代文学四十年来的现实主义文学创作上，一部历史总结性的作品。今天，笔者依然坚持这种看法。

陈忠实的成功在于，从社会模态的现实主义走向了历史文化模态的现实主义。陈忠实在这部作品中，对于中国历史文化，特别是对儒家文化的把握和认识的准确与深度，是当代作家中少有的。陈忠实有一个艰苦的文学创作的嬗变过程，他从社会现实视野转向历史文化视野的过程中，经历了一个艰难的探索过程，《蓝袍先生》以及《康家小院》等，就是这个过渡时期的作品。《白鹿原》是他探索的结晶，也是一个历史性的终结。《白鹿原》将中国以儒家为代表的传统文化写到了极致，将中国乡村儒家文化浸透的文化实践人格写到了极致，成为中国历史文化及其人格建构和近现代社会的一个标本。仅就此而言，不论对于陈忠实，还是对于当代文学，《白鹿原》都是一个奇峰，也是一个现实主义文学创作必须面对的高度。

陈忠实从社会现实主义转向历史文化的现实主义，这不仅是他对于文学艺术的一种体悟，或者用他的话说，戳破文学艺术这张纸，其实也与他所生存的关中这块浑厚而凝重的土地有着密切的关系。关中地域，特别是西安及其周边地域，可以说积淀了极为深厚的历史文化。陈忠实从小就浸染于浓郁而浑厚的历史文化生存氛围之中。他与根植于这块土地的历史文化，似乎有着一种天然的关联性。或者可以说，在他还未找到《白鹿原》这一文学叙事模态时，他是痛苦的、非自我的文学叙事。当然，这不排除现实生活特别是社会政治生活经历对他的影响。但是，历史文化的潜在意识，似乎一直等待着他去发觉。正如他自己所言，创作《蓝袍先生》方唤醒了他所积淀的历史文化意识，他便找到了文学艺术的自我。

由此可以得出这样的结论：陈忠实以凝重而深邃的笔力，对中国历史文化，特别是儒家文化的深刻而厚实的把握与叙写；对于中国近代以来的历史命运，进行了一种新的历史与文化视野的描绘；对于中国当代现实主义的丰富与发展，在中国当代文学艺术殿堂上，构建了一座新的星座。因而，他与他的文学创作，也就绘刻在了中国当代文学的历史书卷上。

贾平凹是个文学艺术天才。他的小说写得非常优秀，散文也写得非常好，诗歌更是别具一格。他是一位具有天才诗性的作家。他的书法、绘画，独具特色，于稚拙厚朴中透露着超人的灵气。

贾平凹的文学创作，笔者在拙著《精神的映象——贾平凹文学创作论》[1]中做了比较详细的解读。在他的创作历程中，《浮躁》《废都》《秦腔》三部作品是他标志性的长篇小说。不仅在陕西，就是全国，他走的都是一条特异的文学创作路子。对于当代文学传统，他的创新性大于继承性。他从中国古代文学艺术和西方现代主义文学艺术中汲取了更多的营养。他试图改变中国现代文学以来所形成的汉语写作思维方式和艺术建构模态，建立新汉语写作，这是非常富有挑战性的一个命题。他试图以自己的创作实践，开创当代文学创作新汉语写作的先河。但是，他的这种探索，使他获得的声誉与得到的毁誉几乎对等。二十多年来他一直处于文坛的焦点上，不论专业人士，还是普通读者，都一直关注着他，褒也罢，贬也好，他身上好像有一股子魔气，总吸引着人的注意力。这是应当引起人们深思的一个问题。

关于贾平凹及其文学创作，贾平凹文学艺术馆"前言"中有一段评价：他是当代中国文坛屈指可数的文学大家和文学奇才，是当代中国一位最具叛逆性、最富有创造精神和广泛影响的具有世界意义的作家，也是当代中国可以进入中国和世界文学史册的为数不多的著名文学家之一。他以自己独具

---

[1] 韩鲁华：《精神的映象——贾平凹文学创作论》，中国社会科学出版社2003年版。

的文学艺术天赋，创造出融中国传统美学与当代世界普遍性人文精神为一体的、独树一帜的文学世界，具有丰富而深刻的中华民族性格和心理内涵，在为人，为人生，为他的时代塑像。他既是一位不断追求美和创造美的文学艺术家，生活和时代的骄子，也是祖国和人民的儿子，他用自己如椽之笔为自己所生活的时代命名，也将自己的名字烙印在时代的纪念碑上。

由此可见，路遥、陈忠实、贾平凹属于三种不同类型的作家，但他们都取得了成功，他们从不同的艺术法门共同走向了艺术的天堂。

第十一章

地域生态文化与作家文学创作的文化心态建构

毫无疑问,路遥、陈忠实、贾平凹他们三人虽然同处三秦大地,但是他们的文学叙事存在着明显的差异。路遥痴心于社会现实生活的摹写,陈忠实在经历了长时间的探寻之后,将自己定位于历史文化的叙事建构,而贾平凹则致力于小说意象世界的构筑。问题是,同为中国新时期成长起来的第一代作家,同居于一座古城,又有着大体相同的人生经历:从农村到城市,他们的创作差异为何如此之大?当然,这可以找出许多社会的、历史的、时代的、个人的等等原因。但是,笔者在阅读他们的作品,翻阅他们的有关创作的言论时发现,影响他们创作并形成各自艺术个性的一个非常重要的原因,就是他们的创作文化心态存在着很大的差异。这就引起了笔者的进一步思考:又是什么,造成了他们创作文化心态的差异性呢?

一、对现实主义的态度

现实主义在我国"十七年"文学创作中,一直处于统治地位。它几乎成为衡量一位作家文学创作的基本标尺。到了新时期,现实主义文学创作一统天下的格局已被打破,各种现代主义的文学创作向它不断地发起冲击挑战。但是,现实主义并未因此而消亡,恰恰相反,它仍然以顽强的艺术生命力存活在文学艺术创作的大家庭之中。不过,它的确比"十七年"有了很大的改进,融进了不少艺术新质。而且,新的文学创作,大有与之分庭抗衡之势。

在此做这种描述，并不是要做某种评断，指出谁高谁低，而且想说明一点，在这种现实主义文学创作一统天下格局的改变过程中，相伴随的是新的艺术探索，其中也潜存着作家创作文化心态的变化。

客观地讲，中国新时期文学创作是在恢复"十七年"现实主义文学传统中发展起来的。因此，不管后来有些人在艺术上走向何种新的领域，第一代新时期作家的文学创作都是从现实主义迈开步伐的。我们的具体论述对象——路遥、陈忠实与贾平凹亦是如此，这可以从他们20世纪70年代末80年代初的作品中得到印证。这种选择，带有历史的必然性。因为新时期文学伊始，客观社会条件和文学创作现实情境已经规定了他们只能选择这条道路。自觉也好，不自觉也好，恢复"十七年"现实主义文学创作传统的历史使命，不由分说地落在了你的肩上。这似乎无须再做更多的说明与论证。

历史命运为他们做了同样的选择，并不等于他们这一代人不能再有自己的另外的思考与追求，更不能说，这只能是他们最终的唯一选择。事实是，当他们基本完成这个必须完成的历史使命之后，便发生了分化，进行了二次文学创作艺术道路的抉择。就路遥、陈忠实、贾平凹而言，他们三人均于20世纪80年代初期便开始了新的艺术创作探索，但思考探索的结果却是并不相同的。路遥在二次抉择中，也重新审视了自己，他感到自己更适合也应该继续在现实主义道路上走下去，并力求能有新的发展，新的突破。这也就出现了继《人生》之后，他坚持现实主义道路，创作出了三卷本的《平凡的世界》。这部获得茅盾文学奖的作品，以全方位的社会视野，试图对中国1975—1985年间社会历史建构进行全方位的艺术展现。就艺术创作探索而言，与《人生》相比较并无本质上的改变。陈忠实也曾陷入极度的艺术创作突破探索思考的痛苦之中。但相对来说，他似乎更坚信自己社会政治模态的艺术创造。直至20世纪80年代后期，以《蓝袍先生》为标志，他才松动了既往的文学艺术创造思维，感触到了新的艺术突破的春绿，于《白鹿原》的创作中完满地实现了艺术创造新的建构。这就是历史文化叙事艺术模态。贾平凹实际上于20世纪70年代末就进行艺术创造突破的试探，探寻着适合自己的艺术创造模态。一方面，他始终没有完全背离现实主义，另一方面则向着意象主义进军（贾平凹的意象主义，不是西方意象派式的，而是在继承东方文化和文学艺术传统基础上所建立起来的中国式的意象主义）。从20世纪80年代中期，期遇意象主义,历经《浮躁》《废都》,直至新世纪的包括《秦腔》《高兴》,这种基本的艺术创造思维模态没有发生根本变化。

不论就路遥自己谈到有关创作的见解,还是就他的创作实践看,都表现出一个坚定的现实主义者的勇气和特点。他始终如一地坚守现实主义阵地。不仅在陕西,就从全国的创作来看,路遥都是最坚定的现实主义作家之一。对于现实主义以外的东西,面对新思潮的冲击,他并不是一概排斥,也"十分留心阅读和思考现实主义以外的各种流派","从陀斯陀耶夫斯基和卡夫卡开始直至欧美及伟大的拉丁美洲当代文学"对他都有"极其深刻"的影响。但是,比较而言,"列夫·托尔斯泰、巴尔扎克、斯汤达、曹雪芹等现实主义大师对"他的"影响要更深一些"。[1]

在他看来,"在现有的历史范畴和以后相当长的时代里,现实主义仍然会有蓬勃的生命力"。即"更伟大的'主义'莅临我们的头顶,现实主义作为一定历史范畴的文学现象,它的辉煌也是永远的"。[2]正因为如此,路遥的小说常常是正面开掘题材,反映社会现实生活。《人生》从正面揭示了现代社会生活中一个严肃问题,描写了一个青年人的命运。在艺术表现上,严格按照现实主义原则,塑造艺术典型的形象,等等。《平凡的世界》继续了《人生》的艺术风格,虽有所突破,试图全景式反映中国社会过去一段历史生活,但从艺术表现本质看,仍然侧重于艺术典型塑造,追求艺术构造与社会现实生活的一致性和同步性。所以说,《平凡的世界》是对《人生》的一种丰富,甚至连人物形象的塑造也有很大的相似性和某种重复性。也许,这与路遥在《人生》中将一个长篇题材处理成一个中篇使他的许多思考未能得以充分展开有一定关系。他将本该在《人生》中表现的东西,融进《平凡的世界》。当然,这绝对不是简单重复,而是一种丰富和发展,《平凡的世界》使路遥的现实主义创作更为成熟。因此可以说,路遥清醒与明智的地方在于,没有背离自己的艺术个性,没有去赶潮,因为他非常清楚自己的长处与短处,看到了自己应该占有的位置,因而他便在现实主义道路上继续走下

---

[1] 路遥:《早晨从中午开始——〈平凡的世界〉创作随笔》,中国文联出版公司1993年第1版,15页。

[2] 路遥:《早晨从中午开始——〈平凡的世界〉创作随笔》,中国文联出版公司1993年第1版,18页。

去，并且获得了成功。

陈忠实具有更为沉稳的艺术创造品格，在路遥、贾平凹相继创作出长篇小说并获得普遍好评时，他也心动了。但是，几十年的社会阅历和基层行政工作生活的历练，使他很快就沉静了下来。他说："我对长篇的写作一直持十分谨慎的态度，甚至不无畏怯和神秘感。"当有人问，当时省内、国内与他同龄或同时期走上中国文坛的一些作家纷纷推出自己的长篇，有些还产生了重大影响，对他有无压力时，他做了这样的回答："似乎没有对我构成什么压力，这不是我的境界超脱也不是我的孤傲或鸵鸟式的愚蠢，主要是出于我对创作这种劳动的理解。……我只能按照我的这个独特体验来写我的小说，所以还能保持一种不以物喜不以己悲的写作心态。……如果视文友们的辉煌成果而压力在顶，可能倒使自己处于某种焦灼和某种心理的不平衡状态，反倒可能对自己的创作造成危害，甚至会把人压死。"[①]陈忠实始终按照自己的思路按部就班地进行自己的创作。正如前文所言，陈忠实的文学创作，从社会政治到社会生活再到历史文化的剥离蜕变，经过了自我超越的艰难历程。为长篇小说创作做准备，他原计划写十部中篇小说作为艺术积累。但是，当写到第九部即《蓝袍先生》的时候，因为"一个重大的命题由开始产生到日趋激烈日趋深入，就是关于我们这个民族命运的思考。这是中篇小说《蓝袍先生》的酝酿和写作过程中所触发的"[②]。陈忠实终于找到了自己艺术突破的路径，这就是建构起新的历史文化叙事艺术。

贾平凹是一个不安分的作家。他的小说创作的价值在于艺术创造上的不断突破。他是一个充满好奇心的作家，总想挤到文学新潮中去看一看，体验一下，但是，他又有着自己的思考。因此，他始终没有将自己变为一个地道的新潮作家，反而成为从东方传统文化与文学艺术之中寻求艺术真谛的作家，并试图在中国传统文化与艺术和现代之间构建一座桥梁。他要用东方式的艺术方式来传达现代人生活的一种味，追求的是，"表现他对人间宇宙的感应，发掘最动人的情趣，在存在之上建构他的意象世界"[③]。贾平凹这种艺术创作追求，决定了他不可能将现实主义视为自己艺术上的唯一途径，不

[①] 陈忠实：《陈忠实创作申诉》，花城出版社1996年版，10—12页。
[②] 陈忠实：《陈忠实创作申诉》，花城出版社1996年版，11页。
[③] 贾平凹：《静虚村散叶》，陕西人民教育出版社1990年版，第4页。

可能对现实主义抱定守一而终的态度。对于现实主义，他虽有继承，也始终未去掉文学创作的现实性，但是，他更注重超越。他的文学创作呈现出这样的运动轨迹：现实主义创作原则在淡化，意象主义色彩在加重，融写实性、表现性与象征性、神秘性等为一体。这一点，可以从他自20世纪80年代初期开始的探索性小说创作实践得到佐证。《古堡》等中短篇小说，《浮躁》等长篇小说，意象的创造已经十分明显。到了20世纪80年代末90代初，《太白山记》《五魁》等，特别是长篇《废都》，可以说，他已是按照自己所理解的意象主义构筑意象世界。尤其是《废都》，其内在深层审美意蕴，并不在表面的生活意象的描写，而在这些意象中所传达的人类生命意义。仅仅将其生活具象视作内涵所在，在笔者看来实在是对文本的一种误读。贾平凹对于意象主义的追求，并不是说他完全摒弃了现实主义原则，他对于意象世界的构筑是基于现实之上的，现实主义创作原则的某些方面的特质，经过他的艺术创造，化在了其中。

二、文化心态比较

要对作家具体的创作文化心态进行分析，首先应该对文化心态的概念范畴做出必要的解释，而要说清文化心态，又须对与之相近的文化心理结构做必要的阐释。

文化心理，是一个民族文化及其传统在人的心理上所形成的深层文化意识积淀，具有相对的稳定性和连续性，它对人们的生活方式和思维方式有一种潜在的制约作用，是历时性与共域性的产物。一个地域，形成一种文化传统，经过历史的积淀，形成一种文化心理。因此，认识文化心理是历史纵向与空间横向组成的一个十字坐标。这个十字坐标中的许多文化心理素质运动点，便构成了人的整体文化心理结构。而人的文化心态，则是这个立体的、完整的、正处于运动状态的文化心理结构的剖面图。透过这个剖面图，可以窥见一个人文化心理结构的整体面貌。因此，文化心理结构与文化心态既有着密切的内在联系，又有着透析视角上的区别。相比较而言，文化心理结构更注重研究人的文化心理的历时性，而文化心态则着重其共时性；前者更侧重于文化心理的深层构造及其特质探究，后者却侧重于文化心理表现现状的解析。

从这一基本看法出发，分析作家的创作文化心态主要是对他们文化心理的现时性表现状态及特征的分析。通过对现时性剖析，进而窥视其深层结构和历史发展运动轨迹。

在笔者看来，陕西作家的文化心理结构，基本上同属于黄土文化型。这一类型的文化心理结构具有比较明显的特征。一是较为严密的封闭系统。如同我国古代的兵阵，对内有严密的阵法布局，对外形成一个封闭整体，使外界力量很难闯入。因此，它更注重内部诸要素的调节，具有较强的内向力。二是超常的稳定性。几千年的生活方式，特别是三秦之地是中国十几代皇朝之都，传统文化积淀非常深厚，形成了稳定的文化心理结构，宁静勿动便是其突出的表现。三是深厚的包容性。如同黄土地一样深厚博大，能够容忍，以广阔的胸怀待人。对外来的东西并非一概不接受，但它不是以一种自觉的开放姿态，而是以一种被动的姿态。这可以从中国历史上几次大的民族文化融合对三秦文化的影响中得到证明。正是这种群体文化心理及其结构，对于个体——作家的文化心理结构打上一个基础底色，表现出同一性来。

这种深层的文化心理结构便形成了作家文化心态上的现实性具体表现，在进入创作过程时，不仅是路遥、陈忠实、贾平凹，就是其他陕西作家，也都自觉不自觉地趋向土地，或明或隐地表现出一种恋土情结。心理矢向趋于自己童年的"梦界"。路遥笔下的高加林、孙少安等，都表现出非常强烈的恋土情结、回归土地的基本心理矢向。陈忠实笔下的黑娃、白孝文等最终的归乡认祖，实际上是另一种回归土地的表现形式；至于蓝袍先生、白嘉轩等人，则始终不离开自己生存的那片土地。贾平凹笔下的金狗，最终还是回到了自己的出生地——州河岸边。就是庄之蝶，也无法离开故都——都市中的乡村。不论是路遥，还是贾平凹，最终都没有完全冲破原来的文化心理结构，自然不可能构建起一种全新的文化心理机制。因而，他们的创作文化心态有着相对的稳定性。但是，这种稳定性又蕴含着一定的可变性。人的文化心理结构，作为一个完整的结构系统，在外部和内部条件的作用下，不断地进行着自我调节，其文化心态的现实性形态又表现出运动变化性来。对于路遥、贾平凹两位作家来说，创作文化心态的运动变化主要有两个方面，一是从农村到城市，新的生存环境和新的文化环境对他们的乡土文化心理结构产生了冲击力与反差对比，促使他们部分地接受城市文化，调节自己的文化心态。二是面对新的文化、文学思潮，特别是现代主义创作思潮的冲击，作为作家，他们自然不可能无动于衷，他们的创作文化心态势必要受到不同程度的冲击，迫使他们再度审视自己，在创作文化心态上或多或少都要发生一些变化。这恐怕是他们创作文化心态的共同特征。

人的文化心理结构建构及其运动过程，作为一个有机的整体系统，它的稳定性和可变性在具体作家那里的现实性状态是千差万别的。有的人是以文化心理结构的稳定性为基本特征，有的人则以可变性为基本建构特征。文化心理结构的变化也存在着差异，如有的人，在原来的结构机制上进行内部要素间的自我调节，属原质再构；有的人，却是对于外来文化新质接受后的机制调节，属于原质与新质的同构；等等。文化心理结构建构及其运动过程中的千差万别，自然形成了不同作家创作文化心态的特殊性。相比较而言，路遥的创作文化心态表现出更为明显的稳定性和包容性，陈忠实的创作文化心态则更具沉稳性和凝重性，而贾平凹的创作文化心态则体现出相对的开放性和自变性。

我们说路遥的创作文化心态表现出更为明显的稳定性和包容性，是基于这样的事实：作为一位坚定不移的现实主义作家，路遥于20世纪80年代初期，即《人生》的出现，形成了自己的艺术风格，建立起自己的文化心理结构机制，基本没有发生大的变化，处于一种稳态运动过程之中。比如，构成文化心理机制的主要单元要素，心理素质，如情感、情绪、意志、信仰、理想等，价值体系，如习俗风尚、道德规范、审美情趣等，思维方式，如感知方式、审美判断方式、观照方式等。可以说，这些形成之后，它们按照一定的结构方式建立起来，不论外界如何变化，这种建构机制都未能打破原有的图式，建立起新的图式。

这样说，也许显得过于空泛，以下以创作实践进一步分析。作家的创作文化心态，固然可以从其他方面进行说明，但是最终要落在其创作上，落在他为我们提供的作品文本上。从《人生》到《平凡的世界》，路遥的文学创作基本上是沿着一种创作思维矢向发展的，形成了较为稳定的创作模式。这就是以社会中的人为其小说结构的核心，以社会发展基本历史趋势为作品建构的基本框架，重在揭示人物的性格命运，使作品带有明显的条块状结构的基本特色。这种艺术创造上的稳定发展与追求，正体现着作家创作文化心态的稳定性特征。这一点，我们也可以从路遥不多的有关文学创作的论述中得到进一步的印证。

稳定性与可变性是相对而言的，路遥的充满激情的《早晨从中午开始》在反顾《平凡的世界》的创作过程中，非常真诚地剖析了自己。在谈到面对新的文化、文学思潮冲击时，他所采取的态度是冷静思考，思考后的抉择是继续坚持自己的艺术追求。对于现代主义等文学艺术、现代文化等，他也并非一概拒之门外，而是做了严格滤筛后的选择。但是，这些新的东西并未能构成他文化心理机制的重要素质，而是被原有机制所消融。因此，笔者把这种文化心态特征称为包容性。包容，是在文化心理结构稳定性的基础上，不改变原文化心理图式的吸收，并将所吸收的东西进行同化式的改造，与原质相适应。所以，路遥对于新的文化、新的艺术素质，不是大开心灵大门，张开双臂去拥抱，而是将心灵之门开了一条缝，从这个缝隙中去窥探外界的东西，将适合自己创作个性的东西拿进来，消融掉，以使自己的现实主义创造更为丰富。

关于陈忠实文学创作的文化心态，我们可做这样的归结：沉稳凝重，刚毅豪壮。如果说路遥是坚定的现实主义文学创作的守望者，那么陈忠实可以说是于稳健之中进行自我调适，守望之中求得稳变。路遥在文学创作上是自信的，陈忠实恐怕显示出更为强悍的自信稳健。陈忠实始终坚持现实主义的创作道路，但是，他所坚守的现实主义文学道路，却进行了相当程度的艺术剥离，是一种历史文化的现实主义。

我们说陈忠实的文化心态具有沉稳凝重、刚毅豪壮的特质，自然是基于对陈忠实文学创作现实的考察。前文也谈到，陈忠实的文学创作十分稳定。这种创作上的稳定，首先表现在他一直按照自己所选择的创作道路向前走，一般情况下，外界的风潮或者环境的变化很难改变他的创作状态。我们都清楚，他的短篇小说《信任》获得1979年全国优秀短篇小说奖，这对他的创作给予了充分的肯定，他也受到了一定程度的鼓舞。但是，他似乎并未因此而雀跃，反而冷静地进行思考。特别是20世纪80年代中期，中国当代文坛出现了文学创作思潮井喷的现象，20世纪90年代又受到市场经济大潮的冲击。对于这些，陈忠实作为当代文坛的一员，虽然也亲历着感受着其间的情景，但他并未因此而产生什么大的波动。他依然保持着自己的创作矢向，继续着自己农村生活题材和写实的艺术观念。这一方面，在他创作《白鹿原》的过程中体现得更为明显。坦率地讲，20世纪80年代后期到90年代初的一两年，陈忠实的创作处于沉寂期，他为了创作长篇，先计划写作十部中篇以做艺术上的探索积累。当时他所完成的九部中篇，也并未在文坛和社会上产生什么大的反响。直言之，陈忠实的九部中篇除《蓝袍先生》《康家小院》外，其他几部却难以引起人们阅读的更大兴趣。甚至有人怀疑，陈忠实是否还能继续创作出无愧于文学艺术无愧于自己的作品。在《白鹿原》创作的关键时刻，省委决定让他出任省文联主席，今天看来，这的确是个不小的诱惑。但是，陈忠实却并未为之心动，继续在他的白鹿原上潜心创作《白鹿原》。陈忠实在社会、文学以及各种名利面前所表现出来的极强的心理定力，也恰好说明他所具有的稳定心态。

　　陈忠实文学创作上所具有的这种沉稳持重的文化心态，自然是基于他对于社会人生和文学艺术的全部理解。前文已经谈到，陈忠实有着二十余年的社会基层工作的人生阅历，历练出处惊不乱，遇事先进行冷静思考，再做出自己的判断的心理精神气质。对于文学的理解，陈忠实的思想观念是有一定发展变化的。20世纪80年代陈忠实写了《我信服柳青三个学校的主张》《深入生活浅议》《创作感受谈》等文章，基本观点是：文学是生活的反映，作家首先必须深入生活，感受生活。这也是中国当代文学创作的一个基本观点。这一观点陈忠实一直未发生根本性的改变，但是有所变化。经过《白鹿原》的创作实践后，他谈文学最常说的一句话就是：文学是一种兴趣和体验。他说："到50岁才捅破一层纸，文学仅仅只是一种个人的兴趣。""人的兴趣是多种多样的，兴趣在小小的年纪里就呈现出来……文学只是人群中千奇百怪的兴趣中的一种。""到50岁时还捅破一层纸，创作实际上也不过是一种体验的展示。""体验包括生命体验和艺术体验而形成的一种独特体验。"[①]从陈忠实这些言论可以看到，他的文学观念是在发展变化的。但是有一点始终未变，那就是对于文学的挚爱。他自《白鹿原》之后，几乎在所有场合都在讲：文学依然神圣。虽然文学是个魔鬼，但从事这一事业，虽九死而不悔。这就是陈忠实文学创作心态的反映。

---

① 陈忠实：《陈忠实创作申诉》，花城出版社1996年版，第1、4页。

就对于文学艺术的执着而言，路遥、陈忠实、贾平凹是一致的。可以说，他们都是文学艺术的忠实信徒，他们自步入文学创作之门起，一直坚守在文学艺术的阵地上。所不同的是，他们所坚守的观念与方式是不尽相同的。这也反映出他们文学创作的文化心态与艺术创作心态依然是有所差异的。

贾平凹的创作文化心态，则具有更为强烈的骚动性。从他的成名作《满月儿》，一直到新世纪的诸多作品，我们将其进行纵向排列就会发现，贾平凹的文学艺术创作，虽也有一个基本的追求——构建自己的意象世界。但是，其艺术构建有着很大的变化。正像有人所说的那样，贾平凹是一个不断否定自己并超越自己的作家。也有人将其创作归结为多转移等。这些都说明了什么呢？从其创作文化心态上去看，笔者把它归结为相对的开放性和自变性。

我们之所以把贾平凹的创作文化心态归之为相对的开放性，这是因为，贾平凹在继承中国传统文化，特别是道家文化的基础上，建立起自己的文化心理结构机制。但是，他不是亦步亦趋式的全盘承接，而是在中西文化交汇中的重构。因此，我们既不同意将贾平凹视为中国传统文化心理式的作家，也不同意将他当作现代文化模式的现代派作家。他是在中西文化碰撞与交融下生长起来的。一方面，对于西方的现代文化和现代文学思潮，他敞开了心灵大门任其冲击，并以现代文化作为一种审视对象的参照系，来比照自己的文化心理结构，反思自己以及民族文化，不断地调整自己的创作文化心态，表现出开放性。另一方面，这并不是完全的开放，而是相对的。从他的创作实践以及其他有关文学创作的论述中可以看到，对于现代文化、现代艺术，他采用的是先接受过来，然后再进行选择。他也曾想建构一种新的文化心理结构机制，并做了种种努力，但是最后仍然没有完全冲破原来的文化心理结构图式。他好像是于保持中尽量求变，于变中又求保持。所以，他的创作文化心态，处于变与保持的二律背反的运动之中。前述中所谈到的，人们有的将他视为中国传统文人式作家，有的又将其当作具有现代意识的作家，也正好是一个佐证。需要说明的是，我们把贾平凹创作文化心态上的可变性，称为自变性，那是因为贾平凹对于外部世界的变化以及所出现的新事物，不是被动地在承受，而是主动地去接触、去探析。他的文化心理结构机制的自我调节，也不是出于外部客观力量的强迫，而是比较自觉地去主动审视的结果。在他的文化心态中，活跃着一种不断要求改变自己的因子，具有着明显的自审意识。正是创作文化心态上的自变性，促使他创作上不断地调整自己，每一个时期均创作出具有明显特征的文学作品来，反过来看，我们也正是从贾平凹自20世纪70年代末80年代初开始，一个阶段一个阶段创作出的一组组集束式的作品这件事实中窥视出，并进一步反证他文化心态的自变性的。

三、创作文化心态成因

一个人文化心态的形成是由多方面因素决定的，而且，这是一个非常复杂的过程。历史文化及其心理因素的积淀，时代文化心理的影响，民族文化的制约，地域文化环境的潜移默化，社会生活经历的烙印，以及个人心理性格、气质、文化教养、知识结构，等等。这些对于一个人文化心态的结构机制及其生成过程，都有着各自的作用。在此，笔者主要从如下几个方面进行分析。

地域环境的差别。在中国这个半封闭大陆的地理环境中，又有着不少小的地域环境，最明显的是长江流域和黄河流域两大自然地理环境。长江流域气候湿润温暖，多山多水，以丘陵为主；黄河流域，气候较为干燥，大部分是由黄土构成的高原平川。这不同的地理环境，便形成了不同的生活习惯和生产方式、民风民俗，进而形成了各异的文化传统和文化心态。路遥生活的陕北属黄土高原，处于黄河中游。那里到处可见沟沟坡坡，山峁川塬。路遥是在黄土高坡上滚爬大的，这块贫瘠而又深厚的黄土地，在他的心灵上打下了不可磨灭的印记。这一点，从他的作品和有关谈论创作的论述中可以得到印证。我们虽无法准确地证明，这块黄土地在路遥文化心态形成上所占的比例及绝对数值，但是有一点是可以肯定的，路遥相对稳定的文化心态结构，与这种相对封闭的块状结构的黄土高原地理环境有着相似性。这说明，路遥文化心态的生成与地理环境对其长期的潜移默化的影响有着密切关系。关中平原是一片得天独厚的渭河冲积平原，便于农业生产。八百里秦川黄土深厚，辽阔莽然，是中华民族文化的主要发祥地。陈忠实家乡所在的白鹿原处于灞河之滨，正像他自己所说的那样，人类的发展进化历史，特别是中国历史上最为辉煌的周秦汉唐，给这片土地留下了过于深厚过于沉重的历史文化积淀。因此，这里的地域文化艺术便有着比其他地域更为深厚凝重的历史文化内涵。这厚厚的黄土和沉重的历史，在陈忠实的文化心态上烙下了深深的印记。随着时间的推移，陈忠实在自己生存与创作的历程中形成了沉稳凝重、固步坚守的文化心态。有人将陈忠实比作秦始皇陵的兵马俑，也正是体现了他的这种文化性格与心态。贾平凹生活的商洛山地，处于长江流域的北部边沿与黄河流域衔接的地带，虽然有山有川，但与黄土高原迥然不同。这里山清水秀，草木丛生，山石千姿百态，层层叠叠，好像有无穷的奥秘藏在其间。贾平凹家乡有丹江流过。丹江历史上是秦、鄂水上交通要道，现虽已废弃，但长坪路的开通接替了它。所以，商州的丹江河虽属山区，却并不十分闭塞，有某种程度的开放性。贾平凹说，自小就喜看山，从中总能悟出一些东西。他也多次提到地理环境对创作的影响。这些都说明商州山地对贾平凹创作文化心态形成的影响作用。奇崛清秀的山岭，弯弯曲曲的清流，与他的文化心态有着某种相似性。

地域文化习俗的差别。在中华民族这个大的文化范畴下，存在着许多小的文化圈。不同的文化圈，生活方式、习俗等上的差异性是非常明显的。现代文化研究表明，一个人出生的地域文化对其影响是至关重要的。"每一个人，从他诞生的那刻起，他所面临的那些风俗便塑造了他的经验和行为。到了孩子能说话的时候，他已成了他所从属的那种文化的小小造物了。待等孩子长大成人，能参与各种活动时，该社会的习惯就成了他的习惯，该社会的信仰就成了他的信仰，该社会的禁忌就成了他的禁忌"。[1]路遥、贾平凹都是长大成人后方离开自己的故乡，再从他们进城后的生活习惯等方面看，各自地域文化习俗的影响是不言而喻的。路遥生活的陕北，处于黄土高原向蒙古草原过渡的地带，因此，其地域文化带有汉民族黄土文化与蒙古草原文化交融的特征。粗犷广阔、深厚雄浑的文化性格，在路遥的文化心态形成过程中，起到了主导作用。关中平原是典型的农耕文化所在地，历史上这里是中国经济、政治、文化的中心地带，特别是在中国历史文化的成熟鼎盛时期，各种优秀的东西聚集到了这里，可以说，中国的历史文化是在这里成熟并走向鼎盛的。至今关中平原仍是典型的农耕文化，中国农耕文化深深地蕴含在这片黄土地里，渗透于村村落落家家户户的生活之中。陈忠实从小就浸染其中，也正因为如此，他才对以儒家文化为代表的中国传统历史文化有着更为深切的生命情感体验。也正因为陈忠实的文化心态建构中，天然地具有中国

---

[1] [美] 鲁思·本尼迪克特：《文化模式》，张燕、傅铿译，浙江人民出版社1987年版，第2页。

历史文化的基因,所以他在进行历史文化文学创作时方能如鱼得水,创作出《白鹿原》这样的历史文化内涵厚重的作品来。贾平凹的商州文化,具有汉文化与楚文化交融的特征。浑厚质丽、奇诡怪异的文化性格是构成贾平凹文化心态的主导因素。如果再将陕北与商州人的生活习俗等做一比较,就更能说明各自文化心态上的差异性。限于篇幅,此处不再赘述了。

继承民族文化传统的侧重点不同。中华民族的文化传统是经过千百年的发展演变而交融整合形成的,从总体上看,主要有儒、道、释三大文化思想体系。这三大文化思想体系,相互区别,又相互联系,相互交融,相互渗透,共同构成中华民族的文化传统。这一点已被专家学者给予充分论证,并得到公认。路遥对于民族文化传统的继承,主要是接受了儒家思想,注重社会现实,对生活持积极入世的态度,秉儒家温柔敦厚、重义、重民等文化思想。同时,也将儒家封闭固守等文化心理继承过来。另一方面,路遥也对内蒙古大草原的游走文化有所继承。对于传统文化的承续,陈忠实接受的主要也是儒家文化。不过陈忠实对于儒家文化的继承,不是源于书本,而是源于他所存在的生活环境,主要是从小就接受的生活方式和具体的生活。因此,在其儒家文化人格中,既有着理想化的因质,更有着实践性的内涵,而且实践性内涵是占有主导地位的。相比较而言,陈忠实受佛家文化思想非常少,甚至几乎可以忽略。对于道家思想,他虽然有着一定的吸纳,但也是比较轻微的。可以说,实践儒家文化思想,构成了陈忠实历史文化人格的基本格调。因此,陈忠实的文学创作体现的是一种《诗经》似的正音,道统性比较强。这些我们从《白鹿原》所体现的历史文化观中就可以看到。贾平凹主要继承了道家文化传统的清和平淡、静心虚涵等文化思想。当然,作家对于民族文化传统的继承,主要是从文学艺术精神角度入手的。文学艺术作为文化系统的一个有机构成机制而存在,在本质精神上是与文化相通的。儒家文化思想形成的艺术精神,以善为核心,以善为主导因素,协调真、善、美的关系,进而达到统一。而道家文化思想形成的艺术精神,以美为核心,以美为主导因素,协调真、善、美的关系,以达到统一。路遥与贾平凹的创作实践,显示了他们对中国文学艺术精神继承的不同侧重,这不也可以进而反证他们的文化心态及其形成与民族文化的关系吗?

在此还需说明,他们当然不仅仅是对于民族文化传统的继承,还有对于西方文化的有所侧重的吸收。从各自的表述与作品文本来看，路遥更侧重于俄苏文化及其文学传统的吸收，陈忠实对于俄苏文学的吸收也是比较多的，贾平凹更侧重于西欧现代文化及其文学艺术的借鉴。这对他们现时性的文化心态有着一定的影响。

家庭环境与个人经历的差别。家庭环境对于一个人文化心态的影响是显而易见的。不同的家庭环境、人生经历，对人的性格、气质乃至价值取向、思维方式等文化心态要素的生成都起着重要作用。路遥出身贫寒，从小饱受饥饿之苦，寒冷之罪。父亲是典型的陕北农民，只知道在土地上劳苦，这对路遥影响很大。一方面他从父辈那里继承了一些东西，另一方面，从小他就想着冲破这个生存的环境，饥寒的煎熬，特别他七岁时被父亲送到几百里外的伯父家，这给他的心灵造成了终生难以愈合的创伤。贫穷使路遥过早经历了人生苦难与骨肉分离的煎熬，受到人们的冷遇、歧视，也使他从小就形成了倔强的性格，极强的忍受力，于心理上形成了苦难意识。陈忠实出生并生活在典型的关中农民家庭，父亲会写字打算盘，也算得上是农村有一定文化的人，曾祖父是私塾先生，德高望重。这样的家庭传统对于陈忠实文化人格以及文化心态的形成，其影响是可想而知的。贫穷对于陈忠实来说，影响也是很大的。就是因为家境贫寒生活无计，才使他不得不中断了初中的学业，休学一年。正是这一念之差，彻底改变了他的命运。比较而言，陈忠实是一步一步从生存的底层走向文学艺术殿堂的。因此在他的身上具有更为浓重的坚持等待的心理特征。他似乎不是在进击，而是在守候中等待机遇，犹如扑食的野兽，一旦看准了时机，就会毫不犹豫地猛扑上去，决不回头。坚韧持重的心理，成就着陈忠实的文学创作，最终取得了成功。他似乎更看重谁能够笑到最后，这种文化心理性格，也是关中文化性格建构中所特有的一种因质。贾平凹出身于一个大家族的小康人家，父亲是一位教师，生活上少受了一些饥饿寒冷之苦。但是，他却承受了另一种痛苦，还未出生，就因阴阳先生说他不宜在家中出生，其母被送到二十多里外去生产。家庭大，自然要求协作，他从小便感受到了和睦的家庭氛围。但是，他自幼体弱，常受到欺凌与耻笑，养成了孤独寡言的性格。后来家境的变化，更使他看清了人间的世态炎凉。这些促使他形成了平淡温和、外静内动、富于幻想、性格内向等文化心态特征。

三位作家的经历，有相异也有相似之处。在家乡的那段生活不同，相似之处在于他们由农村到城市上大学，最后落居同一座古城。他们在心理上都经历了两种生活，文化环境的转变使其感受到了二者之间的差异。因此，他们都有农村、城市两种文化心态比照的特点。但是，由于他们各自的文化修养、知识结构、心理性格、气质等诸多方面的差异，这种农村、城市相比照的文化心态，其具体的构成之间的差别也是明显存在的。

第十二章

地域生态文化与创作思想之比较

作家的文学创作思想是其在整体创作过程中,对于创作对象的选择、把握、观照,内涵的开掘及其审视表现等诸多方面,于文学艺术内涵建构上所表现出来的思想建构形态。从另一种角度进行表述,是指作家在文学创作中所体现的文学观念、文学创作倾向、作品艺术建构的思想内涵,以及作家创作的文化思想视野等诸多方面的内容。为了便于论述,在此笔者从创作对象的选择、文学作品思想内涵的建构和文学思想内涵的开掘审视视角等三个方面,对路遥、陈忠实、贾平凹的文学创作思想进行分析研究。

一、创作题材对象的选择

对于中国今天的当代文学创作来说,还谈论文学创作题材问题似乎有些过时或者不合时宜,甚至可以说,这已经是个不成问题的历史问题了。横向看,目前是中国文学创作最为宽松的时期,几乎没有创作禁区可言。但是,不论是从中国当代文学发展的历史来看,抑或就我们研究的对象而言,这一问题似乎都是无法避免的。

中国当代文学创作发展史上,曾经出现过题材决定文学创作的情形。其根源在于文学是生活的反映这一基本的文学创作思想。往往是真理向前多迈一步,便走向谬误。反映论文学创作思想,在笔者看来,就是今天仍然有其合理性,任何文学创作思想都不可能将文学创作的所有现象和情态一览无遗，它都是从自己的理论视野对文学创作做出自己的阐释。如果将某一创作理论思想发展到绝对化，将其当作无所不能、无所不包的唯一理论思想，自然是要走向绝对化，在单一化创作思想的指导下，文学创作将走向僵化。这种文学创作现状，直至20世纪80年代中期方才发生变化，即文学创作走向多元化。中国当代文学创作走向多元化，其中一个非常重要的标志，就是作家的文学观念、文学创作思想的转变，亦即文学创作思想的多元化异质共生建构状态的出现以及发展。陕西路遥、陈忠实、贾平凹，也是经历了这么一个转化过程。当然，就他们的具体文学创作及其发展历程来看，转化的情态又是不同的。

不仅这三位作家，陕西当代作家的文学创作大部分都是从乡村生活叙事起步的，并以创作乡村现实生活题材而著称。可以说，乡村现实生活题材成就着陕西的当代文学创作，但也在一定程度上局限着陕西的文学创作。为路遥、陈忠实、贾平凹赢得第一束鲜花的，也是叙写各自故乡现实生活的作品。

路遥的《在困难的日子里》《惊心动魄的一幕》《人生》等早期作品，无一不是取材于陕北现实生活。从他后来的创作谈以及朋友的回忆显示，这些作品可以说都是发生在路遥身边的事情，或者说都是其陕北生活的记忆。就是《平凡的世界》，虽然将社会时代背景以及地域空间进行了拓展，用相当大的篇幅对省城生活进行了叙写，但是，这部作品最为光彩夺目并最能显示路遥思想深度和艺术个性的，仍然是对于陕北黄土高原现实生活叙写的那部分内容。从路遥文学艺术世界的创构视角看，他致力于城乡交叉地带现实生活与社会人生的开掘，但是包括《平凡的世界》在内，仍算不上城市生活题材的创作，实为乡村乡土现实生活的艺术叙事。就此来说，路遥不仅坚守现实主义创作阵地，而且是坚守陕北家乡故土现实生活叙事的。

陈忠实的文学创作更是如此。关中平原，特别是故乡灞河原就是他的文学叙事基地，除了少量的散文游记外，他的主要文学创作样式小说，几乎全部取材于此地的生活。他的文学创作始于20世纪60年代，但成名于70年代末，或者说他真正走向文学创作道路是在70年代末。为他赢得第一次掌声的《信任》，就取材于他所生活工作过的灞河原。用他的话讲，他对农村不仅有着生活积累，而且有着更为深切的生命情感体验。可以说一直到《白鹿原》创作的完成，他都坚守在灞河原上。他把自己的来源于这片黄土地的全部社会生活积累和生命情感体验，又都以文学艺术的方式全部回赠给了这片热土地。《四妹子》《康家小院》《蓝袍先生》，还有被称为可以当枕头的当代新历史文化小说的扛鼎之作《白鹿原》，陈忠实的文学创作，从社会现实走向历史文化，但是，他笔下叙述的所有故事都发生在关中，凝结在灞河原上。就此我们完全有理由说，陈忠实不仅在陕西，就从全国而言，都是地道的乡土作家，他所创造的文学艺术世界的"白鹿原"，已经成为一种乡土叙事的象征。研究中国当代乡土叙事文学，人们自然而然就会想到陈忠实和《白鹿原》。

贾平凹是当代文学创作上最有争议、最多争议的作家，也是自20世纪80年代以来始终备受社会和文学界关注的作家。比较而言，贾平凹的创作题材似乎要比路遥、陈忠实更为宽泛一些。如果说路遥的文学基地在陕北，陈忠实的基地在关中平原主要是白鹿原上，那么，贾平凹的基地则有两处——商州和古城西安。就贾平凹文学创作的文化精神而言，笔者以为仍然是乡土叙事的。如果把贾平凹的创作以《废都》为坐标分界点的话，可以分为前后两个时期，前期的创作，从《满月儿》《商州三录》到《浮躁》以及《五魁》等作品，可以说不论是现实题材还是历史题材，基本上都是取自商州山地生活。《废都》《白夜》《土门》《高兴》等，不管人们对于这几部作品在文化精神上怎样看待，但有一点则是确切无疑的，那就是作品的社会生活背景以及所叙述的人和事都发生在西安古城。当然，贾平凹还有一些于生活空间上更为宽阔的创作，像《病相报告》。但是我们认为，这类作品艺术探索的意义和价值则远远大于生活题材本身。不论从数量上，还是艺术创造的深厚程度与叙事建构境界的圆润度上，贾平凹文学创作中乡土叙事要比城市叙事更能够反映他的艺术个性。如果从文化精神角度看，贾平凹的精神归宿依然在商洛山地。

对于乡村生活的关注，路遥侧重于当代社会现实生活，从现实社会生活层面展开叙事，把整个中国当代社会生活纳入自己作品的叙事视野，构建起一种宏阔的社会现实生活风貌。比如说《惊心动魄的一幕》，非常明显地把"文革"的整个社会生活面都展示了出来。《在困难的日子里》带有非常强烈的自传性色彩，但在路遥的笔下，个体的生活则完全融汇到社会生活之中，为人们呈现的依然是"文革"社会生活的全貌状态。《人生》依然如此。高加林的个体生活与人生命运，亦是完全地消融在社会生活的风云变幻之中。《平凡的世界》更是全景式地展现了中国当代社会生活的整体风貌。就此来说，路遥的确是非常虔诚地秉承了柳青的文学创作思想传统，或者说，是以柳青文学创作思维模态为蓝本，适当地吸纳了一些苏俄文学与欧洲文学传统的艺术因质。陕西这三位作家的文学创作，路遥长于社会政治生活的叙写，最不长于社会政治写作的是贾平凹。路遥对于现实生活的叙述往往是从下到上，涉及各个级别层面人的生活。《人生》写到了乡、县、地三级的领导干部，《平凡的世界》写到了省级干部生活，但从叙事所达到的艺术境界和水准来看，越是高级别人物的生活，叙写时个人化生活愈少，而社会化主要是政治化生活占主导地位，因而意识形态化痕迹越明显，类型化观念化的色彩也就越强。比较而言，越是下层人的生活，路遥叙写得越真实感人，尤其是最底层的乡村生活，写得感人至深，催人泪下。

陈忠实是从现实生活走向了历史生活。其实，陈忠实是坚定的现实生活的反映者。可以说，从20世纪70年代后期直至80年代中期，陈忠实紧紧地跟随着中国社会主要是农村社会生活发展的脚步，非常忠实且虔诚地关注着乡村改革开放发展的历史走向，用自己的笔将乡村生活的变化如实地记录下来。就此来说，陈忠实是中国改革开放后乡村生活的歌者。当然，他也是社会现实生活的剖视者。面对社会生活，直面现实人生，始终是陈忠实坚持的文学创作基本态度。他并没有回避现实生活中的矛盾，反而是这些社会现实矛盾引起了他更多更深入的思考。与全国其他作家相比，他似乎总是在对社会生活的审视上慢一拍。以韩少功为代表的作家将创作的目光专注于文化寻根的时候，他依然坚守着现实生活的反映。这时，贾平凹虽然未主动加入当时文化寻根创作的行列，却从自己对于社会历史文化等敏锐的感悟出发，创作出了在当时被视为跨越雷池的《"厦屋婆"悼文》等一系列文化反思的作品。这一方面，陈忠实与路遥有相似之处，都是坚守着社会现实生活反映的文学创作立场。陈忠实文学创作对象的变化，始于《蓝袍先生》创作所引发的思考。他在当时创作中篇小说的过程中，"一个重大命题由开始产生到日趋激烈日趋深入，就是关于我们这个民族命运的思考。这是中篇小说《蓝袍先生》的酝酿和写作过程中所触发的。以往，某一个短篇或中篇完成了，关于某种思考也就随之终结。《蓝袍先生》的创作却出现了反常现象，小说写完了，那种思考非但没有中止反而继续引申，关键是把我的某些从本质触动的生活库存触发了、点燃了，那情景回想起来简直是一种连续性爆炸，无法扑灭也无法中止"[①]。1986年，陈忠实将创作对象的思考，从社会现实生活走向了历史生活以及历史文化生活。经过几年的思考准备，方才撕开了中国从清末到中华人民共和国建立这半个世纪的社会历史生活，将叙事的触角，不仅伸向了历史生活，而且伸向了传统文化生活。《白鹿原》所叙述的不仅仅是中国从近代向现代再向当代转换的历史进程，更为重要也是《白鹿原》最具深度和特色的，就是对于以乡村村社生活方式为载体、以实践儒家思想为核心的中国传统文化生活状态进行入木三分的展示。

贾平凹游离于社会现实与民间历史情态之间。对于生活的开掘，对于现实生活的关注，始终是贾平凹文学创作的首要选择。如果将贾平凹数百万字的文学作品加以统计，恐怕叙写现实生活的作品，不论是何种文学样式的创作，都占极重的分量。他获得国内外大奖的作品《满月儿》《腊月·正月》《浮躁》《废都》《秦腔》《带灯》《极花》等，全属于现实生活题材范畴。在笔者看来，对于陕西作家来说，问题并不在于对于现实生活的艺术叙写，而在于叙写时对生活层面的选择。正如前文所述，路遥对于社会现实生活的叙写侧重于社会时代风云，着力表现的是社会整体生活。陈忠实更注重社会生活中的家庭生活的记述，通过农家院落的生活来反映社会生活的发展变化。贾平凹亦是善于叙写家庭生活及其变化。对于乡村普通人的生活命运的关注，是他们文学创作上的共同特点，或者说，他们都更愿意从普通人的生活命运角度来叙写社会现实生活。贾平凹对于现实生活的叙写，最为精彩也最为吸引人的是生活琐事，富有生活情趣韵味的事情。他善于叙写普通人特别是乡下人的"生老病离死，吃喝拉撒睡"，往往叙述的是"一堆鸡零狗碎的泼烦日子"。[②]在贾平凹的文学创作中，上层人的生活是极少涉及的，《浮躁》中涉及地区级干部生活，《病相报告》写了老干部生活，《废都》中对于市长生活的叙写就更少了，这些人的生活几乎成为一种社会现实生活背景。叙写历史生活，对于贾平凹来说，是一种时断时续的延续过程。从

[①] 陈忠实：《陈忠实创作申诉》，花城出版社1998年版，第11页。
[②] 贾平凹：《秦腔·后记》，作家出版社2005年版，第565页。

《五魁》《美穴地》到《古炉》《老生》等,贾平凹对于历史生活的关注发生着某种变化,好像从远离社会意识形态的特异生活趋向于具有强烈社会历史意识的生活。《古炉》是对"文革"生活的叙写,《老生》是对中国百年历史的勾勒。

将当代社会现实生活进行理想化的叙述,可以说是当代文学创作思想中一个非常突出的特征,甚至成为一个潜规则。不论社会现实生活多么艰难,多么矛盾重重,多么阴暗,多么令人寒心甚至失望,作家则必须从中找到光明,展现光明,给人以希望。哪怕这种希望是虚无缥缈的,甚至是令人不可信的。所以,当20世纪50年代中期《组织部新来的年轻人》《红豆》《爬在旗杆上的人》《改选》《在悬崖上》等一批直面现实生活、大胆揭示社会现实生活中所存在的问题与矛盾的作品出现时,便受到了批判否定。进入新时期,对于社会现实矛盾与问题的展示与解剖,已不再成为文学创作内容上的禁区。但是在如何处理上,似乎仍然存在着倾向性的问题。也许是历史使然,即使今天所出现的所谓的反腐败社会生活题材的创作,依然要有充满希望光明的叙写,要给人以力量和期望。因此中国的当代文学创作,不善于或者不宜于叙写绝望、颓废乃至堕落。

路遥、陈忠实、贾平凹这三位作家,是从学习和接受以赵树理、柳青等为标志的现当代文学创作走上文学创作道路的。因此,他们自然在自己的文学创作初期,对于社会现实生活的叙述带有理想化的色彩。或者说,写出社会现实生活中的亮色,是他们初始创作的一个基本思想特点。比较而言,路遥似乎一开始便将创作的关注焦点定位在具有重大社会意义现实生活的叙事上。路遥所有的作品,几乎都是对于严峻而重大社会人生生活的叙述,其间涌动着一种抗争奋进的生活力量,尤其是于逆境中拼搏的精神力量,从而给正在社会现实生活中奋进的人们以心灵上的对应,给他们以心灵上的慰藉。也许正因为如此,赢得了更多普通人的共鸣。陈忠实的文学创作,依然倾注着一种生活的力量,于直面现实中蕴含着刚毅沉稳的人格精神。《白鹿原》中对于白嘉轩生活命运的叙述,淋漓尽致地体现了陈忠实生活叙事的基本特征。在这里,陈忠实已经从对于社会生活的理想化叙事走向了生命精神与文化人格的建构叙事,现实生活层面的叙事仅仅是生命精神与文化人格叙事建构的一种具象化的言说展现而已。所以,陈忠实的文学创作叙事,已经完全走出了现实生活理想化叙事的模态。

对于贾平凹的文学创作，不论是评论界还是普通读者之中，常常有不同的评价。有些人更喜爱他初期的《满月儿》《月迹》等作品，这些作品中透着一种清新优美、清净空灵的生活韵味，而不喜欢《废都》以及之后的创作，主要是认为基调不够清新优美，其间蕴含着更多的浑浊茫然的生活意蕴。也有人认为，《满月儿》虽然晶莹剔透，但不够浑厚；《废都》之后，其创作更为深厚苍茫。从贾平凹创作的发展历程来看，他于《"厦屋婆"悼文》起，便致力于摆脱理想化的生活叙事，而走向揭示与剖析现实生活的叙事。社会生活与现实人生都是残缺的，《五魁》等一组作品，建构的就是一种残缺之美的生活叙事。此后，贾平凹的文学创作叙事几乎没有完美的生活建构。这一方面源自作家自身的生命情感裂变，另一方面则是社会现实生活本身所致。《废都》之后，特别是《秦腔》《古炉》《带灯》等长篇文学叙事，追求的都是一种苍茫混沌的生活漫流式的叙事方式，所要建构起来的是一种立体化的多视域的艺术建构。

二、作品内涵建构

作家创作思想的实现，不仅体现为创作对象的选择，更为重要地体现为作品思想内涵的建构。如果说作家对于创作题材对象的选择，是写什么的问题，对于题材的开掘与艺术叙事的选择，是解决怎么写的问题，那么，对于文学作品内涵的建构，可以说既是写什么的问题，也是怎么写的问题。或者说，作品的内涵实际就是作家于作品之中都写了些什么。因为写作内容既涉及创作对象的选择，又关系到作家对于题材对象内涵的建构。往往会出现这样的情况：面对同样的现实生活，仍然会有不同的叙事结果。比如哪些生活内容构成作品叙事的基本构架和叙写的主要或者基本内容，作家叙述的角度和审视的态度，特别是作家艺术表现的生命情感体验不同，都会造成作品内涵的相去甚远。这已经被古今中外的文学创作证明了。比如对于1949年以来的社会生活的艺术叙事，柳青时代是与新时期特别是新世纪，是截然不同的。《创业史》和《古船》之间的差异自不必说，就是《李顺大造屋》《陈奂生上城》等，与20世纪50—70年代众多的乡村农民生活题材的创作所建构起来的内涵思想，显然相差很远。就陕西新时期的作家来看，路遥、陈忠实承续了柳青的文学艺术传统，但是，路遥《在困难的日子里》与陈忠实《康家小院》对于中国20世纪50—70年代社会生活的叙述，其内涵构成的时代差异确是如此之大。《许三观卖血记》《活着》等作品，其内涵建构已经完全超越了生活本身，进入对于人生存的哲学思考。如果再看所谓的"70后""80后"对于20世纪80年代之前社会生活的叙事建构，那更是全新的对于社会生活的解构与建构。

我们之所以于此谈这样的问题，是基于这样的思考：创作题材对象的选择确定是与作家的创作思想及其倾向性紧密相关的。面对客观的现实生活，作家叙写哪些内容，以哪些生活及其内涵来构成自己作品的思想内容，都是与作家的创作思想及其倾向性血肉相连并融为一体的。所以，就是相同的文学创作思维模态下，所叙述的内涵也是可以相悖的。同样是对于"文革"的叙事，"文革"时期极左思想路线下的写作，自然是《虹南作战史》《征途》等以阶级斗争为纲创作思想指导下的社会政治生活内涵建构。而《犯人李铜钟的故事》《河的子孙》《许茂和他的女儿们》《芙蓉镇》等作品，如果从文学创作的艺术思维模态角度看，与"文革"之前甚至"文革"时期并未发生根本性的转换，甚至是极为相似的，但是，由于思想倾向性的截然不同，其内涵建构也就发生了根本性的变化。我们强调作品思想内涵建构与作家思想倾向性的内在关系，就是想说明，作家有怎样的思想建构就有怎样的作品内涵建构。我们并不否认社会现实生活的客观性，但是，亦应看到作家创作思想的主观性对于作品思想内涵的建构甚至艺术内涵的叙事建构的产生的决定性作用。

以上是从文学创作的社会时代角度来谈问题，具体到每一位作家的具体文学创作，其间的差异性还是非常明显的。也就是说，面对同一时代的社会生活对象，作家创作思想的差异性依然会造成同类社会生活题材的文学创作其内涵建构的各不相同。正是基于这种考虑，笔者在此将陕西这三位作家的文学创作内涵建构进行比较分析，以期探寻他们之间的差异性及其形成原因。

构成作品内涵建构的要素及其建构形态，是多种多样的，甚至可以说，文学创作思想内涵的建构，是没有唯一模态的，有多少作家，就可能有多少文学创作思想内涵的建构情态。就文学作品的思想内涵构成来说，自然的地域生态风貌，地域性的生存状态和生活，地域性的文化习俗生活，社会历史发展与建构的思考，社会人生历史命运，生命本体存在的思考以及人与社会、历史关系的思考，人与自然、人与自己内在生命本体关系的思考等，都可以构成文学创作思想内涵的方面和层面。陕西三位作家的文学创作，均有自己文学内涵的建构特点。有关三位作家文学叙事的内涵方面前文已经谈了很多，在此仅就各自的文学叙事思想内涵做一简要论说。

路遥的文学叙事，首要也是最为人们所称道的，恐怕就是对于社会人生意义的开掘。他的最具代表性的两部作品《人生》与《平凡的世界》，可以说贯通着这一主题：处于社会历史变革时代的普通人，他们的社会人生价值与意义在哪里，究竟应当建构一种怎样的社会人生。不论是苦难的人生，还是悲剧的人生，抑或是喜剧的人生，路遥都善于开掘蕴含于其间的对未来充满希冀的奋进力量。高加林的人生奋斗具有时代的超前性。虽然从作品叙事的结局来看，高加林是一种必然的悲剧结局，但是在今天来看，许许多多的乡村青年，走的就是高加林的道路。在展现乡村青年的人生奋斗历程时，路遥往往是将他们置于社会时代生活的洪流之中，进行冶炼与锻造。特别是《平凡的世界》，以全景式社会生活为舞台，来叙写孙家兄弟等乡村青年的社会人生命运。路遥就犹如一位忧虑而沉重的解剖师，剖析着每一位乡村青年的人生奋进里程的纹路。

陈忠实是一位中国历史文化的开掘者与历史文化人格的建构者。他那沉毅而深邃的目光，透过社会历史生活表层直逼社会历史与人的生命最深处，具有一种历史文化的穿透力。这自然是以其代表作《白鹿原》为基本对象而言的。《白鹿原》卷首引用巴尔扎克的话"小说被认为是一个民族的秘史"，就已为陈忠实在这部小说中所要探掘的我们这个民族历史深处的隐秘，做出了明确的提示。如果说通过白、鹿同为一个祠堂的两姓之间演绎宗族内部生活，探究得以维系的文化精神内核，那么，透过白鹿原这一地域的社会历史生活，探寻的则是中华民族沉潜于民间生活的历史文化精神。白嘉轩带领族人修祠堂与制定乡约，可以说是具有象征意义的。他修的是一种延续几千年的宗族文化血脉，修的是维系这种乡间文化精神得以延续的规约。特别是黑娃与白孝文被赶出祠堂与最终回归祠堂归宗认祖，彰显出乡村宗族文化对于人的生命归宿的意义。从文本的叙事中可以窥探到：风云翻卷的社会生活的深层，沉潜的是亘古的乡村文化精神，或者说是一种传统文化精神。当然，还有对于浸透于历史文化中的生命意义的叩问等等。而白嘉轩与朱先生则是从实践感性与精神理性两个方面，表现了由传统文化所塑造出来的一种具有理想性的文化人格。

贾平凹自20世纪80年代初，就一方面反观历史文化，一方面将眼光投向世界历史进程。当然，贾平凹的文学叙事始终关注着当下的中国特别是乡村的现实。现实中人的生活、生存状态，以及这种生活与生存状态下所隐含的生命意义、文化心理结构等，也就成为贾平凹文学叙事内涵的主要表现。贾平凹在许多场合以及作品后记中表示，文学作品的内涵要有多层面多层次性，他追求的是一种内涵的复合性建构。他说，对于生活的描述越具体越好，对于思想内涵的开掘，不仅仅是要深挖，而且要能够升腾起来。穿过云层都是阳光，这句话就明确表明，在思想内涵的开掘上，他追求的是超越具体社会现实生活的高度与广度。或者说，他试图从整个人类历史发展的基本趋向，从整个人类的精神建构层面，来审视作品所具体叙述的商州。他曾说，现代意识就是人类意识，就是人类大多数人的意识。作品追求的是一种带有人类普遍意义的思想内涵。从贾平凹的表述及其文学叙事实际来看，他都是在记述现实生活或者历史生活，具体叙写上则侧重于细琐的细节，甚至是不厌其烦地把密实的生活细节堆砌连缀，但在思想上却试图求得能够升腾起来。

三、文学艺术创构的审视视角

毫无疑问，作家的创作思想直接影响甚至规定着作家文学艺术建构的审美视角。审美视角，简而言之，就是作家在进行审美艺术建构时所选择的审视角度，亦即切入审美艺术对象和进行艺术表现时的艺术视野。审美视角的确定，不仅限定着文学艺术创造的建构形态，而且体现着作家文学创作的思想与艺术追求，体现着作家的审美理想建构。作家进行文学艺术的创作，必须面对写什么、怎么写的问题。如果说写什么是文学创作题材对象的问题，那么，怎么写便是如何进行艺术表现的问题。艺术表现涉及的问题是诸多方面的，比如表现方式、叙事语言、叙述手法、艺术结构等等。在此，笔者试图从文学艺术建构的审视视角入手，对陕西三位作家的文学创作进行比较分析。

路遥擅长社会时代生活的宏大叙事。他进行文学艺术创构时，首先选择的是社会时代的宏观视野。社会意识形态化是当代文学创作的一种叙事传统。比较来看，路遥在文学叙事艺术建构上，更长于社会意识形态化写作，或者说，路遥在进行文学叙事时，往往是从社会意识形态视野来关注审视艺术对象的。陈忠实在20世纪80年代前期是社会意识形态化的创作，之后则侧重于现实生活化的创作，到了《白鹿原》则是完全的历史文化式的文学创作。贾平凹是陕西作家中最富变化性和变异性的作家。他于20世纪80年代初始便开始脱离意识形态化写作，甚至可以说，在《满月儿》时代，虽然是意识形态化写作，但是其间却蕴涵了非意识形态化写作的内质。20世纪80年代中期，贾平凹的《腊月·正月》等一批作品，带有明显的意识形态化写作的痕迹。但是，从总体发展趋向来看，他是从20世纪70年代末便开始探寻去意识形态化写作的路径。

路遥文学叙事的视角，是时代与生活、理想与人生、城市与乡村的交织融合。路遥总是从社会整体发展角度来审视具体的个人，个人总是要融汇于社会整体之中，方能显现出其存在的价值意义。所以，在路遥的笔下，一村一县的社会生活的现实境遇或者历史建构，总是与整个中国的社会时代生活紧密地融合在一起。透过一人、一村、一县的生活，来昭示整个社会时代生活，同时，又是在对于社会时代生活及其历史发展趋向的整体把握下，来审视与开掘乡村与个人的生活。路遥的文学叙事中对苦难、煎熬、贫穷、悲壮等的表现，都是非常浓郁而强烈的。但是，阅读路遥的作品，总会感到有一种力量在涌动，在推动着故事的发展。这种力量，就是一种悲壮的人生理想的追求。路遥对于陕北乡村的生活与人生的叙述，悲苦而不凄惨，悲壮而不消沉。他是在透过并不美满或者美好的生活与人生，于社会与人生的探寻中，希冀建构起一种富有理想化的美好社会人生愿景。不论是社会还是人生，似乎总是按照一定的历史发展规律在前行。不论是对于时代与生活的总体把握，还是对于理想与人生的探寻，路遥都是将叙事生活背景放在了城市与乡村的交汇之中来考察的。城乡交叉地带，成为路遥作品内涵开掘与审视的基本视域。《人生》中将高加林人生命运的叙写放在了乡村与县城，其间又通过黄亚萍将来要回南京而投向了大城市。《平凡的世界》视域更为开阔，从村庄一直写到省城。就主人公而言，孙少安、孙少平自然是叙写的主要对象，但是，路遥并未仅限于二人的社会人生及其世界的建构，而往往通过他们与亲人或者恋人所形成的人事关系，将笔触伸向了地区，直至省城这样的大城市。城市与乡村，在路遥这里是对立的，或者是社会生活的两极。但是，城市与乡村更是具有内在联系的。他似乎更多地揭示了城市与乡村的关系建构。通过城市与乡村及其关联性的叙事，展现出更为广阔的社会时代生活来。

陈忠实文学叙事的总体视角，应当说还是历史文化。他试图通过《白鹿原》来重构中国近现代的历史，因为他追求的是一种史诗性的艺术建构。整部《白鹿原》所具有的历史内涵，是深厚而凝重的。更为重要的是，陈忠实要通过笔下白鹿原这块深厚而凝重的土地，入木三分地解剖这片土地在"缓慢的历史演进中，封建思想封建文化封建道德衍化成为乡约族规家法民俗，渗透到每一个乡社每一个村庄每一个家族，渗透进一代又一代平民的血液，形成一方地域上的人的特有文化心理结构"[1]。由此可见，陈忠实所要叙写的民族秘史，就是民族历史文化心理结构的情态史与演变史。就历史叙写而言，中国近现代社会发展的历史，白鹿原也就是原上白家与鹿家共同构成的家族及其发展演变史，几代人的承续与嬗变乃至裂变的命运史，以及原上人的生命情态史，等等，共同构成了一部中华民族的秘史。蕴含于这部秘史内部的是文化精神。这种文化精神成为支撑白鹿原社会与个人的生命情感支柱。祠堂、乡约等是这种文化精神的具体存活的场域，而白嘉轩与朱先生则是这种文化精神的具体生命与理性思想的实践者与思考者。更为重要的是，这种文化精神，浸透于日常生活、风俗习惯、民风民俗等之中，形成一种文化背景，一种文化无意识，沉淀于心理结构之中。这就使得生存于此环境之中的人们，都会潜在地按照这种文化精神之要求去支配自己的思维方式和行为方式。如果就对于历史文化心理结构的文学叙事来说，自20世纪80年代就有作家在进行不断的探寻，比如韩少功、张炜等等。但是，如果就对于中国历史文化，特别是儒家实践文化及其文化人格的开掘来看，直至今天的创作，恐怕还是难以达到《白鹿原》这样的深厚度。

相比较而言，贾平凹的文学创作更为丰富，至少作品的数量比路遥与陈忠实多得多。而且，贾平凹四十多年来一直处于创作的连续旺盛期，前后发

---

[1] 陈忠实：《寻找属于自己的句子》，上海文艺出版社2009年版，第16—17页。

展变化比较大，因此较难归纳。在笔者看来，贾平凹思想审视的基本视角，就是从现实生存境遇入手，将平民与民间、历史与现代、本土与世界等文化思想融汇为一体，从而审视与把控所叙述的对象内涵。贾平凹非常强调他的平民身份。他说平民身份决定了他在进行文学创作时，必然要关注普通百姓尤其是乡村与村民的现实生活与生存状态。他曾以如同乌鸡一样黑到骨子里形容自己的农民或者平民的品性。也许正因为这样的身份品性，促使他走向民间，以民间的文化思想视野来叙述历史或者现实生活。这一方面他与莫言有相似之处。莫言强调自己是一种平民写作，而不是为平民写作。其实，莫言也好，贾平凹也罢，作为作家不可能就是一个完全的农民或者平民，他必然有着自己作为知识分子的思考。这里只是针对居高临下式的对于平民生活的审视与把握所做的一种矫正，或者说，他们从生命情感上与平民百姓血脉相连。历史与现代，或者说传统与现代，已成为新时期以来一种基本的思想视域。贾平凹一方面将文学叙事的思想触角伸向历史文化，以及传统文化心理结构，另一方面，则始终保持着对于现代文化与现代意识的探寻叩问。在更高的思想层面，他试图用现代意识来观照并剖析现实生活中所包含的历史文化。也许正因为如此，有学者认为贾平凹的精神骨子里是有一种现代精神的。在笔者看来，贾平凹是历史传统与现代文化意识交织融汇在一起的思想矛盾体，或者说，贾平凹有着对于现代文化思想精神的向往与追求，但是，依然无法脱离历史文化传统所给予他的深深影响。他的文学叙事并不是完全现代性的，而是处于历史与现代煎熬的文化思想状态。贾平凹的文学叙事是根植于本土的，深入本民族的文化思想之中。这不仅体现在他的文学叙事始终扎根于商州土地的生活，而且商州的地域文化精神已经成为他文学叙事的一种视域。如果仅仅如此，那就不可能有今天的贾平凹。在根植于本土的同时，他又试图寻求一种世界的文化思想视野。或者说，他以人类文化思想与世界的历史进程角度，来审视本土文化与生活。他常用形而下与形而上表述，形而下的生活一定要是本土的，而形而上的思想精神则必须追求与世界的同步。这也可以说是贾平凹"穿过云层都是阳光"的思想表现形态。

第十三章

作家审美价值比较

　　文学创作的审美价值是多方面的，从不同的角度或侧面来看，又可以形成不同的审美价值系统形态建构。比如从文学创作的功能价值角度看，一般分为审美认识价值、审美教化价值和审美愉悦价值。从文学创作的思想内涵角度看，那可以说是一种包罗万象的审美价值建构形态，像政治价值、道德价值、哲学价值、宗教价值，社会价值、历史价值、现实价值，人生价值、情感价值、生活价值、文化价值等等。所以，在笔者看来，文学创作的审美价值是一种复合的价值建构。对于文学创作的艺术审美建构来说，审美价值是多种多样的，其构成形态也是复杂多变的。但是，不论人们对于文学创作审美价值的理解有多少，笔者认为，最基本的审美价值是真、善、美。这也是每位作家在进行文学艺术创作时，必须面对也在致力追求和思考探求的一个最为基本的审美价值问题。可以说，这是衡量文学创作的最为基本的审美价值标准。基于这种思考，笔者对路遥、陈忠实、贾平凹三位作家的文学创作审美价值建构，将从真、善、美这三方面加以评析探讨。

　　什么是真善美，真善美又是怎样的一种建构形态？一般来说，所谓的真，就是客观事物本来的特性、规律以及建构形态。对于文学创作来说，真就是作家以文学艺术的方式，对于客观事物本来的特性、规律以及建构形态进行审美化的真实性的艺术表述。所谓的善，就是蕴含丰富人类文化精神情感的、合乎客观事物和人类社会发展历史规律，以及合乎人自身生命情感本真需求的价值观念。文学创作中的善，就是作家以文学艺术的方式，通过文学艺术形象建构起蕴含着丰富人类文化精神情感的、合乎客观事物和人类社会发展历史规律，以及合乎人自身生命情感本真需求的价值观念的审美价值形态。所谓的美，就是客观事物在具备真与善的特性与内涵的前提下，既合乎客观事物发展的内在规律，又合乎人类生命情感存在的合理需求的完美建构，以及这种建构形态所具有的能够给人以愉悦快感的属性。对于作家的文学创作来说，这既涉及作家的美的价值观念、价值取向问题，也涉及作家如何于自己的文学艺术创作建构上达到或者实现其艺术形态的完美建构。实际上就文学创作而言，这里既涉及作家的真善美价值观念问题，也涉及作家如何在自己的文学艺术创作中，更加完美地建构起蕴含着真善美价值内涵的审美艺术建构来。这当然是一种理性化的思考，从文学创作的实际情形来看，真善美审美价值的具体体现与表现情态是非常复杂多变的。

按照传统的思维观念来看，真善美是客观的，具有客观性，因此，对于事物的判断，也是具有客观标准的；但是，说到底，所谓的真善美价值观念及其标准，都是以人类为准则而提出确定的，它实际上是人对于客观世界与自身认知的一种表现，因此，具有强烈的主观性特质。何谓真？何谓善？何谓美？人与人之间的差异性不仅存在，而且往往是巨大的。况且，真善美价值内涵也是处于不断的发展变化之中的。比如，不同的历史形态时期人类所建构的真善美内涵与价值标准是不同的。就是同一历史形态情境下，由于地域、民族以及阶层的不同，人们对于真善美的理解认识也是各不相同的。我们虽然可以极端抽象地制定出人类所共有的真善美价值观念与标准，但是，于具体的实践过程中，恐怕是难以实现的。因为从另一种角度来看，真善美作为价值观念，并非是抽象于具体事物之外，而恰恰相反，是与具体的事物融为一体的，实现着同一建构。尤其对于作家的文学创作来说，更是如此。也就是说，作家的真善美价值观融汇于其具体的创作过程和具体的文学作品的艺术建构之中。正因为作家的真善美价值观念是具体的，是与作家整体的生命情感精神融为一体的，所以，正如作家的生命情感精神建构是在具体的内在与外在条件环境中完成的一样，作家的真善美价值观念也是在特定的内在条件与外部环境作用下建构起来的。这样，作家的真善美价值观便与作家的认识、情感、文化精神、生存方式、个性喜恶，以及对于客观事物的看法等紧密相连。就其文学创作的过程来说，写作对象的选择、题材题意的开掘建构，以及整体作品叙事结构的建构等，都体现着作家的审美价值观。正因为如此，不同的时代，不同的民族，不同阶层的人，不同文化人格的人，其文学创作的审美价值观之间是存在着差异性的，甚至会出现截然相反的审美价值观念。

那么，怎样实现审美化的艺术表现，其中区别和差异就更为复杂多变了。就是同一时代、同一类型的作家之间，审美差异性亦是很大的。至于现实与历史、情感与生活等方面的审美把握，可以说，有多少作家就会出现多少情景。就从真善美审美价值建构来看，其组构的情况也是各不相同的。一方面，真善美三者所处的价值建构坐标位置是存在差异的。在这三者中，有的作家以真为价值建构的核心，而有的以善为建构核心，当然也有以美为价值核心的。就当代中国文学创作来看，20世纪50—70年代对于真的认识，就与今天的认识差异性很大。任何作家都知道也都在讲文学创作是以真实性为基础和前提的，缺乏真实性的作品，自然是没有审美价值的，但是，怎样才算是写出了文学作品的真实性，认识可以说是千差万别。《创业史》追求的是一种真实性审美建构，《芙蓉镇》《陈奂生上城》等追求的也是一种真实性。不同时代的作品，对于真实性的审美认知是很不相同的。对于善的理解认识与把握，也是各不相同的。比如20世纪50年代出现的以王蒙等为代表的所谓揭露社会现实问题的创作，在当时就被认为是有违真善美价值观念的。对于文学艺术形象的塑造与把握，真善美审美价值及其内涵的建构也是如此不同。梁生宝这一艺术形象身上所体现的显然是一种社会主义新人所具有真善美精神品格，但是，这种真善美精神品格的审美艺术建构在相当程度上带有观念化的成分。以阶级性和阶级斗争作为人的本质特性，恐怕存在着严重的片面性。这样，他作为一种文学艺术形象所体现出来的真与善，显然也存在着一定的片面性。至于说20世纪60年代之后愈演愈烈的阶级政治观念下的文学创作，那更是有违真善美本体价值的。

但是，不论具体的文学创作上真善美的审美建构情形多么复杂多变，也不管作家对于真善美有多少种理解，有一点是确定的，那就是任何作家、任何一种文学创作，都在追求真善美的审美艺术建构。更为重要的是，文学创作的审美建构应当追求这三者的统一的完美建构。对于真善美任何一个方面的过于强调或者偏废，都有可能造成文学艺术创构上的缺憾。这一方面，中国当代文学创作发展历史上的经验教训实在是太多了。

一、真的审美价值建构

在中国当代文学创作的整体格局中，路遥、陈忠实、贾平凹都是举足轻重的作家。他们以自己严肃而富有艺术探索精神的创作，为中国当代文学艺术宝库奉献出了无愧于时代的极富审美价值与个性的文学作品。从创作实际来看，他们不仅具有自己的艺术追求，自己的艺术观念，更有着自己的审美价值标准。他们的文学创作，坚守着纯正文学艺术的立场，表现出坚守社会良知的艺术姿态，确信自己的艺术知觉与审美感受，如实地叙写自己真实的生命情感体验。因此，对于真善美的追求和审美艺术建构，是他们文学创作上的共同追求。虽然他们文学创作上对于真善美的审美建构，可能还未达到完美无缺的境界，但是，我们必须承认，他们在尽自己最大的努力向着真善美审美艺术建构的完美境界逼近。所以，他们的文学创作蕴含了丰富的审美价值内涵。

路遥、陈忠实、贾平凹三位作家对于真善美的追求，既存在着相似甚至共同之处，也存在着差异性和不同之处。他们三人文学创作的审美价值建构，表现出各自的审美个性来。

对于路遥来说，构成其审美价值的核心是真，其审美价值结构表现为围绕着真而追求文学的善和美。这一判断的提出，不仅基于对于路遥文学创作审美建构的解析，而且有感于路遥文学创作接受情境的解读。路遥基本的文学创作方法是现实主义，这一点不论是文学界或者普通读者几乎没有异议。现实主义文学创作的一个基本原则，是追求对于生活的真实的艺术表现。对于现实生活、社会人生真实的艺术叙写，可以说是路遥一个最为基本也是最本质的审美追求。也许是现实主义文学创作思想的要求，路遥在进行文学艺术创作中尤为重视真的审美价值。

陈忠实以生命情感体验的善为审美价值建构的核心。这种判断也是源于对陈忠实整体文学创作的解读。毫无疑问，陈忠实对于生活真实性是非常重视的。但是，我们同时感受到了更为强烈的以伦理道德为核心的善的力量。在对社会现实生活与历史生活进行价值判断时，陈忠实始终尤为看重对于善的建构与追求。他的文学审美建构于社会现实生活真实性的叙事中，熔铸着浓郁的善的价值审美内涵，可以说，陈忠实笔下的真实生活是在善的烛照下焕发着光芒。他所追求的美，或者说他笔下所叙写的美的生活，也必然首先是善的生活。在他看来，真实的、美的文学艺术，首先应当充满善的思想，凝聚着善的审美价值内涵的艺术建构。

贾平凹则以美为审美价值建构的核心。这可能更接近文学艺术的本质特性。笔者曾在有关贾平凹文学创作研究拙著中，对贾平凹的审美思想意识做过这样的表述：支撑贾平凹文学艺术建构和精神情感的支柱有两个，一个是爱，一个是美。爱与美构成了贾平凹文学创作的两大精神力量。比较而言，贾平凹的审美意识中具有更多的对于艺术美的追求，更多地体现出对于美的倾心关注。这并不是说贾平凹忽视真与善的审美追求。进行文学艺术创作时，贾平凹似乎更习惯于将真与善融汇到美的价值建构之中，或者说，他总是以美的价值观念、美的审视眼光，来审视真与善。因此，他所叙述的真与善，也具有美的审美品格。不过有一点需要说明，这就是贾平凹的文学创作艺术建构中，总有许多丑的、形而上的东西。从美学角度看，这是一种审丑。作家将丑的东西非常真实地叙述出来，实际上是一种审视下的剖析。在叙写的背后，蕴含的是作家对于美的呼唤与追求。贾平凹曾经说过，在现实生活中，总感觉存在着许多丑的、假的东西，这种感觉，源于他现实生命情感的裂变体验。他总想追求唯美的精神境界，但是，现实却总是一种残缺美的建构状态。

对于文学创作之真的建构与追求，可以说是每一位作家的审美追求，尤其对于中国当代作家来说更是如此。作为价值建构的真，并非单一性建构，而是具有丰富的内涵。我们可以说，真是对于客观世界的自然状态、内在规律、本真情态等的一种哲学思考，于此具有了真理之意味。

中外文学发展的历史表明，对于真的追求成为古今中外的作家及其文学创作的首要追求。作家对于文学艺术的真实性都是非常重视的，因为真是文学艺术建构与存在的生命。从最为基本的也是最为直接的观点看，文学创作，首先是对于社会历史、现实人生、生命情感等的一种真实的艺术审美建构。因为真实的文学创作，才是有价值的，才是能够打动人的。虚假的文学创作，难以感动人，也无法建构起审美价值。"作为艺术家的作家，他的主要的价值,就在于他的描写底真实性"①。因此,在作家文学创作的审美价值建构中,真成为第一价值尺度。

文学创作中的真,首先表现在作家对于客观世界、社会历史现实生活的真实叙写。这种对于表现对象的真实叙写,既包含对于客观世界、社会历史的真实把握与艺术化的审美建构,也包括对于客观化世界、社会历史现实生活细节的真实刻画。不仅如此,如果仅仅做到对于客观事物的真实再现,那还不能称其为文学创作的真实,还无法建构起文学艺术的真实的审美价值。除此之外,我们在此强调对于人的生命情感的真实的艺术审美表现。在文学创作中,作家的真实生命情感要融入作品的艺术建构之中,作家所叙写的情感必须是真实的。与此同时,作家所创造的作品中人物的生命情感也必须是真实的。笔者认为,文学创作中故事情节等可以进行虚构,但是作家和人物的生命情感是不能虚构的。唯有心灵情感的真实,才是文学的真正的审美艺术创造的真实。

当然,具体到作家的文学创作实际,对于文学真实性的理解和表现是存在差异性的。由于作家艺术个性、审美情趣,以及创作思想等方面的不同,在进行文学艺术审美建构时,对于真实追求的侧重点也是各不相同的。比如,现实主义的文学创作,首要的也是最为核心的审美价值就是对于客观世界的如实的再现性叙写,而表现主义、浪漫主义,尤其是荒诞主义等文学创作,恐怕更主要的是追求作家心灵世界和生命情感体验与内在生命的真实。所以,唯有写出自己真实的生命情感体验的真实,才是更具文学艺术审美价值的,才能更接近文学艺术的本质。

路遥追求的是一种社会人生之真,这既包含对于社会生活与人生情态真实的叙写,也包括对于合理的社会生活与人生建构的追问探寻。

路遥是典型的最具中国当代现实主义艺术传统品格的作家。他在建构自己的审美艺术价值时,自然是将作品的真实价值建构视为第一审美追求。当然,对于文学创作真之审美价值的理解与追求,路遥经历了一个不断深化发展的过程。这个发展过程,就是他从社会政治生活的真实建构走向了社会人生的审美建构。甚至可以说,路遥从真正走向文学创作艺术道路起,就表现

---

① [俄]杜勃罗留波夫:《杜勃罗留波夫选集》(第1卷),辛未艾译,上海译文出版社1983年版,第273页。

出对于社会人生的极大关注,并试图叙写出中国当代的社会人生建构形态及其发展历程。从《惊心动魄的一幕》到《平凡的世界》,虽然在社会时代背景的艺术表现上有所拓展变化,但是,他始终紧紧扣住了社会人生艺术审美价值建构这一核心。对于社会人生真实价值的追求与建构,首先探询的是社会现实生活的真实价值所在,其次是对于现实生活的历史真实的审视,再次便是探索社会生活与社会人生相融汇的真实建构。

对于社会生活真实审美价值的建构,在路遥这里突出地表现为三个方面。一是对于中国当代社会生活背景以及所叙述的人和事整体性的真实再现。路遥极善于从整体上把握社会生活,对中国当代社会生活进行整体性的叙事审美建构。我们从他的文学创作中,可以读到中国当代社会生活的整体风貌。二是对于具有地域色彩的社会生活的真实叙述。笔者特别强调路遥文学创作中的地域色彩,以及对于陕北当代社会生活的真实叙述。中国当代社会生活有着基本的建构形态,它会融汇于各个地域中,但是,对于文学艺术来说,更为重要的是对于更具地域色彩生活的艺术叙事的审美建构。路遥的文学创作在对于当代中国社会生活的审美艺术叙述上,与其他地域的文学创作区别开来。他将陕北人的生活方式、风俗习惯、民风民俗等,熔铸于社会生活的叙事建构中,使得他文学创作的真实审美价值里具有了更为浓郁的陕北地域色彩,因而也就显得更为真实。三是对于社会生活细节的真实描写与刻画。细节的真实首先是生活现象的真实,更为重要的是揭示了生活本质力量和内在规律的富有典型意义的真实,在文学艺术的审美建构中,达到黑格尔所说的"把真实放到正确的形式里"[1]。路遥在生活细节的真实叙事中,非常善于刻画具有更为丰富的包括社会政治内涵的社会生活细节,使得细节蕴涵了更多更大的社会生活意蕴。

在社会生活的真实建构中,他融入自己对于历史,特别是中国当代历史的真实体验与认识,试图在现实生活的真实建构中叙写出一种历史的真实。对于社会历史的真实,路遥追求对当代中国社会生活的如实叙述,试图"用历史和艺术的眼光观察在这种社会大背景(或者说条件)下人们的生存与生活状态","站在历史的高地上,真正体现巴尔扎克所说的'书记官'的职

---

[1] [德]黑格尔:《美学》(第1卷),朱光潜译,商务印书馆1979年版,第352页。

能"①。就此而言,路遥是用全部的文学创作建构起他所认识理解和体验的中国当代社会生活及其发展的历史形态。

对于人生的真实建构,始终是路遥对于文学真实价值审美建构的追求。路遥非常善于叙写人生,尤其是乡村青年人的人生真实。他的《人生》之所以受到整个文学界和社会的关注,其中最为主要的一点,便是对于中国20世纪80年代初期中国改革开放伊始,中国青年主要是乡村青年人生命运的独到而深刻的思考。这部作品,与其说真实地叙写了中国改革的现实生活,不如说非常真实地探索了乡村青年的人生命运,其间蕴含的是青年人应当如何选择自己的人生道路。而这一切,又都熔铸着路遥真实的生命情感,熔铸着他对于社会人生的真实体验。特别是对于青少年时代和故乡陕北的深厚生命情感及其体验,构成了他文学创作真实审美建构的核心内涵。也许正因为如此,路遥所建构的真实性审美价值,受到了陕北地域社会历史生存方式与文化思维方式的影响,带有明显的陕北地域文化色彩。

陈忠实追求的是一种历史文化视野下的社会与人存在的建构之真,他当然也非常注重社会人生命运、现实生活等方面真实的艺术叙写,但是笔者以为,不论陈忠实所叙写的具体生活对象是什么,其间总是熔铸着一种历史文化之审美视域,他似乎更看重或者说他只有以历史文化的审美视域来建构自己的文学艺术世界时,方显出其最具魅力的特异审美价值,其文学创作之真的审美价值建构,方才达到一种更加完美的艺术境界。甚至可以说,只有在历史文化审美视野下去建构自己的艺术世界,陈忠实方才真正找到了艺术创造上的自我,达到了自我的自由境界。

和同时代其他作家一样,陈忠实对于文学创作真实价值的追求,是从社会政治生活真实的再现为第一要务开始的,因此,他在建构自己的文学真实审美价值时,自然是将现实生活真实的价值建构放在社会政治视野下进行考量的。正是在这样一种文学创作思想的前提下,陈忠实20世纪80年代的文学创作基本上是追随社会时代生活前行的,正如他说:"文学是社会生活的反映,作家必然要把这种变革的生活诉诸文学。要更敏感地感受变革的生活,

---

① 路遥:《早晨从中午开始——〈平凡的世界〉创作随笔》,中国文联出版公司1993年版,第26页。

要深刻的理解进而反映生活。"①其实，陈忠实在这里进一步提出了文学创作真实反映生活的前提条件，这就是敏感而深刻地感受生活。换句话说，陈忠实所建构起来的文学艺术，是以作家的真实生活感受为审美价值的。从陈忠实的文学创作实际和发展历程来看，他的确有着丰富而深厚的社会生活积累和感受。可以说，他的文学创作就是建立在他对于社会现实生活的切身感受的基础之上，如果没有这种丰富而深厚的生活感受，也就没有了陈忠实的文学创作。

但是，陈忠实对于社会生活真实价值的审美建构，也是有着发展变化的。在20世纪80年代末，特别是在创作了《白鹿原》之后，陈忠实最喜欢也最能代表他对于文学艺术创作深刻认识的说法，就是生命体验。在他看来，"作家进行文学创作唯一依赖的是一种双重的体验，由生活体验进而发展到生命体验，由艺术学习发展到艺术体验，这种双重体验所形成的某个作家的独特体验，决定着作家全部的艺术个性"②。他把文学创作的全部秘密，归结为个人兴趣和体验。他说自己"到50岁时还捅破了一层纸，创作实际上也不过是一种体验的展示"。"体验包括生命体验和艺术体验而形成的一种独特体验。千姿百态的文学作品是由作家那种独特体验的巨大差异决定的。"就生命体验而言，它源自生活的体验。③由此逻辑推理，我们可以说，陈忠实后期对于文学创作真实审美价值的追求，便是真实地叙写自己的源于生命本体的、触发于生活体验的全部生命体验。换句话来说，文学创作的真实性审美价值建构，就是对于作家真实生命体验的艺术展示。从生活真实到生活感受真实再到生命体验真实的艺术审美建构，便构成了陈忠实真实审美价值建构的发展轨迹。

在此基础上，我们进而对陈忠实文学创作中关于真的理解变化加以分析。很显然，陈忠实是从对于社会生活的真实再现走向创作道路的。从20世纪80年代中后期开始，他对历史文化的真实艺术叙写表现出更大的兴趣。这种变化，是从对于民族命运的深入思考开始的。他在与李星的对话中谈道："回想起来，那些年我似乎忙于写现实生活正在发生的变化，诸如农村改革

---

① 陈忠实：《陈忠实创作申诉》，花城出版社1996年版，第91页。
② 陈忠实：《陈忠实创作申诉》，花城出版社1996年版，第46页。
③ 陈忠实：《陈忠实创作申诉》，花城出版社1996年版，第46页。

所带来的变化。直到80年代中期,首先是我对此前的创作甚为不满意,这种自我否定的前提是我已经开始重新思索这块土地的昨天和今天,这种思索越深入,我便对以往的创作否定得愈彻底,而这种思索的结果便是一种强烈的实现新的创造理想和创造目的的形成。当然,这个由思索引起的自我否定和新的创造理想的产生过程,其根源动因是那种独特的生命体验的深化。我发觉那种思索刚一发生,首先照亮的便是心灵库存中已经尘封的记忆,随之就产生了一种迫不及待地详细了解那些儿时听到的大事件的要求。当我第一次系统审视近一个世纪以来这块土地上发生的一系列重大事件时,又促进了起初的那种思索进一步深化而且渐入理性境界,觉得所有悲剧的发生都不是偶然的,都是这个民族从衰败走向复兴复壮过程中的必然。这是一种生活演变的过程,也是历史演进的过程。""我不过是竭尽截止到1987年时的全部艺术体验和艺术能力来展示我上述的关于这个民族生存、历史和人的这种生命体验。"[①]由此可见,陈忠实文学创作中的审美价值建构,经历了一个裂变的过程,对于真的审美理解与追求从当下性的生活转向了历史、文化与人的真实的生命体验性的建构。

贾平凹追求的是一种生命本体精神之真。我们常常听到或者看到这样一种针对贾平凹的文学创作的说法:对于生活的叙写真实性不够,对于生活的积累功力不深。其实,这种说法并不符合贾平凹的文学创作实际。笔者认为,贾平凹不是典型的现实主义创作,他是意象主义的创作。因此,他追求的不是生活的真实再现,而是生命本体心灵精神的真实表现。贾平凹的文学创作对于真之审美价值的建构,实际上是通过对现实世界的叙述来构建生命本体心灵精神世界。甚至可以说,唯有生命本体心灵精神的真实,才是贾平凹文学创作真之审美价值的核心建构。

这样说,并不是否定贾平凹不看重对于生活真实的叙写。通过阅读贾平凹自《废都》之后的作品发现,他特别注重生活细节的真实刻画。于生活整体把握上,他追求一种茫然的叙事方式,就是虚构型的细节,他也是刻画得惟妙惟肖。比如《废都》开头对于奇异盆花和四个太阳的描写,犹如真实发生的一般。就是他言称要为家乡立一块碑子的《秦腔》,其整体叙事的现

[①] 陈忠实:《陈忠实创作申诉》,花城出版社1996年版,第46页。

实性还是非常强烈的，不少人将其视为现实主义创作，也是基于他对于乡村生活与文化的准确把握。包括他所选择的叙事语言，也是纯正的故乡语言，叙事方式上，很显然融汇着故乡式的思维习性。他所建构的现实生活叙事之真，达到了令人赞叹的地步。对于这部作品的艺术审美追求，他做了这样的阐释："我的故乡是棣花街，我的故事是清风街，棣花街是月，清风街是水中月，棣花街是花，清风街是镜里花。但水中的月镜里的花依然是那些生老病离死，吃喝拉撒睡。"他明确讲，自己的创作不追求波澜壮阔的生活叙事，而是一种生活漫流式的叙事。"我不是不懂得也不是没写过戏剧性的情节，也不是陌生和拒绝那一种'有意味的形式'，只因我写的是一堆鸡零狗碎的泼烦日子，它只能是这一种写法，这如同马腿的矫健是马为觅食跑出来的，鸟声的悦耳是鸟为求爱唱出来的。我惟一表现我的，是我在哪儿不经意地进入，如何地变换角色和控制节奏。"① 从贾平凹的表述中我们可以了解到，其文学创作对于真之审美价值建构的追求，在于于大实之中叙写大虚，于质朴叙事之中充分张扬自己的灵动飞扬的心灵世界。所以，他所叙述的仍然是自己生命本体所感应的故乡，追求的依然是性灵精神的真实审美建构。与其说贾平凹要给故乡立一块碑子，不如说他是在为自己心灵精神中的故乡记忆在立一块碑子。

自《废都》或者甚至从《五魁》那一批创作开始，与其说贾平凹是在建构现实或者历史生活的真实叙事，不如说他是在建构自己的生命本体心灵精神的历程。他在《废都》的扉页上做了郑重声明："情节全然虚构，请勿对号入座；唯有心灵真实，任人笑骂评说。"我们并不否认，这里含有贾平凹不愿引起阅读误会与麻烦的因素，但是，《废都》所叙写的的确是他生命本体的真实状态。他曾经说，《废都》是他生命运行中出现了破缺和修复生命破缺，以此来安妥灵魂之作。这等于说，他是在叙写自己的生命情感历程。《废都》后记中的一段话，也印证了他的创作审美追求："姑且不以国外的事作例子，中国的《西厢记》《红楼梦》，读它的时候，哪里会觉它是作家的杜撰呢？恍惚如所经历，如在梦境。好的文章，囫囵囵是一脉山，山不需要雕琢，也不需要机巧地这儿让长一株白桦，那儿又该栽一棵兰草的。"也

---

① 贾平凹：《秦腔》，作家出版社2005年版，第565页。

许正因为如此,他在创作过程中,"常常处于一种现实与幻想混在一起无法分清的境界里"[①]。

二、善的审美价值建构

中国当代文学创作从20世纪90年代开始,走向了通俗化、世俗化、媒介化、平面化、娱乐化。这是中国当代社会文化精神在文学创作上的反映。价值取向的多元化,必然导致文学创作价值取向的多元化建构形态。趋向娱乐,追求快感,迎合世俗,这是一种不可避免的价值趋向。也正是在这种文学创作价值取向的驱使下,不少的作家走向了世俗写作,但是,依然有许多作家坚守文学艺术阵地,坚持自己的审美艺术追求。陕西的这三位作家便是如此。当我们对这三位作家几十年的文学创作进行梳理时发现,虽然他们文学艺术创作的理解与叙事建构有着发展变化,但是他们对于文学艺术的虔诚始终没有发生改变,他们始终坚守着所谓的纯文学艺术创作的立场。用陈忠实的话说,就是文学依然神圣。他们的文学创作依然是求真向善的审美价值建构。

为什么会如此呢?这自然与他们对于文学艺术的理解与追求有关,与他们的人生道路有关。当然,也与他们所处的陕西这片诚挚深厚的土地更有着密切的关系。甚至可以说,虽然陕北、关中和商州在地域文化上存在着相当大的差异,但是这三位作家各自家乡的地域文化所给予他们的生命情感的真实而实在的影响,却是极为相似的。故乡给予他们善良而真诚的生命情感,使得他们在几十年的文学创作历程中,不论是寂寞或者兴奋,都会保持一贯的对于文学创作虔诚的姿态。从他们的文学创作在社会上的反响来看,可以说对于他们的评价是各不相同的,即使是同一位作家,也没有一致的一种评价。学术界对于路遥的评价就存在着极大的差异,就像有的人所说,目前最富影响的几种当代文学教材,极少论述路遥的文学创作,有的只是一笔带过。对于陈忠实,南方一些权威研究者也是并不认同。对于贾平凹的创作,那更是从《废都》之后就一直存在着争论,有些批评甚至达到了超越文学艺术的范畴。对此,路遥、陈忠实已故,自然不能再做任何的陈述,贾平凹却极少受到影响,他依然按照自己的文学创作道路建构着自己的文学艺术世界。

---

① 贾平凹:《废都》,北京出版社1993年版,第519、525页。

这不能不说是一种令人深思的文学艺术精神。

需要进一步思考的是，是什么东西支撑着陕西作家始终如一地坚守各自的文学艺术精神呢？在此自然而然地考虑到了陕西作家，主要是这三位作家，他们在对于文学创作审美价值的追求与向往中，均有一种向善的价值取向。他们都谈到自己对于文学事业的痴心。而这种痴心的精神内核是什么？笔者认为，这是一种以善为思想内核的对于文学创作精神的理解与建构。不论是对于文学创作历史责任或者良知的认同与坚守，抑或是对于文学创作伦理道德价值观念或者审美价值的追求与建构，他们都是从善的角度出发来思考问题的。

那么何谓善？从哲学角度看，价值是客观事物及人类的行为所产生的能够满足人类需求的某种属性。这里主要体现为人的劳动，因而也就体现为人与自然、人与社会、人与人之间的某种关系。所谓的审美价值主要是"指自然界的对象和现象或者人类劳动的产品由于具备某种属性而能够满足人的审美需要，能够引起人的审美感受"①。人类在生存的过程中，形成了一系列的价值观念，善就是文学艺术最为重要的一种审美价值。虽然从古到今人们对于善的认识与表述不同，善之审美价值标准也各异，但是，对于善之追求，却是一以贯之的。善，以真为前提，以美为最高追求。而善又是真与美的审美精神追求，离开善也就谈不上真与美。正因为如此，作家在建构自己的文学创作审美价值形态时，总是将文学之善作为首要的精神价值追求。人们在阅读欣赏文学作品时，亦是将以善为内核的思想价值作为审美判断的首要标准。从另外一种角度来看，文学创作所追求的善的审美价值，其实是一种审美功用的体现，是一种目的性的审美创造行为的价值建构。文学创作一个非常重要的功能，那就是教化功能。虽然现在对于文学创作的教化功能多有异议，但是笔者认为，这并不在于文学所具有的审美教化功能自身，而在于对这一审美功能的理解和实现中的偏差，或者说，按照意识形态之要求去框限文学艺术的审美教化功能，甚至将文学艺术之审美艺术创造直接视为意识形态或者伦理道德教化行为，这显然违背了文学创作的艺术规律。

中国当代文学创作非常强调对于善的追求，但其间却出现过不少问题。最主要的是：一是在政治标准第一、艺术标准第二的思想指导下，过分地夸

---

① ［苏］奥夫相尼柯夫、拉祖姆内依：《简明美学辞典》，冯申译，知识出版社1981年版，第178—179页。

大文学创作的教化功能，而忽视了文学创作的审美功能；二是对于善的理解出现了偏差，将社会政治之善强调到无以复加的地步，而忽视甚至有意识拒绝善的其他内涵；三是对于善的开掘与艺术叙写缺少审美情感这一重要环节，走向了抽象化、概念化，成为思想观念性的教化，从而使文学创作失去了美感。这就是20世纪70年代之前中国当代文学创作的基本状况，追求所谓的社会思想之大善，而忽视了源于人生命本体和人与人之间的真善美。实际上善不是纯粹的思想观念，也不是完全凌驾于具体文学创作之上，而是渗透于社会生活的方方面面，是具体的价值体现。尤其是文学创作，更为强调的是具体的生活细节之中所蕴含的真善美的思想情感内涵，是作家应当致力开掘并加以审美化的表现。改革开放之后，随着思想解放的深入发展，文学创作对于善之审美价值的理解、建构逐步发生了变化。从追求单一的社会政治之善，发展为从不同的思想与艺术视野理解和建构文学创作善的审美价值。

路遥、陈忠实、贾平凹这三位陕西作家在走上文学创作之初，也受到了社会时代风气的影响，不过他们很快便意识到，应当寻求自己的审美价值趋向。经过多年的努力探索，他们可以说建构起了自己的关于善的审美价值观念形态。对于善的追求，路遥是以社会人生之道为核心的价值建构，陈忠实是以伦理道德为核心的价值建构，贾平凹是以心灵精神之爱与美为核心的价值建构。

对于路遥来讲，他似乎用全部文学创作在探求蕴涵于社会人生之中的善的审美价值内涵。他的笔下，总是开掘着底层社会和普通人身上所存活的美好善良品质。具体来说，路遥在建构文学创作善之审美价值时，表现出如下基本特征。

首先，路遥进行文学创作，非常重视作品思想内涵价值的开掘与建构，社会功用目的非常明确。他总是从当代社会发展的历史趋向角度思考问题，表现出一位作家的社会良知。因此，路遥将社会良知放在文学艺术审美价值建构的首位。《惊心动魄的一幕》是从社会良知角度，叙写"文革"时期一位干部被普通农民救助并保护的故事。很显然，路遥于此所要开掘建构的审美价值，就是我们这个社会纵然在动乱的非常时期依然存在着美好的优秀的品质，我们这个社会缺少的就是这种优秀品格。《人生》亦是从整个社会角度来探寻社会人生道路，以及社会人生中应当具有的社会良知和伦理道德品格。而且，路遥也总是将个体的思想精神品格建构与整体社会的思想道德建构融为一体，追求二者的统一。因此，与其说路遥在讴歌人的优秀精神品德，不如说他是在致力于整个社会精神品格的建构。也就是说，路遥要建构起我们这个社会时代的善之审美价值，建构起与社会生活、历史时代价值相一致的人生价值。

其次，路遥在发掘生活中特别是乡村生活中所存活的支撑我们这个社会、民族的优秀品德。社会的正义性、公正性以及良知性，是路遥所极力追求的审美价值观念之一。这些却体现着善的审美价值，成为支撑我们这个社会、民族以及现实生活的支柱。

再次，路遥叙写得最好的是故乡父老乡亲身上所保存的美好思想情感和优秀品德。路遥的文学创作中有两大力量尤为突出，这就是思想情感力量和道德力量。如果说强化大的情感力量给人以心理情感上极大的冲击力，引发起人的审美情感共鸣，那么，路遥作品中的道德建构与展示，则给人以精神品德上极大的震撼力量。而道德品德的审美建构与表现，是渗透于审美情感之中的。情感与道德进行着融汇建构，使得作品的审美价值变得更为复杂。不能说路遥对于上层人士的道德价值判断倾向于负面，比如《人生》中高加林的叔叔，身居地区人事局长高位，一身正气，体现出共产党高级干部的优秀道德品格。《平凡的世界》中，对于地、市高级领导的叙写，也是着力于他们道德品格的塑造。但是，路遥对于这些人道德品格的开掘与叙写，总表现出相当程度的表面化、程式化和理念化。他们身上负载着更多的社会意识形态观念的内涵，这种过于强烈浓重的意识形态观念，阻隔了道德价值内涵审美化的实现。但是，只要笔触一落在陕北农民身上，一叙写父老乡亲，路遥的笔立刻就活了起来，涌动着一种源于内在生命本体的情感，情感的力量与他所要表现的道德力量融汇在一起，形成了一种更为强烈、更为真诚、更为复杂的审美价值内涵。可以这样讲，路遥将陕北农民身上所存在的优秀伦理道德品质，鲜活而生动地叙写了出来。《人生》中的刘巧珍、德顺爷爷，《平凡的世界》中的孙玉厚老汉等，他们的身上闪耀着中华民族优秀品德的光芒。路遥对于中国传统美德的艺术叙写，自然是紧紧地拥抱着陕北这块黄土高原，把陕北地域所特有的人生品德展现出来。陕北地域具有质朴淳厚、宽容忍让以及顽强的生存力量，还有乐观的人生态度，对于生活充满美好愿望，积极奋进的精神等。任谁读过《人生》，都会被德顺爷爷那种乐观豁达、坚守做人的道德和质朴宽厚的品德所感动。高加林从县城教书学校回来，刘巧珍所表现出的宽容大度，的确体现了陕北人金子般的优秀品德。

还有，路遥也表现了中国在社会历史变革过程中，现代思想道德与传统思想伦理道德的矛盾冲突。从理智上他似乎倾向于现代道德，但于生命情感上却将价值观念的天平倾向了传统。路遥在进行文学创作构思时，自然是感知到中国社会时代变革的历史发展趋势，社会性变革中必然地要带来人们思想观念、伦理道德上的矛盾冲突。以城市为标志的现代思想文化以及新的伦理道德，与以乡村为标志的传统文化与伦理道德之间，不可避免地要进行碰撞。如何进行把握审视，这便体现着作家的审美价值观念。高加林、孙少安、孙少平等青年人身上这一矛盾冲突，表现得尤为突出激烈。很显然，路遥对于传统的伦理道德给予了充分的肯定性艺术叙写，同时对于现代思想伦理道德也给予了有限度的认同与容纳。

我们说陈忠实是以儒家文化伦理道德为核心进行价值建构，显然是以他的代表作《白鹿原》为基本文本而得出的结论。但是，这并不是说陈忠实此前的文学创作就没有或者完全忽视了这一审美价值追求。其实，陈忠实在文学创作审美价值建构中，对于传统的以善为主体的价值内涵的开掘是非常重视的，体现得也是非常突出的。所不同的是，此前对于儒家文化伦理道德价值的体认，笔者认为，主要是渗透于具体的日常乡村生活的叙写之中，或者说，他还处于非自觉状态，而将主要思考放在了社会现实生活的价值建构上。

不论《白鹿原》达到了怎样的艺术审美高度，也不论这部作品对于中国以儒家文化思想为标志的传统文化的开掘达到了多么深刻的程度，或者说，这部作品将陈忠实推向当代文学多么显赫的位置。我们必须承认，亦如作家所坦言的那样，1987年前的创作，处于追踪社会现实生活的状态，可以说并没有形成完全属于自己的审美价值观念，或者说，他在追求与社会现实价值观念的同构，实际上也就消解了他的主体存在。就此而言，陈忠实的文学创作是一种他者的叙事建构，是一种社会化的审美价值体认性的建构。因此，从总体上来看，陈忠实前期的文学创作，对于善之价值的体认，是以当时社会的公共价值观念为标准的。《信任》作为他前期创作的一个代表性作品，显然是以社会现实结构为叙事基本模态，以社会公共价值为审美价值。老支书是一位胸怀宽厚、公而忘私、以党和群众利益为重的农村干部形象。他为人处事的基本原则就是，极力维护党和群众的利益，他所遵循与坚持的价值观念就是，追求个人价值与社会价值同一性中的最大化实现。因此，他身上所体现出来的善是一种社会良知。之后的《康家小院》，其审美价值观念发生了一定变化，这主要表现为对于传统道德美德内涵的开掘。康家父子体现着现世性价值观念和传统性价值观念的矛盾冲突。如果说儿子是按照一般的生活规则处理问题，比如所打土坯在人离开后倒塌，自己并不需负任何责任，这是一种共同认可的生活潜规则。但是，父亲却不以此为价值准则，而是以满足对方、自己多付出为价值准则。这是中国农民所具有的宁可亏欠自己、绝不亏欠别人的传统美德。在这里，陈忠实将价值取向的视野倾注于中国的传统。而《蓝袍先生》则表现出更为复杂的价值趋向。这既有对于传统文化思想、伦理道德、价值观念的部分认同，也有着否定，其间更有着悲悯。作家在这部作品中试图解剖中华民族的文化精神，反思民族的历史命运。正是基于这样的深入思考，才引发出《白鹿原》对于中华民族历史命运和文化更为深入细致全面的反思。也只有在这部深厚的长篇大作中，陈忠实才建构起自己的审美价值观念和形态。

总括起来看，陈忠实善之审美价值建构，表现出如下特点：

陈忠实审美价值之善，是以儒家文化伦理道德为核心价值而建构起来的。儒家文化思想非常重视伦理道德人格的建构，这就使得陈忠实善之审美价值在建构完善中表现出非常突出而凝重的道德人格力量。前文在分析路遥时也谈到了这一方面的问题，但是比较而言，陈忠实似乎更为突出典型。而这种融汇着儒家文化思想的道德人格建构，又是与他深刻的生命情感体验融为一体的。换句话说，陈忠实文学创作审美价值之建构，以他对于社会历史与现实人生的生命情感体验为切入点，进而延伸至理性思考，将儒家文化思想熔铸于道德人格建构之中。

陈忠实文学创作价值观念的审美建构，是一种历史的建构。这是说，陈忠实从历史发展演变的历程中汲取着思想价值营养。儒家文化思想的核心是仁与礼。仁者爱人，儒家所倡导的仁爱思想已经成为中国传统文化思想的一个核心价值内涵。这实际上也是一种伦理道德观念。这种仁爱思想拓展为仁、义、忠、恕、智、信等观念，具体到实践层面，便是修身、齐家、治国、平天下。礼即礼制，实际就是讲究社会伦理道德，讲究社会人伦关系的建构秩序。在几千年的发展过程中，儒家思想也发生了某种变异，不同社会时代的理解与阐释也不尽相同，但是，这些基本的思想观念则已经渗透于人们的具体生活之中，成为普通人生活与生存的基本准则。从陈忠实的表述中，我们可知他对儒家文化思想进行了颇为深入的研究思考。正如前文所说，陈忠实对于儒家文化思想、精神价值观念等的汲取，首先是源于他的故乡现实生活。他从包括他父亲在内的父老乡亲身上，懂得了为人处事的基本原则，形成了他的价值观念。比较而言，陈忠实对于善之价值观念思想等的建构，主要是侧重于实践层面，这就是融汇于乡村文化思想中的实践儒家文化思想。这些在他的《白鹿原》中体现得淋漓尽致。如果说朱先生还主要是一种文化思想的体现，那么，白嘉轩则是典型的实践者。因此，陈忠实在自己的文学创作中所做的价值判断，在相当大的程度上都是以儒家的文化思想为审美艺术建构标准的。

我们还应看到，陈忠实文化人格价值的特殊魅力。儒家非常注重人格修养，这一方面陈忠实亦是如此。陈忠实不仅仅是于文学创作上注重修炼自己的文化人格与艺术品格，就是在现实生活中，他也是如此。笔者甚至认为，他具有内圣外王的人格精神建构特征。陈忠实以儒家文化思想为内核，建构起自己的文学创作文化人格价值形态。富贵不能淫，贫贱不能移，威武不能屈，这种典型的儒家文化人格，在陈忠实的文学创作善之审美价值建构中有着非常充分的体现。白嘉轩的精神性格，就是陈忠实文化人格的一种艺术体现。白嘉轩经历了许多人生的坎坷，包括被土匪打弯了腰，但是，他依然不屈服，依然站立在仁义村。从陈忠实对于笔下人物的情感取向中，可以看到作家善恶是非的价值判断。

其实，陈忠实对于人的生命也是非常关注的，他非常尊重生命的价值意义。在他看来，合理的生命需求，包括生命本能欲望之需求，都应当给予尊重和肯定。《白鹿原》有时给人一种冷酷的感觉。开头对于白嘉轩与七个女人关系的叙述，使人看到了封建传统文化思想和伦理道德对于人之生命主要是女性的扼杀。但是，在这种冷酷的背后，依稀可以感知到陈忠实的悲悯与悲愤。其实这里已经非常清楚地表现出作家对于生命的关爱之心。任谁在阅读《白鹿原》时，都会被作家关于黑娃与小娥两人带有原始野性的生命情感描写所深深感动，陈忠实对于这种带有原始野性的生命情感的礼赞，是溢于字里行间的。在这里，陈忠实显然不是以传统的价值观念来进行审美审视的。也就是说，在陈忠实的文学创作中，对于生命的尊重就是一种善良的思想，读者应当以善良的愿望去审视生命本体。

陈忠实善之审美价值的建构中，融汇着浓郁的乡土伦理道德观念与民风民俗思想，表现出浓厚的乡村文化特色。陈忠实从自己的故乡汲取了初始的而且是不断丰富发展的文化思想和价值观念，因此，他的价值观念具有典型的关中乡村，主要是渭河南岸灞河原的伦理道德价值观念特征。中国传统文化思想建立在中国这块土地之上，是农耕生产生活方式的结晶。而农耕文化与土地有着密切的内在联系，可以说也只有在这种土地上，方能产生农耕文化。因而，中国的伦理道德观念也应当是建立在农耕文化基础上的，是一种具有浓郁土地血缘关系的伦理道德价值观念。笔者认为，在中国，最具传统历史文化伦理道德价值特征的地域是关中，而陈忠实所处的灞河原区域则是关中地域历史文化的核心地带。

陈忠实的伦理道德价值观，首先是一种黄土地观念。从陈忠实的文学创作中可以看到，他对土地具有特别深厚的生命情感及其体验。这一点贯穿其创作始终。可以说，他进行文学创作审美价值判断时，对于土地的情感与认知成为一个极为重要的价值标准。其次是四合院式的价值观念。四合院式的文化思想及其道德观念，说穿了便是建立于农耕生活方式基础上的以家族血缘关系为纽结的伦理道德观念。《白鹿原》从文化思想与伦理道德价值观念角度看，就是一种四合院式的家族血缘文化与伦理道德的叙事建构。这一方面，路遥、贾平凹似乎都没有陈忠实表现得突出和浓厚。一方面，灞河原的现实生活为陈忠实提供了活态的四合院血缘伦理道德价值标本，另一方面，他从有关文字记载中获取了历史文化伦理道德价值观念的丰富资源。这一点，他在谈《白鹿原》创作时有着明确表述。他首要做的就是查阅历史资料和收集生活素材，他"阅读了查阅了西安周围三个县的县志、地方党史和文史资料，也搞了一些社会调查，大约花费了半年时间，收获太丰厚了，某些东西在查阅中一经发现，简直令人惊讶激动不已，有些东西在当时几乎就肯定要进入正在构思中的那个还十分模糊的作品"①。蕴藏于这块土地中的民间历史传说和文学艺术等,特别是其所蕴含的思维智慧与审视视角和伦理道德价值观念内涵,给予了陈忠实丰富的文化思想与艺术营养。当然,也不能忽视陈忠实家庭之影响。实际上他的家庭就是典型的四合院式生活方式,他的血液中自然而然地承续和积淀着四合院式的文化基因,他的价值判断标准融汇着这种生命情感的血液。尤其是他的父亲,在具体的生活过程中将四合院式的伦理道德价值观念,自然而然地传授给了他。这些从陈忠实作品中关于家庭、邻里关系以及对待父母妻儿态度等诸多方面叙述中可以得到印证。

贾平凹的文学创作,是最具有挑战性的。费秉勋先生用多转移多变化进行概括,是不无道理的。纵览贾平凹的文学创作历程,几乎是处于不断变化的状态中。但是,笔者认为,贾平凹的文学创作变中有不变,不变中又有着变化。不仅贾平凹如此,路遥、陈忠实以及其他当代作家也是如此,比如余华就从先锋写作回归到现实写作。贾平凹文学创作之不变的其中一点,就是他对于文学精神以及爱与美审美价值的追求。贾平凹对于文学价值之善的理解与艺术建构是有其独到之处的,他是以心灵精神之爱与美为核心的价值建构。

笔者在拙著《精神的映象——贾平凹文学创作论》中分析贾平凹的文化精神时,提出就对于中国文化思想传统的继承来看,他是对儒、道、释均有所吸纳。也有人以禅来概括贾平凹文学创作的艺术精神。但是笔者认为,贾平凹身上最具艺术精神的文化基因是道。禅是外来之佛与中国本土文化思想融汇的产物,其中道家的文化思想对贾平凹的影响是显而易见的。因此,对贾平凹审美价值之善的概括,可用老子的一句话来表述:上善如水。正如他所追求的真是心灵精神之真,他所追求的善也是精神之善,而不是处于现实形态的生活现象之善,其爱与美也就融汇在如水之上善中。

当然,贾平凹文学创作审美价值之建构也经历了一个发展历程。这里还是应当提起他的成名作《满月儿》,很显然这篇作品不论是对于生活的叙事、表述语言,以及对于生活与人物思想情感等诸多方的把握,都是清新而优美的,可以说是一幅于那个时代难以见到的清新秀美的乡村生活风景画。此时的贾平凹对于包括善良美在内的审美价值建构,是单纯而美好的,爱与

---

① 陈忠实:《陈忠实创作申诉》,花城出版社1996年版,第46页。

美的审美价值建构也是清新亮丽的。但是很快，贾平凹便发生了变化，他的审美价值观念走向了复杂，进入他文学创作视野的审美对象，是一种多因质建构，不仅有着生命的本真与善良，也存在着丑恶与虚伪，更存在着悲悯与苍凉。从《"厦屋婆"悼文》等一批作品开始，贾平凹的文学创作审美价值建构进入了另外一种境界。善与恶、美与丑、真与假，融汇在一起。贾平凹这时对于善美价值的追求与建构，表现出明显的善与恶、美与丑、真与假强烈的对比性。虽然他在追求审美艺术价值的多种建构，也试图达到相互之间的融汇，但是，这仍存在着未能完全弥合的情景，或者说仍显出用力的痕迹。20世纪80年代前期，他在批评界的批评下，也写出了《小月前本》《天狗》等比较亮色的作品，审美价值判断似乎也纯正了一些，但是，于整体审美价值建构的发展趋向上，是走向了复杂化，多色质化。从《废都》之后，《满月儿》时期的纯净单色的贾平凹已不复存在，成为多色的贾平凹。他的价值观念也成为一种复合型的审美建构。在艺术表现上，他已不再是仅仅叙写或表现社会与人的美好，也不再是清新优美情致的审美价值建构。他笔下的人和事，往往是善与恶、真与假、美与丑的交织融汇。也就是说，贾平凹不仅开掘善的美好的东西，而且将丑、恶、假等也撕裂了给人看。这更符合社会历史价值审美建构的本真状态。比较来看，《秦腔》的审美艺术建构弥合得非常好，几乎可以说是当代文学创作上一个独特的文本，也达到贾平凹文学创作的又一次审美艺术创造上的跨越。其审美价值已经超越了文本自身，进入更为广阔的审美境界。

贾平凹对于善的审美价值的追求与建构，在他的文学创作中表现出如下特征。

首先，贾平凹依然不能脱离文学创作的社会功利价值的追求与建构。有人批评贾平凹的文学创作缺乏一种社会的良知，实在是天大的冤枉。从始至终，贾平凹都在以自己的人生与艺术体验，建构着一种美好的社会生活叙事的审美价值。他说过，他的生存地位决定了他不可能脱离社会生活，不可能不关注现实社会。他也说过，他的创作现实成分越来越强。《土门》出版后，有不少研究者就其社会现实意义和价值进行了分析，给予了充分的肯定。文学作用于社会，作用于人生，这几乎成为中国自五四以来绝大多数作家的宿命。贾平凹虽然更自觉地追求生命本体精神上的心灵自由境界，但是不论是从哪个方面来看,他都无法也不会有意去超出三界之外。也许这是他的另外一种发乎自然的审美价值追求与建构。不过,贾平凹在追求文学创作善之审美价值建构时,则尽量去意识形态化。在许多人看来,贾平凹的文学创作审美价值建构,特别是《秦腔》以终评全票获茅盾文学奖,是贾平凹文学创作的审美价值趋向于实现与主流意识形态的某种层次上的同构。其实,贾平凹依然忠实于自己的生命情感体验与心灵精神的真实建构,只是他具体的文学创作的审美价值处于中轴下的曲线运动状态。这也是他创作现实性情境下的生命体悟的真实状态的艺术化审美建构。正如前文多次谈到,包括贾平凹在内的中国现当代作家,社会良知始终是他们文学创作审美价值建构的一个极为重要的层面。贾平凹《废都》等作品,亦是社会良知的另外一种审美价值形态体现。或者说,他不是从传统的正面视野建构,而是以解构的方式进行创作价值的审美建构。

其次,对于文学艺术现实价值的审美建构,当然可从不同的层面视角切入。贾平凹所追求的不是简单的扬善除恶式的二元对立的价值建构,而是混沌茫然的建构形态,就犹如一江水混混茫茫、本乎自然的形态。他似乎更加注重善恶中间地带审美价值的开掘。自然科学中有一种灰色理论,研究的就是处于灰色状态下的物质运动状态。我国古代八卦图,并非截然的黑白两种色彩状态,其间也有一个从黑到白的中间过渡地带。不论是社会现实或者人的精神情感,抑或是心理意识,也都存在着这样的灰色地带。单面性或者双面性的价值观念,也只能是一种矛盾对抗处于极致状态下的表现,更多的情况下是多因质的复合状态。多色质价值融汇建构,便是我们所处的现实,对于文学创作来说,自然也就只能建构起复合型的审美艺术价值形态。这实际上也是摒弃了非此即彼的绝对政治观念化价值观念之后,必然出现的结果。

再次,贾平凹对于文学创作善之审美价值的追求,与其他作家相比,似乎更注重对于人内在精神价值的开掘。笔者在论述贾平凹的文学创作时,一个基本的价值判断就是,作为主体精神表现型作家,贾平凹自然是在建构自己的精神价值世界。于文学创作的艺术叙事建构上,也是以解析叙述对象之精神情感为其主要的审美价值追求。换句话讲就是,贾平凹更看重对于人内在精神情感价值的建构。人的行为价值自然是与社会有着密切关系,而且主要是通过社会实践体现出来的。但无论中外古今,均有内宇宙与外宇宙之分。这也就形成了有人注重人之外在价值之实现，有人注重人之内在价值之完善。贾平凹更注重人之内宇宙的建构与完善，因此，他对于审美价值的建构，也就将审视的目光放在了社会现实背景下人的精神解析上。《废都》从某种意义上说，是对于庄之蝶生命精神历程的叙写，将庄之蝶的生命精神做了深入的解剖，展示给人们的是一代知识分子的生命精神心路。《怀念狼》的表层故事是对于狼的保护性调查，实际上是对于人生存尴尬困境的思考，人类之良好愿望与实际结果之间发生了极大的错位，这也叙写了人之价值观念的变化。20世纪50年代，打狼是英雄，如今保护狼成为人们的共识。我的"舅舅"以及他的同行得了怪病，则从另外一种角度在揭示人的生命价值：生命对抗失去平衡之后所发生的人之异化。正是基于这种思考，笔者从不把这部作品视为环境保护性的创作，其深层探索的是人生命本体存在的价值和意义。《秦腔》，特别是《高兴》，表层是社会的现实叙事，作家建构的审美价值是社会现实生活价值，中间层面应该是一种文化历史性的价值意义建构，其深层次是对于人的本体存在及其存在意义的价值建构。所以，《秦腔》是一部乡村生存状态城市化的现实生活史，是一部乡土文化解构消亡的历史，更是关于人生存本体意义解构与建构的历史。在此，贾平凹对于人生命存在本体意义的思考是更具价值的，由此进而将作品的价值意义建构引向了人本体精神的价值意义探寻与建构。《高兴》与其说是一部农民进城寻求生存的现实生存状态叙事，不如说是对于农民于中国社会城市化历史转型过程中，生命情感与精神的叙事。这样的作品所建构起来的叙事价值意义，就很难简单地用善与恶来界定，其间是善与恶交织在一起。尤为重要的是，从社会历史角度看，某种现实建构是符合社会历史发展趋向的，与之相适应的价值观念也是合理的。但是，从情感等方面看，则是不合情的，甚至存在着一定的不合理性。

三、美的审美价值建构

在真善美这三种审美价值中，最难以探讨清楚的恐怕就是美了。因为不仅有关美的概念理解与阐释有许多种，而且美往往是与其他审美价值联结在一起，或只有通过其他审美价值建构方能体现出来。也有人认为美不是内容，而只是一种形式。美的审美价值是通过真与善的价值建构与表现而得以实现的。最基本的一种认识就是，只有真的善的才是美的，才具有美的审美价值。因此，离开真与善，也就谈不上什么美的存在。但这样看问题也存在着某种纰漏。从已有的理论建构来看，有关美的审美价值问题，难以有一个令所有人信服的说法。在此，笔者只能从自己的理解，对研究对象文学创作中有关美的审美价值进行分析探讨。

在此，对中国当代文学创作中的有关美的审美价值建构及其发展情况做一简单的分析叙述，在此背景之下进而审视陕西这三位作家有关美的审美价值建构情况。先做三点说明：第一是关于美的价值判断标准问题。不同的人，不同的社会历史时代，以及不同的国度和民族等，其审美价值标准是各不相同的。第二，美的审美价值判断标准不是僵死的状态，而是一种处于发展变化的动态建构。第三，美的审美价值判断标准，也不是一种单质形态，而是多质建构形态，是一种复合型的审美价值建构形态。

就第一个问题而言，中国当代文学创作，从社会时代总体的审美价值建构来看，不同的社会时代有着不同的审美价值标准。就是同一社会时代，也存在着审美价值建构上的差异性。一般而言，论者将中国当代文学分为以下几个大的发展时期："十七年"时期、"文革"时期、新时期等。笔者则习惯于从更长的时间段将中国1949年后的文学创作分为两个大的时期，即20世纪50—70年代的文学和80年代后的文学。也许再过几十年，1949年后的文学可以成为一个历史区段。这是另外的问题，在此不做更多的分析探讨。如果就20世纪50—70年代文学创作的审美价值来看，笔者以为其基本发展趋向是朝着重善少真缺美的文学创作价值建构状态发展的。因为这一时期的文学创作，将善之价值放在了第一重要的位置，甚至是无以复加的位置。追求与社会意识形态和政治思想的同构性，成为作家共同的创作思想。由于过分强调夸大文学创作的教化功能，将文学创作视为社会政治思想、意识形态观念的宣传工具，也就难免产生对于文学创作真实性的忽视乃至无视，至于说艺术之美，基本上处于缺失状态。或者说，是以极端政治观念下之善，来框定真与美的。正是在这种极端社会政治之善的观念下，社会、生活、人生、人情、人性之中所蕴含的超越社会政治的美好的东西，就被一概而论地打入地狱。

就第二个问题来说，中国当代文学创作的审美价值建构的确是处于发展变化之中，不论是整个社会还是作家的审美价值观念，都有着巨大的变化，甚至存在着截然不同、完全对立的状态。但从整体发展历史趋势来说，是朝着更接近自然、社会与人的本质方向发展，朝着多质性、复合型审美建构状态发展。近年来笔者在思考中国当代文学时，特别强调大的历史审视视野。如果仅局限于某一时期看问题，很容易造成短视。拉开时间距离审视时，可能会看得更清楚一些。新时期文学创作对于审美价值之美的内涵建构，是从去意识形态化开始的。文学并不是绝对地拒绝意识形态，其实也是拒绝不了的。问题的关键不在于此，而在于如何处理文学与意识形态的关系。从文学艺术本体建构来说，意识形态不能凌驾于文学艺术建构之上，而应当根据艺术创造的需要，融汇于文学艺术创造的建构之中，即从文学艺术审美建构之视野来审视意识形态。如果说文学艺术是人性人情等的审美艺术建构，那么，在进行文学创作时，就应当将意识形态熔铸于人性人情之艺术创造之中。即从文学艺术视野审视意识形态，而不是从意识形态视野来审视艺术。中国当代文学创作正是在挣脱了审美价值意识形态化的窠臼之后，朝着文学艺术审美本体方向发展，将社会人生历史文化等诸多方面的审美价值进行了艺术化的展现。不论是社会伦理道德，抑或是人情人性等，也都不再是单一化的，而是多层次的审美建构。

就第三种情况来说，美的多样化、内在化、本体化价值建构，得到了更多人的认同，并在文学创作中得以实现。当代文学从20世纪80年代中期开始，审美价值观念的发展趋向于多元化。进入21世纪，文学创作价值取向的多元化建构已经成为不争的事实。不论从艺术表现形式，还是对象内容，人们都不会因出现一个新的东西而感到惊奇。多元化的审美价值趋向，使得文学创作对于美的追求，自然也就形成了多种审美价值并存的建构状态。比如有的致力于社会现实生活之美的开掘，有的倾心于历史文化之美的发掘，也有的回归人的内在生命本体，发掘蕴涵于人内在生命情感之中的美的内涵，当然还有人在思考人与自然，甚至是纯自然中所包含的美的情志，等等。于整体倾向上来看，作家的文学创作对于美的追求趋向于内在化、本体化的价值建构。就是叙写所谓的反腐社会生活的创作，也将笔触伸向了人的内心世界，从而发掘其内在生命的审美价值和意义。可以说，对于人情人性的探寻，几乎已经没有什么禁区。所谓的新的红色题材创作，亦是致力于人本体生命情感的开掘与探析,于特定的社会时代来展现人的内在的审美价值。这可以说是当代文学在半个多世纪的发展中得到的巨大进步,也可以说是更加回归文学艺术审美建构本体,更加接近文学创作的审美艺术本质。

在美的审美价值追求与建构上,陕西这三位作家所走过的道路历程,应当说是与当代文学之历程整体上具有同构性。但是,因他们特异的人生历程与艺术追求,亦显现出各自的个性特征来。

对于美的追求,路遥主要体现为社会生活的宏阔之美、人生奋进与抗争之美;陈忠实是现实生活质朴之美、人格刚毅力量之美;贾平凹善于发掘或者建构生活细琐之美、人的内在生命本体之美、人生恬适之美、情感阴柔之美。从他们三人审美价值的生成角度看,又有着一个共同的特征,那就是发掘并给予充分表现的故乡生活与文化之美。他们在审美价值建构之中,充分体现出地域文化的特性。

对于美的认知与追求,作家之间是千差万别的。从文学创作的审美价值追求与建构上看,路遥更长于发掘社会生活之中的美的情愫与韵味,更喜欢于人生奋争历程中开掘美的情致与内涵。或者说,在路遥看来,大美存在于社会生活,尤其是普通人的社会生活之中,存在于人的奋争历程之中。这种美的追求,又恰恰与他对于真与善的追求相一致。从文学叙事角度看,路遥宏阔的社会生活叙事审美艺术建构,其间就具有一种雄浑壮阔之美,具有一种现实与理想相融汇的美的浪漫情怀。

在笔者看来,若要对路遥文学创作中美的追求进行概括,那首先就是美存在于生活之中。对于路遥来说,离开了生活,包括社会生活、家乡生活、家庭生活、个人的生活以及情感生活等,也就不存在文学艺术创作的审美建构。因此,首先必须给予关注的,就是路遥于生活的叙写中对于美的追求和开掘。从《惊心动魄的一幕》《人生》《在困难的日子里》《平凡的世界》等来看,路遥的作品首先感动读者的便是对于生活真实而动情的叙写。毫无疑问,路遥具有深厚的生活积累和叙写生活的功力,大到对于整个社会时代生活的把握,比如《惊心动魄的一幕》中对于"文革"生活和《平凡的世界》中对于中国改革开放十几年历程的叙写;小到对于生活中极易被人们忽视的细节的刻绘,比如《人生》中高加林的父亲搓脚丫的举动,都被路遥细心而敏锐地发现了。将对社会整体生活的把握与细致入微的生活细节刻绘二者融汇成一体,使得路遥的文学创作显现出一种特有的路遥式的生活之美的艺术开掘与叙写。

社会时代生活之宏阔大美的开掘与叙写。不仅在陕西文学创作中,就是当代文学创作上,对于宏阔社会时代生活的艺术把握与建构,路遥都是非常突出的。捕捉社会时代生活的信息,凝练社会时代生活的精神,把握社会时代生活的发展历史趋向,展示社会时代生活的整体景象,都是路遥文学创作艺术追求的重要审美特征。就具体的文学作品的艺术结构来说,路遥自然是有着许多对于生活细节的描述,也极力展示了普通人特别是陕北农民的生活情致。但是,从作品的整体艺术建构来看,路遥往往是首先致力于社会生活整体的把握与展示。他也极善于发掘社会时代生活中的宏阔之美。甚至可以说,路遥是在对于社会宏阔生活的审视中,融汇着个体生活与现实生活的细节描绘。因此,个人的细琐的生活,也总是被社会整体生活所浇铸。或者说,路遥是在社会整体生活的展现中,对个人生活进行了深入的把握与叙写。正因为如此,路遥在作品的艺术结构上,也总是以社会生活的重大历史事件构成基本的情节架构。他似乎更乐于对社会生活历史事件的正面展现,正面直对社会现实生活中所发生的一切历史事件,并进而开掘其间所蕴含的社会时代与人的思想情感内涵。路遥曾经坦言:"我们应追求作品要有巨大的回声,这回声应响彻过去、现在和未来"[1]。从路遥的创作以及有关创作的言论可知,这回声就是一种社会时代的声音,就是一种强烈的社会历史矛盾冲突的思想内涵建构。所以在处理作品题材时他认为,"你抓住了一个题材,哪怕是很小的题材,都应把它放在广阔的社会历史背景上去考虑"[2]。于此就不难理解路遥在文学艺术的建构上,为什么总是开掘具有重大社会历史意义的主题,也总是在具体细琐的生活、个人的生命情感中注入巨大的社会时代思想内涵,使之得以发展壮大为一种社会历史时代的建构。

生活的崇高之美。如果说作家对于现实生活中美与丑的把握与审视,已成为当代文学审美内涵建构的重要方面,并且存在着极大的差异性,比如有的作家善于发掘生活中的美好情致,有的作家则倾向于对生活及其人生中丑恶的揭示与批判,那么,路遥虽然表现出明显的扬善抑恶的审美价值取

---

[1] 路遥:《东拉西扯谈创作》,作协西安分会编:载《文学简讯》1983年第2期。
[2] 路遥:《东拉西扯谈创作》,作协西安分会编:载《文学简讯》1983年第2期。

向，但是于具体的艺术审美建构中，他似乎更致力于对生活中美好品德的张扬，更倾心对于生活之中崇高精神情感的赞美。而且对于生活中美好情致的艺术展示，往往体现在普通劳动者的身上。或者说，路遥在对普通劳动者的礼赞中，蕴含着一种崇高的情感精神，这种情感精神，并没有什么惊天动地的壮举，而是极为普通细琐的生活之事。于普通人的普通生活中，发掘了支撑我们这个社会、时代以至国家民族的崇高精神。许多论者都谈及《人生》中德顺爷爷于平凡一生、普通生活中所表现出来的高贵品格。《惊心动魄的一幕》这部中篇小说，虽然极力塑造主人公马延雄高大而英勇的精神，极力开掘一位县委书记的崇高英雄境界，即承担起社会历史、国家民族和人民群众的历史重任。但是，恰恰因为马延雄身上承载了更多的社会意识形态的内涵，使之缺乏一种更为生活化、生命本体化的情感力量，因此这部作品在今天看来，最为打动人、最具艺术魅力的地方并不在于对于"文革"中悲惨一幕的描写，而在于对于女主人公美好善良品德和质朴纯真生命情感的艺术刻绘。在笔者看来，正是对于普通人的普通生活与生命情感的真实描绘，于普通之中发掘最为美好与崇高伟大的生命情感与精神，才使得路遥的文学创作具有了超越时间与地域的艺术魅力。

渗透着陕北泥土气息的风俗乡音之美。地域性的风土人情、乡俗乡音生活以及生命情感的艺术叙述，成为文学创作审美内涵不可忽视的重要方面，甚至可以说是不可或缺的审美内涵要素。因为地域性的生活与生命情感中蕴含着文学艺术的审美内涵因质。地域生活的风土人情、乡俗乡音，是人类最为本真、最为质朴、最富于生命活力与自然纯正生命情感的审美建构。中国现代文学从诞生时起，就带有浓郁的地域色彩，浸透着湿漉漉的泥土气息，融汇着风俗乡音。鲁迅就是这方面文学创作的开创者和经典性的作家。乡土派的创作，承续了鲁迅，之后沈从文、张天翼、沙汀等继续沿着此思路前行。到了1950年，虽然也强调文学创作的地域生活与乡俗乡音，但终因过于社会意识形态化而有所中断。路遥作为新时期第一代作家，虽不是最为典型的乡土文学创作作家，但是在这方面却表现出特异的个性来。

对于路遥来说，离开陕北这块贫瘠而炙热的土地，说他的艺术生命就会黯然失色有些过于绝对，但是，说他的文学创作如果缺失了对于陕北地域生活与民风民俗等文化内涵的个性化叙写，那将失去其审美艺术特色，应该说是并不过分的。笔者甚至认为,路遥深厚而浓郁的地域文化特质,消解着他过于浓郁的意识形态内涵,使其文学创作具有了更为长久而旺盛的艺术生命力。如果说构成路遥文学作品整体构架的主体情节是社会生活,那么支撑其整体建构的血肉则是地域化的生活与文化生命情感。正因为如此,路遥的文学创作,具有了更多的艺术审美的品质。

从对于陕北民风民俗生活的叙写来看,路遥文学创作中涉及了衣食住行、婚丧礼仪、节日习俗、文化艺术等诸多方面的内容。就衣着而言,陕北最为突出的标志性服饰是身穿翻毛羊皮袄或者汗衫、头裹羊肚子毛巾,这种衣着装饰,路遥作品中均有描写。陕北特异的地理生态环境决定了其特异的农作物,也就决定了陕北饮食之特点,形成了陕北的饮食文化习俗,如钱钱饭、洋芋擦擦、羊杂碎、软米油糕、荞面疙瘩汤等等。住的方面最为典型的自然是陕北特有的窑洞,这在路遥的作品中均有描述,而且窑洞之间的差异性也被路遥描绘出来了。比如土窑洞、砖窑洞、石窑洞,这不仅只是材质的区别,更是生活水平与地位的象征和标志。《人生》中高明楼家修建的石窑洞就高大威武,而高玉德家的土窑洞就显得寒酸穷困。由于地理环境条件的原因,陕北历史的交通工具就是毛驴,对于更多的贫苦农民来讲则是靠两条腿。到了《人生》与《平凡的世界》的时代,自行车则成为一种出行的基本工具和家境、社会地位身份的象征。路遥的文学创作从某种意义上可以视为20世纪80年代社会意识形态化生活创作的一种反映。因此,其作品中所叙写的地域性衣食住行生活,自然也就表现出明显的社会意识化特征。

对于普通农民来说,社会化的生活自然是重要的。但是,更为重要且构成他们基本生活形态内容的,是那些具有生命仪式意义的乡俗生活。婚丧仪式、节日习俗,对于他们来讲已经成为一种仪式化的生命存在方式。婚丧节日,在中国任何地域都是非常重视的。但是,其具体的仪式礼仪则有着差异性。《人生》中刘巧珍的婚礼,也许在作品的整个叙事结构中并不能构成题眼式的情节,但是,刘巧珍要求按照陕北人祖辈所形成的礼仪程式结婚。对此,路遥做了富有妙笔生花式的叙写。这一笔不仅极写了刘巧珍的性格,更突出了其性格中所蕴含的地域文化因质,而且,让读者体验到了陕北婚礼习俗所特有的文化与艺术魅力。《平凡的世界》中对金老太太丧事的精细叙述,那更是震撼人心。路遥于此似乎将其对于陕北丧事的理解与体验全都倾注于笔端，挂纸岁钱、烧火纸、穿寿衣、点路灯、游食等一系列活动，其间涌动的是一种富有生命活力与民俗艺术魅力的审美情感。这种现实情景中蕴含着极具魅力的艺术情境。与其说这是一种生活程式的展示，不如说是一种生活艺术化的抒写。如果从文学艺术叙事建构角度讲，可能《平凡的世界》中这种铺排式的婚事叙写给人所产生的艺术魅力，对于人心灵上的震撼，要比社会意识形态化的生活叙事大得多。

不论是就陈忠实自身对于美的理解与认知，或者是其文学创作中所体现出来的艺术审美建构追求，都表现出道德力量之美，现实生活中蕴含着沉稳、真实质朴之美、刚毅人格之美。陈忠实几乎通过他所有的文学创作，在建构一种从关中文化基因中生长出来的沉稳成熟的汉子的阳刚之美。当然，对于陈忠实审美观念中美的阐释，自然是众说纷纭莫衷一是。在此，笔者根据个人对于陈忠实及其文学创作的解读，主要从以下三个方面进行论述。

陈忠实的文学创作从一开始便具有着一种道德力量，道德价值判断成为他进行文学审美判断的一个不容忽视的价值尺度。甚至可以说，陈忠实的文学创作从始至终，都贯穿着一种道德力量之美。如果就价值观念范畴而言，道德常常与良知联结在一起，因此人们在论述道德问题时，也就往往归结到善之范畴。于此笔者从美之范畴来谈道德问题，那是因为陈忠实在文学创作的价值追求上，充溢着一种道德的力量，其中，蕴含着作家对于美的向往与阐释。在陈忠实的笔下，几乎所有被他给予充分肯定的人物，身上都充满着正气、骨气、义气和志气。《信任》中的村支书罗坤、《正气篇》中的南恒、《七爷》中的田老七，特别是《白鹿原》中的白嘉轩、朱先生更是如此，他们可以说成为中国乡村伦理道德的化身。从作家的叙述中可以看出，这些人物身上均有着一种征服众人的道德力量和人格魅力，所以，与其说他们是以理服人，或者以自己的智慧折服别人，不如说是以其道德的力量和魅力令人们信服。陈忠实似乎在用自己的创作向人们昭示，富有道德的人和事才是美的，其间才蕴含着一种震撼人心的美的力量，才具有最能打动人心的情感魅力。就是陈忠实早期社会意识形态化痕迹非常突出的创作，即使对其意识形态化生活叙述提出批评，也不能对他笔下那些充满道德力量的人物给予彻底的否定。换一种说法，罗坤等人物，如果没有根植于生活与文化中的道德品行与品格，那他们可能就会成为完全社会意识形态化的符号，就会失去最为基本的艺术魅力。大美在于德,从此概括陈忠实文学创作上对于美之追求,应该说是比较恰当的。

以真为美不仅对于陈忠实的创作是适应的,路遥与贾平凹也是如此。其实,这也是中国当代文学创作上的一个原则。对于陈忠实的文学创作而言,真实而质朴的生活是其文学艺术创造上所遵循的审美原则。比较而言,在陕西这三位作家中,整个一生与乡村保持着最为紧密联系的是陈忠实,陈忠实是最为乡村生活化的,他对于乡村生活有着入木三分的生命情感体验。

陈忠实所追求的真实,是一种蕴涵而质朴的真实。陈忠实似乎不喜张扬,对华而不实有着一种近乎本能的抗拒。虽然陈忠实不会被浮华坦露所吓倒,但是他更看重坦诚而不坦露,质朴而不浮华。不论是生活上还是创作中,他都表现出蕴涵沉稳、真诚质朴的特征。这样讲,并不是说陈忠实排斥对于生活诗化的艺术把握,他也在探寻诗意叙事的路径。他在《答读者问》中这样说:"对于生活的描绘,对于生活中蕴藏的诗意的描绘,对于一个特定地区的民族习俗中所蕴含的民族心理意识的揭示,只有在《康》(《康家小院》)文的写作中才作为一种明确的追求。"[1]从《白鹿原》的阅读中,我们更能体味陈忠实对于生活诗意叙述的追求。但是,这一切甚至是致力而为的追求,并未改变其文学创作上蕴涵沉稳、真实质朴的基本审美特色。不能说陈忠实文学创作上缺乏机智或者机敏,但是必须承认,陈忠实的文学创作洋溢着真实质朴、蕴涵沉稳。

阅读陈忠实的作品,会有一种刚毅韧健的人格力量冲击着心灵。就陈忠实本人来说,他的相貌中就透露着一种刚毅韧健的人格魅力。一方面这是陈忠实生命本体心理建构所致,另一方面,应该说是他过多的生活曲折经历所致。人们从他那如同黄土地般的脸上,读出了真诚与质朴、深邃与蕴厚,但是,他那双眼睛更显露着鹰隼般的锐利和生命情感的刚毅韧健。他的生命情感与文化人格,投射在他的文学创作之中,呈现出一种刚毅韧健的人格之美。曾经有研究者将陈忠实的文学创作(主要是中短篇创作)归结为十种人格类型[2],虽然有些烦琐,但却也道出了陈忠实文学创作审美价值追求上的某种特征。甚至可以说,陈忠实的几乎每一部作品,都要塑造一位非常具有

---

[1] 陈忠实:《陈忠实创作申诉》,花城出版社1996年版,第83页。
[2] 畅广元:《陈忠实论——从文化角度考察》,人民文学出版社2003年版。

人格艺术魅力的人物形象。长篇巨作《白鹿原》自不必说，它是最能体现这一审美追求的典型作品。白嘉轩是一位具有几乎与陈忠实相似文化人格力量的人物。作家坦言，这是一部追求写出民族秘史的作品，但是，如果没有白嘉轩及其文化人格建构作为主要支撑，这部秘史的价值和意义都会大打折扣。不仅如此，这部作品最为震撼心灵的，恐怕依然是白嘉轩刚正的人格力量。他与朱先生、鹿兆鹏、鹿兆海、白灵甚至黑娃等一起，构成了这部作品文化人格的基本品性。从某种意义上讲，陈忠实文学创作的艺术魅力，就源于他从现实与历史生活中所开掘出的这种文化人格。所以，人格美及其艺术展现，是陈忠实文学创作审美价值追求与建构的一个不容忽视的方面。

在检阅陈忠实谈论人生与文学创作言论时发现，出现频率最高的词语是：兴趣、神圣、生命体验、乡村、生活、真实、质朴等等。如果对陈忠实及其文学创作进行归结，给人最为突出的感受是：务实、沉稳、刚毅、倔强、执着、豁达、凝重、深邃。这两组词融汇在一起，也许能够透析出陈忠实对于美的价值取向追求的信息。如果说前一组词语透露的是陈忠实在文学创作上对于艺术之美的追求，那么后一组则是他从故土生长出来、又经过社会历史文化浸润之后所表现出来的主体生命情感精神之美。

对于陈忠实的文学创作，评论研究界有着各种各样的阐释总结。陈忠实在谈到自己对于文学创作的理解时，首先认为这是一种兴趣。他曾不止一次说："文学仅仅只是一种个人兴趣。"许多论者在研究中，首先甚至从根本上会将陈忠实归为现实主义文学创作者一路，他本人也明确表示自己属于现实主义创作。这种判断没有错，问题是，陈忠实为何在完成他的生命之作《白鹿原》后，反复说"文学仅仅只是一种个人兴趣"呢？在笔者看来，直至今日大部分论者都忽视了陈忠实文学创作上绝不可忽视的另外一个方面的审美追求。兴趣在这里即可理解为爱好甚至嗜好，另一方面，也是最为重要的方面，那就是作家所创作的作品必须蕴涵一种具有审美意味的兴趣。不可否认，陈忠实的文学创作不属于机巧或者机敏者，甚至包括《白鹿原》在内，其整体叙事结构显得有些沉重刚硬。但是，不论是白鹿精魂的叙写，还是白灵等人物的叙写，其中都透露着一种富有灵性的审美情趣。这实际是陈忠实对于文学创作审美兴趣的艺术化实现。兴趣及其艺术化的实现，亦是一种美的实现。如果说陈忠实的小说创作还不足以说明问题，那他的散文创作可能表现出更为突出的兴趣之美来。他的散文不仅洋溢着一种坦诚的生命情感，而且具有一种源于生命本体的情趣之美，兴趣之味。《旦旦记趣》《种菊小记》《家有斑鸠》等小品文，完全透露出陈忠实文学创作的另外一面。也正是有了这另外一面，才使得陈忠实的文学创作更富有情趣意味。

不得不说，被人们视为忠实于客观现实生活创作原则的陈忠实，其实在许多方面也表现出主观生命情感的特征。对于人主体生命情感与欲望的艺术剖视，至少是他后来文学创作审美追求的基本方面。在前文已经谈到，陈忠实认为文学创作是"包括生命体验和艺术体验而形成的一种独特体验"。体验，包括陈忠实所说的生命体验和艺术体验，都不是单方面的。当代文学创作与评论曾经形成一种思维惯式，那就是二元对立非此即彼，在阐述现实主义文学创作基本原则时，过分甚至绝对地强调客观性，而忽视乃至无视作家创作的主观能动性，更无视作家独特的生命情感体验。其实胡风用诗化语言所提出的作家的主观战斗精神，就是对于这种偏颇的校正，却不仅没有受到人们应有的关注和重视，反而被以政治的方式给予了否定。以创作方法来论定作家创作的优劣，显然是有违文学创作实际与创作规律的。

陈忠实在回答一位论者的提问时说过这么两段话：

"我后来比较看重生命体验，这是我写作到八十年代后期自己意识到的。无论是社会生活体验，无论是作家个人的生活体验，或者两部分都融合在一块了，同时既是作家个人的生活体验，又是作家对社会生活的体验，在这个层面上，我觉得应该更深入一步，从生活体验的层面进入到生命体验的层面。进入生命层面的这种体验，在我看来，它就更带有某种深刻性，也可能更富于哲理层面上的一些东西。"

"我觉得从生活体验进入到生命体验，好像已经经过了一个对现实生活的升华的过程，这就好比从虫子进化到蛾子，或者蜕变成美丽的蝴蝶一样。在幼虫生长阶段、青虫生长阶段，似乎相当于作家的生活体验，虽然它也有很大的生动性，但它一旦化蝶了，它就进入了生命体验的境界，它就在精神上进入了一种自由状态。这个'化'的过程就是从生活体验进入到生命体验的一个质的过程，这里面更多地带有作家的思想和精神的色彩。"①很显然，在陈忠实看来，文学创作处于生活体验阶段，只是一种艺术创造的初始阶段或者说境界，只有进入生命体验阶段，方是文学创作的更高境界，亦即自由精神创造的境界。

或者说，陈忠实文学创作上表现出非常强烈的主体精神，对于生命本体的揭示与剖析可谓是入木三分。不仅如此，陈忠实对于人的生命情感的倾心，甚至对于人的原始生命力量，给予了充分的肯定。从他的文学创作，特别是《白鹿原》中，可以读到一种洋溢着原始生命力量的审美情愫。在这部作品中，荒原性、神秘性与社会历史文化共同建构起一种特殊的生命情感精神结构形态，昭示着一种生命之美。

曾经有人以唯美来概括贾平凹的文学创作，本来这并没有什么值得惊奇的。但是，在中国当代文学发展的过程中，这种评价就几乎等于宣判一个作家的创作误入了歧途。时至今日，这种评价已不能引起什么波澜。不仅在陕西的文学创作中，就是从全国的当代文学创作来看，贾平凹对于美的追求不仅表现出特异性来，而且成为当代文学创作上一道亮丽的风景。笔者曾经在拙著《精神的映象——贾平凹文学创作论》中指出，构成贾平凹生命情感、文化精神的非常重要的因素，就是爱与美。在贾平凹这里，有爱便有美，美成为文学创作艺术建构不可或缺的因质。这些爱与美具体到文学作品的叙事中，则表现出贾氏的特征来。贾平凹善于发掘或者建构生活细琐之美，人的内在生命本体之美，人生恰适之美，情感阴柔之美。

比较而言，贾平凹不善于或者说有意识回避当代文学传统中的宏大叙事艺术建构，他自己也讲过自己不是写不了宏大叙事结构的作品，而是认为生活琐事式的叙事结构，可能更适合于自己，也更能表现出生活的真实性来。因为人们在生活的过程中，更多的更主要的不是那些叱咤风云、波澜壮阔式的生活，构成人们一生基本生活内容的恰恰是那些烦琐的家长里短式的琐事。20世纪80年代中期《古堡》《腊月·正月》等被主流意识形态评论界所充分肯定的作品，以及长篇小说《浮躁》《土门》《秦腔》等，其实都具有宏大叙事的某种特征与品性，或者说，都完全可以建构起宏大叙事艺术结

---

① 雷达主编：《陈忠实研究资料》，山东文艺出版社2006年版，第54页。

构。但是，贾平凹却有意无意回避着这种叙事结构方式。自《废都》之后，贾平凹走向了更为自我、更为矜持、更为个性的叙事，坚持生活化、细琐化的叙事方式。他从可能被人们所忽视的细琐生活中，发现美，并以琐屑生活的叙述来呈现其间所蕴含的美的情感情致、生活韵致、生命意味来。问题并不在于作家是叙写气势磅礴的社会生活，或者是细枝末叶、鸡毛蒜皮式的生活，关键在于是否具有文学艺术的情致韵味，是否具有审美境界。不论是《浮躁》《废都》还是《秦腔》，贾平凹都是在对一个社会时代及其精神进行着概括。但是，构成作品叙事主体结构的，不是社会事件，而是家庭化、个人化的生活琐事，正是这些生活琐事构成了作品叙事的基本结构。

笔者认为，贾平凹不属于客观再现性作家，而是主体精神表现型作家。虽然他反复强调细节要写实，但他是以实写虚。他更注重对于人内在生命情感的开掘。他对人的生命有一种敬畏感，甚至恐惧感，与此同时，他对于生命本体也充满热爱。他热爱生命，热爱人生，热爱情感。正因为如此，在他的审美意识观念中，生命是美好的，生命中所蕴含的一切也都是美好的，这既包括生命所具有的崇高力量，也包括情感意趣，甚至本能欲望。贾平凹早期的作品，可以说是一种纯真质朴、清新优美的生命情感赞歌，其间充满了美的情与爱的情致韵味，散发着山野的气息。《废都》之后，这种情致韵味已不复存在，而对于人生命本体中更为复杂、更为浑浊、更为险恶的东西，给予更多的关注和撕裂开来呈现的叙述描写。这些给予人们的似乎不是美的净化，而是丑恶的展现。其实并非如此。贾平凹对于生命本体中那些美好的东西依然充满了期待，充满了向往与追求，但他更多是在揭示美的被毁灭乃至被破灭。这种叙事的深层或者说背后，依然蕴含着作家对于美好生命情感的渴求与肯定。

与许多论者的观点不同，笔者对贾平凹许多包括性本能在内的生命情感等方面的叙述，是持肯定态度的。其实这里面包含了贾平凹对于生命本体力量与情致蕴涵的审美态度，甚至是诸多的无奈和悲悯。合乎人们所形成的文化观念、审美习惯、心理定式的《满月儿》、小月式的纯真而清新的生命情感审美建构，自然是极易被接受的。但是，庄之蝶与唐婉儿等人的带有强烈本能欲望化的生命情感叙述，亦是一种生命本真情态的建构。社会伦理道德规范与人的生命本体，是相对抗、相矛盾的。社会伦理道德规范永远在限定并规范人的生命本体建构范式，而人的生命本体欲望则总是试图突破社会伦理道德规范的限定与规范。那么，究竟是应该肯定社会伦理道德规范对于人生命本体力量的限定与扼杀，还是张扬人生命本体对于社会伦理道德规范的反抗与突破呢？纵欲不可取，禁欲就可取吗？在社会伦理道德规范之下，可以建构起一种合乎社会伦理道德规范的稳态的生命结构形态，但它往往是以牺牲个体生命活力为代价的。这种生命建构，显然不能算作本真质朴的生命本体建构，而是带有强烈异化的生命建构。所以，此种生命形态建构，也算不得一种美的生命建构。对此，贾平凹并没有做过更多的解释或者辩护，但从他的文学创作实际来看，对于包括性欲望在内的生命本体力量的叙写，并未因此而终止。这是否表明，他对于生命本体是持一种肯定态度呢？

《浮躁》时期，贾平凹对于人尤其是男人的理解，显然是中国典型的好男儿志在四方式的：男人存在于这个世界上，就要干一番事业，即所谓的走州过府。其间隐含的仍然是一种英雄情结。而《废都》之后，人存在于这个世界上的价值，虽然依然有着干一番事业的期待，但是，更为主要的是对于社会化英雄情结的消解，人似乎应当活得更为本真自我。恰适的人生中可能会具有更多的情致韵味。

我们发现20世纪80年代出现在贾平凹笔下的主人公，多不安分守己，总想着要干一番事业似的。这恰恰暗合着20世纪80年代改革思变的社会时代精神，可以说突出的是一个"变"字。《浮躁》中的金狗、雷大空是改革的探路者，像《小月前本》《腊月·正月》《火纸》《古堡》等一系列作品中的人物，均是不安于现状，试图闯出一条新的生活路子。他们身上虽然存在着某种人生缺陷或者人性不足，但是，他们敢于思考，敢于为人之先，他们试图自己掌握自己的命运。自我的觉醒与独立人格的建立，成为他们共有的性格特征。而且，其间隐含着一种英雄情结。与其平平淡淡地活，不如轰轰烈烈地死，这样生活得更有价值。此时贾平凹所追求与肯定的是生活与精神上的崇高之美，雄阔之美，虽然在具体的艺术叙事上，不断地强化清新优美的特色。或者说在价值判断上，贾平凹对于存在着一定缺憾或者不足甚至具有一定破坏性的改革性的人物，依然给予了极大的热情。比如雷大空，作为时代改革的探路者，虽然他身上存在着自身的历史局限，甚至表现出相当大的破坏性，他自身便是一个毁灭性的存在。即便如此，作家通过金狗之口所写的悼文，可说是惊天动地感人至深，字里行间无不浸透着作家的情感。

《废都》是贾平凹生命情感的一次裂变，也是他文学创作上审美观念的一次裂变。《废都》之后，贾平凹文学创作中的英雄主义情结被彻底解构，纯真清新的审美观念已不复存在，进入其创作视野的是平常细琐的生活，他追求的甚至是具有相当世俗成分的平常自然之美。包括《五魁》等一批作品在内，贾平凹所创造的艺术形象是一种复合型人物、平常人物，所叙述的生活，是平常事、家常事，用他的话说，都是一些鸡零狗碎的事情。贾平凹很善于发掘普通日常生活中所蕴含的审美情致和意蕴，并且善于将其叙写出来，建构起一种平常细琐的艺术叙事形态。不仅如此，贾平凹还善于开掘日常生活中丑恶的东西，将其展现出来，但叙写得非常富有生活的情致韵味，他实际上是以丑作为审美对象，在审丑的艺术创造过程中蕴含着美的情致，体现着一种审美价值取向。

第十四章

三位作家给予我们的思考

笔者花费了这么大的精力，对路遥、陈忠实、贾平凹的乡土文学创作进行分析探讨，究竟是为了什么？难道仅仅是为了说明这三位作家的创作是什么吗？我们对于已有文学创作的探讨研究，都不仅仅是为了说明是什么，更重要的是为了从中挖掘值得借鉴的东西，给文学创作提供思考。当然，能够给人们提供启示思考的并一定都是成功的经验，作家在文学创作上所走过的弯路，或者所存在的某种遗憾，都具有启示或者警示的作用。

第一，作家的创作必须根植于自己的地域文化。

陕西这三位作家的文学创作实践，首先为人们提供的借鉴启示在于：作家的文学创作离不开他所生存的环境，尤其是生成他们文学创作文化思想的故土，以及存活于故土的地域文化。有一种观点，愈是地域的就愈是世界的。路遥、陈忠实、贾平凹这三位作家似乎用他们的文学创作实践，再次证明了这一观点的合理性。

人的文化思想观念、思维方式和行为方式在他出生的时候，便已经打上了地域性的底色。而能够将他与其他地域区别开来的，仍然是地域性。自20世纪80年代后期开始，我们常提到的一个话题就是，中国的当代文学与世界文学之间存在着差距，其中一个非常重要的原因，就是中国当代作家缺乏世界尤其是西方作家的艺术素养和思想境界。的确如此。我们不会忘记20世纪80年代作家们在短短的十年左右，将西方的各种文学艺术都学了一遍，但是就是到了今天，我们依然未能创作出超越西方艺术水准和思想境界的作品。于是又提出了文学创作本土化、民族化的问题。这中间的问题是十分复杂的。但是，我们不能忽视这么一个问题，那就是中华民族的历史文化与西方的民族文化，在思想观念、思维方式、行为方式等诸多方面，存在着巨大的差异。不管我们如何向西方学习，可能艺术技巧性的东西在很短的时间内便能够学到手，但是，文化思想在短时期是难以改变的。五四以来，甚至可以说近代以来，我们便开始学习西方，但直至今日，我们的基本文学艺术思维方式与艺术创作行为方式，并没有发生质的变化，我们依然是我们。这究竟是为什么？中华民族的文化思想及其文化心理结构，决定了我们不可能成为西方式的。外在的力量会对人的文化思想及其文化心理等产生作用，但是，不可能发生彻底的本质性的改变。这正如一句歌词：洋装虽然穿在身，我心依然是中国心。这个心不仅仅是对于祖国的眷恋，还应当是中国式的文化思想与精神心理。

也许正因为如此，陕西这三位作家并非拒绝西方的艺术思想，而是坚守自己的地域文化思想，在此基础上去吸收借鉴。但是，中国式的艺术思维并未发生本质性变化。反而在自己故土地域文化中浸润，坚守自己地域文化的特色，走出了自己的文学创作道路。

坚守自己文学创作的地域性特色，首先是以融汇着自己生命情感的地域生活作为写作对象。虽不能绝对地说作家创作只有扎根自己生命情感所寄寓的故乡方能取得成功，但从已有的文学史实来看，艺术创造上取得成功的原因固然是多方面的，但其中一个具有普遍意义的原因，那就是将文学创作深深地根植于故土的生活与文化。就中国现代以来的文学创作而言，鲁迅的小说创作基于故土绍兴；沈从文最具特色也最为人们称道的，则是对于熔铸着人性美、人情美与自然美的湘西地域生活的刻绘。巴金的"家"在四川成都，老舍的创作基地在北京，还有所谓的乡土文学诸作家，以及沙汀、赵树理等等。就是张爱玲，那也是以上海为其创作的基本对象的。当代的孙犁、柳青、周立波，以及新时期以来的诸多作家，基本是如此。从陕西这三位作家的创作实践来看，路遥是以陕北为创作基地，陈忠实离不开关中地区，贾平凹似乎以商洛故土和西安为其创作对象，但是贾平凹最具特色的创作依然是对于故土商州的叙述。

这里必须谈到一个问题，那就是将文学创作对象的生活视域拓展得更为广大的问题。这一方面，作家都有着不同程度的探索，但是我们不得不说，离开他们最为熟知的地域，就容易走向理念化，出现一种"隔"的现象。陈忠实的《白鹿原》虽然生活背景是中国20世纪上半叶的社会历史生活，但是审视的基点是白鹿原及其关中地域。贾平凹主要是商州，西安与其说是对于城市生活的拓展，不如说是对于商州生活的延展。路遥文学创作最为动人、叙写最为精彩的依然是陕北。《平凡的世界》作为一种社会宏大叙事的艺术建构，其视野是非常宽阔的，正如研究者所说，是一种全景式叙事。但是，从艺术叙事的精美程度而言，我们不能不说，路遥的城市叙事并不成功，甚至是一种败笔。对于城市生活的叙事，处于表面化、观念化，并不能如他对于陕北生活的叙事，字里行间都熔铸着生命情感。反之，陕北地域生活在他的笔下焕发着艺术的熠熠光彩。这也是正应了一句老话：不要写自己并不熟知的生活。

不仅如此，他们用自己的创作实践，还在发展着这一观点，那就是超越地域的，更是民族的乃至世界的。这似乎与上述叙写自己熟知的地域生活相矛盾。其实不然。我们于此所说的超越地域的更是世界的，是从作家审视创作对象的社会历史视野、文化思想境界与精神情怀角度谈问题的。即写作对象自然是自己熟知的地域生活，但是审视对象的视野则不能局限于地域，而应当从社会发展的历史趋向，从人类文化的精神建构，从人生命本体等方面来审视自己的创作对象，使地域性对象具有人类整体性的意义。这就是既立足于地域，而又超越地域性，走向具有普遍意义的文学创作。就此而言，陕西这三位作家都做着努力，其文学创作具有着对于地域的超越性。但是，不仅他们三位，就中国当代文学创作来看，仍然存在着某种局限性，最为主要的问题是对于当代社会缺乏一种历史的穿透力以及对于民族的超越性。或者说，我们的文学创作总是在本国度里打转转。尤其是对于当下性、意识形态性的超越，依然是我们文学创作需要突破的一个瓶颈。通过对这三位作家文学创作的分析，提出了我们的文学创作将进一步发展提高的问题，那就是如何将地域性、民族性与世界性融为一体，于地域生活的叙事中，融汇民族的社会历史内涵，具有人类生存的普遍审美价值。就如《百年孤独》《尤利西斯》等作品，于地域性民族化的基础上，开掘出世界性的文学主题。

第二，始终关注现实，关注下层社会，关注平民的生活状况和生存状态，坚守平民立场与情怀。这是他们文学创作上的一个共同的特点，也是提供给人们的又一启示。

关注现实，是当代文学创作的一个传统。从1949年以来，不论何种体裁的文学创作，都是关注现实社会生活的。或者说，对于社会现实生活叙事的文学创作，成为当代文学创作的主体。一方面，陕西作家从老一辈那里承续了这一创作传统；另一方面，正如贾平凹所言，他们的生存境遇决定了他们必然要关注现实生活。他们紧紧地将自己的艺术之笔，胶着于社会现实生活。接下来的问题是，关注现实的什么。很显然，以这三位作家为代表，陕西作家在关注现实生活时，首先关注下层社会的现实生活，关注平民阶层的现实生存状态，他们始终坚持着平民的写作立场与情怀。路遥是为现实生活而写作，他的创作可以说始终关注普通人的生活与生存，他所叙述的也是陕北最为普通的农民。陈忠实的创作，《白鹿原》之前，紧紧地跟随着现实社会生活可以说社会现实生活，尤其是乡村现实生活，每一点变化都在他的作品中有所表现。《白鹿原》作为一部历史文化小说，自然对于中国的社会历史进行了艺术叙事，但是，其间依然熔铸着作家的现实生活感受，用他的话来讲，就是生命情感的体验。这种体验自然有着历史的、文化的体验，但是我们认为，更有着现实的生命情感体验。贾平凹的文学创作，是从对于现实生活美好情愫的叙事开始的，虽然他后来的创作审美风格发生了很大变化，但是对于现实的关注贯穿于他的整个创作历程。其间穿插着对于商州历史文化的探寻，也有着如《五魁》等商州现代民间历史生活的叙述，但基本创作视域仍然是现实生活。

更进一步的问题是如何关注现实。如果说关注现实体现的是写什么，那么，如何关注就是怎么写的问题。就这三位作家来说，他们都在怎么写的问题上进行了苦苦的探索，都在寻求最适合自己的现实叙事方式。路遥始终坚持社会现实生活宏大叙事的创作之路，重在探寻人生的价值和意义，通过人生命运的揭示，进而探寻中国当代社会现实的发展命运。《平凡的世界》与《人生》等作品相比，在怎么写上发生了一定的发展变化，路遥将这部百余万字的皇皇大作的基本叙事确定为全方位地展示中国当代社会现实生活的发展变化，但着力展示的依然是人物的人生命运与生存状态。而且，在对社会现实生活的剖析过程中，显现出明显的社会意识形态化的特征。这也是路遥创作中从不回避，并且致力践行的。也正是在这些方面得到了社会主流意识形态的充分肯定，但也受到了非主流意识形态文学创作与批评者的质疑和批评。坦率地讲，这既是成就路遥文学创作的一个重要原因，亦是局限路遥不能走向更为深刻、更为广阔的审美艺术境界的一个重要因素。

陈忠实早期的文学创作，毫无疑问应属于社会意识形态化的艺术叙事。在陕西乃至全国的当代作家中，陈忠实的生活基础是非常扎实的。对于社会现实生活，特别是乡村生活的了解和积累，那是非常丰富深厚的。可以说，陈忠实本身就生活于乡村现实生活之中。他对于乡村生活的体验，对于其细节的描绘，是非常深入和准确的。但是，正如他自己所言，如果他不能超越他所憧憬的文学导师柳青，他将不可能走出自己的艺术道路，不可能建构起文学艺术的自我。正因为他于20世纪80年代后期清醒地意识到了这个问题，方对自己此前的文学创作进行了一次彻底反思，去意识形态化写作是他迈开的第一步。从历史文化来反观社会现实，从自己真实的生活与生命体验来建构现实生活叙事艺术形态，使他走向了今天的能够扛起中国当代现实主义创作，主要是历史文化现实主义创作大旗的陈忠实。《康家小院》《蓝袍先生》是现实生活叙事，《白鹿原》虽然是一种历史文化叙事，但是其间所涌动的现实生活情感则是显而易见的。所以，《白鹿原》既是一种历史文化现实叙事，亦是一种现实生活叙事。这二者的有机融合，构成了陈忠实现实叙事的基本艺术叙事形态。

在怎么写上，贾平凹是当代中国文学创作上最为用力的一个。可以说一开始，贾平凹就在怎么写上显示出自己的特异之处。《满月儿》的成功，并不在于对于现实生活的叙述，而在于有别于当时文学叙事模态的叙事视野。这篇小说对于现实生活美好情愫的开掘与叙述，为人们提供了一种别样的艺术叙事风貌。《"厦屋婆"悼文》等一批作品，是贾平凹自觉地进行现实叙事艺术探索的收获，虽然因批评界武断干预而中断，创作了《腊月·正月》等意识形态化较浓的作品，但是此前所进行的现实叙事艺术探索的体悟在这些作品的叙事艺术中仍然有着体现。如果说贾平凹前期创作对于现实生活的关注更多是从美好情愫角度切入的，那么从《五魁》等开始，特别是《废都》这部描写现代知识分子生命情感与文化精神的作品，就更多地揭示了现实生活与现实人生存状态的悲剧性与困惑性、尴尬性，甚至荒谬性。《秦腔》《高兴》等作品，对于现实生活与现实生存状态的思考，依然承续着贾平凹这种叙事特色，也正是在这一层面上，贾平凹对于现实的艺术叙事与西方文学在文化精神上更为接近。

固守自己的文学创作阵地，坚守自己的文学创作艺术原则，强化自己的文学创作审美个性。在前面的论述中，我们已经明确地阐明，作家必须坚守自己的写作阵地，写自己最为熟悉的生活，否则就会出现力不从心，出现艺术创作上的某种尴尬局面。故此，关于固守自己的文学创作阵地问题，不再展开论说。

作家都有自己文学创作的艺术原则，都形成了自己的文学创作艺术审美个性。就中国当代文学创作而言，所形成的最为基本的创作艺术原则，就是所谓的现实主义原则。直至今天，主流意识形态或者社会体制，依然将现实主义文学创作视为正统或者主导性文学创作。就文学创作起步来看，包括路遥、陈忠实、贾平凹在内的新时期作家，可以说都是从现实主义创作起步的。之后，他们形成了各自的文学创作艺术审美个性，并沿着自己的艺术方向不断发展，使自己的艺术审美个性得以丰富和完善。

就坚守自己的文学艺术原则而言，陕西这三位作家都是一以贯之的。从新时期以来文学创作发展历史来看，出现过几次具有全国性影响的变化。一次是20世纪80年代中期出现的所谓先锋文学创作，此时西方现代文学艺术、文化思想涌入中国，冲击着当时的文学创作，有不少作家纷纷将文学艺术创作的目光投向了西方。再一次就是20世纪90年代兴起的大众化、通俗化、世俗化，甚至是庸俗化文学创作浪潮。不能说路遥、陈忠实、贾平凹未受冲击，也不是他们未进行思考，但是，他们最终坚守了自己的文学创作原则，未被这些浪潮所裹挟。

比较而言，路遥在文学创作上，始终坚持的是以柳青为标志的现实主义文学创作。路遥在完成《人生》创作之后，面临着如何发展的问题。他对自己进行了认真思考，在他看来，现实主义更适合自己，因此在《平凡的世界》的创作中，坚持了现实主义文学创作原则。路遥在后来总结《平凡的世界》的创作体会经验的《早晨从中午开始》中，对于自己为何坚守现实主义文学创作进行了阐述说明。在《平凡的世界》的创作准备阶段，他面临着巨大的新的文学创作浪潮压力。"各种文学的新思潮席卷了全国",他下一步的文学创作,自然要面对抉择:是投入文学创作新思潮之中,还是坚守自己在《人生》等作品创作中所形成的创作原则。"但理智却清醒地提出警示:不能轻易地被一种文学风潮席卷而去。"[1]必须坚守自己的艺术阵地。在路遥看来,"在现有的历史范畴和以后相当长的时代里,现实主义仍然会有蓬勃的生命力。生活和艺术已证明并将继续证明这一点,而不在于某种存有偏见的理论妄下断语。即使有一天现实主义真的'过时',更伟大的'主义'莅临我们的头顶,现实主义作为一定历史范畴的文学现象,它的辉煌也是永远的"[2]。路遥这一断语并非一时情绪化情境下做出的判断,而是经过了深入的思考得出的结论。正如他说:"我并不排斥现代派作品。我十分留心阅读和思考现实主义以外的各种流派。其间许多大师的作品我十分崇敬。我的精神常如火如荼地沉浸于从陀斯妥耶夫斯基和卡夫卡开始直至欧美及伟大的拉丁美洲当代文学之中,他们都极其深刻地影响了我。当然,我承认,眼下,也许列夫·托尔斯泰、巴尔扎克、斯汤达、曹雪芹等现实主义大师对我的影响要更深些。"[3]也就是说,在路遥看来,现实主义文学创作更适合他。于此,路遥给我们的启示是,坚守自己的创作原则,哪怕其他人再怎么花样翻新,或者出现再新颖的文学创作方式,都要坚持自己的艺术追求,守住自己的艺术之根。在自己文学艺术之地基上,建造自己的艺术大厦。但并不排斥对于其他文学艺术流派的艺术思维方法的吸收,将其他文学艺术因质融入自己的基本创作模态之中,使之更为丰富。

如果说路遥是含纳式的现实主义创作,那么,陈忠实则是开放式的现实主义创作。陈忠实在与李星的对话中,明确表示《白鹿原》依然坚持的是现实主义创作原则。他说:"在我来说,不可能一夜之间从现实主义跳到现代主义的宇航器上。但我对自己所遵循的现实主义原则,起码可以说已经不再完全忠诚。我觉得现实主义原有的模式或范本不应该框死后来的作家。现

---

[1] 路遥:《早晨从中午开始——〈平凡的世界〉创作随笔》,中国文联出版公司1993年版,第13、15页。

[2] 路遥:《早晨从中午开始——〈平凡的世界〉创作随笔》,中国文联出版公司1993年版,第18页。

[3] 路遥:《早晨从中午开始——〈平凡的世界〉创作随笔》,中国文联出版公司1993年版,第15页。

实主义必须发展,以一种新的叙事形式来展示作家所意识到的历史内容和现实内容,或者说独特的生命体验。""但无论如何,我的《白鹿原》书仍然属于现实主义范畴,现实主义者也应该放开艺术视野,博采各种流派之长,创造出色彩斑斓的现实主义;现实主义者更应该放宽胸襟,容纳各种风貌的现实主义。"[①]陈忠实在这里阐述了这么几层意思。一,他仍然坚持着现实主义创作原则,他不可能彻底摆脱现实主义而从事其他什么主义的创作,也不可能走向现代主义或者后现代主义;二,现实主义不是僵死的,而应当是发展的现实主义,要发展就必须吸纳新的艺术素养,含纳百川地从其他文学创作流派中吸收优秀的艺术营养;三,他的现实主义已经不是原来的现实主义,他对于中国当代现实主义创作原则,进行了超越、创新,走向了一种属于他自己的新的现实主义。陈忠实文学创作在艺术上发生嬗变,是从对于他的文学导师柳青的反思与超越开始的。他说"在我小说创作的初始阶段,许多读者认为我的创作有柳青味儿,我那时以此为荣耀,因为柳青在当代文学上是一个公认的高峰。到80年代中期我的艺术思维十分活跃,这种活跃思维的直接结果,就是必须摆脱老师柳青,摆脱得越早越能取得主动,摆脱得越彻底越能完全自立"。因为"一个在艺术上亦步亦趋地跟着别人走的人永远走不出自己的风姿,永远不能形成独立的艺术个性,永远走不出被崇拜者的巨大阴影"[②]。陕西乃至全国许多作家,在走向文学艺术殿堂的时候,都受到了柳青的影响,而路遥、陈忠实尤甚。至今路遥、陈忠实他们这一代作家,仍然对柳青保持着崇敬乃至崇拜的心理。以柳青为标志的当代现实主义,应当说属于社会政治意识形态化的现实主义。路遥、陈忠实走出自己的文学艺术创作之路,均是从对于柳青的超越开始的。比较而言,路遥就是在《平凡的世界》的创作上,依然更多地坚守了柳青式的现实主义创作原则,与柳青具有着本质性的内在的艺术血肉联系。陈忠实则对柳青进行了更多的艺术超越,可以说,《白鹿原》依稀可以看到柳青的些微影响,但是于整体艺术模态创构上则更多地受到马尔克斯、肖霍洛夫、谢尔顿等世界文学大师的影响。正是从世界文学大师那里汲取了艺术营养,并与他所要表现的艺术对象相融合,才有了陈忠实的历史文化现实主义创作。陈忠实的文学创作实

---

① 陈忠实:《陈忠实创作申诉》,花城出版社1996年版,第33、35页。
② 陈忠实:《陈忠实创作申诉》,花城出版社1996年版,第34页。

践，给予人们的启示，与路遥有相似之处，那就是必须坚守自己基本的艺术创作原则，在此基础上吸纳其他文学创作艺术的优秀因质。但是也有差异，陈忠实是在原来的地基上，推倒重建一种更能体现自己艺术风格、艺术个性的艺术叙事模态。

贾平凹的文学创作，有一种说法就是多变。其实，贾平凹的文学创作，有变，更有坚守。贾平凹的文学创作艺术从一开始就试图走另外一条路子。笔者把贾平凹称为主体精神表现型作家，就是强调他所走的不是中国当代文学创作的传统路子，自然也不是典型的现实主义创作路子。他的变，首要的是对于当代文学艺术传统的变革，他想从中国古代文学艺术传统中汲取营养，承续废名、沈从文的文学创作艺术传统，在此基础上建构起自己的文学艺术世界。甚至可以说，贾平凹是当代中国文学艺术传统的叛逆者。也许正因为如此，他的文学创作常常受到当代文学传统坚守者的批评乃至指责。但是，三十多年一路走下来，贾平凹并未因为受到批评而改变自己的艺术追求，改变自己的艺术操守。贾平凹文学艺术创作的原则就是，于不断求新求变中，坚守自己基本的艺术创造追求。贾平凹是从另外一种方式，持之以恒地坚守自己的文学创作原则。任谁都会看出《满月儿》与《废都》及其以后作品之间所存在的巨大差异。比较而言，贾平凹在文学艺术上找到自己的归宿的时间要比路遥等久一些，其主要原因在于贾平凹相对于中国当代文学传统，要另开炉灶，探索的时间势必要长一些。20世纪80年代中期，贾平凹基本确定了自己的文学创作发展方向之后，于整体艺术建构模态上并未发生质的变化，而是一直沿着这种路径走下去。于文学艺术建构上，追求整体性、多义性、混沌性、模糊性；在文学创作上，"河床是本民族的，流的却是现代的水，起的是现代的浪花"，"一定要有现代的东西，但也一定要写出中国人的味道来"。这可以说是贾平凹自20世纪80年代始所一直坚持的文学创作原则。于此贾平凹与同行的形式学西方、思想文化坚守中国的观点不同，他主张"在境界上一定要借鉴西方的东西，在行文表现上一定要有中国的作派"[①]。至于究竟是写了一段故事，还是一堆鸡零狗碎的泼烦日子，则是作品的具体叙事方式问题，自有其不同和变化，但是基本的中国作派与现代文

[①] 郜元宝、张冉冉编：《贾平凹研究资料》，天津人民出版社2005年版，第22页。

化思想意识，是贯穿如一的。

第三，对于艺术精神的坚守，始终如一地走纯艺术的道路。

对于作家来讲，文学创作的艺术文化精神操守，可能比艺术创造更为重要。尤其是对于像路遥、陈忠实、贾平凹这几位在文学创作上有着文学史意义价值的作家，更是如此。他们以自己的文学创作实践坚守的是一种精神情怀。坦率地讲，这三位作家的脾性是各不相同的，审美风格与艺术个性的差异性也是非常大的。但是，他们对于文学艺术的崇敬，对于文学艺术创造精神的执着，对于作家艺术精神立场的坚守，则是一致的。从他们文学创作的历史来看，他们对于文学艺术的理解，前后是有一定发展变化的，文学创作亦如此。比如陈忠实20世纪80年代初期之前认为，文学是生活的一种反映，强调对于生活体验的艺术表现。到了《白鹿原》，他认为文学是一种个人的兴趣，文学创作是生命与艺术的双重体验的展示。路遥的《平凡的世界》于艺术创造上基本承续着《人生》的思维模态，但其发展变化还是显而易见的，至少在生活面上有着较大的拓展。如果说《人生》是一种人物人生命运发展的叙事模态，那《平凡的世界》则是一种社会生活全景式的叙事模态。陈忠实的《白鹿原》不论从哪个角度看，都是对于此前文学创作的一次脱胎换骨式的飞跃，达到了他可能再也无法超越的艺术高度。贾平凹一直处于当代文学创作的在场状态，每一部作品都有一些突破变化。如果说《废都》是文学创作上一次大的飞跃，那么，《秦腔》则是他《废都》之后多部作品艺术上的一次总结。但是，他们的文学艺术精神操守则是始终没有改变。

作家的文学创作是与作家的文学艺术精神与思想境界紧密相连的。有人讲作家须具备三方面的素养，这就是艺术素养、理论素养和思想素养。这样说似乎对作家有些过于苛刻，但从古今中外文学大家的创作实践来看，确实如此。能够在文学创作上独树一帜，尤其是能够成为一代大家的作家，都具有自己的艺术观念与审美个性，都有自己的文学创作理论作为支撑，特别是有自己的思想观念。这一方面在当今文学创作上尤为重要。对于作家来讲，不应以艺术技巧为创作的最终追求。许多作家并不缺技巧，缺的是文学艺术理论的支撑，更缺文化思想作为文学创作的底蕴与升腾的推动力。

20世纪90年代出现了一种寻找当代文学大师的风潮，寻求的结果是，包括这三位作家在内的十位当代作家，都没有被冠以大师之名，而被认为是具有大师品性或者潜质的作家。倒是王一川编的一本书里，将贾平凹排列在鲁迅、沈从文等大师的行列，但并未得到普遍的认可。或许重要的并不是包括这三位作家在内的作家是不是大师，而在于他们的文学创作究竟能给我们这个文学时代提供哪些穿越时空的东西。五四以来中国的文学创作，除了鲁迅、沈从文等几位作家之外，又有多少作家的作品能够成为经典性的文学创作呢？就是鲁迅、沈从文，也不是没有异议。纵观近百年来的中国文学，特别是半个多世纪的中国文学，总觉得存在着难以突破的情结，使得中国文学创作在世界文学艺术的顶峰前一步停止了，这是值得深思的。

20世纪90年代特别是进入新世纪之后，文学界出现了看起来是两种的不同话语语境：全球化语境和本土化或者民族化语境。这实际是一个问题：中国文学如何走向世界，如何取得可以与世界文学平起平坐的地位。全球化语境是在中国加入世界贸易组织的背景下提出来的，或者说是由经济问题引申出来的文化及文学问题。中国文学走向世界的问题，在20世纪80年代就被提了出来，这是中国文学在中国改革开放的社会历史背景下必然要提出的问题，只是没有那么迫切。当中国经济融入世界经济体系，在所谓的世界经济一体化的情形下，中国文学融入世界文学整体构架就显得迫切起来。不可否认，20世纪90年代特别是新世纪以来，中国与世界的文化交流更为密切，国际上的文学艺术来往也更为频繁，但是依然是引进的多输出的少。这对于文学创作来说，不能说没有影响，但成效却并没有人们想象或者期望的那么明显。不论是自恋式地寻找大师，还是剃头挑子一头热式地走向世界，最终依然是要拿文学创作的实绩来与世界文学对话。人们似乎都感觉到了中国文学与世界文学之间的差距或者差异，但是，任谁也无法解决这一问题。也许全球化语境与本土化语境下的文学创作，可能算作一种走向世界的思路吧。

在笔者看来，中国文学的问题还是在其本身。我们也承认中国文学在停止与世界文学对话近三十年后重新以开放的姿态与世界文学进行对话，取得了巨大的成绩和发展，但是我们依然是跟在别人的后面，而无法走到别人的前面。

这究竟是为什么？

问题还是要回到文学本身。首要的恐怕是对于文学艺术最为基本的理解依然存在着问题。文学艺术固然要面对社会，面对生活，面对历史，面对思想文化，等等。但是最根本的是要面对人，面对人性人情的审美建构。作品的深度取决于作家思想认知的深度，主要是对于人性认知的深度。文学创作上的创新不仅仅是艺术形式问题，更为主要的是思想认知上的创新。20世纪80年代出现的文学创作方法热，可谓是热闹非凡，但结果又如何呢？比如许多作家都在学习《尤利西斯》，但是《尤利西斯》的创作却是从《荷马史诗》中得到启发，从中汲取艺术与文化思想营养的。《百年孤独》对当代文学创作的影响亦是很大的，而《百年孤独》是在世界历史文化思想构架上，开掘人类文明历史的现代建构。就此而言，中国当代作家的文化视野，依然是当下性的中国视野。思想境界与精神情怀不具备人类性，那是创作不出人类性的文学作品的。表面看我们的文学具有着人类性的思想与情怀，但实际上依然是未能超越自己脚下的土地。坦率地讲，我们用我们的社会历史文化与艺术眼光，或者以我们自己的思维方式，对我们脚下这块土地的开掘，已经达到所能达到的深度和广度，但这并不是人类的高度和深广度。

路遥的文学创作，是建立在社会现实之上的，所建构的文学创作艺术模式，是社会现实生活模式。当代文学传统与苏俄文学传统，是其文学创作的主要艺术思想来源。路遥的文学创作对于中国当代社会现实生活的艺术建构，应该说是相当成功的。他也注意到了对于现实中人的关注与揭示。这主要是处于社会历史与人生命运层面，处于现实人生状态层面，而对于人本身，特别是对于人性深层的思考与开掘，显然不是路遥文学创作所致力的。也就是说，路遥具有着社会现实生活的广度和深度，而没有人性的深度与广度。也许正是因此，路遥的文学创作，赢得了正处于社会现实奋斗之中的人的更为广泛的认同，而不能取得更多的文化思想界的认同，也必然于此停止了融入世界文学或者人类文学的脚步。

笔者阅读了陈忠实的一篇关于古罗马妇女贞节带的文章。这一古罗马对于女性人性的戕害，对陈忠实的心灵所产生的震撼，是非常强烈的。这种心灵的震撼，可能在他《白鹿原》的创作中有所体现。古罗马的贞节带与中国的贞节牌坊有着某种契合。也许陈忠实的这种生命体验，使得《白鹿原》对于生命本体的关注，达到了非常深刻的程度。陈忠实的文学创作从社会现实生活模态裂变为历史文化模态，使他在艺术上发生了一次飞跃。从文化思想到生命体验，陈忠实对于中国社会现实与历史文化的体悟与认知，达到了别人未能达到的深度。正是这一方面，成就了陈忠实。但是，也正是因此，使得陈忠实因对于中国历史文化浸淫太深而不能走向更为宽阔的艺术天地。陈忠实的《白鹿原》毫无疑问是民族的，但是，是否就是世界的，我们依然心存疑虑。核心是超越民族的问题。有一种观点说，愈是民族的就愈是世界的，或许并不全面，应当加上一句，那就是超越民族的更是世界的。于此想到李建军对于《白鹿原》关于头发这一细节的分析，问题不在于头发自身，而在于是否超越民族情感而从人类角度去审视半个多世纪前那场给中国人民带来巨大灾难的战争。这是一个民族问题，更是一个人类问题。

贾平凹的《废都》再版，给文学界带来了活跃的气氛。对于这部作品，有人认为它非常真实地叙写了中国一代知识分子的精神状态，有人说写出了人类自身生存进入世纪之交的困境，等等。从社会现实叙事模态角度来看，贾平凹似乎并未达到当代文学传统视野下的深广度，至今仍然有贾平凹文学创作的社会生活不足的说法。其实，贾平凹不仅从未漠视现实，而且时时关注着现实。但是，作为主体精神表现型作家，他更注重对于人的生命情感与文化精神的思考与探索。正如前文所说，贾平凹强调在精神境界上要具有现代意识，在艺术表现上要体现中国作派。于此他追求的是在文化精神上，与西方的融汇。他曾经说穿过云层都是阳光，言下之意是在生命情感与文化精神上东西方存在着共同之处，是可以相通的，因为我们同属人类。这种认识在当代文学创作上是具有其特异性的。也可以这样理解，东西方在人的本质上是相通的，但在具体的表现形态上则存在着差异性。对于人及其人性等方面的艺术表现和开掘，《废都》达到了相当的深度，这也是前所未有的。这部作品很易让人想起《尤利西斯》。这两部作品在艺术叙事做派上，显然是各不相同的，但是对于人类生存困境，对于生命本体的思考，也就是对于人自身的思考，二者之间是存在着共性的。但是，我们依然可以感觉到这二者的差异性。贾平凹对于人及其人性等的思考，一只脚已经迈进人类境界，而另一只脚却还停留在自己的土地上。

第四，对于人文立场与良知的坚守。

对于人及其人性和人类历史文化精神建构的反思与批判，是知识分子的基本立场，也应当是文学艺术所要坚持的立场。作家在进行文学创作时，应责无旁贷地坚守最为基本的社会良知和伦理道德。作家这一职业就决定了他与社会现实处于一种对抗的地位,这种对抗并非与社会现实完全不合作,而是将更多的关注倾向于对于人性之恶与社会之不合理上。重要的不仅在于扬善,更为重要的是对于一切不合理的东西进行揭示和批判。这实际上是作家对于现实的态度问题,更是作家的一种文化精神操守问题。中国文学创作自20世纪90年代始,对于现实的认同成为一种基本的倾向。不论是世俗化还是娱乐化,其现实反思与批判的力度在不断削弱,甚至是在解构现实的力度和深度。有人讲20世纪90年代后,中国知识分子进行着全面的溃退,形成了独立人格的缺席,媒介化的所谓知识分子在场化,实际上是一种对于现实的彻底妥协,本质上是知识分子精神的消解乃至消失。因此,对于中国知识分子来说,并不缺乏言说的知识和智慧,而且有着言说的强烈欲望,甚至将欲望最大化乃至泛滥化,而缺乏言说的自主思想和独立精神,更缺乏作为公共空间领域中的言说者应有的良知。在这种文化语境下,作家文学创作的基本态度、立场、精神的坚守,就显得尤为重要,因为这决定着文学艺术建构的深厚度与发展的历史趋向。

路遥的文学创作具有着强烈的社会现实参与意识,也有着社会历史反思意识。路遥似乎更为注重一种社会历史的建构,而不是解构。他将更为深入凝重的笔触伸向了社会生活的肌理,对于人性人情也是从社会现实层面进行剖析。也许是路遥对自己笔下故土富有过于深沉而真挚的眷恋与热爱,因此,他的笔端总涌动着一种温情。他不是在揭疮疤,更不是在用手术刀将疮疤毫不留情地割掉,并且展示给人们看。他是在抚摸伤痛。他对陕北及其生存于此地的人和事,赋予了更多的理解和安慰。他也不是逼近人性的深渊,而是深入社会人生的生存境地。因此,路遥对于人性的险恶,也就总是以一种温和的态度审视。路遥的笔凝重但是并不犀利。路遥的强悍与刚强之中,常常蕴含着善意的温情。他不是一位彻底的否定者,而是一位建构者。或者说,路遥不是以一种批判否定的眼光看待这个现实世界,而是以一种反思与建构的眼光审视这个世界。路遥在进行社会现实生活叙事中,往往寻求着和解的路径。在他的笔下,现实不能说不够残酷,甚至也很无奈,但是,残酷的现实世界,也总是充满了善意。高加林背叛了刘巧珍,背叛了这片故土中所生成的良知,但是,当他重新回到这片土地时,这片土地不仅没有嫌弃他,反而深情地接纳了他。对于这片土地的宽厚胸怀,人们充满了崇敬。对于现实，对于人性批判的力度，也就在相当程度上被弱化了。

陈忠实具有着严峻的目光。对于历史文化的深入剖析与反思以及有保留的批判，对于生命的深切关注，使得陈忠实走向了深刻。陈忠实那双深邃而犀利的眼睛，饱含了更多的沧桑，但更蕴含了严峻与透彻。陈忠实以《白鹿原》为标志，将中国半个多世纪的社会生活、人及其生存状态，放在了历史文化与生命的平台上进行考量。对于人性的思考与反思批判，陈忠实是从历史文化角度进入的。历史文化与心理结构相结合，展示人的文化心理结构形态，也就成为陈忠实历史文化叙事建构的一个核心纽结。陈忠实要用自己的笔为中华民族画魂，他认为，"新时期以来的文学创作，无论什么流派，现实主义后现实主义新写实派意识流寻根主义以及数量不大的荒诞派，无论艺术形式上有多大差异，但其主旨无一不是为了写出这个民族的灵魂，差异仅仅在于艺术形式的不同"。因此，他"也是想通过自己的笔画出这个民族的灵魂"[1]。怎么画呢？笔者认为，对于民族文化心理结构的解析，就是陈忠实画魂的一个极为重要的艺术方式。他坦言："我过去遵从塑造性格说，我后来很信服心理结构说；我以为解析透一个人物的文化心理结构而且抓住不放，便会较为准确真实的抓住一个人物的生命轨迹。"[2]事实证明，陈忠实基本实现了自己的艺术创作目标。

如果仅仅如此，那陈忠实似乎并不能超越别人。对于民族文化心理结构的解析，从寻根文学始已有诸多作家进行了艺术探索并取得了令人瞩目的成就。陈忠实另外一把利剑，就是对人生命的思考与解析。也恰恰在这里，陈忠实深入人性本体建构的深处。他用冷峻甚至残酷的笔，展示着人性的血性。对于人包括性欲望在内的生命本体中人性的种种展示，可谓是中国当代文学创作中极为少见的。小娥从人性压抑到充分释放，终归于被残酷地毁灭，那可说是震撼人心的叙述。也正是对于生命对于人性的观照，使得历史文化叙事建构具有了更为深刻的人性光芒。

不仅在陕西，就是在全国的文学创作上，贾平凹也是比较早地对民族文化及其心理进行探析的作家。1985年左右出现的所谓的寻根文学，其实早在1980年贾平凹就开始了这一方面的探索。我们理解当时整个文学创作的

---

[1] 陈忠实：《陈忠实创作申诉》，花城出版社1996年版，第28、29页。
[2] 陈忠实：《陈忠实创作申诉》，花城出版社1996年版，第28、29页。

情景，陕西评论界对于贾平凹在这方面的探索所进行的批评已时过境迁。也许是文学创作艺术思维惯性所致，以《商州初录》等为标志，贾平凹虽然更注重对社会现实生活的叙述，但是，对于民族文化心理结构的解析却并未止步，而是一以贯之，直至今天，这依然是他艺术建构的重要视角。

如果说贾平凹20世纪80年代之前，是一位美好情愫的歌者，那么，之后他便更多以批判的眼光来审视这个世界，审视人性及其建构。也正是在对于现实、社会、人生状态、生命情感等等的审视中，形成了他的现实精神与文化批判立场。当然，批判不是贾平凹创作的唯一立场，却是他文学艺术建构的基本立场。贾平凹反复强调文学作品的多义性建构，强调多视角多层面的艺术审视。社会、现实、生活、人生，以及生命情感，都是人性的建构，都不是单色的，而是复色的。同样在他的作品中，没有大恶人，也没有大善之人。人都是那么平常，又是那么自然，完全是一种混沌状态之人。人与社会、文化等融为一体，苍茫而来，又茫然而去。对于人的审视，他既关注社会现实生活，又关注历史文化；既关注人的生存状态，又关注人的文化精神建构；既关注生活本真，又关注于生命本体。尴尬、困顿、焦虑、悲悯，甚至荒诞、虚无，都是贾平凹作品深层思考的问题。与其说他在叙说社会现实生活，不如说他在思考人生命存在的现实性、虚妄性与可能性。也许正是在这些方面，贾平凹的文学创作，更接近于人类存在所必须面对和思考的问题，与世界现代文学之间存在着某种精神的通道。

附 录

贾平凹、莫言乡土叙事比较

贾平凹与莫言，是当代中国新乡土文学叙事上最具有标志性意义的作家。也许是上天有意造化，他们二人虽然从性情到叙事风格，都有极大的差异性，但是至少有一点却是如此相同：都将自己的故乡作为文学叙事的基地。在他们文学创作的道路上，古今中外的文化思想与文学艺术都滋润了他们的心田，但故乡的生态环境——包括自然环境与社会人文环境，却更加深刻地烙印在他们的心里，融汇于他们的生命情感之中，成为他们文学叙事基本的文化艺术精神底质。

一、作家生存的地域生态环境

如果就贾平凹与莫言的生活历程而言，他们均已从故乡走到了城市：贾平凹从商州到了西安，莫言从高密到了北京。但是，就他们的新乡土文学叙事来看，他们虽然已经离开故乡几十年了，其叙事的对象或者基地，却并没有离开故乡，甚至可以说，他们的乡土文学叙事深深地根植于故乡的沃土。有人说，作家一辈子都在写自己童年的记忆。虽然这句话说得绝对，但其亦包含着相当大的合理性。就作家的童年记忆而言，自然是多方面的。但是，故乡的山水草木、村庄院落，以及浸透着地域特有的习俗细节，则是伴随终生的。故乡的生态环境深深地烙印在了作家的脑海之中，成为他们文学创作用之不尽的艺术智慧源泉。

1.山地与平原

从大的地域来说，贾平凹与莫言都属于北方作家，但是，贾平凹处于北方的西部，莫言处于北方的东部。这样说，也未必非常准确，只是就大的区划而言。从河流流域角度来看，贾平凹属于长江流域文化圈中最大支流汉江流域文化圈，莫言则属于黄河流域文化圈的下游入海地域。就自然地理生态而言，贾平凹所在的商州应当说是比较典型的山地，而且是南北方交汇地带；而莫言的故乡高密，则是典型的平原地貌，并且处于伸入海洋的山东半岛与内陆衔接地带。

从行政区划来看，贾平凹故乡商州所属陕西省，是西部地区的东部边沿地区，莫言故乡高密所属的山东则属于东部沿海省份。陕西从地理上看，是由三种典型的地理形态构成的：陕北是典型的黄土高原，关中是由渭河冲积而成的渭河平原，俗称八百里秦川，而陕南则处于秦巴山地之中。陕南山地地势崎岖不平，随着山脉的走向与河流的冲积，形成面积不大的汉中、商洛、安康等冲积盆地，而更多的是不适于农作物耕作的山地坡地。山东地处中国的东部，就地形来看，中部凸起，为鲁中南山地丘陵地貌；东部是半岛，由黄海与渤海所包围，地形地貌属于和缓的丘陵；西部属于华北大平原的组成部分，即为黄河冲积而成的鲁西平原。高密属潍坊市，因有密水而得高密之名，东邻胶县，南接诸城，西与安丘隔潍河相望，北与昌邑、平度毗连，位于一望无垠的昌潍大平原与山峦起伏的胶东半岛交接之处。高密虽系平原地带，但因地势低洼，河道密集，每逢夏季，常常水涝成灾，此地适宜种植高秆作物，故有高粱之乡的美名。

就河流区域而言，商州属于汉江流域。贾平凹的故乡丹凤县棣花古镇，是环山中的川道盆地，丹江从他的家门前流过。莫言的故乡三份子村，原属大栏乡，四周是辽阔而平坦的平原，村前有一条小河。就地理水文与气候而言，商州山地水资源丰富，如汉江、丹江素有小江南之称。它融汇了南北气候的特征，降水量大，秦巴山地植被覆盖面积大，成为陕西的主要森林区。高密的水文资源也比较丰富，主要水系有潍河、南胶莱河、北胶莱河三大水系，虽然河流不是很大，但水资源还是比较充沛的。高密处于山东东部半岛与内陆衔接地带，属于北温带季风区，虽处于内陆，但离海比较近，气候属暖温带季风半湿润大陆型。这里冬冷夏热，四季分明：春季风多雨少；夏季炎热多雨，温高湿大；秋季天高气爽，晚秋多干旱；冬季干冷，寒风频吹。

不同的自然生态环境条件决定了不同的生产生活方式。商州主要是农耕生产，但是山地狩猎与采摘也是重要的生产方式。高密也主要是农耕生产方式，是山东省重要的小麦、棉花、油菜、蔬菜产地。这里地势低洼，水资源丰富，也是重要的渔业生产地。虽然都以农业生产为主，但是，具体的农作物则有着明显的区别。商州邻水地可种植水稻，山地坡地则种土豆等作物。高密曾经多种植高杆农作物，比如高粱、玉米，就是因为该地地势低洼，气候多雨。

就交通而言，自古就有蜀道难难于上青天之说。从关中到南方的楚地，有一条重要的交通要道——商於古道穿过商州，棣花古镇就是这条交通古道上的一个古驿站。水路有丹江，丹凤是个重要的水陆码头，至今还有船帮帮会故址。贾平凹笔下的龙驹寨，就是今天的丹凤县城。高密属于潍坊市，与诸城相邻，这里自秦朝便成为京东古道的重要枢纽，特别是近代以来，胶济铁路由此通过，现在更是交通线路四通八达。莫言作品中所叙写的铁路火车，就是中国近代史上最早的胶济铁路修建的情景。[1]

随着现代科学技术的发展与现代文化的传入，不论曾经封闭的商州，还是开阔的高密，其生产与生活方式都有了改变。自然条件被人工化改造，但是，作为一种基于自然生态环境所形成的地域文化及其心理积淀，在人们的现实思维方式与行为方式上依然有所存留。作家进行文学叙事，他的这种先天性的心理积淀，就在或明显或潜在地发挥着作用。也许，这正是解释贾平凹商州叙事与莫言高密东北乡叙事的缘由。

故乡的山山水水，自然会存留于作家的生命记忆之中，并成为他们文学叙事基本的自然生态环境对象。二位作家关于故乡的描述文字，与地方官方网站所描述的大体一致，也与他们作品中的自然生态环境基本相吻合。莫言在接受王尧的访谈中断断续续谈到了家乡的地域生态环境。"60年代以前，我们高密东北乡真是像一个泽国，水多得一塌糊涂，一到夏天就连阴，雨水缠绵不断。""我们那个地方是洼地"，"一到秋天一片汪洋"，"我们村后面是胶河，每年秋天泛滥，必然带来第二年小麦大丰收。胶河的水从上游带来的含有丰富肥力的黄土和沙土，退水以后，黑土上面蒙上了一层

---

[1] 以上内容参考了商洛、高密官方网站信息。

大约一公分厚的油光光的黄泥,翻到地下就能起改良土壤的作用"。①也正因为如此,构成莫言文学叙事文本中的村镇,洼地、河流、河堤,以及高粱、麻等,应当说亦是以他的故乡高密大栏乡为原型的。(笔者认为大栏乡就是东北乡的地域原型。笔者曾经在潍坊学院召开"莫言与当代文学学术研讨会"期间,到莫言老家村庄看过,与莫言笔下的环境大体一致)贾平凹所谈到的故乡棣花,"并不是个县城,也不是个区镇,仅仅是个十六个小队的大队而已。它装在一个山的盆盆里,盆一半是河,一半是塬。村庄分散,却极规律,组成三二二队形,河边的一片呈带状,东是东街村,西是西街村,中是正街。一条街道又向两边延伸,西可通雷家坡,东可通石板沟,出现一个弓形;而长坪公路就从塬上通过,正好是弓上弦。面对西街村的河对面的山上,有一奇景,人称'松中藏月',那月并不是月,是山峰,两边高,中间低,宛若一柄下弦月,而月内长满青松,尽一搂粗细,棵棵并排,距离相等,可以从树缝看出山峰低洼线和山那边的云天。而东街村前,却是一个大场,北是两座大庙,南是戏楼,青条石砌起,雕木翘檐,戏台高地二丈,场面不大,音响效果极好。就在东西二街靠近正街的交界处,各从塬根流出一泉,称为'二龙戏珠',其水冬不枯,夏不溢,甘甜清冽,供全棣花人吃、喝、洗、涮。泉水流下,注入正街后上百亩的池塘之中,这就是有名的荷花塘了"②。构成贾平凹笔下的具体叙事村镇,其地理风貌上,都是周围环山的小盆地,有一条河流流过。这唯一的解释就是,贾平凹文学叙事所创造的村镇,都是以他的故乡棣花镇为模本的。笔者从2006年起,曾多次到贾平凹的老家棣花考察,现在村落虽然已经建设成为一个仿古式现代村落,所谓的清风街,也进行了重修。而此前的村庄院落,则是贾平凹笔下的原型,比如《秦腔》中的清风街、《古炉》中的古炉村等,都是以棣花为原型的。

由此可见,作家笔下的地域环境,总是与自己故乡的环境紧密联结的。笔者还曾实地考察路遥、陈忠实、刘震云等作家的故乡,发现无不与他们笔下的总体地域环境相吻合。

2.秦楚文化与齐鲁文化

如果从地域文化角度来看,贾平凹与莫言的文学叙事基地——商州与

---

① 莫言:《莫言对话新录》,文化艺术出版社2010年版,第8、9、16页。
② 贾平凹:《游戏人间》,百花洲文艺出版社2017年版,第32—33页。

高密,前者属于秦楚文化交汇融合区域,后者属于齐鲁文化区域,更确切地说,高密是典型的齐文化区域。

就现在的行政区划而言,商州地处陕西省东南部,东与河南省南阳市、灵宝市、卢氏县、西峡县、淅川县等交界;东南与湖北省郧阳区、郧西县相邻;西和西南与安康地区的宁陕县、安康市、旬阳县接壤;北和西北与渭南市的潼关县、华州区、华阴及西安市的蓝田、长安毗连。

地处秦岭腹地的商州,不仅是地理上的南北分界或者南北交汇之地,同时,也是南北文化的交汇之地。先秦时期,商州就是华夏、苗蛮、东夷三大族团交错过渡地带,是楚国楚文化的重要发源地。据《史记》载,"楚之先祖出自帝颛顼高阳","当周成王之时,文、武勤劳之后嗣,而封熊绎于楚蛮,封以子男之田,姓芈氏,居丹阳"。[1]丹阳,据有人考证在今丹江上游的商县附近。[2]（另据韩兆琦评注《史记》认为:"丹阳:故城在今河南淅川县。一说其邑在湖北秭归县东。"[3]）到了春秋战国时期,商州成为楚秦争夺之地,直至秦统一六国。就商州的名称来看,与春秋时期商鞅变法有关系。卫鞅在秦国变法有功,被秦孝公封于商於十五邑,号曰商君,是此地以武关即商邑为中心的文化地域的开始。秦统一六国后,于此设上雒、商,属京畿（咸阳）内史直辖关中地。上洛这一地名,因居雒（郡）水之上故名,春秋为郡水战国为雒水,秦朝为丹水。据《隋书·地理志》载,商洛之名源于商山洛水。历史上曾有上洛、商州等称谓。泰始二年（公元266年）,晋武帝分京兆南部置上洛郡,这是商洛地、市一级建制在此地设置之祖始。唐武德元年（公元618年）改上洛郡设商州,此后商州基本延续下来。中华人民共和国成立,于此设立商洛地区,1988年国务院批准将商县改为商州市,2002年商洛地区为商洛市。贾平凹文学叙事中所言商州,则是泛指商洛（地级）市,而非商州（县级）市。[4]我们在此所言商州,是延续古代之意,意指商洛地域。

如果从商州历史文化建构发展角度看,第一,楚与秦在此进行过多年的

---

[1] 司马迁撰:《史记》（第2册）,韩兆琦评注,岳麓书社2012年版,第609、610页。
[2] 石泉、徐德宽:《楚都丹阳地望新探》,载《江汉论坛》1982年第3期。
[3] 司马迁撰:《史记》（第2册）,韩兆琦评注,岳麓书社2012年版,第610—611页。
[4] 以上内容参阅商洛市官方网站资料。

争夺征战，始属楚终归秦。多年的征战，自然给商州地域带来诸多灾难。但同时，楚秦不同文化也在这争夺拉锯中得以交融。可以说，是楚与秦共同完成了商州地域的历史文化建构。第二，春秋战国时期，商鞅被封于此地，对于这里的历史文化有着不可低估的影响，至今商州地域还留有商鞅的历史踪迹。也许商鞅坚持改革的法治思想与被处以极刑等，作为一种历史的记忆，共同存留在商州的历史文化之中。第三，就是商山四皓。秦末汉初为避战乱，有四位贤达隐居于商山，这就成为商州地域一种特有的历史文化景致。隐逸文化在此得以生根传布，这与商州四周封闭的青山绿水自然生态环境相吻合。第四，商於古道在商州历史文化上的作用表现为它是从关中到楚地南方的重要通道，于此留下了商业文化遗迹，更留下了诸多文人墨客的活动遗迹。这对商州地域人们重视文化有着重大影响。第五，移民。坦率地讲，在中国恐怕很难找到一个完全封闭的地域，也很难找到一个完全是本地人生存的地方。就是所谓本地人，也许是几百年、几千年前从其他地方迁徙过来的。据研究，在汉代时商州就有移民，明代洪武年间，组织过大规模移民，商州就有从山西洪洞县大槐树下来的移民。清顺治年间，又进行过南民北移，湖北、湖南、安徽、江西等地移民到商州定居，甚至还有广东的客家人移居到商州的。这种移民自然形成了不同地域文化的混合交融。第六，商州特有的民歌与商州花鼓戏。从戏楼建造到戏曲表演等，显然都带有南北相融的特征。

正是商州所处的特殊的南北交界地域，在漫长的历史发展中，形成了其特具风采的历史文化。这就是在它北达秦地、南连楚壤的历史发展中，既承秦文化之刚阳，又蓄楚文化之柔美，既有北方人之质朴，尤其是西北人之粗粝豪壮，又不缺南人之秀气，尤其是楚人之通灵诡异，形成了一种融南北于一体的山地文化。贾平凹的乡土文学叙事，就深深地浸透于其中而自得其地域历史文化之神韵。贾平凹的乡土文学叙事中，既充溢着一种清灵秀气，也具有着一种苍茫的隽永之气。

再来看莫言所在的山东地域的历史文化。

我们一般将山东省简称为鲁，如果就其历史文化而言，称之为齐鲁大地可能更为确切些。就历史文化的影响来说，无疑山东这块土地既受到鲁历史文化的影响，也受到齐文化的影响。如果就中国历史文化的发展历史来看，汉以后将儒家文化思想定为中华民族的统一思想,那处于山东东北地域的原齐国所在地的地域,必然也是如此。但是,这并非绝对的一种文化完全替代另一种文化,而是两种文化的融合。在融合中,齐文化的内在底质依然是非常彰显的。

古之齐地,最早生活的是东夷族。周代商而得天下后,封功臣姜尚于泰山以北的临淄(今山东淄博市),建立了齐国。齐国东靠海,西南和莒、杞、鲁等小国接界,北和燕接界,西和赵、卫接界。封武王之弟周公旦于泰山以南的曲阜,建立了鲁国。齐者,脐也。其中一种说法是:若以鲁为首,燕为足,而这首足之间就是脐(齐),故而名之齐。齐国初封之地,不过"方百里"而已,而且既有土著夷人薄姑氏盘踞,又有强大的莱夷毗邻。很显然封姜尚建齐于此,主要目的在于"制夷"。而封鲁则是为了"屏周",即因西周建都于关中,为掌控中原及东部地域,为周王朝于此建立一个屏障。从族裔来看,齐国首封之君姜尚姓姜,为炎帝后裔,鲁国首封之君是武王胞弟周公旦之子伯禽姓姬,为黄帝的后裔。因莫言故乡高密古属齐国,这里参比鲁国着重简略梳理一下齐国的历史文化特征。

就自然地理位置而言,齐国靠陆面海,属于海洋型文化,鲁国是内陆丘陵平原文化。齐地由于临近海洋,海洋之浩淼茫茫、波涛大浪给人以变幻莫测、神秘而渺茫之感,便形成了齐人自由不羁的性格,壮阔豪迈之胸怀,以及神秘幻想的特点。由于大自然奇幻无比而强大无比的力量,使得人们在它的面前,显得是如此渺小和无奈。故此,对于自然的崇拜意识,也就于此自然而然地形成。

高密处于齐国腹地,一方面地势平坦,适于农耕,另一方面,又因地势低洼而形成盐地,自古便有渔盐之利,促使商业发展。这样的自然生态环境,既提供了农耕生产的条件,也提供了发展工商业的有利因素。因而,齐地向来就是农耕与渔盐工商业并存。这两种生产方式,自然也就形成了交汇式的生活方式,其思维方式与行为方式,也就必然是两种生产方式下的一种混合。

前文所言,齐国是姜尚受封之地,姜尚因地制宜,顺应当地风俗,简化烦琐的礼节,重视实际,勤于修政。从立国之初就确立了"修政,因其俗,简其礼,通商工之业,便鱼盐之利"的基本国策,于是,"人民多归齐,齐为大国"①。修政在于制订法令并且付诸实施,因其俗简其礼,在于从实际出发,注重实效,而不讲究烦琐礼节,通商工、便渔盐,在于发展经济,以利而导之。这样,齐国自古便形成了一种合时俗,务实际,具有革新性、开放性和包容性的功利型文化传统。

就其文化之原发历史承续来看,一开始,齐国承续了东夷文化,并以此为基础,又汲取了周文化。东夷文化作为土著文化生长于靠陆临海之地,其生存有极强的变数,迫使先民们必须以灵活的智慧而应对之。故此,也可说齐文化是一种智者型文化。显然,与鲁文化以周文化为主、以东夷文化为辅而形成的仁者型文化不同。"知者乐水,仁者乐山;知者动,仁者静;知者乐,仁者寿"②,这也可视为对于齐文化与鲁文化的一种概括表述。如果谈到齐鲁文化之交融,则"齐一变,至于鲁"③。事实是,齐文化中吸纳了鲁文化,但是,并没有被鲁文化彻底改变,只能说是融入了鲁文化的某些因素。在齐历史文化形成中,自然有诸多人物发挥了作用,是一种融汇积淀,比如管仲与晏婴,他们依然秉承了务实、变革、开放、兼容的文化精神,具体实施上,道法结合,礼法并用,予之为取,以民为本、农工商并举。这些文化思想,可以说已经渗透于齐地齐人的文化心理之中。在齐地历史上,还出现了一批文化思想家,如兵家(孙武、孙膑)、天文学家(甘德、邹衍)、医学家(扁鹊)、逻辑学家(公孙龙)、修辞学家(邹奭),以及名家、阴阳家、法家、农家、纵横家等。他们在此地都有着深远的影响,而且都是些偏重于实利型的思想家。

总括起来看,齐之封国其初始目的重在制御夷族,靖戍边疆;而鲁国则重在为周王朝建立一个统御中原地域的屏护。正因为如此,齐国一开始就致力于边疆开发和生产发展,巩固边疆之地;而鲁则重在建设东方的周文化中心。这样也就逐渐形成了齐国注重武治,注重物质,注重实际,而鲁国重视文治,崇尚精神,以礼而治天下。我们从莫言的乡土文学叙事中,可以非常强烈地感受到齐地历史文化的深远影响,同时,也体味到鲁文化的意味。

从以上对商州与高密地域生态历史文化的简略叙述,可以看出二者明显

---

① 司马迁撰:《史记》(第1册),韩兆琦评注,岳麓书社2012年版,第472页。
② 刘俊田、林松、禹克坤译注:《四书全译》,贵州人民出版社1988年版,第153页。
③ 刘俊田、林松、禹克坤译注:《四书全译》,贵州人民出版社1988年版,第154页。

的不同。这不同的地域生态历史文化传统，对于他们的文化性格与气质等方面的形成，毫无疑问都具有着极为重要的作用。如果分析二位作家的文化心理性格与其文学叙事之间的关联性就会发现，真是一方水土养一方人，从他们的叙事文本中，能体味到故乡地域生态历史文化的深深印记。

3. 从乡村到城市

作家的人生历程，毫无疑问，是会在作家的文学叙事中留下痕迹的。作家人生经历的生命情感体验，必然要投射到他所创作的文学作品的艺术建构之中。甚至可以说，有什么样的人生经历与生命情感体验，就会有什么样的文学叙事。不仅如此，如果从文学地理角度看，作家的地理空间的位移，不仅具有自然空间的意义，更为重要的是，具有着人文空间的价值意义。从地域文化角度说，就是作家从原本的生存地域迁徙到另外一个生存地域，迁徙地的地域文化或多或少地都会对他的文化心理变化产生影响。这样就形成了原籍地域文化与新迁徙地域文化的交融与冲撞的状态。就此而言，作家的人生迁徙，就不仅仅是个生活环境的变迁问题，而且是个不同地域文化冲撞交融之中，对于作家文化思想观念的改观问题。在新的生存状态建构中形成新的文化思想观念与心理结构，进而对其文学叙事发生潜在的影响。

贾平凹与莫言的人生经历，具有很大的相似性。贾平凹生于1952年农历二月二十一日，莫言出生于1955年2月17日，应当说属于同一年代的人。总的来说，都是从乡村到城市的迁移。但在这共性之中，又有着不少的差异。

在乡村的人生经历。贾平凹与莫言均出生于地道的山野乡村的农民家庭，但虽同为农民家庭，其间则有着些许的差异。贾平凹童年生活在一个与祖母、伯父叔父生活在一起共二十二口的农民家庭。从莫言相关的叙说中可知，他出生时也是个大家庭，但更多的记忆是与父母一家人的生活。贾平凹的父亲是乡村教师，可视为乡村读书人的家庭，有着比较严的家庭规矩；莫言的父亲是地道的农民，对他虽然严厉，但环境相对来说比较宽松。从家庭经济条件来看，贾平凹的家庭在"文革"前因其父是公办教师，每月有一定的固定经济来源，相对来说要宽松一些。莫言家完全靠在田地里刨生活，经济条件要差许多。所以，他们二人都有关于饥饿的记忆，但莫言要更为刻骨铭心。他们也都因为家庭原因，导致其人生受到某种歧视。贾平凹是因"文革"中父亲被打成"历史反革命"沦为狗崽子，后来是可教子弟。莫言主要是因家庭成分影响。他们也都于"文革"期间离开学校参加生产劳动。贾平凹是因为初中二年级时发生了"文革",后来就随大家一起回村上参加劳动。但莫言离开学校不仅仅是当时社会因素所致,主要是因为他组织造反队得罪了老师而被学校开除回家劳动。相对来说,贾平凹回乡务农年龄在十五六岁,莫言年龄则要更小些,有十三四岁。从《古炉》中狗尿苔与《透明的红萝卜》中的黑孩身上,就可以看到贾平凹与莫言的影子。参加劳动,贾平凹因个子矮常与妇女在一起干活,这对其心灵造成了极大的影响。莫言则是另外一种被社会疏离,那就是一个人在空旷的野地放牛,造成心灵上的孤独。

他们在二十岁左右离开了农村。贾平凹是因一个特殊的机会被推荐上了西北大学中文系,莫言也是一个特殊的机遇当兵离开了家。但是,贾平凹是真正离开了农村,并且是进入高等学府,学的又是中文专业。莫言离开了家,而未离开乡村。虽然部队是一个相对封闭的独立环境,用莫言的话说,依然没有离开乡村,还在大范围的故乡。这就决定了他们在文学道路上走着不同的道路。贾平凹从学校出来到了出版机构,依然与文学打交道。后来到了专门的文学杂志,并很快成为专职作家。莫言从山东到了河北保定,才开始真正的文学创作。他直到1984年才进入大学文学系,于此,他才开始了真正的文学基本知识与素养的系统训练。但是,之后他依然在部队,直到《丰乳肥臀》受批才转到地方单位,定居在北京。这里需要提到一点,贾平凹虽然从1972年就到了城市,但是在一个远离政治经济中心的西安古都,而莫言则是在中国政治文化经济中心首都北京。西安与北京虽然都是中国历史上的古都。但是,西安是个曾经的古都,而北京则是一个依然处于全国中心的都城。相对而言,西安的历史文化氛围要更为浓郁凝重乃至滞重,而北京则要更为富有生命活力,视域眼界要比西安开阔得多,具有得先之便利。从这里面也可以窥探出两位作家文学叙事中受现实生存城市地域文化的不同影响。

两位作家的人生历程中,还必须提到在进入城市并且于创作上都取得相当成就之后,所经历的创作人生磨难。从1993年起,贾平凹因《废都》受到了超越文学范畴的批评乃至批判,这种影响一直到《秦腔》出版并获得茅盾文学奖方才改变。其实,贾平凹在20世纪80年代初就因《二月杏》《"厦屋婆"悼文》等作品受到了文学界的批评,特别是京城某政府部委所组织的对作品《二月杏》的批判。莫言1997年起,因《丰乳肥臀》而受到批评乃至批判,最终导致离开部队转业到地方单位。贾平凹因《废都》先受西安市政府主要领导约谈,后又被安排到南方进行挂职深入生活,以期改变思想观念。这些不仅仅是一种文学事件,也是一种个人的现实生存磨难,超出了文学范畴,而在他们的人生经历上打上了烙印。反过来,这种人生的经历,也会对他们的文学叙事艺术建构产生影响。

如果就文学地理上来说,我们还应当看到,在现代社会条件下,作家每年都会到不同的地域城市进行文学交流活动。这种交流活动虽然时间都比较短,但是,所获得的文化思想与文学艺术的信息量是比较大的。作家这种不定期、不定时的活动及其对于不同地域文化生活的感受体验,犹如滴滴细雨浸润着作家的文化思想情感。贾平凹就讲,他每年除了到乡下多次走动外,还有意识地到其他城市,尤其是南方城市比如上海等,去亲身感受体验那里的现实境况。从莫言的情况看,也是如此。他到西安、上海等城市进行文学活动。尤其是莫言多次出国,与外国作家进行文化思想与文学艺术的交流,很显然对于他的文学创作具有着明显的影响。也许正因为如此,在他们的文学叙事中,不论采取何种叙事方式,我们都能感受到东西南北、中外文化思想的影响。当然,不能简单地将他们文学叙事中东西南北与中外地域文化生活与文化思想视域,仅仅归结为是到这些地方进行文学交流活动的结果,但是,必须承认,这种身临其境的切身体验,都浸透于他们的文学叙事。

二、基于故乡的文学叙事地理建构

1.乡土文学叙事审美空间

新乡土文学叙事,与地域及其地域文化具有更为密切的内在关联性。新乡土文学作家以自己故乡为基本模本建立起自己乡土叙事的文学地理版图。不论从地域文化角度,还是从文学地理角度看,就文学叙事艺术建构而言,其间都包含着一个审美空间问题。作为一种文学叙事空间,乡土与城市是相对而言的空间概念。在乡土文学叙事空间的审美建构中,作家的故乡则成为一个空间核心。从新乡土文学叙事实践来看,新乡土作家所建构起来的文学叙事审美空间,基本上都是建立在故乡自然与人文环境及其生命情感体验的基础上的。

如果要对新乡土文学叙事地理空间的审美内涵意义做一归结，在笔者看来应当包含如下几层内涵：

首先，文学叙事地理空间是一种自然空间。文学叙事审美空间的建构，再怎么说，它都离不开自然地理空间，是以地理空间为基础的。从根本上来说，不论是一般的认知或者审美认知，对于事物的把握，空间都是万事万物存在的一种基本维度。离开了空间，人与事就失去了活动的场域。作为文学叙事，也总是要建构起自己的叙事空间场域的。就贾平凹、莫言的乡土叙事审美空间建构来说，也是如此。在二位作家的叙事文本中，其空间建构都是与故乡的自然生态环境空间相关联的。或者说，他们是在自然地域空间的基础上，创造自己的文学叙事空间的。

其次，作为一种叙事空间建构，更具有着地域文化的意义，也可说这是一种文化意识上的区域空间。就人的生存及其发展历史来说，他都是在一定的空间中得以实现的。某一地域在发展的过程中也就势必要形成自己特有的文化。文学叙事是不可能离开所叙写的地域的文化环境与传统的。因为，从作家的生存到文学叙事，都是在具体的地域文化之中。特别是对于乡土文学叙事来说，更是无法脱离作家所生存的地域文化环境。也正因为如此，作家在建构文学叙事审美空间时，实际上也就是在建构起一种地域文化空间。当然，这种地域文化空间所蕴含的内涵是多方面的，比如社会历史、生活习俗等等。这是一种立体的综合的文化审美空间建构。从新乡土文学叙事审美空间建构来看，可以说每一种文学叙事或者每一位作家的文学叙事，也都形成了自己特有的审美地域文化空间，就像贾平凹所建构起来的商州地域文化审美空间，莫言所叙写的高密东北乡审美地域文化空间。正是这不同的地域文化审美空间，成为作家乡土文学叙事审美特征的一个极为重要的标志。

再次，文学叙事是与作家的社会人生及生命情感体验密切相连的。作家所建构起来的乡土叙事审美空间，也必然是一种精神情感上的心理空间。叙事文本中所建构起来的不论是自然空间还是文化空间，那都是作家生命情感体验出来的审美空间。文学叙事从作家自身来说，任何时候都不可能照搬自然与社会，必然是作家经过自己生命情感体验过的自然与社会。从这种意义上说，作家的文学叙事，实际上是一种生命情感体验的叙事。就新乡土文学叙事来看，作家虽然已经离开了故乡，但是，他们的文学叙事却始终没有离开故乡这一片热土。他们总是将当下的生命情感体验，熔铸于故乡的生命情感体验记忆之中，形成了一种新的文学地理意义上的审美空间。

这三种空间，从某种意义也可以说是一种作家乡土经验空间。并且乡土经验不仅具有着审美空间意义，而且表现出更为强烈的作家乡土人生经历与乡土生命情感体验及其记忆的时间性的内涵。正是这三种空间的有机融合，在文学艺术创造的过程中，构成了审美空间。就此而言，乡土叙事是一种空间的审美叙事。在这种意义上，以地域名称命名的文学叙事对象，成为文学叙事的艺术王国。

2.审美地域空间的确认：商州与高密东北乡

在作家的文学叙事中，其文学地理及其名称的审美确认，可以说，既是一种自觉的叙事选择，也是一种于自然而然的文学叙事中所形成的审美叙事认同。如果就中国现代文学乡土叙事的地域空间建构而言，鲁迅以故乡浙江绍兴为原型所塑造的"鲁镇""未庄"等文学叙事审美空间，沈从文创造的"湘西"审美叙事空间，已经成为中国乡土文学叙事的经典性文学地域名称。就是当代文学在20世纪50—70年代，也有着文学叙事上的审美空间塑造，比如柳青《创业史》中的渭河平原上的"蛤蟆滩"等。但是，我们必须承认，它们作为一种文学叙事审美空间艺术创造，非常明确而响亮地被提出，则是20世纪80年代受到马尔克斯、福克纳等人的影响。这正如莫言，在受到他们的启示之后，开始自觉地建构自己的"高密东北乡"这个文学叙事的独立王国。在我们看来，问题的关键不在于当代作家是否受到外国作家影响而建构起以自己故乡为原型的文学叙事审美意义中的地域空间，而在于立足于本民族的社会历史文化以及文学艺术的大地，去创造既是本土的又是世界的、个性化的无可替代的文学叙事审美空间。20世纪50—70年代文学叙事中出现的地域空间在强烈的社会政治意识形态观念的干预下，既失去了地域性的文化艺术因质，又被迫隔绝了与世界历史文化沟通的通道，因而被悬置在了意识形态观念的高空，失去了作为审美意义上的独特个性，这样就使其文学叙事空间的审美意义被大大消解了。而在贾平凹、莫言们这里，在自觉去意识形态化的文学叙事中，最大限度地逼近了文学叙事空间的审美境地。而且，他们所创造的文学叙事空间之所以具备了更为丰富蕴藉、自如浑然的地域审美空间的价值意义,就在于他们既根植于故乡的地理、文化的深土之中,使得自然地理的物理空间如细雨润物般悄然转化为文学叙事的审美空间,又在文化精神与文学艺术精神上,与世界进行着对话与沟通,创造出审美境界来。

下面概略地谈一下贾平凹与莫言探寻并确认自己的文学叙事地域审美空间。

贾平凹与莫言的文学叙事,一开始并没有意识到要建立自己的地域审美空间,他们也如同其他作家一样,历史惯性地延续着此前的文学叙事思维。所以,他们的文学叙事依然是从意识形态化的叙事开始的。那时,虽然他们叙写了故乡的人和事,但是,他们并没有真正认识到故乡对于他们创造一个独特的文学叙事地理的重要意义。我们不赞成以今天的成就去遮蔽过去的历史,而应还原一个真实的历史。贾平凹发表于1973年陕西省群众艺术馆办的《群众艺术》上的第一篇作品《一双袜子》,就是一篇非常典型的政治意识形态叙事。莫言第一篇公开发表的作品《春夜雨霏霏》载于河北省保定办的《莲池》1981年第5期,虽然比贾平凹的处女作晚了八年,其中的社会政治意识形态意味还是很明显的。贾平凹第一个作品集《兵娃》1977年由中国少年儿童出版社出版,可以说就是一种意识形态化叙事,不过,是以故乡商州棣花为背景进行的文学叙事。贾平凹具有明确的文学地理意义标志性的文学叙事,应当说是1983年发表于《钟山》上的笔记体系列散文《商州初录》(研究界亦有将《商州初录》当作笔记小说看待,这不失为一种见解。但笔者认为,将《商州初录》即后来的"再录""又录"视为笔记散文,可能更为恰贴些),虽然作家更多的是从地理角度来叙写故乡商州,但是,它却以一种超越性的审美艺术魅力,建构起一个文学意义上的审美地域——商州。莫言第一次使用具有文学审美意义的地域名称——高密东北乡,是发表于1985年《中国作家》上的《白狗秋千架》,莫言"当时也没有十分明确的想法","几乎是无意识地写出了'高密东北乡'这几个字。后来成了一种创作惯性,即使故事与高密东北乡毫无关系,还是希望把它纳入整个体系中"。[①]作家出版社1986年出版了莫言的第一个作品集《透明的红萝卜》,

---

① 莫言:《藏宝图》,春风文艺出版社2003年版,代序第1页。

高密东北乡则已有了明确的地域审美空间标志意义。

从这里可以看出，贾平凹、莫言探寻到文学叙事的自我，自然是从意识形态化的文学叙事中挣脱出来之后，真正回归到以自己故乡为基地的乡土及其乡土经验的世界，才开始了真正具有审美意义的文学叙事地理创造。而对于个性化的乡土世界的寻找与确立，就当代文学叙事来说，是有一个嬗变的过程的。但是，对于具体的作家而言，这个嬗变过程长短快慢是存在着一定差异性的。贾平凹作为文学创作始于"文革"后期的作家，他的文学叙事的历史嬗变经历了将近十年，这和当代中国文学叙事的历史嬗变具有着同构性。莫言则不同，莫言从步入文坛到叙事爆炸，仅用了四五年时间。就莫言自身而言，自然始于其1984年考入军艺开阔了眼界。就整个当代文学发展而言，1985年前后正是中国当代文学叙事发生历史性转换的时期，也许是进入文学世界晚了几年，莫言减轻了从"文革"到新时期历史转换过程中"文革"历史惯性的影响，在还未被认可的时候，或者还不知道自己的文学创作道路咋走的时候，遇到了福克纳、马尔克斯们，一下子通了天灵，找到了文学叙事上的艺术自我，因而给人以突然到场的感觉。贾平凹虽然在1978年因《满月儿》就获得了第一届短篇小说奖，但是，他真正开始营造起自己的艺术天地是"商州三录"的创作，由此奠定了他在中国当代文学叙事历史上的第一块坚实基石。莫言1985年发表了《透明的红萝卜》，尤其是紧接着《红高粱》的发表，便开始了建构以自己的故乡为原型的"高密东北乡"这一属于自己的文学叙事艺术王国。这一方面，我们也可从他们的创作量上得到印证。贾平凹于1983年在《钟山》第5期上发表《商州初录》之前，已发表小说九十余篇，散文与诗歌四十多篇（首），出版作品集七部。[1]莫言发表《透明的红萝卜》之前，发表包括具有文学叙事探索性的《白狗秋千架》《秋水》《金发婴儿》等在内大约二十篇作品。[2]

贾平凹于20世纪80年代初，不仅创作了"商州三录"等，而且明确宣示："没有民族特色的文学是站不起的文学，没有相通于世界的思想意识的

---

[1] 根据郜元宝、张冉冉所编《贾平凹研究资料·第五辑：贾平凹创作系年》（天津人民出版社2005年版）统计。

[2] 根据孔范今、施战军主编的《莫言研究资料·附录·作品年表》（山东文艺出版社2006年版）统计。

文学同样是站不起的文学。""以中国传统的美的表现方法，真实地表达现代中国人的生活和情绪，这是我创作追求的东西"①。贾平凹这种中国文学叙事意识的自觉，使得他成为被有些论者称为最为中国化文学叙事的代表性的作家。莫言走向文坛，很显然得益于福克纳、马尔克斯等西方作家的启发与借鉴，但是，他很快就意识到应当走出自己的文学叙事的路子，所以，后来他对此做了反复强调说明，表现出极为强烈的文学叙事自信与自觉。"我1980年代的几个作品带着很浓重的模仿外国文学的痕迹，譬如《金发婴儿》和《球状闪电》。到了《红高粱》这个阶段，我就明确地意识到了必须逃离西方文学的影响，1987年我写了一篇文章《远离马尔克斯和福克纳这两座灼热的高炉》，在《世界文学》杂志上发表，我意识到不能跟在人家后面亦步亦趋，一定要写自己的东西，自己熟悉的东西，发自自己内心的东西，跟自己生命息息相关的东西"②。也许正是这种坚定的中国文学叙事的自信与自觉，使得莫言一步一步走向了诺贝尔文学奖的领奖台。可以这样说，当贾平凹与莫言非常清醒地决定以自己的故乡商州和高密东北乡作为自己的文学叙事地理时，他们才真正地开始了自己独到的文学叙事艺术王国的建构。自此，商州与高密东北乡也就成为贾平凹与莫言文学叙事地理的标志。

贾平凹与莫言均成为当今文坛举足轻重的作家，取得了举世瞩目的文学叙事成就，他们在建构自己乡土叙事艺术王国的过程中，都引起了巨大的争议，甚至是批判，比如20世纪80年代初对贾平凹《二月杏》《沙地》《"厦屋婆"悼文》等作品的批评，20世纪80年代后期乃至90年代，莫言的《红高粱》，特别是《丰乳肥臀》等作品被批评。这似乎成为当代文坛一种奇异的文学现象，当代最为优秀的作家，也是争议最大甚至被批评乃至被批判最多的作家。相比较而言，贾平凹的转化比较缓实，或者是在批评界的压力之下，出现某种反弹，比如《"厦屋婆"悼文》等作品之后，就创作了《腊月·正月》等。但实际上他是在比别人慢半拍之中向前进了一拍，在平和缓慢中突然来一个爆炸，如《废都》的出现。今天看来，《废都》具有开启一个文学叙事时代的意味。莫言的转换则来得更为迅猛，更为明了，更直截了

---

① 贾平凹：《静虚村散叶》，陕西人民教育出版社1990年版，第118页；贾平凹：《平凹文论集》，青海人民出版社1985年版，第30页。

② 张英：《莫言：我是被饿怕了的人》，载《南方周末》2006年4月20日。

当。几年间就突然创作了《透明的红萝卜》《红高粱》等,而且一发不可收拾,表现出永不回头的姿态,具有强烈的迸裂性。莫言表现出更为强烈的突破性,甚至高调地明确表示追求叙事艺术上的变化。可谓是,一个是温和之中蕴含执拗,一个是刚烈中表现出矢志不渝。但不管怎么说,他们的文学创作都是贴着故乡的土地,或者说,将自己的文学叙事根植于乡土及其乡土经验时,就成为文学叙事中的蛟龙。也正因为如此,自20世纪80年代,贾平凹从"商州系列"之后,莫言从《红高粱》之后,"商州"与"高密东北乡"便成为他们文学叙事艺术天地的象征。乡土及其乡土经验,不仅使他们的文学叙事接通了地气,而且赋予了他们的文学叙事以神灵般的艺术生命,在回归故土的过程中,走向了文学叙事的大境界。

三、乡土叙事比较

1.乡土及其乡土经验

当代中国的文学叙事,不论是将其发轫从历史渊源上追溯到20世纪40年代的延安文学时期,还是以1949年10月中华人民共和国建立为标志,有一点则是可以肯定的,那就是以乡土及乡土经验为主体的乡土或者农村文学叙事,构成了中国当代文学叙事最为重要的内容。自然,这种中国当代文学叙事的发轫,是在社会主流意识形态亦即政治思想观念规约或者主导下得以实现的。其实,在中国当代文学叙事发展建构的过程中,一开始也出现过萧也牧《我们夫妇之间》这样试图以城市文化为视点的文学叙事转换的探索,但是,这种探索一出现就被打压了下去,因为这种城市文化视域的文学叙事,不适合社会主流意识形态的要求。正如中国的社会主义体制,是在农村包围城市的现代革命下建立起来的,当代的文学叙事,乡土或者乡村叙事,与这种社会主流意识形态具有着更为密切的内在关联性。如果就中国历史文化角度来说,中国作家与读者具有着深厚的浸透着农耕文化的乡土生活与经验,因此基于乡土与乡土经验的文学叙事也就更容易被人们认同与接受。

乡土及其乡土经验,为当代中国文学叙事提供了丰富而深厚的资源。正是这乡土及其乡土经验,从20世纪50年代直至今天,成就了几代作家。赵树理、柳青、周立波、孙犁等为第一代中国当代乡土作家,不过,他们对于乡土及其乡土经验的文学叙事,是将原生本体化的乡土及其乡土经验,转化为社会政治意识形态化的乡土及其乡土经验，建构的是社会政治意识形态化的乡土叙事。对此，有论者将其称为农村题材文学叙事。（关于农村题材、乡村题材以及乡土文学等方面的论述很多，研究得也比较透彻，在此就不展开论述了）丁帆先生就认为："20世纪60年代初到70年代末的反映农村社区生活的大量作品，是不能称其为乡土小说的，充其量只能称作'农村题材'的小说。"[①]在社会政治意识形态化文学叙事道路上走向极致的是李准、浩然等作家，他们按理说是1949年后成长起来的农村题材作家，但他们的文学成就则不及赵树理们，故此其文学史意义常常就被遮蔽掉了。当然也有特殊情况，比如汪曾祺先生（生于1920年），他应属于地道的"20后"，但他则承续了沈从文的乡土文学叙事传统，创作了乡土文学品性十足的作品。

以刘绍棠、高晓声、古华、张一弓等为代表是第二代乡土作家，他们试图逐步地从意识形态化的乡村文学叙事中剥离出来，走向历史的、文化的本真化的乡土叙事，但是最终未能完成。

真正将当代文学乡土叙事推向新的历史天地和艺术境界的，是被称为"50后""60后"的作家，像贾平凹、莫言、张炜、韩少功、阎连科、刘震云、周大新、李佩甫、余华、苏童等。所以说，"50后"作家贾平凹与莫言们的文学叙事，也同样是起始于乡土叙事，成就于乡土叙事。他们并非无力于乡土之外的文学叙事，比如城市文学叙事，其实他们也都有被称为城市文学叙事的作品，像《废都》《酒国》等，但是最能代表他们文学叙事特立独行艺术个性与深广度的，依然是乡土文学叙事所建构起来的艺术世界。

贾平凹、莫言等的新乡土文学叙事，自然环境在整个文学叙事建构过程中，成为不可替代的审美空间意境或者境界的创造，具有了更为强烈的渗透着作家乡土经验的文学叙事审美空间意境创造的象征性和隐喻性，其独特性、个性化，以及审美化的因质，就如同血肉一样融汇到整个文学叙事之中。像陈忠实笔下的白鹿原、阎连科笔下的耙耧山脉、路遥笔下的陕北黄土高原、迟子建笔下东北的白水黑土等等，均有了叙事结构的整体象征意义。于此，我们可以看到新乡土文学叙事中的自然景物描述，一方面对接了鲁

[①] 丁帆：《中国乡土小说史》，北京大学出版社2007年版，第231页。

迅、沈从文等现代乡土叙事的传统，另一方面，也表现出受西方或者中国古典文学艺术启示后，比如古典诗词意境创造的影响，对于故土自然景物文化与艺术象征意义的追求，转化为更为自觉的审美空间意境创造。

2.乡土经验记忆叙事

谈及文学叙事中的乡土及其乡土经验，首要的自然是作家对于故乡自然地域的记忆，这包括自然地理地貌、自然植被以及天气气候等，这也就是通常所说的自然地理生态环境。"作家出生的故乡的自然地理生态环境，对作家的思想意识、思维方式、生命情感方式，以及心理精神结构，对于客观世界于自身的认识方式，包括源于内在生命情感本体的艺术天质等，都有着原始的、潜在的，而又非常深刻的影响作用。"并进而使得作家的"家乡的地域生态环境，已经不是客观的存在，而成为他们文学艺术生命结构的有机构成。他们不是在进行描绘与叙述，而是在进行着一种艺术生命情感的融合交媾"。[①]

进入作家记忆的故土自然环境亦即景物，不仅仅是总体的地理概貌，更为重要的是那些个性特征突出的景物，而且这些景物在作家的生活经历中产生过重要影响，在他的心理上刻下了深深印记。正如莫言所说，当拿起笔写作时，"故乡的土、故乡的河流、故乡的植物，包括大豆，包括高粱"，就会"涌到我脑海中"。[②]事实也的确如此，莫言家乡村边的那条现在已经干涸的小河、那个桥洞、那个荒草甸子，尤其是那片高粱等等，都构成了莫言小说叙事审美空间中富有生命的风景。不仅如此，出现于作家笔下的这些故乡景物，往往都是作家童年时代记忆中的景物。比如贾平凹作品中出现的荷花池，在他最早的《兵娃》中出现过，《古炉》中依然有着描述，包括所写的在河中抓鱼，尤其是神秘莫测的发出怪叫的鱼。实际上不论莫言笔下的小河、荒草甸子，还是贾平凹笔下的荷花池，早已不复存在。在这里，从作家的审美经验角度来看，故乡景物的空间展示中，隐含着时间的生命情感历程的凝聚。

当然，进入作品中的景物，作为一种审美艺术的创造，亦有着超越作

---

① 韩鲁华、韩云：《地域文化与作家审美个性及风格》，载《西安建筑科技大学学报》（社会科学版）2009年第2期，第30页。

② 莫言：《我的故乡与我的小说》，见孔范今、施战军主编：《莫言研究资料》，山东文艺出版社2006年版，第25页。

家故乡实际景物的地方,也就是说,作家可能根据艺术叙事的需要,常常会将其他地方的景物移植到自己所塑造的故乡,甚至会虚构想象出某种景物情景。贾平凹在接受笔者访谈时就说过,《带灯》中的有些树、鸟,就是从故事原型的地域环境及其景物中移植过来的。他说:"这环境吧,和我以前的环境还有些不一样,山上产什么鸽子,它那个吃食是怎么个做法,我老家和这还是有些不一样的。它必须要带着那个地方鲜明的一些特点,那个地方一看就是大山,山上有各种果树,山里有各种树,还有各种走兽,然后怎么做醋、做酱豆,做这样那样,一看它就有鲜明的地方特点。我老家那个地方它是个川道子,它没有这些东西。……我跑的地方多,陕西、河南、甘肃、新疆、青海,在这些地方弄的材料都综合在一起了。当然,总的来说,写作的时候必须要把这些归到一个更熟悉的环境里边,归到我老家这个环境里边。但你也能看到它明显有别的地方的一些色彩,别的一些特点在里头。"[1]

乡土经验对于文学叙事来说,就是作家故乡的人生经验和生命情感体验记忆的艺术创造。在这人生经验与生命情感体验中,既有着整体性记忆,更有着特殊的个性化记忆。而在人们的心理中能够沉淀下来,形成某种心理情结的,则是那些对于作家具有切肤之感的事与物。比如前面所言贾平凹、莫言对于故乡景物的记忆。在谈到对于故乡生活的记忆时,贾平凹说到最多的影响最深的是父亲在"文革"中被打成"历史反革命",还有就是一个人孤独地看山。[2]莫言首先是饥饿的记忆,其次是被赶出学校在生产队放牛的孤独生活。莫言甚至称自己是被饿怕了的人[3],饥饿与孤独是他创作的源泉。对于中国20世纪50—70年代来说,孤独未必是所有人的集体记忆,有许多人的记忆可能还是热闹或者疯狂,但是,可以说中国人20世纪60年代的集体记忆是饥饿。不仅如此,甚至可以这样说,改革开放之前中国人的一个集体记忆就是饥饿。20世纪80年代的文学叙事,像《犯人李铜钟的故事》《绿化树》《狗日的粮食》等作品,都有着极为刻骨的饥饿记忆的叙述。就是"60后"作家的笔下,亦有对于极为残酷的饥饿历史记忆的叙述,比如苏童的

---

[1] 贾平凹、韩鲁华:《穿过云层都是阳光——贾平凹文学对话录》,北京联合出版公司2016年版,第127页。
[2] 贾平凹:《我是农民》,吉林人民出版社1998年版。
[3] 张英:《莫言:我是被饿怕了的人》,载《南方周末》2006年4月20日。

《米》。

孤独的乡土生活体验的记忆，对于贾平凹和莫言来说，更为重要的是一种生命情感体验，是一种精神心理的积淀，凝聚成一种精神心理气质。并非具有孤独精神心理气质的人就一定是作家，但是，作为作家，他的精神心理一定是孤独的。屈原如此，老托尔斯泰如此，鲁迅如此，就当代最为优秀的作家来看也基本是如此。

这里当然还有一个性的问题。食色性也。我们发现，贾平凹、莫言都有着对于性撕裂性的叙述。所不同的是，他们不是从意识形态角度去框套性，而是从人生命本体原发视角去叙写性，然后才是附着于性上的文化观念或者意识形态。这里有个叙事的逻辑基点问题。他们是从人本体原发视野出发，叙写出性及其性行为中所蕴含的文化意蕴，而不是从意识形态或者某种思想观念出发，去规定性及其性行为叙事。《废都》中有关性行为直露的叙写，实际上就是将叙事打回到人的本性的原始状态。你可以说这样叙写不够诗意，但是今天来看，这也是从性的角度，剥净了虚假的意识形态化和虚假的伦理道德下的虚伪叙事。有过乡村生活经验的人，自然都会知道，对于乡村人来说，饭后茶余人们最为感兴趣的言说，依然是衣食住行和性的问题。意识形态化的那种文学叙事，只不过是叙事者一厢情愿的虚幻而已。莫言对于性的文学叙事，如果说在《透明的红萝卜》中还是朦胧化的，在《红高粱》中，则是将其撕裂了去写的，是如此地淋漓尽致、酣畅、生命力迸放。后来，受到许多批评的《丰乳肥臀》，那里面对于母亲性行为的叙写，更是那么地惊世骇俗、石破天惊。至今笔者依然认为，不论是《废都》还是《丰乳肥臀》，在这一方面的文学叙事，都是非常具有开拓意义的。

3.乡土叙事的民间视角与生活细节

民间视角，这几乎是新乡土文学叙事无法绕过的一个问题。从许多研究贾平凹与莫言乡土文学叙事的著述来看，也是将民间视角作为一个重要问题进行探讨的。民间与乡土，似乎有着一种内在的关联性。贾平凹与莫言的自述中，也是毫不讳言地说自己的文学叙事，坚守着民间的立场。莫言所说的大踏步后退，其中一个非常重要的方面，也就是走向民间。

当我们以民间视角来谈论乡土叙事时，是否真正认真思考过乡土世界究竟原发于什么。费孝通先生关于乡土世界的考察与研究，可以说在现代文化思想研究上是具有典型性的。但是，笔者在分析观察乡村生活及其构成时发现，对于乡民而言，他们首先想到的不是村社制度，更不是抽象性的理念，而是其自身的生存的最为基本最为本源的需求。说穿了，衣食住行则是民间文化最为基本的载体或者样态，与此同时也可以说，民间文化的根源就在于民间老百姓的衣食住行，以及民间最为基本的生存因素。民间的衣食住行等最为基本的生活方式，以及为满足这衣食住行而从事的生产方式，和由此而拓展开来的交往方式等，就构成了民间习俗文化最基本的内容。由此我们想到，观察民间生活或生存状态等，首先恐怕还是要从民间的衣食住行开始，或者作为最为基本的切入点。作家的乡土记忆叙事，往往也是如此。莫言对于乡村生活的记忆叙事，主要的切入点是食——饥饿的生命体验。《透明的红萝卜》，可以说将作家对于乡村饥饿的记忆叙事想象推向了极致化。此后，他的许多作品虽然不一定对饥饿记忆进行专门叙事书写，但是我们能够从文本中感知到莫言对于饥饿记忆的显现。其实也可以这么说，对于当代的乡土叙事，不论是"十七年"还是新时期，都是与食密切相关的。所谓的土地改革以及后来的合作化以及公社化，显性地看是解决所有制问题，实际上是解决衣食住行问题。只是"十七年"文学在乡村衣食住行的叙事中，用理念化的社会意识形态遮蔽其本体意义。这一方面最先也是最典型的作家是高晓声。源于乡土世界本身的衣食叙事，本土作家与城市作家之间是有着差异性的。比如张贤亮在其《绿化树》《男人的一半是女人》等作品中，对于饥饿的叙事，不能说不令人触目惊心，但是，从文本中你能明显感觉到是一种落难公子式的叙事，是一种相对于乡土他者的叙事，与乡土生命之间存在着一种无法完全融汇的间隔。贾平凹、莫言，以及许多出身于乡土世界的作家，他们的乡土叙事，更为典型的是一种本体原生态的日常生活叙事，在这日常生活叙事中，将乡村的衣食住行表现得淋漓尽致。他们来自于乡村民间，因而在进入乡土文学叙事时，也就自然而然地立足于乡土民间，具有着一种似乎是天然性的乡土民间视域与立场。

作家对于乡土经验的文学叙事，更为重要的是，浸透着作家生命情感血脉的生活细节的记忆。如果说事件是构成乡土生活历史的骨架，那么细节则是构成乡土生活的血肉。对于作家来说，社会事件可能是共同性的历史记忆，比如说当代社会生活中的合作化、"文化大革命"等。但是，具体的生活细节的历史记忆，则体现出更为个性化的特征。也就是说，不同的作家对于生活细节的生命情感体验中的地域性、民俗文化，尤其是个人的心理体验等，存在着更大的差异性。这些生活细节记忆不仅仅库存在那里，它甚至成为一种潜意识，在作家进入文学叙事时，它们就会被激活并涌泉于作家的笔端。因此可以说，最能检验作家对于乡土生活叙事的"隔"与"不隔"的（这是借用王国维先生《人间词话》中的概念进行灵活运用[①]），就是对于乡土生活细节的叙事。就此而言，我们在阅读贾平凹、莫言的文学作品时，感觉到他们对于自己故乡生活的叙事，是切入乡土生活细节骨髓里的。当然，他们的文学叙事，自然增添了并非故乡的生活体验，也不全是童年时代的生活记忆。但是，在进入各自以故乡为原型的乡土叙事时，则是浸透了故乡记忆的思想情感血脉。于此笔者联系到当代文学叙事之发展，其中一个突出的趋向是，追求原生态、日常生化、细节化的叙述。毫无疑问，贾平凹、莫言对于生活细节的描述都有着精彩的表现，但从叙事的整体结构来看，莫言觉得作为写小说的人，深深地知道，应该"把人物放置在了矛盾冲突的惊涛骇浪里面，把人物放置在最能够让他灵魂深处发生激烈冲突的外部环境里边去写。也就是说设置了一种'人类灵魂的实验室'，一种在生活当中不会经常遇到的特殊环境，或者说叫典型环境，然后我们把人物放进去，来考验人的灵魂"。[②]也就是说莫言的文学叙事，非常擅长于组构富有传奇色彩的大起大落跌宕起伏的故事情节，设置两军对垒惊险诡异的矛盾冲突，以此来构成文学叙事结构的基本骨架，并在这种基本骨架展示推进的过程中，开掘出人生命运与人性灵魂的历史与现实的境遇。而贾平凹从《废都》始，尤其是在《秦腔》中达到极致的，则是依靠生活漫流式的细节叙述，来支撑起文学叙事的建构。正如作家自己所言："我不是不懂得也不是没写过戏剧性的情节，也不是陌生和拒绝那一种'有意味的形式'，只因我写的是一堆鸡零狗碎的泼烦日子，它只能是这一种写法，这如同马腿的矫健是马为觅食跑出来的，鸟声的悦耳是鸟为求爱唱出来的。"[③]我想也许正是这些说得清楚和说不清楚、清醒地意识到或者作为一种无意识积淀在心里的，真实而蕴含着

[①] 王国维：《人间词话新注》，滕咸惠校注，齐鲁书社1986年版。
[②] 《专访莫言：我没有一部作品不关注现实》，载中国日报网2012年10月12日。
[③] 贾平凹：《秦腔》，作家出版社2005年版，第565页。

原始生活液汁和生命情感的乡村生活细节，使得作家不论故事如何结构，都却能够呈现出无可替代的、独到的生活在场真实性。而且笔者固执地认为，作家的叙事功力，正是在对生活细节的叙写中见出高低优劣来。这一方面，也可以从贾平凹与莫言的许多言谈中得到印证。也正因为他们将更为真实的乡土生活细节记忆转化为其文学叙事，才使得他们成为当代文学叙事中独树一帜的作家。

4.文化心理性格与文学叙事的可能性

在乡土文学叙事上，贾平凹与莫言都在致力于突破已有的叙事极限，开拓着新的叙事视域，在中国当代新乡土文学叙事新的可能性上，进行着积极有效的探索。

优秀的作家在实现文学叙事的可能性的过程中，必然是要突破已有文学叙事的极限，将自己的文学叙事所能达到的极限推向极致，而去创造一种新的文学叙事极限。甚至可以说，从叙事对象到叙事手法或者叙事策略，达到了令不少人忍无可忍的境地。而且这种文学叙事的创构，不仅仅是溢出叙事艺术的边界，更多的是溢出了社会伦理、文学叙事伦理的边界。如果从接受的角度来看，更多的是溢出了社会伦理与接受者已形成的文学接受心理承受能力。因此，受到怎么能这样文学叙事，乃至坚决不允许进行这样文学叙事的批评，也就成为在所难免的事情。其实，真正伟大的文学艺术家，都是创造新的文学叙事规则的，而不是亦步亦趋地遵守文学叙事规则的。也许正因为如此，他们以自己的文学叙事艺术创造，不仅含纳文学史，更是在改写着文学史，甚至续写着新的文学史。

从题材角度来说，贾平凹与莫言都有对于现实与历史的叙事。比较而言，贾平凹的文学叙事，更主要的侧重于现实叙事，他的一些最为重要的作品，基本上是现实生活，当然也有一些历史生活的作品。现代历史生活方面比较典型的是《五魁》《美穴地》《白朗》《晚雨》等中短篇，当代历史的是《古炉》，贯穿现当代的是《病相报告》等。贾平凹对于现实生活的叙事之中，常常蕴含着一种历史。但是，近年来贾平凹似乎对于故乡的历史有了更大的兴趣，《老生》可以说就是一部百年历史的乡土叙事。莫言可以说是现实与历史左右开弓，一会儿现实、一会儿历史，现实与历史题材交叉并进。就历史而言，近代、现代的历史生活都有，现实生活那更是直逼现实的敏感矛盾。比如《天堂蒜薹之歌》《酒国》。莫言对于历史题材的处理，则是于历史的叙事之中，蕴含着现实的思考，或者说是以现实之眼光来写历史。当然，他们所写的历史既是一种民间的历史，传说中的历史，也就是一种野史。更为重要的是，他们所写的是一种完全个人化的历史。莫言不论现实或者历史叙事，都比贾平凹更富有浪漫性、传奇性、幻想性和荒诞性。如果说贾平凹是在更为真实的叙事中，赋予了幻想与荒诞，用他的话来说，就是以实写虚，于实写中去升腾思想情感的火焰。那么，莫言则是有这么一个真实的事情为背景，在传奇幻想的叙事中，融入真实的生命情感体验。就此而言，笔者以为，他们二人在叙事艺术上所追求的虽然具有明显的差异性，但是，他们则都在开拓着当代文学叙事的新的可能性。

这一切与他们的文化心理性格与气质有着密切的关系。

于此，有必要对作家的心理性格问题做一简略的说明，因为人的文化性格总是要与人的心理性格气质相交汇的。关于人的心理性格，心理学界有着诸多的观点和分类，就我国心理学界来说，自20世纪80年代后，多从现代分析心理学家荣格那里得到借鉴。荣格将人的心理性格分为内倾型和外倾型两类，并依据人的思维、感觉、直觉，形成八种变体。所谓内倾是指"发生在一个内向者身上的一切心理现象"[①]，其表现特征是："好沉思、喜内省，并且抵制外部的影响，在同别人和外界接触中，他缺乏自信，并且比较倾向于孤僻和害羞。"[②]具有这种心理性格的人，喜于安静，富于想象，爱思考，具有退缩性、害羞性和防御性。而"一个外向的人，他的意识和潜意识都具有相当的特征：他的日常行为，他与人们的关系，甚至于他的一生，都具有某种典型特性"[③]。具有这种心理性格的人，喜于表现，好动，具有进攻性、探险性、坦荡性。当然，这仅仅是一种归结。就贾平凹与莫言来看，贾平凹具有明显的内倾性，莫言则是明显的外向性。

20世纪80年代初，贾平凹在《贾平凹性格心理调查表》中做了这样的

---

① ［瑞士］C.G.荣格：《探索心灵奥秘的现代人》，黄奇铭译，社会科学文献出版社1987年版，第80页。

② ［美］杜·舒尔茨：《现代心理学史》，沈德灿等译，人民教育出版社1981年版，第362页。

③ ［瑞士］C.G.荣格：《探索心灵奥秘的现代人》，黄奇铭译，社会科学文献出版社1987年版，第80页。

回答：

"从小我恨那些能言辩的人，我不和他们来往。遇到一起了，他们愈是夸夸其谈，我愈是沉默不语，他愈是表现，我愈是隐蔽。"

"我喜欢静静地想事，默默地苦干。"

"最幸福的是夜里做梦。常常夜半起来小解，都要闭眼，不让梦断，梦果然不断。我梦得奇丽古怪，醒来全能记得。"

"在最喜最悲之时，我能立即静下心。我可以在大集市上写我的东西。住房小（这是80年代中期，现平凹住房已宽大——引者注），家人看电视，我就在电视机旁边写。"[①]

关于莫言的性格心理方面，目前笔者还未看到作家本人直接回答此类问题的表述。不过，从莫言关于自己过去生活的叙说中，可以关联性地进行归结：好动，好说话，表达欲望极为强烈，敢于冒险，富有极强的进取精神。

由此可见，就心理性格来看，贾平凹是一种内敛沉郁型的，莫言是一种外向飞扬型的。从已有的相关资料可以看出，贾平凹不善言谈，不喜欢热闹，羞于在公开场合，特别是大的场合演说。莫言在解释自己的笔名时，就明确说自己从小就是个话痨。他原名叫管谟业，他戏称就是为了管住自己的嘴少说话，故此将"谟"拆开取作笔名莫言。不仅如此，莫言身上具有绿林的文化性格气质，而贾平凹身上则更具士林的文化性格气质。贾平凹的文化人格，不仅是农民与作家，农民文化与城市文化的矛盾建构，而且还有现代人文知识分子、中国传统的士文化，以及儒、释、道等宗教，或者带有一定宗教色彩的文化精神，可以说，他是古今中外多种文化思想相交融、相矛盾的结构体。正因为如此，于他的文学创作中，常常是爱与恨、美与丑、雅与俗、保守与激进、适应与不适应、孤独与悲愤、焦虑与超越等交织混合在一起。如果就理想性的文化人格建构来说，贾平凹更倾心于苏轼。他说："人格理想是什么，何为积累性、群体性的理想过程，又怎样建构文学中的我的个体？记得那一夜我又在读苏轼，忽然想，苏轼应该最能体现中国人格理想吧，他的诗词文赋书法绘画又应该最能体现他的人格理想吧。于是就又想到了戏曲里的'小生'的角色。中国人的哲学和美学在戏曲里是表现得最

[①] 有关这方面的情况，可参阅孙见喜的《贾平凹前传》、王新民的《贾平凹打官司》等。

充分的，为什么设这样的角色：净面无须，内敛吞声，硬朗俊秀，玉树临风"①。也许，"净面无须，内敛吞声，硬朗俊秀，玉树临风"这几句话可视为贾平凹的一种夫子之道吧。莫言身上具有一种侠义精神。司马迁在《史记·游侠列传》中言"其言必信，其行必果，已诺必诚"，其实这更是一种自由潇洒的人格精神。齐鲁大地自古就是出英雄好汉的地方，具有一种狭义文化传统。比如说墨子身上就有一种侠义精神。自由潇洒、慷慨仗义、敢作敢为等，构成了莫言极为重要的文化性格内涵。也许正因为如此，贾平凹更易接受中国文人文化性格，走上了文人艺术的道路，而莫言则更易接受民间富有侠义精神的文化性格，走向一种民间艺术的道路。他们二人在各自的道路上，都取得了成功，演化出中国当代文学叙事的经典叙事模式形态：民间艺术叙事模态与文人叙事模态，这二者却都通向了民族文化精神，通向了民间的生存场域。

在文学叙事上，贾平凹与莫言自然也就表现出不同路向。贾平凹文学叙事表现出冷幽默，而莫言是一种热幽默。贾平凹是一潭看不透的水，莫言是一团燃烧的火。莫言的叙述是一种峻烈，贾平凹的叙述则是一种温刺。莫言的文学叙事，是融汇了说唱方式的演义叙述。演义是一种似是而非的叙述方式，介于史实与虚构之间，更为重要的是，演义常常把史实传说化的过程中，增添了许多叙述者的想象，因此，叙述时就更为自由、狂放、恣意、挥洒、无节制。贾平凹是以书面语的方式叙说故事，虽然在记述的过程中，也会融入叙述者的主观情感，以及想象甚至梦幻的臆想，但是，却显得更具有实述性，即使是凭空想象的事情，或者神秘的传说，也写得如真实发生一样，就其叙述格调来说，则是透着文人的情怀、韵致、典致、情致、凝聚、空灵，虽然可放可收，但是节制有度。如果说莫言追求的是一种极致化、绝对化的叙事，那贾平凹则是一种中和化、蕴藉化的叙事。如果说作家审美个性分为阴柔与阳刚的话，贾平凹显然是阴柔，而莫言则是阳刚，故此，贾平凹是追求韵味、情致、雅兴与蕴含，而莫言则是粗粝、狂放、野性、天马行空、无所顾忌，贾平凹所叙之意需要人去猜思，莫言则是直指问题的命脉。

就其叙事风格来看，笔者认为莫言演绎的是悲剧与荒诞剧，体现出非常

---

① 贾平凹：《极花》，人民出版社2016年版，第209—210页。

明显的现代与民间的荒诞与自由。莫言常常用闹剧的方式演化透着悲剧意蕴的荒诞剧。这一方面最典型的恐怕就是《四十一炮》《酒国》《食草家族》《生死疲劳》等。他的其他作品，也是富有极强的荒诞性、传奇性。这里多说一点，直至今日，笔者依然认为莫言最为重要的作品是《红高粱家族》《丰乳肥臀》和《檀香刑》。这些作品，不仅保持着莫言式的淋漓尽致的感觉化恣意奔放的极致化的叙事姿态，更为重要的是，在恣意奔放之中，蕴含着让人几乎透不过来气的沉思，在混沌茫然、原生鲜活的情境中，建构起大地般的文学意象世界。可以说，这几部作品，不仅将莫言的艺术才华挥洒到极致，而且将他对于大地、自然、人类、社会、历史、人性、生命等等的思考与表现，也推向了意义深度与高度的极致状态。他的《四十一炮》《酒国》《食草家族》《红树林》《天堂蒜薹之歌》，以及近年的《生死疲劳》《蛙》等，几乎每一部都有着叙事方式上的探索创新，甚至可以说到了刻意的地步，在精神意义的表现上，不如那三部更为自然浑厚。贾平凹则是叙写悲剧与正剧，体现出明显的现代文人的困顿、窘迫与尴尬。在贾平凹的作品中，极少有闹剧的因质，但是蕴含着荒诞剧的情愫，他往往是将荒诞隐含在悲剧和正剧之中，其结果是正剧中却生发出荒诞的悲剧意味来。

行文于此，主要是从心理性格方面谈论问题，似乎贾平凹、莫言与其生存的地域生态文化没关系。其实不然，他们二人的文化性格的差异性，除了与他们各自心理性格的有关外，是否与他们故乡的地域历史文化之间具有着某种承续关系呢？

在这里我们不得不说，贾平凹与莫言都有一种敬畏心态，或者敬畏感。说贾平凹有敬畏感，可能许多人不会有更多的疑虑，因为贾平凹本身就是一个很低调，而且明确说自己敬畏自然神灵以及人事等。以此来说莫言可能有人并不以为然，因为莫言是个性格非常爽朗的人，他在谈到自己的创作，以及对于一些文学现象，特别是谈如何看待创作的批评时，他会旗帜鲜明地表明自己的态度和阐发自己的看法。但是，如果从莫言精神骨子里来看，他具有深入骨髓的敬畏心理，这就是敬畏艺术，敬畏上苍，敬畏自己的故乡，或者说敬畏自己所创造的山东高密东北乡这个文学艺术王国。所不同的是，莫言在恣意放荡的文学叙事中，将这种敬畏心深深地隐藏了起来。

后　记

这是我从事教学与研究三十余年出的第二本个人著述。

第一本著述《精神的映象——贾平凹文学创作论》，从动意到最终完成，是一个漫长的过程，大概用了十年之久。这本《新乡土文学叙事比较论稿》，依然也磨蹭了有十年的工夫。这是一种延续性思考与研究的结果。在2011年获得国家社科基金立项时，就已做了两个与本研究相关的陕西省社科基金项目。这大概是一种命运，从中也可以见出我于学术研究上的愚钝与疏懒来。

做中国当代文学中新乡土文学叙事比较研究，既是多年对乡土文学研究的自然延续，也是有感于这一研究领域的现状。就当代文学研究领域而言，乡土文学研究取得了令人瞩目的丰硕成果，对自己的研究给予了诸多的启发。特别是丁帆先生对于中国乡土文学研究的系列成果，对我有着很大的启发与激励。开始做单个作家研究，后又做陕西作家群体研究，这才进入对于全国乡土文学叙事方面的思考与研究。坦诚地讲，有关中国乡土文学研究的方方面面，前辈、同辈与更年轻的学者，基本都涉及了。当认真思考自己从何种视角切入乡土文学研究时，发现有关新乡土文学叙事比较研究还比较薄弱，尤其是从不同地域视域对新乡土文学叙事与新乡土作家之间的更为深入的比较研究。于是，就想在这方面做点探索。原设想以文学地理与地域生态文化为其理论视域，对新乡土文学叙事，尤其是具有代表性的新乡土作家，进行比较研究。本想三两年就可以完成，谁知进入研究之后，越想问题越多，而结题时限在即，只好写了个基本构想轮廓。如今面对书稿，心里没有一点喜悦，反而是一堆的疑惑，很多的遗憾。

首先，对于地域生态文化，总想进行系统性的理论构建与阐发，尤其是生态特别是自然生态对于作家创作心理精神情感以及思维方式与行为方式等方面的影响，或者它们之间的内在关联性，做出深入的理论阐释。但是，做起来深感力不从心，仅仅提出了一点极为粗疏的想法。我缺乏实验研究的经验，比如无法做地形地貌、气候气温、山川河流等不同的自然生态环境，究竟对人产生怎样及多大的影响等方面的实验。研究者也一般都是笼统地言说，缺乏具体的实验数据。我也就依样画葫芦地从资料中检索一些论断做了些大而化之的言说。

其次，我原想建构起当代中国新乡土文学地理图型，也是未能完全达到原来的预想目标。虽然收集了一些地域生态方面的地图，尤其是当下新乡土文学分布图、流动图、比较图等，最终没能详细描绘出来，只是粗略地勾勒了简略的轮廓。可以借口说是前几年因承担管理工作，没有足够的时间与精力，退休了却又快到了结题的最后期限，只能加班加点赶写。虽然最后专家评审为良好通过验收，但作为一个学术研究者来说，则是自己不能原谅自己的。

再者，原设想从几个大的新乡土文学地域板块，选择十余位具有代表性的作家进行比较阐发，但具体操作起来则难度很大。光到所要论述的作家家乡跑一遍，就得费很多时间，还需有资金支撑。仅仅抽空跑了陕西的三位代表性作家贾平凹、陈忠实、路遥的故乡，山东莫言、河南刘震云的家乡，南方与东北基本没有跑。这些作家工作与创作移动的情况，那做起来就更麻烦。比如莫言，他都在哪些地方生活、创作过，都到哪些地方参加过哪些对其创作有影响的活动。研究一位作家的流动情况，不仅是去看看，还需查阅许多资料加以印证，因为不同资料会有不同的表述。比如，关于贾平凹1983年深入商洛各县的情况，现有资料中还是有着差异的，甚至时间上，当时的自然生态、社会状态等，都存在不同叙说的情况。还有哪些构成了作品的材料等，实地考察情形与作品叙写情形进行比照起来，更是复杂，需一一辨识。这些因素在有些人看来是无所谓的事情，不做实地考察照样可以写出宏篇大论，但我不行。在我看来这是最基础的工作，这是愚人才做的事情。大而化之的高谈阔论毕竟基础不牢靠。光靠书本与想象可以论说一番，但毕竟缺乏真实体验，甚至会出现有些论说与作家创作实际相违背的状况。空中楼阁毕竟是空中楼阁，终归难以落在地上。

说这些不是为自己开脱，而是对自己研究历程的检视。也正因为自己对这项研究工作量估计不足，留下了诸多缺憾。作为弥补或者能够进一步研究，我在结题后便着手做一位作家的文学地理研究。这也使我醒悟了为何至今没有一部新乡土文学比较深入全面研究的著述。

我于2011年主持申报获准国家社科基金西部项目"当代文学的新乡土叙事比较研究"，课题组主要成员有：秦艳萍、韩蕊、张英芳、张亚斌、储兆文等。在课题进行到最艰难的时候，商洛学院力邀我加入他们学校商洛文化暨贾平凹研究中心团队，给予了切实的帮助，不仅将本研究列入"商洛文化暨贾平凹研究中心开放项目"，而且对后续延伸和深入研究提供了诸多条件支持。从课题研究角度来说，课题能够得以最终完成，课题组的老师与学生给予了相当的支持帮助。尤其是秦艳萍教授在资料收集及一些杂事方面所给予的大力支持；还有西建大图书馆李小鸽老师帮我收集了许多网上资料。在此一并感谢！

还需感谢省社科基金项目规划办的何军主任，洪波、李岩等，感谢原省规划主任白宽犁。他们在课题申报与研究过程中给予了耐心的政策解释与指导。

感谢陕西师范大学出版总社刘东风社长、郭永新主任与学生梁菲，他们在编辑中，付出了许多心血，指出了许多错漏之处。感谢我的学生王俊、潘靖壬、郭娜、么益、魏丹丹、卫紫艳等，在我退休之后，依然帮我做了大量本研究相关方面的事情。

感谢我的家人对我工作上的全力支持与无私奉献，包括俩小孙孙，虽然占去我许多时间，但却给予我极大的人生快乐与慰藉。

由于自己水平有限，学识粗浅，虽尽了最大努力，书稿也做了多次校阅修改，但错漏之处依然难免，敬请专家读者批评指教。

参考资料

[1]雷·韦雷克,奥·沃伦.文学原理[M].刘象愚,邢培明,陈圣生,等,译.北京:生活·读书·新知三联书店,1984.

[2]黑格尔.美学[M].朱光潜,译.北京:商务印书馆,1979.

[3]黑格尔.精神现象学[M].贺麟,王玖兴,译.北京:商务印书馆,1979.

[4]鲁思·本尼迪克特.文化模式[M].张燕,傅铿,译.杭州:浙江人民出版社,1987.

[5]荣格.心理学与文学[M].冯川,苏克,译.北京:生活·读书·新知三联书店,1987.

[6]C.G.荣格.探索心灵的现代人[M].黄奇铭,译.北京:社会科学文献出版社,1987.

[7]苏珊·朗格.艺术问题[M].滕守尧,朱疆源,译.北京:中国社会科学出版社,1983.

[8]苏珊·朗格.情感与形式[M]刘大基,傅志强,周发祥,译.北京:中国社会科学出版社,1986.

[9]恩斯特·卡西尔.人论[M].甘阳,译.上海:上海译文出版社,1985.

[10]W.C.布斯.小说修辞学[M].华明,胡苏晓,周宪,译.北京大学出版社,1987.

[11]伏尔泰.风俗论[M].梁守锵,译.北京:商务印书馆,2000.

[12]利昂·塞米利安.现代小说美学[M].宋协立,译.西安:陕西人民出版社,1987.

[13]康德.判断力批判[M].宗白华,译.北京:商务印书馆,1964.

[14]乔治·桑塔耶纳.美感[M].北京:中国社会科学出版社,1982.

[15]埃里希·佛罗姆.占有还是生存[M].关山,译.北京:生活·读书·新知三联书店,1989.

[16]古茨塔夫·勒内·豪克.绝望与信心[M].李永平,译.北京:中国社会科学出版社,1992.

[17]C.G.容格.未发现的自我[M].西安:华岳文艺出版社,1989.

[18]佛洛伊德.精神分析引论[M].高觉敷,译.北京:商务印书馆,1984.

[19]大卫·雷·格里芬.后现代精神[M].王成兵,译.北京:中央编译出版社,1998.

[20]让·华尔.存在哲学[M].翁绍军,译.生活·读书·新知三联书店,1987.

[21]A.H.马斯洛.存在心理学探索[M].李文湉,译.昆明:云南人民出版社,1987.

[22]B.A.克鲁拉茨基.心理学[M].赵璧如,译.北京:人民教育出版社,1984.

[23]简·斯特里劳.气质心理学[M].阎军,译.沈阳:辽宁人民出版社,1987.

[24]荣格.人及其象征[M].石家庄:河北人民出版社,1989.

[25]西格蒙德·弗洛伊德.佛洛伊德论美文选[M].张唤民,陈伟奇,译.上海:知识出版社,1987.

[26]K.T.斯托曼.情绪心理学[M].张燕云,译.沈阳:辽宁人民出版社,1986.

[27]A.阿德勒.自卑与超越[M].黄光国,译.北京:作家出版社,1986.

[28]杜维明.儒家思想新论[M].曹幼华,单丁,译.南京:江苏人民出版社,1985.

[29]费尔迪南·德·索绪尔.普通语言学教程[M].高名凯,译.北京:商务印书馆,1985.

[30]马丁·海德格尔.存在与时间[M].陈嘉映,王庆节,译.生活·读书·新知三联书店,1987.

[31]海德格尔.人,诗意地安居[M].郜元宝,译.桂林:广西师范大学出版社,2000.

[32]海德格尔.形而上学导论[M].熊伟，王庆节译.北京：商务印书馆，1996.

[33]吉尔伯特·赖尔.心的概念[M].刘建荣，译.上海：上海译文出版社，1988.

[34]米·杜夫海纳.审美经验现象学[M].韩树站，译.北京：文化艺术出版社，1992.

[35]叔本华.作为意志和表象的世界[M].石冲白，译.北京：商务印书馆，1982.

[36]A.J.艾耶尔.二十世纪哲学[M].李步楼，俞宣孟，苑利均，等，译.上海：上海译文出版社，1987.

[37]中村元.比较思想论[M].吴震，译.杭州：浙江人民出版社，1987.

[38]华莱士·马丁.当代叙事学[M].伍晓明，译.北京：北京大学出版社，1990.

[39]罗洛梅.爱与意志[M].蔡伸章，译.兰州：甘肃人民出版社，1987.

[40]威廉·巴雷特.非理性的人[M].杨照明，艾平，译.北京：商务印书馆，1995.

[41]沃尔夫冈·凯塞尔.语言的艺术作品[M].陈铨，译.上海：上海译文出版社，1984.

[42]路德维希·冯·贝塔朗菲.生命问题[M].吴晓江，译.北京：商务印书馆，1999.

[43]罗兰·巴特.符号学美学[M].董学文，王葵，译.沈阳：辽宁人民出版社，1987.

[44]理查·罗蒂.哲学和自然之镜[M].罗幼蒸，译.北京：生活·读书·新知三联书店，1987.

[45]马克斯·韦伯.儒教与道教[M].洪天富，译.南京：江苏人民出版社，1995.

[46]A.H.马斯洛.动机与人格[M].许金声，程朝翔，译.北京：华夏出版社，1987.

[47]马斯洛，等.人的潜能和价值[M].北京：华夏出版社，1987.

[48]R.沃斯诺尔，等.文化分析[M].李卫民，闻则思，译.上海：上海人民出版社，1990.

[49]埃里希·弗洛姆.健全的社会[M].欧阳谦，译.北京：中国文联出版公司，1988.

[50]H.柏格森.时间与自由意志[M].吴士栋，译.北京：商务印书馆，1989.

[51]让-保尔·萨特.存在与虚无[M].陈宣良，等，译.北京：生活·读书·

新知三联书店，1987.

[52]今道友信.存在主义美学[M].崔相录，王生平，译.沈阳：辽宁人民出版社，1987.

[53]马文·哈里斯.文化人类学[M].李培茱，高地，译.北京：东方出版社，1988.

[54]林毓生.中国意识的危机[M].穆善培，译.贵阳：贵州人民出版社1986.

[55]埃德加·卡里特.走向表现主义的美学[M].苏晓离，曾谊，李洁修，译.北京：光明日报出版社，1990.

[56]德拉·沃尔佩.趣味批判[M].王柯平，田时纲，译.北京：光明日报出版社，1990.

[57]M.H.艾布拉姆斯.镜与灯[M].郦稚牛，张照进，童庆生，译.北京：北京大学出版社1989.

[58]H.R.姚斯，R.C.霍拉勃.接受美学与接收理论[M].周宁，金元浦，译.沈阳：辽宁人民出版社，1987.

[59]余英时.中国思想传统的现代诠释[M].南京：江苏人民出版社，1998.

[60]朱光潜.悲剧心理学[M].张隆溪，译.北京：人民文学出版社，1985.

[61]朱光潜.西方美学史[M].北京：人民文学出版社，1979.

[62]敏泽.中国美学史[M].济南：齐鲁书社，1989.

[63]李泽厚.美的历程[M].北京：中国社会科学出版社，1989.

[64]陈仲庚，张雨新.人格心理学[M].沈阳：辽宁人民出版社，1986.

[65]高楠.艺术心理学[M].沈阳：辽宁人民出版社，1988.

[66]尹在勤.诗人心理构架[M].西安：华岳文艺出版社1987.

[67]周春生.直觉与东西方文化[M].上海：上海人民出版社，2001.

[68]韩庆祥，周诗鹏.人学[M].昆明：云南人民出版社，2001.

[69]衣俊卿.文化哲学:理论理性和实践理性交汇处的文化批判[M].昆明：云南人民出版社，2001.

[70]封孝伦.人类生命系统中的美学[M].合肥：安徽教育出版社，1999.

[71]汪裕雄.审美意象学[M].沈阳：辽宁教育出版社，1993.

[72]四书五经[M].北京：线装书局，2002.

[73]易学精华[M].北京：北京出版社，1996.

[74]道学精华[M].北京：北京出版社，1996.

[75]赵仲邑.文心雕龙译注[M].桂林：漓江出版社，1982.

[76]刘小枫.道与言[M].上海：生活·读书·新知上海三联书店，1996.

[77]李道平.周易集解纂疏[M].北京：中华书局，1994.

[78]杨义.中国叙事学[M].北京：人民出版社，1997.

[79]韩林德.境生象外[M].北京：生活·读书·新知三联书店，1995.

[80]宗白华.艺境[M].北京：北京大学出版社，1997.

[81]郭绍虞.中国历代文论选[M].上海：上海古籍出版社，1979.

[82]徐复观.中国艺术精神[M].沈阳：春风文艺出版社，1987.

[83]费孝通.乡土中国[M].上海：上海人民出版社，2007.

[84]梁漱溟.乡村建设理论[M].上海：上海人民出版社，2006.

[85]陶东风.中国古代心理美学六论[M].天津：百花文艺出版社，1992.

[86]陶东风.文体演变及其文化意味[M].昆明：云南人民出版社，1994.

[87]杨守森.二十世纪中国作家心态史[M].北京：中央编译出版社，1998.

[88]王晓明.二十世纪中国文学史论[M].上海：东方出版中心，1997.

[89]叶舒宪.中国神话哲学[M].北京：中国社会科学出版社，1992.

[90]杨伯俊.论语译注[M].北京：中华书局1980.

[91]刘小枫.拯救与逍遥（修订版）[M].上海：上海三联书店，2001.

[92]王星，孙慧民，田克勤.人类文化的空间组合[M].上海：上海人民出版社，1990.

[93]欧阳谦.人的主体性和人的解放[M].济南：山东文艺出版社，1986.

[94]李世涛.知识分子立场[M].长春：时代文艺出版社，2000.

[95]吴士余.中国文化与小说思维[M].上海：上海三联书店，2000.

[96]邓启耀.中国神话的思维结构[M].重庆：重庆出版社，1992.

[97]鲁迅.中国小说史略[M].南宁：齐鲁书社，1997.

[98]葛兆光.道教与中国文化[M].上海：上海人民出版社，1987.

[99]苏涵.民族心灵的幻象:中国小说审美理想[M].北京：人民文学出版社，2000.

[100]刘克敌.陈寅恪与中国文化[M].上海：上海人民出版社，1999.

[101]洪子诚.中国当代文学史[M].北京：北京大学出版社，1999.

[102]丁帆.中国乡土小说史[M].北京：北京大学出版社，2007.

[103]丁帆.中国乡土小说的世纪转型研究[M].北京：人民文学出版社，2013.

[104]杨义.文学地理学会通[M].北京：中国社会科学出版社，2013.

[105]袁行霈.中国文学概论（增订本）[M].北京：北京大学出版社，2010.

[106]南帆.二十世纪中国文学批评99个词[M].杭州：浙江文艺出版社，2003.

[108]洪子诚，孟繁华.当代文学关键词[M].桂林：广西师范大学出版社，2002.

[107]陈思和.中国文学中的世界性因素[M].上海：复旦大学出版社，2011.

[110]陈思和.新文学整体观续编[M].济南：山东教育出版社，2010.

[110]王诺.欧美生态文学[M].北京：北京大学出版社，2003.

[111]斯炎伟.中外生态文学评论选[M].杭州：浙江工商大学出版社，2010.

[112]鲁枢元.生态文艺学[M].西安：陕西人民教育出版社，2000.

[113]曾大兴.中国历代文学家之地理分布[M].北京：商务印书馆，2013.

[114]曾大兴.文学地理学研究[M].北京：商务印书馆，2012.

[115]约翰斯顿.地理学与地理学家[M].唐晓峰，李平，叶冰，等，译.北京：商务印书馆，1999.

[116]凯·安德森，等.文化地理学手册[M].李蕾蕾，张景秋，译.北京：商务印书馆，2009.

[117]虞建华，等.美国文学的第二次繁荣：20世纪二三十年代的美国文化思潮和文学表达[M].上海：上海外语教育出版社，2004.

[118]包亚明.后现代性与地理学的政治[M].上海：上海教育出版社，2001.

[119]约翰斯顿.人文地理学词典[M].柴彦威，等，译.北京：商务印书馆，2004.

[120]洪子诚.问题与方法[M].北京：生活·读书·新知三联书店，2002.

[121]费振钟.江南士风与江苏文学[M].长沙：湖南教育出版社，1995.

[122]朱晓进."山药蛋派"与三晋文化[M].长沙：湖南教育出版社，1995.

[123]吴福辉.都市漩流中的海派小说[M].长沙：湖南教育出版社，1995.

[124]逄增玉.黑土地文化与东北作家群[M].长沙：湖南教育出版社1995.

[125]刘洪涛.湖南乡土文学与湘楚文化[M].湖南教育出版社1995.

[126]魏建，贾振勇.齐鲁文化与山东新文学[M].长沙：湖南教育出版社1995.

[127]王光东.中国现当代乡土文学研究[M].上海:东方出版中心,2011.

[128]洪子诚.中国当代文学史·史料选:1945—1999[M].武汉:长江文艺出版社,2002.

[129]孔范今.中国新时期新文学史研究资料[M].济南:山东文艺出版社,2006.

[130]张志忠.莫言论[M].北京:北京联合出版公司,2012.

[131]孔范今,施战军.莫言研究资料[M].济南:山东文艺出版社,2006.

[132]林建法.说莫言[M].沈阳:辽宁人民出版社,2013.

[133]莫言.莫言对话新录[M].北京:文化艺术出版社,2012.

[134]费秉勋.贾平凹论[M].西安:西北大学出版社,1990.

[135]郜元宝,张冉冉.贾平凹研究资料[M].天津:天津人民出版社,2005.

[136]李伯钧.贾平凹研究[M].陕西师范大学出版总社有限公司,2014.

[137]李星,孙见喜.贾平凹评传[M].郑州:郑州大学出版社,2005.

[138]吴义勤.韩少功研究资料[M].济南:山东文艺出版社,2006.

[139]林建法,李桂玲.说贾平凹[M].沈阳:辽宁人民出版社,2014.

[140]雷达.陈忠实研究资料[M].济南:山东文艺出版社,2006.

[141]吴义勤.王安忆研究资料[M].济南:山东文艺出版社,2006.

[142]孔范今,施战军.张炜研究资料[M].济南:山东文艺出版社,2006.

[143]吴义勤.余华研究资料[M].济南:山东文艺出版社,2006.

[144]人民文学出版社编辑部.《白鹿原》评论集[M].北京:人民文学出版社,2000.

[145]王仲生,王向力.陈忠实的文学人生[M].西安:陕西师范大学出版总社有限公司,2012.

[146]马一夫,厚夫.路遥研究资料汇编[M].北京:中国文史出版社,2006.

[147]白烨.中国当代乡土小说大系[M].北京:农村读物出版社,2012.